U0660107

明三十家诗选

〔清〕汪端◎撰集
韩广◎导读 整理

上海古籍出版社

图书在版编目(CIP)数据

明三十家诗选/(清)汪端撰集;韩广导读、整理.--上海:上海古籍出版社,2023.01

ISBN 978-7-5732-0554-4

Ⅰ.①明… Ⅱ.①汪… ②韩… Ⅲ.①古典诗歌-诗集-中国-明代 Ⅳ.①I222.748

中国版本图书馆 CIP 数据核字(2022)第 219322 号

明三十家诗选

[清]汪端　撰集

韩广　导读、整理

上海古籍出版社　出版发行

(上海市闵行区号景路 159 弄 1-5 号 A 座 5F　邮政编码 201101)

(1) 网址:www.guji.com.cn

(2) E-mail:guji1@guji.com.cn

(3) 易文网网址:www.ewen.co

上海天地海设计印刷有限公司印刷

开本 890×1240　1/32　印张 22.5　插页 5　字数 524,000

2023 年 1 月第 1 版　2023 年 1 月第 1 次印刷

印数:1—1,300

ISBN 978-7-5732-0554-4

I·3692　定价:98.00 元

如有质量问题,请与承印公司联系

目　录

＊　《明三十家诗选·初集》止此计八卷，共正选十三家，附录二十二人。

明三十家诗选·二集

* 《明三十家诗选·二集》止此计八卷，共正选十七家，附录四十八人。

导 读

才女汪端与《明三十家诗选》

韩 广

明代甲申亡国后，文人学士们心怀强烈的文献征存意识，着手于故国旧籍的整理。既然《诗大序》有言“正得失，动天地，感鬼神，莫近于诗”，那么对有明一代诗歌的甄别、辑录、编次、保存，遂成为亡国亡天下之人在文化层面的头等要事。

入清后的学者对故明文献的整理与辑存工作，大体上沿着“汇集”与“精选”两个方向进行。

《四库全书总目提要》中说：“文集日兴，散无统纪，于是总集作焉。一则网罗放佚，使零章残什，并有所归；一则删汰繁芜，使莠稗咸除，菁华毕出。是固文章之衡鉴，著作之渊薮矣。”①

前者所说的“网罗放佚，使零章残什，并有所归”，其初衷为“汇”，目的在“全”，类于今天“总集”的概念；后者所说的“删汰繁芜，使莠稗咸除，菁华毕出”，其初衷为“鉴”，目的在“精”，类于今天“选集”的概念。

《提要》中的“总集”这一概念，其内涵所指在流传中已经迁衍变化。以今观之，文献荟聚、务求其全者即为“总集”，而别裁伪体、务

① 纪昀等《钦定四库全书总目》，卷一百八十六，集部三十九，总集类一，页一，武英殿刻本。

求其精者则为“选集”。

诗歌总集的汇辑工作，在明亡清兴的数十年间，名作巨制频出，颇多成就。这一方面体现了门庭改换之际，文人名士担心“明夷待访”之日“文献不足征也”，想要保存文献故纸、留存吉光片羽的迫切心理；另一方面也能感受到“舆图换稿”之人，不经意间流露出“残山剩水写荒凉”的易代之悲，及对亡君旧国的深沉情思。烟烬灰沉之际，钱谦益言其编著《列朝诗集》的隐衷时，即沉恸地说道：“鼎革之后，恐明朝一代之诗，遂致淹没，欲仿元遗山《中州集》之例，选定为一集，使一代诗人精魂，留得纸上。”①

史上规模最大的明诗总集的编撰，当属石仓居士曹学佺所撰著的《石仓十二代诗选》的第五部分《明诗选》。《石仓十二代诗选》，又名《石仓历代诗选》，这部根据编纂者曹学佺雅号“石仓”命名的历代诗选，卷帙浩繁，旁采博收，包罗万有，涵盖了《古诗选》《唐诗选》《宋诗选》《元诗选》《明诗选》五部分，共计八百八十八卷。其中的《明诗选》，为曹学佺《石仓十二代诗选》的第五部分。这部卷幅广博之书，著成于明末的崇祯年间。细究其名，虽有“诗选”之名，实则务求其全。这在明末，有开一代诗歌总集编纂先河之意义，对后来选诗者王夫之撰著《古诗评选》《唐诗评选》《明诗评选》，应赋予有益的启发。1646 年，也就是甲申亡国后的第二年，清兵入闽，曹学佺自缢殉节而死。因此，这部被钱谦益誉为“盛行于世”②的《石仓历代诗选》，一般被认作是“明人编明诗”的总集著作。

论“明人编明诗”，曹学佺在明末成为集大成者。论“清人编明诗”，钱谦益则在清初成为集大成者。

---

① 钱谦益《钱牧斋先生尺牍》，卷第一，《与周安期》，页四十六，康熙己卯年虞山如月楼刻本。

② 钱谦益《列朝诗集》，丁十四，“曹南宫学佺”，页二九，顺治九年汲古阁刻本。

清人以总集的形式编纂明诗，实则肇始于钱谦益。钱谦益受元好问《中州集》“不总萃之，则将遂湮灭而无闻，为可惜也”①的影响，甲乙次第，甄综抉择，着手编次《列朝诗集》。清顺治十一年（1654年），《列朝诗集》的编著工作全部完成，刊行天下。

康熙四十四年（1705年），于吴门白莲泾之慧庆寺，整一百卷的《明诗综》雕刻竣工，朱彝尊作《明诗综序》冠诸全集之首，其言：“析为百卷，庶几成一代之书，窃取国史之义，俾览者可以明夫得失之故矣。”②入清之后第二部大型明诗总集，至此告成。

钱谦益八十一卷《列朝诗集》与朱彝尊一百卷《明诗综》，两部卷帙宏富之书，钩沉故籍，考镜源流，自有广大精微之深意。同时，两部诗集，搜遗补缺，删汰繁芜，在方法论层面，为清人编明诗作出了良好示范，遂成为“总集”方面的两部集大成著作。继之而后起的明诗选者，从事鉴别去取的工作，大抵没有逾越钱、朱二人所涉足的选政边界。

明诗总集的编纂工作，在康熙五十八年（1719年），另有成果问世。张豫章等人奉康熙皇帝敕令，编选一百二十卷《御选明诗》告成。这部具有集成意义的明诗总集，冠以“御制”之名，是清人编明诗工作的首次官方呈现。

总集编纂的工作，此后在陆续地进行。清末宣统元年（1909年），陈田编著的一百八十七卷《明诗纪事》刊布天下。这标志着清人明诗总集的撰著工作至此收官。

明代享国近三百年，要对明代诗歌作出通史性的搜集、整理、编汇，显然绝非易事。这不仅需要编选者天才骏发、澄心凝思，而且需

① 元好问《中州集》，前《中州集引》，页一，毛子晋汲古阁刻本。
② 朱彝尊《明诗综》，前序，页一，朱竹垞太史选本，六峰阁藏版。

要视域宏阔、选源广博，唯其如此，采摭明诗才有前提与基础。

汇总一代之集这样的工作，想要出色地完成，需要选者具备史家之识力、诗家之才力、评家之功力。同时，选政之人需要网罗散佚，甄别去取，于巨量的材料中抽绎出自己的叙述思路，以成一家之言说，功成想来谈何容易！

流传至今的明诗选本，有数百种之多，具有总集性质者，仅如上提及的寥寥数部，存世更多的则是各种形式的选集。

就选源繁简而言，鉴于数部总集成书在前，则后之选政者从事选集的工作，既有成例可鉴，继而精中择优，显得颇多捷径。梁德绳即说："沈归愚《明诗别裁》即《明诗综》约选之，沿袭皆前人旧说，无足观览。"①从辞令褒贬之间，油然可见言者的轻视之意。

话虽如此，编者想要别开蹊径，"通作者之意，开览者之心"，做出明诗选本的特殊性来，也绝非易事。这就需要编选者拟定一项采摭标准，进而统摄全书，以体现自己思想的独到性。

今可见的明诗选集，按类别不同，大体可分为如下数种情况：

一、选家以诗人身处时代为遴选依据者，有长洲陈济生所编的《天启崇祯两朝遗诗》（又名《启祯遗诗》）等。

二、选家以诗人所处地域为遴选依据者，有宋弼编选山东诗人诗作的《山左明诗钞》、王崇简编选京畿诗人诗作的《畿辅明诗》等。

三、选家以诗人身份为遴选依据者，有毛子晋所编的《明僧弘秀集》、卓尔堪所编的《明遗民诗》（又名《遗民诗》）等。

四、选家以诗人所处家族为遴选依据者，有谢章铤所编的《东岚谢氏明诗略》等。

---

① 梁德绳《明三十家诗选序》，见《明三十家诗选》，页一，同治癸酉十月蕴兰吟馆重刊本。

五、选家以诗人所系流派为遴选依据者，有姚佺所编的《四杰诗选》、顾有孝所编的《明七子诗》等。

六、选家以诗作体裁为遴选依据者，有王夫之所编的《明诗评选》、彭孙贻所编的《明诗钞》等。

还有一种形式，以诗人品第为次序，进行诗歌采摭，编选明诗。最为典型者，当数清代乾嘉年间女诗人汪端所编的《明三十家诗选》。

一、汪端得天独厚的选源优势

汪端，字允庄，钱塘人，生于乾隆五十八年（1793 年），卒于道光十八年（1838 年）。生在钱塘江畔书香世家的汪端，自幼聪颖天授，观书过目不忘，七岁即赋《春雪》诗，不减谢道韫“柳絮因风”之作，被人称为“小韫”。因父母早逝，汪端受抚于姨母梁德绳。梁氏之夫、进士出身的许周生，在家中常听到年幼的汪端对史事的深刻见解，遂称她为“端老虎”。嘉庆十五年，汪端嫁于陈裴之。被视为“金童玉女”的两人，“风飘花露频开卷，月照香婴对校书”，一灯双管，拈韵分笺，婚后生活颇得文房雅趣。陈裴之病故后，汪端渐遁道门，故其对道学亦有精深的理解。道光十八年十二月十八日寅刻，多病的汪端口占“四十余年了夙因，乞翁文字与传神。华严法界波罗蜜，知我来朝去路真”①而逝。

作为清代家世显贵的女诗人，在四十六年的短暂人生中，汪端除创作了千余首诗作并刊之为《自然好学斋诗钞》外，她还编成了中国文学史上唯一一部出自女性之手辑著而成的明诗选集《明三十家诗选》。

---

① 汪端《自然好学斋诗钞》，卷十，页三十七，同治十三年重刊本。

在众多清人编选的明诗总集与选集著作中,《列朝诗集》《明诗综》《御选明诗》《明诗评选》《明诗别裁集》《明三十家诗选》《明诗纪事》是已经经受住时间与历史考验的上乘之作。这些著述的编者,多为博学广闻、盛名贯耳之士,像钱谦益、朱彝尊、王夫之、沈德潜等人,甚至还是文坛之巨擘、诗坛之领袖。

显然,《明三十家诗选》的作者汪端,这位不见经传的女性列名其中,让人不免心生突兀之感。

众所周知,编选有明一代近三百年的诗歌,对明诗衍变进行纵向梳理,并对众多诗家给出精当的定位与评判,其艰辛堪比"修史"。这项工作的重点是对作品进行选、增、删、编、改、补,其难点在于对文献的搜集、整理、辨伪、甄别、分析、研判。

纵然是坐拥书城的绛云楼主钱谦益,抑或是藏书宏富的曝书亭主朱彝尊,这些腹笥渊博的大学者们,适逢际遇不佳、财力不达、选源不足的窘境,也常发出"文献不足"之喟叹。

那么,在中国古代,汪端作为深居闺门、阅历有限的弱女子,是如何解决资料缺失、文献不足这一选源难题的呢?这很大程度上得益于汪端其书香门第的家世。

汪端家学渊源有自。汪端祖父名汪宪,字千波,一字鱼亭,乾隆乙丑进士,刑部陕西司员外,其另一重身份是振绮堂藏书楼主人。汪端之父名汪瑜,字季怀,一字天潜,候选大理寺寺丞,工诗善琴,才兼医道,系淡泊通透的博学雅士。道光十七年,梁绍壬所著《两般秋雨盦随笔》由汪氏振绮堂印行。该书卷六"目出"条目下,即载明汪瑜根据《灵枢经》之医理解释《左传》之疑点的见解。① 从汪端的父族可见,汪端出生在优渥而富庶的贵族之家,大可不必

① 梁绍壬《两般秋雨盦随笔》,卷六,页六,道光十七年钱塘汪氏振绮堂刻本。

为基本生计发愁。汪氏藏书尤富。汪端祖父汪宪，身为浙中六大藏书家之一、振绮堂藏书楼主人，精于经史之学，长于目录版本校勘，对传世的精本旧刻，不惜旁搜重购，建阁藏庋，其眼界之高、藏品之精、交际之广，声名久盛于书林。振绮堂藏书，风雅绵延，传之四辈，名冠浙右藏界。加之振绮堂涉足刊刻业，故钱塘汪氏饮誉一时，渐成声名显赫之高门大族。汪端含着金汤匙出生在钱塘藏书之家，生活在得天独厚的藏书楼，幼禀庭诰，晓夜攻习，这样的识见与阅历，显然远非一般世人所能比及。

汪端原生家庭之母族，也是昌明隆盛之书香门第。母族数代官宦，家资甚丰。汪端的外祖父名梁敦书，系乾隆朝大学士梁诗正之子，工部侍郎梁同书之弟。梁敦书曾任常州知府，《武进阳湖合志》称其"温雅儒素，无贵介习气。蔼然如拂春风，而顽梗自化"。其后梁敦书担任岳常澧道，《澧州志》称其"在任五年，未着新衣。公余，唯以诗字自娱"。可见，汪端的外祖父，亦是高雅平和的读书君子。汪端之母名梁瑶绳，自幼生长于诗书之门，颇有才气。值得一提的是，汪端的姨母梁德绳，是声名颇著的钱塘才女，亦是长篇弹词《续再生缘》的作者。她不仅在其姊梁瑶绳早逝之后，抚育汪端长大成人，而且在文化方面教育汪端，指授童蒙。正是这位亦师亦母的梁德绳，在汪端书稿告成之际，亲自题写《明三十家诗选》前序，书其简端。母族营造出非同一般的文化氛围，汪端娴礼习诗于其中，必定受益良多。

汪端的夫家，亦是诗礼之族。嘉庆十二年，汪端与陈裴之订婚。嘉庆十五年，二人在钱塘成婚。陈裴之之父陈文述于嘉庆五年中举，因有诗才，在京师与杨芳灿齐名，并称为"杨陈"。陈文述与当时的名士如袁枚、王昶、阮元等人，多有交集。在当时的文坛上，陈文述虽然不是什么大家，在钱塘一带却也颇有位望。陈文述雅号"颐道居士”,故其集名为《颐道堂集》。在《明三十家诗选》中论及李梦阳之事时,汪端就曾援引《颐道堂集》之《书〈空同集〉后》一文作为评判依据。[①]是文洋洋洒洒四千余字,可略见陈文述雄辩恣肆的文风。汪端之夫名陈裴之,天不怜才,三十二岁即早逝,在后世没有太多的名气。汪端《明三十家诗选》中,常见陈裴之以“澄怀居士”之名,崭露一些只词片语、直观妙悟式的评论。《明三十家诗选》张羽诗家小传之后,汪端引用陈裴之《〈七姬权厝志〉论》两千余字长文,并誉之为“实能阐幽纠谬”。[②]《明三十家诗选》夏完淳条目之下,汪端援引陈裴之千余字《夏内史诗》,并感叹说:“则澄怀诗洋洋数千言抒发尽之,余不必更赘一词矣!”[③]藉此两例,可略见陈裴之吟志抒怀、情思贯通的才气。另外,汪端诗集《自然好学斋诗钞》有《丙子孟陬上旬与小云夜坐以〈澄怀堂集〉〈自然好学斋诗〉互相商榷偶成二首》,其中有“花落琴床春展卷,香温箫局夜谈诗”[④]之句,可略见陈裴之与汪端情笃意合、琴弹瑟应的诗书生活。汪端嫁入夫家后,仍继续保持诗书雅好,并得到夫家的认同、鼓励与支持,这是她能够潜心编著《明三十家诗选》的一大原因。

汪端的父族、母族、夫族,均系家门贵盛的名府大族,自有私藏文献的优势。比之前辈学人朱彝尊编书时四处借书抄书之情景:“又六年,昆山徐学使章仲以白金一镒购之,予遂假归录焉”[⑤],“此地志之为最善,予年八十,始钞得是书”[⑥],“今年秋九月,过曹通政

① 汪端《明三十家诗选》,《初集》卷三下,页四至页十三,同治癸酉十月蕴兰吟馆重刊本。

② 汪端《明三十家诗选》,《二集》卷二上,页二十四,同治癸酉十月蕴兰吟馆重刊本。

③ 汪端《明三十家诗选》,《二集》卷八下,页五,同治癸酉十月蕴兰吟馆重刊本。

④ 汪端《自然好学斋诗钞》,卷三,页七,同治十三年重刊本。

⑤ 朱彝尊《曝书亭集》,卷第四十四,《〈淳熙三山志〉跋》,页六,康熙年刻本。

⑥ 朱彝尊《曝书亭集》,卷第四十四,《书〈新安志〉后》,页六,康熙年刻本。

子清真州使院，则插架存焉，亟借归录之”①，汪端的境遇不得不说是好了太多。

除了如上提及的梁德绳、陈文述、陈裴之等家人助力汪端编著诗集之外，汪端周围亦聚集了一大批学养有素、志趣相投的名媛闺秀。这些同道中人助其一臂之力，使得《明三十家诗选》最终顺利完稿。

在《明三十家诗选·凡例》之后，汪端列出了原校女士之名："《初集》：卷一，钱塘孙云凤碧梧；卷二，长洲李佩金晨兰；卷三上，昭文席佩兰道华；卷三下，常熟归懋仪佩珊；卷四，仁和孙琦茗玉；卷五上，常熟屈秉筠宛仙；卷五下，华亭廖云锦织云；卷六上，金匮杨芸蕊渊；卷六下，新城陈德卿雪兰；卷七上，钱塘汤绣蛸湘绿；卷七下，钱塘汪筠纫青；卷八上，钱塘金芾召南；卷八下，无锡华云芝鹤田。《二集》：卷一上，钱塘管筠静初；卷一下，吴县席慧文怡珊；卷二上，归安王钿兰上；卷二下，秀水王蕙芬采仙；卷三上，钱塘陈华娵萼仙；卷三下，钱塘陈丽娵茗仙；卷四上，丹徒王琼碧云；卷四下，金匮顾翎羽素；卷五上，钱塘汪嘉静宜、仁和钱珮楚长；卷五下，钱塘孙云鹤仙品、钱塘孙云鹇娴卿；卷六上，仁和韩淑章莲生、归安王德柔韫容；卷六下，粤东黄之淑兰娵；卷七上，德清许延礽因姜、德清许延锦云姜；卷七下，钱塘黄巽蕉卿、钱塘汤蘅小谷；卷八上，钱塘李素娵琳仙、钱塘李锦娵蓉仙；卷八下，上元王子兰紫湘。”②

以上可见，优裕的家族身世，为汪端提供了巨量的藏书资源，使得她在编选《明三十家诗选》时，占尽得天独厚的选源优势。同时，在汪端的周围，聚集了一大批诗精艺善、志同道合的诗社姐妹。在

① 朱彝尊《曝书亭集》，卷第四十四，《〈景定建康志〉跋》，页六，康熙年刻本。

② 汪端《明三十家诗选》，原校女士姓氏，页一至页二，同治癸酉十月蕴兰吟馆重刊本。

这些性耽风雅、灵心妙意的女伴们的助力加持下，选政者尽得“天时地利人和”之顺势。加之汪端其人博采穷搜、晨书暝写、发潜阐幽、精思慎择，最终成就了中国文学史上这部考订精详、遴选精纯、编排精致、镌刻精雅的《明三十家诗选》。

二、《明三十家诗选》的谋篇布局

《钦定四库全书总目》中说：“文章公论，历久乃明。天地英华所聚，卓然不可磨灭者，一代不过数十人。”①有明一代近三百年，诗家“卓然不可磨灭者”，亦不过数十人耳。那么，如何在有限的篇幅之内，让这些诗坛名家按照应有之位分，展示他们足堪传世的名作呢？这应是所有的选政之人需要认真思考的首要问题。

显然，汪端编选《明三十家诗选》时，首先要厘定如下棘手难题。其一，在明代历史上，有哪些诗家应当表而出之？这些诗人应以怎样的座次进行排序？其二，这些诗坛名家，他们有哪些诗作理应被辑录？入选诗作的成败得失，以选政者观之，应作怎样的价值评判？

刘勰《文心雕龙》中说：“博见为馈贫之粮，贯一为拯乱之药。”对于第一个问题，汪端的具体做法是“别裁品第”。这显然受到钟嵘《诗品》及高棅《唐诗品汇》的启发。这一点，汪端也直言不讳：“梁钟记室嵘论诗，分上、中、下三品。明高棅《唐诗品汇》亦分正始、正宗、大家、名家、羽翼、接武、正变、余响、旁流九等。选诗贵别流品，其来尚矣。”②如此一来，面对近三百年汗牛充栋的诗人诗作，汪端以“别流品”的方式，稳住了“定海神针”，找到了谋篇布局的“贯一”思路。

既然诗分上、中、下品级，那么别裁品第之时，何者为上？何者

① 纪昀等《钦定四库全书总目》，卷一百四十八，集部三十九，别集类一，页二十三，武英殿刻本。

② 汪端《明三十家诗选》，《凡例》，页一，同治癸酉十月蕴兰吟馆重刊本。

为中？何者为下？汪端给出的回答是："是选《初集》诸家，犹主盟之晋、楚也。《二集》诸家，犹列国之宋、郑、鲁、卫也。《附录》诸家，犹附庸之邾、莒、杞、薛也。"①以春秋时代强弱列国为喻，找到了排兵布阵的"抓手"，汪端由此定下全书的整体架构。

《初集》所列之人，犹诸侯大国，自然霸列在上，是为诗集之上品。卷一之刘基，卷二之高启，卷三之李东阳、李梦阳，卷四之何景明，卷五之徐祯卿、谢榛，卷六之李攀龙、王世贞，卷七之陈子龙、顾炎武，卷八之陆世仪、陈元孝。如上诗人，或一方盟主，或一介领袖，曾引领一时或一代之诗风。在汪端看来，他们作为明代诗家的中流砥柱，理应贵居"上品"。

《二集》所列之人，比诸晋、楚大国虽不能及，但比起邾、莒、杞、薛小邦则远过之，理应位次其间，当居诗集之中品。卷一之贝琼、张以宁，卷二之杨基、袁凯，卷三之孙蕡、林鸿，卷四之李昱、程本立，卷五之边贡、皇甫汸，卷六之高叔嗣、区大相，卷七之徐熥、徐𤊹、曹学佺，卷八之邝露、夏完淳。如上这些诗人，或一时名流，或一地名家，其佳作足堪传诸后世。汪端将这些才名稍次之人，列诸《二集》，以此与上品之人区分主客重轻，是为"中品"。

《初集》与《二集》诗人名位之下，汪端以"附录"的形式，将那些与正集诗人有"裙带关系"者，附之于后。这些诗人，用汪端的话说："集中《附录》诸家与正选者，或系昆季，或系师友，或同里，或齐名，或诗格相似，或出处相符，均从附列，以见渊源。"②比如《初集》卷六下，录王世贞诗五十七首，其后附录吴国伦、梁有誉、欧大任、黎民表、王世懋五人诗作。五人者，吴国伦、梁有誉两人与王世贞并列"后七子"之名，欧大任、黎民表两人与梁有誉同游香山黄佐之门且

①② 汪端《明三十家诗选》，《凡例》，页一，同治癸酉十月蕴兰吟馆重刊本。

并列“南园后五子”之名，而王世懋是王世贞之弟。那么，该卷诗人之间很显然存在“或齐名”“或同里”“或昆季”的裙带关系。再如《二集》卷六上，录高叔嗣诗四十首，其后附录薛蕙、华察、施渐、归子慕、李流芳、钱澄之、张纲孙七人的诗作。所录七人之作，或写长林丰草，或题绿水青山，皆为陶渊明式的隐逸之诗。因此该卷诗人之间显然存在“诗格相似”“出处相符”的关系。显然，通过这样的网状联结，明代诗人之交游关系、承传流变、地域文化、位次排序、声名传播、后世影响等一系列问题，一目了然于纸上，诗人水准高下亦清晰可见。鉴于《附录》中的作者，或因诗存人，或因人存诗，自然不应缺席，汪端将其列诸“下品”。

如此一来，汪端以独特的“三分”之法，构建出有主流、支流、旁流的明诗史。这样的主、次、末之关系，形成一种关联紧密且呈辐射状的明代诗人网状图景。汪端以这种精巧方式，搭建起遴选明诗的框架。这样的做法，不仅找到了“贯一”的谋篇布局思路，而且个性鲜明地呈现出编选者的特殊性。

刘勰《文心雕龙》中说：“不偏于憎爱，无私于轻重。”对于第二个问题，汪端的具体做法是“明辨得失”。正如梁德绳在该选序文中所说：“至于是非得失之故，兴衰治乱之源，尤三致意焉。”①

选诗贵在眼光独到，明辨是非。汪端兹选，在诗歌得失问题上，给出了明晰的判断。对于成功的范例，汪端别其体裁，分而论之，细说其详。比如说到明代乐府诗的成就时，汪端作出了如下的区分：“刘文成郁伊善感，唏嘘欲绝，《离骚》之苗裔也。高青丘清华朗润，秀骨天成，唐人之胜境也。何大复源于汉魏、开宝，而能自抒妙绪。

① 梁德绳《明三十家诗选序》，见《明三十家诗选》，前序，页一，同治癸酉十月蕴兰吟馆重刊本。

徐昌谷六朝风度，娴雅绝伦。”①可见，汪端不仅善于抽绎如上诗人不同的风格特性，而且能够阐明各自的流变轨迹。再比如谈到七言古诗的时候，汪端亦作出如下区分：“七言古，明初青丘沉郁宕逸，兼太白、杜、韩之长。贝清江、张志道鲜明紧健，颇近元遗山、虞道园二家。孙仲衍学岑嘉州，明隽清奇，善言风景。李草阁歌行学杜，材力驰骋，足以赴之，惜波澜较少耳。”②汪端从历史发展的角度，既概括了如上诗人的个性特点，又厘清了诗人之诗在体裁方面的渊源与衍变，且评判之语准确、得体、精当。

汪端不仅善于总结成功的特点，同样也长于归纳失败的教训。如评价李梦阳时，汪端说：“（空同）摹杜有痕，终不免努目嚼齿之状，仲默所以有‘古人影子’之诮也！”③评价李攀龙时，汪端说：“于麟诗非不佳，第千篇一律。”④再者如《凡例》中的一系列评议，“汪朝宗广洋诗，撰语松利，多流浅率”“郑少谷善夫以学杜自命，拙直枯悴”“王穉钦廷陈猖狂邪僻，何异桑悦，诗亦赝鼎之流，毋足娱玩”“朱升之应登、殷近夫云霄规模空同，钝涩尤甚”“王履吉宠、王道思慎中袭颜光禄之貌，板重不灵”“宗子相臣慕太白之风，尚未得其形似，无论神理”“屠长卿隆、沈嘉则明臣、王承父叔承篇什最富，而沙砾盈前，无金可拣，虽多亦奚以为”“临川以词曲名家，诗伤牵率”“徐既失之粗野，王又病于纤秾”“祝允明、唐寅之俚俗”“王彦泓、冯班之淫艳”“三袁宗道、宏道、中道之佻仄”“钟惺、谭元春之幽诡”等。⑤比起意气用事乱贴标签、简单粗暴轻下断语、好恶随己毁誉由我的做法，汪端处理问题的方式显得颇多理性。

---

①② 汪端《明三十家诗选》,《凡例》,页二,同治癸酉十月蕴兰吟馆重刊本。

③ 汪端《明三十家诗选》,《初集》卷三下,页十九,同治癸酉十月蕴兰吟馆重刊本。

④ 汪端《明三十家诗选》,《初集》卷六上,页七,同治癸酉十月蕴兰吟馆重刊本。

⑤ 汪端《明三十家诗选》,《凡例》,页五,同治癸酉十月蕴兰吟馆重刊本。

汪端总结诗人诗作的特点，能针对优缺点进行细致分析，进而给出具体的意见，或成功的理由，或失败的原因。这样的做派，摈除门户之见，较少意气之言，整体上做到了有据可依，因此得出的结论往往能够令人信服。一位年纪轻轻、缺乏社会阅历的深闺女子，对明代近三百年诗学进行得失之总结，着实令人惊叹她的判断力。

由上可知，汪端的《明三十家诗选》，一以品流定高下，可见其独到性，一以流变正得失，足见其判断力。综而观之，汪端兹选，纵横交织，构思巧妙，功夫即在其中矣。所以，梁德绳称赞汪端诗选时道："读是书者，不特三百年诗学源流，朗若列眉，即三百年之是非得失，亦了如指掌。选诗若此，可以传矣！"①

三、汪端的文学批评思想

从诗学的外部来考察，汪端的《明三十家诗选》，由品流定高下，从流变正得失，颇多可观之处。那么，从诗学的内部去推究，汪端在编著兹集时，所秉持的是怎样的诗学观呢？

《明三十家诗选》篇首之著者凡例、正文之诗家评语、诗末之编者点评，可见汪端的文学批评思想。大体上可从"清""真""雅""正"等视角，将其归纳为"清而不浊""真而不伪""雅而不俗""正而不邪"四大维度。

其一曰"清"。"清"即"清而不浊"。"清"为诗之风神情韵。

汪端在《凡例》中言："清者，诗之神也。王、孟、韦、柳如幽泉曲涧，飞瀑寒潭，其神清矣。李、杜、韩、苏，如长江大河，鱼龙百变，其神亦未尝不清也。若神不能清，徒事抹月批风，枯淡闲寂，则假王、

① 梁德绳《明三十家诗选序》，见《明三十家诗选》，前序，页一，同治癸酉十月蕴兰吟馆重刊本。

孟而已。”[①]在《明三十家诗选》中，汪端欣赏高启的诗，言其“清华朗润”；欣赏徐祯卿的诗，言其“清声古色”；欣赏孙仲衍的诗，言其“明隽清奇”；欣赏李流芳等人的诗，言其“清旷绝尘”。其赏誉的理由虽然不一，但落脚点俱在一“清”字。

汪端对诗歌进行的评点，亦可见其“清”字内涵。何景明《岳阳》：“楚水滇池经万里，使车重喜过巴丘。千家树色浮山郭，七月涛声入郡楼。寺里池亭多旧主，城中冠盖半同游。明朝又下章华路，江月湖烟绾别愁。”汪端给予的评语是：“清华流转。大复集中最上乘。”[②]孙一元《夜坐》：“中庭露下湿征裾，独起苍茫伫望余。河汉夜凉人语静，海门潮上月华初。盛时去国愁难破，看剑烧灯气未疏。三载相看隔南越，故山戎马久无书。”汪端给予的评语是：“第四语清旷。又有‘水楼残夜月华明’句，亦佳。”[③]林鸿《游方广岩》：“玄岩太古色，恍若入鸿濛。一径攀跻尽，诸天杳霭中。云归山殿冷，月出水帘空。境静离言说，泠泠松桂风。”汪端给予的评语是：“清迥。”[④]夏完淳《宝带桥》：“连天芳草青，极浦独扬舲。归雁舟前落，愁人梦里听。花光明晓雾，波影乱春星。欲访灵威穴，孤帆入洞庭。”汪端给予的评语是：“清炼。”[⑤]可见，汪端赏誉之诗，常有清神远韵的意境特征。

由此，不难看出，在汪端看来：诗作应神清，似幽泉曲涧、飞瀑寒潭；诗作应韵远，似白鸥浴水、密树啼莺。“片言可以明百意，坐驰可以役万景”，因此，汪端论诗，笔下所言的“清”字，贵在笔墨简约、取

① 汪端《明三十家诗选》，《凡例》，页四，同治癸酉十月蕴兰吟馆重刊本。
② 汪端《明三十家诗选》，《初集》卷四，页二十五，同治癸酉十月蕴兰吟馆重刊本。
③ 汪端《明三十家诗选》，《初集》卷五上，页十九，同治癸酉十月蕴兰吟馆重刊本。
④ 汪端《明三十家诗选》，《二集》卷三下，页八，同治癸酉十月蕴兰吟馆重刊本。
⑤ 汪端《明三十家诗选》，《二集》卷八下，页八，同治癸酉十月蕴兰吟馆重刊本。

象简澹，大抵是诗歌天然且澄澈、纯净无杂质的美感。

其二曰“真”。“真”即“真而不伪”。“真”为诗之筋骨思理。

汪端在《凡例》中言：“尝谓诗不可不清，而尤不可不真。”接着又说：“真者，诗之骨也。诗以词为肤，以意为骨。康乐跅弛，故其诗豪迈。元亮高逸，故其诗冲澹。少陵崎岖戎马，故其诗沉郁。青莲向慕仙灵，故其诗超旷。后人读之，想见其人性情出处，所以为真诗。若乃生休明之世而无病呻吟，处衡泌之间而恣谈国是，则伪少陵而已。”①既然“诗不要苦思，苦思则丧其天真”，据此汪端枚举四则实例来阐明“真”之意。谢灵运寻山涉岭，跅弛不羁，因此其诗豪迈灵动。陶渊明高人逸士，屏处林泉，所以其诗冲淡平和。杜甫浮家泛宅，颠沛流离，因此其诗沉郁顿挫。李白飘然云海，追仙慕道，所以其诗超旷脱俗。总之，字如其人，言为心声，诗表性情。诗歌是性灵的艺术，讲求真性情的蕴藉与感发，理应流露出真心、本心、童心，容不得半点虚伪、矫饰、做作。

在《明三十家诗选》中，汪端对李攀龙的评价不高：“沧溟天资英迈，实未易才。惜早年求名太急，沿献吉之余波，引凤洲为同调，动以吾道主盟自命，矜厉失平，浮夸不切。效之者叫呶成习，而真诗渐亡，遂与空同并为后人掊击诟厉，固其宜也。”②贬责的落脚点，在“叫呶成习，而真诗渐亡”处。所以汪端言：“若李沧溟挦撦剽拟，词义艰晦，竹垞斥为‘妄人’也固宜。”③

由此可见，汪端的诗学批评，着重于诗歌真性情的感发，要求真实不虚假，真诚不矫饰，忌拾人牙慧，忌鹦鹉学舌，忌无病呻吟，忌故弄玄虚，忌模拟剽窃，忌为赋新词强说愁。

---

① 汪端《明三十家诗选》，《凡例》，页四，同治癸酉十月蕴兰吟馆重刊本。

② 汪端《明三十家诗选》，《初集》卷六上，页三，同治癸酉十月蕴兰吟馆重刊本。

③ 汪端《明三十家诗选》，《凡例》，页二，同治癸酉十月蕴兰吟馆重刊本。

“苦思则丧天然之质”，因此汪端总结其诗学观时强调说：“兹集所收，虽面目不一，要皆无悖于‘清’‘真’二字。”①显然，汪端《凡例》中所言的“真”，重在物我相应、兴到神会，大抵是情意感发、人诗契合的天然质感。

其三曰“雅”。“雅”即“雅而不俗”。“雅”为诗之格调品位。

汪端比较看重的诗人，常赋一“雅”字誉之。比如论徐祯卿，言“娴雅绝伦”；论陆世仪，言“雄深渊雅”；论陈子龙、夏完淳，言“雅练庄严”；论徐惟和兄弟、曹忠节、程孟阳、王介人、范东生、谢在杭、林初文诸人，言“措词婉雅”。因此汪端在《凡例》中总结道：“兹选概从芟薙，庶几无戾雅音。”②诗歌是一门语言的艺术，这种艺术拒绝粗疏、粗俗、粗野。因此，汪端所谓的雅，飘飘俊逸，落落远俗，是清洁之思想由内向外透溢而出的高朗之格调。

和“雅”字相对应者即为“俗”。诗歌犯了俗的忌讳，就算是误入了歧途，落进了野狐禅的牢笼。汪端同样列举了明代诗歌史上失败的案例：“至祝允明、唐寅之俚俗，王彦泓、冯班之淫艳，三袁宗道、宏道、中道之佻仄，钟惺、谭元春之幽诡，则人所共知，毋庸深论。凡此诸家，大抵不出‘伪’‘俳’二体。‘伪体’足以惑学人，‘俳体’易于动流俗，其弊均也。”③

在汪端的价值判断里，她内心排斥并摈弃的诗歌弊病，一曰“伪”，一曰“俳”。“伪”即是不真实，“俳”就是不正经。“伪”的对立面是前文所言之“真”，而“俳”的对立面就是此处所论之“雅”。诗歌不雅则俳，而“俳”之弊端在于“动流俗”。所以，整部《明三十家诗选》，汪端对于曾经风行于世的诗坛流派如“公安派”与“竟陵派”等

---

① 汪端《明三十家诗选》，《凡例》，页四，同治癸酉十月蕴兰吟馆重刊本。

②③ 汪端《明三十家诗选》，《凡例》，页五，同治癸酉十月蕴兰吟馆重刊本。

视而不见，诗作弃置不录。究其原因，正是因为身为贵族名媛女子，汪端持有洁癖心理，她对动流俗、不正经的诗作，妖妄淫艳、猥鄙幽诡的内容，心存抵斥之意。

由上可知，汪端所言之"雅"，要求语丽情深、才高骨俊、辞约旨远、意明语净，这是一种不落流俗的审美意境与艺术品位。

其四曰"正"。"正"即"正而不邪"。"正"为诗之元气根本。

汪端在开篇之《记梦》中，言及宋濂，推崇备至。究其原因，则为："余维公人品最正、学问最醇、翊赞最久、献替最多，且精通释典，则其为丰干后身，生天成佛，亦理所应有。余幸得于梦中瓣香礼之。"[①]可见，汪端折心于潜溪，落脚点即在一"正"字。

汪端大力推崇之人，除了处师儒重、以文章显的宋文宪之外，还有一大批骨气端翔、正直忠鲠之臣："至如孙忠愍炎、王忠文祎、方忠文孝孺、练忠肃子宁、于忠肃、王文成、杨忠愍继盛、高忠宪攀龙、倪文贞元璐、卢忠肃象升、史忠正可法、左忠贞懋第、刘忠介宗周、黄忠端道周、瞿忠宣式耜、黄忠节淳耀、吴节愍易、陈忠简子壮、陈忠烈邦彦、杨忠节廷麟、顾节愍咸正、梁节愍朝钟诸公，浩然正气，本不以篇翰争长，将另录一集，以申仰止之意。"[②]汪端在《明三十家诗选》中，对忠义之人的浩然正气，赞誉推服之声不绝于口。

汪端将陈子龙列诸《初集》，置之卷八之首，锦词绣语，浓墨重彩，大力表彰。至于瞿式耜、史可法、刘宗周、左懋第、黄淳耀等明代死国难之臣，汪端对其同样表达出赞许崇拜之情。

除此之外，《明三十家诗选·初集》卷八上，汪端录陆世仪千余字长诗《黄孝子诗》，诗后点评道："如众流归海，笔力真可屈铁，非大

① 汪端《明三十家诗选》，《记梦》，页二，同治癸酉十月蕴兰吟馆重刊本。

② 汪端《明三十家诗选》，《凡例》，页六，同治癸酉十月蕴兰吟馆重刊本。

家不能辨也！”[①]《初集》卷八下，汪端录陈元孝《过六贞女墓》一诗，并附序云：“六女惧不免，夜以酒相酹，一夕同赴水死。”[②]《明三十家诗选·二集》卷二上，汪端录张羽诗，在诗家小传后，录陈裴之考证长文《〈七姬权厝志〉论》，文末感叹道：“至七姬以弱女子同时舍生取义，自可与日月争光。”[③]《二集》卷八下，汪端录夏完淳诗《细林野哭》《吴江野哭》，其后评诗曰：“二诗羽声慷慨，读之生气凛然！”[④]贞女义士，堂堂正正，风骨刚烈，气度凛然。

与之相反者，为“正邪不两立”的反面之例。《明三十家诗选》中，汪端对李梦阳在主观层面甚无好感，借陈文述《颐道堂文集·书〈李空同集〉后》一文，对李“存心不正”的诸多细节，进行一一揭发。《凡例》中所言“至李空同其人与诗，虽不足道，然前后七子之名，褎然居首，沿袭已久，故仍录之《初集》”[⑤]，这句话就带有十足的蔑视之意。这是汪端对李梦阳“私德不修”人品的否定。从中即可见汪端“人品为根本，正邪两分明”的论诗倾向。所以，曹贞秀在序言中如是评介汪端此集：“今观兹选，论诗则务取清真，力删伴伪，论人则务崇名节，坚斥邪僻。”[⑥]

当然，汪端论诗重视“清真雅正”，并不是说这些诗论主张系汪端的首创。此四字，在历来的艺文论评中，多有分别提及。早在唐代，李太白赋诗《王右军》，言“右军本清真，潇洒在风尘”[⑦]，即以“清

① 汪端《明三十家诗选》，《初集》卷八上，页九，同治癸酉十月蕴兰吟馆重刊本。

② 汪端《明三十家诗选》，《初集》卷八下，页十二，同治癸酉十月蕴兰吟馆重刊本。

③ 汪端《明三十家诗选》，《二集》卷二上，页二十三，同治癸酉十月蕴兰吟馆重刊本。

④ 汪端《明三十家诗选》，《二集》卷八下，页七，同治癸酉十月蕴兰吟馆重刊本。

⑤ 汪端《明三十家诗选》，《凡例》，页一，同治癸酉十月蕴兰吟馆重刊本。

⑥ 曹贞秀《明三十家诗选序》，见《明三十家诗选》，前序，页一，同治癸酉十月蕴兰吟馆重刊本。

⑦ 李白《李翰林集》，卷之二十二，页十二，东吴毛子晋重订，汲古阁刊本。

真”二字评论王羲之精妙入神的书艺。时至宋代，词学批评家张玉田撰著《词源》时，该书卷下之首句，即总括道“古之乐章、乐府、乐歌、乐曲，皆出于雅正”①，则将诗乐精核概之为“雅正”二字。由此可见，以“清真”与“雅正”谈诗论艺者，早已有之。

不独唐宋然，明季崇祯年间，云间陈子龙与同里社友李雯、宋徵舆编辑的《皇明诗选》，亦明确言及“清真”与“雅正”。《皇明诗选》卷七，辑录何景明五言律诗《送郭刑部守宁波》：“汉庭黄绶吏，西省白云司。岂谓为郎久，犹言出守迟。云霄悬赐履，江海入褰帷。古越今名郡，风流当在兹。”其后附有李舒章之评语，即言：“清真自佳。”②而《皇明诗选》卷首有陈子龙之序，内言“大较去淫滥而归雅正，以合于古者九德六诗之旨”③，则将选诗宗旨归之为“雅正”。

在清代，“清真雅正”亦较早出现在官方意识形态话语中。据《清实录》载，雍正皇帝即颁布御旨，晓谕考官，务令雅正清真，以正学风：“壬子，谕礼部：晓谕考官，所拔之文，务令雅正清真，理法兼备。虽尺幅不拘一律，而支蔓浮夸之言，所当屏去。”④雍正皇帝是一位务实的君主，其对文风有如此要求，自然在情理之中。到了乾隆皇帝，这位好大喜功的“十全老人”，赓续其父倡导之学风，亦重视“清真雅正”之皇训，乾隆十年御旨：“国家设科取试，首重者在四书文。盖以六经精微尽于四子书，设非读书穷理，笃志潜心，而欲握管发挥先圣之义蕴，不大相径庭乎？我皇考有‘清真雅正’之训，朕题贡院诗云‘言孔孟言大是难’，乃古今之通论，非一人之臆说也。”⑤

① 张炎《词源》，卷下，页一，光绪八年壬午四月娱园开锓，元善起斋钞本。
② 陈子龙《皇明诗选》，卷之七，页二十四，平露堂刻本。
③ 陈子龙《皇明诗选》，序一，页二至页三，平露堂刻本。
④ 清馆臣《世宗宪皇帝实录》，卷一百二十一，皇史宬大红绫本。
⑤ 清馆臣《高宗纯皇帝实录》，卷二百三十八，皇史宬大红绫本。

由此可知，清代的官方文件中，亦常见“清真雅正”四字的明确论述。

在清代，官方出于“有益教化”的考量，提倡“清真雅正”以正天下学风，自有其合理性。而且，此四字本就与诗文内在的高雅精髓相契合。作为谨始虑终的闺房女子，汪端自然不会僭越这样的时代主题。更进一步说，即便不是意识形态话语抑或时代文化主题在蓄势，清心玉映、性贯灵犀的才女汪端，也能最终走向“清真雅正”的深层文化自觉。

四、汪端选诗受明清批评家的影响

汪端的文学批评，比较集中地体现为“清”“真”“雅”“正”等思想。这些内容，在《明三十家诗选》之《凡例》中可以较为清晰地得见。学问传承，自有渊源。实际上，汪端的文学思想，不仅受到了当时官方意识形态的影响，还明显受到了明清批评家们的影响。

其一，汪端《明三十家诗选》受到了钱谦益思想的影响。

在汪端《明三十家诗选》中，对其影响最大的诗学批评家应是《列朝诗集》的编著者钱谦益。可以说，汪端对有明一代诗家的论断，整体上来自于钱氏《列朝诗集》的启发。举例来说，《明三十家诗选》的诗家小传部分对《明史·文苑传》有着明显的承袭之迹，而《明史·文苑传》对《列朝诗集》中的诗家小传部分又有直接的承袭之迹。又比如汪端《明三十家诗选》谋篇布局时，在正选之人后设置附录诸家以见渊源，“附录”这一做法即受到钱谦益《列朝诗集》“附见”的影响。还有不少细节，亦可见此影响，兹不再展开分析。当然，汪端此例，绝非个案。钱谦益《列朝诗集》面世以后，鲜有选政者不受钱氏之影响。

《列朝诗集》中对历朝诗人的论断，基本上成为汪端评人论诗的主要依据。鉴于钱谦益明季之丑行、士林之恶名、人品之不堪，汪端羞于承认受到了钱氏的影响。举例证之,《明三十家诗选·初集》卷七下,汪端选顾炎武《王官谷》一诗:“士有负盛名,卒以亏大节。咎在见事迟,不能自引决。所以贵知几,介石称贞洁。唐至昭宗时,干戈满天阙。贤人虽发愤,无计匡杌陧。邈矣司空君,保身类明哲。坠笏洛阳墀,归来卧积雪。视彼六臣流,耻与冠裳列。遗像在山崖,清风动岩穴。堂茆一亩深,壁树千寻绝。不复见斯人,有怀徒郁切。”该诗后汪端对此有点评,即可透见内中端倪:“起四语,虞山、合肥辈读之能无汗下?”[①]此处之“虞山”,即指钱谦益。通过这则材料,不仅能够看出汪端的思想洁癖与心灵内视,同时,汪端对钱氏其人其事之熟稔程度由此亦可侧见。

实际上,汪端对钱谦益的诗学思想,既有明处的贬责之言,又有隐蔽的承继之迹。这一点,可以从《明三十家诗选》一书中高频出现“钱谦益”“虞山”“蒙叟”“绛云”等字样处得以体现。兹举例如下:

在李东阳的诗家小传后,汪端评论道:

> 虞山过相推挹,以“明代第一人”目之。渔洋肆口毁斥,以为“软靡熟滑”。准之公论,均无当也。[②]

在谢肇淛的诗家小传后,汪端评论道:

> 明初,“闽中十才子”专学盛唐。万历间,徐幔亭昆季、曹石仓及在杭诸人,则兼法钱、刘、元、白并洪武诸家。虽前后宗尚,微有不同,要皆精研格律,无忝正声。在杭诗清圆俊朗,远胜王

① 汪端《明三十家诗选》,《初集》卷七下,页五,同治癸酉十月蕴兰吟馆重刊本。
② 汪端《明三十家诗选》,《初集》卷三上,页五,同治癸酉十月蕴兰吟馆重刊本。

百谷。而虞山深诋闽派“庸熟”“蹈袭”“如出一手”，又谓在杭“风调谐合，得之百谷为多”。其月旦颠倒如此，绛云一炬，岂非天哉！①

在曹学佺的诗家小传后，汪端评论道：

忠节诗，秀骨清声，霞标玉映，其辞丽以则，其思深以远，才气少让陈忠裕，而温婉过之。两公皆以风雅主盟，成仁殉国，坛坫为之有光。而虞山初与两公皆友善，声望相埒。其选明诗，于忠裕则摈置不录，于忠节则大有微词。此犹留梦炎谗文文山、胡光大诋方正学，相形见诎，心窃病之。卒之盖棺论定，著作荡为烟埃，姓氏污人齿颊，复何面目见两公于地下哉！②

在程嘉燧诗家小传后，汪端评论道：

虞山之选明诗，逞其私臆，淆乱是非。阳崇阴挤、复摭邪说以污蔑之者，刘文成、高青丘也。置不留目、无所短长者，贝清江、杨孟载诸人也。浮慕其名、尊之失当者，袁海叟、李西涯、徐昌谷也。有可訾之道而排击不中窾要者，李空同、李沧溟、王凤洲也。不应贬而贬之者，何大复、边华泉也。无足称而称之者，沈嘉则、王百谷、王承父也。巨擘哲匠、遗弃不录者，区海目、陈忠裕、邝湛若诸公也。元恶憸夫、曲护其短者，姚广孝、严嵩、沈一贯、阮大铖等也。其他伐异党同，纰缪百出。惟推重孟阳一

① 汪端《明三十家诗选》，《二集》卷七上，页十六，同治癸酉十月蕴兰吟馆重刊本。
② 汪端《明三十家诗选》，《二集》卷七下，页二至页三，同治癸酉十月蕴兰吟馆重刊本。

事，则竟未可厚非。何则？观孟阳近体，秀逸流亮，宗范随州、丁卯，固不失为名家，而狷介自守，亦不失为吴仲圭、吾子行一流人。虞山以其诗与己同调，力相称引，实鉴于王、李之摈茂秦，故结契布衣以徼时誉，非孟阳有意依附也。且虞山诗选，告成在孟阳既殁之后，谥为"诗老"，所以慰其地下，亦未尝挟孟阳以抗李、何、王、李也。朱竹垞谓"孟阳格调卑卑，才庸气弱"，邵子湘摘其累句诃为"秽亵俚俗"，沈归愚谓其"纤词浮语，仅比于陈仲醇"，是皆因虞山毁誉失实，迁怒孟阳，过事丑诋。今录其诗，爰为湔雪，以见论诗如论史，贵存公是。若必连类讥讪，愆羹吹齑，是徒取快一时，何以昭信于千古哉！①

《列朝诗集》中，钱谦益对明代诗家的价值判断，一些真知灼见的内容，以直接的形式被汪端采摭引述；一些有违公论的见解，则被汪端纠谬勘正后加以援引采纳。作为后来者，汪端对钱谦益的思想，多有赓续与弘扬。同时，汪端对钱氏之误，亦进行了逆向的反思。这也是相当明显的事实。

可以说，在《明三十家诗选》中，或直接或间接，钱谦益的影子无处不在。鉴于钱谦益在甲申亡国之年，错步上前，大节有亏，肩载亡国之罪，身负污名之悲，是清代汉族文人泄恨的"箭垛子"式人物，因此汪端受钱氏思想的影响显得比较隐蔽。举例来说，《明三十家诗选·二集》卷八下有汪端之夫陈裴之以澄怀居士之名所作的《夏内史诗》，其中即言："堂堂钱尚书，东林扬芳徽。垂老甘毁节，不畏千秋嗤。"②此例即可见汪、陈二人对垂老毁节的钱谦益人品的不满。

---

① 汪端《明三十家诗选》，《初集》卷七下，页十至页十一，同治癸酉十月蕴兰吟馆重刊本。

② 汪端《明三十家诗选》，《二集》卷八下，页五，同治癸酉十月蕴兰吟馆重刊本。

但对李梦阳、钟惺、程嘉燧、归子慕等诗人进行论断时，汪端又与钱谦益达成了高度一致的见解。显然，终生有思想洁癖的汪端，以“清真雅正”四字为训，对钱牧斋心存鄙夷，但其才识胆力不及处，也只得沿袭钱氏之旧说。如此做法，自然也在情理之中。

其二，汪端《明三十家诗选》受到了朱彝尊思想的影响。

诗家小传与各家评骘之后，汪端常对入选诗作给出自己的评价判断，即汪端在《凡例》中所说：“而端之一知半解附焉。”比较显见的事实是，这样的行文布局，承继了朱彝尊《明诗综》的体例。这一点，汪端亦直言不讳道：“此又仍竹垞《明诗综》例也。”①且《明诗综》的体例是诗人小传、各家评骘、编者评论、诗歌选辑，而汪端《明三十家诗选》的体例亦如此。显然，从外部的结构布局看，该书确如汪端所言“仍竹垞《明诗综》例”。

《明三十家诗选》前人评语部分，汪端引用最多者，为朱彝尊的《明诗综》。《明诗综》的诗话部分，即后来辑录成书的《静志居诗话》，其中有不少论断，在《明三十家诗选》中被高频且大段地加以援引。比如在杨一清诗家小传之后、汪端评语之前，所征引的前人评骘之语，仅有朱彝尊一则：“朱锡鬯曰：‘邃庵古诗，原本韩、苏，近体一以陆放翁、陈简斋为师。’”②比如在于慎行诗家小传之后、汪端评语之前，所征引的前人评骘之语，亦仅有朱彝尊一则：“朱锡鬯曰：‘文定格律和平，当正声微茫之时，能为是调，即以诗高选亦堪作相。’”③甚至，有些诗人小传之后，没有汪端的评语，却仅有朱彝尊的评骘之言。比如诗人居节生平要略之后，并无汪端的评骘之言，但有朱彝尊的一则评语：“朱锡鬯曰：‘商谷绳削斤斤，不失晚

---

① 汪端《明三十家诗选》，《凡例》，页一，同治癸酉十月蕴兰吟馆重刊本。

② 汪端《明三十家诗选》，《初集》卷三上，页二十二，同治癸酉十月蕴兰吟馆重刊本。

③ 汪端《明三十家诗选》，《初集》卷六上，页十二，同治癸酉十月蕴兰吟馆重刊本。

唐家数。'"①再比如诗人罗宾王生平要略之后，同样没有汪端的评骘之言，但有朱彝尊的一则评语："朱锡鬯曰：'季作罢官，归筑哭斯堂于里门，或怪其诞，然居恒慷慨，好谈天下事。及献身犴狱，不少挫。诗歌多愤懑之词。亦奇士也。'"②

综而观之，整部《明三十家诗选》的前人评语，"朱锡鬯曰"四字出现频率最高。由此可见，汪端在编选《明三十家诗选》时，对朱彝尊《明诗综》的倚重心理甚为明显。这一点，汪端自己也直言不讳地说："诸家评语，毁誉并存，旨取赅备，《明诗综》之例如此。兹去其偏憎私爱之说，但择平允精当者存之。"③汪端对朱氏思想之承继，由此即可见之。

其三，汪端《明三十家诗选》受到了陈子龙思想的影响。

除朱彝尊《明诗综》外，陈子龙的《皇明诗选》亦在《明三十家诗选》中被较高频率地加以引用。《明三十家诗选·初集》卷五下，在选辑谢榛诗之前，汪端援引陈子龙的评论："陈卧子曰：'茂秦沉练雄浑，法度森然，可称节制之师。'"④《明三十家诗选·二集》卷五上，在选辑边贡诗之前，汪端援引陈子龙的评论："陈卧子曰：'廷实粗率未除，然时见精诣，五言尤称长城，声价在昌谷之下、君采之上。'"⑤选诗之后，亦可见援引陈子龙的评骘之语。比如徐祯卿诗作《安南歌》："乌蛮滩上烟水声，伏波庙前秋月明。夜半津人挽舟上，夷歌偏动望乡情。"该诗后，汪端附陈子龙的评点："陈卧子云：'浑成。'"⑥再比如袁凯诗作《杨白花》："杨白花，飞入深宫里，宛转帘栊间。谁

---

① 汪端《明三十家诗选》，《二集》卷七上，页二十六，同治癸酉十月蕴兰吟馆重刊本。
② 汪端《明三十家诗选》，《二集》卷八上，页十一，同治癸酉十月蕴兰吟馆重刊本。
③ 汪端《明三十家诗选》，《凡例》，页一，同治癸酉十月蕴兰吟馆重刊本。
④ 汪端《明三十家诗选》，《初集》卷五下，页一，同治癸酉十月蕴兰吟馆重刊本。
⑤ 汪端《明三十家诗选》，《二集》卷五上，页一，同治癸酉十月蕴兰吟馆重刊本。
⑥ 汪端《明三十家诗选》，《初集》卷五上，页二，同治癸酉十月蕴兰吟馆重刊本。

能复禁尔？胡为高飞渡江水？江水在天涯，杨花去不归。安得杨花作杨树，种向深宫飞不去。”该诗后，汪端附陈子龙的评点：“陈卧子云：‘感慨深长。’”[①]前后之影响，由此可略见。

其四，汪端《明三十家诗选》受到了沈德潜思想的影响。

沈德潜《明诗别裁集》亦是汪端引用频率较高的著作。比如在归子慕诗家小传之后，汪端援引沈德潜的评论：“沈确士曰：‘季思生平，与高忠宪公敦道义交，诗品亦略相似，所云同心之言也。’”[②]又比如在夏完淳诗家小传之后，汪端援引沈德潜的评论：“沈确士曰：‘存古生为才人，死为鬼雄，汪踦不足多也。诗亦高古罕匹。’”[③]选诗之后，亦可见援引沈德潜的评骘之语。比如陈子龙诗作《重游弇园》：“放艇春寒岛屿深，弇山花木正萧森。左徒旧宅犹兰圃，中散荒园尚竹林。十二敦槃谁狎主，三千宾客半知音。风流摇落无人继，独立苍茫异代心。”该诗后，汪端附沈德潜的评点：“沈确士云：‘今弇园一带，废为民居矣。读此不胜时代之感。’”[④]再比如韩洽诗作《塞下曲》：“晓角数声哀，边风卷地来。十年征戍客，不上望乡台。”该诗后，汪端附沈德潜的评点：“沈确士云：‘翻进一层，倍觉沉痛。’”[⑤]这样的例子，在全书中比比皆是。

由以上分析可知，汪端编著《明三十家诗选》的过程中，对其影响最大的诗学批评之书应为：钱谦益《列朝诗集》、朱彝尊《明诗综》、陈子龙《皇明诗选》、沈德潜《明诗别裁集》。除此之外，汪端兹选，亦常引据王世贞《艺苑卮言》、胡应麟《诗薮》等书中言论，情况亦大致

① 汪端《明三十家诗选》，《二集》卷二下，页四，同治癸酉十月蕴兰吟馆重刊本。
② 汪端《明三十家诗选》，《二集》卷六上，页十七，同治癸酉十月蕴兰吟馆重刊本。
③ 汪端《明三十家诗选》，《二集》卷八下，页二，同治癸酉十月蕴兰吟馆重刊本。
④ 汪端《明三十家诗选》，《初集》卷七上，页十八，同治癸酉十月蕴兰吟馆重刊本。
⑤ 汪端《明三十家诗选》，《初集》卷七下，页十七，同治癸酉十月蕴兰吟馆重刊本。

如上，兹不再一一分析。

五、《明三十家诗选》对《明史》之承袭

《明三十家诗选》分《初集》与《二集》两辑。其中，《初集》正选诗人十三家，附录诗人二十二家，《二集》正选诗人十七家，附录诗人四十八家，全书合计选入明代诗人整一百家。兹选布局，细而论之，诸诗人名下，基本布局有五部分，列之如下：诗家小传，前人评骘，汪端诗论，诗作选录，诗后评点。

汪端精于选诗品鉴，而叙述诗人行藏出处则非其所长。对于并不特别擅长的诗家小传部分，汪端主要采摭哪些史料文献以补其短呢？

经考证，对于诗家小传之短板，纂修于顺治二年（1645 年）、书成于乾隆四年（1739 年）的《明史》，是汪端补正自身不足的重要资料来源。首刻于道光二年（1822 年）的《明三十家诗选》，对早于其八十余年刊出的《明史》，有着甚为明显的承袭痕迹。

这种前后承袭关系，一部分是注明出处地直接引用，另一部分则是改词换句地间接抄用。

《明三十家诗选》对《明史》的直接引用，在《初集》卷二高启诗家小传中可以得到印证。该部分“汪端论曰”明确地引据《明史·魏观传》与《明史·胡美传》的相关内容等来证实自己的观点，以增加论证的严谨性。另外，《明三十家诗选·二集》卷二上张羽诗家小传后，附有汪端其夫陈裴之以澄怀居士之名撰写的《〈七姬权厝志〉论》。该篇近四千字的考证长文，其中征引了《明史·宋克传》的材料，作为考论的依据。

在《明三十家诗选》全书中，直接引用《明史》的情况并不多见，更多的是略加更换词句、隐蔽地抄用《明史》的内容。现以诗人张以

宁、何景明、陈子龙诗家小传为例，比较《明三十家诗选》对《明史》的借鉴与承袭。

其一，以元末明初诗人张以宁为例，比较《明史·文苑传》与《明三十家诗选》中的传记文字异同。

《明史》中对张以宁的记载如下：

> 张以宁，字志道，古田人。父一清，元福建、江西行省参知政事。以宁年八岁，或讼其伯父于县系狱，以宁诣县伸理。尹异之，命赋《琴堂诗》，立就，伯父得释，以宁用是知名。泰定中，以《春秋》举进士，由黄岩判官进六合尹，坐事免官，滞留江淮者十年。顺帝征为国子助教，累至翰林侍读学士，知制诰。在朝宿儒虞集、欧阳玄、揭傒斯、黄溍之属相继物故，以宁有俊才，博学强记，擅名于时，人呼"小张学士"。
>
> 明师取元都，与危素等皆赴京，奏对称旨，复授侍讲学士，特被宠遇。帝尝登钟山，以宁与朱升、秦裕伯等扈从拥翠亭，给笔札赋诗。
>
> 洪武二年秋，奉使安南，封其主陈日煃为国王，御制诗一章遣之。甫抵境，而日煃卒，国人乞以印诏授其世子，以宁不听，留居洱江上，谕世子告哀于朝，且请袭爵。既得命，俟后使者林唐臣至，然后入境将事。事竣，教世子服三年丧，令其国人效中国行顿首稽首礼。天子闻而嘉之，赐玺书，比诸陆贾、马援，再赐御制诗八章。及还，道卒。诏有司归其柩，所在致祭。
>
> 以宁为人洁清，不营财产，奉使往还，襆被外无他物。本以《春秋》致高第，故所学尤专《春秋》，多所自得，撰《胡传辨疑》最辨博，惟《春王正月考》未就，寓安南逾半岁，始卒业。元故官来京者，素及以宁名尤重。素长于史，以宁长于经。素宋、元史稿

俱失传，而以宁《春秋》学遂行。①

《明三十家诗选》中张以宁小传如下：

以宁，字志道，古田人，家翠屏山下，自号“翠屏山人”。元泰定中，举进士，历官郡邑。世乱，留滞江淮间。顺帝征为国子助教，累至翰林学士承旨。明师取元都，例徙南京召对，称旨，复授侍读学士。洪武二年，奉旨使安南，封其主陈日煃为国王，御制诗一章赐之。甫抵境而日煃卒。国人乞以印诏授其世子。志道不听，留居洱江。上谕世子，告哀于朝，且请袭爵。既得命，俟后使者至，然后入境将事。事竣，教世子服三年丧，命其国人效中国行顿首稽首礼。太祖闻而嘉之，赐玺书，比诸陆贾、马援，再赐御制诗八章。及还，道卒。志道为人廉洁，不营财产，奉使往还，袱被外，无他物。少有俊才，博闻强记，擅名于时。本以《春秋》登第，故所学尤专《春秋》，多所自得，撰有《春秋尊王发微》八卷，《春王正月考》一卷，《辨疑》一卷。其诗文有《翠屏集》四卷。②

由上可见，汪端《明三十家诗选》中对张以宁的记载，系截取《明史》中的相应文字删减而成。汪端剔除了“以宁赋《琴堂诗》立就”“以宁扈从明祖登钟山”等事，做了相应的文字精简处理。汪端主要记载的“张以宁奉使安南”事迹，则明显抄用了《明史》中的相应文字。

---

① 张廷玉《明史》，卷二百八十五，列传第一百七十三，文苑一，页九至页十，乾隆四年武英殿刻本。

② 汪端《明三十家诗选》，《二集》卷一下，页一，同治癸酉十月蕴兰吟馆重刊本。

其二，以明代中期诗人何景明为例，比较《明史·文苑传》与《明三十家诗选》中的传记文字异同。

《明史》对何景明的记载如下：

何景明，字仲默，信阳人。八岁能诗、古文。弘治十一年举于乡，年方十五。宗藩贵人争谴人负视，所至聚观若堵。十五年第进士，授中书舍人。与李梦阳辈倡诗古文，梦阳最雄骏，景明稍后出，相与颉颃。

正德改元，刘瑾窃柄。上书吏部尚书许进，劝其秉政毋挠，语极激烈。已，遂谢病归。逾年，瑾尽免诸在告者官，景明坐罢。瑾诛，用李东阳荐，起故秩，直内阁制敕房。李梦阳下狱，众莫敢为直，景明上书吏部尚书杨一清救之。九年，乾清宫灾，疏言"义子不当畜，边军不当留，番僧不当宠，宦官不当任"，留中。久之，进吏部员外郎，直制敕如故。钱宁欲交欢，以古画索题，景明曰："此名笔，毋污人手！"留经年，终掷还之。寻擢陕西提学副使。廖鹏弟太监銮镇关中，横甚，诸参随遇三司不下马，景明执挞之。其教诸生，专以经术世务。遴秀者于正学书院，亲为说经，不用诸家训诂，士始知有经学。嘉靖初，引疾归，未几卒，年三十有九。①

《明三十家诗选》对诗人何景明记录的事略如下：

景明，字仲默，信阳人。八岁能属文，十五领乡荐，又四年，

① 张廷玉《明史》，卷二百八十六，列传第一百七十四，文苑二，页十三至页十四，乾隆四年武英殿刻本。

举弘治壬戌进士。众以翰林属望之。大学士刘健曰："是子诚才，惜年弗遐耳。"乃授中书舍人。孝宗崩，宣哀诏，使滇、楚等处。正德初，刘瑾乱政，遂谢病归。瑾诛，用李东阳荐，复除中书直内阁制敕房。仲默性和而介，尚节义。李梦阳江西狱急，以书乞援。仲默为上书杨一清，救之。钱宁方贵幸用事，持古画造门，求题。仲默留年余，掷还之曰："此名绘，毋污吾题也！"会天变，上封事曰"义子不当畜，宦官不当宠"报闻。久之，转吏部员外，出为陕西提学副使，用经学课士，秦俗化之。嘉靖元年，以疾投劾归，寻卒，年三十九。①

由此可见，汪端叙述何景明的主要生平事迹，与《明史·文苑传》中之记载，从传主事迹、叙述顺序、行文逻辑、语言风格等方面观之，整体思路相同，且语辞高度相似。

其三，以明末诗人陈子龙为例，比较《明史》与《明三十家诗选》中的传记文字异同。

《明史》对陈子龙的记载，部分文字如下：

东阳诸生许都者，副使达道孙也。家富，任侠好施，阴以兵法部勒宾客子弟，思得一当。子龙尝荐诸上官，不用，东阳令以私憾之。适义乌奸人假中贵名招兵事发，都葬母山中，会者万人。或告监司王雄曰："都反矣。"雄遽遣使收捕。都遂反。旬日间，聚众数万，连陷东阳、义乌、浦江，遂逼郡城，既而引去。巡抚董象恒坐事逮，代者未至。巡按御史左光先以抚标兵，命子龙为监军讨之，稍有俘获。而游击蒋若来破其犯郡之兵，都

① 汪端《明三十家诗选》，《初集》卷四，页一，同治癸酉十月蕴兰吟馆重刊本。

乃率余卒三千保南寨。雄欲抚贼，语子龙曰："贼聚粮据险，官军不能仰攻，非旷日不克。我兵万人，止五日粮，奈何?"子龙曰："都，旧识也，请往察之。"乃单骑入都营，责数其罪，谕令归降，待以不死。遂挟都见雄。复挟都走山中，散遣其众，而以二百人降。光先与东阳令善，竟斩都等六十余人于江浒。子龙争，不能得。①

《明三十家诗选》对诗人陈子龙记录的事略如下：

东阳许都者，副使达道孙也，为诸生，任侠好施，多结豪悍。公素知之，语当路曰："此等人，用之，可得其死力；不用，亦能为变。"人无应者。时东阳令姚孙棐，贪纵虐下。有奸民假中贵名招兵者，都无涉也。事发，令文致之，因以索贿，不满所欲，持之益急。适都葬母山中，会者万人。或告监司王雄曰："都反矣。"雄遽遣使收捕。都因发愤举兵，以"诛贪吏"为名。旬日之间，众至数万，连陷东阳、义乌、浦江，围金华，全浙大震。巡抚董象恒，时坐事被逮，代者未至。巡按左光先以抚标兵，命公为监军讨之。公遣别将，从间道绕出贼后，焚其巢，贼遂奔溃，进击之，俘斩数百人，收复义乌。兵士有取民间一铜器者，公立斩之。进屯双林寺，时游击蒋若来已击破都围婺之兵。都收余众三千人，保南寨，遣使乞降于公。公以事重不许。及各路兵会，王雄谓公曰："贼聚粮据险，非旷日持久，不能克。我兵万余，止五日粮，奈何？贼若悔祸，因而抚之，戢兵救民，计之上也。"公曰：

① 张廷玉《明史》，卷二百七十七，列传第一百六十五，页十二至页十三，乾隆四年武英殿刻本。

> “某与都有旧，请往察之。”乃单骑入都营，责数其罪，谕令归降，待以不死。遂挟都见雄。复挟都入山，散遣其众，以二百人降。而光先与东阳令善，竟斩都等六十余人于江浒。公力争不听。①

此段记载，文字稍作增补，亦明显可见《明三十家诗选》对《明史》之承袭痕迹。

除上文两相比对的张以宁、何景明、陈子龙之例外，《明三十家诗选·初集》梁寅小传中“清、慎、勤，居官三字符也”，李东阳小传中“宾之事父淳有孝行，官翰林时，尝会饮至夜深，父不就寝，以待其归，自此终身不夜饮于外”，谢榛小传中“诘朝上《竹枝词》十四章，姬悉按而谱之”，于慎行小传中“正以公见厚，故耳”，以及《明三十家诗选·二集》刘崧小传中“雷震谨身殿，帝谕群臣陈得失，子高以‘修德行仁’对”，袁凯小传中“陛下法之正，东宫心之慈”，郭登小传中“臣奉命守城，不知其他”，顾璘小传中“在浙，慕孙太初，不可得见，幅巾道衣，放舟湖上，月下见小舟泊断桥下，一僧、一鹤、一童子煮茗，笑曰：‘此必太初也！’移舟就之，遂往还无间”，以上均为抄用《明史》成句之例。兹再补数例如上，以详见承袭之迹。

六、《明三十家诗选》与清代同类著作之比较

李东阳在《麓堂诗话》中言：“选诗诚难，必识足以兼诸家者，乃能选诸家；识足以兼一代者，乃能选一代。一代不数人，一人不数篇，而欲以一人选之，不亦难乎？”②作为“一人选之”的明诗选本，以

① 汪端《明三十家诗选》，《初集》卷七上，页一至页二，同治癸酉十月蕴兰吟馆重刊本。

② 李东阳《麓堂诗话》，页十二，知不足斋本。

今观之，汪端的《明三十家诗选》堪称“识足一代”之书。

那么，与清代同类“识足一代之书”相比，《明三十家诗选》与之有何异同高下？或者说，以清代同类著述作为参照，该选本是一种怎样的存在？兹选《列朝诗集》《明诗综》《明诗别裁集》《明诗评选》一一比而较之如下。

其一，《明三十家诗选》与《列朝诗集》相比较。

《列朝诗集》的作者钱谦益，万历三十八年庚戌科场中探花及第，在明代万历、泰昌、天启、崇祯诸朝及入清后的顺治朝，均身居高位要职。钱之生平，数起数落，颇多坎坷，无论在朝在野，抑或生前身后，均有巨大的影响力。钱谦益在苏州常熟所建绛云楼，古今藏书之精之富，罕有其匹，尤以宋刻本《两汉书》名震藏界。钱氏向来以修史自任，据说绛云楼中被焚烧的，就有其所撰著的二百五十卷《明史稿》。《列朝诗集》是钱谦益的晚年之作，其中融汇了钱氏数十年来的阅历、识见、认知、思考。钱谦益作为主盟文坛三十余年的领袖，八十一卷的《列朝诗集》致广大而尽精微，所蕴含的信息量自不待言。这些优势，自然是闺房女子汪端所不能企及的。

汪端明显借鉴了钱谦益的《列朝诗集》，虽然她一再批评《列朝诗集》中钱谦益之疏之漏之误，并言其藏长录短以资排击，常有不以为然的轻视，且一再暗示钱氏人品卑劣等。必须承认的是，《明三十家诗选》毕竟征实有余而发扬不足，其整体水准距《列朝诗集》相去甚远。尽管如此，《明三十家诗选》自有其优势。第一，《明三十家诗选》十六卷，体量适中，简约得如小家碧玉一般，便于保存与携带，易于在人群中传播。精简小巧，自然是其独到的优势之所在。第二，《明三十家诗选》以诗存人，选诗较精。不像《列朝诗集》长篇巨制，论诗与选诗诚难兼顾，虽其论精到，但钱氏确有掐痕择诗、裁取不精之缺憾。第三，《明三十家诗选》“主、次、末”的编排方式，较《列朝诗集》依照时代顺序梳理成篇，形式上较为新颖。第四，《明三十家诗选》比之《列朝诗集》，较少门户之见与意气之言。这与钱谦益动辄党同伐异、挞伐贬毁的做法，自有宽厚平和、温润平允之优长。

其二，《明三十家诗选》与《明诗综》相比较。

《明诗综》的编者朱彝尊，为明代万历十一年癸未科考状元、武英殿大学士朱国祚之曾孙，系名门望族之后。朱彝尊生逢亡国之际，曾有密谋集聚、反清复明之壮举，复明伟业大功未成，遂落拓于江湖，客游南北、依人作幕十余载，后因康熙笼络名士，其于博学鸿词科中脱颖而出，历经宦海浮沉，晚年在嘉兴秀水曝书亭边，小长芦钓鱼，著述而终。朱彝尊是浙西词派的领袖，在考证领域亦有精深难及之造诣。朱彝尊晚年辑录《明诗综》一百卷，成为中国文学史上唯一一部可以与《列朝诗集》相媲美的清代明诗总集。这些优势，身为闺房女子的汪端，自然难以企及。

但相比朱彝尊《明诗综》，汪端《明三十家诗选》亦有自身之优势。第一，《明诗综》选录的三千四百位诗人，颇难分出主次轻重。汪端抉择明代一百家诗人，主次轻重一目了然，泾渭分明，具有清晰的外观。第二，《明诗综》虽卷帙宏富，但以人存诗，大量诗人录诗仅为一首，不易察其全貌。相比而言，《明三十家诗选》精于择诗，选出之诗，有着更高的审美价值。第三，《明诗综》中的有些论断，因有故国悲思之意，常有感世痛切之语。《明三十家诗选》的作者汪端，距离明社丘墟之日已远，因此麦秀黍离之情不可能像前辈学人朱彝尊一样感念悲彻，体现在诗选中，其批评言辞较之前者，显得更为温和平允。第四，《明诗综》所选之诗，其后不加选者评点。《明三十家诗选》与之不同，诗后另加选者之评点，在体例上亦可补朱氏之所缺。

其三，《明三十家诗选》与《明诗别裁集》相比较。

清人编明诗的诸多选集中，沈德潜的《明诗别裁集》是一部盛名之下其实难副的明诗选本。在清代，钱谦益其人著作被敕令搜查。《列朝诗集》与《列朝诗集小传》均为禁毁之书，只在暗中流传。直至宣统年间，情况才有所改观。因此钱氏其人其书，在清代长期处于被遮蔽的状态。而另一部著作《明诗综》，毕竟体量巨大，不易在读书士子中广泛流通。有鉴于此，带有约选性质的《明诗别裁集》，因十二卷的适量篇幅，在乾隆朝很长一段时间里广为流行起来。

沈德潜《明诗别裁集》，与《列朝诗集》《明诗综》有着明显高下之别。实际上，《明诗别裁集》与《明三十家诗选》同样不能比数。第一，《明三十家诗选》设立上中下品第的选诗体例，比生搬硬抄、简袭约取的《明诗别裁集》有较多创造力。第二，《明诗别裁集》诗家简介后较少评骘之语，而《明三十家诗选》诗人小传后以“汪端论曰”等形式发表了大量精彩而独到的论诗见解。第三，汪端持有“清真雅正”的诗学观，这比沈德潜走中庸路线的“温柔敦厚”之旨，更能接近诗学的本真。第四，《明诗别裁集》作者沈德潜身居要职，政治敏感度高，这就势必影响其选诗的范畴。举例来说，像顾炎武《赠朱监纪四辅》“十载江南事已非，与君辛苦各生归。愁看京口三军溃，痛说扬州七日围。碧血未销今战垒，白头相见旧征衣。东京朱祜年犹少，莫向尊前叹式微”，再者如陆世仪《次韵挽瞿稼轩归葬》“半壁崎岖独护持，神州戮力更同谁。死生在我终须尽，成败由天讵可知。高密汾阳嗟异代，崖山燕市痛今时。煌煌遗表垂千古，伯仲之间见出师”，如此“沉郁顿挫，光焰万丈”的诗作，汪端敢于将其选入《明三十家诗选》中来，而顾忌甚多的沈德潜就绝无这般胆量。当然，这也与清代嘉庆道光年间文化政策渐次宽松有关。因此，相较沈氏之选，汪端之书言论的边界较宽，言说的自由度较高。

其四，《明三十家诗选》与《明诗评选》相比较。

清人编选明诗总集选集的经典著作，有《列朝诗集》《明诗综》

《御选明诗》《明诗评选》《明诗别裁集》《明诗纪事》等。其中与《明三十家诗选》相似度较高者，系王夫之的《明诗评选》。第一，两部体量适中的明诗选本，整体规模接近，且著者皆将精力与心意聚焦于诗作本身的质量与价值，均有重“诗”而轻“史”的倾向。因此，就采择诗歌的艺术品位而言，两书丰神俊美，尤堪称誉。第二，两书均采用了选家评点的形式，赋予所选之诗高度概括性的评价。这些信手拈来的评点之语，时有独见，慧语频出，系新颖、别致、清逸、醇雅的批评见解，常有“柳藏鹦鹉语方知”之妙意。第三，两书对鱼龙混杂的热闹流派无甚好感。明代的诗歌流派，诸如前七子、后七子、公安派、竟陵派等，在两书中均遭不同程度的轻视贬损。这种颇有针对性的频频发难，前后隔空呼应，思路如出一辙。第四，两书的选者，思维偏于允执厥中，诋斥漫诬失真的内容，出语不言怪力乱神，反感妖妄荧听的诗作。从诸多细节可以断定，两书著者无疑深受儒家传统思想的影响。这与钱谦益《列朝诗集》频频打破传统的出格做法，亦有着明显的不同。因此，比起规模宏大、应收尽收的总集，两书去取谨严、颇有法度，其采摭标准能旗帜鲜明地反映在选本之中。

七、《明三十家诗选》的评价与接受

汪端《明三十家诗选》这部明诗选本，初版于清道光二年，由自然好学斋刊刻，最早在闺房女性中传阅，其后流布天下。从展布天下之日起，这部著作即被时人所评议。那么，有关《明三十家诗选》的评价情况如何？兹分“诗”与“文”两种评价载体，分别论述如下。

以“诗”作为载体，对《明三十家诗选》进行评判者，可分为“近体诗”与“古体诗”两种具体之情形。

苏垣恩锡在汪端《自然好学斋诗钞》前，曾作八首绝句，冠诸集首。其中第三首言：“森森邺架富藏书，振绮堂前染翰初。元史明诗凭月旦，操觚谁及女相如？”①其中的“元史”指汪端的《元明逸史》一书，已亡佚不得见。“明诗”即指汪端所编《明三十家诗选》一书。“月旦”指汉末乡党评议的风气，该诗借此典故，寓有品鉴之意。恩锡，字竹樵，嘉庆至光绪年间人，家世显贵，曾任奉天府尹等职，著有《承恩堂诗集》等。这位“二十登郎署，三十守外郡”“以忤权贵罢官”“直声满天下”②的诗人，评议《明三十家诗选》时说“操觚谁及女相如”，将汪端的才思文藻比之于司马相如，嘉许推重之意明显。此评价不可谓不高。

汪端舅翁陈文述曾作《哭子妇汪宜人》律诗四首，以祭奠这位“才命相妨”的才女名媛。其中第二首言及《明三十家诗选》，其诗为：“月露风云次第删，选诗亦似炼金丹。居然崔颢题黄鹤，曾见文箫侍彩鸾。开辟班曹新艺苑，扫除何李旧诗坛。分明韦氏传经幔，七尺铭旌付盖棺。”③其中首联“月露风云次第删，选诗亦似炼金丹”，即在叙说汪端选诗删繁就简、去芜存菁的过程，犹如炉炼金丹般艰辛。该诗颈联“开辟班曹新艺苑，扫除何李旧诗坛”，上句即言汪端开创文坛新气象，堪比班固、曹植，在当时给人耳目一新之感，而下句就破除对何景明、李梦阳等人的盲目崇拜，陈言汪端亦有辟陈剔旧之功。

除了用绝句与律诗这样的形式进行评介外，也有论者以古体诗的形式评价《明三十家诗选》。福州道山女子陈芸所著《小黛轩诗集》中收录《题汪小韫〈自然好学斋集〉》一诗，其中有言：“我读好学

---

① 苏垣恩锡《题汪允庄女史传后》，见《自然好学斋诗钞》，页一，同治十三年重刊本。

② 张翊俊《承恩堂诗集序》，见《承恩堂诗集》，前序，同治甲戌袁江节署刊本。

③ 陈文述《哭子妇汪宜人》，见《自然好学斋诗钞》，“挽诗”，页一，同治十三年重刊本。

斋，悠然感兴起。杜陵诗律细，古风尚神髓。七律至晚唐，玉溪擅其美。何必高青丘，方能夸盛执。明选三十家，沾沾竟自喜。别裁列朝集，所差究无几。吾闽只数家，却遗少谷子。玉尺量婉儿，挂漏岂若此。"[①]与前述苏垣恩锡及陈文述倾赏的情形不同，陈芸的这首古体诗则对《明三十家诗选》提出了委婉批评。陈芸认为，汪端《明三十家诗选》，其选诗与《列朝诗集》《明诗别裁集》并没有什么本质上的差别。而且，该书对福建诗人未能全面顾及，比如该选对闽籍著名诗人郑善夫就有所遗漏。因此，在陈芸看来，汪端之书，有挂一漏万之失。在《明三十家诗选》大作告成、汪端因此沾沾自喜之时，陈芸作为旁观者，能够对该选赋予客观而中肯的批评，此举确有看者点醒局中人之意。

以"文"作为载体，对《明三十家诗选》进行评判者，可分为"传记"与"序文"两种具体之情形。

对汪端之生平进行全面而详尽介绍者，为汪端舅翁陈文述。《自然好学斋诗钞》卷前，有陈文述《孝慧汪宜人传》一文。该篇是了解汪端一生行藏出处的重要文字。其中与《明三十家诗选》相关的部分，具体内容为："（天潜翁）知其性喜观诗，取宋、元、明及国朝人诗集与之，阅一过辄弃去，留高青丘、吴梅村两家集，既而去吴留高。天潜翁问之，曰：'梅村浓而无骨，不若青丘澹而有品。'遂奉高集为圭臬。因觅本传阅之。见明祖之残害忠良、暴殄名儒也，则大恨，犹冀厄于遭际而不厄于文字也。及观七子标榜，相沿成习，牧斋、归愚选本推崇梦阳而抑青丘，则又大恨。及来归余家，则已积此恨十余年矣。裴之塾师萧樊邨，娄东老诗人也。宜人属裴之以高、李优劣问，萧固墨守归愚者，左祖梦阳更甚，则益大恨，不可解，誓翻五百年诗坛冤案而后已，因是选明诗初、二集也。汪氏固多藏书，余又广为

① 陈芸《陈孝女遗集》，五言诗，《题汪小韫〈自然好学斋集〉》，宣统三年刻本。

购求假贷，并录文澜阁藏本，以益之。丹黄甲乙，晨书暝写，竭五六寒暑，始得蒇事。而不寐之疾作，服参、芪皆不效。会余宰江都，以千金集梓人刊行，以慰之，经岁告成。评选精当，兼有知人论世之识。有明一代贤奸治乱之迹，亦略具焉。即今海内所传本是也。是书出而诸家之本无色矣。宜人诗格本高雅，既选定明诗，诗境益进，若丹九转，若金百炼，若宝剑千辟万灌，无有渣滓。吴门潘榕皋、石琢堂两先生，诗坛老尊宿也，咸以为曹大家后一人。钱塘张仲雅先生，宜人表舅祖也，亦以曹大家方之，谓非谢女所及。先生孙东甫大令尝为余言，先生倾赏之意，每饭不忘。知老辈之品评为不苟也。"①

作为汪端的家人，陈文述近距离地观察，得见汪端因不满相沿成习的刻板偏见而"誓翻五百年诗坛冤案"的全过程。为成就此书，汪端晨书暝写，积劳成疾也在所不惜。"若丹九转，若金百炼，若宝剑千辟万灌，无有渣滓"，在汪端"丹转金炼"般精择慎取、反复打磨之下，《明三十家诗选》赢得诗坛尊宿们的一致好评，获得"是书出而诸家之本无色"的称誉。

陈文述之外，仁和胡敬亦作《汪允庄女史传》，在汪端所著的《自然好学斋诗钞》②及冒俊所编的《林下雅音集》③中均可得见。这篇人物传记明显参阅了陈文述《孝慧汪宜人传》，由其缩减略写而成，言及汪端《明三十家诗选》的内容，与陈文大抵相同，兹不再赘录。

除了用传记这样的形式进行评介外，也有论者以序文的形式评

---

① 陈文述《孝慧汪宜人传》，见《自然好学斋诗钞》，前序，页二至页三，同治十三年重刊本。

② 胡敬《汪允庄女史传》，见汪端《自然好学斋诗钞》，同治十三年六月重刊本。

③ 胡敬《汪允庄女史传》，见冒俊《林下雅音集》，光绪甲申秋中如不及斋藏版，哈佛燕京图书馆藏本。

价《明三十家诗选》。比较有代表性的，是石韫玉、张云璈、曹贞秀、梁德绳等人。

其一，石韫玉在《自然好学斋诗钞》前序中称赞汪端《明三十家诗选》："仆和小云司马缔纪群两世之交有年矣。淑配允庄夫人，今之曹大家也。幼怀贞敏，性耽坟典，心声心画，妙绝一时。近岁辑明人诗，裒然成集，付诸梓人，以行于世。予得而读之，睹其搜罗之富，抉择之精，中心钦迟已久。"①石韫玉有感于《明三十家诗选》"搜罗之富，抉择之精"，故对此"精选慎择"之书，言其"中心钦迟已久"，赋予满含钦敬之意的评价。

其二，张云璈在《自然好学斋诗钞》前序中亦称赞汪端《明三十家诗选》："小韫天才也，纵无一家之才，亦能自树其帜，无藉标榜。余读其《明三十家诗选》所论，磅礴千古，眼光如月。呜呼，直今之曹大家耳！"②张云璈对《明三十家诗选》的评判，深感于该书"自树其帜，无藉标榜"，对汪端诗选独特架构给予肯定。虽然评论时说"磅礴千古，眼光如月"这番话确实有夸大其词之嫌，但将汪端与号称"曹大家"的班昭相提并论，从女性才艺的角度看，也自有其合理性。

其三，曹贞秀在《明三十家诗选》前序中称："余惟选明诗者两家：竹垞之《明诗综》，则重在人；归愚之《明诗别裁》，则重在诗。均为善本，而均不能无或严或滥之失。甚矣，选政之难也！今观兹选，论诗则务取清真，力删俳伪，论人则务崇名节，坚斥邪僻，洵能兼两家之美而去其失者。吾知兹选一出，实足以嘉惠艺林、裨补风化，而

① 石韫玉《自然好学斋诗钞序》，见《自然好学斋诗钞》，前序，页二，同治十三年重刊本。

② 张云璈《自然好学斋诗钞序》，见《自然好学斋诗钞》，前序，页十，同治十三年重刊本。

匪仅为闺阁之传书也。”[①]曹贞秀通过明诗选本的比对，看到了《明三十家诗选》特有的价值，即汪端诗选兼有“务取清真”与“务崇名节”之优长，且在“力删俳伪”与“坚斥邪僻”方面补竹垞、归愚之不足。因此，在曹贞秀看来，这部“兼两家之美而去其失”的明诗选本，自然能够“嘉惠艺林、裨补风化”，成为声名远扬的善本良书。

其四，梁德绳在《明三十家诗选》前序中称：“虞山蒙叟《列朝诗选》富矣，冗杂无次序；小长芦钓师《明诗综》较有次序，亦博而不精；沈归愚《明诗别裁》即《明诗综》约选之，沿袭皆前人旧说，无足观览。今允庄所选，以‘清苍雅正’为宗，一扫前后七子门径，于文成、青丘、清江、孟载诸人，表章尤力。至于是非得失之故，兴衰治乱之源，尤三致意焉。读是书者，不特三百年诗学源流，朗若列眉，即三百年之是非得失，亦了如指掌。选诗若此，可以传矣！”[②]作为姨母的梁德绳，对汪端的《明三十家诗选》更是偏爱有加。梁德绳尖锐地批评《列朝诗集》有“冗杂无次序”之弊、《明诗综》有“博而不精”之弊、《明诗别裁集》有“沿袭皆前人旧说”之弊。客观地说，这些评语，确实慧眼独具，点在了实处。梁德绳言“一扫前后七子门径”“是非得失之故，兴衰治乱之源，尤三致意焉”“三百年诗学源流，朗若列眉”“三百年之是非得失，亦了如指掌”，虽然有“夸自家孩子好看”之嫌，但《明三十家诗选》也如其所说，确实具备如上的品格与优长。既如此，也难怪在叶衍兰《清代学者象传》一书中，汪端成为唯一一位被收录进来的女性学者。

---

① 曹贞秀《明三十家诗选序》，见《明三十家诗选》，前序，页一，同治癸酉十月蕴兰吟馆重刊本。

② 梁德绳《明三十家诗选序》，见《明三十家诗选》，前序，页一，同治癸酉十月蕴兰吟馆重刊本。

八、《明三十家诗选》的版本流传及整理说明

汪端《明三十家诗选》现存刊刻本有两种，一为清道光壬午二年(1822年)自然好学斋初刊本，一为清同治癸酉十二年(1873年)蕴兰吟馆重刊本。从今天的存留情况进行推断的话，蕴兰吟馆重刊本的刊行数量比自然好学斋初刊本要多。初刊本与重刊本均为木刻，十六卷，皆装帧考究，行格舒朗，纸墨精良，刻印俱佳。

该书的整理出版，本应以初刻本作为底本，校之以重刊本。鉴于初刊诸本秘藏于各大图书馆中，近年来查阅不便，故此次整理，以重刊本作为底本进行整理。

同治癸酉十二年蕴兰吟馆重刊本《明三十家诗选》，以整理者所见，流传至今大约有四种不同印本：

其一，"李冕和印"钤印本，木刻，上等竹纸，小开本，卷首为汪端《记梦》，为整理者本人收藏。

其二，"竹月松风"钤印本，木刻，白棉纸，大开本，卷首为汪端《记梦》，亦为整理者本人收藏。

其三，"柳田文库"字样本，木刻，竹纸，小开本，卷首为汪端《记梦》，正文之前的内容，与前两者略有不同，其将"原校女士姓氏"置于"凡例"之前，书中有"早稻田大学藏书"字样。

其四，"城南草堂"钤印本，木刻，白棉纸，大开本，卷首为胡敬《汪允庄女史传》，曾出现在古籍拍卖场中。

"李冕和印"本、"竹月松风"本、"柳田文库"本，三者均以汪端《记梦》开篇。这与卷首题识《汪允庄女史传》的"城南草堂"本，开篇形式上有着明显的差异。鉴于《汪允庄女史传》一文，已出现在汪端诗集《自然好学斋诗钞》之卷端，故本次对《明三十家诗选》进行的整理工作，选择以《记梦》开篇的版本作为整理的底本。

重刊诸印本，正文选诗部分并无差异，微有差异处，在正文之前《记梦》《梁序》《曹序》《凡例》《参阅姓氏》《原校女士姓氏》出现的先后次序不同，以及篇首有无仁和胡敬所作的《汪允庄女史传》一文。

如上所述，“李冕和印”本、“竹月松风”本、“柳田文库”本，三者均以汪端《记梦》开篇。其中的“柳田文库”本，将“原校女士姓氏”置于“凡例”之前，系颠倒次序所致，具有明显的不合理性。

另考“李冕和印”本与“竹月松风”本，两刊本均以《记梦》开篇，除纸质、开本不同外，内容并无不同。因此，本书的整理工作，选择墨色滋润的“李冕和印”本作为底本，遇“李冕和印”本字迹不清者，参校之以“竹月松风”本。

该书清刻本原为繁体竖排，今以简体横排的形式整理出版。在实际的整理过程中，存在文字变动的情况，择其要者，说明如下：

其一，文本中出现的异体字，除个别人名、地名等专有名词确有必要保留外，其余均统一为今行正体字。比如夏完淳《秋怀》“芙蓉舒芳渠，髣髴含绿滋”，《细林野哭》“潇洒秦庭泪已挥，髣髴聊城矢更飞”，同卷魏学洢《长水怨》“刺成莲花叶，彷彿香风吹”，《九日同严知章澹如兄弟游茶磨山》“洞庭缥缈波云沉，彷彿顽沙卧千亩”，文中出现的“髣髴”与“彷彿”，统一为通行正体字“仿佛”。比如文本中出现的“猿”“猨”“猭”，统一为正体字“猿”。再比如《记梦》篇中之句“人品最正、学问最醇、翊赞冣久、献替冣多”，一句之中同时出现了“最”与“冣”，整理时将其统一为正体字“最”。余者同理，兹不再一一列举。

其二，同一名词有不同写法者，整理时进行统一处理。比如“鲁人欲勿殇重汪踦”中的少年“汪踦”，在《明三十家诗选》卷八下夏完淳条目下，出现了两次：一次是沈确士的评论：“存古生为才人，死为鬼雄，汪踦不足多也。诗亦高古罕匹。”另一次是澄怀居士的长诗《夏内史诗》，开篇第一句即：“汉纪表终军，鲁史传汪锜。”很明显，

“汪踦”与“汪锜”为同一人名，在兹选中不应有区分。据刻本《礼记正义》之记载：“战于郎，公叔禺人遇负杖入保者息，曰：‘使之虽病也，任之虽重也，君子不能为谋也，士弗能死也，不可！我则既言矣。’与其邻重汪踦往，皆死焉。鲁人欲勿殇重汪踦，问于仲尼。”①另据明刻本《春秋左传正义》“哀公十一年”记载：“公为与其嬖僮汪锜乘，皆死，皆殡。”②由此可见，古本中的“汪踦”与“汪锜”，系不同时期的两种记载。鉴于“汪踦”与“汪锜”实为同一所指，故本次整理，将“汪踦”与“汪锜”统一为“汪踦”。

其三，文本中出现的避讳改字，整理时改为原字。如康熙皇帝名为“爱新觉罗・玄烨”，其中的“玄”字，在《明三十家诗选》中多次出现，刻本中均作避讳处理。如林鸿条目下“（鸿）与郑定、王褒、唐泰、高棅、王恭、陈亮、王偁及子羽弟子黄元、周元称十才子”，刻本中即将黄玄、周玄改作黄元、周元，以避帝王之讳。林鸿条目下有“晋祖元虚，宋尚条畅，齐梁以下，但务春华少秋实，惟唐作者可谓大成”，此处“元虚”实为“玄虚”，亦如上例。浦源小传下有“使门人周玄黄玄请诵所作”，以缺末笔的形式避康熙之讳。再者如乾隆皇帝名“爱新觉罗・弘历”，鉴于“弘历”与明代第九位皇帝明孝宗朱佑樘的年号“弘治”两“弘”字相重，因此，《明三十家诗选》中将“弘治”改为“宏治”。如李东阳条目下“宏治九年”，杨一清条目下“宏治十五年”，邵宝条目下“宏治七年”，李梦阳条目下“献吉举宏治癸丑进士”等。该书存在特定历史情境中避讳“玄”“弘”的做法，须随文改之，否则可能会造成误读。另外，清代是满族在推翻朱明王朝的基础上建立起来的政权，因此沿袭明代称谓的语词诸如“虏”“夷”等，《明三

① 孔颖达《礼记正义》，卷第十四，“战于郎”，页一，国家图书馆藏刻本。

② 杜预《春秋左传集解》，卷二十九，“哀公十一年”，页三十一，永怀堂刻本。

十家诗选》亦须进行规避处理。举例来说，高启著有“语涉虏夷”的《张中丞庙》一诗，据明刻本《槎轩集》卷四收录《张中丞庙》之诗，其中一句“公卿相率作降虏，草间拜泣如群羊”①，《明三十家诗选》中则作“降卤”。“夷”字的情况，在《明三十家诗选》中亦然。此处不再展开论述。本书整理时，皆将避讳之字改为其本字“虏”“夷”。

除以上情况，按照现行标准，统一为通行汉字外，其余者，在整理过程中，不擅改古人之书，尽量保持原著样貌。本次整理，不出校记，有未加改动的情况，择其要者，说明如下：

其一，文本中出现的一些人名含有异体字，不宜妄加变动，因此未为擅改。《初集》收录《刘德徵上陵还有赠》《送盛斯徵赴长沙》《送张肖甫徵金领西道便道还蜀》等诗，其中的“刘德徵”“盛斯徵”“张徵金”之“徵”均仍原本。文本中出现的诗人“文徵明”“宋徵舆”“李应徵”，其情况亦同上。《初集》卷一录有詹同之诗《题善原道所藏韩幹黑马图》，此处“韩幹”未加改动。《二集》卷五下有皇甫汸诗句“王濬楼船出海涯”，此处的“王濬”一仍原本。《二集》卷八下魏学洢《荆轲》诗中有“田光死也钱，於期死也赀”，“於期”指“樊於期”，情况亦同上。另外，该书中出现的诗人之名，如“邱濬”“王穉登”“王穉钦”“谢肇淛”“萧樊郕”等，均保留了人名中的异体字。

其二，该选集有诗篇作者存有争端的现象。如《二集》卷一下附录诗人刘崧选入诗作二十六首。其中有《寄万德躬》：“日暮山风吹女萝，故人舟楫定如何。吕仙祠下寒砧急，帝子阁前秋水多。闽海烽尘鸣戍鼓，江湖烟雨暗渔蓑。何时醉把黄花酒，听尔南征长短歌。”在《全唐诗》卷二百七十三，该诗被收录进来，名为戴叔伦之诗。②据此

① 高启《槎轩集》，卷之四，七言古体，页四，明成化丁酉刻本。

② 彭定求《全唐诗》，卷二百七十三，“戴叔伦一”，页二十四，康熙四十六年扬州诗局刻本。

可知,《寄万德躬》之诗,其作者有戴叔伦与刘崧之争议。对于如上存有争端的问题,本次整理,一仍汪端原貌。

其三,文本中选录之诗,与诗人原诗有出入者,保持选本原貌,不作改动。如何景明诗作名篇《吴伟江山图歌》,查丁福保先生生前藏书、今国家图书馆收藏的明刻本《何大复先生集》,该诗结尾六句为:“呜呼吴生岂复作,身后丹青转零落。残山剩水片纸贵,百金购之不一得。此卷流传天地间,我即见汝真颜色。”①汪端《明三十家诗选》选录该诗时,结尾四句为:“呜呼吴生岂复得,剩水残山转凄恻。此卷流传天地间,我即见汝真颜色。”两者比对,文字有明显的不同。又如同书同卷之《画马行》,明刻本《何大复先生集》中该诗结尾诗句为:“千里才,固有时,回头为问御者谁。君看赤骥与骐骥,挽车太行岭。心期田子方,踟躅驾辕顷。霜凋苜蓿汉郊冷,骨折秋风自嘶影。君不见古人养马如养士,一饱能酬千里志。今人养马如养豚,厩下常堆蒺藜刺。古之良马何代无,可笑今人空按图。”②汪端《明三十家诗选》选录该诗时,结尾诗句则为:“千里才,固有时,回头为问御者谁。君不见古人养马如养士,一饱能酬千里志。今人养马如养豚,厩下常堆蒺藜刺。古之良马何代无,可笑今人空按图。”两者比对,文字亦有明显的不同。全篇中这样的例子,还有一些。本次整理,不擅改古人之书,保持原貌,一仍汪端原本。

限于见闻学识,本书之整理工作,衍夺讹舛在所难免,请博雅君子教而正之。

---

① 何景明《何大复先生集》,卷之十四,七言歌行,页四,国家图书馆藏明刻本。

② 何景明《何大复先生集》,卷之十四,七言歌行,页五,国家图书馆藏明刻本。

记　梦

汪　端

余编《明三十家诗》既竣，夜梦至古寺。殿中设一龛，上有莲台，塑一立像，纱帽绛袍，白须伟貌，长三尺许。旁一褐衣媪，笑谓余曰："子识之乎？此丰干禅师也！在明代为宋景濂。今成佛矣！子盍拜之？"余曰："果文宪公耶？余生平所敬也！"亟拜之。既谓媪曰："文宪公在此，则刘文成、高太史诸公亦应有像。余皆欲拜识之。"媪指别室曰："皆在是。子自识之。"余步入，见塑像数十躯，有衣冠者，有儒巾服者，有戎装擐甲者，有蓑笠者，其前皆有栗主题姓氏。余欲谛视，而炉烟缭绕，蔽其字，不得见，遂蘧然寤。

因自咎曰：明初开国，刘、宋并称。青田以谋略著，潜溪以文章显。今文成诗褎然首列，而文宪诗独未入选。公之遗憾一也。且余是选，颇有知人论世之意，如青丘、孟载、志道、同文、清江、海叟、西涯、二泉、大复、升庵、昌谷、茂秦、沧溟、凤洲、大樽、茶村诸家，诗前咸有论断。凡数百年毁誉失实之案，无不为之更正湔洗，而于文宪独无一言。公之遗憾二也。且夫文宪事明祖数十年，处师儒之重，罪涉疑似，既诛其子孙，犹不少宽假，几致湛身。嗣以马后、太子力救，尚不免谪死蛮荒，不得归葬，亦可悲矣！而《凤洲杂编》且列之于元官，《王守溪笔记》亦叙其为元编修。夫文成仕元者再，尚不足损其佐命之勋，文宪仕元，亦复何害？且考《明史》本传，载其至正中荐授翰林编修，以亲老辞不行，入龙门山著书。文成集中亦有"送公入道”辞。《历朝诗集》《明诗综》皆载公“辞官入道”之事。则其未经仕元，确有可据。而凤洲诸人，凌轹前辈，且并其出处大节污之，是诚何心哉！翁大人著《秣稜集》，于明初文武诸臣冤狱，皆有所辩白。澄怀《论刘文成事》及《〈七姬权厝志〉论》，于青丘、来仪、仲温、公武亦昭雪甚。

至余于有明诸公主持公论，亦自谓不遗余力。而于公盖阙如者，以公之诗，才力亦甚博大，惟不及其文之精纯。且余所选，又以诗存人，而非以人存诗之比。苟令列诸正选，未免迁就；列诸附录，又患轻亵。故竟不入选，乃自为一书之例也。不选其诗，因不论其事，亦此书例也。而公之屈抑，遂不得附此书以明于后世，因以示梦于余耶？余维公人品最正、学问最醇、翊赞最久、献替最多，且精通释典，则其为丰干后身，生天成佛，亦理所应有。余幸得于梦中瓣香礼之。虽未录其诗，而不可不论其人，因附列之，以志吾过。且以为天下后世苛论前哲、污蔑名贤者，有所戒焉。或谓昔顾侠君选元诗竣，见古衣冠数百人来谢。今余于梦中，亦见塑像数十人，烟云供养，灵爽式凭，即以是为余阐幽发隐之功也，则余岂敢。

嘉庆庚辰孟冬十日，汪端记。

序

梁德绳

《明三十家诗》，余女甥汪允庄所选定。允庄，为女兄应销季女。祖千波，早年成进士，观政刑部，年二十四，乞假归，不复出，藏书之富，甲于武林。父天潜，博学工诗，隐居不仕。诸子女皆能读书。允庄尤慧，年七岁赋《春雪》诗，居然成章。诵木元虚《海赋》两过即背诵，不遗一字。观书过目不忘，盖异才也。适同里陈孟楷。公子孟楷，为云伯大令子。大令以诗文名海内。孟楷承其家学，蚤岁有声。先伯父学士山舟先生、夫子周生先生皆激赏之。论者有“金童玉女”之目。

兹集之选，虽曰诗选，实史论也。盖前明三百年，自高帝以马上得天下，草菅文士，成祖以叔攘侄，芟薙忠良，中间奄人权相，望尘接踵，又以制义取士，词章古文无真知灼见。虽有前后七子主坛坫者，务以声气相高，文章之途，有市道焉。虞山蒙叟《列朝诗选》富矣，冗杂无次序；小长芦钓师《明诗综》较有次序，亦博而不精；沈归愚《明诗别裁》即《明诗综》约选之，沿袭皆前人旧说，无足观览。

今允庄所选，以“清苍雅正”为宗，一扫前后七子门径，于文成、青丘、清江、孟载诸人，表章尤力。至于是非得失之故，兴衰治乱之源，尤三致意焉。读是书者，不特三百年诗学源流，朗若列眉，即三百年之是非得失，亦了如指掌。选诗若此，可以传矣！余读此而悲女兄之早逝，不得见女甥之学问成就如此也。余又幸女兄虽逝，而女甥之学问成就有如此也。读而归之，书其简端，即以为序。

道光二年壬午正月，钱塘楚生内史梁德绳书于古春轩。

序

曹贞秀

选诗之家，大要有二，曰：以人存诗，以诗存人。以人存诗，则失之滥，而无当别裁之旨；以诗存人，则失之严，而罔具尚论之识。求通两家之驿，去其失而兼其美者，戛戛乎其难矣！允庄夫人，汪季怀先生爱女也，幼禀庭诰，溺苦于学，所好尤在五、七言。其自汉魏、六朝、三唐、两宋诸家，靡不博览而穷涉之。故所著《自然好学斋诗》沉雄古厚、绵渺悱恻，扫尽脂粉习气。每一篇出，惊倒耆宿。洎归孟楷司马，则琴调瑟应，益入诗国而游。其所论议与所倡和，皆极命古今，卢牟众有，视古秦徐管赵者流，蔑如也。

岁庚辰，取前明一代之诗，甄综决择，自刘文成以迄夏节愍，为《三十家诗选》。厘为《初集》《二集》，每卷于正选后附录同时诸家，以分主客。每家系以事略，旁采各家评论，以备参考。大旨以诗为断，而或其人之勋业操行有足以昌其诗而重其诗者，则仍列正选，以垂激劝。于别裁之中，寓尚论之意。精思慎择，阅三年而始竣。以余亦尝究心此事也，削稿相示，属为之序。

余惟选明诗者两家：竹垞之《明诗综》，则重在人；归愚之《明诗别裁》，则重在诗。均为善本，而均不能无或严或滥之失。甚矣，选政之难也！今观兹选，论诗则务取清真，力删俳伪，论人则务崇名节，坚斥邪僻，洵能兼两家之美而去其失者。吾知兹选一出，实足以嘉惠艺林、裨补风化，而匪仅为闺阁之传书也。余兹衰晚，搦搦米盐，不复能耽词翰，而于兹选独不辞而序之者，诚以夫人之诗，为当代仅见之才，而兹选又当代不可废之作。有乐与之论而幸睹其成者，是用弁以荒言，质之来学。知竹垞、归愚两先生复起，亦将不易斯言也。是为序。

道光二年岁次壬午长至日，长洲墨琴女史曹贞秀序于里门之写韵轩。

凡　例

汪　端

昔元遗山《中州集》、顾侠君《元诗选》所选诸家，咸系以事略。兹选仿之，兼载其论诗之语及所著诸书，以备参考，亦知人论世之意也。惟刘文成伟绩奇勋、焜耀史册，毋俟赘言，故节录其出处大概，以别于诸家焉。

梁钟记室嵘论诗，分上、中、下三品。明高棅《唐诗品汇》亦分正始、正宗、大家、名家、羽翼、接武、正变、余响、旁流九等。选诗贵别流品，其来尚矣。是选《初集》诸家，犹主盟之晋、楚也。《二集》诸家，犹列国之宋、郑、鲁、卫也。《附录》诸家，犹附庸之邾、莒、杞、薛也。后之览者，平心综核，自见其才气分量，实有不可移易之故，正非妄为轩轾。至李空同其人与诗，虽不足道，然前后七子之名，褒然居首，沿袭已久，故仍录之《初集》。犹唐十八学士之有许敬宗、南宋四将之有张循王也。

集中《附录》诸家与正选者，或系昆季，或系师友，或同里，或齐名，或诗格相似，或出处相符，均从附列，以见渊源。然必其诗足以峙美，方从采撮。若如南园五先生、闽中十才子、正嘉七子、四皇甫之属，皆有取舍，此亦不敢因类滥列之意。

诸家评语，毁誉并存，旨取赅备，《明诗综》之例如此。兹去其偏憎私爱之说，但择平允精当者存之。《颐道堂集》暨澄怀遇有论议亦录于后，而端之一知半解附焉。至其人文章、轶事，间亦论断及之，此又仍竹垞《明诗综》例也。

乐府之体，语近情深，含蓄微婉，不必模范汉魏而始谓之复古也。就明代论之，刘文成郁伊善感，唏嘘欲绝，《离骚》之苗裔也。高青丘清华朗润，秀骨天成，唐人之胜境也。何大复源于汉魏、开宝，而能自抒妙绪。徐昌谷六朝风度，娴雅绝伦。茂秦小乐府最为擅场，闺情、边塞不减王少伯、李君虞之作。凡此数家，自当为乐府正宗。而李西涯之咏史，王凤洲之叙事，陆桴亭之激扬忠孝，则皆变体之正也。若李沧溟挦撦剽拟，词义艰晦，竹垞斥为"妄人"也固宜。

五言古，元季多近纤靡，刘文成起而振之，醇古遒炼，抗行杜陵。青丘得柴桑之真朴、辋川之雅澹，可称异曲同工。他如张志道之宏朗、杨孟载之苍奇、林子羽追琢工秀，不在常、刘以下。正、嘉间，大复骨重神寒、昌谷清声古色、皇甫昆季圭臬三谢、高子业接迹曲江，此皆一时之隽，足相羽翼。华子潜、归季思、吴凝父、李长蘅、钱饮光、张祖望诸人，规模林壑，清旷绝尘，亦不愧隐逸诗人之目。若顾亭林磊落英多，陆桴亭雄深渊雅，则又独辟门径，前无古人矣。

七言古，明初青丘沉郁宕逸，兼太白、杜、韩之长。贝清江、张志道鲜明紧健，颇近元遗山、虞道园二家。孙仲衍学岑嘉州，明隽清奇，善言风景。李草阁歌行学杜，材力驰骋，足以赴之，惜波澜较少耳。弘、正间诸家，多宗少陵，实自西涯启之。而大复雄丽，尤为奇玉特珠。嘉、隆以下，作者殊寡，凤洲富健，尚欠安详，沧溟浮嚣，更不足取。其后陈忠裕、夏节愍格古意新，陆桴亭才气无前，陈元孝语能独造，撑持末季，深赖此数公焉。

五言律，文成俎豆少陵，青丘上法右丞、下参大历十子，贝清江以温厚胜，张志道以瑰丽胜，杨孟载以清新胜，袁海叟以秀洁胜，林子羽以精炼胜，程节愍以雅正胜，大复于李、杜、王、岑均能神肖，昌谷嗣襄阳之清音，茂秦振嘉州之逸响，可称极盛。王凤洲、陈忠裕、夏节愍、桴亭、亭林、元孝气格沉雄，自是大家。而边华泉、皇甫子循、高子业、区海目、邝湛若趣味澄敻，如清沇之贯逵，亦犹画家逸品也。

七言律，文成激昂悲感，青丘超妙清华，足称两雄并峙。贝清江、张志道、杨孟载、林子羽、程节愍、甘彦初、张来仪诸家，功力纯熟，词旨葱蒨，均堪媲美。浑雅则推西涯，秀朗则推大复，爽健则推茂秦。沧溟虽高华精丽，而用字雷同，易取人厌，昔人尝集其“江湖”“乾坤”“落日”“浮云”“秋色”“风尘”“中原”“吾辈”等字，为诗戏之，故非恶谑。凤洲雄阔，惜乏深思，未云贵品。陈忠裕、夏节愍珍词绣句，雅练庄严。亭林、桴亭、元孝开辟浑涵，龙骧虎步，并为绝调。此外，边华泉、徐惟和兄弟、曹志节、程孟阳诸家，圆秀娟妍，得衷合度，要皆不失为名家也。

五言排律，惟亭林擅胜，余皆绝少名篇，故所收从略。

五言绝，青丘、昌谷、华泉、茂秦并得王、韦之髓。王子衡、徐惟和、范东生、林初文亦有佳制。此外，殊寥寥矣。

七言绝，文成、青丘、志道、孟载、刘子高、张来仪、刘仲修、王安中并有唐人风度，而海叟神味隽永，仲衍自然明秀，尤为本色当行。西涯、大复朗朗有致，昌谷学王龙标，沧溟学李太白，格高韵绝，咸臻极境。徐惟和兄弟、曹忠节、程孟阳、王介人、范东生、谢在杭、林初文诸人，措词婉雅，绰有余妍，斯可与刘宾客、郑都官把臂入林耳。

尝谓诗不可不清，而尤不可不真。清者，诗之神也。王、孟、韦、柳如幽泉曲涧，飞瀑寒潭，其神清矣。李、杜、韩、苏，如长江大河，鱼龙百变，其神亦未尝不清也。若神不能清，徒事抹月批风，枯淡闲寂，则假王、孟而已。真者，诗之骨也。诗以词为肤，以意为骨。康乐跅弛，故其诗豪迈。元亮高逸，故其诗冲澹。少陵崎岖戎马，故其诗沉郁。青莲向慕仙灵，故其诗超旷。后人读之，想见其人性情出处，所以为真诗。若乃生休明之世而无病呻吟，处衡泌之间而恣谈国是，则伪少陵而已。兹集所收，虽面目不一，要皆无悖于“清”“真”二字。优孟门户之习，吾知免夫。

宋《姜白石诗说》有云：“一家之语，自有一家之风味，如乐之二十四调，各有韵声，乃是归宿处。模仿者，语虽似之，韵已无矣。鸡林其可欺哉！”又《居易录》载，王茂京与渔洋论画，于南唐推董源，于宋推巨然，于元推倪黄，于明推董文敏，谓诸家看是古澹闲远，而中实沉着痛快，惟解人知之。渔洋以为，其说可通于诗。此二则，皆有至理深味。兹选去取，亦窃附此义焉。

诗有夙负盛名而实不能成家者，如汪朝宗广洋诗，撰语松利，多流浅率。《静志居诗话》载其佳句数十联，要亦平平。且其人以依违胡惟庸获罪，本非正人，更不足取。若郑少谷善夫以学杜自命，拙直枯悴，不免“诗囚”之目。王稺钦廷陈狷狂邪僻，何异桑悦，诗亦赝鼎之流，毋足娱玩。朱升之应登、殷近夫云霄规模空同，钝涩尤甚。王履吉宠、王道思慎中袭颜光禄之貌，板重不灵。宗子相臣慕太白之风，尚未得其形似，无论神理。蒋子云山卿、杨梦山巍、李伯远应徵、朱兆隆国祚，师法古澹，气格亦完，而殊尠合作。屠长卿隆、沈嘉则明臣、王承父叔承篇什最富，而沙砾盈前，无金可拣，虽多亦奚以为？他如汤临川显祖、徐文长渭、王百谷穉登，排斥七子之非，皆有特识。惟临川以词曲名家，诗伤牵率。徐既失之粗野，王又病于纤秾，何其“明于绳人而昧于镜己”也！至祝允明、唐寅之俚俗，王彦泓、冯班之淫艳，三袁宗道、宏道、中道之佻仄，钟惺、谭元春之幽诡，则人所共知，毋庸深论。凡此诸家，大抵不出“伪”“俳”二体。“伪体”足以惑学人，“俳体”易于动流俗，其弊均也。兹选概从芟薙，庶几无戾雅音。永乐至成化时之诗，三杨、解、胡首倡台阁体，如尘羹土饭，望而生憎。苏秉衡平、刘钦谟昌等竞为香奁体，则又搔头弄姿，极尽媸态，诗道至此实一大厄。斯由孝陵、长陵酷忌文士，杀戮太甚，大伤天和，以致百余年间，风雅沦丧，读书种子从此断绝。道衍此言，不可谓非先见也。中间惟郭定襄、刘孟熙二人，气骨棱棱，差强人意，今以附程节愍后焉。程节愍、陈忠裕、曹忠节、夏节愍、邝湛若，皆前明忠义之士，诗亦专门名家，亟登正选，以光斯集。至如孙忠愍炎、王忠文祎、方忠文孝孺、练忠肃子宁、于忠肃、王文成、杨忠愍继盛、高忠宪攀龙、倪文贞元璐、卢忠肃象升、史忠正可法、左忠贞懋第、刘忠介宗周、黄忠端道周、瞿忠宣式耜、黄忠节淳耀、吴节愍易、陈忠简子壮、陈忠烈邦彦、杨忠节廷麟、顾节愍咸正、梁节愍朝钟诸公，浩然正气，本不以篇翰争长，将另录一集，以申仰止之意，兹集不更入选。

明人有“全集无称而一篇独绝”者，如王子宣《宫词》、骆用卿《淮阴庙》、王季木《项王庙》、戴南枝《严陵钓台》之属，以及方外、闺秀、幽隐散佚之什，佳者不少，另有续编明诗选拾遗，以补阙略，兹集亦不备载。

道光元年岁在辛巳元旦，钱塘汪端识。

《明三十家诗选》参阅姓氏

业师仁和高迈庵先生树程

娄东萧樊邨先生抡

金匮杨蓉裳芳灿

大兴舒铁云位

秀水王仲瞿良士

镇洋彭甘亭兆荪

华亭姚春木椿

仁和钱叔美杜

外伯祖钱塘梁山舟先生同书

姨丈德清许周先生宗彦

舅氏钱塘梁曜北先生玉绳

世父春园公璐

伯兄问樵初

仲兄蒨士潭

《明三十家诗选》原校女士姓氏

初集

卷　一　钱塘孙云凤碧梧

卷　二　长洲李佩金晨兰

卷三上　昭文席佩兰道华

卷三下　常熟归懋仪佩珊

卷　四　仁和孙琦茗玉

卷五上　常熟屈秉筠宛仙

卷五下　华亭廖云锦织云

卷六上　金匮杨芸蕊渊

卷六下　新城陈德卿雪兰

卷七上　钱塘汤绣蛸湘绿

卷七下　钱塘汪筠纫青

卷八上　钱塘金芾召南

卷八下　无锡华云芝鹤田

二集

卷一上　钱塘管筠静初

卷一下　吴县席慧文怡珊

卷二上　归安王钿兰上

卷二下　秀水王蕙芬采仙
卷三上　钱塘陈华娵萼仙
卷三下　钱塘陈丽娵茗仙
卷四上　丹徒王琼碧云
卷四下　金匮顾翎羽素
卷五上　钱塘汪嘉静宜　仁和钱珮楚长
卷五下　钱塘孙云鹤仙品　钱塘孙云鹏娴卿
卷六上　仁和韩淑章莲生　归安王德柔韫容
卷六下　粤东黄之淑兰娵
卷七上　德清许延礽因姜　德清许延锦云姜
卷七下　钱塘黄巽蕉卿　钱塘汤蘅小谷
卷八上　钱塘李素娵琳仙　钱塘李锦娵蓉仙
卷八下　上元王子兰紫湘

明三十家诗选

初集

卷　一

刘　基 九十四首

基，字伯温，青田人。元至顺癸酉进士。至正中，为行枢密院经历，与石末宜孙守处州。方氏之乱，安集本郡，为执政者所嫉，置公军功不录，遂弃官归隐青田山中，著《郁离子》以寓志。时义兵从之甚众，客有说公据全越画江而守者。公曰："吾尝愤方国珍、张士诚等所为，今用子计，与彼何殊耶？且天命将有归，子姑待焉。"会太祖定括苍，闻公名，遣总制官孙炎聘之，遂由间道诣金陵，历官至御史中丞。洪武初，论佐命功，封"诚意伯"。四年，赐归老乡里。初，上欲相胡惟庸，以问公。公谓："不可。"及惟庸掌中书省事，挟旧忿，以谈洋事奏讦之。公不获已，复入朝。居京数年，有疾，惟庸以医来视，饮其药，中毒增剧。帝自制诏书赐之，遣使送归青田，抵家一月而卒，洪武八年也，年六十五。后惟庸谋逆伏诛，帝思公先见，召其孙廌袭爵。正德中，追谥"文成"。公诗文曰《覆瓿集》，元季之作也，曰《犁眉公集》，明初之作也，又有《写情集》《春秋明经》，共二十卷。

虞伯生曰："伯温诗发感慨于性情之正，存忧患于敦厚之言，是不可及。若其体制、音节，无愧盛唐。"

李时勉曰："公之出处进退，比之子房，明白正大，伟然大丈夫之所为。公之诗文，其气壮，故其辞雄浑而敦厚；其学博，故其辞深宏而奥密；其志忠，故其辞感激而切直；其行廉，故其辞蠲洁而清劲。古今之能以勋业、文章并显于当时而垂耀于后世，若公者几人哉！”

姚福曰：“青田刘公、潜溪宋公，皆雄材博雅。宋公既出，当制作之任，故其文篇富赡。刘公在元末，幽忧悲愤，一寓于诗出，且以谋略称，故所作无几。今观《郁离子》，广引曲喻，雄辨不可当，非宋公《龙门子》所及也。然其言则积年精思之所到，而《龙门子》则以八十八日而成，此其所以优劣欤？”

钟广汉曰：“文成论诗，谓‘今天下为诗者，取则于达官贵人而不师古’，此语深中元人之病。试读公集中诗，皆有古人之一体，可谓善于师古者也。”

陆道威曰：“诗家能合兴观群怨者，虽人有数首，然求其全部大旨俱合者，《离骚》而后，惟陶渊明、杜子美，在明则刘文成，皆由其立心正也。作诗者不可不读。”又曰：“文成诗无一语风云月露，但忧时闵世之言，极得古人‘诗言志’之旨。乐府尤妙，可谓杜陵以后一人。”又曰：“文成古文，似胜宋景濂，能见大意，不诡随时俗为浮屠文，皆有分寸，此大家正派也。”又曰：“文成以功名掩其学术，然予谓伊、吕当是时亦不过如此。圣贤学问，原主于行道救民，非必沾沾讲贯而后谓之儒者也。今人但知以天文、术数推文成，而不知其事事皆合于儒。”

朱锡鬯曰：“孙伯融炎在处时，明祖命招致伯温。伯温坚不肯出，以宝剑遗伯融。伯融作诗，以为剑当献天子，封还之。伯温无以答，乃逡巡就见。而李时远《诗统》谓此剑伯融家藏，作歌以赠刘者，误也。”

沈确士曰：“元季诗，皆尚辞华。文成独标高格，时欲追逐杜、韩，故超然独胜，允为一代之冠。”

澄怀居士曰：“世尝以刘文成负命世之才，为王者之佐，足与子房伯仲，而晚节不能从赤松以游，卒为胡惟庸所中，颇致疑焉。余读其全集，考其时事，然后叹文成之为纯臣，而深悲之也。夫明祖，雄猜多忌，甚于汉高，何则？汉高忌武臣不忌文臣，以为不握兵柄，无能为也。韩、彭以枭悍见诛。而曲逆、随、陆之徒，并以功名终。蒯彻、鲁两生，虽不附己，亦能容之。子房，文臣也，故请封留以明志，托辟谷以遗荣，而即能免祸。若明祖，则不然。当夫元纲不振，群雄竞乱，起徒步以有四海，疆场帷幄实藉诸臣之力。天下既定，务剪除胜己，以弭后忧。故文武诸臣，均不能无忌焉。开平、宁河幸而早世，贤如中山尚有旧邸之试、御膳之疑，亲如岐阳亦不免谴责忧死。他若冯胜、傅友德、廖永忠、王弼辈，以武功著，宋濂、魏观、陶凯、许存仁辈，以儒学重，谏臣则叶伯巨、茹太素、李仕鲁等，循吏则方克勤、黄哲、道同等，文士则王彝、张孟兼、王行等，诗人则高启、孙蕡、张羽等，皆以猜忌之故，不得其死。矧文成才兼文武，先几远烛，声望驾轶诸人上，则谋所以除之者，必有甚于诸人也。而文成尝力辞公爵曰：‘陛下天授，臣何敢贪天之功。’则未尝不明‘知止’之道也。洪武四年，请归老乡里，日惟弈棋、饮酒，口不言朝事，则未尝昧于‘进退之几’也。初，以谈洋地为盐盗薮，方氏之所由乱，请设巡检司守之，意在卫民除害，无他也。及茗洋逃军反，吏匿不以闻，文成令长子琏奏其事，不先具白中书省。胡惟庸方掌省事，挟前隙，使吏讦之，谓：‘谈洋地有王气，图为墓，民弗与，则请立巡检逐民。’明祖颇为所动，遂夺文成禄。夫明祖英主，岂不能察奸人之诬良？以积猜甚深，有触即发耳。当是时，文成不入朝谢过、请留京师，则族且赤矣。观其《旅兴》诗有云‘徼福非所希，避祸敢不慎’‘松柏尽榴翳，桃李更何言’‘劳生遘六极，老病在羁旅’‘身世且未保，况敢言功勋’‘人生多忧患，死去百虑消’‘但恨不便得，无由脱鞿鑣’，郁陶感愤，盖自知必不获免矣。且夫文成岂畏死者哉？第恐非罪见诛，则明祖藏弓之忍，必致贻讥史册。故假手惟庸之毒，以遂全归。大臣毋辱，此即萧傅和药之意也。考其仲子璟《恩遇录》载，惟庸伏诛后，明祖数召见璟，燕语如家人，深惜文成忠而受祸。证之临殁诫子之语，不可谓非前知。且以儒术导君，其言粹然，一出于正。钓奇用谲，既胜子房。而子璟死靖难之变，以视辟疆请王诸吕，堕其家声，尤有贤、不肖之别。呜呼！全已之名而不忍彰君之过，其迹甚晦，其心弥苦。卒之沉冤大白，善著贻谋，纯臣心事，较石碏犹当过之，又岂子房所可同日语哉！顾后人未有表揭之者，爰为详论之如此。”

汪端论曰：“文成乐府，借古题以咏时事，忠爱缠绵，长于讽谕，有一唱三叹之音。五古清苍深厚，不屑摹古，自然雅正。七古滔滔莽莽，若不经意。至《二鬼》一篇，亦《离骚》寓言之旨。而世务险怪奔放者，往往藉口于此。故既录而仍置之。此外所收，亦从略。五、七言律及绝句，悲凉激越，寄托遥深，足以希风少陵。归愚谓‘七律为最下’，非笃论也。合诸体观之，奇警清壮，队仗工整，似少逊元遗山，而其浑雄流转，无枝词浮响，则又过之。余尝谓文成诗境独到处，在‘沉郁’二字。唐以后诗家可当此二字者，正惟遗山及文成两人耳。夫以文成之学力，固不专以奇肆见长，而亦尝如李空同辈侈然以复古自命。自来诸选家，或赏其才气奇肆，或表其复古之功，皆非真知文成者。若王凤洲谓‘文成如刘宋好武，诸王见王谢子弟，不免低眉’，此尤门户之见，宜凤洲晚年亦自深悔之也。”

楚妃叹

江汉扬波六千里，上有巫山矗天起。锦衾一夕梦行云，万户千门冷如水。闻道秦兵下武关，君王留连犹未还。山深不见章华路，汨罗冤泪空潺湲。尚忆前王好驰逐，宫中美人不食肉。回狂作哲须臾间，至今相业归孙叔。楚宫无复如昔人，况有神女如花新。悲来恨新还忆故，谁能断却巫山路？虞山云：“公此诗，盖感元顺帝宠高丽奇后专权乱政之事而作。”

夜夜曲

冬夜恒苦长，夏夜恒苦短。短长相蔽亏，殷勤望推挽。纫茅作绳绳易断，汲水作池池易旱。故镜尘昏难照远，故衣絮敝无新暖。西风袅袅吹桂枝，白露点苔黄叶满。哀音古节。

望行人

朝听乾鹊鸣，暮见灯花结。鹊鸣灯结无定期，镜里青云看成雪。人生百岁难长保，天上孤鸾海中老。滔滔逝水不回西，灼灼秋花几时好。一朝复一朝，一夕复一夕。只恐君心念妾时，妾身已做山头石。低徊惨淡，而无怨诽之意，此真风雅。

走马引

天冥冥，云濛濛，当天白日中贯虹。壮士拔剑出门去，手提仇头掷草中。掷草中，血漉漉，追兵夜至深谷伏。精诚感天天心哀，太一乃遣天马从天来，挥霍雷电扬风埃。壮士呼，天马驰，横行白昼，吏不敢窥。戴天之耻自古有必报，天地亦与相扶持。夫差徒能不忘而报越，栖于会稽又纵之。始知壮士独无愧，鲁庄何以为人为！虞山云："元明宗被弑于晃忽察。顺帝即位七年，乃以尚书之言撤文宗主于太庙，而诏书但以私图传子为言，昧于《春秋》复仇之大义矣。此诗盖深讥之。"

梁甫吟

谁谓秋月明？蔽之不必一尺翳。谁谓江水清？淆之不必一斗泥。人情旦暮有翻覆，平地倏忽成山溪。君不见，桓公相仲父，竖刁终乱齐。秦穆信逢孙，遂违百里奚。赤符天子明见万里外，乃以薏苡为文犀。停婚仆碑何震怒，青天白日生虹蜺。明良际会有如此，而况童角不辨粟与稊。外间皇父中艳妻，马角突兀连牝鸡。以聪为聋狂作圣，颠倒衣裳行蒺藜。屈原怀沙子胥弃，魑魅叫啸风凄凄。梁甫吟，悲以凄。岐山竹实日稀少，凤凰憔悴将安栖？沈确士云：“拉杂成文，极烦冤賸乱之致。此《离骚》遗音也。”

墙上难为趋行

弱水不可以航，石林不可以车。人生贵守分，墙上难为趋。茫茫八极内，狭径交通衢。纷纷皆辙迹，扰扰论锱铢。焦原诧齐踵，龙颔夸探珠。片言取卿相，杯酒兴翦屠。机事一朝露，妻子化为鱼。林间有一士，蓬蒿翳穷庐。种稻十数亩，种桑八九株。有酒且饮之，无事即安居。孰知五鼎食，聊保百年躯。悠悠身后事，汲汲复何如。

隔谷歌

战鼓咽悲风，弓折不可把。弟兄隔谷不相闻，咫尺人间与泉下。丈夫誓许国，杀身非所怜。两心本一气，何能坐相捐。登埤四顾望，慨慷肝胆裂。不见救兵来，但见绕城铁甲光如雪。飞禽在罗网，尚或念其饥。身为高官马食粟，忍见手足居重围。相彼鸿与雁，亦各顾匹俦。挽弓射一猿，群猿拔箭声啾啾。鸟兽且有情，人心独何尤。呜呼！田家紫荆虽微木，不忍听君歌隔谷。有益于人伦风教之作，可与太白《上留田》并传。

懊侬歌

白鸦养雏时，夜夜啼达曙。如何羽翼成，各自东西去。沈确士云：“其法本之‘打起黄莺儿’篇。”

玉阶怨

长门灯下泪，滴作玉阶苔。年年傍春雨，一上苑墙来。沈确士云：“婉而曲。”

长门怨

白露下玉除，风清月如练。坐看池上萤，飞入昭阳殿。宗子相云：“不作怨语，怨已自深。”

薤露歌

人生无百岁，百岁复如何？古来英雄士，各已归山阿。钟广汉云：“音韵悲凉，初读之呜咽，再读之慷慨。”

秋　思

蕙草芳已歇，候虫寒不鸣。相知惟白发，日夜满头生。

露下阶苔光，风生庭树冷。推窗掩明月，不忍见孤影。

筑城词

君不见杭州无城贼直入，台州有城贼不入。重门击柝自古来，而况四郊多警急。愚民莫可与虑始，见说筑城俱不喜。一朝城成不可逾，挈家却向城中居。寄语筑城人，城高固自好。更须足食仍足兵，不然剑阁潼关且难保。独不念至元延祐年，天下无城亦无盗。

畦桑词

编竹为篱更栽刺，高门大写畦桑字。县官要备六事忙，村村巷巷催畦桑。畦桑有增不可减，准备上司来计点。新官下马旧官行，牌上却改新官名。君不见古人树桑在墙下，五十衣帛无冻者。今日路傍桑满畦，茅屋苦寒中夜啼。

东飞伯劳歌

南飞鹧鸪北飞鹄，黄昏鸣鸡白日烛。珊瑚石上栽兔丝，鸳鸯独宿枯桑枝。永夜凉蟾入罗幕，蝉翼不如秋鬓薄。寒塘露莲千叶红，可怜零落空随风。此诗感悼失时之意。

鸣雁行

嗈嗈鸣雁鸣达旦，举翼相连拂云汉。平原漠漠生野烟，雁飞只向江南天。江南十月多禾黍，一半输官半供汝。明年二月归养雏，雏成又望江南去。澄怀云："此诗似刺元季督运者。"

班婕妤

昭阳秋清月如练，笙歌嘈嘈夜开宴。长信宫中辞辇人，独倚西风咏纨扇。倾城自古有褒妲，红颜失宠何须怨。泠泠玉漏掩重门，一点金釭照书卷。写出班姬之品，非寻常宫怨可比。

莲塘曲

落日下莲塘，轻舟赴晚凉。偶然花片落，飞出两鸳鸯。俊逸。

琅琊王歌

骏马须好鞍，强弓须劲箭。将军不知兵，健儿空自健。乐府本色。

长歌续短歌

短歌调促情苦悲，长歌引愁无绝期。短声欲尽长声续，似是荆山人泣玉。悲哉荆山泣玉人，但知贵玉不贵身。纵令哭尽歌堪听，何异春花委路尘。古称悲歌可当哭，伤心如中金石镞。更不必听蔡女笳，又不必听渐离筑。长歌飘扬彻九天，短歌呜咽入九泉。徒言歌哭两情异，谁知歌声尤可怜。陆道威云："文成虽尝事元复事明，然其意实以救民为主，非爱功名也。此诗具见文成一生心事。予于诗鉴论断中，颇发明之。"

发安仁驿

鸡鸣发山驿，天黑路弥险。烟树出猿声，风枝落萤点。江秋气转炎，嶂湿云难敛。伫立山雨来，客愁纷冉冉。

望武夷山作

饮马九曲溪，遥望武夷峰。长林抱回合，丹崖造空濛。浮晖澹寒翠，水木皆曼容。薄游限尘务，促景尼奇踪。缅怀紫阳子，千载谁与同？琼佩邈烟雾，石函阏遗封。羁猿怨幽涧，飞萝冒芳丛。瑶琴空流泉，桂枝徒秋风。怅望佳期阻，缠绵忧思重。殷勤尺素书，愿寄云间鸿。出入《骚》《雅》。

早发建宁至兴田驿

鸡鸣戒晨装，上马见初日。露泫叶尚俯，雾重山未出。客途得霁景，缓步非纵佚。矧兹岁有秋，高下俱颖栗。牛羊散原野，鹅鸭满阡陌。怀抱既夷旷，神情自清谧。寒花蔓篱落，候虫响蒙密。霞标青枫林，雪绽乌桕实。幽览虽云遽，佳趣领已悉。我行固无期，况乃尘事毕。

送田生归乡

少年客他乡，还乡反如客。莫惊新井里，乃是旧阡陌。欢笑集姻亲，觞酌上斑白。老翁爱英俊，慰问至日夕。应怜邻舍儿，鱼龙两县隔。

题朱孟章虞学士送别图后

秋郊一杯酒，握手念将离。落日照野水，凉风生树枝。今朝重相忆，青山如旧时。鬓毛非松柏，争得不成丝。沉警似《箧中集》诗。

壬辰岁八月自台州之永嘉度岭

昨暮辞赤城，今朝度苍岭。山峻路屈盘，峡束迷昬景。谽谺出风门，坎窞入天井。冥行九地底，高瞰群木顶。瀑泉流其中，黴若泄溟涬。哀猿啸无外，去鸟飞更永。仆夫怨跋涉，瘦马悲项领。盗贼逭天诛，平人遘灾眚。伫立盼嵚岑，心乱难为整。能写难状之景。

梦草堂遣怀

即事在自得，强歌非正音。所以春草句，声价重兼金。若人千载下，遗响邈难寻。凄凉一池塘，赖尔得至今。我来当杪秋，天净潢潦沉。枯荷有余馨，衰柳无残阴。鼓鼙响未已，山水意徒深。感时念兄弟，恻怆伤我心。起二句，千古文章妙诀，不外乎此。

别峰和尚方丈题唐子华山阴图

连山走陂陀，大谷入晻暧。屋藏深树中，路出巨石背。烟雨时有无，涧壑互显晦。轻盈见飞绡，缥缈沃浮黛。雄梁矫修鼍，骍壁驳文玳。峥嵘紫霞高，屈曲白水汇。阴森神鬼宅，奋迅龙马队。风云气象宽，日月光炯碎。借问此何乡，或有捐余佩。答云越山阴，信美无与对。自从永和来，燕游推胜概。佳人去不还，盛集嗟未再。唐令实好奇，掇拾归画绘。上人远公徒，我亦渊明辈。会晤属时艰，观览增感慨。故园没灌莽，举足蛇豕碍。放歌自太息，激烈惊厚载。盘空出险语。

琴清堂诗

亭亭峄阳桐，斫为绿绮琴。緪之朱丝弦，弹我白雪音。虚堂夜迢迢，华月耿疏林。凤凰天上来，虬龙水中吟。曲罢起太息，无人知此心。

周青士云:"神似苏州。"

题山水图

江上何所有?高低千万峰。结庐覆以茅,取足聊自容。绿树既蓊郁,清溪亦溶溶。地僻无车马,猿鸟来相从。落日沙际明,寒烟澹疏松。苍茫云霞外,隐见青芙蓉。悠然一舸还,好景时独逢。归来山月出,古刹鸣昏钟。澹远。

晚同方舟上人登师子岩作

落日下前峰,轻烟生远林。云霞媚余姿,松柏澹清阴。振策纵幽步,披榛陟层岑。槿花篱上明,莎鸡草间吟。凉风自西来,飗飗吹我襟。荣华能几时,摇落方自今。逝川无停波,急弦有哀音。顾瞻望四方,怅焉愁思深。谢茂秦云:"逸韵飙举,幽思泉发。"

感时述事

十羊烦九牧,自古贻笑嗤。任贤苟不贰,焉用多人为?师行仰供给,州县方告疲。差徭逮所历,添官有权宜。奈何乘此势,争先植其私。百司并效尤,货贿纵横飞。列坐隘公堂,号令纷披离。名称到舆隶,混杂无尊卑。正官反差出,道路不停驰。徇禄积日月,官吏之所希。此辈欲何求,朘剥图身肥。世皇一宇宙,四海均惠慈。盗贼乘间发,咎实由官司。云胡未悔祸,救焚用膏脂。姻娅遂连茹,公介弃草茨。农郊日增垒,良民死无期。天关深虎豹,欲语当因谁?

先王制民产,曷分兵与农。三时事耕稼,阅武在严冬。乱略齐愤疾,战伐厥有庸。那令异编籍,自使殊心胸。坐食不知恩,怙势含威凶。将官用世袭,生长值时雍。岂惟昧韬略,且不习击劀。悍卒等骄子,有令亦无从。跳踉恣豪横，鼓气陵愚惷。所以丧纪律，安能当贼锋。崩腾去部曲，蚁合寻归踪。时方务姑息，枉法称宽容。宁知养豺虎，反噬中自钟。国家立制度，恃此为垣墉。积弊有根源，终成肠肺痈。何由复古道，一视均尧封。

豢狗不噬御，星驰募民兵。民兵尽乌合，何以壮干城。百姓虽云庶，教养素无行。譬彼原上草，自死还自生。安知徇大义，捐命为父兄。利财来应召，早怀逃窜情。出门即剽掠，所过沸如羹。总戎无节制，颠倒迷章程。威权付便嬖，赏罚昧公平。饥寒莫与恤，锐挫怨乃萌。见贼不须多，奔溃土瓦倾。旌旗委曲野，鸟雀噪空营。将军与左右，相顾目但瞠。此事已习惯，智巧莫能争。庙堂忽远算，胸次猜疑并。岂乏计策士，用之非至诚。德威两不立，何以御群氓。慷慨思古人，恻怆泪沾缨。

虞刑论小故，夏誓殄渠魁。好生虽大德，纵恶非圣裁。官吏逞贪婪，树怨结祸胎。法当究其源，薅锄去根荄。蒙茏曲全宥，驾患于后来。滥觞不堙塞，滔天谷陵颓。总戎用高官，沐猴戴毋頍。玉帐饫酒肉，士卒食菜苔。未战已离心，望风遂崩摧。招安乃倡议，和者声如雷。天高豹关远，日月照不该。俱曰贼有神，讨之则蒙灾。大臣恐及己，相视若衔枚。阿谀就姑息，华绂被死灰。奸宄争效尤，无风自扬埃。啸聚逞强力，谓是爵禄媒。黎民亦何辜，骨肉散草莱。倾家事守御，反以结嫌猜。恸哭浮云黑，悲风为徘徊。赤子母不怜，不如绝其胚。养枭逐凤凰，此事天所哀。胡为尚靡定，颠倒腱与颏。春秋戒肆眚，念此良悠哉。

秦皇县九宇，三代法乃变。汉祖都咸阳，一统制荒甸。豪雄既铲削，疮痍权休宴。文皇继鸿业，垂拱未央殿。累岁减田租，频年赐缣绢。太仓积陈红，阛府朽贯线。是时江南粟，未尽输赤县。方今贡赋区，两际日月窴。胡为倚东吴，转饷给丰膳。径危冒不测，势与蛟龙战。遂令鲸与鲵，掉尾乘利便。扼吭要国宠，金紫被下贱。忠良怒切齿，奸宄竞攀援。包羞屈政典，尾大不可转。圣人别九州，田赋扬为殿。中原一何朊，所务非所先。豳风重稼穑，王业丘山奠。夫征厉未习，孰敢事游燕。哀哉罔稽古，生齿徒蕃羡。一耕而十食，何以奉征缮。长歌寄愁思，涕泪如流霰。程孟阳云："《感时》诸诗，可谓诗史，追配杜老，迈元、白矣。"

秋夜感怀柬石末公申之

不寐知夜长，起视天宇阔。散漫草上风，朦胧云间月。寒禽鸣疏树，黄叶堕阶闼。俯仰观群物，惆怅不敢发。谁云蝼蚁壤，能使泰山阢。苍鹰铩六翮，狡兔营三窟。何当威弧正，王旅得肆伐。箘簬虽微材，尚可施羽筈。岂意风浪舟，心犹隔胡越。士生非金玉，有足难自达。周嫠不恤纬，楚放常怀阙。平生葵藿情，忍与霜露歇。玄冰胶坤轴，非君孰能斡。申章匪繁辞，悲愤不可遏。

有　感

勾芒发陈根，北斗转东柄。众星各参差，威弧何时正？好生虽圣心，明刑亦王政。哲人慎谋始，斯焉获终庆。徒言两阶舞，可以怀逆命。不见三危山，万里窜枭獍。世德异唐虞，民情好争竞。那无跗扁医，而有膏肓病。波涛地轴瓥，虎豹天关夐。雨露当春滋，风霜及秋劲。谁能奉明王，顺天行号令。澄怀云："元季，纪纲紊弛，刑赏不明，故文成痛切言之也。"

偶　兴

劳人怨长途，壮士悲老别。那将望乡心，对此伤神月。凄凉寒风至，惆怅芳草歇。瑶琴无子期，丝弦为君绝。似孟东野。

晨诣祥符寺

上马鸡始鸣，入寺钟未歇。草际起微风，林端澹斜月。僧房湛幽寂，假寐待明发。松径静无人，经声在清樾。

在永嘉作

高屋集飞雨，萧条生早寒。我来复几时，明月缺又团。浮云蔽青天，山川杳漫漫。狐狸啸悲风，鲸鲵喷重澜。孤雁号南飞，音声凄以酸。顾瞻望桑梓，慷慨起长叹。愿欲凌风翔，惜哉无羽翰。中夜百感生，展转不遑安。枯荷响西池，槁叶鸣林端。寥寥天宇空，冉冉时节阑。举俗爱文身，谁识章甫冠。河流未到海，平陆皆惊湍。旗帜满山泽，呜呼行路难！

旅　兴

儌福非所希，避祸敢不慎。富贵实祸枢，寡欲自鲜吝。蔬食可以饱，肥甘乃锋刃。探珠入龙堂，生死在一瞬。何如坐蓬荜，默默观大运。

澄怀云："《旅兴》及《杂诗》应是公遭胡惟庸谗间时作。"

穷巷屏人迹，开门见青山。青山似故乡，客子何当还。蟪蛄日夜鸣，绿树亦已殷。白日驶西征，浮云不可攀。安得生羽翼，奋飞出元关。

雨来群山暗，雨过群山明。山明猿鸟喜，山暗猿鸟惊。岁暮阴风起，白日西南倾。寒蝉枝上号，夏虫草间鸣。人生非草木，能无感中情。

倦鸟冀安巢，风林无静柯。路长羽翼短，日暮当如何。登高望四方，但见山与河。宁知天上雨，去为沧海波。慷慨对长风，坐感元发皤。弱水不可航，层城岌嵯峨。凄凉华表鹤，太息成悲歌。妙处不让阮公《咏怀》。

青青潇湘竹，猗猗被寒水。游子如飞蓬，佳人旷千里。登高左右望，但见黄尘起。凤凰翔不下，梧桐化为枳。伤怀不可道，忧念何时已。

乌鸣朝哑哑，鹊鸣暮啾啾。闻鹊既不喜，闻乌复何忧？世人务苟得，君子绝外求。沧浪迅风波，无风即安流。胡为自冰炭，以贻达者羞。

寒灯耿幽幕，虫鸣清夜阑。起行望青天，明月在云端。美人隔千里，山河杳漫漫。元云翳崇冈，白露凋芳兰。愿以绿绮琴，写作行路难。忧来无和声，弦绝空长叹。

秋山青如烟，秋月白如水。登高俯空旷，咫尺见千里。悠悠孤云行，袅袅凉风起。凉风吹客衣，客心随风飞。愿作沧海潮，朝来暮还归。

日落天气凉，逍遥步庭墀。蟋蟀已在宇，鸿雁来何迟。少壮轻远游，衰老伤别离。念我亲与友，各在天一涯。音容两契阔，悲欢绝相知。铩羽怀旧林，戢鳞思故池。百年能几何，逝者无还期。俯仰增感叹，有怀当语谁。殷勤托宵梦，聊用慰所思。

久旱草不生，一雨青满地。新荑与旧梯，好丑各自媚。喈喈黄莺吟，习习元鸟至。闲庭人迹稀，白日澹清气。平生孟公绰，庶足无妄觊。但愿长若斯，拨置身外事。

杂　诗

服力徇穑事，矻矻望有秋。凌晨荷锄出，日入且未休。中夜看星辰，旱潦切所忧。西成告丰岁，珠玑满田畴。饱食幸可期，喜色欲盈眸。宁知霜雪早，零落不得收。荒畦委滞穗，槿篱挂空篝。斜阳照白发，短褐还饭牛。天命固如此，汲汲复何求？

夏夜台州城中作

江上火云蒸热风，欲雨不雨天梦梦。良田半作龟兆拆，粳稻日夕成蒿蓬。去年海贼杀元帅，黎民星散劫火红。耕牛剥皮作战具，锄犁化尽刀剑锋。农夫有田不得种，白日惨澹衡茅空。将军虎毛深玉帐，野哭不入辕门中。健儿斗死乌自食，何人幕下矜奇功？今年大军荡淮甸，分命上宰麾元戎。舞干再见有苗格，山川鬼神当效忠。胡为旱魃还肆虐，坐令毒沴伤和冲。传闻逆党尚攻剽，所过丘垄皆成童。阃司恐畏破和议，斥堠悉罢云边烽。杀降共说有大禁，无人更敢弯弧弓。山中悲啼海中笑，蜃气绕日生长虹。古时东海辟孝妇，草木枯瘁连三冬。六月降霜良有以，天公未必长喑聋。只今幅员广无外，东至日出西太蒙。一民一物吾肺腑，仁者自是哀瘝恫。养枭殖凤天所厌，谁能抗疏回宸衷？夜凉木末挂河汉，海峤月出光玲珑。仰视皇天转北斗，呜呼愁叹何时终！澄怀按：元末，方国珍兄弟倡乱海上。有司惮于用兵，一意招抚。公以国珍首逆，且数降数叛，请斩之。朝议不听。此诗愤国珍之剽掠、讥执政之无人也！

题松下道士携琴图

道士抱琴松下行，松风入耳清凉生。石梁苔滑不可上，潭水泠泠学琴响。琴有意兮水无心，水中有龙能听琴。琴声凄断水流咽，月满空山落松雪。

寄宋景濂

我思美人，乃在仙华之山。山前夜半挂河汉，天津两旗俯可攀，我欲从之阻河关。初平不来白羊死，瘦骨蚀尽莓苔顽。风沙萧萧隔人间，元霜日夕凋玉颜。有鸟有鸟丁令威，侧身下上空孤飞。女娲石坠鳌脚折，海水散作云霏霏。山中有奇树，一华一千秋。美人何不折寄我，使我叹恨长凝眸。深沉洞谷山鬼集，阴气六月冰霜留。嗟哉美人谁与俦？明年定约赤松子，与尔群峰顶上游。骨气嵚崟，似少陵《寄韩谏议诗》。

为祝彦中题山水图

高轩玲珑不受暑，半幅轻绡宿烟雨。文窗素壁生空明，似闻水声绕庭宇。松髯拂天藤蔓垂，枯根瘦石相因依。寒涛不惊虎兕卧，岚翠欲与蛟虬飞。空江悠悠一渔艇，水白沙明万鱼静。武陵桃花何处寻，落日微风片帆影。学杜入神，结尤深秀。

题陈彦德画

君不见昔者米南宫，又不见今时赵学士。能将翰墨争鬼工，天下流传名父子。括苍处士身姓陈，小郎英俊尤可人。欲收大地入掌握，笔意所到如有神。晓携小幅来赠我，红日满窗花婀娜。开轩展视心眼宽，如在岳阳楼上坐。湖波吹烟入远山，君山乃在湖中间。苍梧九疑隔湘浦，孤云目断幽篁斑。渔舟一叶来何处，巫峡雨昏啼鸩暮。泽畔行人久不归，沙上轻鸥自飞去。陈公子，听我歌，深林大谷龙蛇多。蓬莱三岛可避世，欲往其奈风涛何？朱笠亭云：“一往清驶，铮铮拔俗。”

题太公钓渭图

璇室群酣夜，璜溪独钓时。浮云看富贵，流水澹须眉。偶应非熊兆，尊为帝者师。轩裳如固有，千载起人思。沈确士云：“通首格高，隐然有王佐气象。”

丙戌岁将赴京师途中送徐明德归镇江

疲马怀空枥，征衣怯路尘。那堪远游子，复送欲归人。月满西津夜，花明北固春。论文应有日，话别莫悲辛。

不　寐

不寐月当户，起行风满天。山河青霭里，刁斗白云边。避世惭商绮，匡时愧鲁连。徘徊怀往事，恻怆感衰年。

望孤山作

晓日千山赤，寒烟一岛青。羁心霜下草，生态水中萍。黄屋迷襄野，苍梧隔洞庭。空将垂老泪，洒恨到沧溟。五律纯是老杜法脉。

古　戍

古戍连山火，新城殷地笳。九州犹虎豹，四海未桑麻。天迥云垂草，江空雪覆沙。野梅烧不尽，时见两三花。

有　感

杀气乾坤黑，阴氛日月黄。已成心曲乱，不复鬓毛苍。夜哭城笳里，朝烟野戍傍。扶倾无郭李，何地尚耕桑。

次韵追和音上人

绝顶浮云锁石关，曲途危磴阻跻攀。他年甲楯孤臣泣，此日斋钟老衲闲。夜永星河低半树，天清猿鹤响空山。干戈未定归无处，拟结茅庐积翠间。

会　稽

会稽南镇夏王封，蔽日腾空紫翠重。阴洞烟霞辉草木，古祠风雨出蛟龙。元夷此日归何处，玉简他年岂再逢。安得普天休战伐，不令竹箭困输供。真杜诗。

仍用韵酬衍上人

多愁只觉世情疏，愁极凭谁与破除。江海烟尘羁客泪，云山桑梓别人居。高风断雁惟将恨，衰草残萤不照书。世乱弓刀方有用，休夸新句逼黄初。

感　兴

二月江南雪片飞，吴山寒色动征衣。莫寻花径防泥滑，且掩衡门待日晞。弱柳先舒应自损，蛰虫已出更安归。乾坤处处旌旗满，肉食何人问采薇？中二联有安命待时之意，不徒写景。

丙申岁十月还乡作

故园梅蕊依时发，异县归人见却悲。花自别来难独立，人今老去复何之？未能荷锸除丛棘，且可随方着短篱。等待薰风暄暖后，枝间看取实离离。用意与前首同。

赠西岩道元和尚

西岩寺里云巢子，不到人间几十年。杖锡野猿迎路侧，谈经山鬼拜灯前。尘飞劫火青春梦，雪满长松白日眠。近得渊明入莲社，兴来时复有诗篇。奇峭而非险诡。

次李子庚韵

风落余花春事非，愁心烟雨共霏霏。溪云不作从龙起，山石何须学燕飞。篱下旧存彭泽菊，林间新长首阳薇。夜阑忽漫闻啼鸟，肠断天涯信使稀。

闻猿有感

猿响秋山夜向阑，白云如雪拥林端。钟仪楚奏难成调，蔡女胡笳欲罢弹。泽畔离骚余怨恨，巴东涕泪想汍澜。唯应华表归来鹤，明月清风共岁寒。

漫　成

愁将短发逢摇落，漫把残灯照寂寥。两地身心悲夜鹊，五更钟鼓梦春潮。惊寒柏叶垂垂静，向日霜华泫泫消。怅望烟尘满歧路，紫芝空长故山苗。

愁感代哭

燕鸿北去又南来，断垄荒冈几劫灰。慈母矶寒风落木，望夫石老雨添苔。江流定与天河合，客泪还经地底回。未必春光便消歇，白华犹发烧残梅。凄婉欲绝。

感　兴

落日悲风云满川，家家闭户少炊烟。也知渤海无龚遂，漫忆邯郸有鲁连。三尺青萍思出匣，数茎白发望归田。请看如镜南楼月，此夜清光最可怜。

天弧不解射封狼，战骨纵横满路傍。古戍有狐鸣夜月，高冈无凤集朝阳。雕戈画戟空文物，废井颓垣自雪霜。漫说汉庭思李牧，未闻郎署遣冯唐。放翁、遗山有此感慨，无此浑厚。

次韵和石末公闻海上使命之作因念西州怆然有感

巫闾析木天空阔，桐柏终南水乱流。邑里萧条无吠犬，田畴芜秽少耕牛。萋萋蔓草随人远，淡淡残阳向客留。迟暮飘零偏感旧，几回垂泪望神州。粗枝大叶。老成正自难及。

感　怀

新晴杨柳散春丝，长路行人有所思。愁上容颜青镜识，寒生亭馆落花知。高云送雨来无定，独鸟惊风去自迟。闷对庭前紫荆树，同根那得却相离。

题山水图为宝林衍上人作

雨过秋山日欲曛，白云如雪拥山根。高松浥露和烟冷，迸水穿沙出谷浑。拟向萝阴缘石径，却寻花片入桃源。画图应有通神处，他日相从子细论。浩气旋折，清而不弱。

次严上人韵

江水东流西日微，闲身不系独何依。尘埃萧飒枯蓬鬓，霜露凄凉破衲衣。百粤雨余山翠合，三韩云净海青飞。沧溟自古通天汉，梦绕黄姑织女机。雄阔。

秋　夕

柏叶萧疏柳叶黄，露华如玉缀空廊。丹心欲共灯花结，白发偏随漏水长。月色故园同窈窕，虫声此夜独凄凉。寒鸦莫更啼金井，衰病能堪几断肠。

和衍上人韵

树头寒月影扶疏，天上清霜下玉除。紫塞风高鸿失路，碧梧枝冷鹊移居。虎头旷日糜仓粟，牛腹中宵诧帛书。见说抱关堪避世，稗官犹可学虞初。三四喻君子在野、小人窃位之意。

即　事

千林摇落暮天寒，短景经檐岁序残。口舌得官齐虏易，膏肓致疾上医难。无根荒蔓风飘急，阅世松乔气厚蟠。鸿雁随阳经远道，帛书何日到长安。愤世嫉邪之作。

秋　感

月白天青木叶凋，云山漫漫故乡遥。石床坠露珠光动，碧砌幽花玉色销。十载故人俱土壤，五更归梦负渔樵。怀来忆往成惆怅，蔓草寒虫对寂寥。

有　感

焚书千古讶嬴秦，避难茫茫走缙绅。尚忆商山近京洛，白头容得采芝人。澄怀按：洪武初，诏征天下山林隐逸之士赴京，有司敦迫上道，不至则罪之。既而未竟其用，多以细过，诛窜殆尽。明祖杀戮文士之惨，盖自秦以后开创之主所仅见也。公此诗，当与叶伯巨奏疏参看。

绝句漫兴

兔葵燕麦旧人家，曾唱南朝玉树花。寒暑又随风日转，东陵谁种邵平瓜。

相思举目万重云，燕去鸿来杳不闻。漫说黄金能得士，只今谁是望诸君。

有　感

浪动江淮战血红，羽书应不达宸聪。紫薇门下逢宣使，新向湖州召画工。与李后主围城中填词相类。

送贾思诚

西风袅袅水粼粼，一曲离歌泪满巾。残柳数株鸥数点，夕阳江上送归人。含思惆怅。

和王文明韵

江北江南几驿亭，可怜强半草青青。夜凉月白西湖水，坐看三台上将星。

次韵和石末公见寄

汉殿千门锦绣开，不堪一夜柏梁灾。鲁般骨朽萧何死，肠断无人为取材。

越溪清水淬干将，鬼魅惊啼畏夜光。不共铅刀争利钝，何妨玉匣且深藏。

过苏州

姑苏台下垂杨柳，曾为张王护禁城。今日澹烟芳草里，暮蝉犹作管弦声。

送鲍生之闽中

青青芳草夹长堤，漠漠轻烟送马蹄。他日相思建溪上，棠梨花发鹧鸪啼。

［附录］

宋　讷 八首

讷，字仲敏，滑县人，性持重，学问该博。元至正中，举进士，任盐山尹，弃官归。洪武二年，征修礼乐诸书，事竣乞归。久之，用荐为国子助教，以说经为学者所宗。十五年，迁翰林学士，命撰《宣圣庙碑》，称旨，改文渊阁大学士，寻迁祭酒。学规严肃，终日端坐，讲解无虚晷，夜恒止学舍。帝尝使画工瞷之，图其像，危坐有怒色。明日入对，帝问昨何怒？仲敏惊对曰："诸生有趋踣者，碎茶器。臣愧失教，故自讼耳。且陛下何自知之？"帝出图。仲敏顿首谢。尝应诏陈边事，主屯田之说。帝颇采用其言。二十三年，卒于官，年八十。帝自为文祭之。正德中，追谥“文恪”。著有《西隐集》十卷，又有《东郡志》十六卷。

李时远曰：“宋公师道尊严，为一代典型。诗文浑健古雅，同游诸儒皆推之。”

朱锡鬯曰：“文恪《过元故宫》诸诗，悲凉酸楚，虽初明《通天》之表、子山《江南》之赋无以逾之。他若‘华表柱头相语鹤，秣陵江上独归鸿’‘半船凉色潮生海，两岸秋风浪拍沙’‘断壁野花迎客棹，坏墙津柳晒鱼罾’‘野航招客买莲子，沙鸟惊人入荻花’‘出墙御柳先零雨，入塞宫花半谢霜’‘夕阳野饭烹鱼釜，秋水蒲帆卖蟹船’句，亦自佳。”

壬子秋过故宫

离宫别馆树森森，秋色荒寒上苑深。北塞君臣方驻足，中华将帅已离心。兴隆有管鸾笙歇，劈正无官玉斧沉。落日凭高望燕蓟，黄金台上棘如林。沈确士云：“‘兴隆’，笙名，元世祖所制。‘劈正’，斧名，以玉为之，自殷时流传至元代，朝会时一人执之，立于陛下，取‘正人不正’之意。”

万国朝宗拜紫宸，于今谁望属车尘。名闻少室征奇士，驿断高丽进美人。朝会宝灯沉转漏，授时玉历罢颁春。街头野服儒冠老，曾是花砖视草臣。

黄叶西风海子桥，桥头行客吊前朝。凤凰城改佳游歇，龙虎台荒王气销。十六天魔金屋贮，八千霜塞玉鞭摇。不知亡国泸沟水，依旧东风接海潮。

郁葱佳气散无踪，宫外行人认九重。一曲歌残羽衣舞，五更妆罢景阳钟。云间有阙摧双凤，天外无车驾六龙。欲访当时泛舟处，满池风雨堕芙蓉。

五云双阙俯人间，岁晏天王狩未还。鹦鹉认人宫漏断，水沉销篆御床闲。朝仪无复风云会，郊祀空遗日月颜。莫向边陲动戎马，汉兵已过铁门关。

万年海岳作金汤，一望凄然恨自长。禾黍秋风周洛邑，山河残照汉咸阳。上林春去宫花落，金水霜来御柳黄。虎卫龙墀人不见，戎兵骑马出萧墙。

清宁宫殿闭残花，尘世回头换物华。宝鼎百年归汉室，锦帆千古似隋家。后宫鸾镜投江渚，北狩龙旗没塞沙。想见扶苏城上月，照人清泪落悲笳。

云霄宫阙锦山川，不在穹庐毳幕前。萤烛夜游隋苑圃，羊车春醉晋婵娟。翠华去国三千里，玉玺传家八十年。今日销沉何处问？居庸关外草连天。

詹　同 十首

同，字同文，婺源人，幼颖异。学士虞集见之曰“才子也”，以其弟槃女妻之。元至正中，举茂才异等，除郴州学正。遇乱，家黄州，仕陈友谅，为翰林学士承旨。太祖下武昌，召为国子博士，迁考功郎中，直起居注。洪武元年，与文原吉、魏观等循行天下，访求贤才，累官吏部尚书。六年，兼学士承旨，与乐韶凤定释奠先师乐章。又与宋濂为总裁，修日历。七年，书成，致仕归。久之，起承旨，卒，谥“文宪”。同文学识淹贯，尤深《易》《春秋》，为文敏捷，一时莫并。归附后，每因事纳忠，帝极眷重之。所著有《天衢舒啸》三卷。

宋景濂曰：“同文襟期潇洒，济以雄博之学，故体物浏亮，铿铿作金石声。”

朱锡鬯曰：“同文与宋景濂、吴濬仲、乐致和齐名，号‘中朝四学士’。吴、乐韵语寥寥，宋亦非其本色，在四子中遂为翘楚。”

汪端论曰：“同文历事三姓，大节全亏，虽有献替微忠，亦何足道？然其诗清峭爽朗，自成一格。不以人废言，故仍录之。”

题善原道所藏韩幹黑马图

善家堂上书满厨，古今名画频卷舒。我来一见韩幹笔，龙精自与凡马殊。元鬣披披首渴乌，紫瞳焰焰双明珠。黑云一片忽堕地，房星夜半飞神都。御沟流水柳千树，圉人骑出拂春露。黄金腰带素花衣，马上回头看飞絮。丝缰在手不敢纵，追风恐过龙楼去。君不见向来画马只画肉，神逸之气多不足。幹遗真迹世所稀，使我见此思天育。善家兄弟一马骢，此马真与麒麟同。白璧玉斗亦不换，早晚持献明光宫。

出猎图

朔风凛凛吹龙沙，年年马上长为家。阴山大漠百草死，猎遍青海濒天涯。旌旗裂尽霜华湿，万骑貔貅似云集。苍鹰欻起若飞电，四尺神獒作人立。十围五攻兵法存，发踪指示知何人。岂无诡遇获禽者，谁能为尔鸾枭分。直将猛气饱所欲，寝虎之皮食虎肉。生擒山下九青兕，射杀岩前双白鹿。日暮归来雪洗箭，血洒腥风满河曲。

穹庐散野如繁星，凉月萧萧照平陆。酪浆跪进玛瑙杯，黄面奚奴眼睛绿。明朝满马驮斓斑，蕃王喜生红玉颜。焉知祝网三驱意，但醉氍毹紫塞间。君不见暴殄天物焚咸丘，画师之笔学春秋。还君此图长太息，使我忽忆比蒲蒐。骏健有气。

题松涧亭

涧上长松一千尺，松花落涧流香雪。仙韶入夜度晴空，飞瀑随风洒秋月。高人于此构小亭，上有云气山青青。昨日客来觅琥珀，旋汲清泉煮茯苓。

送德安张用周游庐山

匡庐山高云气多，老木如石盘紫萝。松桥流水度金涧，我昔结屋山之阿。桑落洲边种柑橘，莲花峰下寻芝术。仙宫台榭作比邻，每欲相从问丹术。寄诗昼唤白猿来，巡杏夜驱元虎出。飞仙别去今几年，海上不见回楼船。思之梦绕瀑布水，玉琴为奏冰丝弦。张君多古学，才气何卓荦。纷纷赤豹文狸间，五色麒麟生一角。朝辞白兆山，暮过黄鹤楼。去观五老峰，翠色连天浮。醉挥绿玉杯，笑赠珊瑚钩。商妇亭前歌窈窕，灌婴井上嘶骅骝。读书白鹿之洞里，挥翰洗墨之池头。匡庐清泉销百忧，我所乐处君当游。霓旌羽驾在丘壑，相逢往往皆仙流。与君大药驻光景，人间回首三千秋。

秋夜吟

桂树丛丛月如雾，山中故人读书处，白露湿衣不可去。只此已足。

题云林丹房图

盘龙庵前翠可挹，道人凿云开竹房。丹光出林如月白，石髓满山连水香。每闻向此采芝术，欲往从君愁虎狼。展图使我空叹息，三十六峰清梦长。拗体。皆潇洒可喜。

秋夜简李希吉

江皋秋水明晚霞，江城秋满诗人家。双杵隔墙夜敲月，一灯向壁寒生花。乌鹊惊风绕红树，紫蟹带霜行白沙。清虚之府入幽梦，醒看河汉思乘槎。

山阴草堂为友人赋

草堂正在匡庐山，山阴绿玉相对闲。云从双剑峰前下，潮到小姑江上还。茶烟满室写墨竹，花雨一帘观白鹇。谁似南宫能篆古，为君高置轩窗间。

舟过黄陵庙

黄陵庙下倚船窗，水浅沙平白鹭双。山外断云寒日晚，半篷残雪下湘江。

水殿纳凉图

湖上阑干百尺台，台边水阁倚云开。红桥人隔荷花语，玉碗金盘进雪来。

胡　翰　六首

翰，字仲申，金华人，幼聪颖异常儿。七岁时，道拾遗金，坐守待其人，还之。长从吴师道、吴莱学古文，复登许谦之门，受知于黄溍、柳贯。元末天下乱，避地南华山，著书自适。文章与宋濂、王祎相上下。太祖下金华，召见，命与许元等会食中书省。后以荐召至金陵，时方籍金华民为兵，仲申进曰："金华人多业儒，鲜习兵，籍之，徒糜饷耳。"帝即罢之。授衢州教授。洪武初，征修《元史》，书成，受赉归。爱北山泉石，卜筑其下，十余年而卒，年七十五。所著文曰《胡仲子集》，诗曰《长山先生集》，凡十卷，又有《春秋集义》。

朱锡鬯曰："明初，金华承黄、柳、二吴诸公之后，多以古文辞鸣，顾诗非所好。以诗论，吾必以仲申为巨擘焉！"

独孤及之论曰："五言古诗，生于《国风》，广于《离骚》，著于苏、李，盛于曹、刘，汉、魏作者质有余而文不足。以今揆昔，则有朱弦疏越、太羹遗味之叹。诵仲申五古，正'路鼗出于土鼓，篆籀生于鸟迹'，庶几哉升堂之彦乎！宜潜溪有'学林老虎文渊鲸'之目也。"

湘筠辞

湘之山兮西迤，湘之水兮东骛。何筃簬兮孔多，望不极兮湘之浦。帝子去兮云中，俾美人兮延伫。曾莫树兮椒兰，又莫搴兮蘅杜。载雨兮载阴，滔滔兮谁与度？将以遗予兮琅玕，抱幽贞兮永固。意格逼似《楚辞》。

拟　古

千里不唾井，与君相别难。风尘虽异路，恒愿同悲欢。在金莫为玦，在玉当为环。联以翠织成，宛转衣带间。相望燕与越，寸心良自坚。日入已三商，忧来翻百端。遥遥托清梦，不知寒夜阑。

日长自爱惜，夜长复凄恻。人生几何时，少壮已非昔。凉风动万里，起念南与北。山川路杳杳，车马去不息。燕赵高声名，荆扬壮材力。仲尼七十说，未遇身削迹。为云不上天，焉能雨八极？澄怀云："结语沉痛。”

人生苦逼侧

人生苦逼侧，莫处蛮触间。杀机起不测，朝夕相构患。尺书下齐城，丸土封秦关。用意何崎岖，举世尚其贤。汤泉水长温，萧丘焰长寒。天地有至性，贫贱吾所安。澄怀云：“士君子立身，不当如是邪！”

郁郁孤生桐

郁郁孤生桐，托根邹峄颠。皎皎白素丝，出自岱畎间。一朝奉庭贡，妙合良自然。桐以为君琴，丝以为君弦。中含希世音，置君离别筵。征马惨不嘶，仆夫踞当前。君行千里道，岂惜一再弹。南风日渺渺，清商动山川。和者昔已寡，听者今亦难。慨当以慷。

京口纪行

大江风西来，波涛何浩浩。我舟不得发，徘徊越昏晓。衡运已朔易，曜灵忽东杲。早出南徐州，草干霜露少。惨惨沙尘飞，轧轧车轮绕。寒气来薄人，重裘仅如缟。日高众鸟翔，天末孤帆杳。川流与冈势，合沓自回抱。人生大块间，孰能出其表。勉为辛苦行，益见颜色槁。人言野多虎，前驱善相保。顾非千金躯，只欲杖穹昊。共子陈此情，归来卧蓬岛。

梁　寅　九首

寅，字孟敬，新喻人。世业农，家贫自力，于学淹贯五经、百氏。元末辟集庆路儒学训导，以亲老辞归。洪武初，征修礼书，书成，将授官，以老病辞还。结庐石门山，四方士多从之学，称为“梁五经”，又称"石门先生"。邻邑子初入官，诣孟敬请教。孟敬曰："清、慎、勤，居官三字符也。"其人问天德、王道之要，孟敬曰："言忠信，行笃敬，天德也。不伤财，不害民，王道也。"其人退曰："梁子所言，平平耳。"后以不检败，语人曰："吾不敢再见石门先生。"孟敬卒年八十二。著有《石门诗文集》七卷，又有《周易参义》《书纂义》《诗演义》《诗考》《春秋考义》《宋史略》《元史略》等书。

朱锡鬯曰："孟敬入礼局，虽不为好爵所縻，然《石门集》中感恩颂德之辞，不一而足。方之抱遗翁，似有间矣。故序于通籍者之列。"

汪端论曰："明初耆儒能诗者，若仲申之古奥，孟敬之冲澹，皆矫矫可传，不独以博学见长也。"

归醴溪

久厌都市喧，俯思山岩静。归饮醴溪泉，怡我淳朴性。神峰杂树拥，石门翠崖并。萝悬晨露滋，巘秀夕霞映。搴裾荫云松，脱屣悦风磴。悠然遁客心，叠出野人咏。方期谷口耕，毋诮终南径。五言颇有陶、韦风致。

和杨逸人桃林迁居之作

心寂忘尘嚣，时清乐岩筑。爱此桃花林，葺之杜蘅屋。葛篱延芳蔼，石梁照浅渌。风翔双白鸟，雨卧一黄犊。东皋杂妇子，中野见樵牧。赋诗云霞坞，携壶锦绣谷。送君以悠游，于焉谢羁束。

程氏山居

独居南窗静，秋木连翠岑。鸣琴众叶下，把酒孤猿吟。宁负朱绂愿，莫乖白云心。羡彼归田叟，高风留至今。

为临川章则常题山水图

山拥衡庐青，水含潇湘碧。两崖蟠蛟树，千岁蹲虎石。遥遥溯川舟，泛泛骑驴客。凭高者何人，闲看楚云白。

拟　古

云门辍清响，郑卫音方扬。锦衣受垢污，不如练布良。轩轩青云士，鸣玉升庙堂。名高受谗毁，宠盛罹愆殃。美女恶女仇，偏听奸以萌。众口能铄金，况乃忘周防。所以君子心，惟用德自将。行行九折坂，戒哉衔橛伤。

林　下

客寻林下居，径幽不待扫。疏篁延柔蔓，残果落深草。禽言人莫知，虎迹僮惊报。何事婴余怀，瓮牖悟天道。

题蔡渊仲默斋

独坐众嚣寂，灵渊虚以澄。朴拙固吾性，佻巧非吾能。言辞戒放逸，唇颊思缄縢。吉与躁殊趣，仁以讷见称。呐呐誉何损，呶呶时所憎。恐玷怀白圭，来谗忌青蝇。无妄天之佑，主静道斯凝。曾闵庶可慕，子赐在所惩。万言不如默，诚哉宜服膺。名言。可书座右。

赠西山僧

高僧自喜岩下住，长见白云飞复回。半山风吹松子落，千岁石作莲花开。鸟下林堂待分食，龙游溪水遇浮杯。吴山楚山聊暂住，还把楞伽归去来。

晚　步

竹间樵径行应熟，花外渔舟望欲迷。处处稻畦分落照，荷锄人去水禽啼。

卷　二

高　启　一百七十五首

启，字季迪，长洲人。少孤力学，有文武才，家北郭，与张羽、徐贲、王行、高逊志、宋克、唐肃、余尧臣、吕敏、陈则卜居皆邻近，以诗文相砥砺，号“北郭十友”。又与杨基及羽、贲称“吴中四杰”。张士诚据吴，屡以礼招之。季迪策其必败，坚不往，挈家依妇翁周仲达，居吴淞江之青丘，授徒自给。洪武初，征修《元史》，寻入内府，教功臣子弟，授翰林院国史编修。三年秋，太祖御阙楼召对，擢户部侍郎，以“孤远；不敢骤膺重寄”辞，乞放还于乡，复居青丘。

初，季迪以国史事为祭酒魏观属员。观重其才行，与缔忘年交。及观守苏，为季迪徙居城中夏侯里，接见甚密。洪武七年，观以张氏据府旧治为宫，今治湫隘，因按故址徙之。吴地多水患，复浚锦帆泾，以资民利。指挥蔡本与观有隙，为飞语上闻。帝使御史张度觇之。度，憸人也，诬观“兴既灭之基，有异图”，遂被诛。季迪尝为观撰《府治上梁文》，度目以党。帝怒，并逮至京论死，年三十九。

季迪癖于诗，日课一章。当元至正时，会稽杨维桢称诗东南，尚险怪靡丽之习，门人以千数，惟季迪与王彝不屑附和。

其论诗曰：“诗之要有三：曰格，曰意，曰趣。格以辨其体，意以达其情，趣以臻其妙也。体不辩，则入于邪陋，而师古之义乖。情不达，则堕于浮虚，而感人之实浅。妙不臻，则流于凡近，而超俗之风微。三者既得，而后典雅、冲淡、豪俊、浑厚、清婉、奇险之辞，变化不一，随所宜而赋焉。如万物之生，洪纤各具乎天；四序之行，荣惨各适其职。又能声不违节，言必止义，如是而诗之道备矣。夫自汉、魏、晋、唐而降，杜甫氏之外诸作者，各以所长，名家不能兼也。学者誉此诋彼，各师所嗜，譬犹行者，埋轮一乡而欲观九州之大，必无至矣。盖尝论之渊明之善旷，而不可以颂朝廷之光；长吉之工奇，而不足以咏丘园之致。皆未得其全也。故必兼取众长，随事师法，待其时至心融，浑然自成，始可名大方，而免夫偏执之弊。"此盖自道其所得也。

其诗有《江馆》《青丘》《吹台》《凤台》《南楼》《槎轩》《姑苏杂咏》等集，罢官后自选为《缶鸣集》，凡九百余首。既殁，无后，夫人周氏藏其手稿，以授内侄立。永乐元年，立为梓行千首，仍以《缶鸣》为名，而非原本。门人吕勉，痛其冤酷，韬晦避祸，绝口不谈诗文。将殁，出季迪诗十卷及所撰小传，授成化进士张习之父。习编次为《槎轩集》。景泰中，吴郡徐庸汇而刻之，凡二千余首，名《大全集》，然字句多舛误。国朝雍正二年，桐乡金檀为校正之，复加笺注，并其文曰《凫藻》，词曰《扣舷》，合二十四卷，重锓行世云。

王子充曰："季迪诗，隽逸清丽，如秋空飞隼，盘旋百折，招之不下。又如碧水芙蕖，不假雕饰，翛然尘外。"

李宾之曰："国初，称高、杨、张、徐。季迪才力声调，过三人远甚。百余年来，亦未见卓然有以过之者！"

杨用修曰："季迪一变元风，首开大雅。"

王元美曰："国初，树赤帜者二家而已。才情之美，无过季迪；声容之壮，次及伯温。"

王敬美曰："季迪才情有余，使生弘正李何之间，绝尘破的，未知鹿死谁手！"

徐子元曰："季迪岱峰雄秀，瀚海浑涵，海内诗宗，岂惟吴下？"

李时远曰："季迪诗，佳在实境，得句秾丽而无粉泽，清新而复高古，足以嗣响盛唐。"

高德曰："太史辞气春荣，音律浑雅，而光彩自著，如清风徐来于修篁古松之间，锵然成韵，略无矫饰。元吴草庐尝言：'诗者，譬如酿花之蜂，必查滓尽化，芳润融液，而后贮于脾者，皆成蜜。又如食叶之蚕，必内养既熟，通身明莹，而后吐于口者，皆成丝。非可强而为，非可袭而取。'太史之诗是已。"

缪天自曰："季迪诗，自古乐府、文选、金楼、玉台诸体下，至李、杜、高、岑、王、孟、韦、柳、钱、刘、韩、白，以及苏、黄、范、陆、虞、揭，靡所不合。此之谓大家。诵《青丘子歌》，其自负亦不浅矣！"

朱锡鬯曰："侍郎跌宕风华，凤观虎视，造邦巨擘，所不待言。而献吉、仲默别推袁景文为'明初诗人之冠'。试以诸体相较，袁自非高敌也。"又曰："世传侍郎贾祸，因题《宫女图》，诗云：'女奴扶醉踏苍苔，明月西园侍宴回。小犬隔花空吠影，夜深宫禁有谁来？'孝陵猜忌，情或有之。然集中又有《题画犬》，诗云：'猧儿初长尾茸茸，行响金铃细草中。莫向瑶阶吠人影，羊车夜半出深宫。'此则不类明初掖庭事。二诗或是刺庚申君而作。侍郎坐魏守事以死，好事者因之傅会也。"

王贻上曰："明五言古，西涯之流，源本宋贤。李、何以来，具体汉、魏，互有得失，未造古人，独高季迪、徐昌谷、皇甫子安兄弟、薛君采、高子业、华子潜、归季思寥寥数公，窥见六代、三唐作者之意。"

周青士曰："季迪长歌，嵚崟磊落，极其生动。"

袁子才曰："诗有音节清脆如雪竹冰丝、自然动听者。此皆由天分，非学力可到也。在明惟青丘一人而已。"

赵云松曰："青丘才气超迈，音节响亮，宗法唐人，而自运胸臆。一出笔，即有博大昌明气象，亦关有明一代文运。论者推为'明初诗人第一’，信不虚也。要其英爽绝人，学唐而不为唐所囿。后来学唐者，攀附前后七子，袭其面貌，摹其声调，神理索然，则优孟衣冠矣。钟、谭辈，又从一句一字标举冷僻，以为得味外味，则‘幽独君之鬼语’矣。独青丘如天半朱霞，映照下界，至今犹光景常新，则其天分不可及也。”又曰：“青丘《金陵》诸诗，清华瑰丽，虽王维、岑参等《早朝大明宫》之作，莫能远过。”又曰：“历观宋、金、元、明诸诗家，有力厚而太过者，有气弱而不及者，惟青丘适得诗境中恰好地步。盖其用力，全在使事典切，琢句浑成，而神韵又极高秀。看是平易，实则洗炼功深。此正是细腻风光，固不必石破天惊、以奇杰取胜也！”

赵璞函曰：“青丘七古，变化超妙，则宗太白；排奡沉雄，则法杜、韩。伉健如幽并少年，俊迈如王谢子弟。洵属神品！”

汪端论曰：“青丘诗，众长咸备，学无常师，才气豪健而不剑拔弩张，辞采秀逸而不字雕句绘。俊亮之节，醇雅之旨，施于山林、江湖、台阁、边塞，无所不宜。有明一代，学古而化、不泥其迹者，惟此一人。而沈归愚《明诗别裁》讥其‘才调有余，蹊径未化，故一变元风，未能直追大雅’。然则必如空同古诗、沧溟乐府，摹拟饾饤，局促辕下，乃可谓‘直追大雅’耶？若青丘《大全集》，本非手定，中有自加删润之作。编诗者两存其稿，故多复句，未可执是，谓之‘蹊径未化’也。归愚欲以复古之说盛推李、何，故于明初诸家概加贬抑，而于青丘，尤多微词。此与钟嵘论诗置陶潜、谢朓于中品，同为艺苑不平之事。正不容不辩也。〇归愚每诋青丘乐府，以为近文昌、仲初。不知张、王乐府，微言婉讽，真至简朴，可继香山《秦中吟》，远出长吉、飞卿之上，固未可厚非也。而况青丘之深思逸气，遒丽雅洁，又远出张、王上耶。〇明人近体，有先得佳联、后续首尾者，往往全篇不能完善。青丘则格律森严，一气熔铸，句中有意，句外有神，足征其功力之深。今人尝以‘日课一诗’之说，疑其‘滑易少炼’，持论亦过刻哉！○青丘当元季时，不仕张氏，屏居江村，其品固迈于陈基、张宪诸人。入明后，力辞户曹，亦不失明哲保身之义。惟为魏守撰文召祸，论者或议其不自检束。然按《明史·魏观传》：‘洪武初，建大本堂，命观侍太子说书及授诸王经，又命偕文原吉等分行天下，访求贤才，所举多擢用。出知苏州府，尽改前守陈宁苛政，以明教化、正风俗为治，建黉舍，聘周南老、王行、徐用诚定学仪，王彝、高启、张羽订经史，耆民周寿谊等行乡饮酒礼。政化大行，课绩为天下最。擢四川参政，未行，以部民乞留，命还任。’则观固儒臣而兼循吏。青丘素与文学相契，不幸为酷吏所谗，并罹于祸，既非卢仝宿王涯第之比，尤与死于胡蓝之党者有异也。后太祖悟观冤诏，以礼祭葬。青丘之枉，纵未昭雪，其冤已可见已。至虞山谓以《宫女图》诗触太祖怒，假手魏守之狱，因引《昭示诸录》及《豫章侯胡美罪状》为证。尤西堂作《明史乐府》，有《上梁文》一首咏青丘事，以为文人轻薄，自取杀身。然按《明史·胡美传》：‘洪武十七年，坐法死。二十三年，李善长败，帝手诏条列奸党，言美因长女为贵妃，偕其子婿入乱宫禁，事觉，并伏诛。’考其时，距青丘殁，已十余载。则‘因诗而死’之说，尤为无稽。竹垞尝有辨，而未甚详，爰为扩其说焉。”《明史》又载江夏侯周德兴以子骥乱宫被诛，及《陆云士集》所记潭王梓事，皆在胡美事败后，与青丘之诗更无涉矣。

悲　歌

征途崄巇，人乏马饥。富老不如贫少，美游不如恶归。浮云随风，零落四野。仰天悲歌，泣数行下。李时远云：“不数汉魏。”

古　词

妾刀不断机，郎行当早归。还将机中锦，作郎身上衣。劝勉之意，说得蕴藉。

蓟门行

行行光禄塞，望望单于台。天寒水草尽，万里孤军来。中国多荒土，穷边何用开。又，《塞下曲》云“得地不足耕，杀人以为功”，同一警策，足为开边者垂戒！

凉州词

关外垂杨早换秋，行人落日旆悠悠。陇山高处愁西望，只有黄河入汉流。沈确士云：“高浑。”

古别离

他人岂不别，所别谅有由。嗟君今何营，轻薄好远游。遥遥京洛车，泛泛江汉舟。君身非贾胡，所至辄逗留。徽音已冥邈，思怀尚绸缪。露滋红兰春，霜变绿桂秋。此时望归来，含情上高楼。川途本无限，君去焉得休。愿令中断阻，化彼山与丘。怨而不怒，风人之遗。

结客少年场行

结客须结游侠儿，借身报仇心不疑。千金买得利匕首，摩挲誓许酬相知。白马缨胡缨，行行人尽止。朝游洛北门，暮醉秦东市。感君在一言，不惜为君死。朱家曾脱季将军，田光终酬燕太子。君不见魏其盛时客满门，自言一一俱衔恩。魏其既罢谁复见，养士堂中尘网遍。始知结客难，徒言意气倾南山。食君之禄有不报，何况区区杯酒间。结客不必皆荐绅，缓急叩门谁可亲。屠沽往往有奇士，慎勿相轻闾里人。

猛虎行

阴风吹林乌鹊悲，猛虎欲出人先知。目光熥熥当路坐，将军一见弧矢堕。几家插棘高作门，未到日落收鸡豚。猛虎虽猛犹可喜，横行只在深山里。意在言外。

采茶词

雷过溪山碧云暖，幽丛半吐旗枪短。银钗女儿相应歌，筐中摘得谁最多。归来清香犹在手，高品先将呈太守。竹炉新焙未得尝，笼盛贩与湖南商。山家不解种禾黍，衣食年年在春雨。新隽。

班婕妤

微诚虽可守，妙舞却难工。已别增成舍，初来长信宫。扇归秋箧里，烛灭夜帷中。莫忌争新宠，曾辞玉辇同。工于讽谕，却极温婉。

凿渠谣

凿渠深，一十寻。凿渠广，八十丈。凿渠未苦莫嗟吁，黄河曾开千丈余。君不见，贾尚书。澄怀居士按：贾尚书，指贾鲁。元至正辛卯，以工部尚书充河防使，发河南北兵民十七万，开黄河故道二百八十里。未几，天下兵起。

筑城词

去年筑城卒，霜压城下骨。今年筑城人，汗洒城下尘。大家举杵莫住手，城高不用官军守。澄怀云："此指至正已亥张士诚大发浙西之民筑杭城事。讽刺深冷，与刘文成作同。"

将军行

将军结发从鞍马，新领前军号横野。面谩不数屠狗儿，负勇曾擒射雕者。狼星扫天芒角斜，大旗猎猎吹风沙。黄金倾尽养部曲，匈奴未灭何为家？前日贤王五千骑，直入朝那杀边吏。天子初闻怒赫然，出师誓夺河南地。五营材官原是多，诏书未须征七科。已御明堂推画毂，还开武库授雕戈。灞陵原头军晚发，北出云中与高阙。单于一夜六骡逃，大漠无人惟汉月。塞下从今烽火稀，朝臣共贺震皇威。人生宁似功成乐，白日长安鼓吹归。似高常侍。

楚妃叹

章华台前楚江水，月色堕烟乌欲起。六宫不敢解罗衣，猎火照山君未归。

阿那环

牛羊草漫野，大帐天山下。十万控弦儿，闻笳齐上马。吴明卿云："伉健。"

里巫行

里人有病不饮药，神君一来疫鬼却。走迎老巫夜降神，白羊赤鲤纵横陈。男女殷勤案前拜，家贫无肴神勿怪。老巫击鼓舞且歌，纸钱索索阴风多。巫言汝寿当止此，神念汝虔赊汝死。送神上马巫出门，家人登屋啼招魂。张、王所不能为。归愚《事鬼诗》，袭用其意，便如土苴木偶，只是用笔灵拙之别。

主客行

主人楚歌客楚舞，落日黄云雁声苦。笑拂腰间宝剑光，美人满堂色如土。大儿北海人中奇，小儿能读曹娥碑。相逢且莫叹贫贱，但愿有酒无别离。君不见平原墓上生秋草，国士无穷道傍老。高唱入云。

春江行

春江南北疑无岸，绿草绿波连不断。一女红妆出浣纱，恰如镜里见桃花。袂衣犹冷过寒食，云度春阴半江黑。浦口风多潮正深，轻舟摇荡似人心。鹧鸪暮啼归路远，飞絮茫茫楚王苑。夷犹婉约，风致天成。

征妇怨

良人不愿封侯印，虎符远发当番阵。几夜春闺恶梦多，竟得将军军覆信。身没犹存旧战衣，东家火伴为收归。妾身不识边庭路，寻骨何由到武威。纸幡剪得招魂去，只向当时送行处。渲染婉恻，不忍卒读。

杨柳枝

高枝拂翠幰，低枝垂绮筵。春风千万树，此树妾门前。言不尽意。

废宅行

鸣珂坊里将军第，列戟齐收朱户闭。里媪逢人说旧时，有庐被夺广园池。今年没入官为主，散尽堂中义宅儿。厨烟久断无粱肉，群鼠饥来入邻屋。官封未与别人居，日日闲苔雨添绿。曲阁深沉接后房，画屏生色暗无光。寻常不敢偷窥处，守卒时来拾坠珰。春风多少奇花树，又有豪家移得去。可讽可戒。

吁嗟篇

恻恻抱深隐，靡靡逾崇丘。凛凛岁欲徂，役役车未休。不辞车未休，但伤岁莫留。穷阴蔽九野，徒侣同时忧。豺虎当路啼，猿猱出林游。我饥雪作粮，我寒又无裘。徒思阳春日，谁返羲和辀。天时自有常，泪下还复收。结处得性情之正，高于士衡、明远乐府。

朝鲜儿歌

朝鲜儿，发绿初剪齐双眉。芳筵夜出对歌舞，木棉裘软铜镮垂。轻身回旋细喉啭，荡月摇花醉中见。夷语何须问译人，深情知诉离乡怨。曲终拳足拜客前，乌啼井树蜡灯然。共讶元菟隔云海，儿今到此是何缘？主人为言曾远使，万里好风三日至。鹿走荒宫乱寇过，鸡鸣废馆行人次。四月王城麦熟稀，儿行道路两啼饥。黄金掷买倾装得，白饭分餐趁舶归。我忆东藩内臣日，纳女椒房被袆翟。教坊此曲亦应传，特奉宸游乐朝夕。中国年来乱未锄，顿令贡使入朝无。储皇尚说居灵武，丞相方谋卜许都。金水河边几株柳，依旧春风无恙否？小臣抚事忆升平，尊前泪泻多于酒。澄怀按：元顺帝奇后，高丽人，有宠，生太子爱猷识里达腊。以私憾，谗高丽王伯颜帖木儿于帝，废之，致高丽乱，"鹿走荒宫"句指此。○"储皇"句，指"孛罗帖木儿之变"。太子出奔太原，依扩廓帖木儿，欲用唐肃宗故事自立，扩廓不可乃止。"丞相"句，指扩廓受诏南征关中，李思齐等四将不听约调，扩廓引兵攻之，相持经年。顺帝遣使谕扩廓罢兵，专事江淮，不听。此盖以迁许都事比扩廓之跋扈也。○此歌与后《听郭芳卿弟子歌》同一忠爱，而叙次格局更为遒健。

新弦曲

旧弦解，新弦张，冰丝牵愁六尺长。宽急频从指边听，金雁参差移不定。新弦响高调易促，不如旧弦弹已熟。怜新厌旧妾恨深，为君试奏白头吟。他日愁如旧弦弃，泣向罗裙带头系。

顾荣庙

晋侍中顾彦先有墓并祠长洲之东，久而废为淫祀。县令周君复之。为赋是诗。

军司吴国秀，机神夙超朗。弱冠游洛师，已蒙南金赏。崎岖诸王幕，沉湎务遵养。中罹广陵艰，计服匪诚枉。风云一挥扇，义旅臻同响。事成耻言勋，飘然理归鞅。晋社始东迁，群贤悉收奖。道谒真感会，矫翼丹霄上。德闻一代称，迹泯千龄往。时屯乏良佐，英谟益堪想。

坟祠托荒郊，萧条并榛莽。荛童侵雨隧，淫巫闯尘幌。大夫过停辕，式瞻为含怆。衣冠复故貌，筵几陈新享。寡劣忝乡人，因歌表遐仰。李舒章云："似谢康乐。"

池上雁

野性不受畜，逍遥恋江渚。冥飞惜未高，偶为弋者取。幸来君园中，华沼得游处。虽蒙惠养恩，饱饲贷庖煮。终焉怀惭惊，不复少容与。耿耿宵光迟，摵摵寒响聚。风露秋丛阴，孤宿敛残羽。岂无凫与鹜，相顾非旧侣。朔漠饶燕云，梦泽多楚雨。遐乡万里外，哀鸣每延伫。犹怀主恩深，未忍轻远举。傥令寄边音，申报聊自许。用意温厚。

题秋林高士图

二仲有玄赏，相携在中林。遐景延回步，微言谐素襟。天秋谷响哀，日暝川光阴。风驶多委叶，山空少归禽。威迟临长冈，迢递指远岑。谅非羁离客，讵用愁登临。古澹。

尹明府所藏徐熙嘉蔬图

少贱习圃事，种蔬每盈畴。深根閟玄冬，老叶凌素秋。采撷风露余，山庖足嘉羞。故园经乱后，蔓草日已稠。野水流畦间，虫声暮啁啾。披图似见之，恻怆起我愁。食肉岂无人，斯世谁与谋。君多恤民意，毋忽岁馑忧。小题亦能见忧时之意，斯为大家。

送上海石明府

三月熟桑椹，四月落枣花。布谷树下飞，塘转村路斜。东塍击耕鼓，西林掷缲车。但言此地乐，不闻此地嗟。虽无夕烽警，尚苦秋赋加。烦君始到日，为我问田家。潘次耕云："合豳诗、郑图为一。非仁人君子安得此言?”

天平山

入山旭光迎,出山月明送。十里松杉风,吹醒尘土梦。兹山凡几到,题字遍岩洞。阳崖树冬荣,阴谷泉夏冻。怪石立谁扶,灵草生岂种。白云翕然来,诸峰欲浮动。高鹘有危栖,幽禽无俗哢。凌藓知履滑,披岚觉裘重。尝登最上巅,远见湖影空。渔樵渡溪孤,鸟雀归村众。还寻老僧居,隔竹听清诵。慰我跻攀劳,为设茶笋供。几年历忧欢,造物若揶弄。迷途远山林,迟暮堪自讼。谁追谢公游,空发阮生恸。身今解组绶,明时愧无用。闲持九节筇,寻访事狂纵。石屋秋可眠,山猿许分共。青丘山水诸诗,不必规模大谢,而秀色可挹,断非弘、正间人所能。归愚仅选《支遁庵》一首,又非佳什,真不可解。

赠群上人

湖雨洗秋碧,西南见诸峰。中有楞伽僧,迥闳超世踪。高风摇飞泉,落日带远松。欲往已知处,烟萝鸣饭钟。左司风格。

天　池

灵峰可度难,昔闻枕中书。天池在其巅,每出青芙蕖。湛如玉女盆,云影含夕虚。人静时饮鹿,水寒不生鱼。我来属始春,石壁烟霞舒。滟滟月出后,泠泠雪销余。再泛知神清,一酌欣虑除。何当逐流花,遂造仙人居。

明月湾

木叶秋乍脱,霜鸿夜犹飞。扁舟弄明月,远度青山矶。明月处处有,此处月偏好。天阔星汉低,波寒芰荷老。舟去月始出,舟回月将沉。

莫照种种发，但照耿耿心。把酒酹水仙，容我宿湖里。醉后失清辉，西岩晓猿起。

南峰寺

樵归众山昏，天峰尚余景。欲投石门宿，更度西南岭。远闻云间钟，萝径入寺永。悬灯照静室，一礼支公影。鸟鸣涧壑空，泉响窗户冷。对此问山僧，何如沃州境。

毛公坛

欲观汉坛符，东上缥缈峰。葛花坠寒露，夕饮清心胸。月出太湖水，鹤鸣空涧松。真境久寂寥，苍苔闷灵踪。尝闻绿毛叟，变化犹神龙。世人岂得见，偶许樵夫逢。攀险力易疲，探玄志难从。归去白云外，空闻仙观钟。

松江亭

泊舟登危亭，江风堕轻帻。空明人远眺，天水如不隔。日落震泽浦，潮来松陵驿。绵绵洲溆平，莽莽葭菼积。凭阑不敢唾，下有龙窟宅。帆归云外秋，鸟下烟中夕。欲炊菰米饭，待月出海白。唤起弄珠君，闲吹第三笛。

题陈生画

前峰夕阳明，后岭秋岚积。叶落露山村，潮来没江石。遥遥射雁子，惨惨听猿客。何事下征帆，西陵渡头驿。

早过南湖

湖黑月未出，蒹葭露凄凄。榜人识浦溆，不畏荒烟迷。残梦讵可续，舟摇橹声齐。开篷望天边，斗柄插水低。津遥未见树，村近才闻鸡。自嗟远游人，中宵走东西。不如沙头雁，宛颈犹安栖。写景清绝。

答衍师见赠

衍师本儒生，眉骨甚疏峭。轩然出人群，快若击霜鹞。早尝垂长绅，挟册诵周邵。欲陈兴坏端，往应乞言诏。乾纲会中颓，四海起攘剽。仰头望天扃，氛祲匿羲曜。藩邦日寻兵，纁玉罢朝頫。木颠岂绳维，长往遂沦耀。披缁别家人，欲挽首屡掉。超哉休远徒，高躅愿追绍。初来北城刹，驻锡问宗要。相逢共宵哦，篝火树间照。篇成出叩钵，锋疾惊楚僄。我或劝之冠，不答但长笑。留连忽中离，名山赴佳召。颇知此行乐，夙志酬历眺。吴峰戴襆登，楚水投文吊。江秋雨鸣濑，海曙霞发峤。灵奇务穷搜，不惮蹑遐徼。东归始安禅，幽谷斩蓬藋。坐敷云中衾，薜屋一涧缭。前年逐戎旃，野出事田燎。是时阴飙作，山黑卷狂烧。不畏猛虎过，车宿傍枫庙。闻师隔烟岭，无寐听猿叫。晨兴雪满壑，衣湿寒未燎。空林断樵踪，兀兀见来轿。相邀至岩扉，杉竹穿窅窱。深房煮山药，干叶焰风铫。顿释行旅颜，瓢绿欣饮醥。促还不能淹，喧寂叹殊调。迩来竟何成，三十匪年少。恨无关弧力，结束从嫖姚。闲坊借书披，危坐似持钓。行忧釜见夺，谒恐冠遭溺。逢人戒谈时，涩缩刀在鞘。军韲五月急，市粟无贱粜。壮气渐欲磨，妻孥困缠绕。堂筵宾履疏，暑夕行熠耀。师来赠长句，有誉无鄙诮。组章眩芬萸，金奏聆要眇。据梧起豪诵，心疢浑可疗。回顾平生吟，真咽蚯蚓窍。上天宰玄化，乱治方叵料。性命如穷鳞，傥或脱罾罿。卜居计已决，不待龟灼燋。过湖就稻蟹，静处容不肖。安能效群女，倚市斗妍妙。咏风或鸣桡，耕月还荷蓧。师当重见寻，东皋一舒啸。

赵云松云："骨坚气劲，全学杜陵。"

登西城门

登城望神州，风尘暗淮楚。江山带睥睨，烽火接楼橹。并吞何时休，百骨易寸土。向来禾黍地，雨露长榛莽。不见征战场，那知边人苦。马惊西风笳，鸟散落日鼓。呜呜城下水，流恨自今古。

陈氏秋容轩

西郊莽迢递，川树凝烟景。雨过落红蕖，斜阳半江冷。蝉鸣山欲暗，雁去天逾永。孤客对萧条，应嗟镜中影。结二语，写容字灵妙。

言　怀

朝游荒冈陲，暮行空潭侧。我非楚大夫，何有憔悴色。良辰思远骋，周道广且直。我马力不前，回驾任偃息。踟蹰阻修程，日夕睇西北。苟安非余志，所惧时未识。言简意深。

龙　门

龙门何峥嵘，此地表奇迹。山分两崖青，天豁一罅白。知非禹功凿，应是鬼斧劈。长为风雨关，开阖自朝夕。深含未吐云，对峙不崩石。日光寒易倾，苔色阴更积。只疑过此内，便与人境隔。始窥已幽深，渐入尤险窄。暗中把危藤，蜿蜒欲惊魄。僧留看古刻，敲火照绝壁。晚闻松竹号，汹若波浪激。不知神鱼飞，到此谁点额。刻画幽峭。

虎丘次清远道士韵

神仙不可羁，乘螭蹑云汉。岂将避嬴刘，荒山事穷窜。何年东观海，一至此峰玩。悠悠清诗传，窅窅遗迹漫。我来继登临，长啸帻初岸。既秋烟萝疏，欲雨风竹乱。夜深空潭黑，月吐石壁半。龙惊汲僧来，鸟喜游客散。阁掩林下夕，钟鸣岩中旦。胜赏谁能穷，今古付篇翰。飞腾子何之，汩没余可叹。安得契真期，超然豁灵赞。

梦钟离两兄

淮水去不绝，淮山与偕驰。钟离两迁客，路远归何期。孰云归无期，此夕乃见之。握手说辛苦，杯觞复同持。须臾忽惊别，我梦方自知。虽梦亦足喜，况乃归来时。真挚。

雨中遣兴

积雨坐无闷，端由便寂寞。好鸟不频啼，闲花自迟落。行园每度径，望岫时登阁。只此可终朝，何当有樽酌。三、四逼真右丞。

春草堂　陈彦兼奉节母之所。

靡靡堂庑草，托根近华楹。膏露既灌芳，惠风亦扬馨。匪蒙阳和力，孰使微物荣。中天驶景流，青节坐易盈。但忧德泽违，岂惜憔悴并。愿言相蔓结，遮彼春逝程。寸心虽难报，拔去还当生。何减东野！

题画鹰

高风动古壁，竦立见苍鹞。轩然欲飞扬，嗟此粉墨妙。秋筋束老骨，天寒势逾矫。脑枯草中兔，气尽枥上骠。健鹘虽百余，凡材岂同调。乾坤正肃杀，怒气号万窍。大野开平芜，悲台落残照。荒城有妖狐，夜作猛虎啸。为君试一击，壮士惭勇剽。安能饱拳肉，侧翅随年少。写此神俊姿，充君眼中物。

送程校理游江上

风亭袅离管，草绿江水暮。送此南浦人，孤帆雨中渡。别觞足自缓，前驿花满路。春丛恋山莺，晚絮迷汀鹭。我今独愁居，芳月谁与度。伫立望遥波，相思积烟雾。李舒章云：“娟秀。”

四　柏

堂前四小柏，罗立二尺长。始栽附南墀，远移自东冈。春夏众草芳，翳没成久荒。低枝网虫县，暗叶蝼蚁藏。不沾夕露气，每隔朝阳光。我病废芟理，览之屡彷徨。玄冬戒严候，迅风激飞霜。芜秽忽自除，郁然露苍苍。恍若群枭散，鹓雏得翱翔。乃知受命正，虽弱自可强。循步赏劲色，抚攀挹微香。幸得依我居，勿令纵牛羊。他年培养成，凌云孰能量。后凋诚足贵，蚤厄庸何伤。寓意处，见身分。

送家兄西迁

昔别归有期，此别去何极。西迁属事变，咎责非已得。家贫无行资，空橐辞故国。匆匆逐徒旅，宛宛谢亲识。牵攀不能留，恸哭野水侧。离鸿为回翔，浮云暮愁色。别时虽云苦，未若别后忆。愿行勿忧家，养亲自我职。殊方气候异，炎雾秋未息。委命无怨尤，长年强餐食。风雅不远。

晓卧丁校书西轩

窗月淡欲失，昽昽逼初曙。屋外鸟声多，应知有嘉树。残香掩幽寝，末事澄纷虑。颇似宿东岩，僧斋竹深处。“屋外”二语，似柳仪曹。

看刈禾

农工亦云劳，此日始告成。往获安可后，相催及秋晴。父子俱在田，札札镰有声。黄云渐收尽，旷望空郊平。日入负担归，讴歌道中行。鸟雀亦群喜，下啄飞且鸣。今年幸稍丰，私廪各已盈。如何有贫妇，拾穗犹悙悙。真朴。近储太祝。

始归田园

辞秩还故里，永言遂遐心。岂欲事高骞，居崇自难任。清晨问田庐，荒蹊尚能寻。秋虫语左右，翳翳桑麻深。别来几何时，旧竹已成林。父老喜我归，携榼来共斟。闻知天子圣，欢然散颜襟。相期毕租税，岁暮同讴吟。有“江湖”“魏阙”之思。

白露芜草木，荒园掩穷秋。归来一芟理，始觉吾庐幽。高柳荫巷疏，清川映门流。落日望禾黍，离离满西畴。乍归意自欣，策杖频览游。名宦诚足贵，猥承惧愆尤。早退非引年，皇恩未能酬。相逢勿称隐，不是东陵侯。措词命意，不亢不卑。

寓　感

志士徇功业，贪夫诧轻肥。亦有逃群子，娇娇与时违。彼此更相笑，不知谁是非。达人体自然，出处两忘机。浮云游天表，舒卷有余辉。

驽马放田野，志本在丰草。偶遇执策人，驱上千里道。顾非乘黄姿，岂足辱君皂。负重力不任，哀鸣望穹昊。奈何相逢者，犹羡羁络好。

蜀琴有奇纹，本是枯桐枝。一弹舞鸾鹤，再弹下灵祇。曾持荐黄帝，云中奏咸池。弃置久不调，流尘被朱丝。终焉含妙响，未始有成亏。即“不采而佩，于兰何伤”意。

南山多浮云，北山有高树。因风暂来依，风回复飞去。兄弟满四海，几人此相遇。握手交百欢，分襟滋千虑。踪迹不可常，无为嗟去住。

鸿鹄横四海，鷦鷯恋蓬榛。长松凌风烟，小草亦自春。各禀造化育，逍遥适其真。无将赫赫者，下比栖栖人。潘次耕云："为早退自得之词。与傲然不屑者迥别。"

早过萧山历白鹤柯亭诸邮

客起何太早，村荒绝鸡鸣。况时江雨晦，不得见启明。凌兢度高关，山空县无城。隔林闻人呼，已有先我行。侧身避径滑，聚足防崖倾。衣寒复多风，濊濊远水声。千峰雾中过，不识状与名。岚开见前邮，始觉历数程。越禽啼枫篁，冷日傍午晴。烟生沙墟寂，叶落涧寺清。登临亦可悦，但恨时非平。

闻长枪兵至出越城夜投龛山

列藩遏戎乱，驻钺实此州。如何杀大将，王师自相仇。我来乱始定，城郭气尚愁。又闻有邻兵，仓卒岂敢留。促还出西门，天寒绝行辀。古戍暗雨雪，旌旗暮悠悠。野屋闭不守，泽田弃谁收。居人且奔逃，游子安得休。逶迤苍山去，泱漭玄云浮。人虎争夜行，风榛啸岩幽。我徒戒相亲，一失未易求。饥拾谷口栗，寒烧涧中櫃。神迷路多迂，再宿达海陬。虽尝登顿劳，幸免迫辱忧。圣尼畏于匡，嗟我敢有尤。但惭去越早，不遂名山游。澄怀云："纪行诸诗，法杜而不涉摹仿之迹。"〇按：至正中，张明鉴聚众淮西，号"青军"，又号"长枪军"，党众暴悍，由含山转掠至扬州，为民害。后明祖遣缪大亨击降之。〇"如何杀大将"，指拜住哥受方国珍赂，谋杀迈里古思，绍兴大乱之事。

登凤凰山寻宋故宫遗迹

兹山势将飞，宫殿压其上。江潮正东来，朝夕似奔向。当时结构意，欲敌汴都壮。我来百年后，紫气愁不王。乌啼壁门空，落叶满阴障。风悲度遗乐，树古罗严仗。行人悼降王，故老怨奸相。苍天何悠悠，未得问兴丧。世运今复衰，凄凉一回望。得少陵《九成宫》诗意。

登海昌城楼望海

百川浩皆东，元气流不息。混茫自太古，于此见容德。积阴涨玄涛，万里失空色。鸿鹄去不穷，鱼龙变莫测。朝登兹楼望，动荡豁胸臆。始知沧溟大，外络九州域。日出水底宫，烟生岛中国。宽疑浸天烂，怒欲吹地昃。常时烈风兴，海若不受职。长堤此宵溃，频劳负薪塞。况今艰危际，民苦在垫溺。有地不可居，澒洞风尘黑。安得击水游，图南附鹏翼。

出郊抵东屯

故乡一区田，自我先人遗。赖此容我懒，不耕坐待炊。霜露被寒野，属当敛获时。年来征薄入，税驾宿东陂。今年虽未丰，亦足疗我饥。万钟知难称，保此复何辞。

坐久体不适，卷书出柴关。临流偶西望，正见秦余山。野净寒木疏，川长暝禽还。此中忽有得，怡然散襟颜。遂同樵牧归，歌笑落日间。自然处，渐近陶公。

姑苏台

金椎夜筑西山土，催作高台贮歌舞。文身泽国构王基，却笑先人独何苦。铜沟玉槛盛繁华，幻出峰头一片霞。望处直穷三百里，役时应废几千家。蟠空曲路迷仙仗，攀尽瑶梯才到上。外绕雕龙宛转栏，中施绣凤葳蕤帐。熏炉长爇郁金香，共道千龄乐未央。茂苑月来秋佩冷，洞庭雨过夏绡凉。当窗众妓如仙女，扬袂迎风欲轻举。人从天上见经过，鸟向云间惊笑语。日暮横塘花尽开，卷帘台上望王来。宴舟初自观鱼返，猎骑还从射鹿回。从登不用持铍队，自列红妆侍高会。香传罗帕进黄柑，缕切鸾刀供玉鲙。烛光远落太湖波，惊起鱼龙出没多。城上乌啼河汉转，此时谁问夜如何。管弦嘈嘈聒人耳，不闻兵来渡溪水。欲携西子走登舟，醉倚画筵娇不起。瞑目无因到甬东，可怜一炬绮罗空。献楣竟堕仇人计，赐剑应辜谏士忠。客来试问遗宫路，物色荒凉总非故。褰裳始信不虚言，满地荆榛见零露。当年争夺苦劳机，却把江山付落晖。闻说越王台殿上，如今亦有鹧鸪飞。丽而有骨，元、白胜境。

穆陵行

永穆陵，宋理宗陵也，在会稽。元至元初，西僧杨发辇真住请发宋诸陵，许之，既取其殉宝，复以理宗顶骨为饮器。后籍入官，以赐帝师。天兵克元，诏求得之，命有司归葬焉。

楼船载国沉海水，金椸昼入三泉里。空中玉马不闻嘶，日落寝园秋色起。鱼灯夜灭隧户开，弓剑已出空幽台。髡胡暗识宝气尽，六陵松柏悲风来。玉颅深注驼酥酒，误比戎王月支首。百年帝魄泣穹庐，醉骨饮冤愁不朽。幸逢中国真龙飞，一函雨露江南归。环佩重游故山月，冬青树死遗民非。千秋谁解锢南山，世运兴亡覆掌间。起辇谷前马蹄散，白草无人浇麦饭。元诸陵，在起辇谷。〇苍凉顿挫，远胜贝清江之作。

题米元晖云山图

海岳老仙非画工，自有丘壑藏胸中。大儿挥洒亦莫比，妙趣政足传家风。敷文阁下书帏净，梦入空山觉衣冷。起拈彩笔写幽踪，一片飞来楚云影。仿佛三湘与九疑，翠峰犹抹二蛾眉。水生江上鸿归后，树暗沙头春去时。苍苍远渡连平麓，烟火参差几家屋。林深谷静断人行，唯有禽声啄枯木。偶向高斋玩此图，断缣犹费百金沽。自缘绝笔人间少，如此云山何处无。

题赵希远画宋杭京万松金阙图

长松掀髯若群龙，下绕宫阙云千重。凤凰山头望前殿，翠涛正涌金芙蓉。海门日出潮初上，白鹤飞来近仙掌。百官候缀紫宸班，露滴朝衣气森爽。汉宫杨柳唐宫花，容易零落空繁华。何如可献至尊寿，茯苓美似空同瓜。銮舆因恋湖山好，楼阁清阴胜蓬岛。不知风雨汴陵前，虏卒新樵几株倒。当日榻前初进图，黄金趣赐闻传呼。何年流落在人世，父老犹看思旧都。客行近过吴山下，落叶空林惟败瓦。岂无画史似前人，秋色凄凉不堪写。二诗清警跌宕，结处皆用“翻案法”，更妙。

夏珪风雪归庄图

江云黏波晚模糊，青山忽失如亡逋。乾坤莹净冰作壶，春意散入千林枯。野桥古渡行人无，清响瑟索鸣残芦。江天万里一老夫，短蓑如猬舟如凫。鱼寒入泥不上罛，归来远识渔村孤。柴门夜叩闻犬呼，径竹压折谁相扶。山妻自炊稚子沽，不羡炙肉围红炉。嗟予客游岁屡徂，诗囊随驴走髯奴。长安何处觅酒徒，飞花扑头帽不乌。旅舍无梦还江湖，惭对风雪归庄图。无一字不真，无一韵不稳。

送张员外从军粤上

鹍鸡啼霜海城白，谁扫行车出南陌。刀头装得愿酬恩，知是狂游广州客。击筑悲歌斗酒前，又从飞将去临边。幕中草檄风生笔，马上吟诗月在鞾。秋声万里随征雁，南北长江竟谁限。明朝若上越王台，应有中原陆沉叹。所感者深，音节亦健。

咏雪禁体次徐幼文韵

边城雪埋深没簳，风旋余花吹酒碗。几人遮虏渡冰河，直指弯弓不能满。我方高枕听萧瑟，却喜今年瘴全浣。寒添柳院觉春迟，明透竹窗惊夜短。未成豪饮围翠袖，且办清吟呵象管。铺庭拥路扫难开，三日不消知待伴。翻疑塞北云正冷，可信江南地先暖。愁封小窟僵蛰虫，惊折危柯殒巢卵。林中樵绝暮无烟，野外猎来晨有疃。赵女依稀舞态斜，郢人寂寞歌声断。此时自叹少清欢，月下闲门谁解款。山居老客虽苦病，放旷犹能类中散。长须踏冻送诗筒，白战令严乌敢缓。开帘尚恨不同赏，醉看帽欹仍裼袒。只期明日有晴暾，远访梅花须勿懒。奇崛处不让坡公。

寒夜泛湖至东舍

渔村港头初月上，鹅鸭不收菰荻响。隔湖烟寺远钟来，居人尽归吾独往。寒风萧萧寒浪生，舟中欠载酒壶行。东家未宿如相待，黄叶青灯机杼鸣。清逸如画。

姚烈妇

城头黑云如坏屋，车走争门折千轴。姚家新妇亦东逃，舅姑惊惶儿女号。自知数口难俱免，欲渡前溪舟尚远。嘱夫弃妾当奉亲，独赴清流不爱身。此日谁能问南史，如妇曾书几人死。结二语，亦是南史之笔。

幼住精舍寻梅

郭西雪后寻僧院，短竹穿沙水如练。梅花有待我来催，十日春寒未开遍。忽思前日渡江水，夜解征帆宿山县。偶逢一树在官廨，为写新诗冰满砚。关山梦别今五年，缟袂谁家月中见。自惭丧乱尚飘泊，泪眼如看故人面。黄昏酒醒逐寒影，绕树千回意无倦。南枝北枝乱如雪，未许东风吹一片。名园桃李尽荆榛，空谷独开君莫怨。重来省视两何如，惆怅归时有余恋。回环折宕，如怨如慕。

张中丞庙

延秋门上乌啼霜，羯儿晓登天子床。江头老臣泪暗滴，万乘西去关山长。公卿相率作降虏，草间拜泣如群羊。当时不识颜平原，岂复知有张睢阳。孤城落日百战后，瘦马食尽人裹疮。男儿竟为忠义死，碧血满地嗟谁藏。贺兰不斩上方剑，英雄有恨何时忘。千年海上见祠庙，古苔丛木秋风荒。摩挲画壁尘网里，勇气晔晔虬髯张。巫歌大招客酹酒，忠魂或能来故乡。史断。不须费词。

唐昭宗赐钱武肃王铁券歌

妖儿初下含元殿，天子仍居少阳院。诸藩从此拥连城，朝贡皆停事攻战。岐王已去梁王来，长安宫阙生蒿莱。天目山前异人出，金戈双举风烟开。罗平恶鸟啼初起，犀弩三千射潮水。归来父老拜旌旗，酾酒椎牛宴乡里。打球骏马骄春风，锦袍玉带真英雄。诏书特赐誓终始，黄金镂字旌殊功。虎符龙节彤弓矢，后嗣犹令赦三死。尽言恩宠冠当时，天府丹书未逾此。摩娑旧物四百年，古色满面凝苍烟。天祐宰相署名在，寻文再读心茫然。古来保族须忠节，受此几人还覆灭。王家勋业至今传，不在区区一方铁。人生富贵知几时，泰山作砺徒相期。行人曾过表忠观，风雨断藓埋残碑。“古来”四语，渊渊有金石声。

中秋玩月张校理宅得南字

八月望夜天如蓝，海色卷雾山收岚。玉盘元沉龙窟底，忽起万丈谁能探。初来空中光尚湿，孀娥寒鬓风鬛鬖。人言一年此最好，金精水气秋相涵。小星尽去大星在，芒角欲吐敢与参。天将洗眼照下土，啖食肯纵妖蟆贪。穿深窥暗不遗隙，魍魉忌影逃岩嵌。前年客中忆见之，家人怨别方喃喃。荒山不知佳节至，垂首凭案寻书蟫。但怪流辉入败户，油灯失焰留孤龛。起行阴林不用炬，剥啄独叩峰西庵。虬蛇乱踏心胆悸，怪影走石皆枫楠。即呼道人共载酒，放舟直下芙蓉潭。翻翻惊鹊落树杪，吹笛正和乌飞南。今年在舍反寂寞，暗室困卧如僵蚕。干愁无端负良夜，月固不言我则惭。人无贤愚竞玩赏，况我清景性所耽。忽忆诸君隔河水，持被就宿聆高谈。为呼老婢扫庭宇，一席盘饤梨与柑。江城重闭万家寂，楼鼓近听才挝三。空阶凄其觉露泫，虚牖窈窕疑烟含。婆娑欲留月伴影，素鸾西下烦停骖。明宵复出已难似，动别经岁嗟何堪。尊前此月又此客，世所难遇心应谙。关山几处未解兵，击柝不寐愁丁男。南邻歌舞北邻哭，月虽同照异苦甘。何人为我挥天戈，乾坤多难俱平戡。行者得还居者乐，清光所及恩皆覃。悬知此愿未易遂，忧来举盏从沉酣。须臾众散晓虫急，古桂吹落青毵毵。开合变化似杜，排奡妥帖似韩。

送叶卿东游

问君辞家今几年，布衣线断芒鞋穿。江湖梦回灯火夜，听雨每忆山中田。兵戈忽断故乡路，虽有两足归无缘。上书愿雪父兄耻，画地聚米筹山川。居然无成困逆旅，白日但看孤云眠。时人不容祢生傲，坐客岂信毛公贤。黄金已尽酒徒散，壮士反为儿女怜。饥吟倚壁气未馁，有似病鹘栖荒烟。却欲南游探禹穴，仆夫整驾鸡鸣前。

波涛翻江畏饥鳄，雾雨连海愁飞鸢。相逢谁肯问憔悴，山水自为穷人妍。乾坤无家去何止，飘泊不异回风船。区区愿君自爱惜，今古遇合无非天。乱离贫贱何足叹，王孙亦在道路边。我今岂少四方志，读书坐破床头毡。恩仇两无欲谁报，送子空歌宝剑篇。自寓抱负，磊磊落落，不同寻常送人。

草书歌赠张宣

昔闻汝祖东吴精，醉传草圣醒而惊。汝今能饮不满杓，逸气欲与相峥嵘。高堂把笔若把槊，长绡一拂悲风生。阴垂大泽雷雨过，响破巨峡波涛倾。飏飏游丝罥晴昼，落落高斗回寒更。饮猿连臂深涧绝，饥鹘掠翅荒烟横。自言静里观万物，故能变化穷其情。嗟余少本好剑舞，学书晚方从父兄。终焉懒惰不得就，尘满砚田长废耕。感时抚事每有触，胸次硉矹何由平。空斋往往出怪语，吟声相应饥肠鸣。诗成请君为我写，墨沈洒壁从奔崩。是时黄云闭岁暮，返照忽出寒江明。手随意到不留阻，正似突骑阴山行。令严不闻戈甲响，一夜下尽名王城。安得师行亦如此，顷刻坐见乾坤清。呜呼作歌聊赠汝，愈使流泪沾衣缨。奇伟驰骤，波澜不穷。

独游云岩寄周记室砥

城西诸山非不奇，我游独与兹山宜。红樱春开山后寺，白水夏满山前陂。幽居况与山不远，钟鼓每到空斋帷。雨余烟中落日下，曳杖往读头陀碑。两崖苍苍石色古，枇杷树高阴满池。殿灯欲昏上群鼠，塔铃已静蹲孤鸱。兴来即游兴尽返，迎送岂要山僧知。困穷丧乱讵无感，正赖此境忘吾悲。嗟君何为乃自苦，破鞯短策尘中驰。挂帆能来亦未晚，浦口三日南风吹。似昌黎《山石》诗。

明皇秉烛夜游图

华萼楼头日初堕，紫衣催上宫门锁。大家今夕宴西园，高爇银盘百枝火。海棠欲睡不得成，红妆照见殊分明。满庭紫焰作春雾，不知有月空中行。新谱霓裳试初按，内使频呼烧烛换。知更宫女报铜签，歌舞休催夜方半。共言醉饮终此宵，明日且免群臣朝。只忧风露渐欲冷，妃子衣薄愁成娇。琵琶羯鼓相追逐，白日君心欢不足。此时何暇化光明，去照逃亡小家屋。姑苏台上长夜歌，江都宫里飞萤多。一般行乐未知极，烽火忽至将如何。可怜蜀道归来客，南内凄凉头尽白。孤灯不照返魂人，梧桐夜雨秋萧瑟。沈确士云："'光明烛'二语，活用聂夷中《田家诗》，意与题中'秉烛'相应，巧而不纤。"

方隐君山园

吴兴城南山水胜，竹树参差万家映。幽深谁似隐君园，车马不来鸡犬静。两溪回通柳港曲，一峰立对柴门正。东西别墅邻更好，孤棹往来随晚兴。总令种菜不种桃，新制长镵木为柄。家童颇解候天时，邻叟还能论地性。交交林路翳复开，活活野泉流不定。清晨闻鸟欣独往，浓绿泼晴畦色净。老叶垂根孤蚓号，残英缀梗群蜂竞。乍萦新蔓喜篱长，欲迸晚芽嫌土硬。此时采撷自足饱，肯为食肝烦县令。古来名园悉可数，金谷辟疆夸独盛。凿石圆开弄月池，买花深作行春径。爱妾宵陪秉烛宴，狎朋昼接流觞咏。长年欢乐岂知极，回首芳菲属他姓。只今谁解问遗踪，断甓摧垣无一剩。乃知厚业要德守，那得衰荣但言命。君能勤俭遗子孙，应有佳名书郡乘。写郊园种植，质朴野逸，此境青丘独到。

听教坊旧妓郭芳卿弟子陈氏歌　至正己亥作。

文皇在御升平日，上苑宸游驾频出。仗中乐部五千人，能唱新声谁第一。燕国佳人号顺时郭字，姿容歌舞总能奇。中官奉旨时宣唤，立马门前催画眉。建章宫里长生殿，芍药初开敕张宴。龙笙罢奏凤弦停，共听娇喉似莺啭。遏云妙响发朱唇，不让开元许永新。绣陛花惊飘艳雪，文梁风动委芳尘。翰林才子山东李，每进新词蒙上喜。当筵按罢谢天恩，捧赐缠头蜀都绮。晚出银台酒未消，侯家主第强相邀。宝钗珠袖尊前赏，占断春风夜复朝。回头乐事浮云改，瘗玉埋香今几载。世间遗谱竟谁传，弟子犹怜一人在。曾记霓裳学得成，朝元队里艺初呈。九天声落千人听，丹凤楼前月正明。狭斜贵客回车马，不信芳名在师下。风尘一旦禁城荒，谁是花前听歌者。从此飘零出教坊，远辞京国客殊方。闭门春尽无人问，缟袂青裙不理妆。相逢为把双蛾蹙，水调凉州歌续续。江南年少未曾闻，原是当时供奉曲。朝使今年海上归，繁华休说乱来非。梨园散尽宫槐落，天子愁多内宴稀。始知欢乐生忧患，恨杀韩休老无谏。伤心不见昔人歌，汾水秋风有飞雁。此日西园把一卮，感时怀旧尽成悲。含情欲为秋娘赋，愧我才非杜牧之。沈确士云："与少陵《观公孙大娘弟子舞剑器歌》同一用意，盖惓惓故国之思，意不在教坊弟子也，而诗格则在元和、长庆之间。"

忆昨行寄吴中诸故人

忆昨结交豪侠客，意气相倾无促戚。十年离乱如不知，日费黄金出游剧。狐裘蒙茸欺北风，霹雳应手鸣雕弓。桓王墓下沙草白，仿佛地是辽城东。马行雪中四蹄热，流影欲追飞隼灭。归来笑学曹景宗，生击黄獐饮其血。皋桥泰娘双翠蛾，唤来尊前为我歌。白日欲没奈愁何，回潭水绿春始波，此中夜游乐更多。月出东方白云里，照见船中笛声起。惊鸥飞过片片轻，有似梅花落江水。夫差城南天下稀，狂游累日忘却归。座中争起劝我酒，但道饮此无相违。自从飘零各江海，故旧于今几人在？荒烟落日野乌啼，寂寞青山颜亦改。

须知少年乐事偏，当饮岂得言无钱。我今齿发虽未老，豪健已觉难如前。去日已去不可止，来日方来犹可喜。古来达士有名言，只说人生行乐耳。陈卧子云："跌宕淋漓。"李舒章云："神似太白。"

登阳山绝顶

我登此山巅，不知此山高。但觉群山总在下，坐抚其顶同儿曹。又见太湖动我前，汹涌三十万顷烟波涛。长风吹人度层嶂，不用仙翁赤城杖。峰回秋碍海鹤飞，日出夜听天鸡唱。中有一泉长不枯，乃是蜿蜒神物之所都。老藤阴森洞府黑，树上不敢留栖乌。常年祷雨车，来此投金符。灵旗风转白日晦，马鬣一滴沾三吴。岩峦苍苍境多异，樵子寻常不曾至。探幽历险未得归，忽听钟来涧西寺。此时望青冥，脱略尘世情。白云冉冉足下起，如欲载我升天行。古来名贤总何有，只有此山长不朽。欲呼明月海上来，照把长生一瓢酒。浮丘醉枕肱，洪崖笑开口。秋风吹落浩歌声，地上行人尽回首。

张节母词　灵寿张明府嫡母。

谁言妾有夫，中路弃妾身先殂。谁言妾无子，侧室生儿与夫似。儿读书，妾辟纻，空房夜夜闻啼乌。儿能成名妾不嫁，良人瞑目黄泉下。按：此诗见《青丘集》，而小说家误以为章纶母金氏作，竹垞已辩之矣。

赠金华隐者

我闻名山洞府三十六，一一灵踪纪真箓。金华秀出向东南，远胜阳明与勾曲。楼台缥缈开烟霞，天帝赐与神仙家。灵源有路不可入，但见几片流出云中花。子房之师赤松子，三千年前亦居此。飞行恍惚谁解寻，漫说至今犹不死。松花酒熟何处游，瑶草自绿春岩幽。群羊卧地散如石，老鹿耕田驯似牛。闻有隐君子，乃是学仙者。自从入山中，不曾到山下。世人莫知其姓名，以山呼之不敢轻。樵夫忽见苦未识，只疑便是黄初平。嗟我胡为在尘网，远望高峰若天壤。茯苓夜煮傥许餐，铁杖来敲石门响。沈确士云：“‘松花’‘瑶草’一联，太白佳境。”

登金陵雨花台望大江

大江来从万山中，山势尽与江流东。钟山如龙独西上，欲破巨浪乘长风。江山相雄不相让，形胜争夸天下壮。秦王空此瘗黄金，佳气葱葱至今王。我怀郁塞何由开，酒酣走上城南台。坐觉苍茫万古意，远自荒烟落日之中来。石头城下涛声怒，武骑千群谁敢渡。黄旗入洛竟何祥，铁锁横江未为固。前三国，后六朝，草生宫阙何萧萧。英雄乘时务割据，几度战血流寒潮。我今幸逢圣人起南国，祸乱初平事休息。从今四海永为家，不用长江限南北。起调矫健。

白云泉

白云不为雨，散在清泉流。泉气复成云，山中同一秋。岩前石窦幽寒处，云自长浮泉自注。潜龙未起出深泓，渴鸟时来下高树。云应无心飞上天，泉亦不肯随奔川。老僧爱此不复下山去，卧云饮泉终岁年。妙笔如环。

题滕用衡所藏山水图

滕君兴在烟霞间，远游十年今始还。画图示我有层嶂，竟似何处之名山。君言我初适东越，酒船横渡镜湖月。醉咏谪仙天姥吟，海光欲曙清猿歇。瑶草春已生，便入金华行。道逢牧羊儿，疑是黄初平。从此西游楚江水，大帆如云挂空里。柁楼酾酒唤长风，一日看山一千里。不闻东林钟，但见香炉峰。波迷洞庭阔，树隔潇湘重。白沙翠壁经过好，就中几度曾幽讨。麻姑坛上扫落花，尧女祠前荐芳藻。晚客湖南逢雁回，登临长上楚王台。天从朱鸟峰头转，江自黄牛峡外来。搜奇历险今应倦，默坐旧游空数遍。时向明窗玩此图，好山一一皆重见。我闻君言自叹嗟，身如处女愁离家。闭门读书无半车，髀骨渐生空鬓华。床头尘土蔽双屐，何不踏之践苔石。幸逢圣世道路平，五岳寻真皆可适。便当往抱绿绮弹松风，行尽万壑千岩中。仙书探得金匮空，归来夸君重相逢，握手一笑吴门东。赵云松云："置太白集中，不复辨别。"

雷雨护婴图

儿衣寒，母衣湿，风雨苍黄归意急。雷忽鸣，儿忽惊，抱儿与儿同死生。树声吹回水声注，田家尚遥无避处。看图谁念乱离人，白日青天弃儿去。结意警动。

送谢恭

凉风起江海，万树尽秋声。摇落岂堪别，踌躇空复情。帆过京口渡，砧响石头城。为客归宜早，高堂白发生。盛唐。

郊墅杂赋

江水舍西东，邻家是钓翁。路痕深草没，井脉暗潮通。篱隔蔬边雨，门开竹下风。不因时卖畚，何事入城中。

幽事向谁夸，孤吟对晚沙。浣衣江动月，系艇岸垂花。行蚁如知路，归凫自识家。一尊茆屋底，随意答春华。

此乡堪避地，乱后户翻增。俗美嫌欺客，年丰爱施僧。带星耕处轭，照雪纺时灯。且作求田计，元龙岂我能。

野色迥苍苍，开门叶满塘。僧来双屐雨，渔卧一船霜。静里修香传，闲中录酒方。平生当世意，到此坐成忘。

居似临邛宅，耕非鄠杜田。已偿输税米，未觅卖文钱。把卷怜长日，看花愧少年。翛然闭门处，杨柳桔槔边。

春申君庙

封吴开巨壤，相楚服强邻。名重三公子，谋疏一妇人。画帏留古像，珠履绝遗尘。箫鼓时迎祭，还怜旧邑民。褒贬俱见，笔挟风霜。

夜访芑蟾二释子因宿西涧听琴

清夜独幽寻，岩扉落叶深。许携陶令酒，来听颖师琴。人醉月沉阁，乌啼风满林。应留西涧水，千载写余音。绝妙琴韵。

与刘将军杜文学晚登西城

木落悲南国，城高见北辰。飘零犹有客，经济岂无人。鸟过风生翼，龙归雨在鳞。相期俱努力，天地正烽尘。沈确士云："悲壮。"

兵后出郭

俯仰兴亡异，青山落照中。民归邻树在，兵去垒烟空。城角犹悲奏，江帆始远通。昔年荆棘露，又满阖闾宫。摹写乱后风景，浑融沉郁，直摩杜陵之垒，起、结尤能振拔。青丘五律当以此为第一。而诸选家多不甄录，何也？

送前进士夏尚之归宜春

凄凉庾开府，老去复如何。故国归鸿少，新朝振鹭多。菊荒应自叹，麦秀竟谁歌。相送堪愁思，萧萧楚水波。通首切“前”字。

送舒征士考礼毕归四明

寄语关门吏，休轻尚布衣。叔孙聊应召，周党竟辞归。赤日京尘远，苍烟海树微。送君还自叹，老却故山薇。

甘露寺

胜地江山壮，名林岁月遥。刹藏京口树，钟送海门潮。月黑龙光发，天清蜃气销。何当寻狠石，闲坐话前朝。雄整工切，张承吉以《金山寺》诗得名，视此有愧矣。〇《一统志》：狠石，在甘露寺内，石状如羊，相传诸葛孔明坐其上，与孙仲谋计攻孟德者。

送张羽后夜坐西斋

闲斋听钟坐，忧绪怅多端。鸣雁雨中急，离人江上寒。秋灯下木叶，夜艇隔风湍。别后情萧索，方知旧会欢。钱、刘之间。

送贾二进士归省

年少擅词华，曾看手八叉。晨装归路雨，春酒别筵花。马带云过岭，人同燕到家。罢官趋觐好，不是谪长沙。秀练。

客舍喜侄庸至

客里逢人喜，相过况阿宜。远游惊岁晚，多难惜门衰。帆落江桥近，钟来野店迟。一杯灯下语，浑似在家时。

题张静居画

楚客写荆岑，秋云隔浦阴。人家连橘坞，水庙映枫林。乱后清游歇，愁边远色深。相看休向晚，怕有峡猿吟。字字老成。

喜吕山人见过江馆

非君怜夙契，谁肯顾柴门。日短清江路，风高大树村。交呈新著稿，同发旧藏尊。莫便寻归棹，心怀未尽论。

冬至夜喜逢徐七

君来同客馆，把酒夜相看。动是经年别，能辞尽夕欢。雪明窗促曙，阳复座销寒。世路今如此，悬知后会难。神完气足。

归　鸦

哑哑噪夕晖，争宿不争飞。未遂冥鸿去，长先野鹤归。荒村流水远，古戍淡烟微。借问寒林树，何枝最可依？寄托自高。

送陈则

挟策去谁亲，侯门不礼宾。愁边长夜雨，梦里少年春。树引离乡路，花骄失意人。一杯歌短调，相送欲沾巾。

钱塘送马使君之吴中

樟亭离席散，遥发画幡车。飞雉新阡麦，啼莺故苑花。望山登郡阁，行水到田家。莫道凝香句，前人独可夸。

徐山人别墅

茶香孤墅发，竹色四邻分。扫地侵虫字，开窗散鸟群。树凉池过雨，苔润石生云。我出无车马，偏宜访隐君。

寄钱塘诸故人

年少客名都，狂游每共呼。荷深筝在舫，竹静矢鸣壶。明月潮千里，残阳雨半湖。故人能念否，欢意近来无。

雨斋书寄杨孟载

动与世相妨，端居学坐忘。雨来池上树，烟起竹间房。屋鸟非晴弄，阑花是晚芳。寻山期已阻，遥望奈苍苍。风格似玉溪生。

郊　居

纷纷谢人事，寂寂恋吾居。细雨春雩后，斜阳社饮余。岸花飞趁蝶，池叶堕惊鱼。好了公家事，休令吏到庐。

甫里即事

唼唼绿头鸭斗，翻翻红尾鱼跳。沙宽水狭江稳，柳短莎长路遥。人争渡处斜日，月欲圆时大潮。我比天随似否，扁舟醉卧吹箫。

晚登南冈望都邑宫阙

落日登高望帝畿，龙蟠山下见龙飞。云霄双阙开黄道，烟树三宫接翠微。沙苑马闲秋猎罢，天街车斗晚朝归。明朝欲献升平颂，还逐仙班入琐闱。高华。

奉天殿进元史

诏预编摩辱主知，布衣亦得拜龙墀。书成一代存殷鉴，朝列千官备汉仪。漏尽秋城催仗早，烛明晓殿卷帘迟。时清机务应多暇，阁下从容幸一披。

送沈左司从汪参政分省陕西汪由御史中丞出

重臣分陕去台端，宾从威仪尽汉官。四塞山河归板籍，百年父老见衣冠。函关月落听鸡度，华岳云开立马看。知尔西行定回首，如今江左是长安。沈确士云："音节、气味、格律、词华，无不入妙。青丘集中，为金和玉节。"

清明呈馆中诸公

新烟著柳禁垣斜，杏酪分香俗共夸。白下有山皆绕郭，清明无客不思家。卞侯墓上迷芳草，卢女门前映落花。喜得故人同待诏，拟沽春酒醉京华。王贻上云："三、四神韵天然，古人亦不多见。"

金陵喜逢董卿并还武昌

兵后匆匆记别离，两年音问不相知。武昌楼下初来日，幕府山前忽见时。上国花开同醉少，大江潮落独归迟。莫嗟握手还分手，此会从前岂有期。清空如话。

送叶判官赴高唐时使安南还

铜柱崖前使节过，贡随归骑入京多。一官暂遣陪成瑨，片语曾烦下赵佗。晓拜赐衣辞绛阙，秋催征棹渡黄河。政余好赋登临咏，闻说州人最善歌。沈确士云："汉南阳太守成瑨任功曹岑晊时，谣曰：'南阳太守岑公孝，宏农成瑨但坐啸。'三语切'判官'，四语切'使安南还'也。如此运古，乃见典切，一结切'高唐'。"

送郑都司赴大将军行营

上公承诏出蓬莱，立马风烟万里开。赐履已分无棣远，舞干还见有苗来。牙前部曲多收绩，幕下宾僚更倚才。后夜军门知子到，郎星应是近三台。典重。

谒甫里祠　祀陆鲁望。

衣冠寂寞半尘丝，想见江湖独卧时。遁迹虚烦明主诏，感怀犹赋散人诗。钓鱼船去云迷浦，斗鸭阑空草满池。芳藻一杯谁为奠，鼓声只到水神祠。吊天随子，宜有此高旷之作。

送何记室游湖州

暮雨关城独去迟，少年心事剑相知。故人当路轻贫贱，倦客逢秋恶别离。疏柳一旗江上酒，乱山孤艇道中诗。水嬉散后湖亭废，此去烦君吊牧之。归愚谓："'疏柳'一联，诗虽佳，不必定是湖州诗。"然此但写途中所见之景，结句仍点出湖州，若必句句数典，亦复何味？归愚之于青丘，好为苛论，大率如此。

江上寄丁校理昆季

望里烟生是子家，草堂应近鹳鸽沙。江汀每恨无舟渡，野墅空怜有酒赊。半雨暮成风外雪，孤梅春动腊中花。相思尚隔前村远，独倚柴门数去鸦。五、六刻画而自然。

闻朱将军战殁

江浦戈船赤帜稀，孤军落日陷重围。镜中蛇堕占应验，牙上枭鸣事已非。残卒自随新将去，老亲空见旧奴归。闻鸡此夜谁同舞，西望秋云泪洒衣。沉着。

送荥阳公行边

风卷双旌雪覆鞯，远骑白马出行边。兵驰空壁三千帜，客宴高堂十万钱。屏里旧图鱼复阵，灯前新注豹韬篇。功成他日论诸将，只有荀郎最少年。俊亮。

登涵空阁

滚滚波涛漠漠天，曲栏高栋此山颠。置身直在浮云上，纵目长过去鸟前。数杵秋声荒苑树，一帆暝色太湖船。老僧不识兴亡恨，只向游人说往年。清远一结，尤有深意。

辞户曹后东还始出都门有作

诏贰民曹出禁林，陈辞因得解朝簪。臣材自信元难称，圣泽谁言尚未深。远水江花秋艇去，长河宫树晓钟沉。还乡何事行犹缓，为有区区恋阙心。忠爱，自写景中传出。

吴城感旧

城苑秋风蔓草深，豪华都向此销沉。赵佗空有称尊计，刘表初无弭乱心。半夜危楼俄纵火，十年高坞漫藏金。废兴一梦谁能问，回首青山落日阴。此感张士诚之亡也。青丘不应其辟，宜其薄之。

送宋孝廉南康葬亲

长挥客泪楚云东，故国江山百战中。遗榇十年嗟未掩，归舟千里喜才通。远途敢避风涛恶，旧陇应知草树空。料得南冈庐宿处，夜深猿鸟泣西风。一气浑成，不假雕饰，下篇亦然。

得亡友周履道记室在系所诗次韵

拟出罝罗再卜邻，死生俄判两吟身。百年岂料逢今日，四海何由见此人。吴地有园花已尽，楚山无冢草空新。一篇幽愤时时读，风雨寒灯夜独亲。按：履道，名砥，吴人，工诗，元末从军会稽，为明祖所诛。

喜闻王师下蜀 按：洪武四年，帝遣征西将军汤和及傅友德、廖永忠等征蜀，夏主明升降。

蜀国兵销太白低，将军新拜汉征西。浮桥已毁通江鹢，进鼓初鸣突水犀。不假五丁开道远，俄看万甲积山齐。从今险阻无人恃，夷贡南来尽五溪。

送倪贤良归吴门

数千里外久相违，十八滩头偶独归。自说病来辞幕府，只因愁绝念庭闱。吴歌重把还乡酒，蛮布犹穿过岭衣。话尽三年游历事，满庭风雨送斜晖。

阖闾墓

水银为海接黄泉，一穴曾劳万卒穿。谩设深机防盗贼，难令朽骨化神仙。空山虎去秋风后，废榭乌啼夜月边。地下应知无敌国，何须深葬剑三千。

西　坞

空山啄木声敲铿，花落水流纵复横。松风吹壁鹤翎堕，梅雨过溪鱼子生。尚有人家机杼远，更无尘土衣裳轻。斜阳已没月未出，樵子归时吾独行。

宿张氏江馆

极浦荒云一棹行，远投江馆驻宵程。客中得酒衔悲喜，乱后逢人说死生。木叶未空寒鸟聚，海潮欲上曙鸡鸣。正怜此地无惊扰，归梦如何又入城。哀怨而不颓堕。

送李使君镇海昌

海风千里卷双旌，按辔初闻属部清。人杂岛夷争午市，潮随山雨入秋城。鸣狐不近睢阳庙，突骑犹屯广利营。肯扫帐中容我醉，夜深燃烛卧谈兵。

寄倪隐君元镇

名落人间四十年，绿蓑细雨自江天。寒池蕉雪诗人画，午榻茶烟病叟禅。四面荒山高阁外，两株疏柳旧庄前。相思不及鸥飞去，空恨风波滞酒船。通体明秀。三、四妙切云林身分。

次韵西园公咏梅

如何天与出尘姿，不得芳名入楚辞。春后春前曾独探，江南江北每相思。微云淡月迷千树，流水空山见一枝。拟折赠君供寂寞，东风无那欲残时。青丘《梅花》九首，语多重复，本非集中上乘，犹王渔洋之《秋柳》也。此首则气骨高妙，不即不离，可称绝唱。

早春寄王行

江水江花只自春，不知容易解愁人。山川寂寞衣冠泪，今古消沉简册尘。草草逢人空识面，匆匆为客莫容身。十年忧患谁相慰，赖得君家是近邻。此诗似元亡后作，故语极凄楚。

暂宿行营舟中

蒹葭霜露冷侵船，落雁惊乌总未眠。戍卒独明高栅火，居人同宿废村烟。醉中远梦欺长夜，乱里穷愁折壮年。莫问身闲何到此，久思提剑学防边。

岳王墓

大树无枝向北风，十年遗恨泣英雄。班师诏已来三殿，射虏书犹说两宫。每忆尚方谁请剑，空嗟高庙自藏弓。栖霞岭上今回首，不见诸陵白露中。沈确士云："风洲作英气勃发，读此和平温厚之篇，又爽然失矣。"又云："通首责备高宗，居然史笔。"

送梅侯赴钱塘

一鹤随车到郡朝，剩山残水尚萧条。碗藏秋冢金方出，箭插寒沙铁未销。重见花开非旧赏，初闻麦秀是新谣。几时南作诸侯客，酾酒江亭看晚潮。亦乱后之作。

上巳有怀

春寒浑未减征衣，愁对佳辰坐掩扉。江上琴书留滞久，水边车马祓除稀。闲园细雨梨花落，废苑平芜燕子飞。欲觅兰亭会中友，几人迁谪未能归。清圆熨帖。

次韵金文学送弟往海上

小陆贤如大陆贤，乱离为客最堪怜。横经海上知虚席，打鼓津头看发船。麦气晓晴田雉斗，蘼香春暖野鹅眠。明朝梦断生芳草，风雨孤舟过练川。

寒山寺送别

枫桥西望碧山微，寺对寒江独掩扉。船里钟催行客起，塔中灯照远僧归。渔村寂寂孤烟近，官路萧萧众叶稀。须记姑苏城外泊，乌啼时节送君违。静境可思。此等诗，粗浅人不能作，亦不能赏。

送顾军咨

新柳休攀短短条，离愁似雪未能销。春回废苑还芳草，人渡空江正落潮。德曜宅前今独去，平津门下旧相招。重来莫在花开后，拟听狂歌醉几朝。

渊源堂夜饮

悬灯照清夜，叶落堂下雨。客醉已无言，秋蛩自相语。

题杂画

空山万株木，霭霭秋多晦。屋在白云中，人归白云外。

山禽欲定栖，竹风苦难静。残雪堕惊梢，翛翛一窗冷。

为外舅周隐君题画

山深岚气寒，高斋掩窗卧。林间踏叶声，知有樵人过。幽寂。

西寺晚归

远寺别僧归，随钟出烟岭。犬吠竹林间，斜阳见人影。襄阳。

得家书

未读书中语，忧怀已觉宽。灯前看封箧，题字有平安。

陶秘书广陵送别图

暮雨潮生瓜步，春山树绕芜城。惆怅离舟欲发，江南烟寺钟声。六言绝调。

杨氏山庄

斜阳流水几里，啼鸟空林一家。客去诗题柿叶，僧来供煮藤花。诗中有画。

闻旧教坊人歌

渭城歌罢独凄然，不及新声世共怜。今日岐王宾客尽，江南谁识李龟年。似刘宾客。

秋　柳

欲挽长条已不堪，都门无复旧毵毵。此时愁杀桓司马，暮雨秋风满汉南。

秋夜同周著作宿娄浦

小艓寒依竹浦云，酒阑相对说离群。一声新雁谁先听，今夜江南我共君。神韵独绝。

送陈秀才还沙上省墓

满衣血泪与尘埃，乱后还乡亦可哀。风雨梨花寒食过，几家坟上子孙来。视唐人"清明几处有新烟"作，尤怆恻。

吴宫词

芙蓉水殿屟廊东，白苎秋来不耐风。教得君王长夜醉，月明歌舞在舟中。

秦宫词

宫闭骊山静管弦，翠华巡狩去经年。掖庭无用恩难报，愿上蓬莱采药船。

读仪秦传

二子全操七国权，朝谈从合暮衡连。天如早为生民计，各与城南二顷田。连上二首，义山咏史之作。

宿蟾公房

一禽不鸣深树烟，明月下照高僧禅。独开西阁咏清夜，秋河欲堕山苍然。清峭。

风雨早朝

漏屋鸡鸣起湿烟，蹇驴难借强朝天。却思春水江南岸，闲听篷声卧钓船。

题赵魏公马图

校尉当年执策迎，千金远购贰师城。一归天厩嗟空老，立仗原来用不鸣。无限慨惜，妙在不露。

宿圆明寺晓起

客起灯前梦尚迷，满城残月晓峰西。应知野寺非山店，只听钟声不听鸡。

吴王井

曾闻鉴影照宫娃，玉手牵丝带露华。今日空山僧自汲，一瓶寒供佛前花。冷艳。

消夏湾

凉生白苎水浮空，湖上曾开避暑宫。清簟疏帘人去后，渔舟占尽柳阴风。

春日漫兴

水边帘幕远笼花，游女时时出浣纱。记得横塘沽酒处，画船明月载琵琶。

柳塘飞燕图

身轻不耐晚多风，春尽回塘落絮空。杨柳阴迷三十里，画楼何处卷帘栊。

卷三上

李东阳 六十七首

东阳，字宾之，茶陵人，以戍籍居京师。四岁能作径尺书，景帝召试之，抱置膝上。六岁、八岁两召见，讲《尚书》大义，称旨，命入京学。天顺八年，成进士，年十八，选庶吉士，授编修，累迁侍讲学士。弘治九年，旱灾，求言，宾之条摘《孟子》七篇大义，附以《时政得失》数千言上之，擢礼部右侍郎。久之，进太子太保、礼部尚书，兼文渊阁大学士。十七年，重建阙里庙成，奉命往祭，还上疏，言民间疾苦及亲藩内官暴横状。帝嘉叹之。是时，帝数召阁臣，面议政事，宾之竭心献纳，有阙失，必尽言匡谏。疏出，天下传诵。与刘健、谢迁并称贤相。

孝宗崩，武宗即位，屡加少师。刘瑾入司礼，宾之与健、迁即日辞位。诏听健、迁去，而宾之独留。耻之，再疏恳请，不报。瑾凶暴日甚，务摧抑缙绅，于宾之阳礼敬而阴实忌之，几为焦芳所倾者屡矣。凡瑾所为乱政，宾之弥逢其间，亦多所补救。刘健、谢迁、刘大夏、杨一清、平江伯陈熊辈，几得危祸，及匿名书事，皆赖宾之力争而解。潜移默夺，保全善类，天下阴受其庇。

五年秋，瑾诛。宾之上疏自列，请黜罢。温旨慰留之。帝好嬉游，出入无度，大兴豹房之役，建寺观禁中，调宣府军入卫等事，宾之前后上疏极谏，帝终不听。以老疾乞休。章凡数上，至七年始许之，归四年卒，年七十，赠太师，谥“文正”。子兆先，亦有隽才，早夭，遂无后。宾之事父淳有孝行，官翰林时，尝会饮至夜深，父不就寝，以待其归，自此终身不夜饮于外。

为文典雅流丽，朝廷大著作多出其手。奖成后进，推挽才彦，士大夫出其门及为所赏拔者，悉粲然有所成就。若石瑶、罗玘、邵宝、顾清、鲁铎、何孟春、杨慎、储巏、林俊、乔宇、张邦奇、孙承恩、陆深、钱福、汪俊、汪伟、吴俨等，其尤著者也。立朝五十年，清节不渝。罢相家居，购诗文书篆者，填塞户限，颇资以给朝夕。一日，夫人方进纸墨，宾之有倦色，夫人笑曰：“今日设客，可使案无鱼菜耶？”乃欣然命笔，移时而罢。其风操如此。所著有《怀麓堂诗文前后集》《南行》《北上》诸稿，又有《经筵》《讲读》《东祀》《集句》《哭子》《求退》诸录，明末板毁。国朝康熙壬戌，茶陵州学正廖方达汇集重刻之，凡一百卷。

王元美曰：“向者于李西涯乐府，病其太涉议论，过尔剪抑，以为十不得一。自今观之，奇旨创造，名语叠出，纵未可被之管弦，自是天地间一种文字。若使字字求谐于‘房中’‘铙吹’之调，取其字句断烂者摹仿之，以为乐府，如是则岂非西子之颦、邯郸之步哉！”

陈元孝曰：“西涯乐府，得古诗之遗，风、刺并见，含蓄可味，使人自得于言外，别为一格，奚而不可？”

朱锡鬯曰：“文正弘奖群英，力追正始。由其天材颖异，长短丰约，高下疾徐，滔滔莽莽，惟意所如。其自序谓：‘耳目所接，兴况所寄，左触右激，发乎言而成声，虽欲止之，有不可得而止者。’此自得之言也！若其拟古乐府，因人命题，缘事立义，别裁机杼，方之杨廉夫、李季和辈，似远胜之。”

沈确士曰：“永乐以后，诗教中衰，茶陵振而起之，如老鹤一鸣，喧啾俱废。而王元美谓‘长沙之于李、何，犹陈涉之启汉高’，此习气未除，不免抑扬太过，宜招后人之掊击也。”

蒋慎斋《重刻〈怀麓堂全集〉序》，其略曰：“尝观古人，身后则论定。独明李西涯先生，历二百年褒刺不一。呜呼，西涯何遇于生前而不遇于身后也！幼举神童，未冠成进士，过壮大拜历首辅，受孝宗顾命，无一差蹶，不可谓不遇矣。迄秦人康王辈失职怨望，负材谩骂，其初不过争文章之名，意气所激，遂欲使不得为全人。士林一唱百和，谓西涯‘文章取熟烂，人物取软靡’。其最所指摘者，刘、谢已去国，西涯独眷恋不休，当时已有‘回首长沙芳草绿，鹧鸪啼罢子规啼’之讥。不知西涯之苦心，正在此也。三公同受顾命，朋友寄托犹不可负，况君父乎？老仆受故主命辅幼主，值其不肖，宁御侮和内以守其家乎？抑畏祸惧罪，逃而不顾乎？托孤寄命，临大节而不可夺，鞠躬尽瘁死而后已，西涯得其遗意焉。尝闻致仕后，每谈国事，悲咽不已，深有幽冥负先帝之憾。陆俨山诗曰‘白发门生思往事，每谈忧国泪双涟’，古今贪位据势者，宁有忧国之泪耶？当逆瑾擅柄，刘、谢二公以介持之，西涯独外与和而内与辨，阳为调剂而阴护正人。故在孝宗朝，有细必争；武宗朝，有大必争。瑾忤奴所护者细，争其细则必乱。子以细，则必安。斯大臣之体，亦御小人之法也。史称‘扶植善类’‘滋培元气’，此二语何易承当！苟非酌沉潜高明之中，剂竞绿缓急之宜，史臣必不畀此语。而后人尚欲议之，何哉？一旦立门户、尚气节，则俊厨甘陵元祐党人之祸起，其遗害贤士大夫，宁终极耶？故当日论西涯者，西涯不与之辨，惟守己率物，优容乐易以镇之。老臣忧国，议论诚所不恤也。后日论西涯者，西涯门人满天下，卒无一人持激论以相衡，惟守其学，志其行，不敢以党护祸国家，不敢以争名毒缙绅。至嘉靖末，犹赖西涯之门生故吏以治天下。则西涯之教，可知也，至今日而后论定。呜呼，西涯又何不遇于身后哉！”

澄怀居士按：慎斋，名永修，宜兴人。《江南通志》称其康熙时督学楚中，振兴文教，楚风为之一变。此序持论平允，可谓西涯知己。因节录于此，以彰公是。

严海珊曰："公之清节，人所共知，唯与刘、谢同受顾命，二公去、公独留，气节之士至引狄文惠身事牝朝为卢姨所讥，与伴食中书并咏。吾师李穆堂先生推原本末，则曰：'公不去，将为其难者耳。政事缺失，廷辨疏论，解纾调剂，诸贤几得危祸，皆赖以免。而功尤伟者，荐起杨一清，偕张永平寘鐇，因为画诛瑾策，然后黜群奸，用梁储、刘忠，朝政一新。其经营苦心，实无异于文惠也。学者仅以高文典册皮相燕许其可哉？'"

汪端论曰："西涯七古，出入少陵、眉山之间。七律清逸流丽，工于使事，最近刘梦得。余体亦醇正无疵。虽才情秀发，未逮青丘、大复，而气度雍容，风骨遒健，究不愧为诗家正宗。虞山过相推挹，以'明代第一人'目之。渔洋肆口毁斥，以为'软靡熟滑'。准之公论，均无当也。"

申生怨

十日进一胙，君食不得尝。谗言岂无端，儿罪诚有名。儿心有如地，地坟中自伤。儿死不如犬，犬得死君傍。天地岂不广，日月岂不光？悲哉复何言，一死以自明。潘辰云："声气俱尽，更着不得一语。"

绵山怨

五蛇上天一蛇蛰，绵山经月火不灭。君王恩重翻为仇，不如放作山中囚。君王有臣一非少，贪天之徒但自保。臣心见母不见君，谁言母死非君恩。今辰何辰夕何夕，留与千年作寒食。

渐台水

渐台水，深几许。使者来，谁遣汝？不见君王符，空传君王语。渐台水，行宫不可度。妾死犹首丘，君行在何处？平生委质身为君，此时重信轻妾身。君不还，妾当死。台高高，水弥弥。谢鸣治云："死不忘君，更见忠厚，非徒死者。"

新丰行

长安风土殊不恶，太公但念东归乐。汉王真有缩地功，能使新丰为故丰。人民不异山川同，公不思归乐关中。汉家四海一太公，俎上之对何匆匆，当时幸不烹若翁！潘辰云："句意浑古，无一字不合。"

文成死

文成封，五利封，神仙只在东海东。文成死，五利死，天下神仙皆妄耳。汉家武皇帝者英，昔何懵矣今何明。君不见百年身万年计，前秦皇后唐帝。与香山"海漫漫"作可相颉颃，张文昌无此笔力。

牧羝曲

嗟汝陵，咄汝律，羝可乳节不可屈。咄汝律，嗟汝陵，宁为我死不作汝曹生。生入朝，身已老，有泪犹沾茂陵草。天遣生还入画图，不然谁识冰霜貌。潘辰云："句意硉兀，甚称题，临江节士辞恐不及。"

冯婕妤

圈门昼开熊不守，婕妤当前众嫔走。荷君恩宠捍君危，不然安用贱妾为。君身如山妾如叶，君有不虞安置妾？亦知仓卒非贾恩，恩多妒深翻在睫。冯婕妤，昔非勇，今非怯，掖庭佞儿何喋喋！潘辰云："用事自活。"

四知叹

故人知君，君不知故人。下有厚地兮上有苍旻，纵不吾知兮吾心有神。金独何为兮至吾门，吾闭吾门兮省吾身。潘辰云："结二句，直从意外生意，又进一步，使关西闻此，未必不矍然而起也。"

燕巢林

胡马来，饮淮浦。春燕归，巢江树。石头城，立不住。狼居胥，在何处？耕问奴，织问婢。谁遣书生论兵事？万里长城元自弃，生不逢檀道济。使事如无缝天衣。

奸老革

奸老革，天下宁有许多贼？潼关以东大有人，悔不尽杀东都民。民不欲多多即乱，安得龙舟数千夫八万。君不见江都城外人图侬，那能更到丹阳宫。谢鸣治云："蒙蔽之祸，可为永鉴。言不必尽意耳。"

亡赖贼

亡赖贼，逢人杀。难当贼，不平杀。为佳贼，临阵杀。为大将，见贼杀。少年作贼不爱身，逢时幸作干城臣。宫中一言后宫易，终负先朝为国贼。谢鸣治云："别是一格。"潘辰云："脱不得此一字。"

机上肉

李唐天下犹有主，儿欲与韦母欲武。武家庙食唐为周，唐宗骨肉皆仇雠。周廷酷吏开告密，白头司空反是实。司空不死唐不亡，天意岂在庐陵王。中兴功业回天地，尽是司空门下吏。二凶虽除五王族，痛恨当年存机肉。起、结包括一切。

韩休知

内家伎乐喧歌酒，外庭宰相还知否？语罢封章惊在手。君王对镜念苍生，一身甘为韩休瘦。呜呼曲江以后无此贤，梨园羯鼓声震天，何由再见开元年！杨抱遗避三舍矣。

卿勿言

卿勿言，朕自思，南诏覆师君不知。卿勿忧，朕自保，范阳弄兵苦不早。卿邪谁邪高与杨，非姚非宋还非张。有言如此尚不用，岂有药石针膏肓。君不见咸阳老人能直谏，何曾得睹君王面！潘辰云："曲尽事理。"

司农笏

司农手中无寸铁，夺笏击贼贼脑裂，贼虽未死气已折。奉天天子双泪横，十年弃卿真负卿。臣身区区劳记忆，平原太守曾未识。潘辰云："委曲规讽，正自动人。"

养儿行　此咏李怀光义子石演芬事，结语指怀光子璀。

朝廷养公公养儿，儿为心腹股肱谁？当时意气各相许，儿不负公公负主。养儿虽死心不易，宁不为儿不为贼。君不见入朝告变归杀身，此儿非养宁非真。养儿虽死名不腐，惟有真儿心独苦。潘辰云："能道演芬意中事。"

王凝妻

妾生爱身如爱玉，玉可玷身不可辱。生不逢鲁男子，彼氓何知妾为耻。挥刀断臂不自谋，已看此臂为妾仇。不恨妾身出无主，但恨妾身为妇女。君不见中原将相夸男儿，朝梁暮周皆逆旅。长乐老固不知愧也。

十六州

契丹助晋兵，一号三十万。晋家报契丹，一数一匹绢。三十万绢未足惜，一十六州空弃掷。遂令宋统成偏安，中原以北无幽燕。金元相承二百载，痛哭衣冠化兜铠。至今五镇接三边，不备西陲备东海。澄怀云："史断。铮铮有铓。近时惟萧樊邨先生乐府足以竞胜。"

安石工

端礼门，金石刻，丞相手书奸党籍。长安役者安石工，不识人贤愚，但识司马公。卑疏不敢预国事，幸免刻名为后累。匹夫愤泣天为悲，黄门夜半来毁碑。碑可毁，亦可建。盖棺事，久乃见。不见奸党碑，但见奸臣传。谢鸣治云："暗中摸索，亦可识。"潘辰云："此篇音节顿挫，意气激烈，殆不可及。"

两太师

和议是，塞外蒙尘走天子。和议非，军前函首送太师。议和生，议战死。生国仇，死国耻。两太师，竟谁是？斩钉截铁。两奸有知，亦应破胆。

参谋来

新将代，旧将去。参谋来，军有主。受命犒，不受战。参谋行，真独断。宋家养兵二百秋，大功竟属书生收，翻令愧死刘扬州。君不见陕西归来笏画地，遗恨他年六州弃。叙事简畅。

千金赠

相门深深夜半扃，百年恩重千金轻。二人辞受本同情，君王但赏辞金名。呜呼！一桧死，一桧生，君王孤立臣为朋，谁哉更问胡邦衡？谢鸣治云："振古如兹。"

花将军歌

花将军，身长八尺勇绝伦，从龙渡江江水浑。提剑跃马走平陆，敌兵不能逼，主将不敢嗔。杀人如麻满川谷，遍体无一刀枪痕。太平城中三千人，楚贼十万势欲吞。将军怒呼缚尽绝，骂贼如狗狗不狺。樯头万箭集如猬，将军愿死不愿生作他人臣。郜夫人，赴水死，有妻不辱将军门。将军侍婢身姓孙，收尸葬母抱儿走，为贼俘献随风尘。寄儿渔家属渔姥，死生已分归苍旻。贼平身归窃儿去，夜宿陶穴如生坟。乱兵争舟不得渡，堕水不死如有神。浮槎为舟莲为食，空中老父能知津。孙来抱儿达行在，哭声上彻天能闻。帝呼花云儿，风骨如花云。手摩膝置泣复叹，云汝不死犹儿存。儿年十五官万户，九原再拜君王恩。忠臣节妇古稀有，婴杵尚是男儿身。英灵在世竟不朽，下可为河岳，上可为星辰。君不见金华文章石室史，嗟我欲赋岂有笔力回千钧。潘辰云："此篇卓诡奇绝而圆活流动，如珠走盘。非心得手应，断不至此。司马迁每以奇事试笔力，予于此亦云。"

师召席上饯郜文敬户部使淮安得作字

位云郁重阴，霖雨久逾大。平田偃颓波，万汇同一挫。累累黍穗落，百亩不盈个。淮阳旧宜麦，未足供甑磨。稊稗价亦增，谁能问粳糯。官租苦未给，生理安可作。城市多游民，山林有遗饿。流离及沟壑，去住总无奈。地连两畿迩，业恐千家破。近闻恩诏下，已放今年课。汉臣发诸廪，唐法通百货。王事须贤劳，地曹有良佐。名辞鸿胪籍，檄自尚书座。行或车马艰，讵免泥涂涴。东南民力竭，要使皇仁播。官虽问升斗，职岂在扬簸。平生翰墨场，珠玉生咳唾。簿书剧裁决，余暇得酬和。群情恣幽眇，品类入搜逻。德泽乃膏腴，文章比糠莝。举世轻迂谈，兹言吾当坐。偶托平生交，因君识吾过。君当策勋伐，极力起贪懦。聊因赠行什，预卜还朝贺。

春草园为黎本端作

出郭登平冈，东原土新沃。浓烟开萋迷，见此千里绿。萦纡缘长堤，葱蒨满幽谷。芳情竞为荣，远意如有属。时光迭代谢，物理相剥复。屈子骚莫陈，江淹赋谁续。吾人荆楚秀，旧住东山麓。娟娟名家子，被服兰与玉。君无植桃李，桃李眩我目。君无践荆棘，荆棘伤我足。眷兹君子心，风薰雨为沐。培根去芜秽，及此继芳躅。“桃李”四语，乐府神理。公其有感于空同、渼陂诸人之负恩耶！

放　船

月出风亦静，卧闻双橹鸣。起看林峦过，始知我舟行。轻鸥逆素浪，幽草迎人生。清晖散宿霭，远目增春明。风帆疾于鸟，颇快青云程。岂不惜行路，怀归意先征。浮云西北驰，默然伤我情。起四语，写舟行如画。

夜过邵伯湖

苍苍雾连空，冉冉月堕水。飘飘双鬓风，恍惚无定止。轻帆不用楫，惊浪长在耳。江湖日浩荡，行役方未已。羁栖正愁绝，况乃中夜起。

刘尚质南楼题王舜耕山水图

溪声潺湲杂林壑，山势蜿蜒去还却。浮云欲起未起时，半在溪头与山脚。入空高鸟飞欲尽，背屋斜阳惨将落。更无剩地与闲人，纵有红尘何处着。南亩老翁双鬓斑，笔法颇似高房山。少年豪宕老疏放，往往醉墨留人间。平生画癖兼山癖，一见此图三叹息。愧我不如楼上人，日日开窗看秋碧。

题画鹰送罗缉熙南归

大鹰狰狞爪决石，侧目高堂睨秋碧。小鹰倔伏俯且窥，威而不扬岂其雌。雌雄起伏各异态，意气相看出尘壒。独立羞将众羽群，高飞怕有浮云碍。山寒木落天始风，日色惨淡川原空。人间狐兔自有地，慎勿反击伤鹓鸿。画图仿佛是谁作，宛似悬鞲臂间落。高堂匹练长风生，万里炎荒尽幽朔。我生奇气空嶙峋，挥毫对此未有神。送渠羽翼朝天去，亦是云霄得意人。澄怀云："'人间狐兔'二语，寓意深永，觉空同《林良画鹰歌》，全是英雄欺人语。"

送平江伯陈公总督修河兼柬刘都宪时雍

黄河西来忽东决，张秋旧堤先受啮。奔波赴海势不停，百里漕渠一时泄。官船贾舶如山壅，河底沙干日欲裂。九重南顾回舜瞳，三命中朝持汉节。陈公旧是恭襄孙，奕代簪缨万人杰。争夸将种非凡材，复道家传有真诀。兵符夜檄鲸鲵走，将令昼驱雷电掣。指挥能事天地回，坐计功成同解结。时方六月霖雨多，地苦沮洳况炎热。民穷到骨声彻空，忍使鞭笞汗成血。极知国计须元气，乍可因时治症噎。比闻水发舟已通，暂遣丁归待农辍。三犀永作洪涛镇，一蚁不溃金堤穴。古来大事当远图，岂论竹头兼木屑。惯从前史鉴兴衰，已听高谈能激切。湖南中丞久奉使，颇觉忧劳成耄耋。因公寄谢平生交，自愧官曹容逸拙。仁人蔼如之言。

风雨叹

壬辰七月壬子日，大风东来吹海溢。峥嵘巨浪高比山，水底长鲸作人立。愁云压地湿不翻，六合惨澹迷乾坤。阴阳九道错白黑，乌兔不敢东西奔。里人苍黄神屡变，三十年前未曾见。东村西舍喧呼遍，牒书走报州与县。山隳谷汹豺虎嗥，万木尽拔乘波涛。洲沉岛灭无所逃，顷刻性命轻鸿毛。我方停舟在江皋，披衣踞床夜复昼。忽掩青袍涕双透，举头观天恐天漏。此时忧国况思家，不觉红颜坐凋瘦。潼关以西兵气多，胡笳吹尘尘满河。安得一洗空干戈，不然独破杜陵屋，犹能不废啸与歌。世间万事不得意，天寒岁暮空蹉跎，呜呼奈尔苍生何！学杜，较空同自然。

夜过仲家浅闸

日维乙未月丙戌，青天无云月东出。舟人喧豗夜涛发，翻沙转石纷出没。是时水浅舟在地，闸门崔嵬昼方闭。闸官醉睡夫走藏，仓卒招呼百无计。民船弃死争赴闸，楫倒樯摧动交碎。舟人号啕乞性命，十里呼声震天地。我方兀坐惊舂撞，揽衣而起心彷徨。同行无人仆隶散，独与船月相低昂。攀崖陟磴不得上，咫尺如在天一方。流行坎止信有数，向来蔑视淮与江。霜风欺人衣袂薄，呼童酌酒累数觞。灯残酒醒闸亦过，北斗堕地天茫茫。“流行坎止”二语中有至理。

济宁舟中会沈提学仲律有作复值濮武库用昭遂续长句 时二君皆以忧归江东。

北风吹沙河水黑，我舟自南君自北。舟人叫闹语不闻，举首推篷两相识。君时卸帆我回舵，款语留连日还夕。世路惊闻九折坂，梦魂似隔三生石。长安城中旧时社，击节高歌气相射。君今惨澹凋朱颜，一唱不和三叹息。聚散悲欢信偶然，谁能预定明朝籍。与君分手各珍重，莫遣尘埃涴颜色。平生道义千黄金，肯向长途暗抛掷。兵曹濮君亦同志，强把高歌慰幽寂。我歌未竟君欲行，海树江云杳相忆。

灵寿杖歌

吾闻武当之山四万二千丈，半在云根半天上。不知三十六宫何处称绝奇，产出灵株非一状。蛟螭蟠拏露头角，熊经树颠虎山脚。根盘节错相纠缠，含风饱雪经炎寒。九年洪水之水浸不杀，十日之日暴烈何其干。梯悬磴接跬步不可上，谁采青壁红琅玕。见之羡者不容口，锡以嘉名曰灵寿。爪之不入行有声，金可同坚石同久。吾家此物旧所有，神与相扶鬼为守。自从病足跛曳不得前，已觉山林落吾手。一病经旬不出门，此杖手中嗟犹存。下床欹侧立不定，此时托子以为命。不愿四体无微疴，但愿谢病归山阿。左扶右策夹以二童子，下可涉园径，上可凌坡陁。愿载万本截万杖，穷崖阴谷生森罗。灵兮寿兮此物倘可致，直遣四海赤子头俱皤。沈确士云："纵横跌宕，能盘硬语。"

王孟端竹长卷

九龙山翁兴豪放，手执蜿蜒青竹杖。酒酣怒掷江中流，化作一龙长数丈。一龙跃起一龙随，倏忽群龙骇奔浪。穿沙触石连云雾，头角森森各相向。其间小者称箨龙，鳞甲蜕尽风神同。人道此翁善剧戏，造化乃在指掌中。君不见九龙山翁去何许，九龙山上多风雨。素壁空堂杖影寒，夜半无人作龙语。

和韵答友人

百年为客兴，强半酒杯中。旅夜亲灯影，江春忆钓篷。才怜皇甫湜，狂爱斛斯融。寂寞谁相问，惟应吾意同。三、四澹远有神。

送攸县陈医官

雨过潋江绿，春深楚客归。岸花随路发，沙鸟背船飞。门对孤峰秀，庭余寸草晖。杏林多旧树，应长去年围。

直沽夜泊

二水斜通海，孤村合抱城。夜窗明月过，春浦暗潮生。忧国身将远，还家梦不惊。留欢有亲旧，羁旅见真情。

桑园阻风

离家凡十日，九日住风波。山色依篷转，滩声杂树多。昼床无稳卧，夜剑且悲歌。不有承颜乐，其如羁思何。风格老成。

江南雨和宝庆韵

地湿蛇虫聚，山深草树多。野云通晦朔，春雨乱江沱。蓟北无全麦，关西有荷戈。此时枯槁甚，相望隔悬河。

寄彭民望

斫地哀歌兴未阑，归来长铗尚须弹。秋风布褐衣犹短，夜雨江湖梦亦寒。木叶下时惊岁晚，人情阅尽见交难。长安旅食淹留地，惭愧先生苜蓿盘。澄怀云："西涯七律，不必奇句惊人，自有羊叔子轻裘缓带之度。"

与顾天锡夜话和留别韵

路转三湘去更深，潞河西岸浙东浔。潜鳞自足波涛地，别马长怀秣饲心。湘女庙前山似黛，柳公亭下石如林。征科亦是公家事，民力天南恐未禁。

送桑民怿训导泰和

十年三度试春闱，亲见声华满帝畿。甲第久惭唐李郃，奇才终误宋刘幾。功名岁晚非蓬鬓，湖海官贫尚布衣。试看孤鹰下林落，高秋还向碧天飞。按：民怿恃才傲物，潦倒以终。西涯此诗，怜才之意溢于言表。其相度如此。张芹辈乃文致其罪，劾之以立名，王九思作《杜甫游春杂剧》，拟之李林甫，真犬彘不若矣。

和韵寄答陈汝砺掌教

寂寞天涯叹所依，海风江月意俱违。茱萸岁改身仍健，苜蓿秋荒马不肥。白雪屡传新调寡，青云半觉旧人非。家山不隔长安路，应倚南楼望夕晖。

寄庄孔旸

买断溪南十顷烟，还家无复梦朝天。身如元亮归田日，诗似东坡过岭年。蓬岛谪来仙骨在，钓台高处客星悬。三年未洗红尘耳，谁听清风石上弦。

西　山

日照西山紫翠生，雨余秋色更分明。蜃楼出雾东浮海，雉堞连云北绕城。旧识邮亭犹问路，渐多僧寺岂知名。十年几度登临约，不尽平生吏隐情。

南囿秋风

别苑临城辇路开，天风昨夜起宫槐。秋随万马嘶空至，晓送千旓拂地来。落雁远惊云外浦，飞鹰欲下水边台。宸游睿藻年年事，况有长杨侍从才。似胜刘宾客《始闻秋风》诗。

早发沧州

片帆轻舸发沧州，野树离离散不收。两地离心河上草，一灯残梦渚西楼。尘生晓市人烟集，云拥春城水气浮。我欲凭高问归雁，潇湘何处可维舟？

与钱太守诸公游岳麓寺席上作

危峰高瞰楚江干，路在羊肠第几盘。万树松杉双径合，四山风雨一僧寒。平沙浅草连天远，落日孤城隔水看。蓟北湘南俱入眼，鹧鸪声里独凭栏。朗健。

用韵答邵国贤

种树长安不作阴，幽居何处解冠襟。闲逢北客论山价，老向南枝识鸟心。江水纵平终是险，惠峰虽好未为深。只应棹入荆溪去，遥听吴歌答楚音。邵文庄言："公尝欲卜居宜兴。读此可见。"

与赵梦麟诸人游甘露寺

涧篆岩杉处处通，野寒吹雨堕空濛。垂藤路绕千年石，老鹤巢倾半夜风。淮浦树来江口断，金陵潮落海门空。关书未报三边捷，万里中原一望中。

九日渡江

秋风江口听鸣榔，远客归心正渺茫。万古乾坤此江水，百年风日几重阳。烟中树色浮瓜步，城上山形绕建康。直过真州更东下，夜深灯火宿维扬。通首浑雄。三、四从"大江流日夜，客心悲未央"脱化。

重经西涯

缺岸危桥断复行，野人相见不通名。辘轳声里田田水，杨柳枝头树树莺。看竹东林无旧主，买山南国有新盟。不知城外春多少，芳草晴烟已满城。放翁。

春　兴

病怀愁绪郁难裁，空望单于万里台。月落平沙南雁下，雪残荒戍北花开。关山远带风尘色，阃幄谁当节制才。代马不肥春草细，过河消息几时来？

病中言怀

门掩疏篱雪满池，夜寒惟有病先知。冰轮影薄当窗近，竹叶声稀到枕迟。三径业荒秋去后，十年心苦梦醒时。一身经济元无术，医国如今合付谁？想见西涯忧国心事。

哭内弟刘钊

宦路年多改鬓毛，岂应容易着青袍。民贫况值饥荒后，政拙谁知抚字劳。遗恨可能忘骨肉，归舟犹恐限风涛。空江落木伤心地，欲为招魂赋楚骚。

泛南池有怀南溪圣公

轻舟别浦路迢遥，危石虚亭影动摇。云去好山争入座，雨来新水欲平桥。多情留客空杯酒，旧事伤心但柳条。今日我来停短棹，小山丛桂竟谁招。

崖山大忠祠

国亡不废君臣义，莫道祥兴是靖康。奔走耻随燕道路，死生惟着宋冠裳。天南星斗空沦落，水底鱼龙欲奋扬。此恨到今犹不极，崖山东下海茫茫。又有句云“庙堂遗恨和戎策，宗社深恩养士年”。

寄庄定山

六峰东面一江横，此老逃名竟得名。山屋到秋经雨破，野航终日任潮生。消愁物已杯中办，得意诗还枕上成。三十年前携手地，寺门斜月晚钟声。

用韵答邃庵

岳麓峰前湘水阴，思归无计豁烦襟。亦知吴越非吾土，未必功名是我心。湖上青山随处有，镜中华发逐年深。故人只在邻州住，空谷他时听足音。此西涯求退未遂之诗。

寄庄孔旸

背郭诛茆草盖堂，边江种柳树为墙。舟中梦醒闻春雨，楼上诗成坐夕阳。南纪壮游余岁月，北扉遗草旧封章。清时例有逃名客，见说严陵本姓庄。

见　月

月色四千里，我行三见之。此回重见月，是我到家时。

舟次奉新驿得戴侍御同年书知于前驿相待漫得二绝

月出高楼生野烟，断堤疏柳驿门前。美人只在双塘外，海口潮来好放船。

一棹江南本旧期，宦途多事独栖迟。东风几度停舟意，惟有春潮日夜知。二诗翛然自远。

清　明

旧垄萧萧楚水头，每逢寒食忆松楸。匆匆便作江南客，又是并州一种愁。

原南草色动春晴，又是离家十日程。旋摘田蔬供野饭，晚风河上过清明。

过直河驿待明仲舟不至

隐隐青山带落晖，河流东下我西归。故人舟楫来何暮，莫遣溪风吹客衣。格韵双绝。

［附录］

杨一清　六首

一清，字应宁。其先云南安宁人，父徙巴陵。应宁八岁能文，以奇童荐为翰林秀才，年十四举乡试，登成化八年进士。父丧，葬丹徒，遂家焉。服除，授中书舍人，迁山西按察佥事，以副使督学陕西，入为太常卿。弘治十五年，用刘大夏荐擢都察院左副都御史，督理陕西马政，寻命巡抚陕西，总制三边军务。

正德初，以击破边寇功，进右都御史。建议修筑边墙，以备警。帝从之。功未及竟，刘瑾恶其不附己，应宁遂引疾归。瑾诬以“冒破边费”，逮下锦衣狱。大学士李东阳、王鏊救之，得解，仍致仕归。安化王寘鐇反，东阳素知应宁，力荐之。诏起，总制军务西讨，中官张永监其军。既擒寘鐇，应宁说永，因奏捷见帝，极陈瑾奸状。帝遂诛瑾。天下赖以安。拜户部尚书，论功加太子少保，寻改吏部，兼武英殿大学士，入参机务。数上书，极陈时政，讥切近倖，为江彬、钱宁所构。力请骸骨归。从之。

帝南征，幸应宁第，乐饮两昼夜，赋诗赓和以十数。应宁因从容讽止，帝遂不为江浙行。世宗为世子时，兴献王尝言楚有“三杰”，刘大夏、李东阳及应宁也，心识之。及即位，廷臣交荐应宁。嘉靖三年，诏以兵部尚书、左都御史，总制陕西三边军务。故相行边，自应宁始。久之，召还内阁，加少师，兼太子太师、吏部尚书、华盖殿大学士。张璁、桂萼由“议礼”骤贵，多事纷更，应宁每裁抑之。璁、萼大憾，嗾其党霍韬等，诬应宁受张永弟贿，劾之，遂致仕归。明年，削其籍，愤恚，疽发背卒。遗疏言：“身被污蔑，死且不瞑！”帝亦寻悔之。后数年，复故官。久之，赠太保，谥“文襄”。应宁博学，善权变。喜汲引士类，海内争趋其门。尤晓畅边事，羽书旁午，一夕占十疏，咸合机宜。人或訾己，反荐扬之。惟晚为璁、萼所轧，不获以恩礼终。然其才一时无两，或比之姚崇云。所著有《石淙类稿》四十五卷，诗二十卷，奏议三十卷，《西征日录》一卷，《车驾幸第录》二卷。

朱锡鬯曰：“邃庵古诗，原本韩、苏，近体一以陆放翁、陈简斋为师。”

汪端论曰：“文襄诗，安和典丽，自是雅音。然视西涯，则绛、灌之于韩、彭矣！竹垞谓‘出西涯之上’，岂笃论哉？”

甘凉道中书事感怀

弧矢威天下，雷霆震域中。大兵方出塞，小丑自相攻。继绝君王义，宣威将帅功。从今宵旰虑，不复在西戎。沈确士云：“‘不复在西戎’，言所忧者，正多也。大臣心事，昭然如揭。”

山丹题壁

关山逼仄人踪少，风雨苍茫野色昏。万里一身方独往，百年多事共谁论。东风四月初生草，落日孤城早闭门。记取汉兵追寇地，沙场犹有未招魂。苍凉似杜。

将至宁夏

奉诏西征驻节时，元戎奏凯已先期。苗民自逆三旬命，猃狁何劳六月师。灯火家家开夜户，弓刀队队卷风旗。益兵加赋休重道，财力于今两不支。

凉　州

雉堞连云十里城，相臣开府此屯兵。山连虎阵千年固，地接龙沙一掌平。塞上马嘶春草绿，村中人和凯歌声。只因边徼无烽火，忘却关山是远行。

乔希大司马访余石淙精舍

停云回首意如何，杨子江头一棹过。老去多情怜水石，闲来开眼看风波。门墙旧侣凋应尽，灯火通宵话转多。更约扁舟和月宿，荻花深处听渔歌。三、四于不经意中寓感慨。

题画送谢岐

有足不踏风尘车，有手不草封禅书。茫茫天地谁知己，还指梅花是故庐。有奇气。

邵　宝　九首

宝，字国贤，无锡人，三岁而孤，事母至孝。十岁，母病，为文告天，愿减己算延母年。母寻愈。及长，学于江浦庄昶。成化甲辰，举进士。授许州知州，月朔会诸生于学宫，讲明“义利公私之辨”，躬课农桑，仿朱子社仓立积散法，行计口浇田法，以备凶荒。巫言“龙骨出地，中为祸福”，国贤取骨毁于庭，杖巫而遣之。弘治七年，入为户部员外郎，历郎中，迁江西提学副使。释菜周元公祠，修白鹿书院学舍，处学者。其教，以“致知力行”为本。

宁王宸濠索诗文，峻却之。后宸濠败，人服其识。迁浙江按察使，进湖广布政使。正德四年，擢右副都御史，总督漕运。刘瑾擅政，国贤绝不与通。瑾怒，漕帅平江伯陈熊欲使国贤劾之，坚不可。瑾党劾熊，并及国贤，勒致仕去。瑾诛，起巡抚贵州，迁户部侍郎，兼左佥都御史。寻疏请，终养归。御史唐凤仪、叶忠请用之，留都便养，乃拜南京礼部尚书，再疏辞免。嘉靖中卒，谥“文庄”。

国贤学，以洛、闽为的，尝曰：“吾愿为真士大夫，不愿为假道学。”举南畿，受知于李宾之。为文典重和雅，一以宾之为宗。弘、正时，天下競尚李梦阳之学，国贤独守其师法，确然不变。所著有《容春堂前后集》《续集》《别集》共六十一卷，又有《左觿简端录》《学史录》《日格子》《定性书说》《漕政举要》《许州志》诸书。

李宾之曰：“国贤诗，该括情事，摹写景物，极所欲言，而无冗字长语。”

林待用曰：“国贤根干宋儒，标致秦汉，庄以洁，和以平，纡徐容与，辨博而不肆。”

陆道威曰：“锡山学脉，开自龟山。然在今时，则邵文庄为开山祖。文庄事亲最孝，今邑绅多以孝闻者，亦文庄有以风之也。”又曰：“文庄之生在陈白沙后，而稍前于王阳明，一时讲学之风已盛，公喜道学而未尝标道学之目，不喜假道学而未尝辞道学之名，循循勉勉，为所当为而已。此薛文清一派也。后辈所极当效法。”又曰：“文庄生平尤得力于文章，盖学于西涯。西涯亦以衣钵门生期之也。其所著《日格子》，亦似左国。”

汪端论曰：“文庄亲炙西涯，其诗朴而雅，粹而婉，温然儒者之言，胜于顾东江、石文介。集中感悼西涯之作，至数十首，想见眷眷师门。虽东坡之于欧公，莫能过也。较王九思辈，始则依附，以沽时誉，继则掊击，以博直声，君子、小人之厚、薄，判然霄壤。而罗景鸣请削门生之籍，亦未免过激。呜呼，视文庄可以知西涯矣！”

孙翊妻

夫死矣，妾何敢生？夫仇为重身为轻。贼尚生，妾何敢死？军中幸有报恩子。号召如风赴如水，断贼头，祭夫墓。白日下，高天何处黄泉路？神似西涯乐府。

乞终养未许

乞归未许奈亲何，帝里风光梦里过。三月春寒青草短，五湖天远白云多。客囊衣在缝犹密，驿骑书来字欲磨。圣主恩深臣分浅，百年心事两蹉跎。澄怀云：“字字从至性中流出。”

寄林镇江

归兴时来案牍边，故山风景自年年。绿分一水桥南北，青拥群峰屋后前。明月半窗空有梦，清风两腋竟何缘。只应独上金山寺，吟倚沧江万里天。

通州相城呈同事诸公

肩舆南浦复西丘，尽日淹留为此州。云隐层城才见塔，水漫孤渡偶逢舟。林风力浅花能晚，山雨声迟麦未秋。最是中丞忧国计，几回独立向东流。中四句能写岁歉人稀景象。

寄崔民瞻

郴州南望楚云边，颜色长怀别我年。岭北春从梅折后，衡阳书在雁归前。雪淹夜榻无佳兴己巳冬在东朝房，月照秋槎有胜缘己丑秋在江西滕王阁。病起莱衣方再舞，晚风吹雨过梅天。

用前韵答林镇江

麻姑山下石矶边，舣棹逢君是此年。落月梦长千里外，归云心远九峰前。东曹吏牍忙中事，南国诗筒病后缘。公暇漫从江郭眺，沧浪歌起白鸥天。

赠周松月

晓起空庭月在松，惠山寺里正鸣钟。诗人访我来何早，第七峰前一短筇。天籁。

赠钱校书

夫椒山前孤草亭，水风吹月秋冥冥。客来鹤去主人返，七十二峰湖上青。

听松偶成　丁丑十月廿八日。

秋深水国候来鸿，一夜悲凉见朔风。行遍冉泾无语者，听松阁上哭涯翁。宝以西涯先生小像悬松风阁，旬月一谒之。○存此以见文庄事师之诚。

杨　慎　十四首

慎，字用修，新都人，大学士廷和子。幼警敏，年十二拟《古战场文》《过秦论》，长老惊异。入京，赋《黄叶》诗，李东阳见而嗟赏，令受业门下。正德辛未，举殿试第一，授翰林修撰。十二年，武宗微行，始出居庸关，用修抗疏切谏，寻移疾归。世宗即位，起充经筵讲官。嘉靖三年，上《议大礼疏》，不报。及兴献帝去本生号，复上疏争，偕廷臣二百余人伏左顺门力谏，又与王元正等撼门大哭，声彻殿廷。帝震怒，逮下诏狱，廷杖者再，绝而复苏，谪戍云南永昌卫。后，父卒，告巡抚，请于朝，获归视葬。葬讫，复还戍所。自是，或归蜀，或居滇，大吏咸善视之。世宗以议礼故，恶其父子特甚，每问慎作何状。阁臣以老病对，乃稍解。用修闻之，益纵酒自放。及年七十，还蜀，巡抚遣四指挥以银铛逮之还。嘉靖三十八年卒，年七十二。

所著有《升庵诗文集》八十一卷，又有《周官音诂》《檀弓丛训》《夏小正解》《春秋地名考》《经说转注》《古音略》《古音丛目》《古音猎要》《古音附录》《古音余》《古音略例》《六书练证》《六书索隐》《古文韵语》《韵林原训》《奇字韵》《韵藻》《全蜀艺文志》《滇载记》《滇程记》《丹铅总录》《丹铅续录》《丹铅余录》《丹铅新录》《丹铅闰录》《卮言》《谈苑醍醐》《艺林伐山》《墐户录》《清暑录》《庄子阙误》《禅藻集》《禅林钩元》《古今隽》《尺牍清裁》《古今翰苑》《琼琚风雅逸编》《选诗外编》《五言律祖》《近体始音》《诗林振秀》《明诗钞》《经义模范》《升庵诗话》《墨池琐录》《书品》《断碑集》等书。

王元美曰："用修诗，如暴富儿郎，铜山金埒，不晓吃饭著衣。"又曰："徐昌谷有六朝之才，而无其学；杨用修有六朝之学，而非其才。"又曰："用修工于证经，而疏于解经；详于稗史，而略于正史；详于时事，而不得诗旨。求之宇宙之外，而失之耳目之前。"

黄清甫曰："用修喜用僻事，多著浮彩，搜罗刻削，无出其右。而骈绘既繁，性情多尽。传谓，美能没礼，诗亦有之。至诵其'可怜风雨夜,长在客途中’,又‘江花与江草,异国看春生’,情境俱穷,真堪陨泪。”

李时远曰:“用修评他人诗,精当不可假借。其所作,未必如所评。亦才人之通弊也!”

胡元瑞曰:“皇甫子循以六朝语入中唐调,而清空无迹;杨用修以六朝语作初唐调,而雕绘满前。故知诗有别才,学贵善用。”

宋辕文曰:“用修病在贪博,故使事处往往求巧得拙。要其天才,本是奇丽,真如七宝流苏。”

朱锡鬯曰:“元虞伯生告袁伯长云:‘文章之妙,惟浙中庖者知之。若川人之为庖也,粗块而大脔,浓醯而厚酱,非不果然厌也,而饮食之味微矣。浙中之庖则不然,凡水陆之产,皆择取柔甘,调其湆齐,澄之有方,而洁之不已,视之泠然水也。而五味之和,各得所求。羽毛鳞介之珍,不易故性。为文之妙,亦犹是耳。’读用修诗,无异川人之庖矣。予为之调择澄洁,去其浓醯厚酱。盖窃比于浙庖之义云。”

陆道威《思辨录》曰:“议礼,在朝廷甚难。盖既有拘忌,又有掣肘,意见分争,私心角立。从来议礼之家,每称聚讼,良有故也。即如近代兴献皇帝之事,张璁、桂萼始议,远胜杨石斋诸君子。然诸君子之心无私,而张、桂之心则有私。设以身处其时,欲从诸君子,则于礼不可;欲从张、桂,则迹类乎私,而必为诸君子所掊击。遂一无可置喙矣。时礼臣席书者,王阳明之高足也,以大礼事质之阳明。阳明不答,为诗曰:‘无端礼乐纷纷议,谁与青天扫俗尘?’盖深见诸君子争礼之非,而又不敢倡议随张、桂之后也。故愚谓此等大礼,儒者皆当于平居无事时,考订折衷,著为定说,则后人可引以为断,不至有临事纷争之患矣!”

赵云松曰:“嘉靖中,大礼之议,天下后世皆是杨廷和而非张璁等。《明史传赞》独谓:‘廷和等徒泥司马光、程颐、濮园之说。英宗长育宫中,名称素定。世宗奉诏嗣位,承武宗后,事势各殊。诸臣徒见先贤大儒成说可据,而未准情酌理以求至当。争之愈力,失之愈深。’此论真足破当时循声附和之谬也。

按:廷和等所据者,汉定陶、南顿及宋濮园三事。汉成帝立定陶王为皇太子,立楚孝王孙景为定陶共王。后共王者,太子本生父也。此一据也。汉光武中兴,先立四亲庙,推南顿君以上至舂陵节侯。后以张纯、窦融等议,乃以宣、元、成、哀、平五帝,代四亲庙,而别为南顿君立皇考庙。此二据也。宋仁宗立濮安懿王子于宫中,为皇太子,是为英宗。英宗登极,司马光谓‘濮王宜尊以高官大爵,称皇伯而不名’,范镇亦言‘陛下既考仁宗,若复以濮王为考,于义未当’,程颐又言曰‘为人后者,谓所后为父母,而谓所生为伯父母’。此三据也。

不知汉哀帝、宋英宗早经成帝、仁宗预立为子,其不得考共王、濮王固宜。汉至哀、平,国统中绝,光武崛起,重复汉祚,虽曰继统,实系创兴,原不必以宣、元以下为亲庙。其舍本生而立宣、元以下亲庙,本汉儒之谬也。即立宣、元亲庙矣,而其别立南顿君庙,亦仍曰皇考庙,并未尝去皇考之称也。

至如明世宗之入继也,以武宗无子,而祖训有‘兄终弟及’之义,故世宗以伦序得立。若以继统,而即当考所继之君,则宜考武宗矣。以武宗从兄不当考,而考孝宗,则又抹煞武宗一代矣。孝宗在日,自有武宗,并未尝立世宗为嗣也。世宗之生,在孝宗既崩之后,并未尝奉孝宗命为嗣也。故廷和草《武宗传位遗诏》,亦但云‘皇考孝宗敬皇帝亲弟兴献王长子某伦序当立,遵奉祖训兄终弟及之文,告于宗庙,迎嗣皇帝位’,其草《世宗即位诏》,亦云‘奉皇兄遗诏,入奉宗祧’,皆未敢明言以世宗为孝宗子也。而奈何使之舍本身而考世父，此本廷和等之自为窒碍，勿怪张璁等之伺间也。

璁之论曰：‘汉成帝之于哀帝，宋仁宗之于英宗，皆预立为嗣，养之宫中，其为人后之义甚明。今武宗无嗣，大臣遵祖训，以伦序立陛下，何得与预立为嗣者同例而论哉！’方献夫疏曰：‘程颐《濮议》谓，英宗既以仁宗为父，不当复以濮王为亲。此非宋儒之说不善，实今日之事不同。盖仁宗尝育英宗于宫中，孝宗未尝立陛下于宫中，孝宗未尝以陛下为后，陛下亦未尝后孝宗也。’此二说者，明白了当，自为千古不易之论。故其疏一出，杨一清亦早心折之。世徒以‘考兴献者，多小人；考孝宗者，多正人’，遂忘其立论之是非，折衷于至当。此岂得为笃论乎？

宋高宗将立孝宗为嗣，命廷臣集议本生父封爵。汪应辰定其称曰：‘太子本生之亲。’高宗亲笔降曰：‘皇太子所生父，可封秀王。’此何等光明正大！高宗鞠孝宗于宫中，命之为子，尚不没其本生父之称，况世宗由藩王入继，素未有‘储贰’之称，乃欲使之舍生父而考世父乎？可见廷和等但拘《濮议》，并高宗封秀王之事，亦不及知。此廷和等之陋也。自《明史传赞》出，而此事之是非始定矣。”

汪端论曰：“升庵学殖宏富，著作浩繁，足称一代才人。而于诗，实未深造。自谓得六代、初唐之格，然皆遗神袭貌，既鲜雄浑之音、俪白妃青，复乏清新之致，兼以英雄欺人，好事剽窃。如《塞垣鹧鸪词》四联中，五用唐人成句，但窜易数字耳。按：‘都护羽书飞瀚海，单于猎火照甘泉’，改高达夫句也。‘马邑龙堆路十千’，改皇甫茂政句也。‘谁起东山安石卧，为君谈笑靖烽烟’，改李青莲句也。《塞下曲》‘夜夜月为青冢镜，年年雪作黑山花’，则唐尉迟匡诗也。如是者，指不胜偻。就《全集》观之，其诗品不惟远不逮大复、迪功，尚在华泉、子循、子业之下。国朝王渔洋、沈归愚诸公，为其盛名所慑，推为大家，未云具眼。今录其稍有风骨者十数章，附西涯之后焉。〇集中《送余学官归罗江》七古，归愚推为奇作，然全用《晋绵州歌》，只自缀四语，送行究非正格，故不录。〇升庵以泣谏大礼，谪窜遐荒，直声震天下，至今人无异词。然当杨介夫草《武宗遗诏》，迎立世宗，不早正继统、继嗣之名，其后力争，固已晚矣。升庵为介夫子，既不能先几断事，匡父之失，及张、桂说行，又不能援古引今，出于至当，以折其角，而默挽帝心，乃徒逞血气，号召多人，市直沽名，撼门恸哭。夫处人骨月事，本至难，而况父子之间？且在于天子乎？积诚宛转，尚恐未易感孚，而可以戆激之举胁成之乎？介夫既挟震主之威，升庵亦不免要君子之迹，卒至名卿硕士相率毙于杖戍，徒彰世宗之过，于孝宗仍无所益。且世宗末年，芥视群下，建言者笞辱诛夷，曾不少贷，此皆升庵父子有以激之也。至大礼之事后，人议论不一，各有偏袒，惟桴亭先生说最赅简、可称持平，赵云松议贯串众说、明畅切当，因录升庵诗，并录于右。”

三岔驿

三岔驿，十字路，北去南来几朝暮。朝见扬扬拥盖来，暮看寂寂回车去。今古销沉名利中，短亭流水长亭树。

锦津舟中对酒别刘善充

锦江烟水星桥渡，惜别愁攀江上树。青青杨柳故乡遥，渺渺征人大荒去。苏武流离十九年，谁传书札上林边。北风代马南枝鸟，肠断当筵蜀国弦。

赋得千山红树图送杨茂之

萧郎雅工金碧画，爱画碧鸡与金马。画作千山红树图，行色秋光两潇洒。摇落深知宋玉悲，登山临水送将归。丹林初晓清霜重，紫谷斜阳赤烧微。故人辞我故乡去，滇树遥遥接巴树。桑落他山共醉时，枫香客路消魂处。白首遐荒老未还，流波落木惨离颜。锦城红树那能见，千里随君梦里攀。沈确士云："才人远窜，千古恨事。读数诗，令人百端交集。"

垂杨篇

灵和殿前艳阳时，忘忧馆里光风吹。千门万户旌旗色，九陌三条雨露滋。苍凉苑日笼燕甸，缥缈宫云覆京县。芳树重重归院迷，飞花点点临池见。临池归院总仙曹，应制分题竞彩毫。诏乘西第将军马，诗夺东方学士袍。金明绿暗留烟雾，旧燕新莺换朝暮。只知眉黛为君颦，肯信腰肢有人妒。从此沉沦万里身，可怜憔悴几经春。支离散木甘时弃，攀折荒亭委路尘。摇落秋空上林远，婆娑生意年华晚。肠断关山明月楼，一声横笛清霜坂。

秋日高峣早起

独向高峣宿，遥闻水寺钟。疏灯青耿壁，斜月翠沉峰。星点萤穿竹，潮音鹤舞松。明湖开晓镜，倒影木芙蓉。

春　兴　录一

天上风云此际多，山中日月竟如何。争传鸣凤巢阿阁，又见飞鸿出罻罗。宣室鬼神思贾谊，中原将帅用廉颇。难教迟暮从招隐，拟把生涯学醉歌。

嘉陵江

嘉陵江水向西流，乱石惊滩夜未休。岩畔苍藤悬日月，崖边瑶草记春秋。板居未变先秦俗，刳木犹疑太古舟。三十六程知远近，试凭高处望刀州。

中秋禁中对月

汉家台殿号明光，月满秋高夜未央。银箭金壶催漏水，仙音法曲献霓裳。路车天远鸾声静，宫扇风多雉影凉。千里可怜同此夕，美人迢递隔西方。

武侯庙

剑江春水绿沄沄，五丈原头日又曛。旧业未能归后主，大星先已落前军。南阳祠宇空秋草，西蜀关山隔暮云。正统不惭传万古，莫将成败论三分。或云此升庵录元人作。

怀　归

星桥南望沉犀渚，雪岭西连抱珥河。关塞渺茫魂梦隔，山川迢递别离多。汀洲春雨搴芳杜，茅屋秋风带女萝。心事未从詹尹卜，生涯聊听僰童歌。又有句云"江山平远难为画，云物高寒易得秋"，亦佳。

送周子庚都宪抚边

肃肃戒严程，萧萧边马鸣。龙庭新节制，骑省旧才名。玉律调秋气，金铙寝夜声。陇云笳外结，关月笛中明。鸾朔临秦障，鹈鹕绕汉城。沙汀行见雁，海树坐闻莺。游雾怀前赏，归风溯别情。伫听歌凯入，一举塞垣清。

风　雨

罗甸愁山雨，滇阳怯海风。可怜风雨夜，长在客途中。

寄远曲

濯锦江头烟水绿，相思万里人如玉。瑶琴别后不曾弹，今朝才理将归曲。

望中条山

征马长鸣向北风，崤关回首暮云东。太行过尽中条出，一路青山白雪中。

卷三下

李梦阳 四十首

梦阳，字献吉，庆阳人。父正，官周王府教授，徙居开封。献吉举弘治癸丑进士，授户部主事，迁员外。以不得处馆阁，常怏怏不乐，负气使酒。考满日，尚书佀钟署其考曰“一官不满其心，三差不终其事”，时人以为实录。献吉益愤，适诏求直言，乃上书，陈“二病”“三害”“六渐”，末言外戚寿宁侯张鹤龄“罔利贼民”。鹤龄摘疏末“陛下厚张氏”语，谓讪皇后。帝不得已，下梦阳锦衣狱，旋释之，进郎中。

孝宗崩，正德元年，代韩文草奏劾刘瑾等八阉。瑾深憾之，矫旨谪山西布政司经历，勒致仕。复摭他事，逮下狱，将杀之。献吉大惧，书片纸曰：“对山救我！”使妇弟左国玉持浼康海。海为说瑾，乃免。瑾诛，起原官，迁江西提学副使。久之，坐凌轹同列、挟制上官，为大理卿燕忠奏罢，冠带闲住。

初，宁王宸濠阴蓄逆谋。献吉官副使，时濠以其负盛名，尤礼重之，献吉因倾心相附。濠尝构阳春书院，僭称“离宫”，献吉为撰记。布政使郑岳以正直忤濠。献吉与濠共构其罪，劾去之。及濠举兵反，伏诛，御史周宣劾献吉“党逆诬善，应斩”。大学士杨廷和、尚书林俊力持之，仅坐作《书院记》，削籍。嘉靖十二年，卒于家，年五十九。

献吉才思劲鸷，憪然谓天下无人。弘治中，宰相李东阳主文柄，献吉初以师事之。按：《空同集》有“吾师崛起杨与李，力挽一发回千钧”之句可证。

杨，谓杨一清也。既而讥其萎弱不足法，倡言复古，“文必秦汉，诗必盛唐，非是弗道”“唐以后事不得用”。又专以摹仿为主，谓“今人摹临古帖，不嫌太似，反曰能书，诗文之道何独不然”。一时奉为宗匠，莫敢违言。与何景明、徐祯卿、边贡、王廷相、康海、王九思称“七才子”，名震海内。后诸人渐觉献吉持论偏驳。有规之者，献吉辄嫚骂，故与景明、贡、廷相、海皆不终其好云。有《空同诗文集》六十六卷。

何仲默曰：“诗必以盛唐为尚，宋人似苍老而实疏卤，元人似秀峻而实浅俗。仆诗不免元习，而空同诸作间入于宋。譬之于乐，丝竹之音要眇，木革之音杀直。若独取杀直而并弃要眇之音，何以感情饰听也？试观空同江西以后之作，辞艰者意反近，意苦者辞反常，读之若摇鞞铎耳。”

顾华玉曰：“空同言‘作诗必须学杜。诗至于杜，如至圆不能加规，至方不能加矩矣’，此空同之过言也。夫规矩方圆之至，故匠者皆用之。杜亦在规矩中耳，何得就以子美为规矩邪？”

杨用修曰：“空同诗，可传者不在律。空同之律，少陵之余沥遗胇耳！”

江进之曰：“空同、沧溟二公，固有复古之力，然亦有泥古之病。彼谓‘文非秦汉、诗非汉魏盛唐不足法，故事凡出唐以下者，皆不宜引用’。噫，何其所见之隘也！夫诗人所引之物，各因其时，不相假借。如雎鸠、螽斯、桑扈、蟋蟀、樛木、夭桃、芣苢、葛藟，是《三百篇》所用物也。降为《离骚》，则用芷蕙、荃茝、木兰、菊英、蛟龙、凤凰、文虬、赤螭，曾有一物假借于《毛诗》乎？又降而为唐人之诗，则用岸柳、江梅、林花、涧草、鸣鸠、乳燕、独鹤、群鸦，曾有一物假借于《离骚》乎？非不欲假，目到意随，意到笔随，自不暇舍见在而他求耳。至于引用故事，则凡已往之事与吾意互相发明者，皆可引用，不分今古，不论久近。乃曰唐以上故事方用，此特有见于两汉、六朝故事字眼古雅，遂为此言，其实系于用之善不善，不系于古不古也。”

汤义仍曰：“本朝古文当以宋景濂为宗。李献吉、李于鳞、王元美气力强弱巨细不同，等赝文耳！”

邢子愿曰：“诗盛于前后七子，以为尽词人之变矣。然效趋者高趾，促柱者急张，往往不病而呻吟，匪乐而强笑。江河日下，七子之盛，七子之衰也。”

王贻上曰：“《中山狼传》，见马中锡《东田集》。东田，正德间右都御史，康对山、李空同皆其门生也。按：《对山集》有《读中山狼传》，诗云：‘平生爱物未筹量，那计当年救此狼！’则此传为马刺空同作，无疑矣。”

《颐道堂文集·书李空同集后》曰：“自明弘、正以来，皆称李梦阳之诗为复古，其名冠于‘前后七子’，非直称其诗也，兼称其人，以为‘正直忠鲠’。余读其诗文，核其本传，参以诸家所记载，盖谲变狂谬者流，无所谓‘正直忠鲠’也。方其应诏言事也，劾外戚寿宁侯，后母金夫人泣诉于帝，而帝不肯予杖以泄宫闱之愤，并切责寿宁，则容善纳谏之虚衷，梦阳窥之稔矣。既而途遇寿宁侯，乘醉詈之，击以马棰，折其二齿，此甚类市井无赖所为。较之灌夫骂座，更为过之。梦阳何为而出此也？

然犹可曰‘气质之偏’也。其代韩文起草劾刘瑾也，既为瑾摭以他事下狱，梦阳果不畏强御，则如刘球、杨椒山之杀身成仁可也，何必以片纸呼‘对山救我’？自惜其命，而不爱他人之鼎。彼对山者，不自爱其鼎而以狥人，交失者也。

然犹可曰‘事有轻重权变’也。其官江西提学副使，以诸生故，笞淮王府校。王奏之，诏下御史江万实按治。梦阳恐万实右王，遂讦万实。诏下，总督陈金行勘梦阳，即伪撰万实劾金疏稿，以怒金。金檄布政使郑岳勘之。岳，贤者也。梦阳又构岳子沄通贿事以要之。此岂正直者所为耶？金畏其险谲，致有‘臣不敢复勘梦阳’之奏。诏遣大理卿燕忠往鞫。既罢梦阳官，亦褫岳职，沄坐行私有迹谪戍。实则宁王宸濠助梦阳劾岳所致也。

且宸濠何如人也？淮南、吴濞之流，逆节久著。是以衡山却聘而不往，子畏佯狂而告归。梦阳负海内盛名，乃为撰《阳春书院记》。此岂陆游《南园记》之比？且画院中有李空同《藩府宴归图》，则当日之狎昵可见。例以太白夜郎之流，尚为轻纵，亦既冠带闲住矣，闭户著书可也。乃益跅跎负气，治园池，招宾客，日从侠少射猎繁台晋丘间，自号‘空同子’，何其豪也！然此乃李将军失职怏怏不得志所为。文人出之，学问之气澌灭尽矣！王元美谓其‘居官日僚属有不协者，辄手批其颊’‘宴客则自居上座，使客居下座’，此何礼也？

夫人有救我之恩，感之者人情也。不感则已属昧心，况负之乎？考梦阳于寿宁侯之狱，罗玘救之。刘瑾之狱，对山救之，李西涯亦救之。江西之狱，何仲默救之。宸濠之狱，以党逆为御史周宣所劾，大学士杨廷和、尚书林俊皆力救之。仅坐撰《书院记》削籍，而《中山狼》乐府不免流传于世。或曰刺其负康对山也。或曰负林见素也。虽主名不定，亦可见梦阳之负心，为不可没也。矧踣于兄、欧于姊、厄于甥，使非不近人情，何至见残骨月？诗人温厚，乃乖戾若此耶？

即其言诗，亦甚乖谬。诗宗汉、魏，似已然汉、魏之诗不一家。唐人宗少陵，似已然唐人之名家不少，即少陵诗亦不一格。梦阳全以摹仿为能。夫摹仿，则未有不流为剽窃者也。观其《与徐氏论文书》，昌谷也。《驳何氏论文书》，仲默也。以元、白、韩、孟、皮、陆为‘入市攫金、登场角戏’，申‘柔澹沉着、含蓄典厚’之旨，而薄俊语亮节，岂知元非白比、韩孟与皮陆不可同年语？而仲默之所可自立者，正在俊语亮节也！又谓仲默‘必熟读子昂、必简诗，庶获不远之复，否则终身野狐禅’，其命意尤使人不解。然至今盛称者，何也？

曰梦阳诗尊杜，论者多以为少陵功臣，则又不然。少陵之诗，元微之称之，李义山称之，严沧浪称之，宋元以来苟非大乖谬未有不称之者，不待梦阳也。或以诸人但知尊杜不知学杜，梦阳则学杜神似。不知少陵诗所以独绝者，全在忠君爱国之心。触物感事，油然而生，不在佞哀诈泣、俚质生硬也。唐之韩昌黎、白香山、李玉溪，宋之黄山谷、陆放翁，金之元遗山，及明季之顾亭林、陆桴亭皆能师其意不师其词，斯为善学杜者。若以生吞活剥为学杜，摹拟剽窃为尊杜，此则杜之罪人尔。何功之有？

又或以提倡七子为梦阳功夫。夫七子，则自有七子之本色。在今观诸人所作，似梦阳者皆不佳。则梦阳之为功亦仅，而誉者不察之甚矣。当日未尝无攻之者，未中其窾要，故愈攻而焰愈张。明季，首攻之者，莫如虞山。然虞山只在争坛坫之名，存心未公，是以燕伐燕也。故摘訾其字句，而于诗之是非均未有得，且未论其为人。近日，袁、赵诸人又统以七子连类而讥。不知七子诗有美有恶，人亦有狂有狷，而摹拟剽窃之弊，与桀骜乖僻之行，惟梦阳为独盛。余生也晚，雅不欲掊击前辈以为高。窃以诗之为道，以言志，非以立名。牛耳骚坛，实为弊习！

梦阳所作，未尝无雄骏之篇，而模仿者十九。至其论诗，纯以意见争胜，实不足以示后学。若其素行，由前观之，则尚属伪君子。由后观之，则竟成真小人。余恐后之学者学梦阳诗而并学梦阳之为人，则有关于世道人心者甚巨，故详论之。俾读者有所考焉。”

又曰：“客难陈子曰：‘子之责梦阳过矣。梦阳诗不免摹仿之病，至其人婞直自好、气质之偏，或有之。其心术，则终不失为君子。子不观其上孝宗“二病”“三害”“六渐”此疏乎？子何责之过也！’

余应之曰：‘梦阳一生，亦只有此疏可取耳。然其论元气之病，以大臣被弹得直之后、恬然仍作官为非，又以大臣亲丧服阕、不俟诏起、复为无礼义廉耻，何立言之过当也！独不观其行事乎？宸濠之怀不轨也，行道之人皆知之。强夺民田亿万计，民保寨自固，濠欲兵之，郑越为布政，力持不可而止。梦阳既附濠，濠遂助梦阳劾岳去之，忠于为国者固如是乎？

考《明史·郑岳》本传，梦阳执岳亲信吏，逼言岳子沄受贿。濠又为梦阳囚掠沄，构成其狱。则梦阳之罪，浮于陆完诸人矣。及濠败，中外交荐岳，而梦阳几以党逆诛。免于诛者，幸也。其《与杨一清书》，尚以潜消跋扈之气隐以自解，可谓欺世而无忌惮者也。至陈金纵狼兵为暴，梦阳婉讽之可也，正告之可也，力排而严劾之、因以去官获罪亦可也。皆不出此，但令诸生见之毋拜，以为不畏强御，又以诸生与淮王府校争执，校笞之，诸生缘是益肆。江万实督责诸生，梦阳手银铛，率诸生往锁万实。万实走，免此非。以傲狠之凶德，坏士习以坏风俗耶？及梦阳羁广信狱，诸生万余为讼冤，不听勃，复群聚詈淮王及勘官。岂非阳以振士气为名，而阴以植党？使凡为提学者尽如此，士习尚可问耶？

梦阳《广信狱前后记》及《惧问记》，力辨己诬。今观其文，大抵皆强词夺理，欲盖弥彰。刘健云："梦阳，狂妄小人耳。"燕忠云："梦阳，善讦人阴私，故人皆畏之。"可谓深知梦阳者。王元美谓："梦阳广信之讼，血气与义气各半。"盖误信梦阳诸记之自辨耳。若朱睦㮮所撰《梦阳本传》，颇多曲笔，与《明史》异。或言"此君子之过，故为讳之"，不知睦㮮本周王府镇国中尉，梦阳父正曾官王府教授，故梦阳于周府踪迹甚密。此盖阿私之言，亦不足据也。

且梦阳《大梁书院田碑》云："宁伪言欺世，而不可使天下无信道之名。宁矫情干誉，而不可使天下无仗义之称。"则其心术显然毕露，非仅气质之偏矣。使其得志，则偾事误国，必甚于王安石。梦阳不见用,明之大幸也！子以《上孝宗书》谓梦阳为君子,此亦如匡衡之奏疏,马融之经术,刘栖楚之犯颜极谏,非无片善足录,而卒不免小人之归,何足为梦阳解耶?’

客曰:‘是则然矣。何、李之竞,固两人争名也。子独罪梦阳,无乃颇乎?’

余曰:‘仲默曾救梦阳,梦阳先訾仲默。仲默书多逊词,而梦阳复书则竟涉嫚骂。在狱与仲默书,备极情款,以冀援己。既得释,则排挤不遗余力。《与周祚书》所谓“一二轻俊之士”即指仲默。且其争在江西狱解之后。其曲直果安在也?若仲默有“争名忌才”之心,则当快梦阳之死,又何必委曲以救之耶?朱竹垞《诗综》谓两人名成之后,互相诋諆,譬之针砭不中腧穴。盖误以为文人相轻习气,而未揆当日之事理。子奈何复沿其说哉?’

客曰:‘梦阳撰《内弟左国玉墓志》以说“康海见瑾乃国玉之谋而已”,不与信然乎?’

余曰:‘如是,则“对山救我”四字,何自而来?今固垂诸史册也。且无手书对山,何肯救?非见瑾,何能脱?梦阳此亦情事之显然者。迨清夜扪心,难逃公议,而故迂回其辞,非特欺国玉、欺对山,且欲欺天下后世矣!

嘉靖初,礼部主事丰坊,随其父学士熙泣谏大礼,受杖阙下,颇著直声。及父卒戍所,坊乃言非父本意,忽走京师,请追崇兴献王,宜称宗入太庙。世宗用其言,而不录其人。于是为清议所摈。较梦阳之附逆诬善,事虽不同,而隳节丧心,则一也。其晚年之恃才凌物,不知羞恶,亦略相等。人知坊之恶,而不知梦阳者,以梦阳记丑言伪、巧于文过饰非,虽贤者亦为所惑也。因并及之,以待后之知人论世者。’”

又曰:“客曰:‘子论梦阳之为人,则诚然矣。其诗规仿汉、魏,宗

法少陵，体格甚正。复古人功，终不可没也。’

余曰：‘子亦尝取《梦阳全集》细读之乎？

其乐府——《君马黄》云：大兵拆屋梁，中兵摇楣栌，小兵无所为，张势骂蛮奴。《禽言》云：东有木公西王婆。《姚源歌》云：我闻不敢以言。举火来白刃，帐下离哉翻。县官走，前夺驴，后叫狗。《空城雀》云：两人恰欲抽身，雀便复集。《豆娘子》云：豆卿子卿，娘子豆娘。《射潮引》云：此中云有鸱夷子。何不张尔弓挟尔矢，射杀鸱夷潮可止。《甄氏女》云：弃妾忽如遒。《妾薄命》云：舄履杂蹂香泽传。

五古——《杂诗》云：狐心生暗鬼，耳闻佯不知。《还南昌》云：瑶草烂孰掇。又云：阳鸟逝无余，觏者鹫与凫。《苦热行》云：推案忽大叫，蓐驭何时返？《赠郑生》云：溪鱼白而跃。《登城东楼》云：蚊虫扑面游。《月夜》云：仲月元鸟集，蚯蚓蟠于庐。《十二月朔》云：玉犨亲牛豕，重瞳注鹿群。《玩月》云：明月一何光信州，茗云随风可倾国。

七古——《白杨行》云：落箨尚禁牛羊食，汗秽颇遭县官打。《苦雨》云：儿惊屡叫安之乳。又云：疾电绕床乱走鼠。《解酋行》云：县官逃走驿官啼，要钱勒酒仍要鸡。《示周生》云：吁嗟周生千万驹，今行不得如蟾蜍。《龙沙行》云：高牙大纛苟不我。《和母寿》云：早起晏卧思虑周，盐豉醯酱咸经眸。《送人》云：君不见，唐时郑虔道高坎坷腹无饭。《画菊》云：突如大家贵介女。《赠何公》云：孔明纶巾不离首，羊祜轻裘仅掩膝。《送王封君》云：君亦滚滚生公侯。《送董太仆》云：行卿官冷心不冷。《观灯行》云：借问幸臣谁云是？《李师师题吴伟画》云：短褐垢脸见天子。《呜呼行》云：拖男抱女尽向北。《李进士醉归图》云：汝昔出门驴无骑。《春游图》云：东风只恁吹西湖。《送田生》云：驾鹅鸧雁交踉跄。《初度》云：我本与尔同肉血。

五律——《晴》云：云分天欲断，日晃地如伸。《郊园省水》云：鸡豚各惆怅，鹅鸭尔能宽。《简何舍人》云：司马原牛走，卧龙会兔罝。《南湖》云：湖僧骑牝马。《生日》云：予岂那于飞。《盱江》云：岂无罂不足。《闻砧》云：不尽捣衣魂。《铅山》云：寒叶痛纷纷。《霁》云：心攀怍楚民。《雨雪》云：摊湿搅晨餐。

七律——《于公庙会王帅》云：新晴借庙张金鼓，旧约铺筵集缙绅。《石井》云：撼促桑柘会欲落，猗此可濯惭我缨。《牡丹》云：不为国姿宁用折，玩传宾手转须嗟。《晚晴》云：归云过雨时间湿，并叶牵风对直翻。《葵花》云：见宜尊礼莫欺黄。《忆梅》云：有蜂只恐垂垂翻。《新年》云：新年雨雪亦太恁。《风雨》云：无愁天地无开明。《戊辰生日》云：春逼河冰滚滚来。《雨雪》云：光牵五色黄烟动。《立春》云：风来人面霎堪亲。

七绝——《春日东园》云：情闲有时被物恼，即无恚怒亦生嗔。频来语燕如疑主，独立鸣鸠不怕人。《笋》云：汝虽天生刚直物，岂容出地头头尖。《春日》云：今番花开委难当。《花下》云：堪可铺排无酒钱。《夷门曲》云：独树花开特造次。《东庄》云：踏浪争花何恁游。又云：迸槛穿篱只恁骄。又云：扑酒冲琴特恁狂。

此等语，庸恶陋劣，风雅扫地，随手掇拾，已烂然盈纸矣！若就其体制而论，沈归愚《明诗别裁》谓"梦阳五古，宗法陈思、康乐，过于雕刻，未极自然"，其实岂止不自然而已！七古似诗者，不过数篇，余则学杜，有"作贼伤事主"之病。何仲默讥为"小儿倚壁能行，否则扑地"，良非过苛。七律为世所推，不知最无足观。摹仿少陵，皆其下驷及拗体耳。求其完善堪压卷者，指不能一再屈也。至绝句，本非少陵所长，亦复效之，其无识不待言矣！当时真心推服梦阳者，不过王维桢、周祚、黄省曾之流，其诗皆卑不足道。是以高子业少受知梦阳，而为诗不宗其说。李川父亦以文受知，后即不屑附和。其不足服人可知已。'

客曰：'徐昌谷非见梦阳后诗益工者乎？王、李诸人，不推梦阳为宗主乎？'

余曰：'昌谷之诗，以五律、七绝为最。五律似孟襄阳，七绝似刘宾客，并未与梦阳旨趣相同。梦阳气焰熏灼，昌谷一言皮陆，大受数责，遂不复与辨。吴俗文弱，诗人温柔。此昌谷之包容梦阳耳。"文章烟月语原卑，一见空同迥自奇"，乃渔洋耳食之言。盖渔洋亦非深知此事是非者。至凤洲等之推梦阳，亦徒震于其名。观凤洲晚年悔其少作，日手《苏子瞻集》，并誉李西涯乐府，固已弃梦阳如土苴矣！若"汉后无文，唐后无诗"之说，江进之诸人颇能纠摘其谬。而梦阳隐衷，迄未有窥见之者。夫梦阳自叛长沙之学，倡言复古，以震骇愚俗，劫持一代文柄。自揣外强中干，体芜识陋，曾不中与韩、欧、苏、陆执鞭，故大放厥词，一笔抹倒。幸而汉、魏世远，李、杜名重，否则亦必弹射及之。推扩其志，即秦政焚书坑儒之意，何以异兹？然越数百年后，终有发其覆者，水落石出，索然不见其所有，则甚矣！欺世盗名之术，不可终恃也！'

客语塞而退，因并记之。"

内教场歌

内教场歌者，李子纪时事而作者也，帝自将练兵于内庭。

雕弓豹韔骑白马，大明门前马不下。径入内伐鼓，大同邪，宣府邪，将军者许邪。一解。武臣不习威，奈彼四夷。西内树旗，皇介夜驰。鸣炮烈火，嗟嗟辛苦。二解。

史烈女

史烈女者，杞史氏之女也，未嫁而死其夫，是逾礼以守信、破经而成仁者也。李子曰："史氏女有激俗之功焉。然予闻其言矣，于是乎述。"

梨花如雪霜，鸳鸯不成双。我心明如镜，我心清如水。镜明有尘时，水覆无收理。古昔华山畿，行人下马拜。春风两蛱蝶，绿草摇衣带。

左袒行

陵曰不可平曰可，安刘者谁勃与我。产不信，禄不入，军右袒，计安出？朱近修云："此仿西涯乐府而作。"

杂　诗

棁榱蚀以倾，梁栋诚独难。流言播四国，周公有疑患。凉飙激颓景，奄忽不可攀。众羽日缤纭，朱鸟戢其翰。杀身苟无益，去去从所安。伤哉式微诗，千载起余叹。

茅以韧为席，柏以劲为薪。君子忧治世，愚者幸不辰。张罝以待兔，雉也菑其身。物理虽云殊，罹脱各有因。浮沙卷奔藿，朔吹扬惊尘。日暮临大道，怅焉曷能陈？

杂　诗

宛宛春田鸠，飞鸣柔且闲。一朝化为鹰，肃肃厉羽翰。众禽不敢并，孤立秋云端。鸟既不自知，人胡究其然？

自大过渡河趋陂沙冈

凌春远行迈，游目恣沿越。渐辨林中曙，遽失霞上月。触物谁为情，悲叹曷可歇。载登隋疆场，况眺宋城阙。阳坡散初柳，阴曲峙寒雪。只此判气候，岂必殊燕粤。湝湝浊河驶，晏晏晨风发。扬帆截惊灪，倚棹望穷发。凫雁眇难即，汀兰翠堪结。美人既莫期，天路复幽绝。陂冈郁参错，岸沙皓明灭。日暮孤云兴，何以慰忡惙。

赴怀玉山作

始临清溪寺，不谓兹路艰。崎岖逾南岭，转见山郁盘。重阴起北谷，冻雨响前峦。志定迈孰御，勇往竟孤攀。挽葛接悬狖，架木凌澧湍。律律岩壑变，飒飒岚风寒。隔港望绝岫，峥嵘已云端。

湘妃怨

采兰湘北沚，搴木飞南浔。渌水含瑶彩，微风托玉音。云起苍梧夕，日落洞庭阴。不知篁竹苦，惟见泪斑深。宋辕文云："深秀。"

赠谢子

凉风吹海月，当酒堕我怀。爱此皎洁光，愿与君子偕。揽之不入手，仰面看昭回。银潢南北流，竟夕但徘徊。

送何舍人赍诏南纪诸镇

先皇乘龙去不返，悲风惨淡吹宸极。四海哭若丧慈母，百官狂走天为黑。忆昨临危坐御床，手挈神器归今皇。密语丁宁肺腑裂，三老新闻眼流血。金縢立剖石室秘，此事难从外人说。我君谦让不可得，割哀践阼宏祖烈。日月重悬万国朝，雷雨赦过群方悦。越南海北霹雳动，蛮夷尽奉王正月。此时九道使臣出，舍人亦辍螭头笔。白马朝腾蓟北云，锦帆暮闪江沱日。江沱秋交多烈风，洞庭云梦俱眼空。巴陵县令舍人兄，接诏会弟西楼中。童年题诗在高壁，六载不到纱为笼。南岳以南惟峻山，苦蒸毒雾何盘盘。天王新令雷电掣，妖蛇不敢啼林端。五溪官长喘喙拜，黔州父老垂泪看。却瞻苍梧云气黑，斑竹临江怨幽色。翠华缥缈空冥间，此时此恨谁知得。君不见马援柱，孔明碑，剥落黄蒿里。千年莓苔待君洗，万里之行自此始，归来何以献天子。

上元访杜炼师

宣皇昔时乘八风，御龙游戏行烟空。马前两两侍玉女，别馆多在蓬莱宫。朝天宫中旧时殿，楼台昼锁无人见。琉璃井塌青苔满，松柏森森月如练。呜呼往事难具陈，灯火如山又一春，北斗坛西访隐沦。我师黄衫白氎巾，坐我更致西楼宾。玉杯潋滟赤玛瑙，织罽四角银麒麟。酒肉山堆满堂醉，仙厨往往来八珍。孝宗之朝五真人，师也磊落当其伦。自言召见亲赐食，曾把丹书献紫宸。如今寂寞看春色，银鱼玉带无消息。岂惟鱼带无消息，欲语吞声泪沾臆。劝师对此莫酸辛，世间万事如转轮。且将芝草供生计，聊与烟霞作主人。月偏彩云当牖生，旋呼两童吹玉笙。闻师妙得逡巡术，百壶倒尽还须倾。古来仙子尚谁在，饮者翻垂千载名。名垂千载亦区区，酒阑灯昏夜复徂。不见泰陵草已宿，春生树啼双老乌。此时亦应群帝趋，金灯翠旗光有无。沈确士云："故君之思，写得神灵恍惚。"

奉送大司马刘公归东山草堂歌

东山有草堂，缥缈云峤孤。前对祝融峰，下瞰巴陵湖。明公昔时此堂居，麋鹿熊豕当窗趋。洞庭日落风浪涌，倒影射堂堂欲动。惨淡谁闻紫芝曲，独善不救苍生哭。先帝亲裁五色诏，老臣曾受三朝禄。此时边徼多战声，曳履谒帝登承明。谢安笑却淮淝敌，魏相坐测单于兵。九重移榻数召见，夹城日高未下殿。英谋密语人不知，左右微闻至尊羡。自从龙去不可攀，公亦卧病思东山。湘娥含笑倚竹立，山鬼窈窕堂之侧。上书苦死只欲归，圣旨优容意凄恻。内府盘螭缕金织，赐出倾朝皆动色。白金之铤红票记，宝钞生硬鸦翎黑。崇文城门水云白，是日观者涂路塞。城中冠盖尽追送，尘埃不见长安陌。人生富贵岂有极，男儿要在能死国，不尔抽身早亦得。君不见汉二疏，千载想慕传画图。即如草堂何处无，禄食靦窃胡为乎？乃知我公真丈夫！呜呼，乃知我公真丈夫！沈确士云："'英谋密语'十四字，是孝宗实录。"

朝饮马送陈子出塞

朝饮马，夕饮马，水咸草枯马不食，行人痛哭长城下。城边白骨借问谁？云是今年筑城者。但道辞家别六亲，宁知九死无还身。不惜身为城下土，所恨功成赏别人。去年贼掠开城县，黑山血迸单于箭。万里黄尘哭震天，城门昼闭无人战。今年下令修筑边，丁夫半死长城前。城南城北秋草白，愁云日暮鸣胡鞭。

石将军战场歌

清风店南逢父老，告我己巳年间事。店北犹存古战场，遗镞尚带勤王字。忆昔蒙尘实惨怛，反覆势如风雨至。紫荆关头昼吹角，杀气军声满幽朔。胡儿饮马彰义门，烽火夜照燕山云。内有于尚书，外有石将军。石家官军若雷电，天清野旷来酣战。朝廷既失紫荆关，吾民岂保清风店。牵爷负子无处逃，哭声震天风怒号。儿女床头伏鼓角，野人屋上看旌旄。将军此时挺戈出，杀敌不异草与蒿。追北归来血洗刀，白日不动苍天高。万里烟尘一剑扫，父子英雄古来少。单于痛哭倒马关，羯奴半死飞狐道。处处欢声噪鼓旗，家家牛酒犒王师。休夸汉室嫖姚将，岂说唐朝郭子仪。沉吟此事六十春，此地经过泪满巾。黄云落日古骨白，沙砾惨淡愁行人。行人来折战场柳，下马坐望居庸口。却忆千官迎驾初，千乘万骑下皇都。乾坤得见中兴主，日月重开再造图。枭雄不数云台士，杨石齐名天下无！呜呼杨石今已无，安得再生此辈西备胡。澄怀按：石亨以悖逆被诛，且谗忠肃公至死。诗中此例失伦。归愚虽曲为回护，终不可掩。诗中因有警句，姑存之。

汉江歌送友人之桂阳

汉江江上鶗鴂鸣，汉江游客无限情。青山落日下帆影，芳草月明闻棹声。黄鹤矶头暮云尽，鹦鹉洲边春水生。莫倚仲宣能作赋，洞庭南接桂阳城。

林良画两角鹰歌

百余年来画禽鸟，后有吕纪前边昭。二子工似不工意，吮笔决眦分毫毛。林良写鸟只用墨，开缣半扫风云黑。水禽陆禽各臻妙，挂出满堂皆动色。空山古林江怒涛，两鹰突出霜崖高。整骨刷羽意势动，四壁六月生秋飔。一鹰下视睛不转，已知两眼无秋毫。一鹰掉颈复欲下，渐觉飒飒开风毛。匹绡虽惨淡，杀气不可灭。戴角森森爪拳铁，迥如愁胡眦欲裂。朔云吹沙秋草黄，安得臂尔骑驷铁！草间妖鸟尽击死，万里晴空洒毛血。我闻宋徽宗，亦善貌此鹰。后来失天子，饿死五国城。乃知图写小人艺，工意工似皆虚名。校猎驰骋亦末事，外作禽荒古有经。今皇恭默罢游燕，讲经日御文华殿。南海西湖驰道荒，猎师虞长俱贫贱。吕纪白首金炉边，日暮还家无酒钱。从来上智不贵物，淫巧岂敢陈王前。良乎，良乎，宁使尔画不直钱，无令后世好画兼好畋。此诗可谓空同七古压卷，而摹杜有痕，终不免努目嚼齿之状，仲默所以有“古人影子”之诮也！他若《土兵行》《豆莝行》等篇，优孟衣冠，《元明宫》一首，累句尤甚，兹选概从芟弃。

去妇词

正德元年，户部尚书韩文暨内阁师保等咸相继去位，李子作此词也。

孔雀南飞雁北翔，含颦揽涕下君堂。绣幕空留并菡萏，罗袪尚带双鸳鸯。菡萏鸳鸯谁不羡，人生一别何由见。只解黄金顷刻成，那知碧海须臾变。贱妾甘为覆地水，郎君忍作离弦箭。忆昔嫁来花满天，贱妾郎君俱少年。瑶台筑就犹嫌恶，金屋妆成不论钱。重楼复道天中起，结绮临春照春水。宛转流苏夜月前，萋迷宝瑟烟花里。夜月烟花不相待，安得朱颜常不改。若使相逢无别离，肯放驰波到东海。薄命难交娣姒知，衰年恨少姑嫜在。长安大道接燕川，邻里携壶旧路边。妾悲妾怨凭谁省，君舞君歌空自怜。郎君岂是会稽守，贱妾宁同会稽妇。郎乎幸爱千金躯，但愿新人故不如。沈确士云："深婉。可以怨矣。"

送李帅之云中

黄风北来云气恶，云州健儿夜吹角。将军按剑坐待曙，纥干山摇月半落。槽头马鸣士饭饱，昔无完衣今绣袄。沙场缓辔行射雕，秋草满地单于逃。

环县道中

西人习鞍马，而我惮孤征。水抱琵琶塞，山衔木钵城。裹疮新罢战，插羽又征兵。不到穷边处，那知远戍情。

明远楼春望

贡院初开阁，春阴独倚栏。柳边千舰聚，花里万家残。风雨江声壮，兵戈地色寒。断肠沙雁北，群起向长安。蒋仲舒云："含愁无限。"

酬京师友人

浮云悲故国，积水起鸣雷。不见长安日，愁登古吹台。故人三月别，天上一书来。欲问经行处，山中杜若开。

得何子过湖南消息

及遇荆门信，洞庭秋已凄。湘江饶苦竹，几听鹧鸪啼。马援留铜柱，王褒祀碧鸡。向南冲瘴疠，药物去曾携。

泰　山

俯首无齐鲁，东瞻海似杯。斗然一峰上，不信万山开。日抱扶桑跃，天横碣石来。君看秦始后，仍有汉皇台。

读直道陈公祚遗事

上主能容直，当言敢顾身。累朝传谏疏，万死作归人。古庙秾花晓，孤坟劲草春。从来汨没士，特笔在词臣。

河上秋兴

十载宋梁间，鸡鸣望四关。月来天似水，云起树为山。朝市今何处，流波去不还。高秋未归客，肠断浊泾湾。

雪后朝天宫

马上城中见雪山，白云苍雾满燕关。蓬莱咫尺无人到，松柏黄昏有鹤还。当日翠华游物外，百年金殿锁人间。浮尘扰扰江湖远，怅望岩栖不可攀。

艮　岳

宋家行殿此山头，千载来人水一丘。到眼黄蒿元玉砌，伤心锦缆有渔舟。金缯社稷和戎日，花石君臣弃国秋。漫倚南云望南土，古今龙战是中州。沈确士云："人知南渡之庸懦，不知覆亡之祸原于徽宗君臣之宴乐也。五、六语，藏得议论。"〇澄怀按：空同尚有《灵武台》一首，归愚亦盛推之。然立论未允，不足取也。

潼　关

咸东天险设重关，闪日旌旗虎豹闲。隘地黄河吞渭水，炎天白雪压秦山。旧京想像千官入，余恨逡巡六国还。满眼非无弃繻者，寄言军吏莫嗔颜。

瀑壑晚坐

醉踏匡山晚未迟，翠岩丹壑凛秋姿。峰高瀑布天齐落，峡静星河夜倒垂。远害欲寻麋鹿伴，暂羁终与世人辞。磨崖遍剔苍苔读，独坐云松有所思。

出　塞

黄河水绕汉宫墙，河上秋风雁几行。客子过壕追野马，将军韬箭射天狼。黄尘古渡迷飞挽，白月横空冷战场。闻道朔方多勇略，只今谁是郭汾阳！一起高亮。

九日寄何舍人仲默

九日无朋花自开，登楼独酌当登台。孤城落木天边下，万里浮云江上来。但遣清尊常不负，从教白发暗相催。梁南楚北无消息，塞雁风高首重回。

限韵赠黄子

禁垣春日紫烟重，子昔为云我作龙。有酒每邀东省月，退朝曾对掖门松。十年放逐同梁苑，中夜悲歌泣孝宗。老体幸强黄犊健，柳吟花醉莫辞从。

东庄藩司诸公见过

少年湖海老中原，万里谁期共一尊。邂逅路歧须尽醉，向来离合敢重论。桑麻事业陶公径，鸟雀人情翟氏门。懒散废书瓜可种，夜来时雨足吾园。真至浑成。空同集中有数之作。

台寺夏日

古台高并郁岧峣，断塔棱层锁寂寥。积雪洞门常惨惨，炎天松柏转萧萧。云雷画壁丹青壮，神鬼虚堂世代遥。惆怅宋宫偏泯灭，二灵哀怨不堪招。

吹台春日古怀

废苑迢迢入草莱，百年怀古一登台。天留李杜诗篇在，地历金元战阵来。流水浸城隋柳尽，行宫为寺汴花开。白头吟望黄鹂暮，瓠子歌残无限哀。

赠何舍人

朝逢康王城，暮送大堤口。相对无一言，含凄各分手。

圣节闻驾出塞

千官北首望龙旗，万国车书集凤闱。八骏穆王秋色远，几时亲拥白狼归。

夏日夜泊别友人

黄鹤楼前日欲低，汉阳城树乱乌啼。孤舟夜泊东游客，恨杀长江不向西。

归途览咏古迹并追记百泉游事

河济谁言不共流，青春恶浪古怀州。荡摇少室三花树，倒映天坛白石楼。

汴中元夕

中山孺子倚新妆，郑女燕姬独擅场。齐唱宪王春乐府，金梁桥外月如霜。自然华妙。

［附录］

尹　耕 五首

耕，字子莘，蔚州人。性豪宕，喜谈兵。举嘉靖壬辰进士，由兵部郎中出知河间府，升河南按察佥事。坐事被劾，戍辽左卒。有《朔野集》。

朱锡鬯曰："李、何诗派并行，曾未几时，而学李者渐少，宗何者日多。学李得其风骨者，前有凌溪，后有朔野而已。朔野以边才自命，一蹶不振，坎壈而终，诗如晓角秋笳，听者凄楚。"

汪端论曰："子莘七律，源出空同。然空同每多败笔，子莘整肃颇似过之。录数章以见其概。"

秋　兴

蓟门千里接云中，犷骑清宵警报同。合阵几窥青海月，鸣鞭争下黑山风。残冬战士衣仍薄，荒岁孤城廪欲空。南国十年输挽尽，防秋诸将漫论功。

十万鸣弦报吉囊，野心狼子是花当。连姻故自轻中国，分道频看入汉疆。推毂丈人空肉食，操戈遗孽尚萧墙。不应干羽修文日，岁岁三关有战场。

威名万里马将军，白首丹心天下闻。辽水旌旗余杀气，泰山松柏已高坟。条侯自靖中州变，窦宪曾铭塞外勋。独倚凌烟思将略，暮天征雁下寒云。

紫荆关

汉家锁钥惟元塞，隘地旌旗见紫荆。斥堠直通沙碛外，戍楼高并朔云平。峰峦百转真无路，草木千盘尽作兵。谁识庙堂柔远意，戟门烟雨试春耕。沈确士云："诸咏得少陵遗意，但少开阖变化，所以不逮古人。"

赠张西屏

月明熊耳照滹沱，千里思君可奈何。棋局拟从清梦著，诗篇遥向白云歌。时危身世风霜苦，日短江湖感慨多。莫道塞翁常失马，后车还许载渔蓑。

卷 四

何景明 一百二十五首

景明，字仲默，信阳人。八岁能属文，十五领乡荐，又四年，举弘治壬戌进士。众以翰林属望之。大学士刘健曰："是子诚才，惜年弗遐耳。"乃授中书舍人。孝宗崩，宣哀诏，使滇、楚等处。正德初，刘瑾乱政，遂谢病归。瑾诛，用李东阳荐，复除中书直内阁制敕房。仲默性和而介，尚节义。李梦阳江西狱急，以书乞援。仲默为上书杨一清，救之。钱宁方贵幸用事，持古画造门，求题。仲默留年余，掷还之曰："此名绘，毋污吾题也！"会天变，上封事曰"义子不当畜，宦官不当宠"报闻。久之，转吏部员外，出为陕西提学副使，用经学课士，秦俗化之。嘉靖元年，以疾投劾归，寻卒，年三十九。有《大复山人诗文集》三十八卷，《雍大记》三十六卷。

王元美曰："仲默诗，如朝霞点水，芙蕖试风；又如毛嫱西施，无论才艺，却扇一顾，粉黛无色。"

穆敬甫曰："何诗清淑典丽，鉴然莹然，真得风人'温柔敦厚'之旨。"

任少海曰："仲默如黄钟在县，金石发作，伶坊供奉之官，莫不按宫商谨节奏。其横放雄健处，如项羽提三尺剑出江东，不必斩将搴旗，而登坛啸咤，千人皆废。"

胡元瑞曰："今人因献吉祖袭杜意，辄假仲默舍筏登岸之说，动以鸡口牛后为辞，此未睹何集者。就仲默言，古诗全法汉、魏，歌行短篇法杜，长篇法王、杨四子，五、七言律法杜之宏丽而兼高、岑、王、李之秀朗。卒自成一家，冠冕当代。所谓门户堂奥，不过如此。古人影子之说，因献吉多用杜成句，故有此规，自是药石。非欲其尽弃根源，别安面目也。”又曰：“李以骨力胜，何以神韵超。学何不至，不失雕龙；学李不成，终类画虎。”

黄清甫曰：“大复诗，因意著词，就词成篇，故情性冲逸，兴象闲雅。”

顾玄言曰：“大复词采秀逸，如剑阁朝霞，石门寒瀑，空中声色，高远难攀。”

李伯华曰：“大复诗宗李、杜，文仿班、马，字兼颜、柳。或与李空同、边华泉称为‘海内三才’，或与崔后渠称为‘中州二俊’，或与李、边及徐迪功称为‘弘正四杰’。”

陈卧子曰：“昔人称王恭‘濯濯如春月柳’，又评褚书为‘瑶台婵娟’，仲默诗庶几近之。”

孙豹人曰：“大复五古，句琢字炼；长歌滔滔洪远，又复清爽绝伦；五律全法右丞，清和雅正；七律自少陵以外，无所不拟；绝句独不摹盛唐，秀峻莫比。要之，骤而如浅，复而弥深。两言其定评矣。”

朱锡鬯曰：“弘、正间作者，倡复古学，李、何实为之长。两家壁垒，屹不相下。薛君采诗云：‘俊逸终怜何大复，粗豪不解李空同。’自此诗出，而抑李申何者日渐多矣。”

王贻上曰：“胡元瑞论明人歌行，极尊空同而略于大复，不知何《送徐少参》《津市打鱼》《画马》《吴伟飞泉》《猎图》诸作，深得少陵之髓，特以秀色掩之耳。胡专举《明月》《帝京》，陋矣！”

汪端论曰：“大复天才高旷，体被文质，五言撷三谢之菁英，近体臻嘉州之堂奥。本不必以学杜为重，惟七古及在京时律诗，法杜之气格，而不规模字句，雄深宕逸，时或近之。度越空同，奚止十倍！余尝与澄怀共论李、何得失，以为空同学杜，新莽之于周公也；大复学杜，王景略之于诸葛武侯也。前后七子，自当以大复为冠。试取诸人诗，平心读之，自见矣。〇七古中，有仿初唐四子体，以声调胜者，乃其一时伫兴，未云极诣。《石川子歌》等作，则更堕矜夸标榜之习。兹选十存一二焉。〇大复《答空同书》谓'诗溺于陶，文亡于韩'，诚为谬论，宜遭后人诟厉。然其诗自工，并此訾之，毋乃太苛。"

短歌行

冉冉秋序，肃肃霜露。蓄我旨酒，召我亲故。鸟欢同林，水欢同源。矧我同乡，胡能弗敦。耀灵西藏，明灯在室。更长夜良，可以继日。园有艺菊，庭有树兰。秋芳是悦，春荣曷观。高陵可升，海水可测。出门异路，安知南北。生年几何，去者日多。子不我乐，听我短歌。

陈卧子云："弱于曹公，壮于子桓。"

独漉篇

独漉独漉，驱车折轴。不畏折轴，但畏车覆。芃芃者蔬，生彼中衢。虽有兰蕙，当门则锄。同行窃金，相顾道左。我实不知，彼则畏我。食荼知苦，食梅知酸。狐裘之敝，可以御寒。有虎斑斑，伏于林下。我欲射虎，愧无劲弩。肃彼北风，渡彼中流。岂不怀忧，与子同舟。

宗子相云："绝似古逸诗。"

塘上行

蒲生寒塘流，日与浮萍俦。风波摇其根，飘转似客游。客游在万里，日夕望故州。鶗鴂鸣岁暮，蟪蛄知凛秋。暑退厌絺绤，寒至思重裘。佳人不与处，圆魄忽四周。房栊凄鸣玉，纨素谁为收。白云如车盖，冉冉东北浮。安得云中雁，尺帛寄离愁。陈卧子云：“婉丽清发，不在建安下。”

下陵曲

上陵风以雨，下陵月星露。不见西陵宫，但见松柏树。

艳　曲

御沟连上苑，大道接平沙。紫陌三千骑，青楼十万家。城中杨柳树，风起暮飞花。六朝佳制。

瑶瑟怨

美人竹间亭，虚帘空月华。相思湘江曲，泪竹生斑花。花开为谁好，花落不复扫。出户见春风，低头怨芳草。坐弹五十弦，起视江月残。愁弦不堪听，手涩金雁寒。一弹正凄切，再弹转呜咽。三弹拨幽肠，声乱冰丝结。西风吹芙蓉，一夜落旧红。岂知瑶瑟音，能消青镜容。

双燕篇

双燕何翩翾，飞去仍徊翔。依依止画闺，缱绻鸣东厢。昔来届阳节，今去易寒凉。只恐秋风高，海路多烟霜。双飞入君户，双栖在君梁。被蒙君仁惠，弹射不相妨。养雏毛羽成，送雏还故乡。虽无黄雀报，岁愿巢君堂。温厚。

种麻篇

种麻冀满丘，种葵冀满园。孤生易憔悴，独立多忧患。当行思故旅，当食思故欢。先机失所豫，临事徒嗟叹。升萧艾乃至，锄桂致伤兰。物理有相附，畴能识其端。断金俟同志，抱玉难自宣。交结良匪易，君当图未然。陈卧子云："陈思。君子之遗。"

行路难

床有织绮，箧有织素。请君视绮还视素，怜新不如莫弃故。樽中有酒盘有飧，听我为歌行路难。众中欢乐多志气，岂知他人不得意。白日有时不照地，安得保君常不弃。陈卧子云："结句无嫌质直，乐府本色也。"

天河荧荧西北转，织女牵牛不相见。由来天上亦别离，何怪人间有悲怨。世情磷薄恶衰贱，驾车骑马有人羡。少年不得君爱惜，红颜胜人亦何益。吴明卿云："凄惋。"

明妃引

明妃绝色世无邻，粉黛那数三千人。咫尺宫门接前殿，君王只向图中见。当时自恃如花容，美丑谁知由画工。单于日近汉日远，万里风沙魂不返。琵琶马上再三弹，翠袖朝啼关塞寒。皓齿明眸葬胡地，千秋遗曲犹悲酸。燕支暮云白皓皓，胡儿吹笳雪飞早。山前孤冢高嵯峨，岁岁春风长青草。古来抱节本难遇，况复蛾眉人所妒。君不见长门宫，不用黄金买词赋，纵有朱颜君不顾。

采莲曲

岸上有柳，隰中有荷，舟中女儿胜吴娥。为君先唱绿水歌，起揽长带垂纤罗。鸳鸯双栖翡翠过，下渚日暮多风波，叶密花稀愁奈何！

急歌太短缓歌长，清风夕回素云翔。双凫飞起向横塘，荷花不言空断肠。明月宛转流西方，月中白露沾衣裳。红颜青鬓安能常，万岁为乐莫相忘。

侠客行

朝入主人门，暮入主人门，思杀主仇谢主恩。主人张灯夜开宴，千金为寿百金钱。秋堂露下月出高，起视厩中有骏马，匣中有宝刀。拔刀跃马门前路，投主黄金去不顾。沈确士云："生气坌涌，音节亦健劲。"

秋江词

烟渺渺，碧波远。白露晞，翠莎晚。泛绿漪，蒹葭浅。浦风吹帽寒发短。美人立，江中流。暮雨帆樯江上舟，夕阳帘栊江上楼。舟中采莲红藕香，楼前踏翠芳草愁。芳草愁，西风起。芙蓉花，落秋水。沈确士云："美人娟娟隔秋水，风度似之温飞卿。乐府过于旖旎，诗格转不逮也。"

竹枝词

十二峰头秋草荒，冷烟寒月过瞿塘。青枫江上孤舟客，不听猿声亦断肠。绝唱。

易水行

寒风夕吹易水波，渐离击筑荆卿歌。白衣洒泪当祖路，日落登车去不顾。秦王殿上开地图，舞阳色沮那敢呼。手持匕首摘铜柱，事已不成空骂倨。噫嗟嗟，燕丹寡谋当灭身，光也自刎何足云，惜哉枉杀樊将军！沈确士云："三语，千古断案。"

莫罗燕

罗雀莫罗燕，燕飞在高殿，殿高且深谁得见。主人垂幕高殿中，燕来徘徊不敢通。杨花落，燕出啄。童子张罗逐黄雀，黄雀入罗燕入幕。古格古意。

拟古诗

凄凄仲秋日，百卉腓以残。凉风入阶树，零露摧庭兰。明月皎东壁，昆虫鸣草间。孤鸿暮安适，哀音扬云端。言眷平生友，振翮起孤骞。遗我若逝波，望子如高山。托忱在始终，蓄久谅逾宣。寸心不可移，磐石谁谓坚。

咏　怀

寂寂沅湘流，长江上有枫。青蕙缘广隰，绿蘅被洲中。扬舲溯烟沚，遥瞻二妃宫。二妃何婉娈，搴馨振微风。解佩遗下女，将以明我衷。光采不易合，精诚渺难通。浮云蔽江皋，白日忽已晚。还顾苍梧原，何时翠华返。婉而多风。

桃　川

石洞无遗构，空岩长松桂。入深忽已阴，升高稍知霁。山光晚多姿，谷响秋转厉。缅怀避秦者，一往成永逝。

平　越

清晨发平越，雾暗山益密。仆夫各相戒，路远恐迷失。薄午游气清，参差众峰出。鸡鸣溪谷中，始见崖上日。云叶分杳冥，高原被华实。秋风起丛林，兴感乃非一。悠悠远行游，历险难具述。此作颇似青丘。

泊云阳江头玩月

扁舟泊沙岸，皓月出翠岭。开窗鉴清辉，照我孤烛冷。高林散疏光，远渚接余景。纵横银汉回，三五玉绳耿。弦望几更易，客行尚殊境。佳期邈山岳，端坐令人省。沈山子云："诗品在大、小谢之间。"

五平五仄体

秋原何萧萧，耳目去杂茸。枯荷犹穿塘，苦瓠尚抱陇。寒风吹空林，落日照古冢。徘徊观陈踪，露下发忽竦。孙豹人云："此诗不见平仄之迹，亦见运思之神。"

十三夜对月

闲居爱明月，良节复与俱。金魄丽秋阛，皓彩扬云衢。澄空敛霜烟，清飙荡中区。徘徊广庭内，改席临方除。顾景怵衷虑，兴心念居诸。天道递消长，戒之在须臾。怀谦可久安，盛满岂恒居。孰云质靡盈，所贵光不渝。

十四夜同清溪子对月

林塘枉佳客，待月欣举觞。今夕胜昨夕，已见生东方。离离绛霄侧，冉冉素云扬。逾时灏气澈，悬耀天中央。仰视渺难即，忽觉在我傍。清池含微波，左右浥流光。月行固当望，人会何能常。与子各乡域，邂逅临此堂。良时不屡值，明月安可忘。醉歌答永夕，和我窈窕章。

十六夜月

日夕城烟敛，列宿出复多。开轩望明月，展席流素波。圆辉虽少亏，犹能遍天涯。单居不为乐，念远徒咨嗟。美人越崇京，高楼结绮霞。浮云暮长征，何由睹光华。迅飙万里至，霜雾日以加。坐忧桂枝歇，委落同泥沙。清辉苟相照，岂虑天路遐。朱笠亭云："三诗寄托遥深，能于每夜对月时各极其趣，自是高手。合观之，可得古人用思之变。"

捣　衣

凉飙吹闺闼，夕露凄锦衾。言念无衣客，岁暮方寒侵。皓腕约长袖，雅步饰鸣金。寒机裂霜素，繁杵叩清砧。哀音缘云发，断响随风沉。顾影惜流月，仰盼悲横参。路长魂屡徂，夜久力不任。君子万里身，贱妾万里心。灯前择妙匹，运思一何深。裁以金剪刀，缝以素丝针。愿为合欢带，得傍君衣襟。陈卧子云："蕙心兰质，绮罗如在，元美所谓'却扇一顾时'也。"

与贾郡博宿夜话

世故相纠缠，人生剧如系。予方值忧艰，子亦念淹滞。邂逅胡不频，兹岁忽将逝。苍苍季冬夕，悄悄昆虫闭。积雪委沙曲，回风薄林际。繁星烂高寒，明月皓初霁。闻鸡起中夜，扪虱谈当世。萧条时事危，寂寞古人计。天地悲疮痍，江湖愧经济。怀哉式微诗，泫然出双涕。

送崔氏　澄怀云："此诗似指空同隙末而作。"

飘飘山上葛，累累田中瓠。苟非同根蒂，缠绵安得固。人情易反复，结交有新故。嗟哉夙昔好，乖弃在中路。明珠倘无因，按剑不我顾。深言匪由衷，白首为所误。亮君勖恒德，永副平生慕。

姜子岭至三岔

出岭上云霓，入溪下烟岚。高高不可极，杳杳讵能探。朱崖秀夏木，石壁映寒潭。千林览葱蒨，百丈窥澄涵。崩奔谷响赴，隐曜川光含。登陟力不辞，险阻情已谙。潜渊羡垂纶，越巘思停骖。振策岷峨西，扬帆江汉南。临深匪忘惧，履坦但怀惭。

青石崖栈

侧行青石栈，谁能久延伫。断板连曳云，喷泉洒飞雨。迅流西回激，峻坂东折屡。陨岸互倾欹，危梁臬撑拄。饮猿骇游鳞，立马接翔羽。

慎尔千金躯，永念垂堂语。沈确士云：“信阳五古，有三谢体，有少陵体。此连上章乃少陵体也。”

古松行

岳州地多古松树，千株万株植官路。故老犹能记岁年，行人不解知朝暮。临江西来烟雾起，夹谷连山一百里。黛色寒通七泽云，秋声夜卷三江水。郡城之北江水东，鄂王祠庙丹青空。英雄为谟本宏远，古木至今多烈风。忠魂义魄杳何在，故物依然见遗爱。繁枝百世人不剪，直气千寻我当拜。六年前过蒲圻城，古松阴中三日行。空山倒挂雷雨黑，盛夏常贮炎风清。邮亭传舍总萧瑟，郁抱烦襟亦飘逸。回岩峭壁奔洪涛，老蔓长藤翻白日。只今复向巴丘道，野草渐多松渐少。仄径孤根半蚀苔，夕阳几树空垂茑。昔时所见合抱材，断枝落叶随蒿莱。过客山中想清籁，行徒道上愁黄埃。辇山舆岭万千重，半作豪家楼上栋。古人之力今人劳，大厦明堂不得用。年年官吏催斧斤，故老虽怒那敢嗔。傍枝出地子成树，野妇山樵摧作薪。驿前数干聊可数，我忽见之再三抚。霜皮露甲如虬蟠，雾鬣烟鬟学龙舞。阴森气象凛犹昔，翠色长标不可侮。荒林旷野识者稀，终为谁家起廊庑。回首鄂庙秋山阿，庙前之树无高柯。鬼神诃护亦徒尔，英灵不返将如何。达人且勿怨摇落，志士胡为伤轗轲。君看世事尽如此，拔剑听我松前歌。

津市打鱼歌

大船峨峨系江岸，鲇鲂鲅鲅收百万。小船取速不取多，往来抛网如掷梭。野人无船住水浒，织竹为梁数如罟。夜来水长没沙背，津市家家有鱼卖。江边酒楼燕估客，割鬐砍鲙不论百。楚姬玉手挥霜刀，雪花错落金盘高。邻家思妇清晨起，买得兰江一双鲤。篟篟红尾三尺长，操刀具案不忍伤。呼童放鲤撇波去，寄我素书向郎处。陈卧子云："调古词俊。"

寄李空同

黄河腊月冰十丈，纵有鲤鱼那得上。楚天鸿雁避霜雪，未得逢春难北向。康王城边沙草曛，梁王台上多暮云。野人岁晚谁相对，桐柏山中空忆君。陈卧子云："盛唐。"

岁晏行

旧岁已晏新岁逼，山城雪飞北风烈。徭夫河边行且哭，沙寒水冰冻伤骨。长官叫号吏驰突，府帖连催筑河卒。一年征求不少蠲，贫家卖儿富卖田。白金纵有非地产，一两已值千铜钱。往时人家有储粟，今岁人家饭不足。饥鹤翻飞不畏人，老鸦鸣噪日近屋。生男长成娶比邻，生女落地思嫁人。官家私家各有务，百岁岂止疗一身。近闻狐兔亦征及，列网持矰遍山域。野人知田不知猎，蓬矢桑弓射不得。嗟吁今昔岂异情，昔时新年歌满城。明朝亦是新年到，北舍东邻闻哭声。

汉将篇

汉家西北烟尘起，烽火夜照西京里。劲虏奔腾一万骑，关塞逶迤五千里。飞符插羽募精强，连营列阵扫边疆。已见将军屯细柳，更闻天子猎长杨。长杨羽猎兵威振，叠鼓鸣钲闻远近。龙虎遥分天上军，鱼蛇遍阅云中阵。长安骢马侠少年，金鞍玉辔铁连钱。共看拔剑追骄子，自许弯弓射左贤。惊风昼起边沙涨，疏勒黄云迷所向。饮马寒临月窟傍，驱兵夜度天山上。降旗款节树戎城，卷旆回旌入帝京。征人半死龙庭战，壮士俱标麟阁名。麟阁功名不易得，贵臣良相徒颜色。威胡尽道李飞将，还汉谁言苏属国。玉门关外朔云愁，燕颔书生亦白头。君王自忆廉颇辈，义士羞称万户侯。整练，非初唐可及。

怀旧吟赠阮世隆

君家高楼对芳树，开宴曾留三日住。铜檠绛蜡暖照春，金壶银漏寒催曙。知君重义多豪游，满门宾客为我留。珊瑚不避铁如意，骅骝皆缠金络头。尔时北上与君别，蔡州城外花如雪。梦里犹寻汝上云，醉中却忆淮西月。丈夫富贵各有因，如君立身亦不群。行年四十未白发，生儿十八期青云。君从秋日遥分手，我向东风一回首。山下长搴旧薜萝，楼前应长春杨柳。宋辕文云："极似李颀，而遒丽过之。"

陇右行送徐少参

陇右地，长安西行一千里。秦日长城号塞垣，汉时故郡称天水。圣朝扫荡无烽烟，射猎之地为桑田。熟羌卖马常入塞，将军游骑不出边。知君风采古遗爱，扬鞭传符度关内。父老三秦望节来，犬戎诸夷遮马拜。开藩分道镇边尘，君守巡行历几春。熊轼朱幡今岳伯，豸冠白笔旧台臣。瓦亭之西半山谷，土室阴阴连板屋。落月孤城清渭源，寒云古碛黄河曲。十年此地曾游歌，别来风物今如何。竹花秋临鸟鼠穴，杨叶夕渡鱼龙波。回看万里风云色，少小趋庭泪沾臆。相送悲吟不尽情，关山陇坂高无极。

田子行

君不见黄河西来北入海，千载却倒东南流。淮水如丝纳九曲，桐柏山作昆仑丘。我家清淮边，君家大河侧。开辟二水今合同，人生变化无南北。田子之生河降神，十五手掣生麒麟。二十辞家观国宾，三十谒帝为近臣。赤墀青琐日月上，金马银台河汉津。自矜一身遇明主,便欲登天叩天鼓。天门昼关守虎豹,云师屏翳雷公怒。烟气缥缈随飞龙,电光闪烁笑玉女。太清星辰下罗列,欻忽阊阖生风雨。丹诚不回白日照,杞国忧天独劳苦。我持彤管双凤翎,浮沉帝傍近紫庭。文园著书久消渴,据地酣歌常不醒。长安少女花在侧,茂陵美妾空娉婷。汉王不好相如赋,方朔谁知是岁星。爱君襟期特奇迈,谏垣给舍持风采。平生古今开万卷,摇笔风云动五彩。致君尧舜岂无术,许身稷卨终难改。袖中一札谏猎书,三岁磨灭未见采。炼石何时更补天,衔沙枉自思填海。君不见楚人当时不识玉,海客无心采明月。明珠暗投反按剑,白璧三献还遭刖。连城高价后始定,照乘奇光有时发。凤凰不及鸱鸮鸣,驽骀却笑骅骝拙。君不见长孺从来叹积薪,公孙布衣为汉臣。千秋开口取卿相,董生白头甘贱贫。万言不如一言重,直弦曲钩安可论?贾生何能善绛灌,任安徒事卫将军。我今与子俱落魄,过饮悲歌慨今昔。咸阳酒客五花马,邯郸博徒千金掷。古来豪侠亦可喜,可怜圣贤皆厄塞。豫章干云世希用,龙泉贯斗人难识。神骏翻为辕下驹,冥鸿已愧笼中翼。出门与子常相忆,清淮大河见颜色。才气横溢,专学青莲。

同崔子送刘以正还关中

燕川芳草歇已久,行子西行更回首。骏马春停渭曲花,金鞭暮指秦中柳。看君兄弟皆豪雄,十年侧想中丞公。东山云月卧未起,北海宾客谁相通。荷花初红酒初碧,汝归登堂见颜色。若问长安旧友生,崔何二子常相忆。笔势洒脱。

乐陵令行

山东郡县一百八,无有一城无战场。到今漂血成野水,如山白骨横秋霜。云台功高将不收,投笔亦有书生谋。黄金大印赐豪贵,白面岂得言封侯。唐朝公卿集如云，平原太守名不闻。二十四城见贼走，抗城乃是平原守。君不见前者寇盗时，县吏州官各亡命。北梁白马终日行，济上黄旗错相映。不闻关门战，但闻开门迎。嗟乎平原太守乐陵令。澄怀按：此诗咏正德六年刘七之叛，许忠节公逵为乐陵令守御全城之事。许后死难江西。

吴伟江山图歌

吴伟老死不可见，人间画史空嗟羡。吾观此卷江山图，飘然意象临虚无。想彼濡毫拂绢素，酒酣落笔神骨露。万里青天动海岳，空堂白日流云雾。洲倾岸侧波岭衔，岛屿倒影翻源潭。江边万舸一时发，中流飒飒开风帆。崩涛涌浪势难久，渔子舟人各回首。去雁遥知七泽中，落花误认三江口。烟峰苍茫貌二叟，面发衣冠颇粗丑。石林莎草恣点染，舒卷沧洲在吾手。忆昨弘治间，伟艺实绝伦。供奉曾逢万乘主，招邀数过诸侯门。京师豪贵竞迎致，失意往往遭呵嗔。由来能事负性气，轗轲贫贱终其身。呜呼吴生岂复得，剩水残山转凄恻。此卷流传天地间，我即见汝真颜色。

胡人猎图歌

边沙萧萧天北风，高林昼屯鞍马雄。胡人装束身手健，真与此图形貌同。冬寒猎傍长城窟，城下平原日将没。呼鹰放犬无不为，数骑弯弓竞驰突。月高琵琶海西城，拂庐雪干氍毹轻。金钟虏酒亦易醉，玉踠胡骝骄不行。白发老胡黄战裙，抽箭仰视天山云。众中若认射雕手，汉家谁是李将军？

画马行

画马如画龙，纵横变化当无穷。吾观月山子，落笔窥神工。曾向天闲貌十马，十马意态无一同。此马传来几百年，古绢犹开沙漠风。树里河流新过雨，簇簇草芽寒刺水。圉人双牵临水边，草色离离乱云绮。令人疑到渥洼傍，波底风雷斗龙子。细看不是白鼻騧，恐是当朝狮子花。紫燕纤离各惆怅，其余驽劣何足夸。忆昔爱马不惜千金货，君王勤政楼头坐。奚奴黄衫双绣靴，厩中骑出楼前过。红帕初笼汗血香，玉鞭轻拂桃花破。吁嗟玩物竟何益，遗迹徒使丹青播。只今烽火西北来，沙场未闻千里才。千里才，固有时，回头为问御者谁。君不见古人养马如养士，一饱能酬千里志。今人养马如养豚，厩下常堆蒺藜刺。古之良马何代无，可笑今人空按图。朱锡鬯云："仲默题画诸篇，源出杜陵，匪徒貌似，神亦似之。"

吴伟飞泉画图歌

长安独过田子舍，留我一玩飞泉画。绝壁如闻风雨来，晴天安得蛟龙挂。吴生跌宕得画理，潦草落笔皆可喜。飞泉却出杳嶂间，山即真山水真水。客堂六月生昼寒，耳中仿佛高江滩。源潭窈窕不可测，波浪汹涌多奇观。泉边二老颜色异，偶坐似是庄与惠。万里谁论到海心，百年讵识临渊意。伟哉田子今儒宗，文标南指匡庐峰。不须对此更惆怅，会观瀑布青天上。杉风松日隔缥缈，云泷雪赣何雄壮，我常梦往神空向。岂无吴生好手笔，为我写寄庐山障。吴明卿云："气韵生动，画中山水人物，历历如睹。"

画　鱼

大鱼昂藏若人立，冲波跋浪风江急。傍观二鲤各有神，倏忽波涛随出入。中堂髻鬣动杳冥，坐久始识为丹青。青天万里拂绢素，笔力咫尺开沧溟。禹门天池云雾里，白昼雷霆行地底，何人有力移置此。酒酣相视一改容，只愁化作三蛟龙。杨用修云："雄奇排宕。"

明月篇 并序

仆始读杜子七言诗歌，爱其陈事切实，布辞沉著，鄙心窃效之，以为长篇圣于子美矣。既而读汉、魏以来歌诗及唐初四子者之所为，而反复之，则知汉、魏固承《三百篇》之后，流风犹可徵焉。而四子者，虽工富丽，去古远甚，至其音节，往往可歌。乃知子美辞固沉著，而调失流转，虽成一家语，实则诗歌之变体也。夫诗，本性情之发者也，其切而易见者，莫如夫妇之间。是以《三百篇》首乎《雎鸠》。六义首乎《风》，而汉、魏作者，义关君臣朋友，辞必托诸夫妇，以宣郁而达情焉，其旨远矣。由自观之，子美之诗，博涉世故，出于夫妇者常少致，兼《雅》《颂》而风人之义或缺。此其调反在四子之下与？暇日为此篇，意调若仿佛四子，而才质猥弱，思致庸陋，故摛词芜紊，无复统饬，姑录之，以俟审声者裁割焉。

长安月，离离出海峤。遥见层城隐半轮，渐看阿阁衔初照。潋滟黄金波，团圆白玉盘。青天流影披红蕊，白露含辉泛紫兰。紫兰红蕊西风起，九衢夹道秋如水。锦幌高褰香雾浓，琐闱斜映轻霞举。雾沉霞落天宇开，万户千门月明里。月明皎皎陌东西，柏寝岧峣望不迷。侯家台榭光先满，戚里笙歌影乍低。濯濯芙蓉生玉沼，娟娟杨柳覆金堤。凤凰楼上吹箫女，蟋蟀堂中织锦妻。别有深宫闭深院，年年岁岁愁相见。金屋萤流长信阶，绮栊燕入昭阳殿。赵女通宵侍御床，班姬此夕悲团扇。秋来明月照金微，榆黄沙白路逶迤。征夫塞上行怜影，少妇窗前想画眉。上林鸿雁书中恨，北地关山笛里悲。书中笛里空相忆，几见盈亏泪沾臆。红闺貌减落春华，玉门肠断逢秋色。春华秋色递如流，东家怨女上妆楼。流苏帐卷初安镜，翡翠帘开自上钩。河边织女期七夕，天上嫦娥奈九秋。七夕风涛还可渡，九秋霜露迥生愁。九秋七夕须臾易，盛年一去真堪惜。可怜扬彩入罗帏，可怜流素凝瑶席。未作当垆卖酒人，难邀隔座援琴客。客心对此叹蹉跎，乌鹊南飞可奈何？江头商妇移船待，湖上佳人挟瑟歌。此时凭栏垂玉箸，此时灭烛敛青蛾。玉箸青蛾苦缄怨，缄怨含情不能吐。丽色春妍桃李蹊，迟辉晚媚菖蒲浦。与君相思在二八，与君相期在三五。空持夜被贴鸳鸯，空持暖玉擎鹦鹉。青衫泣掩琵琶弦，银屏忍对箜篌语。箜篌再弹月已微，穿廊入闼霭斜辉。归心日远大刀折，极目天涯破镜飞。朱锡鬯曰："初唐四子体，今人弃之若土苴矣。然其音节宛转，从六朝乐府中来，初学者正不可不知也。仲默《明月篇》拟议颇工，未堕恶道。少陵诗云：'王杨卢骆当时体，轻薄为文哂未休。尔曹身与名俱灭，不废江湖万古流。'其论诗之指若此，然则初唐亦岂可尽废乎？"

辰溪县

早发辰溪渡，清川喜泛舟。山城欹粉堞，江驿映朱楼。雨骤沙颓岸，天寒水露洲。蛮音闻渐异，迢递动乡愁。

查城十五夜对月

天上何所有，团团白玉盘。可怜秋半月，只是客中看。影直朱楼午，轮高青嶂寒。美人何处共，光彩隔云端。一气旋折，凄艳动人，与少陵"今夜鄜州月"格意不殊。

峡　中

自昔偏安地，于今息战侵。江穿巫峡隘，山凿鬼门深。浊浪鱼龙黑，寒天日月阴。夜猿啼不尽，凄断故乡心。

雨　霁

断雨悬深壁，余雷震远空。苍林横落日，碧涧下残虹。万井波光静，千家树色同。何因共朋好，归咏舞雩风。

立秋寄献吉

山城一叶下，水榭已迎秋。夜迥商风至，天空大火流。稍苏司马病，翻遣宋生愁。日暮关河外，思君重倚楼。

玉　泉

行游金口寺，坐爱玉泉名。云去随龙女，风来动石鲸。入宫朝太液，穿苑象昆明。却望天河水，迢迢万古情。陈卧子云："雅丽深永。"

送孙世其

似尔聪明少，吾生望未涯。孤城常作客，九月始还家。暮雨沉关树，寒风落渚花。洞庭秋色里，为我吊长沙。

怀沈子

沈生南国去，别我独凄然。落月清江树，归人何处船。十年安陆舍，数口太湖田。想到乡园日，生涯亦可怜。沈山子云："极似襄阳。"

登坚山寺

西峰插天起，绝顶寺门开。云里一僧住，山中无客来。落花平讲席，积草遍香台。我欲闻清梵，焚香坐不回。

西郊秋兴

野屋清秋暮，寒沙易朔风。岁年悲老树，歧路感孤蓬。醉岂逃名士，狂非避世翁。寻常门自掩，无客到山中。

旧家浉水上，门向钓台边。近市来沽酒，中流坐放船。蒹葭开晚照，洲渚接寒天。渔父如相识，长歌过我前。

长安月

万里长安月，曾看照绮罗。徘徊留舞席，宛转逐游珂。锦幌披青雾，朱楼拂绛河。佳人独愁思，终夕抱云和。

登钓台

出郭冬初暮，登台日已曛。碧潭寒吐月，青嶂晚生云。名姓嫌人识，悲歌欲自闻。沙鸥莫飞去，应共尔为群。

得五清先生消息尚客澧州怅然有怀

洞庭西去路，消息几回闻。地僻难逢雁，天长只见云。白蘋悲楚客，斑竹怨湘君。宋玉哀师意，空传九辩文。

夫子先辞国，嗟予亦罢官。生涯同去住，世事各悲欢。楚地江湖阔，巴山道路难。白头慈母在，雨雪更愁寒。炼句、炼意、炼格，并臻绝顶，空同能道只字否？

送李令赴宜城

名邑今为宰，东行更属秋。青天见海岱，明月下河洲。柳傍弹琴坐，花随放舄游。苍生未苏息，须拜富民侯。

送贾郡博之阶州

十载一儒官，西行路复难。羌夷应俎豆，边徼有衣冠。陇坂盘云上，秦城向斗看。好音怀万里，早晚报长安。嘉州。

送曹瑞卿谪寻甸

逐客滇南郡，云天此路长。高秋行万里，落日泪千行。作赋投湘水，题书寄夜郎。殊方气候异，去矣慎风霜。陈卧子云：“似高达夫。”

九日夜过刘以正别士奇

重阳愁独酌，深夜喜相过。万里惟秦客，三杯亦楚歌。霜笳沉海月，风雁起滹河。醉别黄花去，能忘白玉珂。

送彭总制之西川

蜀道青天上，岷山赤日西。九重连授钺，万里动征鼙。开府松杉静，悬军玉垒低。知公安蜀计，诸葛大名齐。杨用修云：“森严庄重。”

送以道次君卿韵

汝到河西日，常令消息闻。风尘暂把袂，霄汉忽离群。帆转天边树，楼停海上云。飘飘岐路侧，何地复逢君？

秋夕怀曹毅之

百卉飘零尽，孤鸿何处归？高楼横暮笛，万户捣寒衣。南国江湖远，佳人尺素稀。独愁谁与晤，明月鉴重帏。秀逸而有远神。

皇　陵

陵阙皇灵闷，山河王气遥。万年龙虎抱，每夜鬼神朝。玉碗留天地，金灯照寂寥。如看翠华度，缥缈在青霄。沈确士云：“足继行次昭陵之作。”

殿试宿张子淳郎中署奉和马张二光禄乔直阁诸公

东殿春朝晚，南宫夜宿深。锁闱犹月色，开阁更松阴。地迥神仙接，天高象纬临。诸君清庙作，三叹有余音。蒋春甫云："下字虚实俱炼。"

得王子衡赣榆书

万里一书札，逾年传帝都。窜身天地远，垂泪海云孤。柳送燕台骏，花留汉殿凫。赤霄终道路，白发且江湖。

关　门

虎卫关门迥，龙沙塞曲深。风云时有气，日月昼长阴。中使西来讯，千官北望心。天寒汉宫阙，翠盖忆春临。吴明卿云："气骨清苍。"

防　寇

万国犹防寇，三年未罢师。天清闻鼓角，野旷见旌旗。岸雪晴含照，山云晚趁姿。孤臣北上日，想望太平时。

中秋无月

月赏今年罢，高楼独客愁。关山中夜笛，江汉故乡舟。暗雨捎檐入，秋萤度槛流。应知云雾上，天柱有人游。

雁

呖呖胡笳怨，飘飘南雁翔。长风度关塞，九月下潇湘。积水浮连影，遥空起断行。故园秋望尽，闻尔泪沾裳。三、四咏雁绝唱。

苏子游赤壁图

垂老黄州客，高秋赤壁船。三分留古迹，两赋到今传。落日寒江动，青天断岸悬。画图谁省识，千载尚风烟。

同敬夫游至华阳谷闻歌

名邑今重过，终南第一游。山中白雪倡，天上彩云流。柳散秦川色，花含杜曲愁。同时霄汉侣，十载卧林丘。

登楼凤县作

近讯中原使，兼登万里楼。朝廷仍北极，行在且南州。峡断风云隔，江通日月流。如闻乘八骏，早晚向昆丘。沈确士云："此为武宗南幸而作。"

武　关

北转趋刘坝，西盘出武关。微茫一线路，回合万重山。天地几龙战，风云惟鸟还。关门锁溪水，日夜送潺湲。没石饮羽之技。

昭烈庙

漂泊依刘计，间关入蜀身。中原无社稷，乱世有君臣。峡路元通楚，岷江不向秦。空山一祠宇，寂寞翠华春。黄清甫云："匪值倜词，亦存名教。"

武昌闻边报

传闻犷骑近长安，北伐朝廷已遣官。路绕居庸烽火暗，城高山海戍楼寒。一时边将当关少，六月王师出塞难。先帝恩深能养士，请缨谁为系楼兰。姚仙期云："孝宗语刘健云：'临阵以军法从事，所拟太重，恐边将起轻杀之渐。'此亦恩深能养士之一也。"

长安驿

暮雨潇潇云黯然，数家山下起炊烟。窗闻早雁秋多思，门对寒流夜不眠。远使正持三楚节，旧游曾扣九江船。驿程南去无穷路，来往风尘阅岁年。

岳　阳

楚水滇池经万里，使车重喜过巴丘。千家树色浮山郭，七月涛声入郡楼。寺里池亭多旧主，城中冠盖半同游。明朝又下章华路，江月湖烟绾别愁。清华流转。大复集中最上乘。

月潭寺

玲珑金刹白云边，踏阁攀林一径穿。龙出洞门常作雨，鹤巢松树不知年。僧来殿上鸣钟饭，客到山中借榻眠。怪底夜来难得寐，秋风窗下绕流泉。

安庄道中

处处人家空薜萝，几年凋弊扰干戈。山过白水峰峦峻，路入盘江瘴疠多。岭徼土风连百粤，郊原人语杂诸罗。侧身西望看铜柱，此地曾经马伏波。

病　后

病后频经节序过，不将风景怨蹉跎。秋来门巷依枫橘，岁晚衣裳恋芰荷。洛下闲居辞宦早，茂陵消渴著书多。凤凰池上三年客，骤裛空鸣白玉珂。

吹　笛

横笛高城弄晚飔，碧空如水雁来时。关山月落肠应断，楼阁秋生响易悲。杨柳天边浑折尽，梅花江畔故开迟。武陵回首南征路，一曲那堪马上吹。如此学杜，方是脱胎，而非剽窃。

七　夕

夜久江城风露收，微云斜汉两悠悠。闺中捣素思关塞，楼上穿针待女牛。屏烛影深秋似水，池花香澹月如钩。桂宫高处寒多少，谁念嫦娥此夕秋。

月潭寺

绿萝阴下列蒲团，茗叶松花进晚飧。近水云霞晴亦雨，傍岩楼阁昼长寒。旅怀寥落逢秋半，僧话淹留坐夜阑。惆怅尘踪又南去，朝来钟磬隔烟峦。

华容吊楚宫

别馆离宫艳绮罗，细腰争待楚王过。章华日晚春游尽，云梦天寒夜猎多。废殿有基人不到，荒台无主鸟空歌。西江烟月长如旧，只有繁华逐逝波。

秋　兴

忆在京华近侍年，五更清珮入朝天。凤凰池接夔龙会，阊阖楼开日月悬。南国自通沧海贡，塞尘不动玉门烟。只今病卧遥回首，夜夜清光北斗边。

前岁今皇新御极，凤衔恩诏出明廷。孤槎奉使日南国，万里题诗天畔亭。地入金沙江浩浩，风连铜柱海冥冥。昆明亦在滇城里，池上虚疑织女星。

蜀中形胜千年在，峡树江花照使袍。神女庙深虚暮雨，汉王台迥落秋涛。渔人东望沧浪阔，客子西来滟滪高。不见啼猿系舟处，风波遥夕梦魂劳。

汉水东驰入楚来，长沙秋望洞庭开。江清楼阁中流见，日落帆樯万里回。去国尚思王粲赋，逢时空惜贾生才。湘南两度曾游地，惆怅烟花暮转哀。少陵未易学步，庄丽故是大复本色。

溪　上

溪上茅斋不掩扉，西风初罢芰荷衣。月寒沙柳萧萧落，天晚江鸿肃肃飞。野客行吟水边立，家人沽酒夜深归。相逢醉语休辞数，城外黄花渐觉稀。

答雷长史

每诵清词动我愁，山中岁暮若为酬。因攀桂树遥相忆，欲寄梅花可自由。万里江湖双涕泪，百年天地几交游。谁怜旧日中朝客，谪向王门半白头。

八日王宗哲宅见菊

燕台丛菊艳秋堂，楚客乡心益渺茫。人世几回逢一笑，天涯明日过重阳。高云锦石寒相映，细雨清沙湿不妨。况是右丞多雅咏，可能无兴醉花傍。

送雷长史

彤管先朝随帝子，白头今日奉王孙。汉庭亦羡相如美，楚客重看贾傅尊。花下图书开玉殿，日高琴瑟在朱门。十年庭阁淮西宴，肠断梁王雪夜樽。陈卧子云："潦倒迟暮，写得可念。"

寄黔国公

万里山川开百粤，十年戎马暗三巴。伏波铜柱冲炎塞，横海楼船出瘴沙。鸿雁不传天北字，琼瑶空忆日南华。飘飘奉使金门客，目断银河八月槎。

送张国宾进万寿表还

名王表达维藩礼，宾使恩勤奉教时。凤管暂停秦女曲，龙旗遥睹汉官仪。秋枫旅梦回青琐，春草乡情动玉池。归到定知承睿问，雪园梅殿有佳期。

刘德徵上陵还有赠

仙郎昨自五陵归，骏马朝回独掩扉。已向西山瞻帝寝，更从北极眺王畿。霜钟涧壑流清汉，玉殿松杉眇翠微。先帝侍臣零落尽，泰园宫草日霏霏。与昌谷《昔送宫车出》之作，并见忠爱。

送刘养和侍御谪金坛

丹阳北郭是金坛，此去无歌行路难。当道豺狼曾避马，得时鹰隼却惊鸾。风霜岁杪留颜色，铁石人间识肺肝。汉北陕南今涕泪，不知迁逐向江干。

得献吉江西书

近得浔阳江上书，遥思李白更愁予。天边魑魅窥人过，日暮鼋鼍傍客居。鼓枻襄江应未得，买田阳羡定何如。他年淮水能相访，桐柏山中共结庐。沈确士云："神来之作，所谓章法之妙，不见句法者。"

送韩大令赴新都

汉庭仙令几时回，蜀道风烟此日开。万里一琴将鹤去，九霄双舄望凫来。云边石栈斜悬阁，树里春流曲抱台。藏器久知盘错志，脱囊今见古人才。

送施聘之侍御

海甸春风揽辔情，燕关骢马去还鸣。绣衣霄汉花间出，锦缆江湖树里行。近日西台多谏草，少年南国有诗名。别弦更忆风流调，愁听东城二月莺。宗子相云："绮语逸韵，恍对王谢风流。"

鲥　鱼

五月鲥鱼已至燕，荔枝卢橘未应先。赐鲜遍及中珰第，荐熟谁开寝庙筵。白日风尘驰驿骑，炎天冰雪护江船。银鳞细骨堪怜汝，玉箸金盘敢望传。沈确士云："赐及中珰，而寝廟未荐，则波及臣家，益无望矣。中含讽谕，不同寻常赋物。"又云："少陵'西蜀樱桃'，一种作法。"

送卫进士推武昌

少年佐郡楚城居，十郡风流尽不如。此去且随彭蠡雁，何须不食武昌鱼。仙人楼阁春云里，贾客帆樯落照余。大别山前江汉水，画帘终日对清虚。穆敬甫云："风度若鲤跃晴波，鸟鸣春谷。"

怀寄边子

汝从元岁侍今皇，谁念先朝老奉常。一出云霄空怅望，十年歧路各苍茫。春天缥缈金茎露，昼日氤氲紫殿香。独有扬雄尚陪从，白头抽笔赋长杨。

送陆舍人使吴下

柳拂清江画鹢飞，节旌更喜便南归。回风树里吹官骑，返照河边上客衣。北固楼台秋寺遍，长洲花草故宫非。登临莫怪多词赋，吴下才人是陆机。

送秦豫斋南归领教安仁

两年京国喜同游，忍送孤帆下潞州。世事悠悠雁南去，客怀渺渺水东流。云间树色通吴苑，月下潮声过石头。闻到锦江三亩宅，开门遥对万峰秋。

送徐主事还金陵

送客出门三月暮，片帆遥见石头城。南方山水登仙兴，北望星辰恋主情。花暗河桥春雨细，月残江馆夜潮平。凤凰台上重回首，六代繁华野草生。穆敬甫云："风致如月出石渠，芙蓉散华。"

辋　川

飞泉万壑通蓝水，仄径千峰入辋川。野老岂知旌节到，世人空作画图传。鼋鼍岸坼疑无地，鸡犬林开忽有天。即此买山堪避俗，桃源何处访神仙？

送胡承之北上

秦关迢递南山曲，汉阁嶙峋北极长。扬策耻夸终孺子，上书不学老冯唐。斗边银汉仙槎影，天上春云画省香。此去中朝才子列，定知词赋有辉光。似东川。

独　立

独立对秋阴，冥冥望河渚。只见沙上烟，不见烟中雨。

长　安

白云望不尽，高楼空倚栏。中宵鸿雁过，来处是长安。

盩厔清明日

独树桃花自发，高楼燕子谁家。可惜年年春色，催人白发天涯。

江南思

灯下雨鸣秋舫，浦口潮回暮钟。何处相思不见，江南开遍芙蓉。

秋日杂兴

雨花风叶总堪怜，海燕江鸿各渺然。莫向高楼空怅望，暮蝉多在夕阳边。

急杵繁砧一郡秋，西风落月万家楼。不知塞上征人怨，但见闺中少妇愁。

别相饯诸友

双井山边送客时，满林风雪倍相思。西行万里遥回首，太华终南落日迟。沈确士云："只写景而离情自见，得唐人三昧。"

任洪器草亭

绕屋南山空翠静，数枝寒菊一篱烟。酒醒读罢秋声赋，风落松梢响石泉。

送乡人还

杨柳花飞芜草青，故乡南望几长亭。城边客散重回首，愁见孤鸿落晚汀。

送韩汝庆还关中

华岳云台万里情，高秋落日眺秦城。黄河一线通沧海，身在仙人掌上行。

卷五上

徐祯卿　六十一首

祯卿，字昌谷，太仓人，迁吴县。天资颖异，家不畜一书，而无所不通。与文徵明、唐寅、祝允明齐名，号“吴中四才子”。弘治乙丑举进士，除大理寺左寺副，降国子监博士。卒于京师，年三十三。其诗自选为《迪功集》，又有别稿曰《叹叹》《焦桐》《鹦鹉》《花间》《野兴》《自惭》等集，又断作诗妙旨为《谈艺录》一卷。

郑继之曰：“昌谷《迪功集》，今行于洛阳者，献吉多为更定，失昌谷真。盖献吉虽与同调，其丰神气魄，自有不相能者矣！”

王元美曰：“昌谷如白云自流，山泉泠然，残雪在地，掩映新月；又如飞天仙人，偶游下界，不染尘俗。”又曰：“昌谷乐府、选体、歌行、绝句，咀六朝之精英，采唐初之妙则，律体微乖整栗，亦浩然、太白之遗。”

王敬美曰：“诗有必不能废者，虽众体未备，而独擅一家之长。如孟浩然洮洮易尽，止以五言隽永，千载并称‘王孟’，我明其徐昌谷、高子业乎？二君诗大不同，而皆巧于用短：徐以高韵胜，有蝉蜕轩举之风；高以深情胜，有秋闺愁妇之态。更千百年，李、何尚有兴废，徐、高必无绝响。”

胡元瑞曰：“昌谷虽服膺献吉，然绝自名家。献吉讥其‘大而未化，蹊径存焉’。何元朗谓‘献吉诗比之昌谷，蹊径尤甚’。王凤洲谓

'昌谷所未至者，大也，非化也'。世以何、王为笃论。"

穆敬甫曰："徐诗如皋兰猗靡，修竹婵娟，足称雅致。"

陈卧子曰："昌谷存诗无多，乃与李、何鼎足。观其《谈艺录》，皆深造之言，宜其短章片语，无不连城也。"又曰："昌谷似与仲默同源，然仲默俊逸，昌谷矜贵，又自有殊。"

朱锡鬯曰："昌谷绝句，尤胜诸体，《兴庆池头》《送君南下》等作，虽龙标、供奉复生，何多让焉？"

王贻上曰："黄鲁直晚年，自刊定其诗，止三百八篇。徐昌谷自选其《迪功集》，亦止三百余首。昔人自爱其名如此。所谓'白头花钿满面，不如美人半妆'也！"

周青士曰："李、何专主学杜，昌谷兼师盛唐诸家。此后薛君采、蒋子云、高子业、华子潜、皇甫昆弟，皆清婉成音，各极其致，虽非昌谷流派，而风调实自昌谷启之。"

娄东诗派曰："昌谷中年学道有得，闻王阳明先生讲学，曰：'道果在是。'会疾作，不能往，谓子伯虬曰：'墓铭其属阳明。'临终神志不乱。使天假之年，岂止一慧业文人已哉！"

步出西阊吟

步出西阊里，草繁路如缕。四望何所有，遥见丘坟郁朊朊。悲风萧条百鸟声，寒日潜光昏黍稌。低徊步念不自已，魂魄终当归此土。还家语妻子，桃根摧伤李代腐。沉吟此曲不敢尽，恐君流酸彻肺腑。

杂　谣 此纪正德三年八月之变。

夫为虏，妻为囚。少妇出门走，道逢爷娘不敢收。东市街，西市街。黄符下，使者来。狗觫觫，鸡鸣飞上屋，风吹门前草肃肃。李舒章云："谣语。极苍茫。"

少年行

生长在边城，骑射有声名。召募河源去，长屯都护营。登山望敌气，间道击胡兵。十决推雄战，连呼拔虏旌。云中息刁斗，天上扫欃枪。坐弄胡笳月，梅花陇水清。有雅歌投壶气象。

倡家咏效何逊

帘栊秋未晚，花雾夕偏佳。暗牖通新烛，虚堂响落钗。淅淅乌栖树，明明月堕怀。相思不可见，兰生故绕阶。钟广汉云："此昌谷少作，置之《玉台新咏》中，其谁能辨？"

从军行

青天碛路挂金微，明月洮河树影稀。鸿雁哀鸣飞不度，黄云戍卒几时归？

望行人

秋原迷望草芊芊，几树荒鸦落照前。驿使回时曾寄语，西风早晚渡秦川。

诵陆厥李夫人歌效其体咏汉武

郁金臂上香，龙烛帐中光。昔时愁夜短，今时怨夜长。长夜怨，彻旦思。情漠漠，魂离离。新宫夜雨生香草，故苑秋风销桂枝。欣见帷中步，翻成梦里悲。

湘中曲　或作朱应登诗，误。

湘州草深鹎鸩鸣，湘江水清多芷蘅。月明伊轧中流桨，疑是湘娥鼓瑟声。

春草千里碧沉沉，苍梧云高湘水深。此中自古行人怨，鹧鸪双啼斑竹林。浅浅写来，风调自佳。

塞上曲

风急交河水正浑，黄沙日落战云昏。牛羊满地干戈里，独立营门望五原。龙标高唱。

古　意　赠刘子

空为郢中客，不见郢中吟。美人高堂上，自奏山水音。帝子葬何处，潇湘云正深。寂寥谁共赏，江上独伤心。宋辕文云："清婉有古风。"

舟　怀

天旷多树林，日赤溪路永。我行一何劳，窈窕溯川岭。湍流好石斗，沙砾与舟鲠。行行指前栖，望望不得逞。火云渐暧灭，蝉鸣空山静。奄忽青松间，了了挂圆景。一与幽赏遇，遂使烦虑屏。先书谢庐僧，为扫香炉顶。

送　友

瓜生葛薪下，缘蔓义相因。人生结交故，婉娈自谐亲。交义谅不远，戚若同株根。勿采棘下瓜，棘伤多苦辛。不惜伤者苦，但恐株荄分。念当与子别，恻恻伤我神。近《十九首》气格。

留别边子

我车驾言迈，将子城之隅。岂无他人亲，嬿娈心自知。握手一为叹，忽忽从此辞。驱车何迢迢，迢迢复迟迟。匪我车轮迟，行子有所思。登高望河水，河水何弥弥。褰裳欲涉之，俯首以踟蹰。孤杨生河干，袅袅何差差。民生失俦匹，恻尔令心悲。沈确士云：“‘褰裳欲涉’以下，忽著比体。此古人章法。”

留别都城诸同志

对酒忽不乐，怅然怀别离。别离结中劳，眷彼长路歧。苒苒郊河树，暧暧关门祠。伫望潇湘水，先与秋风期。鸿雁云中来，嗷嗷使人悲。怀哉尔方集，怅矣予当辞。

江夏题王太守城南精舍

林步不觉远，溪流随兴长。悠然深竹里，独往绿萝庄。山色佳南郭，平畴连北堂。野人来荷锄，蚕月百草芳。寤惬白云赏，载谣丛桂章。垂杨足池鲤，闲牖有壶觞。念此牵情性，何劳缁素裳。

吴江桥亭游眺

郡右多丽山，湖南富鲜水。溶溶苍树浮，漭漭白烟起。中土屹衰城，重波泛人市。出郭接修梁，垂穹贯遥沚。上有临流构，高风衍清祀。百汇引虚明，诸州拆表里。隐约云中樯，纷纭隰间秄。宵澄月色阔，风远渔歌靡。空睇眇不极，瑶胸荡余滓。悟彼扁舟人，伤此尘代子。

青门歌　送吴郎

吴郎醉嗜长安酒，落魄自言为客久。走马频看上苑花，回鞭几折青门柳。青门曈曈鱼钥开，乳燕游丝相逐来。柳下雕鞍留别袂，花间酒盏覆苍苔。浮云去去辞城阙，芳草连天那可歇。野店春风听早莺，关河晓树悬新月。千里淮流双画桡，广陵驿前逢暮潮。落日帆归扬子渡，青山家对伯通桥。吾家流水元非隔，宛转胥台通巷陌。草长难寻仲蔚居，林深不辨陶潜宅。清溪屋下可垂纶，复有莼羹足献亲。君归倘食冰丝鲙，为念羁栖塞北人。陈卧子云：“似胜李颀。”

送士选侍御

壮士乐长征，门前边马鸣。春风三月柳，吹暗大同城。芦沟桥下东流水，故人一樽情未已。遥天飞尽陇头云，唯见居庸暮山紫。羡君鞍马速流星，予亦孤帆下洞庭。塞北荆南心万里，佩刀长揖向都亭。

从吴学士侄奎观模米襄阳山水图并学士题识

昔上黄鹤楼，西望襄阳堤。襄阳草树淡于染，清猿落日令人迷。归来复见襄阳画，银海珠源恍余派。楚山沉沉烟雾高，淋漓七泽翻波涛。渔舟贾舶入点缀，竹林枫树悬江皋。白云缥缈苍梧遥，旖如湘君垂素旄。我欲乘云向空举，拄杖呼云云不起。山中萝薜不可亲，怅望伊人隔秋水。延陵学士襄阳俦，对此踟蹰搔白头。碧山心期竟已矣，回首岁月成墟丘。犹有篇章未磨灭，教人空忆旧风流。色泽古秀。

应侯示我史生画海鲸帐遂为歌

穷冬壮阴合，海水凝不流。谁驱溟渤欻在眼，白日汹动雕梁浮。长鲸东来忽掉尾，喷沫为雨蛟鼍愁。森然鳞甲半天黑，鬐鬣鼓拂扶桑幽。龙门万仞入仿佛，洪涛迥见翻霹雳。鲸游直犯气势高，雪山俄崩莽奔激。却愁一夕风雨至，婴见真龙出空壁。东吴史生不好武，自矜笔法继乃父。时向人间索酒尝，往往循墙貌龙虎。亦从上官扫大幅，更觉挥斥用心苦。应侯重此乞我题，满堂落笔惊淋漓。若道能骑上天去，只今谁有谪仙词？规仿老杜题画诗。

寄华玉

去岁君为蓟门客，燕山雪暗秦云白。马上相逢脱紫貂，朝回沽酒城南陌。燕山此日雪雰雰，只见秦云不见君。胡天白雁南飞尽，千里相思那得闻。朱子蓉云："原本太白'去岁何时君别妾'一篇，而不见其摹拟之迹。可谓善学古人。"

彭　蠡

茫茫彭蠡口，隐隐鄱阳岑。地涌三辰动，江连九派深。扬舲武昌客，兴发豫章吟。不见垂纶叟，烟波空我心。陆冰修云："襄阳遗韵。"

在武昌作

洞庭叶未下，潇湘秋欲生。高斋今夜雨，独卧武昌城。重以桑梓念，凄其江汉情。不知天外雁，何事乐南征。李舒章云："八句竟不可断。"〇王贻上云："此诗与玄晖'洞庭张乐地'、太白'牛渚西江夜'、襄阳'挂席几千里'同为千古绝调！"

送范静之迁威州

吾怜范巨卿，悃愊不邀名。作吏竹林下，清风讼狱平。与君同得罪，独窜夜郎城。万里巴江水，相思猿狖鸣。以古体为律诗，卓然高格。小家不解，辨此。

送友人还吴

阳月随阳雁，遥从塞上来。北人江北望，不见陇头梅。坐下杨朱泪，吟为庄舄哀。聊传数行札，千里送君回。浑健，似宋延清。

酬边太常于燕山见忆之作

故人惠思我，百里寄瑶音。独在山中宿，松斋清道心。霜钟流夜壑，曲涧入幽琴。寂寞悲千古，桥陵梓橡深。

登支硎山楼迟游侣

谷寺怜幽密，兹楼表丽观。烟云连壑动，竹树入门寒。独往迷前径，凭高迟所欢。时闻有清磬，遥出暮林端。

长陵西望泰陵

昔送宫车出，长悲西雍门。今来寒食节，独望灞陵园。杳杳仙城闭，萋萋封树繁。当时侍从客，恸哭几人存。沈确士云："隔句对，泯然无痕。忠爱之意，溢于言表。"

嘉禾道中

槜李城何在，萧条草树存。未醒吴苑酒，已动越乡魂。问水来天目，看桑过石门。愁闻鹈鸰语，宁听楚山猿。俞右吉云："道吾乡风景者多矣，方万里'出户即乘船'，徐昌谷'看桑遇石门'，语似浅而实切。"

送许补之还丹徒

怜君挥手去，匹马向南天。旅病青山外，乡心落日悬。燕关变积雪，淮柳动新烟。驿路重云里，相思易隔年。

送周梦良令临朐

官桥一壶酒，来送穆陵人。去住同为客，风烟各损神。征途残腊尽，到日柳条新。要自酬知己，寸心宁复陈。黯然销魂。

驾出南郊退简边乔二太常

斋殿銮舆下，郊宫凤野开。霜戈迎日动，芝盖拂云来。辇道前旌直，钩陈翼骑回。甘泉枚朔侍，词赋接仙才。

赠罗浮山人

闻有罗浮客，临流眠白云。海峰帆外接，江影树中分。萝户春常闭，林香昼自焚。月明岩畔石，遥礼大茅君。

途　次

洪津春渺渺，落日水沄沄。路合原前树，舟移沙上云。芳蘋净渚色，缃帙对鸥群。坐觉海潮满，烟波愁向君。简澹。

山　中

遥听伐木响，忽闻樵者歌。独行山涧远，宴坐暮蝉多。旷土惜形役，幽人牵薜萝。明时倘难弃，巢许意如何。萧爽。

送　友

送子胡为别，南中建节行。江虚星斗动，月落海潮平。兰杜通幽梦，风烟接去尘。悬知有高兴，留滞岳阳城。

月

故园今夜月，迢递向人明。只自悬清汉，那知隔凤城。气兼风露发，光逼曙乌惊。何事江山外，能催白发生。朱子蓉云："此诗却学杜。"

逢蛮使语

五岭驰蛮使，三秋达蓟京。北来江草尽，南眺瘴云平。乡梦清猿隔，边心旅雁惊。辛勤万里札，怀简未宜轻。

寄杭东卿

西湖十月烟水平，梅花参差千树明。越王城畔气应早，林逋宅边江更清。驿使章台空寄别，霜天玉笛暗沾缨。故人若有扬州兴，为听春鸿白雪声。

送耿晦之守湖州

远下吴江向霅川，高秋风物倍澄鲜。鸡鹊菰叶翠相乱，锦石游鳞清可怜。邮渚挝频津吏鼓，渔歌唱近使君船。吴兴岘山足胜事，汉水襄阳空昔贤。沈确士云："写湖州山水清远，宛然在目。"

送盛斯徵赴长沙

昔愁越巂千峰仄，转入巴渝万里赊。岂料圣恩怜贾谊，犹烦佐郡出长沙。蛮中瘴远三湘水，江畔春逢十月花。遥听岳阳楼上笛，可能回首忆京华。沈确士云："送人每以忠爱勉之，此立言之体。"

简唐伯虎

麻纸功名笑浪传，如今袖手了尘缘。交朋零落看书札，花月萧条问酒钱。数里青山骑犊醉，一床黄叶拥秋眠。心期兀兀成幽病，谁与高人办草廛。写得高士行径出。

灵隐寺赠静公

闻有千年寺，长松冷翠深。冲虚半楼阁，落日更登临。舟楫窗中小，藤萝天际阴。江流明暮霭，石涧响空林。蟠据雄都会，风烟异古今。幽真余有慕，诗意尔能寻。云翼无言健，渊鱼本自沉。终期白莲社，来就玉山岑。

凤鸣亭

凤鸣期不来，瑶华几销歇。唯有山中人，吹箫弄明月。昌谷五绝，澹而弥旨，足继王、裴"辋川唱和"诸咏。

月　轩

石室月已满，青林人未眠。向月步溪水，白云遥在天。

香　圃

露华散平林，月明在寥廓。时有天风来，泠然桂花落。

古　意

我有木兰舟，欲作三湘客。不愁湘水深，但畏湘中石。

土　城

边风万里来，忽聚土城口。土城无人行，独客倚衰柳。

送萧若愚

送君南下巴渝深，予亦迢迢湘水心。前路不知何地别，千山万壑暮猿吟。沈确士云："可敌大复《太华》《终南》之篇。"

安南歌　送沈使君四首，录一。

乌蛮滩上烟水声，伏波庙前秋月明。夜半津人挽舟上，夷歌偏动望乡情。陈卧子云："浑成。"

送方山人

严子滩头花落时，水清云碧净涟漪。孤舟相逐飞花去，一日看山到武夷。不减郑都官“扬子江头”之作。

流　闻 庚申七月作。

万里沙场鬼哭声，头颅如雪又纵横。可怜为国投戈死，不得君王识姓名。

将发夏口

鹦鹉洲边生暮烟，旅人南望思依然。尽道巴陵湖水阔，秋风莫渡汉阳川。

春　思

渺渺春江空落晖，行人相顾欲沾衣。楚王宫外千条柳，不遣飞花送客归。

偶　见

深山曲路见桃花，马上匆匆日欲斜。可奈玉鞭留不住，又衔春恨到天涯。深情幽怨。

题　扇

渺渺太湖秋水阔，扁舟摇动碧琉璃。松陵不隔东南望，枫落寒塘露酒旗。此诗王阮亭极喜诵之。

楚中春思

遵义门前暮柳斜，武当城里欲栖鸦。行人独立宫墙外，又见空园落杏花。绝世风神。

济上作

两年为客逢秋节，千里孤舟济水傍。忽见黄花倍惆怅，故园明日又重阳。沈确士云：“语不必深而情深，唐人身分如此。”

西宫怨

兴庆池头漏未阑，梨园弟子曲将残。花前更奏凉州伎，无那西宫月色寒。含蓄可味。

吊徐姬诗

姬，金陵人，善属诗，早死。余尝闻其句云：“杨花厚处春阴薄，清冷不胜单袂衣。”颇爱其有婉思，以诗吊之。

绕廊吟罢杨花句，欲觅杨花树已空。日暮街头春雪散，杜鹃无力泣东风。

［附录］

沈　周　九首

周，字启南，长洲人。祖澄、伯父真吉、父恒吉，皆隐居，工诗画。启南少从邑人陈孟贤游，得其经学指授。年十一，游南都，作百韵诗上巡抚侍郎崔恭，面试《凤凰台赋》，援笔立就，人以为不减王子安。景泰间，郡守欲以贤良荐，筮《易》得“遁”之“九五”，遂决意隐遁。所居有水竹亭馆之胜，四方名士过从无虚日。奉亲至孝。父殁，或劝之仕，对曰：“若不知母氏以我为命耶？奈何离膝下居？”恒厌入城市，于郭外置行窝，有事一造之。晚年匿迹，惟恐不深。巡抚王恕、彭礼咸礼敬之，欲留幕下，以母老辞。母年九十九而终。启南亦八十矣。又三年，以正德四年卒。启南于书无所不览，文摹左氏，诗学白、苏、陆务观，字仿黄山谷，并为世所爱重。尤工于画，评者谓为“明代第一”。所著有《石田诗钞》十卷，又有《石田杂记》《客座新闻》。

何元朗曰：“石田诗，有绝佳者，但为画所掩，世不之称。”

朱锡鬯曰：“石田诗，不专仿一家，中晚唐、南北宋靡所不学，每于平衍中露新警语。人既贞不绝俗，诗亦变而成方。七言如‘明月未来风满树，夕阳犹在鸟无声’‘竹枝雨暗蟏蛸户，豆叶风凉络纬篱’‘岁晏鸡豚邻社鼓，秋深虾蟹水乡船’‘芭蕉夜雪阑诗兴，蛱蝶春风卷画图’‘野色迎人过桥去，春风吹面傍花行’‘剪取竹竿渔具足，播开荷叶酒船通’‘青山一杖付归客，玉洞千花留故人’‘落木门墙秋水宅，乱山城郭夕阳船’‘酒醉又移花下席，书多别起竹间楼’，所谓‘诗中有画’者非邪？昔郭熙撰《林泉高致》，具摭唐人之句，取可入画者授人。若翁之诗，即此亦图之不尽也！”

二月八日过僧居

理舟指南郊，迢迢及侧景。中途止溪寺，孤烟接村暝。门前见新月，步步踏松影。虚寮寂无风，已有孤烛耿。衲子供炉香，其意似有请。草草成数行，狂书乱斜整。复作挂猿枝，墨沈带云冷。但记此经过，流传我何省。

经尚湖望虞山

日午放船湖上头，虞山随船走不休。高云仰见出翠壁，飞影下接沧波流。青林人家隐山麓，鸡鸣犬吠闻中洲。鸬鹚群栖竹叶暗，蜻蜓独立荷花秋。莲歌渔唱尚互答，落景在树犹堪游。小舟争渡各先去，独逆风波浑不忧。

从军行

马上黄沙拂面行，汉家何日不劳兵。匈奴久自忘甥舅，仆射今谁托父兄。云暗旌旗婆勒渡，月明刁斗受降城。左贤早待长绳缚，莫遣论功白发生。沈确士云：“忘世人有此悲状之作，诸选本往往遗之。”

溪亭小景

幽亭临水称冥栖，蓼渚莎坪咫尺迷。山雨乍来茆溜细，溪云欲堕竹梢低。檐头故垒雌雄燕，篱脚秋虫子母鸡。此段风光小韦杜，可能无我一青藜。宋人名句。

写怀寄僧

虚壁疏灯一穗红，闲阶随处乱鸣虫。明河有影微云外，清露无声万木中。泽国苍茫秋水远，居民流落野烟空。不知谁解抛忧患，独对青山忆赞公。

楚江秋晓图

天连湘汉水悠悠，水色微茫接素秋。残月已沉三国恨，乱云初散九疑愁。南方流落身将老，西堠萧条客倦游。欲采蘋花恨无伴，美人迢递隔沧洲。

题　画

草房仍著薜萝遮，地僻林深自一家。只道春风吹不到，门前依旧有梅花。

溪山落木正萧萧，野客寻诗破寂寥。一路夕阳秋色里，不知吟到段家桥。

题陶靖节像

典午山河已莫支，先生归去自嫌迟。寄奴小草连天绿，刚剩黄花一两篱。妙于寄托。

孙一元 十五首

一元，字太初，不知何许人。人问其邑里，曰："我秦人也。"尝栖太白之巅，故号"太白山人"。或曰安化王之孙。王坐不轨诛，故变姓名避难。太初踪迹奇谲，以铁笛、鹤瓢自随。善为诗，好谈论，所至倾动其士大夫。尝西入华，南入衡，东登岱，又游吴越，遂栖迟不去。铅山费宏罢相，访之南屏山寺，值其昼寝就卧，内与语，送之及门，了不酬对。宏出，语人曰："吾一生未尝见此人也。"后入湖州，与刘麟、龙霓、陆昆、吴琉结社，称"苕溪五隐"，买田溪上。举人施侃雅善太初，以其妻妹张氏妻之，生一女而卒，年三十七。琉葬之道场山，麟铭其墓，郑善夫序其文。有《太白山人漫稿》八卷。

王元美曰："太初如雪夜偏师，间道入蔡。又如鸣蜩伏蚓，声振月露，体滞泥壤。"

顾玄言曰："太初五律得孟襄阳幽处，七言得张曲江旷处。"

朱锡鬯曰："太初家本秦人，不受空同圈束。其诗亦不尽本唐音。观其与杭东卿论诗作，则知瓣香所向乃属涪翁。刘元瑞《墓表》谓'非唐以前则不顾'，未为太初知己。方山人太古读其所寄诗云'碧云行空月皎皎，春风满地花斑斑'，庶几近之！"

汪端论曰："石田、太初诗，不事绳削，而自无不合，气韵如山红涧碧，冷艳可人，明代之魏野、林逋也。○文衡山与石田同为吴中高士，然诗格近卑，且少警句，故未采录。是集以诗存人，不以人存诗也。”

陶渊明

渊明豪杰人，出处亦有道。昔读荆轲诗，仿佛见怀抱。晋室渐陵夷，一官非所好。刘裕乃何人，天意亦草草。归来卧浔阳，甲子纪年号。酒乃寓真情，菊也见孤操。

访樵者

远寻山中樵，不识山中路。隔林伐木声，遥忆林深处。不晤竟空归，日堕西陵树。

赠郑继之

司徒之官不可求，早年通籍金闺游。青袍只今厌奔走，儿女衣食泣道周。屡见文章出翠釜，未闻廊庙登天球。乡关万里望不及，风吹离思江花愁。野人劝汝早归来，尘埃肮脏难为俦。朝廷孽孽未除尽，早晚尚有巴蜀忧。冰雪照野惊岁暮，行人烽火路阻修。天狼出明东海岸，哀风独叫西康州。酒酣对汝不解事，为此长歌歌未休。

发漕河

初日浮高树，清鸥散浅沙。挂帆湖水上，闻笛野渔家。岸坼菰蒲合，云迷山郭斜。芳洲动幽兴，自起采蘋花。

同孟望之登虎丘山

停舟倚暮色，开盏对江渍。山迴朱甍出，钟鸣碧殿闻。林花交野岸，石壁动春云。落日狂歌客，登临兴不群。

同顾与成过蓉湖别墅

龙山斜带郭，树密野凉多。湖气薰晴日，云光净绿禾。茶瓜随地觅，村径与君过。伫爱幽居晚，儿童竹里歌。

江上别吴廷高约明年同游严陵钓台

一曲离歌日欲晡，寒云漠漠乱蘼芜。晚风江上人初别，黄篾楼中酒漫沽。冻树裹花春有迹，暮林无叶月平铺。明年准拟桐江去，共访严陵旧钓徒。

南屏山居

道人占断南屏景，十里青山带郭斜。对水柴门通鹤渚，隔邻烟火是渔家。岩头老桧占风雨，石上昌阳阅岁华。妆点太平还著我，棕鞋桐帽送生涯。

赠徐廷应

老翁白首负奇好，来往江湖称地仙。野鹜沙鸥各解事，青莼紫鳜宁论钱。月明满地夜呼酒，山色半帆秋放船。偶过海门访啸父，相逢各诵云烟篇。五、六爽逸可爱。

栖云楼

楼上闲云万顷漫，爱云长日倚阑干。岩花半落岚光重，木叶乱鸣江雨寒。野老自甘泉石味，儿童时进蕨薇盘。闲来更觉青山好，湘簟疏帘静里看。

夜　坐

中庭露下湿征裾，独起苍茫伫望余。河汉夜凉人语静，海门潮上月华初。盛时去国愁难破，看剑烧灯气未疏。三载相看隔南越，故山戎马久无书。第四语清旷。又有“水楼残夜月华明”句，亦佳。

乙亥元日

元日狂歌倒竹樽，东风昨夜到柴门。生逢盛世忧何事，家在青山道自尊。残雪疏林开旧色，白沙细浪长新痕。春来漫有沧洲兴，文鹈银䴔满钓艄。

山　中

来往不逢人，家住山深处。独鹤忽飞来，风动月中树。

秋　晚

秋晚未扃扉，秋亭一叶飞。采莲人不见，水面落红衣。

醉　吟

瓦瓶倒尽醉难醒，独抱渔竿卧晚汀。风露满身呼不起，一江流水梦中听。

卷五下

谢　榛 六十八首

榛，字茂秦，临清人，眇一目。少喜游侠，已而折节读书，刻意为歌诗。寓居邺下，赵康王宾礼之。嘉靖间，挟诗卷游长安。时濬县卢柟以非辜系狱，茂秦于诸贵人前诵柟所著诗赋，泣曰："生有一卢柟，视其死而不救，乃从千古哀沅而吊湘乎？"吴人陆光祖为濬令，平反其狱，柟得免死。李于鳞、王元美等方结社于燕，重茂秦行谊，推为盟长。后于鳞名盛，茂秦与论诗不合，于鳞遂遗书绝交。元美诸人，咸右于鳞而排茂秦，削其名于"七子""五子"之列。然茂秦游道日广，秦、晋诸藩争延致之，河南北皆称"谢榛先生"。赵康王薨，茂秦归东海。康王曾孙穆王亦礼茂秦，为刻其全集。复游燕、赵间。万历六年，卒于大名。有《四溟山人集》十卷，又有《诗家直说》。

江进之曰："求真诗于七子之中，则谢茂秦者，所谓'人弃我取'者也！"

陈卧子曰："茂秦沉练雄浑，法度森然，可称节制之师。"

潘之恒《亘史》曰："赵穆王雅爱茂秦诗。万历癸酉冬，茂秦自关中还郑，谒王，王宴之便殿，酒阑乐止，命所爱贾姬独奏琵琶，则茂秦所制《竹枝词》也。茂秦方倾听，王命姬出拜。光华射人，席地而坐，竟十章。茂秦曰：'此山人里言耳，请更制，以备房中之奏。'诘朝上《竹枝词》十四章，姬悉按而谱之。明年元夕，盛礼而归姬于茂秦邸舍，茂秦载以游燕、赵。越二年，至大名，客请赋寿诗百章，至八十余首，投笔而逝。姬率二子奉柩，停大寺之傍，每夜操琵琶一曲，歌茂秦《竹枝词》，必恸绝而罢。已乃以千金装付二子，令归葬，自破乐器归，老于阛阓间。后三十余年，寺僧犹能道其遗事。”

陈伯玑曰：“山人说诗，取初、盛十二家，并李、杜集中之最佳者，录成一帙，熟读之以会神气，申咏之以求声调，玩味之以裒精华。得此三要，造乎混成，不必塑谪仙而画少陵也！王、李诸公，心师其言，厥后虽争摈山人，其称诗之指要，实自山人发之。近人多以王、李为口实，并谢集亦束之高阁，不复寓目。间有诵法之者，止知其格调之高，而不知其意境之细。余谓山人诗，凡可想像模拟者便佳，以其用意委曲也。”

朱锡鬯曰：“七子结社之初，李、王得名未盛，称诗选格多取定于四溟。于鳞赠诗曰：‘谢榛吾党彦，咄嗟名七籍。遂令清庙音，乃在褐衣客。’于时，元美等作《五子诗》咸首四溟，而次以于鳞。既而布衣高论不为同社所安，于鳞乃遗书绝交曰：‘岂其使一眇君子肆于二三兄弟之上，必不然矣！’元美别定‘五子’，遽削其名，曰‘后五子’，则南昌余曰德德甫、蒲圻魏裳顺甫、歙汪道昆伯玉、铜梁张佳胤肖甫、新蔡张九一助甫也。曰‘广五子’，则昆山俞允文仲蔚、濬卢柟次楩、濮阳李先芳伯承、孝丰吴维岳峻伯、南海欧大任桢伯也。曰‘继五子’，则阳曲王道行明甫、东明石星拱辰、从化黎民表维敬、豫章朱多煃用晦、常熟赵用贤汝师也。曰‘末五子’，则用贤及京山李维桢本宁、鄞屠隆纬真、南乐魏允中懋权、兰溪胡应麟元瑞也。其后广为‘四十子’，而四溟终不得与焉。故四溟赋《杂感》诗，有‘奈何君子交，中道两弃置’之句，亦可悲矣！于麟有言：‘眇君子虽耄，而绳墨犹存。’则亦未尝深绝之。特明时重资格，于章服中杂以韦布，终以为嫌耳。”

沈确士曰："四溟近体，句烹字炼，气逸调高，七子中故推独步。古体局守规格，有宗法而无生气，弗取也。"

汪端论曰："昌谷诗，尽洗芜词，故澹远清微而色韵自古。茂秦诗，不专虚响，故精深壮丽而怀抱极和。虽当空同、沧溟声焰大炽之时，为所牢笼推挽，参前后七子之席，然本色自存，究非德涵、敬夫、伯玉、子与辈叫嚣痴重、随人作计者比。是以昌谷始未输心，而茂秦终且避面，宜其造诣皆卓尔不群也！今录两人诗为一卷，合而论之。世之拾前人唾余，谓'空同造就昌谷、茂秦羽翼沧溟者'，亦可爽然悟矣！"

行路难

荀卿将入楚，范叔未归秦。花鸟非乡国，悠悠路行人。沈确士云："平淡语，而行路之难自见。"

塞下曲

塞上黄须儿，饮马黑山涧。弯弧向朔云，莫射南飞雁。

塞上曲

旌旗荡野塞云开，金鼓连天朔雁回。落日半山追旷骑，弯弓直过李陵台。

远别曲

阿郎几载客三秦，好忆侬家汉水滨。门外两株乌桕树，叮咛说向寄书人。沈确士云："写情极真。方之'茨菰叶烂'一篇，可云新声古意。"

捣衣曲

秦关昨寄一书归，百战郎从刘武威。见说平安收涕泪，梧桐树下捣寒衣。沈确士云:"'可怜无定河边骨,犹是深闺梦里人',几于哀感顽艳矣! 此诗可以嗣音。"

胡笳曲

砂碛茫茫黑水流,羌儿六月换羊裘。骆驼背上吹芦管,风散龙荒作冷秋。不落唐人窠臼。

漠北词

石头敲火炙黄羊,燕女低歌劝酪浆。醉杀单于不知夜,鹞儿岭下月如霜。

杂感寄都门旧知

瞻彼终南山,松萝幽且邃。中有一真人,超然远朝市。手握神龙珠,照夜光自秘。石苔积古色,斗室廓天地。涧泉为谁清,蕙花为谁媚。西望徒遐思,书札何由寄。嗟哉处流俗,冥心无可醉。鸱鸮为家祥,凤鸾非世瑞。奈何君子交,中道两弃置。不见针与石,相合似同类。文字生瑕疵,邓林纷叶坠。有家早归欤,独歌以卒岁。岁寒元气塞,偃仰待春事。

雨中宿榆林店

凉雨何冥冥,黑云何浩浩。出行夜不休,破屋临古道。数口远相投,芜秽不及扫。园荒无主人,马散啮秋草。席地即吾庐,余生聊自保。隔林乞火回,酌酒慰怀抱。反为妻子嗤,宁如在家好。

暮秋即事

十见黄花发,孤樽思不胜。关河秋后雁,风雨夜深灯。留滞悲王粲,交游忆李膺。相随年少子，走马猎韩陵。

登榆林城

凭高望不极，天外一鸿过。众岭夕阳尽，孤城寒色多。芦笳满亭堠，羽檄度关河。遥忆龙庭士，严霜正荷戈。

暮秋简徐载卿

南征秋已老，不寐夜漫漫。白发艰虞尽，沧洲去住难。旌旗连野暗，兵甲照江寒。选将须臾事，谁能议筑坛。所感者深。

薄　伐

薄伐元中策，论兵自古难。汉唐频拓地，将帅几登坛。绝漠兼天尽，交河荡日寒。不知大宛马，曾复到长安。入杜陵之室。

春夜即事

春草非吾土，春宵还自悲。庭虚风稍静，帘卷月何迟。久病儿知药，长吟妇解诗。他年学耕稼，肯负鹿门期。

春　园

水村人寂寂，迟日敞柴关。菜甲春初细，园丁雨后闲。沙边来白鸟，柳外出青山。此地多幽意，行歌薄暮还。

榆河晓发

朝晖开众山，遥见居庸关。云出三边外，风生万马间。征尘何日静，古戍几人闲。忽忆弃缙者，空惭旅鬓斑。沈确士云："读'风生万马间'，纸上有声，若衍成二语，气味便薄。"

夏夜独坐披襟当风颇有秋意赋此寄怀

散发南楼夜，翛然披素襟。蛩声依草际，萤火落墙阴。老破当年梦，秋生久客心。遥思苔石上，坐听美人琴。

杨以时复游郡下

乱后相逢日，论交已半非。谋生双鬓改，感旧十年归。帆落烟中浦，琴鸣竹里扉。重来傍燕市，霜露满秋衣。

送樊侍御之金陵

地入维扬路，天分牛斗墟。秋帆二水外，春草六朝余。冰雪生官舍，风尘走谏书。从来经国者，宁不念樵渔。秀绝。

除夕示儿元炳兼忆元辉诸儿

对汝还成叹，寒更坐转深。异乡垂老计，春草隔年心。蜡炬明残夜，天风破积阴。遥怜几稚子，酒罢一长吟。

晓　起

晓起正科头，时闻花外鸠。出门疏雨歇，倚杖断云流。绿草偏依水，青山半入楼。况逢春酒熟，不负嗣宗游。

晚过西湖

怅望西山路，曾经代马过。重来把杨柳，独立向烟波。日影峰头尽，春寒湖上多。渔樵一相见，犹为话兵戈。

寒食旅怀

蓟北惊寒食，淹留几自嗟。春风来燕子，落日在桃花。丘陇行边泪，江湖梦里家。不知疏懒客,何物是生涯。

晚　眺

寒日下西陵,漳河晚渡冰。孤城归猎骑,双树隐禅灯。野眺心何远,岩栖老未能。翻怜戎马日,愁思坐相仍。

伏　枕

伏枕无穷事,虚堂秋夜深。松低半窗月,山静数家砧。老鹤同幽意,寒蛩伴苦吟。百年儿女计,谁识向平心。

重过张氏园林

随处携鸠杖,狂时倒鹖冠。晚山当座出,风竹满楼寒。独酌世情远,长歌春事残。不知桃李发,白首几回看。三、四自然。

居庸关

控海幽燕地,弯弓豪侠儿。秋山牧马处,朔塞用兵时。岭断云飞迥,关长鸟度迟。当朝有魏尚,复此驻旌旗。作者五律,朗健秀炼,皆似嘉州。

东园秋色柬知己

悲歌残烛下,秋思转纷纷。落叶多惊雨,明河半隔云。萤光时复见,虫响夜多闻。谁是论心侣,清樽可共君。

岁暮卢次楩过邺有感

燕霜终古愤,梁狱昔年书。世事疏狂里,交情患难余。相看年欲老,多感岁将除。醉拟应刘赋,春风起敝庐。

暮秋夜柬宗上人

山城摇落夜，感慨几人同。旧馆残孤烛，秋原老百虫。才疏漂泊际，心定寂寥中。亦有逃禅意，明朝过远公。

送谢给事封蜀

使星巴蜀外，汉节夜郎西。树断分金马，江清见石犀。王孙重茅土，天子锡桐圭。异世怀张载，应留剑阁题。

初冬夜同李伯承过碧云寺

并马寻名寺，登高藉短筇。飞泉鸣古涧，落月在寒松。石路经千转，云岩复几重。人间多梦寐，谁听上方钟。

七夕饯别得秋字

北斗挂城头，明河迥不流。人间清露夜，天上白榆秋。聚散多歧路，悲欢自女牛。谁知老来拙，回首故乡楼。沈确士云："与'朝晖开众山'一种起手。"

寄东平刘成卿

有才官遽罢，知尔国忧深。涕泪看春草，艰难返故林。余生恩到骨，独卧梦惊心。龙剑多灵异，还疑风雨吟。

雁　门

昔年雁门路，霜气逼征鞍。野望天何惨，徒行老更难。人烟隔水静，鬼火照沙寒。战伐空悲感，风凄戍角残。

寄怀许伯诚

发轫辽阳雪，还家韦杜春。客疏门自掩，官罢酒相亲。白首歌今代，青山梦古人。行藏不可问，独鹤下西秦。

秋雨宿权亭驿有感

驿灯分曙色，野馆滞秋阴。已倦衰年事，偏驰故国心。夜凉槐雨滴，月暗草虫吟。归梦不知路，千山云更深。善写旅况。

渡黄河

路出大梁城，关河开晓晴。日翻龙窟动，风扫雁沙平。倚剑嗟身事，张帆快旅情。茫茫不知处，空外棹歌声。沈确士云："'翻'字'扫'字，得少陵诗眼法。"

与客话洞庭湖

南望岳阳郡，苍茫吴楚分。帆回孤岛树，楼出九江云。落日波中没，秋风天外闻。何时采蘋藻，湖上吊湘君。风致如瑶天笙鹤。

元夕道院同于鳞元美诸子得家字

长空月正满，游骑隘京华。夜火分千树，春星落万家。乘闲来紫府，垂老问丹砂。笙鹤归何处，依稀见彩霞。沈确士云："'春星'五字，亦警亦秀，自能高压满座。"

野　兴

白白霜凝地，飞飞雁度河。孤峰依汉迥，老树得秋多。月晓山精伏，时清野父歌。短筇随我意，一径入烟萝。

大梁冬夜

坐啸南楼夜，孤灯客思长。人吹五更笛，月照万家霜。归计身多病，生涯鬓易苍。征鸿向何许，春意遍湖湘。俊亮。

冬夜黄给事用章宅同张肖甫赋得中字

初逢青琐彦，下榻一宵同。月落棋声里，春回烛影中。放歌还楚调，扶醉有巴童。上苑遥相问，梅花定几丛。

春日柬李之茂

君逢初度日，闭户正思亲。绿酒谁开瓮，斑衣自积尘。断云愁里色，独树泪边春。今夕应无寐，啼乌莫傍人。

留赠毕将军

广武屯兵甲，君今可壮图。得心能战守，报国在艰虞。城晓角声断，沙晴雕影孤。秋来一跃马，仗剑指伊吾。

送范中丞尧卿镇赣州

九月虔州去，天南宿雾开。扬帆生远思，秉钺见雄才。地转三吴尽，山连百粤回。夜深瞻北斗，独上郁孤台。朱笠亭云："结语得体。"

送王端甫归蒲坂

惜别京华道，秋风送马蹄。日斜孤雁外，家远万峰西。归计聊樽酒，行歌且杖藜。何时首阳下，共尔吊夷齐。

送王侍御按河南

塞上初归复此行，燕南极目送飞旌。天连嵩岳寒云尽，马度黄河春草生。簪笔常思未央殿，封章时发大梁城。知君最爱应刘赋，更向西园一寄声。

病　怀

鬓发萧萧昼不冠，他乡风物若为看。花庭晒药日将午，茆屋烹茶春尚寒。久别亲朋谁问病，深怜儿女自加餐。是非高枕浮云过，遥忆西河旧钓竿。可悲在“谁”字、“自”字。

秋日怀弟

生涯怜汝自樵苏，时序惊心尚道途。别后几年儿女大，望中千里弟兄孤。秋天落木愁多少，夜雨残灯梦有无。遥想故园挥涕泪，况闻寒雁下江湖。茂秦所以胜于沧溟，只是诗中有怀抱耳。

送谢武选少安犒师固原因还蜀会兄葬

天书早下促星轺，二月关河冻未销。白首应怜班定远，黄金先赐霍嫖姚。秦云晓渡三川水，蜀道春通万里桥。一对郫筒肠欲断，鹡鸰原上草萧萧。沈确士云：“将题意逐层安放，有神无迹。与高青丘《送沈左司》诗，三百年中不易多见者也！”

暮秋郊行偶述

太行迢递起苍烟，凄断鸣鸿倚杖前。南阻黄巾愁落日，东游皂帽感当年。山城秋老行边树，河甸寒生战后天。独有王孙多意气，千金骏马猎平田。

送李给事元树奉使云中诸镇

楚闱朝下促飞旌，岁暮看君塞上行。戍角动人多苦调，戎衣走马半新兵。关开涿鹿云连树，路出蜚狐雪满城。计日楚才封事上，君王深见九边情。

送客游洞庭湖

相逢楚客问巴州，此去扬帆湖上游。天汉长连洞庭水，云霞半入岳阳楼。低空白雁投寒渚，隔浦丹枫照暮秋。莫向湘君听鼓瑟，黄陵月冷不胜愁。

夜话李孺长书屋因忆乃翁左纳言

忘年尔我重交情，论事相同见老成。月到广除寒有色，鸦归疏柳夜无声。三农最苦江南税，百战方休海上兵。岁暮银台应感叹，几人封事为苍生。沈确士云："时江南增税，海寇方息。山人感事及之，非泛作忧时语。"

除夕吴子充诸人集旅寓感

一年忧喜今宵过，两鬓风霜明日新。书剑自怜多病客，江湖同是放歌人。宫中烛映西山雪，笛里梅传上国春。他日听莺怀旧侣，不知谁共醉芳晨。五、六雅丽，颇近盛唐。

初春夜同梁公实宗子相赋得声字

雪尽长风吹禁城，梅花零落此时情。关河月暗迷鸿影，宫殿春寒涩漏声。乱后骚人同百感，年来壮士苦长征。樽前莫话边庭事，弹剑悲歌气未平。

杨参军次山归自古北口

淮南高士落人间，仗剑经秋未破颜。自惜草元淹岁月，可堪垂白向边关。天横夕照明孤垒，地拥寒沙接乱山。长路谁能问行役，夜来驱马雪中还。

秋夜对月书寄友人

庭草惊秋白露垂，冰轮渐觉度河迟。光临凤阙清钟断，寒入龙庭画角悲。天上几看鸿雁影，山中又老桂花枝。共知庾亮南楼夜，曾为勋名感鬓丝。朱笠亭云："三、四凄怆中有峥嵘之象。六句自寓。"

塞　下

路出古云州，风沙吹不休。乌鸢下空碛，驼马渡寒流。地旷边声动，天高朔气浮。霜连穷海夕，月照大荒秋。击鼓番王醉，吹笳汉女愁。龙城若复取，侠士几封侯。

都下别张志虞

十年今一见，话旧却成悲。共醉新丰酒，天涯又别离。语不须多，自有弦外之音。

潞阳晓访冯员外汝言

野阔早霜明，林空凉吹动。一犬吠人来，松窗破秋梦。右丞。

秋　闺

目极江天远，秋霜下白蘋。可怜南去雁，不为倚楼人。

春雪登楼

天垂楼外云，雪变城中树。何处不春寒，鸦啼又飞去。

东园秋怀

地僻有长松，鹤闲非短翮。落落丈夫心，白头几人识。

寄武当山张隐君

辞官身寄楚天涯,石室烧丹别是家。七十二峰春雪里,杖藜随意看梅花。

晚登沁州城

苍茫野色几沙滩,漳水东流倚堞看。烟火满城天向夕,一雕飞过不知寒。

见暮鸦有感

来时庭草吐春芽,池水惊心落藕花。空记三秋故乡梦,夕阳疏柳看归鸦。

卷六上

李攀龙 四十六首

攀龙，字于鳞，历城人。九岁而孤，家贫，自奋于学。举嘉靖甲辰进士，授刑部主事，历员外郎中。出为顺德知府，廉介多惠政。上官交荐，擢陕西提学副使。乡人殷学为巡抚，檄令属文。于鳞怫然曰："文可檄致邪？"拒不应。西地数震，心悸，念母，遂移疾归。构白雪楼于鲍山、华不注之间，闻望茂著，宾客造门，率谢不见，大吏至亦然，以是得简傲声。隆庆元年，荐起浙江副使，改参政，擢河南按察使。于鳞至是摧亢为和，宾客亦稍稍进。三年，奔母丧归，哀毁得疾，逾小祥，卒，年五十七。于鳞始官刑部，与谢榛、王世贞、宗臣、梁有誉、徐中行、吴国伦倡诗社，称"七才子"。有《沧溟诗文集》三十卷，又有《春秋孔义》《诗学事类》《古今诗删》等书。

胡元瑞曰："于鳞七律，高华杰起，一代宗风。而用字多同，十篇而外，不耐多读。"

屠长卿曰："元美推尊于鳞，诚太过。然当时诸公，挥毫或未免纤弱，于鳞晚出，苍健惊人，奈何不压倒曹耦？今若尽读于鳞诗，初则喜而雄俊，多则厌其雷同。杂一首于众作之中，则陡觉矫壮而突出矣。宜其为元美赏诧如此也！"

王元美曰："余在西省时，于于鳞诗，无所不见，而所见文，独赠余两序及《颜神城碑》之类，不能十余首，当时心服其能。称说古者以牛耳归之，众已有葵丘之议。而最后集刻行，则叛者群起。然往往以诘屈聱牙攻之，则过矣。于鳞之病，在气有窒而辞有蔓：或借长语而演之，使不可了；或以古语而传新事，使不可识；又或心所不许，而漫应之，不能伏匿其辞，至于寂寥而不可讽味。此三者诚有之。若乃志传之类，其合作处，真周鼎商彝。尺牍之所输写，奇辞瀸言，纵横溢来，而莫能御。恐非北地、信阳所办也！"

何无咎曰："沧溟以精丽、响亮取胜，非不金茎玉树，月鹤霜钟，第语过清空，意少变化。"

朱锡鬯曰："于鳞乐府，止规字句，而遗其神明，是何异安汉公之《金縢》《大诰》、文中子之《续经》乎？五古学步苏、李、曹、刘，如'浮云从何来，焉知非故乡''来者自为今，去者自为昔'，差具神理，然新警者寡矣。七古、五律，要非作家。惟七律人所共推，心慕手追者，王维、李颀也。"

沈确士曰："沧溟七律，已臻高格，未极变态。七绝，有神无迹，语近情深，故应跨越余子。"

王贻上曰："沧溟先生身后，最为寥落。其宠姬蔡，万历癸卯年七十余矣，在济南西郊卖胡饼自给。叔祖季木见之，为赋诗，有'白雪高埋一代文，蔡姬典尽旧罗裙'之句。沧溟清节可知矣！"

《西山日记》曰："李于鳞解组后，构白雪楼。楼三层，最上其吟咏处，中以居一爱姬，最下延客。四面环以水。有来谒者，先请投其所作诗许可，方以小艇渡之，否则遥语曰：'亟归读书，不烦枉驾也。'"

汪端论曰："沧溟天资英迈，实未易才。惜早年求名太急，沿献吉之余波，引凤洲为同调，动以吾道主盟自命，矜厉失平，浮夸不切。效之者叫呶成习，而真诗渐亡，遂与空同并为后人掊击诟厉，固其宜也！然其厌进喜退，持己清严，始著循吏之称，终成殉母之孝，固不失为君子。视空同素行，自有河、淮之别。若其乐府之拟议不能变化、'唐无古诗'之谬、'微吾长夜'之非，则于文定公、文介及竹垞诸人论之已详，兹不赘焉。"

猛虎行

饥且从漂母食，寒且从巢父栖。石不为周客笑，玉不为楚王啼。菅茅但塞路，桃李自成蹊。颇有古意，无饾饤气习。

塞上曲送元美

白羽如霜出塞寒，胡烽不断接长安。城头一片西山月，多少征人马上看。沈确士云："可使乐人歌之。"

明妃曲

天山雪后北风寒，抱得琵琶马上弹。曲罢不知青海月，徘徊犹作汉宫看。沈确士云："不著议论而一切著议论者，皆在其下，此诗品也。"

黄　督

谁能见歌舞，不自爱阳春。少年双泪落，知是他乡人。

录　别

秋风西北来，萧萧动百草。荡子无室家，悠悠在长道。红颜能几时，弃捐一何早。对客发素书，零涕复盈抱。上言故乡好，下言故人老。沈确士云："浅浅语，道得情出。"

古　意

秋风西北起，吹我游子裳。浮云从何来，安知非故乡。萧萧胡马鸣，翩翩下枯桑。暮色入中原,飞蓬转战场。往路不可怀,行役自悲伤。

沈确士云:"'浮云'十字,殊近古人。"

朝陵夜作

上陵无不美,秋杪更宜看。风雨朝佳气,旌旗拥汉官。星流千嶂过,月出万松寒。倚马清钟外,新霜满玉鞍。

登黄榆马陵诸山是太行绝顶处

黄榆高不极,临眺亦奇哉。河势中原拆,山形上党来。白云横塞断,寒峡倚天开。摇落清秋色,多惭作赋才。

不尽寒云外,青峰落照多。秋阴生大卤,木叶下滹沱。巨壑藏风雨,飞梁挂薜萝。重关三辅地,跃马意如何。

寄元美

渔阳春欲尽,汉使未堪愁。边郡多豪侠,风尘一壮游。浮云寒大漠,白日澹幽州。莫更观辽海,萧条正北流。

黄　河

复就三秦役,还为四牡歌。北风扬片席,大雪渡黄河。才岂诸郎少,名非一郡多。儒官明主意,吾道好蹉跎。

广阳山道中

出峡还何地,松杉郁不开。雷声千嶂落,雨色万峰来。地胜纡王事,年饥损吏才。难将忧旱意,涕泣向蒿莱。

送赵户部出守淮阳

仙郎起草汉明光，几载军储事朔方。五马新为淮海郡，三台旧署度支章。行车麦秀随春雨，卧阁花深对夕阳。时忆上林词赋客，鸿书遥下楚云长。笔墨矜秀。

崔驸马山池燕集

主家池馆帝城隅，上客相如汉大夫。十里芙蓉迎剑舄，一樽风雨对江湖。桥边取石鲸飞动，台上吹箫凤有无。向夕不堪车马散，朱门空锁月明孤。沈确士云："玩末句，应是主亡之后。"

秋前一日同元美茂秦吴峻伯徐汝思集城南楼

万里银河接御沟，千门夜色映南楼。城头客醉燕山月，笛里寒生蓟北秋。胡地帛书鸿雁动，汉宫纨扇婕妤愁。西风明日吹双鬓，且逐飞蓬赋远游。

送皇甫别驾往开州

衔杯昨日夏云过，愁向燕山送玉珂。吴下诗名诸弟少，天涯宦迹左迁多。人家夜雨黎阳树，客渡秋风瓠子河。自有吕虔刀可赠，开州别驾岂蹉跎。沈确士云："于鳞论七律云'王维、李颀颇臻其妙'，读此数篇，知得力有由。"

送恽员外按察郢中

醉拥骊驹不可留，送君花发凤凰楼。青春开府西陵色，到日登台北雁愁。寒雨远分荆楚望，白云无尽汉江流。共知人世悲难合，傥得隋珠莫暗投。

初春元美席上赠茂秦

风城杨柳又堪攀，谢朓西园未拟还。客久高吟生白发，春来归梦满青山。明时抱病风尘下，短褐论交天地间。闻道鹿门妻子在，只今词赋且燕关。沈确士云："诵五、六语，如见茂秦声气之高、应求之广。"

怀子相

蓟门秋杪送仙槎，此日开樽转岁华。卧病山中生桂树，怀人江上落梅花。春来鸿雁书千里，夜色楼台雪万家。南粤东吴还独往，应怜薄宦滞天涯。秀色在骨。

同元美与子相公实分赋怀泰山柬顺甫

域内名山首岱宗，侧身东望一相从。河流晓挂天门树，海色秋高日观峰。金箧何人探汉策，白云千载护秦封。向来信宿藤萝外，杖底西风万壑钟。沈确士云："第二语弱。"

张驾部宅梅花

仙郎雪后建章回，清夜西园拥上才。笛里春愁燕塞满，梁间月色汉宫来。即看芳树催颜鬓，莫厌寒花对酒杯。共忆故人江北望，因君赋罢倚徘徊。

送谯比部还顺庆

归去嘉陵江上春，襜帷不复厌风尘。巴山渐出云连楚，剑阁回看雪照秦。岁晚江湖多病疏，时危裘马倦游人。明光起草君无簿，汉主恩深侍从臣。

同张滑县登清风楼

层楼落日倚蹉跎，明府高轩载酒过。槛外秋阴开大陆，帘前树色散漳河。关门紫气临燕满，风雨青山入晋多。我醉欲裁王粲赋，故园戎马近如何。诗非不佳，第千篇一律，是以不能多采。

郡城楼送明卿

西来山色满城头，东望漳河入槛流。傲吏岁时频卧阁，故人风雨一登楼。乱离王粲逢多病，著作虞卿老自愁。君到长安相问讯，谁怜五月有披裘。

徙倚高楼问索居，故人湖海意何如。樽中十日平原酒，袖里三年蓟北书。大麓夏云当槛出，石门寒雨过城疏。明朝远道空相忆，那得仍停使者车。

登黄榆马陵诸山是太行绝顶处

太行山色倚巑岏，绝顶清秋万里看。地坼黄河趋碣石，天回紫塞抱长安。悲风大壑飞流折，白日千崖落木寒。向夕振衣来朔雨，关门萧瑟罢凭栏。

千峰郡阁望嵯峨，此日褰帷按塞过。落木悲风鸿雁下，白云秋色太行多。山连大陆蟠三晋，水划中原散九河。回首蓟门高杀气，羽林诸将正横戈。

赵州道中忆殿卿

忆尔襜帷出牧年，风尘谁识使君贤。政成神雀犹堪下，兴尽冥鸿遂杳然。树色远浮疏雨外，人家忽断夕阳前。重来此地逢寒食，何处看春不可怜。

寄刘子成

书札清秋问解携，郡斋吟眺楚云低。大夫持宪临诸粤，使者征兵出五溪。白日自流荒徼外，青山不尽夜郎西。于今万里看铜柱，何意中原厌鼓鼙。

平　凉

春色萧条白日斜，平凉西北见天涯。唯余青草王孙路，不属朱门弟子家。宛马如云开汉苑，秦兵二月走胡沙。欲投万里封侯笔，愧我谈经鬓有华。壮阔。此诗或作何大复，误。

杪秋登太华山绝顶

飘缈真探白帝宫，三峰此日为谁雄。苍龙半挂秦川雨，石马长嘶汉苑风。地敞中原秋色尽，天开万里夕阳空。平生突兀看人意，容尔深知造化功。沈确士云："沧溟诗有虚响，有沉着。此沉着一路。"

送陆从事赴辽阳

御苑东风吹客过，共看芳草有离珂。西山晴雪鸿边尽，北海春云马上多。地险时窥玄菟郡，天骄夜遁白狼河。知君幕下参高画，诸将何时议止戈。

上朱大司空

河堤使者大司空，兼领中丞节制同。转饷十年军国壮，朝宗万里帝图雄。春流无恙桃花水，秋色依然瓠子宫。太史但裁沟洫志，丈人何减汉臣风。五、六剧为元美所推。

神通寺

相传精舍朗公开，千载金牛去不回。初地花间藏洞壑，诸天树杪出楼台。月高清梵西峰落，霜净疏钟下界来。岂谓投簪能避俗，将因卧病白云隈。陈卧子云："比李颀《闻梵》，高亮过之。"

七夕集元美宅送茂秦

祖席陈瓜果，征衣理薜萝。云边看露掌，花里出星河。仙吏挥金椀，佳人罢锦梭。新知天上少，秀句郢中多。疏拙时名弃，雄豪虏障过。秋风吹鬓发，落日渡滹沱。匕首荆卿赠，刀头桂客歌。明年见牛女，能不忆羊何。追琢工雅，不愧名作。

送杨给事河南召募

犷骑休南牧，朝廷议北征。幄中新授律，天下大征兵。使者持符出，君推抗疏名。黄金秋突兀，白羽日纵横。岳雪三花秀，河冰万马行。将军邀剧孟，公子得侯嬴。屠贩多豪杰，风尘郁战争。有呼皆左袒，无役不先鸣。宁久燕山戍，终期瀚海清。过梁投赋笔，更为请长缨。又，《送人之顺庆》云"嘉陵渡春水，栈道转秋云"，亦俊拔。

别　意

朝来送归客，复此长河湄。立马折杨柳，已无前日枝。关合极妙。

寄袭勖

白云湖上白云飞，长白山中去不归。君在几峰秋色里，何人共制薜萝衣。

送子相归广陵

广陵秋色雨中开，系马青枫江上台。落日千帆低不度，惊涛一片雪山来。

郡斋同元美赋

山色秋停使者轺，孤城何处不萧条。请看襄子宫前水，依旧东流豫让桥。

怀明卿

豫章西望彩云间，九派长江九叠山。高卧不须窥石镜，秋风憔悴侍臣颜。沧溟七绝远韵远神，得青莲遗法。

春日闻明卿之京为寄

十载浮云傍逐臣，归来不改汉宫春。摩挲金马宫门外，谁识当时谏猎人。

挽王中丞　名忬，元美父也，为严氏所害。

司马台前列柏高，风云犹自夹旌旄。属镂不是君王意，莫作胥江万里涛。沈确士云："为中丞吐气，而忠厚之意自见。"

赠梁伯龙

太华峰头玉女坛，别时明月满长安。不知秋色今多少，君到仙人掌上看。

送明卿之江西

青枫飒飒雨凄凄，秋色遥看入楚迷。谁向孤舟怜逐客，白云相送大江西。

送刘户部之湖广

锦帆南入楚云重，江上遥看衡岳峰。落日苍茫秋不断，青天七十二芙蓉。

［附录］

于慎行 六首

慎行，字无垢，东阿人。年十七，举于乡。隆庆二年，成进士，选庶吉士，授编修。万历初，《穆宗实录》成，进修撰，充日讲官，授编修。御史刘台以劾张居正被逮，僚友咸避匿，无垢独往视之。及居正夺情，偕同官具疏谏。吕调阳格之，不得上。居正闻而怒，他日谓之曰："子，吾所厚，亦为此耶？"无垢从容对曰："正以公见厚，故耳。"居正怫然。无垢寻以疾乞归。居正卒，起故官，进左谕德。时有诏，籍居正家。无垢遗书刑部侍郎邱橓，言："江陵母老，诸子覆巢遗卵，颠沛可伤。宜推明主帷盖之恩，全大臣簪履之谊。"词极恳恻，时论韪之。由侍讲学士擢礼部侍郎，改吏部，寻迁礼部尚书。无垢明习典制，诸大礼多所裁定。万历十八年，再疏请建储，忤旨，自劾乞罢。久而帝复思之。三十五年，诏加太子少保，东阁大学士，入参机务。时无垢已得疾，再辞不允，乃就道，抵京数日卒，年六十三。赠太子太保，谥"文定"。

无垢学有源委，贯穿百家，诗文宏丽，一时推大手笔。庆、历间，李于鳞诗派盛行海内，无垢独心非之，尝论古乐府曰："唐人不为古乐府，是知古乐府也。辞声相杂，既无从辨，音节未会，又难于歌，故不为耳。然不效其体，而时假其名，以达所欲言，斯慕古而托焉者乎？近世一二名家，至乃逐句形模，以追遗响，则唐人所吐弃矣！余间为《郊祀》《铙歌》，可数十首，已而视之，颇涉儿戏，亦复不自了然，遂焚弃之。取其音节稍近者，仿其一二，谓之本调。至近体、歌行，如唐人所假者，不曰乐府，则诗之而已矣。夫唐人能为而不为，今人能为而为之，余奈何不能为而为也？”又论五言古诗曰：“魏、晋之于五言，岂非神化？学之则迂矣！何者？意象空洞，朴而不敢雕；涂轨整严，制而不敢骋。少则难变，多则易穷，古所谓‘鹦鹉语不过数声耳’。原本性灵，极命物态，洪纤明灭，毕究精蕴。唐果无五言古诗哉？余既知其解矣而不能舍魏、晋者，取其可以藏拙且适所便，非能遂似之也。海内赏真之士，有以吾言为是者，吾诗虽不观，可矣。”论者谓其切中历下之病云。

所著有《谷城山馆集》二十卷，又有《谷山笔麈》《读史漫录》《兖州府志》等书。

朱锡鬯曰：“文定格律和平，当正声微茫之时，能为是调，即以诗高选，亦堪作相。”

汪端论曰：“文定诗，清新圆美，绝去纤佻。其论乐府古诗，固属沧溟对疾针砭而所难及者，初不自以为是。非若公安、竟陵于诗本无深解，倡为异议，不过欲据李、王坛坫而有之耳！其于江陵盛时则匡其失，败后则闵其家，尤见古人风谊。较吴、赵诸公，似胜一筹。所著《读史漫录》，论断亦有醇无疵，在明季不可多得也。”

子夜歌

秋月照四壁，络纬当窗织。徒闻机杼声，终夜不成匹。

邵伯湖夕泊

日暮倚兰桡，秋江正寂寥。驿门斜对雨，郡郭远通潮。急橹看商舶，寒灯见市桥。隋堤前路近，欲听月中箫。

秦　淮

秋月秦淮岸，江声转画桥。市楼临绮陌，商女驻兰桡。云里青丝骑，花间碧玉箫。不知桃叶水，流恨几时消。风度嫣然。

长　干

白门通市里，人道古长干。陌柳藏鸦曙，秋潮带雨寒。横塘归客断，子夜旧歌阑。别是繁华地，休将六代看。

白沟河

西风吹易水，晓饭白沟河。猎骑平原浅，渔舟别浦多。地分燕赵敌，国蹙宋辽和。今日逢全盛，卢龙尚枕戈。

雨中舟行

天阔雨冥冥，孤帆过驿亭。云吞江树白，雾失晓峰青。岸鹭迎船湿，河鱼出网腥。生涯多少恨，无处异飘萍。

卷六下

王世贞 五十七首

世贞，字元美，太仓人。举嘉靖丁未进士，时年十九。授刑部主事，历郎中。杨忠愍公继盛以劾严嵩下狱，元美周旋橐饘。其妻讼夫冤，为代草。及忠愍死于市，复经纪其丧，赋诗哭之。又数以他事忤嵩。嵩大恨，出为青州兵备副使。适元美父忬总督蓟辽边备失事，嵩构之论死。元美解官奔赴，与弟世懋百计营救，卒不免。隆庆元年，兄弟伏阙讼父冤。大学士徐阶左右之，追复忬官。会诏求直言，疏陈"法祖宗、正殿名、广恩义、宽禁例、修典章、推德意、昭爵赏、练兵实"八事以应诏。寻荐起大名兵备副使，历迁广西右布政，入为太仆卿。万历二年，以右都御史抚治郧阳。同年，张居正枋国，有意引之，元美不甚亲附。所部荆州地震，引京房占，谓"臣道太盛，坤维不宁"，以讽居正。又论奏居正妇弟不法事。居正恚甚。会迁南京大理卿，为给事杨节所劾。居正即取旨罢之。居正没，起南京兵部右侍郎，擢刑部尚书，乞归，二十二年卒，年六十五。

元美始与李于鳞结社，绍述李梦阳复古之说"文必西京，诗必开宝"，非是则诋为宋学，一时翕然和之。于鳞既没，元美著作日富，地望日高。海内噉名之士，莫不奔走其门，片言奖许，声价立起。其所标榜，颇以爱憎为去取，独操文章之柄垂二十年。后渐有抉摘之者。元美亦自悔旧学，尝论所著《艺苑卮言》曰："余作《卮言》时，年未四十，与于鳞辈是古非今，此长彼短，未为定论。至于戏学世说，比拟形似，既不切当，又伤轻薄。今行世已久，不能复秘，惟有随事改正，勿误后人而已。”又赞归熙甫画像曰：“千载有公，继韩欧阳。余岂异趋，久而自伤。”初不喜苏文。有以东坡比之者，笑而不答。已乃心折。病亟时，刘凤往候之，见其手《东坡集》，讽玩不置。故其晚年文有进境云。所著有《弇州山人四部稿》一百七十四卷，《续稿》二百七卷。四部者：赋部，诗部，文部，说部也。正稿，说部凡七种：曰《札记内篇》，曰《札记外篇》，曰《左逸》，曰《短长》，曰《艺苑卮言》，曰《卮言附录》，曰《宛委余篇》。续稿，则无说部。又有《弇山堂别集》《国朝纪要》《天言汇录》《识小录》《少阳丛谈》《公卿表》《嘉靖以来首辅传》《名卿纪绩》《明野史汇》万历中，董复表汇纂诸集为《弇州史料》《类苑详注增集》《尺牍清裁》《画苑读书后》等书。

汪伯玉曰：“于鳞业专，专故精而独至；元美才敏，敏故洽而旁通。其取材也，若良冶之操炉锤，五金三齐无不可型；其运用也，若孙武之在军门，宫嫔市人无不可陈。”

吴文仲曰：“李、何并驾，李雄视何，而李不若何之冲而雅也；王、李齐驱，王盛推李，而李不若王之博而大也。”

何无咎曰：“弇州才大，直欲体具百家，包括今古，汪洋万里，崩奔自恣，而意贵富赡。词多填实，求其风雅相宣，情境互畅。较之唐人，盖有间矣。”

陈卧子曰：“元美乐府，不必尽合古人，甚见才思。”

朱锡鬯曰：“嘉靖七子中，元美才气，十倍于鳞，惟病在爱博。自以为靡所不有，方成大家。一时诗流，皆望其品题，推崇过实，谀言日至，箴规不闻。究之千篇一律，安在其靡所不有也？乐府奇奇正正，易陈为新，远非于鳞生吞活剥者比。七律高华，七绝典丽，亦未遽出于鳞下。其自述云：‘野夫兴就不复删，大海回风吹紫澜。’言虽大而非夸。若于鳞自诩，至云‘微吾竟长夜’，惑易之言，亟当浴以兰汤者也！”

赵韫退曰：“论诗深造者，于宋得严沧浪，于明得徐昌谷、王元美。然昌谷所自为诗，不愧其言者，十可五六。元美，十可三四耳。”

汪端论曰：“凤洲才雄学富，乐府久为人所脍炙。五律铿锵沉厚，亦可无愧盛唐。然其气象凌厉，堂庑宏阔，长于叙事。而模山范水，萧散闲适之致，特其所短。故虽晚慕白、苏之风，终未能神诣也。○集中《袁江流钤山冈乐府》，亦刺分宜而作，竹垞极称之。然数嵩之父子之恶，何难万言，固不若《钦鸡行》之含蓄得体也。”

将军行　此诗刺仇鸾也。

娄猪化为龙，头角故不分。贪狼长百兽，那不食其群。有何短老公，自称大将军。从兵三十万，华盖若飘云。尺一丹棱箧，细刺蛟螭文。一署臣某字，直入铜龙门。忽开青天笑，雷公不得闻。碧眼双胡儿，惯骑大宛驹。与公同卧起，辫发貂襜褕。朝令谒天子，暮令拜单于。单于开箧看，中有一尺书。织成紫氍毹，恰恰覆穹庐。犀毗黄金造，密嵌珊瑚珠。团龙五色帛，百匹为一角。单于大欢喜，亲为割肉炙。小妇弹琵琶，大妇奉羊酪。手取一束箭，墨文何错落。为语而将军，物微意不薄。箭锋但相近，各各相引却。归还告将军，将军大欢喜。今年虏却去，好复开茅土。幕府上功簿，两胡对金紫。鬼伯何催促，将军向蒿里。严霜一夜零，华堂遍荆杞。翩翩执金吾，缇绮类貔虎。急为发其私，丞相下御史。支磔将军骸，分枭十二边。车裂两胡儿，划肉施乌鸢。红颜夫人妇，悬首映旌旃。白面御林郎，含咽向重泉。小女配人奴，歌舞侯家筵。田园亿千疆，各自称新阡。生为众人恨，死为众鬼怜。沈确士云：“铺叙丰腴，中复带古劲，最近汉人。”

太保歌 此诗刺陆炳也。

南山虎而翼，北溟鲸而爪。生世不谐锦，衣帅作太保。太保入朝门，缇骑若云屯。进见中贵人，人人若弟昆。太保从东来，一步一风雷。行者阑入室，居者颔其频。太保赐颜色，黄金立四壁。一言忤太保，中堂生荆棘。缇绮走八方，方方俱太保。太保百亿身，所至倏如扫。鸡鸣甲舍开，争先众公卿。御史给事中，不惜称门生。欢饮丞相邸，刻臂为父子。生非真骨肉，子贵父不喜。但呼太保名，能止小儿啼。鬼伯一何戆，荷索便相催。县官为震动，急敕治丧事。少府出金钱，东园给秘器。后帅朱都督，特遣护其家。起冢像阴山，赑屃插云霞。吊客虽以繁，不及贺者多。可怜堂中哭，不及巷中歌。

尚书乐 此诗刺赵文华也。

扬翠旄，曳金支。马骏骁，车逶迤。手将两黄钺，大者诛二千石，小者僇偏裨。九卿班饯日崦嵫，相君昵昵前致辞。尚书行出师，乐哉尚书奈乐何。一解

所过二千石丧魂魄，日夜輂重称军食。黄金如山莫谯诃，累女对对鬈青蛾。回鹘小队桃叶歌，中丞奉觞舞回波，乐哉尚书奈乐何。二解

大宛骢，珊瑚鞭，天吴绣蹙当胸盘。麒麟玉刻称腰圆，珍怪百宝装千船。席卷三吴向青天，九卿班，迎晡不得前。相君昵昵前致辞，中官黄纸纷而驰。尚书告班师，乐哉尚书奈乐何。三解

朝赐尚书，夕宴尚书，尚书第中锦不如。檀林八角垂流苏，紫衣屏息骈街衢。欲进不进足次且，左右十二波斯胡。平头奴子貂襜褕，醉

著不下公侯车，乐哉尚书奈乐何。四解

云霾辞天，雨洗白日，诏收尚书下请室。削之归，一官不得著。昔来一何驶，今归一何疾。念欲乘柴车，病不得驱。欲呼估客舟，估客不肯相于。妇女谇骂，小儿拍手揶揄。道逢九卿睥睨之，谒辞相君。相君新门十二重，东流之水西飞鸿。昔日父子今华戎，乐哉尚书奈乐何？五解

钦䲹行　此诗刺严嵩也。

飞来五色鸟，自名为凤凰。千秋不一见，见者国祚昌。飨以钟鼓坐明堂，明堂饶梧竹，三日不鸣意何长。晨不见凤凰，凤凰乃在东门之阴啄腐鼠，啾啾唧唧不得哺。夕不见凤凰，凤凰乃在西门之阴媚苍鹰，愿尔肉攫分遗腥。梧桐长苦寒，竹实长苦饥。众鸟惊相顾，不知凤凰是钦䲹！沈确士云："分宜钤山读书时，天下以姚宋目之故，有'千秋不一见，见者国祚昌'之语。"

白莲花　此诗哀沈忠愍公炼也，公为严党所陷，窜名白莲教，戮于边。

白莲花，捧世尊。左跪圣母，右拜神君。莲花水，浴金盆。男女行照之，女为后妃男侯王，金貂罗纨耀两行。生当踏玉阶，死当坐天堂。谁为遣汝来？丘太师，周太师，却立那，颜东西。授汝尺一锦牍，赤白号带两头垂。但入上谷云中得，好儿郎，因依精兵十万骑，一一衔枚后头随。天运不在敌，白发所谋私。反接向市中，号呼众男女。曷不救我为，救我死者坐天堂，生当踏玉阶。忽有一书生，众不识为谁。书生从何来，乃是阙下上书男子。长流关外，醉卧阛阓间，夜半缚致之。桃李种山冈，莲花种湖陂。刺舟摘莲花，却折桃李枝。东市标，书生头。鼓瞳眬，使者辀。千金赏，万户侯，道傍跌足涕被面。

中丞封，御史转，丞相阁中三日宴！

战城南

战城南，城南壁。黑云压我城北，伏兵捣我东，游骑抄我西，使我不得休息。黄尘合匝，日为青，天模糊。征鼓发，乱欢呼。胡骑敛，飙迅驱。树若荠，草为枯。啼者何，父收子，妻问夫。戈甲委积，血淹头颅。家家招魂入，队队自哀謼。告主将，主将若不知。生为边陲士，野葬复何悲。釜中食，午未炊。惜其仓皇遂长诀，焉得一饱为。野风骚屑，魂依之，曷不睹主将，高牙大纛坐城中。生当封彻侯，死当庙食无穷。沈确士云："'黄尘合匝'三语，写出古战场。末即'死是征人死，功是将军功'意，特变化无迹。"

塞上曲

旌旗春偃白龙堆，教客休停鹦鹉杯。歌舞未残飞骑出，月中生缚左贤来。奇气勃勃。

寓　怀

杨朱嗟旅人，二妇不相当。美好由心造，贵贱亦何常。屈平避上官，楚材湛沅湘。李牧中郭开，赵氏血纵横。俯念千秋感，畴能竟其方。揖菸登兰席，虽尊故不芳。投璧陨礌阶，虽碎不移光。

越石豪贵姿，贾氏为密亲。苟无晋阳操，若濡意何伸。深源苍生望，何如渭川滨。高卧不克全，北伐丧其真。慎始固所贵，薄终不足陈。狐兔当衢跃，豺虎争啮人。七尺犹未掩，是非遽难论。

过维扬有怀子相

淮南万木落，蒹葭鸿雁秋。回瞻大江水，极眺黄河流。念此区中土，天翰阻同游。岩岩丽神京，英俊满宾帱。岂乏携手好，抗志乃绸缪。浮沉众目睹，安测衷所由。奈何各分离，徽音邈以修。子如宵行烛，分辉均道周。子如汀际鸳，哀鸣望其俦。朱笠亭云："分结作不了语，绝有味。"

过潍县故孔北海祠作

威凤虽在罗，耻与凡枭近。神龙划其角，目固无鲛蜃。火垂赤帝灭，风犹素王振。角总吐英谈，冠弱流乂问。平原援中绝，北海诚空奋。艰难傍余爝，廓落甘异摈。交祢岂慕狂，拒郄焉为吝。巢倾卵俱覆，梁逝室亦震。反谐鄢陵祝，不睹山阳恨。余本骨体人，千秋凛遗荩。高咏长寝篇，分香随澌尽。惟北海及崔季珪、祢正平一流人，足以当之，荀文若有惭德矣。

将以伏阙北首晨发即事有作　此严嵩败后，凤洲赴阙白父冤时作。

维梢候鸣潮，伺钥遵广陌。晨鸡再三号，使我天地白。太阳丽层霄，万象欣自获。痛彼泉下台，永閟无生色。微抑不见宣，苟存终何益。席稿一上书，引领希察识。苍麟代司阍，精卫声不隔。倘返杨公葬，得从原阡侧。焚山无余怼，誓墓有遗则。远愧密亲来，杯酒相慰籍。鸿雁冥冥飞，焉知非谋食。负耒安余年，托心在兹迹。

谒表忠祠

圣皇肇贻厥，元孙嗣绳其。武略或不竞，文治所优为。诸王擅国封，分布若置棋。称诏行罚赏，匠意创车旗。是时上威令，颇不出京师。黄齐托肺腑，力以身任之。周叔既远窜，齐谷复长羁。北平有髭王，属尊功不卑。望气若龙虎，养卒皆熊罴。削地错已愚，夺国宁所宜。谋泄汉使僇，渔阳动征鼙。横驱属国胡，席卷燕南垂。庙谟太草草，召使乳臭儿。蹀血白沟河，肉骨蔽陵坻。盛侯颇能军，平保壮偏裨。

一此或一彼，天心讵能知。桓桓铁尚书，矫矫六出奇。东昌不茅靡，济南汤其池。有斐天台生，密勿主所葵。肆赦赦不行，用间间不疑。大厦既将颠，一木焉能支。飞楫渡大江，群情遂乖离。三辅拟勤王，姚守已俘累。朱邸献重关，将相请密期。举宫为煨烬，谁辨真龙尸。魏公元勋后，不以密戚移。甘作请室囚，竟终首阳饥。始祸复何言，纵体任刲劙。天台乃甚口，五宗悉参夷。铁公气犹劲，慷慨了不悲。其余诸名俊，卿尹暨曹司。俱怀吠犬忠，不识尧为谁。而彼景中丞，趋朝独逶迤。荆卿术未讲，豫让心空驰。噀血喷北风，捐脰付东馗。如闻九原辙，故主未可追。长寝事已毕，何烦论安危。笑彼崩角者，次第死胥靡。拂郁二百年，身碎节不亏。君王沛明诏，仿佛异代思。加恩录后人，所在为致祠。建康殉节地，群灵当格斯。故主犹若敖，焉能不攒眉。侑食懿园席，行当待来兹。论革除事，立言得体，足以慰忠魂而褫奸魄。才气亦踔厉风发，自是不朽之作。

宝刀歌 十五岁作

昆吾精铁光灼烁，不论风胡手中作。涪江水淬明月寒，汉冶风回赤蛟跃。锋尖七曜隐芙蓉，匣里双环吐龙雀。少年醉舞洛阳街，将军血战黄沙漠。记取衔恩一片心，扶君直上麒麟阁。宋辕文云："元美少时笔墨如此，宜其自许。"

赠梁公实病归

汝谋结室罗浮顶，下饮仙人葛洪井。桂树宛宛山日深，松花濛濛白云冷。我亦仅买蜻蜓舟，归与少年为薄游。采莲一曲杳然去，得醉即卧清溪头。

送卢生还吴

卢生善诗逸者流，百结鹔鹴安足愁。辴然一笑别我去，春花落尽胡姬楼。欲留不能意弥恻，众中谁怜好颜色。短裘倘过邯郸道，青草已没平原宅。吴趋小娃迎问郎，北游满地尘茫茫。采菱深处唱一曲，岂若芦笳能断肠。

过长平作长平行

世间怪事那有此，四十万人同日死。白骨高于太行雪，血飞迸作汾流紫。锐头竖子何足云，汝曹自死平原君。乌鸦饱宿鬼车哭，至今此地多愁云。耕农往往夸遗迹，战镞千年土花碧。即令方朔浇岂散，总有巫咸招不得。君不见，新安一夜秦人愁，二十万鬼声啾啾。郭开卖赵赵高出，秦玺忽送东诸侯。沈确士云："说出天道好还，使穷兵黩武者知戒。"

偶　成

叶公好似龙，冀与真龙遇。真龙一夕来，叶公不知处。楚猴重瞳那足论，杀心枉自横鸿门。亚夫望气四十里，当面失却韩王孙。

酹孙太初墓

死不必孙与子，生不必父与祖。突作凭陵千古人，依然寂寞一抔土。道场山阴五十秋，那能华表鹤来游。君看太华莲花掌，应有笙歌在上头。沈确士云："离奇突兀。吊太白山人，自应尔尔。"

十七夜月独坐

有恨光难满，多愁挂却迟。凄凉洞庭树，迢递上林枝。故苑空机杼，深宫罢履綦。雁风团白露，愁杀独栖时。

陵　祀

松楸何不极，复道见行宫。剑珮千官月，桥陵万马风。地回山尽拱，云合树俱雄。白首先朝事，伤心涕泪中。

题东皋隐居

偶来天目卧，修竹自成居。飞瀑面衡宇，青山手道书。花间谢车骑，镜里出樵渔。不学於陵叟，桔槔恒宴如。

送张虞部伯启左迁常州别驾

把袂翻轻别，沾膺自感时。主恩迁地近，吾道小臣宜。月迥延陵剑，潮平太伯祠。古人崇退让，今子莫凄其。沈确士云："忠厚。"

乱后初入吴舍弟小酌

与尔同兹难，重逢恐未真。一身初属我，万事欲输人。天意宁群盗，时艰更老亲。不堪追往昔，醉语亦伤神。沈确士云："'一身初属我'与'书到汝为人'，各极沉痛。"又云："五、六正是追往昔也。气味雄厚，不愧杜陵！"

庚戌秋有约吴峻伯不就赋此

汉树淹胡月，天都拂塞尘。九关虚虎豹，层阁望麒麟。社稷群公手，兵戈一介身。请缨还请剑，慷慨涕沾巾。

登太白楼

昔闻李供奉，长啸独登楼。此地一垂顾，高名百代留。白云海色曙，明月天门秋。欲觅后来者，潺湲济水流。沈确士云："天空海阔！有此眼界笔力，才许作'太白楼'诗。"

陪段侍御登灵岩绝顶

径折全疑尽，峰回陡自开。苍然万山色，忽拥岱宗来。碧涧传僧梵，青天落酒杯。雄风别有赋，不羡楚兰台。三、四语千钧笔力，可压倒空同《泰山》诗。

寄答峻伯

殷勤吴季子，尺素为余言。春水初平岸，兰舟直到门。星归豫章驾，人卧桃花源。独有新诗就，谁堪细讨论。

送顾舍人使金陵还松江

汝岂因鲈脍，吾曾识凤毛。青云归暂得，白雪和谁高。海色钟山雨，秋声笠泽涛。南征有诸将，为语圣躬劳。澄怀云："神似少陵。"

义士李国卿归骨长山哭以送之

生死衔恩在，间关病骨遥。刀头空自卜，匕首为谁骄。风色田横馆，寒云豫让桥。岂无心一寸，魂断竟难招。连上章，皆全力为之，句雄调响，不落开、宝以下。

过冶泉

偶经盘石坐，下有暗泉过。受月苔阴少，分云竹色多。幽岩答樵斧，小屋见渔蓑。不减沧浪兴，风尘可奈何。

富阳至桐庐道中

路疑千岭尽，山为一江分。夕照高低出，滩声远近闻。薜衣过木客，椒酒问桐君。欲叩幽栖意，峰峰多白云。

忆　昔

忆昔文皇三出边，六龙飞雨净烽烟。天门直向阴山辟，北斗翻从南极悬。铁马春饥填瀚海，金人秋祭失祁连。只今何处无廉李，野哭荒村几岁年。

盛世君臣不易逢，泰陵松柏感遗踪。朝清转自饶封事，岁稔兼闻罢上供。白简五侯时跼蹐，青编三老日从容。苑西今日千门地，辇路恩稀草色浓。

更忆南巡汉武皇，楼船车马郁相望。轻裘鄠杜张公子，挟瑟邯郸吕氏倡。秋净旌旗营细柳，夜深烽火猎长杨。孤臣尚有遗弓泪，不见当时折槛郎。归愚谓："风洲七律亦规大家，而锻炼未纯，故华赡之余，时露浅率。"其说良是。兹选其骨干整栗者。

赠梁伯龙

汉关题罢鬓初华，梁苑文成席更夸。匣里秋霜诸侠少，曲中春雪旧名家。江陵客写金楼子，建业人歌玉树花。谁道归来仍壁立，文君窈窕自煎茶。风华流丽。后惟卧子、梅村能之。

书庚戌秋事

传闻边马塞回中，候火甘泉极目同。风雨雕戈秋入塞，云霄玉几昼还宫。书生自抱终军愤，国士谁讥魏绛功。北望苍然天一色，汉家高碣倚寒空。沈确士云："三句言宣大兵入援，四句言上自西苑还大内也。"

送瞿师道太史使大梁周府

长安草色上鸣珂，繁吹春调四牡歌。太史授圭开赤社，宗藩如带指黄河。天边汉节蛟龙扰，雪后梁园鸿雁多。上客知君频授简，邹枚词赋未应过。

送子与祀康陵

佳城葱郁锁楸梧，武帝神游定有无。金榜星辰千岭逼，翠旗风雨万灵趋。但传骏足留瑶海，亦有龙髯堕鼎湖。此日词臣空洒泪，献陵春望已模糊。沈确士云："题'祀康陵'，结到'望献陵'，见遗泽在人，不忍忘也。"

履善比部归自岭右赋此问之

闻君八月下牂牁，铜柱天荒使者过。桂岭风来秋色早，盘江水合瘴烟多。夷童夹道夸椰酒，蛮女穿花出棹歌。向识子云奇字擅，近来词赋更如何？

送张肖甫徵金领西道便道还蜀

蓟门擐甲待边烽，海内军须不自供。赤羽去看新使者，黄金归隶大司农。界标铜柱天垂尽，人过苍梧瘴几重。闻道壮游仍衣锦，春来车马醉临邛。格律与茂秦《送谢武选》诗相类，而精采逊之。

登　岱

轩辕皇帝有高台，鞭石千秋辇道开。匹练天萦吴观出，金泥日射汉封回。西盘瓠子河如带，东挂扶桑海一杯。谁为登坛论王气，只应尘世有仙才。

尚忆秦松帝跸留，至今风雨未全收。天门倒泻银河水，日观翻悬碧汉流。欲转千盘迷积气，谁从九点辨齐州。人间处处襄城辙，矫首苍茫迴自愁。

壁立芙蓉万古看，削成松桧隐高盘。中峰翠压徂徕色，绝顶青收碣石寒。梁甫吟成还自和，茂陵书就欲谁干。依微白马吴阊在，欲向秋风问羽翰。

同省中诸君过徐丈

词客真同河朔游，主人偏解孟公留。高城雨过凉生席，残夜花明月满楼。紫玉行杯弹出塞，红牙催拍按伊州。更怜少日阊门侣，菱叶芙蓉湖上舟。澄怀云："三、四明秀，如出信阳。"

寄耿中丞子承

黄龙东去海云低，元菟城头乌夜啼。帐下青羌新属国，军中白马旧安西。牙旗月拥诸陵出，甲帐天回万堞齐。最是驼酥争捧处，不妨飞捷醉中题。

黎惟敬自南海访余吴兴登岘山分韵

岘山亦是关情地，屈指从君话旧长。此夕梅花辞大庾，十年秋雁隔清湘。应徐笔底多陈迹，吴粤尊前暂一乡。拂藓为磨方石在，只凭诗句敌襄阳。

销夏湾 湾在缥缈峰下，两崦夹成小湖。

挂帆秋色太空低，缥缈峰回上与齐。别借五湖天一曲，中分双崦地东西。松杉翠合家堪隐，橙橘黄萦路不迷。莫问吴王销暑事，采香春径草萋萋。

故　关

四塞河山险，中通一线行。雄关蔽全赵，叠嶂拱神京。尺地分寒暑，中天各晦明。秋英开绣壁，夕照吐金城。屋似浮空置，田疑傍汉耕。

云根穿作窦，石髓借为梗。树杂旌旗拥，峰陪剑戟迎。符从襄子计，阵拟率然名。广武堪称客，成安未晓兵。古来兴废事，大半误儒生。天下奇作。

送妻弟魏生还里

阿姊扶床泣，诸甥绕膝啼。平安只两字，莫惜过江题。澄怀云："与袁景文'江水三千里'之作，同一真至。"

还宫怨

报道羊车指日临，莫题纨扇罢悲吟。双蛾欲画仍教洗，恐负当年辞辇心。

燕

曾逐东风入紫微，晚抛江海滞乌衣。空夸万里封侯颔，还傍人家门户飞。

戚将军赠宝剑

毋嫌声价抵千金，一寸纯钩一寸心。欲识命轻恩重处，灞陵风雨夜来深。

曾向沧流刉怒鲸，酒阑分手赠书生。芙蓉涩尽鱼鳞老，总为人间事渐平。

冯子潜将有庐山武夷之游索一绝句为赠

匡庐五老五白龙，武夷九曲九芙蓉。高秋赠尔青鞋去，踏破寒云千万重。

阻风安庆

常怜拙宦似今朝，愁水愁风上汉遥。何似长年回鷁去，满帆秋色下枫桥。

西宫怨

点点莲花漏未央，乍寒如水浸罗裳。谁怜金井梧桐露，一夜鸳鸯瓦上霜。澄怀云："怨而不怒。可以怨矣。"

［附录］

吴国伦 五首

国伦，字明卿，兴国人。嘉靖庚戌进士，授中书舍人，擢兵科给事中。杨继盛死，倡众赙送，忤严嵩。假他事左迁南康府推官，调归德，寻弃官归。嵩败，起建宁同知，累迁河南左参政，大计罢归。明卿才气横放，好客轻财。归田后，声名与王元美埒。求名之士，不东走太仓，则西走兴国。万历中，元美既殁，明卿犹无恙，年八十余乃卒，在七子中最为老寿。所著有《甔甀洞稿》九十六卷，又有《春秋世谱》《训初小鉴》等书。

王敬美曰："明卿诗，多实际语，不落于鳞网中，自可弟畜子与。"又曰："他人诗多于高处失稳，明卿诗多于稳处藏高。"

陈卧子曰："明卿雅练流逸，情景相副。"

高州杂咏

粤南天欲尽，风气迥难持。一日更裘葛，三家杂汉夷。鬼符书辟瘴，蛮鼓奏登陴。遥夜西归梦，惟应海月知。沈确士云："风土诗，须此奇警之笔，方写得生动。”

得元乘书

已道还江县，犹然滞海门。别来新鬼哭，书至故人存。万死悬兵力，孤忠藉主恩。岂无排难意，畏路不堪论。沈确士云：“善偷杜意。”

鄱阳湖

欲向匡庐卧白云，宫亭水色昼氤氲。千山日射鱼龙窟，万里霜寒雁鹜群。浪拥帆樯天际下，星蟠吴楚镜中分。东南岁暮仍鼙鼓，莫遣孤舟逐客闻。

送姜太史节之使楚王

天子分桐叶，词臣下柏梁。共怜星是使，况乃玉为堂。江汉环宗国，风云护帝乡。居人思过沛，太史复浮湘。地险东南胜，藩盟带砺长。晴山开绮节，高浪出牙樯。杨柳停旌艳，椒兰设醴芳。楼台招鹤驭，环珮忆鹓行。六传中原路，双锋北斗傍。缄书如有意，归雁自衡阳。

寄远曲

章台杨柳绿如云，忆折南枝早赠君。一夜东风人万里，可怜飞絮已纷纷。

梁有誉　十二首

有誉，字公实，广东顺德人。少恬静好学，与欧大任、黎民表并游香山黄佐之门。举嘉靖庚戌进士，授刑部主事。居三年，以念母告归。杜门读书，大吏至，辞不见。后与民表约游罗浮，观沧海日出。海飓大作，宿田舍者三夕，意尽赋诗而归，中寒病作，遂卒，年三十六。所著有《兰汀存稿》八卷。

陈卧子曰："公实隽才，意趣沉实。若假以年，所诣当不止此。"

朱锡鬯曰："兰汀学诗于黄泰泉，又与乡人欧桢伯、黎惟敬、吴而待、李少偕结社，号'南园后五子'，所得于师友者深。虽入王、李之林，习染未甚。诵其古诗，犹循选体。五、七律，亦无叫嚣之状。四溟而下，庶几此人，胜徐、吴多矣！"

秋　怀

夕霁凉气发，曲房蔼余清。金风披兰茝，白露浩已盈。密林谢阳彩，丛薄陨芳荣。迅商无缓调，征鸿怀苦声。物候既易感，神理固难名。汉阴甘灌园，鹿门事躬耕。金张逐丹毂，王贡飘华缨。由来事不同，各以性自营。伊余秉微尚，恬旷谐夙情。柱下明守雌，漆园持达生。缅怀昔人训，烦嚣只自惊。

咏　怀

明月鉴重帏，凉风吹绮疏。佳人扬清讴，顾影伤离居。昔别黄鸟鸣，倏忽秋兰舒。繁华不再至，欢乐宁倩余。迢迢牵牛星，万古恒不渝。所思杳天末，日夕增烦吁。秦女善鸣筝，赵女亦吹竽。筝竽岂不哀，不如琴瑟娱。织缣常苦迟，织素常苦劬。嗟哉织作勤，泪下沾罗襦。

梁崇一云："乐府神韵。"

黄司马青泛轩

达人慕恬寂，开轩负西郭。芊绵引蕙田，逶迤通菌阁。积芳集隆墀，耽胜控遥壑。蕊气通幽洞，湖光耿华薄。青桐带露疏，翠羽冲花落。蜃月镜疏棂，鹏云冠虚幕。真筌一以契，琴书聊尔托。鹤性在烟霞，风想存寥廓。即此颐深栖，陋彼郊居作。

丰城道中

风烟杳无际，孤棹去悠悠。多病长为客，思乡况属秋。树围平野阔，江涌众山浮。却望云中雁，缄书寄远愁。梁崇一云："初唐风格。"

于鳞与子相元美过访共怀谢山人茂秦

把酒情犹昨，风尘路渺漫。交深任朝野，名重有饥寒。花鸟愁边赋，山川乱后看。西园几游眺，景物岂长安。梁崇一云："'名重'句，写出四溟小影。"

燕京感怀

鹿塞戈铤血未干，龙庭烽火报长安。拟擒颉利先开幕，欲拜嫖姚更筑坛。青海月明边马动，黄榆风急皂雕寒。材官羽骑多如雨，夜夜旄头倚剑看。

瓜步眺望

残虹惨澹已黄昏，江上烟波独怆魂。京口树浓藏雨气，海门风急长潮痕。西来暮色连三楚，北望浮云隔九阍。正值旗亭须买醉，忧时怀土不堪论。

姑苏怀古

看山几日到吴中，游客登临感慨同。金虎迹荒灵气灭，水犀军散霸图空。春归茂苑乌啼月，花落横塘蝶怨风。谁识倦游心独苦，扁舟长忆五湖东。

暮秋登镇海楼

丹梯袅袅虚无里，下界遥看紫翠重。星斗暮悬溟海树，烟霞秋断越山钟。杯前风景非秦代，鸿外关河尽汉封。搔首白云应可拟，谁骑黄鹤蹑仙踪。梁崇一云："壮亮。"

春日病起得家书怅然有感

苑柳宫槐生晓烟，起看佳节倍堪怜。天涯尺素惊残腊，客里分阴似小年。愁病可堪归雁后，春心空负落花前。西山爽气朝来好，拟把琴尊眺远天。朱笠亭云："'日长如小年'，本闲适语，用在客里，顿增凄恻。"

秋夜过黎氏山房

瑶琴不复理，空余山水情。弃置石床上，风来时一鸣。

闺　怀

万里关山无尽期，年光春色使人悲。柳花只似悠扬梦，日逐东风少住时。梁崇一云："柳花似梦，与行舟似客游，同一样笔墨。"

欧大任　十一首

大任，字桢伯，顺德人。以岁贡选江都训导，迁广州学正，入为国子博士，迁大理寺评事，终南京户部郎中。所著有《思玄堂》《旅燕》《浮淮》《秣陵》《北辕》《南翥》《游梁》《西署》《轺中》《诏归》《蘧园》诸集，凡二十二卷，又有《百粤先贤志》。

汪伯玉曰："桢伯意气溢发，一归雅驯，可谓治世之音。"

梁崇一曰："桢伯诗，温柔婉转，长于讽谕，风人之遗。"

拟　古

窈窕芙蓉池，乃在西园侧。池上双鸳鸯，并戏朝与夕。别君已三载，弦望无消息。寒温宁得知，何况见颜色。踟蹰念离居，沉忧不能食。愿因东南风，一送归飞翼。

美人在长安，音徽间复阔。不奉君光仪，膏沐委蓬发。青鸟西飞还，报君一书札。字字长相思，归期邈秦越。妾如霜中花，君如云间月。非君是妾夫，一心谁能察。梁崇一云："清超醇雅。"

除夕寓九江官舍

饯岁浔阳馆，羁怀强笑欢。烛销深夜酒，菜簇异乡盘。泪每思亲堕，书频寄弟看。家人计程远，应已梦长安。沈确士云："一结忆及家人，又于家人意中念己之梦长安，曲折往复，善学少陵。"

龙舟浦

箫鼓中流发，秋风散浦烟。琳池新乐府，汾水旧楼船。赏胜观涛日，游非习战年。甘泉思扈从，回首濯龙川。

九月十五夜月

瑶草三秋色，金风一夕寒。书缘多难绝，月在异乡看。凄断惊霜角，迟回望露盘。刀头今未定，谁最忆长安。梁崇一云："'月在异乡看'已觉不堪，连上句一气读下，则更凄惋矣。"

送曾子澄之塞上

曾是征南将，今随定远侯。白云仍汉垒，春色过边州。柳拂渔阳骑，笳清紫塞楼。酬恩知有日，谈笑看吴钩。

经王子新故居

独有山阳笛，难寻溪上庐。人琴俱已矣，台沼更何如。暮燕归新社，春泉满坏渠。今来转悲切，未报秣陵书。

清明过万安县

节序过寒食，扁舟客更愁。他乡对僮仆，故国忆松楸。暮雨江边树，春莺水上楼。凭高独凝睇，把酒意悠悠。

送张舍人使青州因还蒲州

暂辞西掖去，东使指乡亭。蒲坂临河白，云门接岱青。齐风堪论乐，韦相待传经。知尔衔恩重，随春入汉庭。宋辕文云："用事稳帖，结语淡而自雅。"

再上昭陵 澄怀按：明穆宗葬昭陵。

几年裘褐客秦京，两度朝陵使者行。隧道松楸春更长，闷宫灯烛夜偏明。戟郎久已容方朔，园令何妨老马卿。咫尺苍梧云不隔，近趋惟有泪沾缨。陈卧子云："幽而不诡，秀而不寒。所引方朔、马卿，皆协情事。"

登宣府门楼

百二山河控上游，郁葱佳气满皇州。风驱大漠浮云出，天转滹沱落日流。双阙金茎连北极，万家红树动高秋。茱萸黄菊俱堪佩，独上城南百尺楼。梁崇一云："雄健。"

黎民表 五首

民表，字惟敬，从化人。父贯，正德中官御史，以直谏忤旨，罢归。惟敬少与弟民衷、民怀师事黄佐，并以学行称。嘉靖甲午，领乡荐，选授中书舍人，出为南京兵部员外，终布政司参议。有《瑶石稿》十六卷。

胡元瑞曰："惟敬近体深秀，庄严似公实，而老健过之。"

李时远曰："瑶石诗，和平典雅，沨沨乎盛唐遗响。"

陈卧子曰："惟敬诗，清华切秀。"

朱锡鬯曰："瑶石诗，读之似质闷，而实沉著坚韧。元美所取'续五子'，无愧'大小雅'材者，仅此一人而已！"

汪端论曰："凤洲所标榜'后''广''续''末'诸子，大抵沿袭李、王之声调字句，而无其才气。如泥龙木马，徒具伟质，不能胜骧变化。又如剪彩为花，秾丽炫目，绝无香韵。独公实、桢伯、惟敬三人诗，温厚庄雅，自写性情，脱去浮靡之习。信乎岭南多诗人也！"

紫荆关

径转蛇盘险，云连鸟去长。山桃微著紫，沙柳不成黄。重镇临天府，神功划大荒。金城谁献议，老作尚书郎。

阻风李阳河驿

满目川原百战余，旅情芳草共萧疏。苍山古堠逢秋骑，野水残灯见夜渔。地近潇湘多暮雨，雁来溢浦少乡书。故人忆我停云外，惆怅烟波不定居。梁崇一云："写旅情乡思，语语和厚。"

嬉春曲

芳草春阴满钓矶，寒城斜日闪朱旗。薰人欲醉怜花气，送客无情是柳丝。画楫迥随兰浦入，金樽还傍竹阴移。江湖十载浑疏放，空愧青楼半额眉。

同邝别驾蔡山人登九成台

芙蓉秀色半晴阴，影入空江百丈深。紫阁倒垂星宿象，碧天吹落凤鸾音。烽尘正属谈兵日，云路谁为出世心。风景故园犹想象，丹梯吾肯倦登临。梁崇一云："冠冕题，得此辉煌铿锵之语，乃相称。"

祈谷斋居

铃索无声树色寒，集灵台上拜千官。旌旗夜绕长杨陌，灯火春祠太乙坛。暖入芳郊阳气浅，月临青阁曙光残。扬雄白首元经在，谁捧云中玉露盘。

王世懋 五首

世懋，字敬美，太仓人，元美弟。嘉靖己未成进士。以家难归，久之，除南京礼部主事，迁尚宝司丞，出为江西参议，历陕西、福建提学副使，擢太常寺少卿。移疾归，先元美卒。敬美弱冠称诗名，亚其兄。元美力推引之，以为胜己。李于鳞辈因呼为"小美"。有《奉常集》五十四卷，又有《易解》《经子臆解》《闽部疏》《艺圃撷余》《饶南九三郡舆地图说》等书。

穆敬甫曰："敬美逸气纵横，词采丰蔚。"

胡元瑞曰："敬美拔新，标于'七子''四家'之外，劲逸遒爽，以配哲兄，诚无愧色！"

汪端论曰："敬美诗，虽不逮凤洲，而持论过之。所著《艺圃撷余》有云：'李于鳞七律，俊洁响亮，余兄极推毂之。海内为诗者，争事剽窃，纷纷刻鹜，致使人厌。余谓学于鳞不如学老杜，学老杜尚不如学盛唐。何者？老杜结构，自为一家，言"盛唐散漫无宗，人各以意象声响得之”，政如韩、柳之文，何有不从《左》《史》来者？彼学成，而为韩为柳，吾却又从韩、柳学，便落一尘矣！轻薄子遽笑韩、柳非古，与夫一字一语必步趋二家者，皆非也。’又云：‘今世五尺之童，才拈声律，便薄弃晚唐，自诩初、盛。有称大历而下，色便赧然。然使诵其诗，果为初邪、盛邪、中邪、晚邪？大都取法固当上宗，论诗亦莫轻道。诗必自运，而后可以辨体；诗必成家，而后可以言格。故余谓今之作者，但须真才实学，本性求情，且莫理论格调。’又云：‘杜少陵故多变态，其诗有深句，有雄句，有老句，有秀句，有丽句，有险句，有拙句，有累句。后世别为大家、特高于盛唐者，以其有深句、雄句、老句也。而终不失为盛唐者，以其有秀句、丽句也。轻浅子弟往往有薄之者，以其有险句、拙句、累句也。不知其愈险、愈老，正是此老独得处，故不足难之。独拙、累之句，吾不能为掩瑕。虽然，更千百世，无能胜之者何？要曰：无露句耳。其意何尝不自高自任？然其诗曰“文章千古事，得失寸心知”，曰“新诗句句好，应任老夫传”，温然其辞，而隐然言外，曷尝有所谓吾道主盟代兴哉？自少陵逗漏此趣，而大智大力者，发挥毕尽，至使吠声之徒，群肆挦剥，遐哉唐音，永不可复。噫嘻，慎之！’所论皆极精确，足以惩嘉、隆时人摹拟之弊，而救风洲标榜之偏。他若评高季迪及徐昌谷、高子业之诗，亦有特识，不为《艺苑卮言》束缚，斯可谓风洲之诤弟也！”

清明日与郭可忠使君登余干东山

屐齿故冲泥，峰头望不迷。江平疑浸郭，树远欲浮堤。晚市樵花入，春田带雨犁。因之念丘陇，身在楚云西。不失唐音。

庐山寺

朝日照积雪，庐山如白云。始知灵境杳，不与众山群。树色空中断，泉声天半闻。千崖冰玉里，何处著匡君。

送元甫李太史册封蜀藩

玉检金泥出大庭，双旌万里去冥冥。汉宫朝浥仙人露，益部宵占使者星。巫峡云中流濯锦，峨眉天半落空青。先驱耻作临邛客，橐笔重题剑阁铭。

送张助甫

传经何意入三秦，本为天涯傍所亲。宇宙岂容双剑合，风流偏妒一樽频。章台柳暗思公子，韦曲花残别故人。金印牙旗君好住，病夫将乞种瓜身。

横塘春泛

吴姬小馆碧纱窗，十里飞花点玉缸。蜡屐去寻芳草路，青丝留醉木兰艭。山连暮霭迷前浦，云拥春流入远江。棹里横塘听一曲，烟波起处白鸥双。

卷七上

陈子龙 六十首

子龙，字人中，更字卧子，青浦人或作华亭人。父所闻，工部郎中，有廉直声。公生时，母韩夫人梦龙降于室，故名。幼尚气节，嫉恶若仇，诗文玮丽。当“复社”名盛，与同郡夏允彝、徐孚远、李雯、宋徵舆等结“几社”，遥相应和。举崇祯丁丑进士。出漳浦黄石斋之门。选绍兴推官，摄诸暨县事。邑向苦水灾，盗贼蝟起，公以计擒其渠，诛之，民赖以安。又议积储，以为“积于官则多弊，不若藏于民间”。因令富室各量力，书所积之数于籍。至米贵时，则减价以粜，岁稔则听自便。逾年，大饥，越郡云扰，独暨邑帖然。大吏遂属公专司赈事，前后所全活者，十余万人。崇祯十五年，举天下廉卓第一。

率兵剿闽、浙山贼于遂昌，山险箐密，前此官兵进讨多失利。公激励将士于溽暑瘴雾中，深入死斗，夺其一寨。贼西走，所栖益峻，不可攻。公令凡近贼巢五十里内，民家牛羊米粟皆远徙之。贼乏食，势屈，遂出降。东阳许都者，副使达道孙也，为诸生，任侠好施，多结豪悍。公素知之，语当路曰：“此等人，用之，可得其死力；不用，亦能为变。”人无应者。时东阳令姚孙棐，贪纵虐下。有奸民假中贵名招兵者，都无涉也。事发，令文致之，因以索贿，不满所欲，持之益急。适都葬母山中，会者万人。或告监司王雄曰：“都反矣。”雄遽遣使收捕。都因发愤举兵，以“诛贪吏”为名。旬日之间，众至数万，连陷东阳、义乌、浦江，围金华，全浙大震。巡抚董象恒，时坐事被逮，代者未至。巡按左光先以抚标兵，命公为监军讨之。公遣别将，从间道绕出贼后，焚其巢，贼遂奔溃，进击之，俘斩数百人，收复义乌。兵士有取民间一铜器者，公立斩之。进屯双林寺，时游击蒋若来已击破都围婺之兵。都收余众三千人，保南寨，遣使乞降于公。公以事重不许。及各路兵会，王雄谓公曰："贼聚粮据险，非旷日持久，不能克。我兵万余，止五日粮，奈何？贼若悔祸，因而抚之，戢兵救民，计之上也。"公曰："某与都有旧，请往察之。"乃单骑入都营，责数其罪，谕令归降，待以不死。遂挟都见雄。复挟都入山，散遣其众，以二百人降。而光先与东阳令善，竟斩都等六十余人于江浒。公力争不听。以定乱功，擢兵科给事中。

命甫下，而闯寇势日炽，逼京师。公上书南大司马史忠正公可法，欲其间道密奏，请太子从津门入海，南发三吴，则集水师万人，乘南风，直抵碣石，奉迎之。史深然其说。事未行，而京师陷。

福王监国南都，以原官召用。公入朝即上疏言："防江之策，莫过水师。海舟之议，更不可缓。请专委兵部主事何刚训练。"从之。又言："自古中兴之主，莫不身先士卒，故能光复旧物，未有深居宫闱、优游处顺而可以戡定祸乱者也。今入国门，再旬矣。人情泄沓，不异升平，从无有哭神州之陆沉、念中原之榛莽者。臣瞻拜诸陵，依依北望，不知十二陵尚能无恙否？而先帝先后之梓宫何在？兴言及此，陛下宜尝胆卧薪，宵衣旰食，而群工庶尹亦宜砥砺锋锷，奋发志意，以报仇雪耻是务，庶中原可收，而旧京可复也！"又上《备边三要》及《经略襄阳布置两淮》之策，王不能用。会马、阮专政，引用邪党，公居言路五十日谏疏凡三十余，上并不听。群小侧目，思中伤之。公知时事不可为，以葬亲乞归。许之。遂不复出。

乙酉，南都失守，王师围松江。公集众结营泖湖间，军号"振武”，与夏忠节公允彝为城守计。而所募多市人，不习战，又缺饷，城遂破。夏公自沉于松塘口。公念祖母高夫人年九十无侍养者，变服逸去，居嘉禾之水月庵为僧，名信衷，字瓢粟，又号颍川明逸，时扁舟往来吴、越间。及唐、鲁两王称监国于闽、浙，闽中遥授公兵部左侍郎、左都御史，浙中授兵部尚书，节制七省漕务。高夫人卒，公欲间道奔赴海上。逻禁方密，不果行。闽、浙既破，公志不欲生，奉祖母柩还松，葬于富林。自此庐居，屏绝人事。门人张宽、王沄、徐桓鉴从焉。公为书数千言，焚夏公墓前，具述己所以不即引决之故，词极悲慨。

丁亥四月，松江提督吴胜兆者，与巡抚土国宝交恶，心不自安。长洲诸生戴之俊为其客，说之举兵，结舟山大帅黄斌卿为外援。胜兆尝浮慕公，遣之俊夜谒公丙舍，约共事。公言：“海上虚声寡信，事必无济。”之俊固请，公义不忍拒，乃听之。既而斌卿兵久不至，胜兆谋亦泄，为其下槛致南都，执之俊等十余人杀之。国宝谋乘此尽除三吴知名之士，穷治其狱。词连公，公走嘉定，告急于侯岐曾，匿其仆刘驯家，已迁昆山顾天逵所。国宝及操江陈锦，遣兵大索，得之。既见，抗辨不屈，絷之舟，将解南京。至跨塘桥，断索，跃入水中，死。时国朝顺治四年五月十三日也，年四十。王沄、徐桓鉴及公舆人吴西潜觅其尸，殓之，归葬富林。时以匿公死者，侯岐曾一门，顾咸正子天逵、天遴，张宽，夏之旭也。公夫人张、子妇丁、孙妇张，俱以苦节显。

乾隆四十一年，诏褒胜国殉节诸臣，公专谥“忠裕”。所著诗文有《岳起堂稿》《采山堂稿》《几社稿》《陈李倡和集》《属玉堂稿》《平露堂集》《白云草》《三子新诗》《湘真阁稿》《焚余草》。又辑明代名人之文，有涉世务国政者为《经世文编》，凡五百余卷。又有《皇明诗选》《史拾载补》诸书，多散佚不传。嘉庆癸亥，青浦王少司寇昶，及同郡人士，搜访汇集，得赋二卷、诗十七卷、词一卷、文十卷、并公自撰年谱二卷、王沄所撰乙酉后年谱一卷,何其伟刻之。

宋尚木曰:“卧子体格高浑,卓然盛唐大家之作!”

李舒章曰:“卧子论诗,以为诗贵沉壮,又须神明。能沉壮而无神明者,如大将统军,刁斗精严,及其鼓角既动,战如风雨,而无旌旆悠扬之色。有神明而不能沉壮者,如典午名士,握麈谈道,望若神仙,而不可以涉山川、冒险难。此英雄之分也。以乐府古诗论之,曹孟德雄而不英,曹子桓英而不雄,而子建独兼之。以唐诗论之,高达夫雄而不英,李东川英而不雄,王右丞则英中之雄,岑嘉州则雄中之英,而子美独兼之。此卧子之才,纵横间出,凡此诸家,命意即合,而独于二子,深有宗尚也。”

魏楚白曰:“卧子五古,初学汉、魏,中学大谢,能于质闷之中,兼以俊秀,信是雅宗。”

朱锡鬯曰:“王、李教衰,公安之派浸广,竟陵之焰顿兴。一时好异者诪张为幻,如帝释既远,修罗药叉,交起搏战;日轮就暝,鹏子鹗母,四野群飞。黄门张以太阴之弓,射以枉矢,腰鼓百面,破尽苍蝇、蟋蟀之声,其功不可泯也!观其与李、宋二子选明诗,《自序》略云:‘一篇之收,互为讽咏;一韵之疑,互相推论。揽其色矣,必准绳以观其体;符其格矣,必吟诵以求其音;协其调矣,必渊思以研其旨。于是郊庙之诗肃以雍,朝廷之诗宏以亮,赠答之诗温以远,山薮之诗深以邃,刺讥之诗微以显,哀悼之诗怆以深。使闻其音而知其德,省其辞而推其志。’先生之论诗,知所本矣!”

王贻上曰:“明末国初,歌行有三派:虞山源于杜陵,时近眉山;大樽源于东川,参以大复;娄江源于元白,而工丽过之。”又曰:“黄门七律,沉雄瑰丽,真冠古之才。一时瑜、亮,独有梅村耳。”

陈伯玑曰:“癸未冬,余避乱金陵。罗公万象谓余:‘文人谈经济,罕睹其效。昨陈卧子从绍兴督军粮七万余石至,遂免此中脱巾之呼。真济世才也！'余心识之。明日谒陈公于承恩寺，所言皆机务，绝不论文。座中桐城友人偶言其乡社事水火，欲公收回所撰某某序文。公曰：'天下何等时，正当涣小群为大群，奈何意气若此！'余退而益叹服公之慷慨激烈，非仅文人比也。其大节不具论，如元黄之战，至今犹纷挐未已，安得闻公长者之言乎！"

王胜时曰："先生座师漳浦黄公赠言有云：'爱物若驺虞，指佞如屈轶。'先生尝榜之座右，故自号'轶符'。"

钮玉樵曰："陈卧子负海内重名。柳如是欲委身焉，从盛泽至松，屡以刺谒，自称女弟。陈严正不易近。因归于虞山钱蒙叟。"

汪端论曰："忠裕诗，襟怀宏迈，天骨开张，立赤帜为雅宗，挽狂澜于既倒。诸体皆镕铸古调，而神理自存，如临淮将郭令军营垒旌旗，忽焉变色。其论诗宗旨，虽以七子为归，然国变以后之作，激昂沉著，恐王、李诸人，皆瞠乎其后矣。而昆山吴氏《围炉诗话》因痛贬王、李，遂敢集矢于公，岂非妄人哉！〇集中七律，最为擅场，然著色太浓处，未免'大陆才多之累'。兹录其意格浑雅者。"

三洲歌

相送巴陵口，含泪上行舟。不知三江水，何事亦分流。

小车行

小车班班黄尘晚，夫为推，妇为挽。出门茫然何所之？青青者榆疗我饥，愿得乐土共哺糜。风吹黄蒿，望见垣堵，中有主人当饲汝。叩门无人室无釜，踯躅空巷泪如雨。沈确士云："写流人情事，恐郑监门亦不能绘。"

怨诗行　此诗吊唐王聿键妃曾氏也，闽中破，王被执，妃赴水死。

九江倒影扬素波，洞庭微风鸣白鼍。文狸赤鲤迎湘娥，翠竹泠泠蒙女萝。重华一去不复还，愁云万古苍梧山。五臣八凯竟谁在，空令帝子凋朱颜。凋朱颜，堕绿水。不见轩辕神鼎成，黄金如山映天紫。日月光华阊阖开，飞龙半负婵娟子。玉笙杳渺流雕云，升天入地皆随君。小臣徒望青冥哭，天路茫茫竟不闻。

平陵东

炎精中烬妖彗红，平陵松柏生秋风。四十万人颂符命，巨君却在层城宫。东郡太守建旗鼓，排山动地连关辅。五威国将纷东驰，大诰金縢亦何补。洿宫荐棘虽无成，天下始知称汉兵。不逢时会岂失策，犹与宛洛开先声。斗柄横斜渐台蹙，白水真人坐黄屋。逢萌束帛卓茂封，义公碧血无人哭。男儿何必上云台，千古同悲两黄鹄。沈确士云："义公之称兵，更难于胜、广之开汉祖，而光武之封不及，何也？不以成败论人，具有卓识。"

寓　言

江东有秽鸟，自名为秃鹙。食鱼徒满吭，毛羽终可羞。其或所立渚，鸥鹭必远投。何来一苍鹰，铁羽黄金眸。虽非高尚姿，犹任搏击谋。不作摩天飞，下集沧江流。侧身就鹙饱，比翼相遨游。末流安可居，贵贱各自求。所以老鹤心，傲然横高秋。此刺当时有言责而与小人比者也。

仲夏直左掖门送彝仲南归

金塘回素波，中有双鸳鸯。托身在清禁，和鸣君子旁。人生会有别，孤翼忽南翔。顾此同林鸟，安知天路长？平生志慷慨，何事独难忘。本为四海人，岂得长相将。丈夫重知己，万里同芬芳。黾勉效贞亮，德辉在岩廊。莫忧青蝇多，和璧贵善藏。执手不能语，怅矣结中肠。

杂　诗

朱夏芳未歇，历落怀长林。黄鸟鸣交柯，玄蝉翳清阴。习习凉飔至，吹我绿绮琴。牙旷虽已远，丘中留令音。处群生靡态，独立凝贞心。遗虑繁景外，抗志高山岑。世度伤局促，贤达任浮沉。

日夕登高台，驰目穷万里。众星灿云间，经纬谁能理？神哉玉衡运，天枢无终始。上有琼瑶宫，紫皇日端委。我欲乘飞鸾，衔书碧云里。声抗途愈遐，心长情何已。怀中五色石，相见徒磊磊。

山椒微风发，薄暮迟佳人。颓阳澹林表，素月生河津。伫立怀往路，时晏多苦辛。君家青云楼，瑶华艳当春。皋兰亦有芳，欲寄良无因。欢爱岂足重，要使恩谊申。浮云诚易阻，白璧终见珍。

逐时多近娱，迈古怀长忧。高节励贞亮，芬芳耀千秋。日月逝逾疾，我生独何求。烜赫邀世荣，倾侧递相仇。葳蕤丹山凤，逍遥凌九洲。一鸣萧韶奏，再鸣商为周。显晦随景运，难与燕雀谋。旷哉唐虞际，念此心悠悠。

至道无相非，末流乖心迹。高怀苟不亮，执疑日以积。贤随贵同用，愚与贱交役。腾名自有阶，投谗岂无隙。营营棘上蝇，可以遗金石。履绳思寡尤，超方鲜奇策。毁誉苟未忘，顾影惭跼蹐。朱笠亭云：“深于阅历之言。”

尚口自有穷，扪舌岂我欺。伊予昧机变，率性不自知。遇物皆衷言，当险若履夷。于己固勿慎，安望人保持。俯仰生平内，常与悔相随。

沉默苦不蚤，壮盛忽若驰。世人贵形迹，君子敬威仪。臧否圣所诫，南容真我师。

墓门有恶木，柯干何连卷。良士不肯荫，鸱鸮巢其巅。同兹雨露润，不与百卉妍。性质固有殊，大造安能迁？我行适见之，中心怀忧悁。利斧虽在手，斩伐无此权。去去保芳洁，愿言艺蘅荃。诸咏酝酿深厚，说理不腐，品居嗣宗、康乐之间。

陟桐岩岭

耽游自忘倦，遇险若贻安。寻源无尽涧，跻峻转余峦。千盘上风磴，百尺启云关。丹枫媚绮丽，碧嶂竦巑岏。含雾林樾润，翳日藤萝寒。回视万壑底，更见群峰攒。升乔意凌越，凭虚神汗漫。术阡布霞路，闾井出人间。怀灵岂存境，觏道托殊观。独立招予美，痗矣摧令颜。

兰　溪

水宿澹容与，晨兴旷游目。轻暾丽平沙，碧云荡澄渌。缥缈托怀贤，踯躅悲殉禄。柔桨绪风外，虚舟阴崖麓。峭蒨写层渊，潆洄乱乔木。清霜纷被练，薄霞复染縠。翠羽掠明镜，红泉漱哀玉。愿搴兰江佩，相依湘水曲。邅回迷往路，纡轸思芳躅。山阿迟幽人，遐心俟嘉告。

赠孙克咸

孙郎历落天下才，龙文手握双玫瑰。自言三卷授黄石，谈兵说剑如风雷。时与少年四五辈，呼鹰走马登高台。春风初绿长干草，白门柳花飞满道。红妆落日醉轻霞，影写清淮金騕褭。酒酣拔剑为我歌，结交贤豪苦不早。鄂渚风烟乱素秋，千帆斗舰上荆州。上客重题鹦鹉赋，书佐还陪明月楼。数行能折虎牙将，一言叱咤龙额侯。

叹息我谋适不用，归来仍典骕骦裘。钱塘八月与君遇，慷慨犹存肝胆露。明河欲堕西泠桥，疏钟半暝南屏树。十年衰乱难重陈，把酒相看泪如雨。皓齿青蛾委路尘，淮水长江尚东去。君家哲兄多雄风，拥师十万镇云中。今年逐敌来卢龙，天子赐宴明光宫。何不拂君大羽箭，仰天一射天山空。第五之名比骠骑，指挥万里平诸戎。黄河鲤鱼红拨刺，长安故人素书至。白波恶浪高于山，焚林触石知何意。千古终无廉蔺徒，眼前惟见萧朱事。轩冕甘为五鼎烹，壮士翻为二桃叶。以之尘世难盘桓，掉头烟海空漫漫。子学任公垂钓竿，予亦逢萌早挂冠。天阴野旷龙蛇蛰，云高日薄鸿雁寒。此行倘把浮丘袖，翠羽金支扫石坛。豪放遒宕，不在太白下。

寄献石斋先生

烈风萧条吹百羽，朱凰葳蕤适南土。罗毕如云不见天，秦人高歌楚人舞。出门不向妻子辞，八尺银珰五色组。虎须校尉红锦裘，峨舸大艑下江州。蛟龙娟娟碧沙静，日月冥冥青枫秋。赭衣墨帻安鱼服，予亦相逢淮水曲。京华时事不足论，惨淡相看日弥促。镰刃谁留门外兰，庖厨肯恕山中鹿。可怜举世学浮沉，烛龙回照杳难寻。苍茫不解时人意，爱护还凭明主心。我有短札置怀袖，安能一矢千黄金。平生风义惭师友，陈蔡相从但鼓琴。沈确士云："此石斋被逮、黄门遇之淮南而作。"

阊阖门开翡翠城，凤凰十二相和鸣。碧血一洒玉阶裂，惊雷急电何时平。门生往往自引匿，故吏不复来通名。贾彪奔走何侧促，曹鸾上书翻桎梏。谓叶涂诸公也。钩连几作甘陵部，相将同入黄门狱。绯衣狱吏行生风，黄封小匣排当中。更番榜掠不知数，但称汝罪如山崇。小臣万死不足惜，圣德如天辉简策。带血晨兴写孝经，和枷夜卧编周易。爰书一旦下高天，薄谴由来湘水边。万里闻声颂明圣，汉廷有待贾生还。沈确士云:"此指石斋自诏狱得戍酉阳而作。'带血晨兴写孝经'二语,自是当时实事。"

塞下曲

频年出汉将,六郡徙良家。雪积黄河岸,风高青冢沙。羌童弹鸟鼠,燕女弄琵琶。别部天山外,分兵逐浑邪。

扬 州

江南年少子,处处逐青娥。怕问雷塘事,终怜水调歌。牙樯淮雨暗,玉管楚声多。夜半城头角,飘零怨紫罗。凄怨如读《芜城赋》。

送杨扶曦之湘阴令

君当春草去,几日到长沙。雁影冲寒火,猿啼落晚花。孤城湘水阔,画舫洞庭斜。为政风流地,天南不忆家。

诸 将

明主忧时急,曾闻上将才。尚方星剑动,敕使虎旗来。庄贾诛犹晚,扬干法未裁。貂蝉诸帅满,何计画云台。

三秦通楚塞,鼓角昼犹鸣。荆棘交千里,风尘锁百城。亦知悲寇盗,不敢望官兵。难息烝黎痛,殷忧赖圣明。此指陈奇瑜、熊文灿等,坐拥重兵,玩寇自恣。孙白谷、卢九台等,足以平贼,而厄于谗臣。国事至此,已不可为。公言之,有余恫矣!

石斋先生筑讲坛于大涤山即玄盖洞天也予从先生留连累日

明湖连暮霭,积翠万重山。九折泉声乱,千峰云气闲。寻真穷石室,卜筑掩松关。尚有苍生虑，高谈夜未还。

舟发金陵宿仪真

三月风涛暮，沧江万里情。浮云生采石，春色断芜城。淮甸开王服，吴关锁旧京。乌啼今夜月，分得故园明。

桃源夜遇郑超宗落第还维扬

相逢班马鸣，三月出王京。秉烛黄河岸，悲歌下相城。风云双阙暗，花柳半江明。突兀金台上，知君最不平。

汶　上

海岱色苍然，风回万木连。云深钜野泽，雨隔汶阳田。归燕愁兵气，劳人惜壮年。何来游侠子，羡尔玉为鞭。

交　河

乌啼征马动，曙色散滹沱。海气通三岛，天风静九河。沙平边草断，日淡塞云多。百里无烟火，空村客自过。

秋归涉黄河

扬舲浊浪起，挂席晚风多。气压清淮水，沙横沧海波。秋阴沉大野，落日荡长河。繁吹生遥夜，中流发棹歌。

杂　感

大河南北望，万里入春愁。车马空官渡，风烟满豫州。黄巾连户著，白骨少人收。自古中原地，应烦圣主忧。

兵戈传剑外，消息每差池。已失夔门险，谁言蜀栈危。雪山寒鼓角，玉垒暗旌旗。天子频西顾，元戎实总师。沈确士云：“此杨嗣昌总师时也，夔门失而蜀道不可守矣，丧师辱国，伊谁之咎哉？”

越署早春

春山雪后明，黛色满江城。风转林花发，霞蒸海气平。管弦催暮霭，楼阁动新晴。越客登临处，浮云日夜生。

襄　阳

江汉西陲重，荆襄南纪雄。诸侯悲岘首，耆旧失隆中。燧色通秦塞，妖星下楚宫。不知大堤女，何处舞春风。似元遗山。

孟冬宿柴石上人精舍

上方通竹径，残月照匡床。乌雀喧初曙，松杉落晓霜。有山还种桂，无海不栽桑。莫测升沉理，相携问法王。

避地示胜时

踘踖三年内，萧条一概中。刺船排急难，赠策想雄风。北海孙宾石，东吴皋伯通。比来还寂寞，此义有谁同。

庐　居

行遁山河改，归来松菊荒。尚余三亩宅，无复万家傍。祈死烦宗祝，偷生愧国殇。但依亲陇在，含笑此高冈。沉至处，惊心动魄。

感　怀

神京弈弈古幽州，紫禁烟云属御楼。天子新添太府寺，群臣多拜大长秋。簿书衡石皆秦吏，封事飞霜半楚囚。奏对即今谁便殿，几人江上自披裘。此指崇祯初，中官张彝宪等任事，及杀袁崇焕、戍钱龙锡之事。

中原侧首半蓬蒿，丁壮江南尽挽漕。武备向推河朔勇，寇来无复太行高。圣明倚重惟金部，海内经营恃贼曹。若有王扬能事主，何烦桑孔计秋毫。此指崇祯三年，从兵部尚书梁廷栋之言，加派田赋，海内咨怨之事。

经王粲墓

断风吹草杂寒流，一代才华在古丘。邺下文人谁强记，秦川公子独多愁。从军神武终依魏，作赋悲凉且事刘。当日英雄俱寂寞，汉南漳北暮云秋。视飞卿《陈琳墓》诗雅切。

长安杂诗　录一

风尘绕绕五都前，豪侠株盘有几年。石显上宾居柳市，窦婴别业在蓝田。两宫腑肺黄金内，四姓交游骏马边。共请县官为赐第，何妨滥用水衡钱。此讥田宏遇等之豪横也。

甲戌长安元日

钟鼓沉沉满凤城，五云忽动见平明。奏笺学士宫中女，虏簿将军殿后兵。万井烟花归北里，九衢日月转西清。却怜河洛朝正使，尚隔风尘望玉京。自注：时中州多盗，郡县免觐。

李司马萍槎先生赠诗勉以世事兼许文笔匆匆奉酬聊存知己之感

久瞻枢府重明光，投我连城云锦章。伤乱已闻刘太尉，赏音深愧蔡中郎。九龙移帐春无草，万马窥边夜有霜。蚤晚沧江惊驿使，诏书先问右贤王。深醇雅健，入神之作。

钱塘东望有感

清溪东下大江回，立马层崖极望哀。晓日四明霞气重，春潮三浙浪云开。禹陵风雨思王会，越国山川出霸才。依旧谢公携伎处，红泉碧树待人来。足使沧溟低首，弇州却步。

送方尔止还金陵将归皖桐

旧京天阙倚云看，送客秋河振羽翰。玉树风残三阁暮，石城潮上九江寒。管宁避地非无策，王粲从军强自宽。寄语皖桐新幕府，好收奇计助登坛。

送张玉笥中丞擢河道少司空随召陛见

旧京开府静牙璋，诏领河堤入未央。周室保厘分郏鄏，汉家底绩念宣房。九天星宿穿秦塞，万里梯航走冀方。为语至尊南顾日，不堪重问海陵仓。沈确士云："典切。"

扬　州

淮海名都极望遥，江天隐见隔南朝。青山半映瓜洲树，芳草斜连扬子桥。隋苑楼台迷晓雾，吴宫花月送春潮。汴河尽是新栽柳，依旧东风恨未消。

初出都门

灞桥花下送骊歌，宫柳深阴夹道过。去路风烟乡思切，望中云日客愁多。西山翠霭凝金阙，南内青槐荫玉河。从此通宵瞻北极，几回清梦到鸣珂。

晚秋杂兴

江关海峤接天流，玉露商飙万里愁。九月星河人出塞，一城砧杵客登楼。荒原返照黄云暮，绝壁回风锦树秋。极望苍茫寒色远，数声清角满神州。

太行东出拥神京，古塞秋风右北平。笙鹤已辞沧海使，貂蝉初撤羽林兵。清霜玉沼芙蓉苑，旭日金铺翡翠城。鱼钥时传宣召急，侍臣通籍在承明。

碧嵩清洛拥干戈，落日愁云暗渡河。列国几人存玉马，五都今复叹铜驼。秦师不见条侯下，魏将惟闻晋鄙多。惆怅夷门双涕泪，大梁公子欲如何？此咏李自成寇河南事。结句应指侯朝宗。

送吴峦穉司李桂林

翡翠巢边匹马过，千盘桂岭郁嵯峨。南浮漓水啼猿满，北望君山落雁多。蛮府官闲能作赋，汉廷恩近忆鸣珂。愁心独系张平子，欲寄琅玕奈远何。七子上乘。

潼　关

天险东临锁地维，重关遥夜角声悲。莲花影照千烽出，竹箭波回万马驰。四塞山河归汉阙，二陵风雨送秦师。长安游侠知无数，仗剑还能指义旗。

秋日杂感

金阙珠楼瑞霭中，天门端拱万方同。风城南锁黄河隘，鸟道西回紫塞通。三市铜驼愁夜月，五陵石马泣秋风。玉泉不识朝宗意，依旧东流入汉宫。此吊都城失守也。

双阙三山六代看，龙蟠虎踞旧长安。江陵文武牙签尽，建业风流玉树残。青盖血飞天日暗，黄旗气掩斗牛寒。翩翩入洛群公在，剩有孤臣泪未干。此感金陵之亡也。

经年憔悴客吴关，江草江花莫破颜。岂惜余生终蹈海，独怜无力可移山。八厨旧侣谁奔走，三户遗民自往还。圯上隆中俱避地，侧身怀古一追攀。此公避地时作。其志亦可哀矣！

登神山仙馆同惠朗胜时作

鳌冠迢递海天分，缑岭笙歌彻夜闻。谷口花深三里雾，楼前鹤下十洲云。羽人佩冷星河影，玉女香消月露文。丹井可能穿地底，裁书谁报洞庭君。思致清旷，不伤雕琢。

重游弇园

放艇春寒岛屿深，弇山花木正萧森。左徒旧宅犹兰圃，中散荒园尚竹林。十二敦槃谁狎主，三千宾客半知音。风流摇落无人继，独立苍茫异代心。沈确士云："今弇园一带，废为民居矣。读此不胜时代之感。"

云中边词

大同女儿颜如花，十五学得筝琵琶。莫向中宵弹一曲，清霜明月尽思家。

从军行

弯弓独上李陵台，极望胭脂秋色来。碛路西回三万里，青天遥挂白龙堆。

一望穹庐匝地宽，将军中夜出皋兰。月临青海千烽乱，雪照黄河万马寒。

卷七下

顾炎武 四十四首

炎武，初名绛，字宁人，后更今名，号亭林，昆山人。本生父同应，荫生，能文好义。从叔同吉，未婚夭。聘王氏，衰麻来归，逾一纪，宁人始生，抚为嗣子。生有异禀，观书十行俱下，年十四为诸生。崇祯末，入复社，有名。与同邑归庄友善，皆耿介不浑，俗人以“归奇顾怪”目之。屡试不遇，见时多故，遂弃去举业，屏居山中。取家藏经史、累朝实录及天下郡县志、明代名人文集、奏疏遍阅之，有得即录，积数十帙，名曰《天下郡国利病书》。

福王立，以贡荐授兵部司务，未仕。嗣母王夫人，初以节孝旌表，及乙酉南都破，不食而卒，遗命：“子无事异代！”唐王称号闽中，遥授职方司主事，亦不及赴。寻避讼，尽鬻其产，寄居章丘，别治田舍，久而为土人攘夺，又迁山西营书院一区。朱彝尊尝题其柱曰：“入则孝，出则弟，守先王之道，以待后学；诵其诗，读其书，友天下之士，尚论古人。”盖实录也。侨居少暇，辄周览山川，考古今治乱之迹，证以金石之铭碣，著作不辍。尝五谒孝陵，两谒天寿山诸陵，四谒庄烈攒宫，惓惓故国之思，终身如一日。康熙戊午，诏举博学鸿词，廷臣将荐之，驰书坚辞。壬戌正月，卒于曲沃，年七十。

所著书共数十种，于六书音义尤有独得。撰《古音表》二卷、《易音》三卷、《诗本音》十卷、《唐韵正》二十卷、《音论》二卷，统名《音学五书》。又《诗集》五卷、《文集》六卷、《日知录》三十二卷、并《左传杜解补正》《九经误字》《石经考》《金石文字记》《吴才老韵补正》《昌平山水记》等诸杂著，皆门人吴江潘耒梓行。其《天下郡国利病书》一百卷、《肇域志》一百卷，及《二十一史年表》《历代宅京记》等书，又百余卷，并藏其甥徐乾学家，今多散佚。

朱锡鬯曰："宁人诗，事必精当，词必古雅。抒山长老所云'清景当中，天地秋色'，庶几似之。"

沈确士曰："亭林韵语，其余事。然风霜之气，松柏之质，两者兼有。就诗品论，亦不肯作第二流人！"

汪端论曰："亭林学问博大精深，自天文、舆地以至河渠、兵法、音韵、金石，莫不口举其词，心通其义，折衷定论，确不可移，殆通儒而兼王佐之才。设见用于世，其建立当不在刘青田下。而惓怀故国，冥鸿高蹈，真可俯视萧、曹，平揖园、绮矣！其诗凭吊沧桑，语多激楚，茹芝采蕨之志，黍离麦秀之悲，渊深朴茂，直合靖节、浣花为一手，岂宋谷音、月泉诸人所能伯仲哉？"

秀　州

秀州城下水，日夜生春云。云含秀州塔，鸟下吴江渍。我愿乘此鸟，一见仓海君。异人不可遇，力士难再得。海内不乏贤，何以酬六国。将从马伏波，田牧边郡北。复念少游言，凭高一凄恻。

古隐士

尝闻庞德公，自守甘穷饿。且率妻子耕，不知州牧过。关中傕汜攻，河上袁吕破。默默似无闻，但理芸锄课。独识诸葛君，一言定王佐。

谒夷齐庙

言登孤竹山，忾焉思古圣。荒祠寄山椒，过者生恭敬。百里亦足君，未肯滑吾性。逊国全天伦，远行辟虐政。甘饿首阳岑，不忍臣二姓。可为百世师，风操一何劲。悲哉尼父穷，每历邦君聘。楚狂歌凤衰，荷蒉讥击磬。自非为斯人，栖栖无乃佞。我亦客诸侯，犹须善辞命。终怀耿介心，不践脂韦径。庶几保平生，可以垂神听。沈确士云："唐人登首阳山，只淡淡写景，此作者自抒怀抱，应以议论为长。"

天寿山

成祖昔定都，乃省兹山阳。群山自天来，势若蛟龙翔。东趾据卢龙，西脊驰太行。后尻坐黄花，前面临神京。中有万年宅，名曰康家庄。可容百万人，豁然开明堂。维时将作臣，奉旨趋傍傍。盛德比霸杜，宏规轶瀍邙。雷电驱玄冥，白云升帝乡。三光坠榆木，穷北回辒辌。驳骁金粟堆，寂寞桥山藏。右献左次景，裕茂迤西旁。泰陵在茂西，稍折南维康。永陵在东南，规模特恢张。碝石为玄墀，丹青焕雕梁。昭近九龙池，定依昭左方。其制亦如永，工丽逾孝长。庆居献西隅，德奠永东冈。环山数十里，松柏参天苍。列宗每驾朝，百执恒趋跄。一年祭三举，侍从来班扬。诗追安世歌，典与郊禘光。自伤下土臣，不睹昭代章。天祸降中国，灭我圣哲王。渴葬池水南，灵宫迫妃殇。上无宝城制，周匝唯砖墙。下有中涓坟，陪葬义所当。殿上立三主，妃栗帝后桑。问此何代礼，哽咽不可详。麦饭提一箪，枣榛提一筐。村酒与山蔬，一一自携将。下阶拜稽首，出涕双浪浪。重上诸陵间，徘徊复彷徨。茂陵树千株，独立不受戕。门阖尚完具，上头安御床。自康以接庆，小树多榆枋。殿楼尽黄瓦，逶迤各相望。康昭二明楼，并遭劫火亡。定陵毁大殿，以及东西廊。余陵半无门，累甓仍支宲。尚存宰牲亭，暨外诸监房。石人十有二，袍笏兼戎装。六兽柱则四，制与钟山亢。跨以七孔桥，峙以白石坊。仁宗所制碑，嶒崒当中央。行宫已颓坏，御路徒荒凉。每陵二太监，犹自称司香。人给地数亩，把耒耕山场。春秋祭碑下，共用一豕羊。皆云牧骑来，斫伐尤披猖。并力与之争，仅得保界疆。有盗贵妃冢，斩首竿以枪。于时奸宄民，瞿然始惩创。绕陵凡六口，六口各有兵。一陵立一卫，卫设屯与仓。居庸有总兵，昌平有侍郎。一朝尽散迸，无复陵京防。燕山自峨峨，沙河自汤汤。皇天自高高，后土自芒芒。哭帝帝不闻，吁天天靡常。谁充八陵使，陈辞申此章。澄怀云："煌煌钜篇，忠爱无尽，才如长江大河，不可以斗石计。少陵《北征》后，此其嗣音，当为明代五古第一。"

秋　雨

生无一锥土，常有四海心。流转三四年，不得归园林。蹠地每涂淖，窥天久曀阴。尚冀异州贤，山川恣搜寻。秋雨合淮泗，一望无高深。眼中隔泰山，斧柯未能任。车没断崖底，路转崇冈岑。客子何所之，停骖且长吟。夸父念西渴，精卫怜东沈。何以解吾怀，嗣宗有遗音。起二句，即"杜陵希稷契"意。

王官谷

士有负盛名，卒以亏大节。咎在见事迟，不能自引决。所以贵知几，介石称贞洁。唐至昭宗时，干戈满天阙。贤人虽发愤，无计匡杌陧。邈矣司空君，保身类明哲。坠笏洛阳墀，归来卧积雪。视彼六臣流，耻与冠裳列。遗像在山崖，清风动岩穴。堂茆一亩深，壁树千寻绝。不复见斯人，有怀徒郁切。起四语，虞山、合肥辈读之能无汗下？

述　古

微言既以绝，一变为从横。下以游侠权，上以刑名衡。六国固蚩蚩，汉兴亦攘攘。不有董夫子，大道何由明。孝武尊六经，其功冠百王。节义生人材，流风被东京。世儒昧治本，一概而相量。于乎三代还，此人安可忘。

六经之所传，训诂为之祖。仲尼贵多闻，汉人犹近古。礼器与声容，习之疑可睹。大哉郑康成，探赜靡不举。六艺既该通，百家亦兼取。至今三礼存，其学非小补。后代尚清谈，土苴斥邹鲁。哆口论性道，扪籥同矇瞽。沈确士云："清言何足论？宋人扫斥笺疏，亦偏见也。篇中议论，岂云小补？"

五国并时亡，世道当一变。扫地而更新，三王功可见。鼓琴歌有虞，钓者知其善。区区山泽间，道足开南面。天步未回旋，九州待龙战。空有济世心，生不逢尧禅。何必会风云，弟子皆英彦。俗史不知人，寥落儒林传。自注：文中子书五国并时而亡，盖伤先王之道尽坠。故君子大其言，极其败，于是乎扫地而求更新也。〇沈确士云："后贤以《隋史》无王通传，疑为乌有先生。果尔，古人之可疑者多矣。此诗可为正论。"

邢　州

太行从西来，势如常山蛇。邢洺在其间，控压连九河。唐人守昭义，桀骜不敢过。凭此制山东，腹心实非他。事已溯悲风，芒然吹黄沙。乞食向野人，从之问桑麻。

广昌道中

匹马去燕南，易京大如砺。五回春雪深，涞上孤城闭。行行入飞狐，夕驾靡遑税。融冰见睍流，老树陵寒霁。啄鹊驯不惊，卧犬安无吠。问客何乃来，幽都近如沸。出车日辚辚，戈矛接江裔。此地幸无兵，山田随树艺。且偷须臾闲，未敢谋卒岁。

久客燕代间，遂与关山老。流连王霸亭，踯躅刘琨道。枯荑春至迟，落木秋来早。独往兹怆然，同游昔谁好。三楚正干戈，沅湘弥浩浩。世乏刘荆州，托身焉所保。纵有登楼篇，何能荡怀抱。思因塞北风，一寄南飞鸟。作者五古，英挺卓荦，气体特高。

过矩亭拜李先生墓下

人生无贤愚，大节本所共。蹉跎一失身，岂不负弦诵。卓哉李先生，九流称博综。心鄙马季长，不作西第颂。屏居向郊垧，食淡常屡空。清修比范丹，聪记如应奉。力学不求闻，终焉老家衖。同时程中丞，一疏亦惊众。玉玺安足陈，亟进名臣用。党论正纷挐，中朝并嚣讼。世推山东豪，三李尤放纵。祠奄与哭典，后先相伯仲。初逾士类闲，竟折邦家栋。悲哉五十年，风尘尚澒洞。我来拜遗阡，增此儒林重。虽无謦咳接，犹有风流送。自非随武贤，九原谁与从。自注：程中丞，名绍，德州左卫人，巡抚河南时，漳河傍得玺，上疏"秦玺不足贵，国家以贤为宝"，荐党籍诸臣十余人，不纳，遂谢病归。

岁　暮

平生慕古人，立志固难满。自觉分寸长，用之终已短。良友日零落，凄凄独无伴。流离三十年，苟且图饱暖。壮岁尚无闻，及今益樗散。治蜀想武侯，匡周叹微管。愿一整颓风，俗人谓迂缓。孤灯照遗经，雪深坐空馆。澄怀云："作者用世之志，具见此篇。"

介子推祠

古人有志心，不在狷与忍。国禄既弗加，吾身可以隐。去矣适其时，耕此荒山畛。更与贤母偕，丘壑情同允。卓哉惊风姿，飘飘高自引。向使属戎行，岂其逊枝轸。出处何必齐，此心期各尽。末世多浮谈，有类激小忿。割股固荒唐，焚山事可哂。微哉仲子廉，立操同蚯蚓。遗祠君故乡，父老事惟谨。牡丹异凡花，春深洗铅粉。况此黄芦林，晚送秋风紧。厉彼顽钝徒，英名代无陨。持论明确，真不被古人瞒过。

怀　人

秋风下南国，江上来飞鸢。江头估客几千辈，其中别有东吴船。吴儿解作吴中曲，扣舷一唱悲歌续。乍回别鹤下重云，一叫哀猿坠深木。曲中山水不分明，似是衡山与洞庭。日出长风送舟去，只留江树青冥冥。湘山削立天之角，五岭盘纡同一握。嵚崟七十有二峰，紫盖独不朝衡岳。万里江天木叶稀，行人相见各沾衣。寄言此日南征雁，一到春来早北归。哀丝急管，托兴深微。

桃叶歌

桃叶歌，歌宛转。旧日秦淮水清浅，此曲之兴自早晚。青溪桥边日欲斜，白土冈下驱虞车，越州女子颜如花。中官采取来天家，可怜马上弹琵琶。三月桃花四月叶，已报北兵屯六合。宫车塞上行，塞马江东猎。桃叶复桃根，残英委白门。相逢冶城下，犹有六朝魂。音节凄怨。

寄问傅处士土堂山中

向平尝读易，亦复爱名山。早跨青牛出，昏骑白鹿还。太行之西一遗老，楚国两龚秦四皓。春来洞口见桃花，傥许相随拾芝草。

酬王处士九日见怀之作

是日惊秋老，相望各一涯。离怀销浊酒，愁眼见黄花。天地存肝胆，江山阅鬓华。多蒙千里讯，逐客已无家。

一　雁

一雁度汾河，河边积雪多。水枯清涧曲，风落介山阿。塞上愁书信，人间畏网罗。覆车方有粟，饮啄意如何。

龙　门

亘地黄河出，开天此一门。千秋凭大禹，万里下昆仑。入庙焄蒿接，临流想像存。无人书壁问，倚马日将昏。大家手笔。

嵩　山

位宅中央正，高疑上界邻。石开曾出启，岳降再生申。老柏摇新翠，幽花茁晚春。岂知巢许窟，多有济时人。有壁立万仞之概，一结尤警绝。

赠朱监纪四辅

十载江南事已非，与君辛苦各生归。愁看京口三军溃，痛说扬州七日围。碧血未销今战垒，白头相见旧征衣。东京朱祐年犹少，莫向尊前叹式微。

郝将军太极滇人也天启中守沾益余于叙功疏识其姓名今为医客于吴之上津桥言及旧事感而有赠

曾提一旅制黔中，水蔺诸酋指顾空。入楚廉颇犹未老，过秦扁鹊更能工。风高剑气蛉川外，水沸茶声鹤涧东。桥畔相逢不相识，漫将方技试英雄。使事工切。

有　感

长看白日下芜城，又见孤槎海上横。感慨河山追失计，艰难戎马发深情。崩车断簇周千亩，蔓草枯杨汉二京。今日大梁非旧国，夷门愁杀老侯嬴。

酬陈生芳绩

百里相思路阻纡，每承遗札讯何如。绝交已广朱生论，发愤终成太史书。笠泽水清连底日，虞山叶落到根初。从今世事无烦问，但掩衡门学种蔬。

秋　柳

昔日金枝间白花，只今摇落向天涯。条空不系长征马，叶少难藏觅宿鸦。老去桓公重出塞，罢官陶令乍归家。先皇玉座灵和殿，泪洒西风夕照斜。沈确士云："小题俱有关系，此杜陵咏物体。"

酬徐处士元善昔年新城之陷其母死焉故有此作

桓台风木正萧辰，倾盖知心谊独亲。季子已无观乐地，伟元终是泣诗人。愁看落日燕山夜，畏见荒江郢树春。踏遍天涯更回辔，欲从吾友卜东邻。

三屯营

三屯山势郁峥嵘，少保当年此建旌。名似北平临宿将，制如河上筑降城。忠祠日落来山鬼，武库苔封蚀禁兵。一望幽燕人物尽，颓垣荒草不胜情。

刘谏议祠

皂囊青史漫传名，白日黄泉气未平。自古国亡缘宦者，可怜身没尚书生。荒阡草长妖狐出，旧驿风寒倦马行。一自德陵升驭后，山河祠庙总沦倾。

居庸关

极目危峦望八荒，浮云夕照遍山黄。全收朔地当年大，不断秦城自古长。北狩千官随土木，西来群盗失金汤。空山向晚城先闭，寥落居人畏虎狼。五、六如椽之笔。

与江南诸子别

绝塞飘零苦著书，朅来行李问何如。云生岱北天多雨，水决淮壖地上鱼。浊酒不忘千载上，荒鸡犹唱二更余。诸公莫效王尼叹，随处容身足草庐。苍莽悲凉。

送王文学丽正归新安

两年相遇都门道，只有王生是故人。原庙松楸频眺望，夹城花萼屡经巡。悲歌绝塞将归客，学剑空山未老身。贳得一杯燕市酒，倾来和泪湿车轮。

酬傅处士次韵

清切频吹越石笳，穷愁犹驾阮生车。时当汉腊遗臣祭，义激韩仇旧相家。陵阙生哀回夕照，河山垂泪发春花。相将便是天涯侣，不用虚乘犯斗槎。气韵沉雄。

亡友潘节士之弟耒远来受学兼有投诗答之

十年离别未言还，楚水枫林极望间。野雀暮归吴季庙，寒涛秋拥伍胥山。人琴已逝增哀涕，笠屩相看失壮颜。独有士龙年最少，一朝词笔动江关。按：耒，即稼堂太史也。其兄力田，与亭林交。

读李处士雍襄城纪事有赠

处士之父可从，崇祯十五年，以壮士隶督师汪公乔年麾下，以五千人剿贼，至襄城死之。处士年十六，贫甚，与其母彭氏并日而食，力学有闻。越二十九年，始得走襄城，为汪公及其父设祭招魂以归。余与处士交，为之作诗。

踯躅荒郊酹一樽，白杨青火近黄昏。终天不返收峭骨，异代仍招复楚魂。湛阪愁云随独雁，颍桥哀水助啼猿。五千国士皆忠魄，孰似南山孝子门？

路光禄书来言江东同好诸友一时徂谢感叹成篇

削迹行吟久不归，修门旧馆露先晞。中年早已伤哀乐，死日方能定是非。彩笔夏枯湘水竹，清风春尽首山薇。斯文万古将谁属，共尔衰迟老布衣。沉痛入骨。

高渐离击筑

神州移水德，故鼎去山东。断霓夫人剑，残烟郭隗宫。身留烈士后，迹混市儿中。改服心弥苦，知音耳自通。沉沦余技艺，慷慨本英雄。壮节悲迟晚，羁魂迫固穷。一吟辽海怨，再奏蓟丘风。不复荆卿和，哀哉六国空。

祖豫州闻鸡

万国秋声静，三河夜色寒。星临沙树白，月下戍楼残。击柝行初转，提戈梦未安。沈几通物表，高响入云端。岂足占时运，要须振羽翰。风尘怀抚剑，天地一征鞍。失旦何年补，先鸣意独难。函关犹未出，千里路漫漫。二诗悲愤，如闻变徵之声。

禹　陵

大禹巡南守，相传此地崩。礼同虞帝陟，神契鼎湖升。窆石形模古，墟宫世代仍。探奇疑是穴，考典或言陵。玉帛千年会，山河一气凭。御香来敕使，主守付髡僧。树暗岩云积，苔深甃雨蒸。鸺鹠呼冢柏，蝙蝠下祠灯。余烈犹於越，分封并杞鄫。国诒明德胙，人有霸图称。往者三光坠，江干一障乘。投戈降北固，授孑守西兴。冲主常虚己，谋臣动自矜。普天皆爵禄，无地使贤能。合战山回雾，穷追海践冰。鼋城迷白草，镜沼烂红菱。樵采冈陵遍，弓刀坞壁增。遗文留仆碣，仄径长荒藤。望古频搔首，嗟今更抚膺。会稽山色好，凄恻独攀登。

井　陉

水折通燕海，山盘上赵陉。权谋存史册，险绝著图经。瞰下如临井，凭高似建瓴。甃冰当路白，窑火出林青。颇忆三分国，曾观九地形。秦师逾上党，齐卒戍荧庭。独此艰方轨，于今尚固扃。连恒开晋索，指昴逼虞星。乞水投孤戍，炊藜舍短亭。却愁时不会，天地一流萍。

华　山

四序乘金气，三峰压大河。巨灵雄赑屃，白帝俨巍峨。地劣窥天井，云深拜斗阿。夕岚开翠巘，初月上青柯。欲摘星辰堕，还虞虎豹诃。正官朝殿阖，持杖叱羲和。势扼双崤壮，功从驷伐多。未归桃塞马，终负鲁阳戈。山鬼知秦帝，蛮王属赵佗。出关收楚魏，浮水下江沱。老尚思三辅，愁仍续九歌。唯应王景略，岁晚一来过。明代诗人，工五言长律者绝少。惟作者宏厚古劲，如金钟大镛，神似少陵，脱去排比铺张之迹。视此益知空同真“杜之舆隶”矣！

落日

落日江津送伍员，秋风垅上别徐君。偶来圯下逢黄石，便去山中卧白云。想见侠士逸民身分。

和王山史寄来燕中对菊诗

雪满河桥归辔迟，十行书札寄相思。楚臣终是餐英客，愁见燕台落叶时。

［附录］

韩　洽 十三首

洽，字君望，长洲人。明末，隐居阳山。有《寄庵诗存》。

朱锡鬯曰："崇祯之际，言诗于吴下，吾必以君望为巨擘焉，匪特高节轶群也。所著《篆学测解》《释训考源》，足证《说文长笺》之误。"

汪端论曰："吴人诗多澹雅。君望独沉厚磊落，不屑一语因人。惜时方宗尚竟陵，其诗遂鲜有激赏者。遗集失传，所存无几。白香山诗云：'沉沉海底生珊瑚，历历天上种白榆。'千古同病，可胜叹哉！"

踌帆行

舟之有帆樯，本为顺风设。逆风亦张帆，湖船技独绝。逆来以顺用，其妙在曲折。峭帆必斜张，左右随所拽。旋转分寸间，向背遂迥别。风来虽当头，我舟顾斜掣。转侧以背承，风过自后撇。帆势从风欹，船舷半没灭。所恃旁版垂，故不至横截。斜行既良久，转踌柁旋捩。其途稍纡回，其势已飘瞥。小水难迂行，拘于势狭劣。大海太渺茫，回旋恐无节。惟湖既开广，诸山复眉列。是法独可行，虽险无卼䑗。我来包山游，其事始亲阅。巨舟数播荡，狂涛涌如雪。同行未习见，惊悕胆欲裂。我心自恬然，壮观殊可悦。古来处横逆，济险赖明哲。逊顺无力争，所志终必彻。屈曲委蛇间，大巧固若拙。题奇，诗奇。

言　怀

农工与商贾，是名曰四民。四者虽异业，皆以资其身。未有身不谋，而可以治人。奈何今世士，所饰空衣巾。沾沾弄文墨，垂涎要路津。问之经世略，弃置若浮尘。达则误天下，穷则老且贫。身世两相误，风俗何由淳。法久乃滋弊，末师焉可循。二诗识力绝人，非兼文章经济者不能道。

古之兵皆农，农富兵亦强。古之士皆农，农朴士亦良。兵农一以分，家室无余粮。士农一以分，耒耜无文章。待哺难为兵，忍饥难为士。分之则三伤，合之则一理。请告当涂人，治乱实在此。澄怀曰："此章及《清溪》作，或作国朝刘继庄诗，误。"

订友人春游缥缈峰

我思在何许，缥缈湖中峰。穿云陟其巅，浩荡开心胸。幽壑出地底，涧松偃虬龙。尝闻独往客，每与灵仙逢。徐生家莫釐，隔水闻僧钟。两峰近相望，一苇能过从。愿言叩草堂，遂蹑幽人踪。相将访灵异，布袜随孤筇。山路梅花开，烟岚晚逾浓。扁舟倘乘兴，湖水春溶溶。

清　溪

白石何粼粼，清流亦泥泥。轻舟渡前溪，两岸饶萑苇。落日秋风生，停桡吊山鬼。

龙母祠歌

龙虽灵，鳞甲之物非人形。何为人母产龙子？或言子产母即死，或云龙去母尚存。敝衣丐食行荒村，乡人恶之父母摈。龙子思亲来省觐，龙入母怀母乃惊，母翻因此丧厥生。岂非人龙本殊类，母亦不能通子意。子爱母兮母不知，母既逝兮子乃悲。龙一怒，忽然平地为深池，役风霆，走蛟螭，筑高坟，葬母尸。或言母非死，从龙赴渊水。贝阙珠宫奉母居，龙子龙孙尽欢喜。神奇恍惚不可推，惟见羊山坞里巍然祠。祠前一古柏，滑泽无皱皮。龙来目如炬，蜿蜒柏上如藤垂。前此数十年，父老犹见之。世间万事无不有，所以史策传信兼传疑。但愿神龙有神祷辄应，五风十雨无愆期。高原下隰多稼穑，受龙之施报龙德，子母千年长血食。笔力亦如神龙行空，奇矫无匹。

李龙眠诸夷职贡图

有唐贞观万国宁，殊方异域皆来庭。立本为图拟王会，诡形怪状流丹青。龙眠居士生有宋，未必诸蕃真入贡。得毋旧本重临摹，左食贯胸聊玩弄。元丰天子承平日，君臣竞讲强兵术。不知中国正凋残，驰想海邦兼日出。贡獒西旅四夷宾，作训犹烦保傅臣。为问伯时图职贡，何如郑侠绘流民。议论正大。

雪下红

篱落遍积素，愈知颜色丹。故非嘉卉列，聊作野花看。天地存微物，韶华惜岁阑。芳心良独苦，谁谓不知寒。

铁　马

急响中宵发，凌空铁骑行。不知风信至，顿使旅魂惊。当世正多事，吾侪方苦兵。那堪檐宇下，又作战场声。沈确士云："下半忽然推开，感慨时事，咏物诗中别有天地。"

黄孝子端木万里寻亲

父子分殊域，趋庭道路难。一身冲虎豹，万死涉风湍。乍识容颜在，翻悲涕泪干。故园今共返，犹作梦中看。

张良椎

一击或幸中，扶苏作天子。刘项虽亡秦，未必速如此。快如并剪。

塞下曲

晓角数声哀，边风卷地来。十年征戍客，不上望乡台。沈确士云："翻进一层，倍觉沉痛。"

闻　雁

朔风吹雁渡江干，月白霜清响尚寒。孤客几回愁里听，故乡何处报平安。

沈钦圻　九首

钦圻，字得舆，长洲人，明末诸生。入国朝不仕。乾隆中，以孙德潜贵，赠礼部侍郎，有集。

沈确士曰："国初诗，沿明季余习，多宗竟陵。先大父往复陶、杜，自摅胸臆，未尝求工，而自中绳削。陆起顽太仆谓：'钟、谭之风，流毒天下，不能濡染沈生，大是豪杰之士。'太仆，先大父师也，不轻许人。当时以为笃论。"

汪端论曰:“得舆感时诸作,声泪俱下,足以追踪杜陵。”

生　祠

虎丘七里塘,生祠何累累。榱栋高入云,丹雘纷陆离。连墙与接牖,屹然竖丰碑。下承以赑屃,上蟠以龙螭。华文表德行,大论抒猷为。某公居官日,曲折行其私。析利如秋秧,忘却民膏脂。文中颂清节,饮水迈伯夷。某公居官日,断狱无矜疑。五刑任喜怒,罔恤童与耆。文中颂仁爱,皋陶为士师。周览谀悦文,一例惭恧辞。旧有遗爱人,行政介且慈。行如打包僧,萧然去官时。士民走相送,各各涕涟洏。谁为建祠宇,惟留后人思。好官无生祠,墨吏有生祠。好官与墨吏,行人知不知。沈确士云:“倾吐出之,如白傅《秦中吟》,辞气风骨,无一不肖。”

赠徐元叹

少年为侠客,万金散尽不少惜。中岁为诗人,远之楚泽哀灵均。归来慕隐者,脱弃浮荣如土苴。晚岁依空门,庵名落木归本根。我来访君荒山里,留客晚餐烹菊杞。夜寒襆被拥绳床,月满空庭疑积水。不是寻常话箭锋,生平披豁见心胸。卅年无限悲凉事,付与晨钟暮鼓中。沈确士云:“赠诗竟作元叹小传。起手八语,立格甚奇,一结蕴含可思。”

哭刘剩庵先生 名永锡。

万里离家客,孤身易箦时。变名惟恐识,后死尚嫌迟。麦饭邻僧荐,蓬庐野父悲。招魂弟子事,愧乏楚人辞。

书　事

天地兵戈满,江湖逋窜频。白头难许国,泪眼不逢春。玉阙悲龙驭,雄关丧虎臣。唐家灵武业,望断素衣人。沈确士云:“此思陵殉社稷后,有望于南都拥立也。'江边老人泪暗泣,眼昏不见风尘清。'忧时感事,古今一辙。"

咏　史

卧薪尝胆日,纵饮擘笺时。但识凭江险,而忘厝火危。一堂争洛蜀,四镇角熊罴。此日王夷甫,清言或未宜。

君臣鱼水合,半壁且游嬉。乐奏李天下,歌传郭顺时。还须求故剑,慎勿剪连枝。野老瞻乌意,茫然空尔思。沈确士云:"此南都事,势也,不止于'从臣皆半醉,天子自无愁'矣!须求故剑,勿剪连枝,当时草野自存公论。"

乱后哭友

故友如黄叶,伤心渐觉稀。途穷天地窄,世乱死生微。腹痛车频过,琴亡人已非。嗟余称后死,恸哭返荆扉。

梅

冰霜磨炼后,忽放几枝新。独立江山暮,能开天地春。自然空色相,谁与斗精神。野客闲相对,如逢世外人。尊梅之品,前无古人。

送杨曰补南还

去年春尽同为客,此日君归又暮春。最是客中偏送远,况堪更送故乡人。沈确士云:"四层曲折,一气传写,略不雕琢,是唐人绝句品格。"

邢　昉　十二首

昉,字孟贞,高淳人,崇祯时诸生,以隐终,有集。

施尚白曰:"孟贞诗,以陶汰为工,以冲淡为则,以婉恻悲凉为主。其企而峻之洁也，若病暍者之思清泠。其厌秾缛而引避也，若见羸豕之负泥涂，而纨绮之蒙粪土也。故其诗清越无纤埃，人病之为'郊寒岛瘦'，不惜也。"

王贻上曰："余尝与李退庵论近日布衣诗，余举程孟阳、吴非熊。退庵曰：'终须还他邢昉第一！'"又曰："余最许石湖邢孟贞五言诗，以为韦柳门庭中人，惜未及友其人。官祭酒时，乡人李君令高淳，特属访其子孙。李至，访之则老妻稚孙，茕茕孤寡，饘粥不继。李脱赠三百金，为置腴田。其家竟不知出余意也。"

汪端论曰："孟贞诸体皆工，七律尤凄婉可诵，神韵似韦端己、吴子华，而气格过之。"

忆幼子

汝生初堕地，我游五茸城。三月始入门，闻汝呱呱声。从此更远游，越峤东南征。三为象浦客，六傍恶溪行。在远日何多，在家日何少。屈指几度别，垂髫忽已好。三岁别我时，门前牵我衣。宛转学人语，问我几时归。四岁及五岁，别我涕能挥。七岁差解事，鞠躬步庭帏。去冬复别我，含凄叩所如。本言渡江去，却寄金陵书。今汝年九龄，毛诗诵曹郐。前日有书来，颇与人意会。世乱我已老，我衰汝始大。如何久契阔，喟然发长慨。朱笠亭云："叙出游踪迹，别离年岁。曲折而简净，真是老手。"

感　怀

幼安昔避地，茫茫涉广川。逾海不谓远，一去四十年。往往谈名理，亹亹造深元。问所与谈谁，乃是公孙渊。口罔论世事，聊此相周旋。龙德既无损，清风久逾宣。生世偶相符，其当师此贤。孟贞自道人品。

溪行屡经与亡友胡印度别处

溅溅溪水侧，是子门前路。涓流乱石间，褰裳乃可渡。忆昔造子庐，款款平生故。樽醪亦时有，日晏未遑去。相送屋东偏，幽林每徐步。攲岸注微波，残阳在高树。情因老易悲，欲别恒返顾。兹来溪草绿，偶到临分处。余犹耿夙欢，子已长不寤。流泣但徘徊，空惭子桑扈。

写情沉挚，自足动人。

黄州寄杜于皇

苇岸风凄日渐微，长堤系艇晚依依。十年红树辞乡去，八月黄州见雁飞。烧罢林炉残址在，战余茅屋几家归。翻怜此夕君思我，扬子潮回木叶稀。

汉江怀古

曾共方城振楚关，英雄消尽逝波间。微霜欲下汉阳树，落日初衔大别山。兰杜秋来洲尚绿，潇湘南去竹多斑。烧灯崔颢题诗处，一眺风尘倍惨颜。

九日大别山登高

鹦鹉洲边草尽黄，白沙如雪禹祠荒。古来哀怨多归楚，此日烟波正望乡。山翠乍连杯酒色，乱离频过几重阳。眼前不见茱萸紫，起傍峰头数雁行。

得伯玑芜湖书却寄

相逢世难成羁旅，庾信平生赋可哀。白下穷交几人在，南州孺子一书来。春风草色杨花落，门巷鸠兹燕子回。衰鬓不堪频极目，汀州无限水潆洄。

清明前三日雨坐与九斋中

十日狂风吹散丝，林庐清寂起遥思。闲园隔岁人来少，小阁当花鸟下迟。新冢哭残芳草路，长堤眠尽绿杨枝。明朝雨止高原上，步步含愁见我痴。

云间九日登兴圣寺塔

萧森万木总荒凉，几处登高黯自伤。海上数峰平入槛，天涯九日远思乡。云山雁鹜家千里，岁月音书泪数行。南国秋风摇落后，不堪游子怨河梁。

答吴见末广陵见寄

不独嗟君事远征，蒹葭我亦重含情。家林别后枫俱老，战地归来草尽生。黍薄渚田秋水在，雁过霜树濑云横。遥知此度扬州兴，水部梅花月又明。

夜雨同王雨若宿鸡鸣寺赋别

寺外岚烟积水滨，攀林踏阁倚青旻。一朝风雨辞乡国，几日江皋别故人。岁晚寄书常泛梗，夜阑秉烛更沾巾。吴淞八月寒如镜，不见王家麈尾尘。

重阳前一日同龙友阻风宏济寺因过僧舍纵观奇石分韵

悬岩面面倚嵯峨，绝壁苍苍挂女萝。散尽白云寻古寺，吹残黄叶满寒波。秋风又到重阳节，江夜其如一雁何。无数帆樯更西去，中流日夜起鼋鼍。

卷八上

陆世仪　六十四首

世仪，字道威，太仓人，明末诸生。弱冠志圣贤之学，以兴起绝学为己任，其持论谓："孔子以后有真儒，周公以下无善治。"其学，以居敬穷理为本，推极于体国经野。凡天官、地理、礼乐、河渠，以至用兵行阵之法，口区手画，灿若列眉。穷居授徒，隐然负开济之重。鼎革后，绝意进取，与陈瑚、江士韶、盛敬遁迹荒村，被褐谈道，人称"娄东四先生"。自号"桴亭"，其读书处也。

顺治间，督学张能鳞具礼聘委辑《儒宗理要》。丙午以后，讲学于锡山东林书院，说易于昆陵大儒祠，设教于云阳黄塘，闻风亲炙者皆感动奋发。辛亥，巡抚马祐延为馆师，间谘以江南利病。先生备陈本末，在署四十日，病亟还里，卒年六十一。门人私谥"尊道先生"，亦曰"文潜先生"。

所著有《桴亭诗文全集》十卷，又自纪所得，为《思辨录》。瑚、士韶及先生门人毛师柱、许焜摘其精义，分类编辑，名《辑要》，凡三十卷。又有《四书问答》《礼衡》《易窥》《先儒语录集成》《明儒语录集成》《格致编》《论学酬答》《水利区田书》《宗祭礼》《书鉴》《诗鉴》《读史笔记》《治通》《治乡三约》《甲申臆议》《八阵发明》《城守要略》《梅花枪谱》等书。

陈言夏曰："桴亭少时，古风取裁汉魏，近体得法李唐，不屑为卑弱不振之调。酉、戌以后，忧愁幽思，殆近《离骚》。晚年益造自然，长篇、短幅纵笔所之，无不如意。总之，桴亭论诗，以《三百篇》为主，故一字一句，必有合于‘兴观群怨’之旨，非若世之为诗者以剽窃词华、拟议声病为能也！”

周淑文曰：“陆子于天人之学，罔不该贯，诗特其绪余耳。盖澜生于海，滔漭万状，终莫测其所来。陆子之学，海犹是也。分其一波一勺，而皆有全海之味，安得而测哉！不求工而自工，不必拙而亦无妨于拙。总之，不在篇章字句间，可以毕其性情所至也。”

马肇易曰：“桴亭先生，著述甚富，而微言奥义之炳，著于《思辨录》一书，有无远不届之聪明，无微不究之学力。又存之极其正，推之尽其大，直接危微精一之心传，宏开起弊扶衰之道统。其天人性命之际，不过诸儒所已言。至于纯粹透彻，使智愚皆畅然各得者，非诸儒之所能言也。其井田、封建等制，初非大儒所不能言。至于画一变通，使古今皆可确见施行者，即大儒鲜有能言之者矣！”

娄东诗派曰：“桴亭诗骊中彪外，醇而后肆。夫唯大雅卓尔不群，不虚矣！”

汪端论曰：“桴亭先生备体用之兼，才嗣程朱之绝学。其诗，气雄而不使气，才大而不矜才，高古则孔桧秦松，纯粹则浑金璞玉。昔孙器之评杜诗，如周公礼乐，后世莫能拟议。明代诗人当之无愧者，其唯先生乎！〇亭林以悲壮胜，桴亭以浑厚胜。在明季逸民诗中，最为巨擘。如登岱华之巅，一览众山小矣。余故采韩君望诸家诗，以次附焉。”

空潭三章　章四句

空潭，志洁也。时贤有以党附相援，托之以见志焉。

空潭漉漉，水深鱼伏。维纶则直，维钩则曲。

空潭漪漪，水深鱼肥。苟直是慕，曲或致之。

空潭潏潏，水深鱼逝。曲不可致，直亦难系。《三百篇》之遗。

梳头吟

举首理青丝，低首深所思。不愿青丝常如此，但愿白首对君子。脱口而出，节短思深。

哀黄雀

哀黄雀，黄雀飞且鸣。飞鸣一何急，苦饿不得食。荒田草离离，秕谷无糠粞。汝不闻东家之子千金躯，朝来自分埋沟渠，那有余谷活汝为。

新蒲绿

新蒲绿，新蒲绿，韶华满眼纷成触。伤心又是十年余，转盼沧桑几翻覆。燕子飞飞高下逐，衔泥依旧巢华屋。杜鹃何处不归来，月上三更啼未足。

新蒲绿，新蒲绿，嫩柳夭桃斗妍馥。独有萋萋芳草痕，天涯望断王孙目。秦宫汉苑游麋鹿，楚水吴山栽苜蓿。日落苍梧帝子愁，纷纭泪满潇湘竹。二诗血泪凝沍而成。读者亦为凄断。

甑山士

越甑底山有乡塾师，亡其姓氏。丙戌之役，与乡人约曰："吾不复食矣，当活埋我，若等为备两缸覆之。"乡人绐曰："诺。"越日索缸，乡人遂置之，犹以为戏也。先生于山阳命开圹置缸，端坐，令封好，乡人果覆之。又越日，乡人呼曰："先生，先生。"曰："诺。"乡人曰：

“为先生开之。”先生曰：“入不复出矣。”连呼五日皆应，至六日遂绝声。越人称之曰“甑底山高士”。云门梵林述其事，系之以诗，并来索和，为作《甑山士》。

甑山士，甑山士，甑底山头授书史。人生何用读五车，但须一识忠孝旨。轺车北来饮江水，金凫银雁飞都市。越国风尘高蔽天，两缸覆我甑山前。上有碧落下黄泉，冥冥长夜年复年。普天绝无干净地，甑山犹存土一篑。

越舟女

越舟女，亦云门梵林所述。丙戌，钱塘不守，越城腾沸，妇舟竞出，舟塞港不得前，遇骑将掠之，妇女皆相持入水，至联舟俱空。

越舟女，越舟女，尽是深闺洞房侣。一朝铁骑过钱塘，撇捩联舟赴江渚。君不见临安城中春睡浓，日高妆镜犹尘封。苏公堤头二三月，画船歌舞来春风。游人近前面发红，相将竞入冯夷宫。越舟女，越舟女，节义芳名吾与汝。谁向王家秉国成？忍使江潭葬罗绮，君不见古公之郊无怨女。

双白鹭

濡须沈氏女琇娘，嫁陆氏。陆有女，名蟾姑，甚相得。壬午，流寇陷濡须，陆氏举家窜。琇娘与蟾姑，以巾连，属手臂，相率投眢井。每至昏暮，有二白鹭飞翔井上，人以为二女之精灵云。

双白鹭，双白鹭，眢井飞翔向昏暮。行人借问谁氏井？云是蟾姑琇娘墓。小姑弱嫂两相依，日夕追随绮阁西。狂飙忽起珠玉碎，须臾尽作井中泥。井中泥，一何洁，香比幽兰白比雪。家家家鸡逐野鹜，谁能相从白鹭宿。乐府诸诗，激扬忠烈，凛凛有生气，音节亦朴健无匹。诗如此，方不徒作。

刲股吟　有序

古来忠臣孝子之心，非丝竹不能表其志。拘忧履霜，诸吟操所由作也。大兴曹孝子广摅，刲股救母而死，其心始终不欲以告人。予闻而悲之，为作《刲股吟》，以见孝子之心。

猗嗟男儿兮，维母之身。以母救母兮，遑惜其生。母生儿生兮，上天之仁。母生儿死兮，是儿之心。母能长生兮，儿即当存。澄怀云："写出孝子心事，可以泣鬼神矣！"

白玉涧哀死忠也

白玉涧边涧水白，中有流丹化成碧。夜寒月照长虹生，直上干天天欲坼。人年八十号眉寿，犹作忠魂詈强寇。攀棺孝子死方烈，孙又继之咸决脰。一门三烈世已希，更有义仆尤称奇。生事尽力死尽礼，心坚化石人嗟咨。人嗟咨，鬼凄恻，后来谁人当史职。作史慎勿遗幽忠，幽忠或遗天所殛。世上人心尽如此，世间安得有改革？

秋夜词

良月满高台，鸣琴发情愫。月华堕清寒，散作琴上露。何当成泪珠，弹向天涯暮。凤凰自相求，莫在临邛住。圆秀如珠，温纯如玉。

感　怀

登山孰最高，孟门与太行。处世孰最难，要津与名场。膻集众所附，利在国乃狂。是以古贤人，千乘如粃糠。纷纷垄断子，胡为日皇皇。蜣蛣转粪丸，凤凰慕高冈。志尚各有适，谁复辨秽芳。慨当以慷。

雨后晚步

我方出门行，飞鸟已倦还。行止虽不同，各自娱其天。昨夜雨初足，田畴媚娟娟。牧子抱犊卧，今日聊息肩。此诗却似陶公。

病中偶吟

天地迥无极，我生殊有涯。难将一寸地，种尽人间花。春气一以滋，万物皆萌芽。大哉阳和功，博达非浮夸。澄怀云："何等抱负！"

东海宋子犹奉亲避兵移居娄中作移居诗见示为赋二首以赠

劫风翻地轴，海水亦震荡。志士惜伦纪，迈身独孤往。六年栖绝岛，草木共生长。天空鱼龙现，日月照逾朗。归来鬓发斑，如鱼在盆盎。岂无搏风翼，乌鸟犹顾养。衔芦东南飞，矰缴漫劳攘。澄怀云："沉郁。"

斯人不可绝，大隐多在市。君平与韩康，等一遁世耳。垂帘读诗书，卖药奉甘旨。劳劳者何为，毕生愿足矣。门前扣门声，相过二三子。所谈无俗情，往往尽名理。时屯岂不惜，乐事付流水。

黄孝子诗

吾吴有至人，人称黄孝子。貌不逾中人，口不言臧否。恂恂乡党间，静好若处女。两亲宦滇南，相隔万余里。兵戈方阻绝，异国各强圉。苟非大师克，相遇安可拟。孝子孱弱质，独身奋衣起。时维辛卯秋，腊月严寒里。仓皇去家室，慷慨历城市。由浙经江西，南楚穿湘澧。沅靖至晃州，遂入滇黔鄙。千山与万山，千水与万水。春夏秋冬间，寒暑及风雨。豺狼所窟穴，盗贼所结聚。苗獠所出没，瘴疠所吞吐。兀突骷髅关，纵横犀象伍。森严夺魂魄，奇诡荡肝肺。孝子志益坚，铁石为心腑。昼夜不休息，疾病不停伫。洒血足弥奋，濒死神益鼓。大险悉若夷，竟达双亲所。借问从者谁，孤身挈行李。一囊与一盖，下惟一草履。双亲在绝域，变乱不胜数。土司始发难，流寇旋攻取。全滇如鼎沸，干净无寸土。出没任斧锧，奔迸阶虎兕。不屈几试剑，再奋复遭缧。大德天所佑，终幸获福祉。栖迟白盐井，万念成敝屣。岂无乡井思，妄想徒为尔。孝子忽东来，仿佛人与鬼。相对牵衣啼，拭泪还惊视。地北与天南，离生兼别死。岂期一日间，骨肉重相聚。邻人满墙头，相顾皆出涕。猓猡与僰人，亦非侏儒语。孝子谓大姚，绝域非桑梓。或归或不归，两亲慎所处。大姚谓孝子，我亦欲东耳。安能兵燹余，郁郁久居此。顾吾生计竭，谁与赠资斧。我昔多门生，患难颇相倚。山川远隔绝，此事当累汝。孝子应声作，上前再拜跪。更从迤西行，视道真如咫。一进青蛉城，三入姚安治。楚雄及鹤庆，剑邓诸夷部。城墙震顶脊，海水没腰膂。往返又三千，历尽诸艰阻。徘徊壬辰冬，归装方有绪。门人共祖道，百计犹援止。行行重行行，顾我同门士。并州如故乡，挥泪不能已。孝子初来时，只身无伴侣。艰辛虽万状，生死惟一己。此时归途中，两亲与幼弟。弟或任劳苦，两亲齿衰矣。早暮须调摄，食饮须甘旨。登涉须扶持，疾病须噢咻。仆夫四五人，尤难善驱使。知虑苟不周，肘腋生龃龉。孝子足精诚，一身兼妇竖。晓行问岐路，晚宿探逆旅。涉水试浅深，登山询蛇虎。膳饮必亲供，枕簟必亲理。溺器必亲涤，衣裳亲浣洗。仓皇有急难，应变疾如矢。强暴或窥伺，未形即消弭。迂回夜郎境，经旦牂牁垒。严关何以度，失守锁钥启。幽险何以出，蛮夷皆执礼。更有洞庭厄，此非人所主。樯倾舵复裂，江鱼砺其齿。掀天骇浪中，万斛如一蚁。须臾竟卒渡，岂曰非神祐。入江虽稍安，风雨蒸溽暑。亲眉未展舒，子心讵能喜。季夏方抵家，始脱征途苦。忆昔任大姚，实从癸未始。去家十载余，今适当癸巳。孝子出门行，亦复经三祀。五百三十日，足迹无宁晷。历经省凡七，三十有三府。州县与卫司，笔不可胜纪。二万五千程，寸寸茫鞋底。异国闻其贤，冠盖争倒屣。村野闻其贤，开栅赠钱米。苗獠闻其贤，跳舞进粢酏。盗贼闻其贤，俯首生愧耻。况吾同里人，宁不羡高矩。一时共激劝，万户同哆侈。流传动风人，载入宫商谱。村庄八九月，处处筑场圃。父老挈儿童，赛社看歌舞。见者为挥涕，闻者为夸诩。孝子彳亍行，葛履侵霜趾。两亲在高堂，菽水犹艰举。叶公好画龙，真龙反遭侮。寄语世间人，毋为浑朱紫。

澄怀按：孝子，名向坚，字端木，吴县人。父孔昭，明崇祯癸酉孝廉，官云南大姚令。鼎革后，兵阻不得归。孝子孑身往寻，备历险阻，至白盐井遇父母及从弟向岩，俱无恙。逾一年，侍父母归。先生此诗，乐府体裁，史公叙事，气雄格浑，足以扶世翼教。《木兰诗》不得专美于前矣！○"忆昔在大姚"一段，如众流归海，笔力真可屈铁，非大家不能辨也！

铜雀妓

英雄敢欺人，大言色无沮。筑台本游观，谬云将耀武。二乔不能致，美色总尘土。三归表功勋，朝夕教歌舞。谁知天王家，不克庇俦侣。月黑昭阳殿，复壁冤魂语。

魏公晚得志，高筑起临漳。天命已在躬，台池效文王。金珠耀层构，铜雀森翱翔。房栊粉黛列，户牖椒兰芳。歌钟日夕喧，不闻读禅章。贻谋有定算，卖履及分香。

分香何纷纭，卖履亦细碎。头白如皓雪，欲诳红粉泪。红粉青楼人，平生工作伪。情人尚无情，何况老死魅。露盘金铜仙，辞汉亦流涕。悬知伎人泪，不向西陵坠。

西陵台之西，绵绵复累累。美人高台上，朝夕朝灵儿。奏乐举哀声，欲泪还复止。疑冢七十二，哭向何者是。抱颈有嗣王，辛君知我喜。矧兹台中人，行云逐流水。石马碑未出，铜雀台已圮。止余台下瓦，磨墨编青史。澄怀云："四诗史论铮铮，一读一快，不必更闻《渔阳掺》矣。"

杨尔京刻予宗祭礼成赋此致谢

人生有宗族，如山水支派。山从昆仑来，水自星宿沛。支分派既别，流布满大块。及其溯厥始，原本灿然在。追维生民初，受姓族始大。尧舜及三王，宗法俨不坏。如何秦汉后，骨肉渐分背。同堂若参商，手足成敌忾。程朱慨然念，有志而未逮。至今家礼中，稍亦示其概。嗟予本愚蒙，深虑俗姓晦。斟酌古今宜，聊为本支诲。分合视亲疏，远近起隆杀。岂敢冒僭辟，王化实攸赖。昆陵尔京氏，一见契所爱。方欲整厥族，兼实启其会。兼谓此至理，群伦所共快。有身则有宗，谁复能自外。纠工具梨枣，愿与公覆载。维此古人心，今日不可再。何当推此志，共整大小戴。乡国及王朝，集纯去其倍。坐令此世中，复见古三代。此种诗有裨名教，不在语言之工。

送闽中林衡者游中原长歌

石斋先生天下师，君能弱冠长揖之。著书如风腕欲脱，吐论凿凿称雄奇。石斋为君亦拱手，略尽形骸呼小友。赠君药言送君诗，直欲与君分半亩。石斋赠诗有"应分半亩与君居"之句。天公天公何不仁，忠臣既死英雄贫。岭云如山战骨白，至今闽海飞征尘。男儿致身苦不早，双鬓蹉跎浑欲老。安能跼蹐辕下驹，凤凰翱翔在苍昊。束书蹑屩作壮游，志气直欲凌九州。扁舟千里入吴会，上书论古惊同俦。腐儒如予那足道，感君意气为倾倒。挥毫赠我琅玕辞，愧乏琼瑶无以报。君今策蹇问中原，山川漫漫道路昏。胡琴欲摔向何处，夜半起舞心烦冤。金陵城中王气尽，蒋山断树生芝菌。日落江潮惨不波，维扬明月歌春蚓。君不见昔日江东祖士雅，击楫中流泪盈把。又不见辽东白帽翁，语维经典甘孤穷。丈夫处世只两途，吾子坎壈将安终。

中原人才颇不恶，风尘往往倾然诺。昂然七尺未长贫，暗中定可相摸索。归来好复过桴亭，西窗剪烛开短屏。交知四海见吾子，相对使人双眼青。郁郁碑碑，不数斫地悲歌。

月下听姚虞生鼓琴时予正学琴虞生也

新秋雨歇天微凉，薄云初月流素光。虚堂无人四壁静，虞生为我鸣清商。琼林风过声琳琅，遥空飞来双凤凰。山林杳冥不可识，海水澒洞鱼龙翔。君不见宣尼昔日师师襄，声音之中见文王。黝然而黑颀然长，精神相遇无何乡。吾徒何为昧此理，论宫道徵空彷徨。曲罢无言三叹息，如在羲皇游化国。请君为我一再弹，太古希音世难得。从来听琴诗，但写琴声琴韵，此独能写琴德。

寒溪书屋歌为盛子圣傅作

寒溪先生趣超俗，闭门自住深巷曲。绕溪种竹千百个，终日无人弄寒玉。舍北旧有古祠庙，东风三月春窈窕。游人连臂踏青来，君亦时时恣舒啸。今年僧去祠庙空，庙前石砌野花红。长溪淼淼静如练，琉璃一片光无穷。先生为爱此溪好，自笑向来溪水小。更移书屋祠庙傍，坐挹清溪日倾倒。编篱伐棘远嚣尘，乞竹寻花问四邻。笔床书架参差置，药臼茶铛次第陈。况有从游多雅士，负书挟册轻千里。北海还家吾道东，西河受业如归市。朝吟不厌溪上雪，暮吟不厌溪上月。朝朝暮暮读书声，人影溪光两清绝。同心老友四五人，暇日相过惬隐沦。即事诗成常满壁，应时酒熟每留宾。人生所贵在适意，富贵浮云何足计。长安卿相天上人，反覆须臾成委弃。虞渊日落天昏昏，蝇蚋群飞各自尊。草头露湿生羽翼，笑傲北溟无鹏鲲。丞相车前堪炙手，五侯门第浓如酒。竞附城南尺五天，争夸牖下千金帚。花落花开亘古今，繁华俄顷易消沉。不如溪上垂纶手，静对寒流自洗心。澄怀云：“诗亦清绝。”

前　旱

赤星如拳耀斗边，去年巨浸犹稽天。大水之后必大旱，逆知此岁多迍邅。讵意夏初颇雨水，五月插秧农事喜。自从大暑雨泽竭，两月纤云都不起。不惟无雨兼无风，绛霞如火朝朝红。池塘水竭鱼鳖死，树头叶尽薨飞虫。翻车老农背如赭，流血津津裂双踝。击鼓烧山龙不醒，暴尫焚祝神空下。村中父老心怛绝，五步一拜胫欲折。柳枝盘顶手擎香，万口叫天天不彻。三吴古来号泽国，不忧旱暵忧堙塞。三江成陆百川平，纵值丰年常菜色。今年蠲赋开刘河，饥黎百万舞且歌。江流初复遽遭旱，杯水难救车薪多。况复浑潮挟沙入，海强河弱沙还集。水利名成难报荒，仰头空对苍天泣。香山体格，道州心事。

乙酉元夕娄城盛张灯火有感而赋

塞北旌旗乱，江南采色多。敷天犹有泪，薄海但闻歌。游女飞金爵，王孙曳玉珂。太平诚足乐，九世奈仇何。气局高浑，直逼少陵。

归　村

闻道归村好，归村竟若何。大都尘市少，只是水田多。汉腊存农社，离骚入棹歌。吾生方卜隐，策杖拟相过。

自钱塘至常山溪行

清溪七百里，日日镜中行。有水皆铺石，无山不入城。千村红树色，一路画眉声。安得严滩老，相携足此生。

张睢阳庙

捍御功勋烈，江淮庙貌尊。一时罗鼠雀，千古祀鸡豚。天地心犹在，风尘色更昏。英灵如可作，慷慨欲同论。纵笔写来，气象笼盖宇宙。后半开拓，尤见作意。

赠石敬岩将军 敬岩剑稍为天下第一，予从之受学，惜未尽其术。

将军结发已从戎，四十余年立战功。十月冰霜孤塞外，九秋风雨百蛮中。但期戮力同刘杜刘綎、杜松，公曾与同事，岂料终身类李冯？执政无人君莫恨，江湖知己尚难逢。澄怀云："桴亭谓洪武正韵宜遵用，盖不忘故国之意也。此首乃用正韵。"

寄确庵时方归蔚村

海门风雨暗江关，九十春光一瞬还。念子高翔双凤里，怜予独卧九龙湾。时穷弥识浮生薄，世乱方知道义艰。同学少年今渐老，感怀不觉泪潸潸。

夜雨宿吴门即事有感兼呈李灌溪先生

胥江夜雨涨痕高，震泽长风起壮涛。海上有人占蜃气，桥边无客问龙韬。十年庑下凭谁识，百尺楼头未足豪时与灌翁同宿准提庵小楼。独往独来成底事，棹歌声里读离骚。桴亭七律，以气为主，不屑修词琢句，而挥洒磅礴，流转如意，海涵山负，凤举鹏骞。嗣响杜陵，在神不在貌也！〇澄怀按：灌溪，名密，兼工书法。

和侯掌亭旧庄杂感

黄帽青鞋拄短筇，万方多难我何从。秋风丛菊荒三径，春草空堂剩四松。岭海衣冠犹在眼，园陵霜露漫沾胸。伯通去矣无来者，莫道梁鸿不赁舂。

客里风霜阅历深，萧萧两鬓岁华侵。蕲王垒下千秋恨江湾有蕲王点兵台，奉使槎边八月心此地又名槎头。蜀道屡歌相和曲，草堂重作喜归吟。南飞乌鹊知多少，明月疏星泪满襟。

遥哭希声钱公公娄旧令也申酉之难间关岭海卒死王事葬海中之瑯琪山其二弟肇一兼三负遗书至娄因赋一律以志思慕

营头夜陨海涛奔，真宰茫茫未可论。绝岛君臣留正朔，瘴天风雨葬忠魂。谁将心事传龙比，赖有遗书属弟昆。千古崖山成恨事，临风遥恸一倾尊。

次桓移居胥山之麓自名胥江草堂索赠

越国春深槜李城，胥山山下一江横。南州高士新开径，吴市英雄旧驻兵。帆影落窗晴欲暝，涛声入簟夜还惊。浣溪莫漫夸名胜，此地沧桑眼倍明。

喜宋子犹从海上归赋赠

十年蹈海一身轻，故国重回代已更。梦里鲸波如昨日，尊前鲑菜只平生。乾坤何处容孤往，丘壑吾侪且耦耕。遁世功夫正无限，可能相助一经营。澄怀云："激烈悲歌，声满天地，胸吞云梦，奚止八九哉！"

万卷楼同扶九甫草夜饮

万卷楼开暮霭天，披襟此夕对高贤。一时人物云中鹤，千里交情雪后船。震泽长风吹剑气，包山秋色在诗篇。却怜寂寞江亭下，剩有畸人独草玄。

次韵答归元恭

侧身天地此何时，忽漫相逢得子期。我辈有心常自合，世人无胆辄称奇。义熙日月柴桑老，景定诗篇铁匣知。闻道昆明池正好，眼中犹见汉旌旗。澄怀按：元恭与亭林齐名，人有“归奇顾怪”之目。先生集中，屡与元恭唱和，独于亭林无只字酬赠。亭林家昆山，先生家太仓，相去百里而近，两贤若不相识者，是亦一奇。

同葛瑞五游吾谷

湖山久绝剡溪舟，忽漫相过续旧游。树里波光高出屋，松间日色冷于秋。软舆素舸芳时乐，石马穹碑故国愁。惟有丹枫如血泪，年年和雨滴荒丘。杜老《哀江头》缩本。

清　明

二月轻寒又禁烟，郊原祭扫正纷然。桃花欲放莺初语，杨柳新垂燕可怜。杜老春衣频自典，汉宫蜡烛有谁传。十年樵牧冬青老，寥落东风怨纸钱。

次韵挽瞿稼轩归葬　稼轩为桂林留守死难，赠临桂伯，其孙扶柩归葬。

半壁崎岖独护持，神州戮力更同谁。死生在我终须尽，成败由天讵可知。高密汾阳嗟异代，崖山燕市痛今时。煌煌遗表垂千古，伯仲之间见出师。稼轩被拘时有遗表。

砥柱乾坤赖老谋，那堪宰相尽风流。横江已断千寻锁，筹国谁开万里楼。南粤兵戈行殿恨，东皋花木故园愁稼轩思故乡，于桂林作别墅，名“小东皋”。渡河只有宗留守，恸哭相从地下游。

兴亡自古恨难平，独委孤臣坐废城。二祖山河犹破碎，两朝门户尚纷争。偷安列爵多勋镇粤中勋镇甚多，兵至皆委城而走，共难无人剩友生司马张别山，稼轩门人，泅水入桂林，与稼轩共不屈死。殉节捐躯吾立命，岂将一死浪求名。稼轩临难时有诗云：“死岂求名地，吾当立命观。”

累叶君恩世泽长，男儿终不负堂堂。四年绝域延宗祏丁亥定策，至庚寅，凡四年，万死危疆奉御床。浩气成吟诗不朽公临难，诗集名《浩气吟》，天风吹榇骨犹香。精忠率土人人敬，化碧苌弘底用藏。公榇归后，藩臬大吏皆来致吊。〇四诗沉郁顿挫，光焰万丈！非此诗不称此题。

和许南村新成书屋

新成小筑傍溪湾，一径斜穿竹色斑。子美草堂原两地，放翁老屋只三间。枯槔人散村流静，机杼声高月影闲。随意田园风景好，避秦何用觅深山？和平之音。

重阳后一日含绿堂雅集

茱萸插罢酒还沽，余兴龙山尚未孤。万古乾坤皆草莽，一时人物在菰芦。月泉开社天星聚，铁匣缄诗井水枯。宇内谁成三不朽，壮心空老北山愚。无限酸楚，出以傲兀之笔。

过陆退庵村居

中原勋业竟蹉跎，十载田园两鬓皤。聚米山川成幻梦，封狼心事付悲歌。樵童渔父徜徉老，酒盏诗篇感慨过。胜有床头双剑在，夜深风雨自摩挲。丹心壮志,郁勃流露。

和袁景文白燕诗

故垒雕梁事总非,空巢林木亦应稀。闲心已逐眠鸥住,素羽还随化鹤归。拟向山中依白社,羞从巷口傍乌衣。春风尽入昭阳殿,秋老湘南独自飞。自寓高洁,复极体物之工,视原作有大家、名家之别。

辟疆园画社即席分韵

举目青山是处愁,桃源渔父路悠悠。峨眉风雪林峦迥,海峤云霞岛屿浮。欲共向平栖五岳,谁从陶岘借三舟。不如坦腹长松下,欹枕看图作卧游。落落大方,不为律缚。

过梁溪东林书院旧址

东林书院古城隈,闻道当年海内推。乡里程朱聊自淑,朝廷洛蜀已相猜。忠良既逐奸邪尽,宗社旋随党锢灰。自古人亡邦国瘁,夕阳衰草有余哀。中二联,立论平允,真不愧南董之笔!

忆家园桃树

忽忆故园春色里,绕溪三十树桃花。轻寒薄暖好天气,深绿浅红堆晓霞。村酿三杯午睡醒,风亭一榻客谈赊。而今寂寞江城晚,愁对西峰落照斜。格调超脱。

龙津春涨

百里修江极望来,环村带郭水潆洄。连朝不断千峰雨,一夜争奔万壑雷。无数落花成锦浪,满前轻绿发新醅。春耕最是三农喜,坐听歌声处处催。

五日龙津观竞渡　四首录一

昆明初凿汉宫池，武帝雄心寄水嬉。一代军功存内政，千年画鹢竞河湄。长江已不分南北，壮士何劳习鼓旗。回首西山红日黯，暮云飞雨过城陴。繁丽题发出如许感慨。洪钟无纤响也！

出鄱阳泛大江作

一叶横过彭蠡秋，大江东下接沧州。半天划界开长堑，万里奔山送急流。南国君臣常恃险，北来车马每生愁。靖康渡后虚名失，不用投鞭稳放舟。一气直下，真射雕缚虎手！

山中晓行

春阴白云滑，晓露松花香。飞流溅不尽，石气生清凉。

访侠者不值

狭巷访要离，人逢问阿谁。英名天下识，里闬不相知。

梵　钟

远寺一声钟，千门动机杼。残月下林梢，露湿行人语。

题画凤

独向高冈择木栖，更无鸳鹭与相齐。一声叶彻虞廷日，天下鸱鸮不敢啼。此先生十二岁作。尔时已有担荷道统气度！

偶念熊芝冈有作

履霜自尔至坚冰，今日何须重叹惊。二十年前檀道济，中原已自坏长城。澄怀云："崇祯中，又诛袁崇焕，是再坏长城矣。国势安得不日蹙哉！"

中夜闻桔槔有感

东村夜夜桔槔声，月落星横尚未停。鼓角高衙眠正稳，天明飞檄下严城。按：此诗亦用洪武正韵。

过宝带桥

澹台湖水绿如油，宝带桥平匹练浮。好种碧桃三万树，年年花里作春游。

过钓台有感

羊裘泽畔老编氓，天子亲迎不肯行。汉室山河今在否，钓台终古属先生。

［**附录**］

陈　瑚 十首

瑚，字言夏，太仓人。父朝典，以经行重乡里。先生少禀家学，通五经，读书不屑章句，凡天官、河渠、兵农、礼乐以及壬奇诸书，无不贯穿旁达。崇祯壬午，领乡荐。明年，江南大饥，上当事救荒四政，支吾三策，扼腕胄政，著私议十条，续议五条，言皆切要。或劝上之，先生曰："此非借箸时也。"

明亡，奉父避地昆山之蔚村，躬耕以养。村田沮洳，先生导乡人筑岸御水，岁获丰穰。与居人陈说"孝弟之义"及"为善三约"，众皆悦服。尝于元夕集数邑之士，讲"乾""坤"二卦，阐明圣学。远近向风游其门者，多俊伟英略之士。论者以其盛比河汾焉。

先生操履端介，冬月常衣单袷。客有重裘者，欲解以赠，竟席不敢言，退而语人曰："吾乃知当世有陈无己也。"

国初，诏举山林隐逸之士。州守白登明将以其名上督抚，先生力辞乃已。卒年六十三。门人私谥"安道先生"。蔚村人立祠祀之，巡抚汤文正公斌即其故居为立安道书院。其著述多散失，有《确庵集》，又有《确庵日记》《讲学全规》。

娄东诗派曰："桴亭诗以浑灏胜，确庵诗以沉雄胜。各造其极，可谓工力悉敌。"

送吴兴公移居下邳

我非陈孟公，君乃吴季子。千金重一诺，结交有终始。仗剑作远游，欲为报仇死。惜哉不遇时，长叹归故里。其事虽不成，其名满人耳。

澄怀云："知此，可与读《荆轲传》。"

读陆道威八阵发明寄赠

吾闻庞德公，寄迹鹿门野。卧龙每从之，陨然拜床下。床下何如人，况乃床上者。时无三顾勤，没齿同喑哑。身隐焉用文，此言信非假。

澄怀云："语见身分寄托，非世俗标榜可比。"

赠文介石

长江铁索竟何为，中夜彷徨泣素丝。画日笔随降表进，草元人恐献文迟。武陵洞口桃花笑，朱雀桥边燕子知。独有孤忠老博士，焚冠和泪写新诗。三、四可愧孟津诸人。五、六尤妙在讽刺蕴藉。

荒城斜日数归鸦，南望愁云不见家。五夜杜陵惊鼓角，十年庾信老风沙。瓜官粟吏看人事，鹿苑鸡园度岁华。传道故山春色好，烽烟无恙有梅花。

李映碧廷尉遗地图

图画山川感慨多，边陲风景近如何。入关无复萧丞相，聚米空思马伏波。两戒一江横似线，九州五岳小于螺。错疑留守魂归夜，风雨声声唤渡河。沈确士云：“读至末语，纸上有声，恐流连光景者不能作，亦不解读。”

送翼王归郻

梅花灯火对深宵，门外西风起慄飔。今夜角声催舞剑，来朝木叶送归桡。幼安辽海人空老，皋羽西台怨未销。同是天涯离乱客，几回肠断练初潮。

读烟客先生西田诗却寄

宗彝祖笏旧时春，白袷乌衣别业新。杜甫正当天宝日，陶潜终是义熙身。乱离风物添佳句，萧瑟江关老世臣。寄语桃花好相待，可知侬亦避秦人。

山中喜遇徐昭法共食

一夜寒香万树开，相逢花下且衔杯。穷途兄弟难成醉，故国风烟易入哀。雪满山中苏武窖，云横江上谢翱台。寸心不尽斜阳晚，湿遍青衫首重回。

通晖楼诗为松陵沈建芳作

危楼百尺五湖东，乱后天涯极目同。宛马晓嘶芳草路，杜鹃春恨落花风。有无人物菰芦里，多少山川鼓角中。解道仲宣工作赋，愁来闲凭夕阳红。

得长沙刘杜三书

故人消息隔江天，忽有双鱼万里传。南岳云埋仙骨在，西台月照客星悬。铜驼宫阙三生梦，玉树河山六代烟。莫漫投书吊湘水，酒杯潦倒送余年。

杜　濬 二十八首

濬，字于皇，黄冈人，明末副榜贡生。少有志节，不务俗学。国变后，侨居金陵，时往来淮扬间，食贫苦吟，以老殁。后陈恪勤公鹏年葬之太平门之麓。于皇论诗极严，于时人多所排诋。有富人重价购其集而焚之。后乡人某搜得其遗稿行世，盖不及十之三云。

朱锡鬯曰："启、祯之间，楚风无不效法公安、竟陵者。茶村独以杜陵为师，是亦豪杰之士，惜其厄穷以老，孟贞曜所云'好诗多抱山也'。"

沈确士曰："茶村七古，颇近颓唐，又闻《秦淮灯船鼓吹歌》，以此得名，其实颓唐之尤者也。"

汪端论曰："茶村诗，逸情孤诣，迥出尘表，奇崛而绝雕刻，警健而谢粗豪。虽边幅少狭，要不失为贾长江、周大朴。乾隆中，诗家主性灵者，排诋不留余地。虽异蚍蜉撼树，不免蹈'是丹非素'之病矣！"

嵇　康

嵇康人中龙，义不可当世。视彼盗国臣，伎俩如儿戏。吐辞薄汤武，千载有生气。临命索琴弹，聊示不屑意。

登金山塔

极目非无岸，沧波接大荒。人烟沙鸟白，春色岭云黄。出世登初地，思家傍战场。咄哉天咫尺，消息转茫茫。

薄暮难为状，空中别有闻。悬灯江海合，望月水天分。寥廓身何往，飘零兴不群。向来峰顶色，看作下方云。沈确士云："苍苍莽莽，自是大家举止。"

焦　山

触处迷人代，兹山尚姓焦。上头仍栋宇，到眼忽云霄。树色南徐近，江声北岸遥。衣冠留洞壑，不必访松寮。

出郭来差远，凭高望独深。江分神禹迹，海见鲁连心。密竹藏金像，回流灌石林。拟寻幽绝处，却诵白头吟。

听轸石琴

江云飞不尽，流水上空堂。寂历人谁在，飕飗曲自长。哀猿吟雪岭，匹马吊沙场。此意吾能识，凭君鼓数行。

冬夜宣城梅杓司过访留宿寓斋

北风今夜急，吹月已成霜。爱月嫌风色，开樽闭草堂。故人宛陵秀，襆被况相将。经岁才同梦，宁知更漏长。格律老成，语能独造。

送　友

别离三十年，相见各皤然。尚有论文兴，而无沽酒钱。客中吾送子，江上水连天。世路多荆棘，行行必慎旃。

九日晚集因圃

弦后添明月，霜前作好秋。石栏分送酒，林杪一登楼。白雁初传信，黄花岂共愁。归心涉江水，清绝正东流。

佳节思亲句，尊前咏不忘。自从失荆妇，谁与制茱囊。地僻愚儿女，天寒信酒浆。举头窥过雁，飘忽不成行。二诗饶粗服乱头之致。

晴

海角收残雨，楼前散夕阳。行吟原草泽，醉卧即沙场。骑马人如戏，呼鹰俗故狂。白头苏属国，只合看牛羊！颇有幽并豪杰之气。

秋日同静能前民上鸡鸣寺后湖亭感兴兼怀蜀友范仲阇昔年宴集此亭

树力支危榭，山形绕禁湖。繇来天地意，不厌白鸥孤。绮席人谁在，台城草自铺。好留明月照，辇路傍蘼芜。

清凉山寺逢僧号扫叶者赠之以诗

扫叶几时尽，秋风秋雨多。四山声不断，一树寂如何。定日闲同帚，霜天静养柯。翻嫌丈室里，花事恼维摩。幽寂至此，画亦难到。

过蒋子

维舟折桂花，香色到君家。露气澄秋水，江天卷暮霞。南轩人去尽，碧月夜来华。寂寂忘言说，心亲一盏茶。潇洒澹逸。

金山晓阴有怀亡友王二雪蕉

夜潮喧达曙，漠漠散春阴。海气昏南北，钟声变古今。转看乡思减，何故客愁侵。叹息钟期去，空余山水音。

北　固

西郊诸岭现，北固称其名。石壁凭空下，江天插水生。鸟飞孤阁半，人上翠微平。有处金焦合，辞山更远行。炼字生新，不下贾岛。

招隐寺

随风深入谷，遂上读书台。古木门前径，清泉石上苔。也知春渐好，未必客频来。草草寻遗迹，山花去后开。以下数首，风骨戍削，疑非食烟火人语，而气魄自大，所以为高。

白龙洞梅

觅洞披榛入，探梅傍虎行。地偏钟鼓寂，春霁雪霜生。闻说人稀到，能无鹤自鸣。下方归路晚，暗觉旅魂惊。

山行访梅不得到竹林寺

饮泉心未足，出谷复何之。欲问竹林路，樵人亦不知。远江双鸟去，落日一峰欹。为觉梅花近，山风故故吹。

真州新城见桃花留别轸石前民

倚棹望遥天，明霞涨一川。同惊分手日，莫记种桃年。绿是江南树，青为渡口烟。无劳吏相送，缓缓问归船。

元夕江楼看月

星火梦瓜洲，灯时得胜游。难逢今夕月，复此大江流。碧浸三山影，烟含万古愁。夜深谁击楫，吾道在渔舟。

雨后集含露堂言别

桐柘交阴遍，萧然雨后秋。过从含别绪，言笑隔时流。古意淮南叶，他乡剑外州。十年对知己，今日更淹留。王贻上云："不减古作。"

读东坡集

堂堂复堂堂，子瞻出峨嵋。少读范滂传，晚和渊明诗。王贻上云："二十字，说尽东坡一生。"

泰　州

穷海三秋尽，扁舟百里行。夕阳无近色，偏照远帆明。

涧　边

红叶无风犹著树，青松媚日自生烟。钟声出坞清如水，早有幽人立涧边。一幅有声画。

道中见栖霞

目极危峦日下春，茅君庙里几株松。心知不及中峰宿，今夜犹闻寺外钟。

紫峰阁

一阁窗收四面峰，峰峰秀削紫芙蓉。夜来更不妨明月，影里须眉尽是松。

白云庵

松篁自结一幽蹊，积叶柴门咫尺迷。我记白云庵去处，过山又过小桥西。

徐　夜 五首

夜，字东痴，初名元善，字长公，后慕嵇叔夜之为人，改今名。山东新城人，明末诸生。国朝康熙中举博学鸿词，以老病辞。有《嵇庵集》。

王贻上曰："东痴，余叔祖季木公外孙，与余兄弟为外从兄弟。诗格自然处类韦左司，巉刻处似孟东野。余目之为'涧松露鹤'。"又曰："东痴少时，作乐府云：'辘轳鸣，井深浅。楼高高，去何远。'长白，黄山人，善琵琶，尝为谱之。"又曰："东痴年二十九，弃诸生，隐居东皋郑潢河上，掘门土室，绝迹城市，有朱桃椎、杜子春之风。"

咏　怀

凡骨难遽化，仙药不可求。一身为物役，未可轻王侯。旷士洞达心，无为生远游。远游亦有方，九州非一州。常恐血气躯，车马生坟丘。试听蟪蛄声，语默成春秋。山岳自终始，江海日夜流。王贻上云："'车马生坟丘'，与大梁土中所得古石刻'日月逝酒浆'五字相类，似仙灵语。"

九日得顾宁人书

故国千年恨，他乡九日心。山陵余涕泪，风雨罢登临。异县传书远，经时怨别深。陶潜篱下菊，谁复继高吟。沈确士云："宁人先生远辞故国，常拜山陵。起四语，一气鼓铸，杜陵遗法。”

秋　柳

摇落江天倍黯然，隋堤鸦噪夕阳边。谁家楼角当霜杵，几处关程送晚蝉。为计使人西去日，不堪流涕北征年。孤生蕉萃应相似，怕见残枝带暮烟。沈确士云：“萧瑟之音，不粘不脱，远胜渔洋名作。”

富春山中吊谢皋羽

晞发吟成未了身，可怜无地著斯人。生为信国流离客，死结严陵寂寞邻。疑向西台犹痛哭，思当南宋合酸辛。我来凭吊荒山夜，朱鸟魂归若有神。

孤山坐放鹤亭下

岿然一屿水回环，想见高风物外闲。墓上梅开春又老，亭边鹤去客空还。书无禅草逢当世，祠有名贤擅此山。占断西湖皆宋土，羡他生死太平间。沈确士云：“结意言外见南渡之西湖，不堪栖隐也。”

卷八下

陈元孝 四十四首

元孝，广东人。操行介洁，博学工诗，以隐终。有《西樵草堂集》。

彭躬庵曰："元孝诗，诸体兼擅，手触肩倚，莫不中窾，意格浑成，发人神悟。"

王盘麓曰："元孝诗，如哲匠当前，众材就正，梁栋榱题，各适其用。"

王贻上曰："元孝诗，清迥绝俗，如'积雨江汉绿，归心杨柳初''帆随南越转，雁背碧湘飞''映花溪路闭，漱水石根虚''离忧在湘水，古色满衡阳''桄榔过雨垂空地，玳瑁乘潮上古城''三径草生残雨后，数家门掩落花中'之类，皆得唐人三昧。"

汪端论曰："元孝诗，意在笔先，力透纸背。五古出入汉、魏。七古不屑摹仿杜、韩，而纵横变化，实兼擅其胜。五律气格高古。七律奇警苍凉。明季岭南哲匠辈出，若元孝者，又邓林珠树、元圃夜光也！"

登祝融峰

祝融高不测，云雨及其半。濛濛在太古，乾坤犹未判。九州有余览，旭日夜中旦。临睆怀百忧，因高发南叹。奇拔，似杜陵《望岱》诗。

下祝融峰向白门寺道中作

披离中林雪，厌挹下山路。缘高凛若坠，身外不敢顾。藤蔓援我行，飞鸟争我度。我下群木鸣，我上寒云沍。迹从逝溪远，心与幽赏住。万里方自今，重期岂能预。迟迟闻远钟，懔懔日将暮。梁崇一云："善学老杜。"

王将军挽歌

南方有义士，姓王名曰兴。十三学杀人，十五手搏狼。三十建义旗，姓名惊一方。天子锡虎符，作镇鼍江阳。翠华日已远，地绝军弥张。百战环冈州，九死披残疆。海滨富斥卤，重林与连冈。高者掩云日，远者浮苍茫。煮波致财货，铸冶成刀枪。宫室何所居，天家侯与王。稾粟何所馈，从驾子与娘。心胆何所赠，海内豪与英。献客合浦珠，薰客珠崖香。客处未觉寒，袄褥先盈箱。客寝始觉单，妻妾忽侍傍。敌兵四面来，众士各逞强。将军跃上马，命客持一觞。独出挥长戈，两目流电光。直取首来将，生挟归戎行。顾饮所持酒，昔热犹未凉。相持及三月，敌骑皆奔亡。来时三万人，半还仍重伤。奏功自间道，涉瘴徂昆明。黄金三千镒，玉帛各有筐。天驷方驱驰，下臣效刍浆。臣兴昧死上，帝曰兴卿良。赉爵列五等，高兽盘银章。其文曰虎贲，将军荡南荒。敌人闻之惧，选士盈千旗。来者左右贤，其帅督责之。不得此弹丸，若辈何生为。上天何不佑，其年兼荐饥。将军察天命，命匠搜良材。斫以为巨棺，彩翣悬葳蕤。约日出合战，敌怯不敢来。坚壁十里外，迤逦兴长围。沟垒内外防，突援无所施。始从戊戌夏，两及中秋期。战士饭草土，抱骨还登陴。所忧负将军，吾侪死犹归。将军曰呜呼，共尽终何裨。我乃报深恩，汝当全宗支。乃命幼子九，先出卑其辞。卜吉结欢会，敌将不致疑。是夜一更终，将军诀所知。

皎月当中天，千秋同此时。语已还闭门，沐浴更裳衣。夫人翠凤冠，有母头如丝。侍妾十五人，左右皆肩随。肃肃何雍雍，俱集园东陲。上有古梅树，樛结垂高枝。白石为几席，月露明苍苔。将军命夫人，拜别而慈闱。拜毕与将军，四拜中间居。十五妾罗拜，窈窕无参差。夫人命斗酒，有脯形如圭。深藏待今夕，各当行一卮。卮尽且先起，母与君稍须。将军及母入，烛影何迷离。夫人十五妾，自挂临中闺。阿母大惊呼，将军言勿悲。着我锦绣袍，麒麟当心开。戴我七梁冠，簪缨郁崔嵬。玉带与玺书，次第皆抱怀。置敕中堂上，花烛荣且辉。望阙遥谢恩，臣死有余辜。下阶十二拜，天地及四隅。徘徊望西堂，有虎顾其儿。平生爱此图，拜汝今同灰。卷图附敕下，释服趋房间。房中何穹窿，火药堆如山。将军踏小儿，自解夫人缳。次及妾十五，列寘火药端。出户着朝衣，捧敕仍来还。一声母急出，火烈焰贯天。鸡鸣部曲入，白骨空巑岏。举哀建素旒，合敛归巨棺。敌人亦流涕，况在同肺肝。卜葬三山阳，隐约题墓门。陈子作挽歌，播之永不刊。表扬忠节，情状如绘，源出《焦仲卿妻诗》，而遒炼过之。

耕田歌

耕田乐，耕田苦。乐哉乐有年，苦哉不可言。春未至，先扶犁。霜华重，土气肥。春已至，农事始。鸡未鸣，耕者起。泥汩汩，水光光。二月稻芽，三月打秧，五月收花，六月垂垂黄，再熟之田始有望。三月打秧，六月薅草，一熟之田，九月始得获稻。近路畏马，马食犹寡。近水畏兵，兵刈何名。上官不待熟不熟，昨日取钱今取谷。西邻典衣东卖犊，黄犊用力且勿苦，屠家明日悬尔股！梁崇一云：“读之令人愤郁。”

日本刀歌

白日所出金铁流，铁之性刚金性柔。铸为宝刀能屈伸，屈以防身伸杀人。星流电激光离合，日华四射瞳瞳湿。阴风夜半刮面来，百万愁魂鞘中泣。中原岁岁飞白羽，世人见刀皆不顾。为恩为怨知是谁，宝刀何罪逢君怒。为君昼盛威与仪，为君夜伏魍与魑。水中有蛟贯其颐，山中有虎抉其皮。以杀止杀天下仁，宝刀所愿从圣人。沈确士云："与药亭作用意各别。而尊崇中国，指归略同。勿但赏其能作惊人语。"

祭幽歌

天低野黑钟磬冷，高台火炬红无影。招魂竹竿垂至地，万众无声大师睡。林根水际光窅冥，欲动不动如有形。阴风吹沙利如箭，蚱蜢横飞扑人面。鬼王丈六须发丹，金铃召鬼争盘餐。黄香插筵月皛皛，瓦篾不盈纸衣小。倏如闻笑忽而啼，笑何丈夫啼女儿。残形败血生荒草，有棺无棺安可保。骨肉当前唤不闻，半夜依人思一饱。绿杨丝绕白杨树，魂来作风归作雨。西头落日东头来，后人仍为今人哀。光怪陆离，奇语百炼。是李王孙古锦囊中物，非画地狱变相者可比。

柏舟行为区母陈太君赋　有序

太君愧峨，陈大夫之女也，许适见五区大夫之子宝震文学。文学早卒，太君当未笄之年，矢靡他之节，于今五十矣。同人嘉其志有成，绘图为祝。予既为之序，复作此歌。

柏舟两髦犹可仪，陶婴黄鹄曾双飞。夫人为妇已头白，眼中未识君容辉。自言生长大夫女，经史胸襟炳如炬。父母有命儿有心，纵不言承已心许。心期颉颃同一林，天教殊绝成辰参。人生意气贵一诺，妾宁负天不负心。妾父有男妾有姊，君家大夫只一子。有妻于俗得立孤，无妻为殇终已矣。素车白马入君门，由来为义非为恩。身安分命甘若荠，半生衣枕无啼痕。当年十五今五十，嗣子成立皆有孙。呜呼！男儿陷胸绝脰死容易，就义从容人所畏，青闺冉冉盛年徂。寸心一矢终不渝，千金之剑赠墓树。至今谈者犹区区，何况赠以千金躯。乃知未仕报韩者，古今所以为丈夫。沈确士云："区大夫只一子，无妻，不立后，则后绝矣。此陈太君能见大义处。诗中曲曲传出。"

送屈子之金陵

地何必生山川，天何必有日月。一升一沉使我老，南北东西令人别。洪河之水孤蓬根，不知似我还似君。神州萧条寰宇黑，英雄失路归何门。文章亦是千秋事，兴则为云降为雨。雄剑高飞雌剑留，夜上金陵望牛女。梁崇一云："突兀。"

赠余鸿客

蜀犬不识日，群吠声狺狺。越人贱章甫，不以易文身。中原龙战二十载，万事反覆如朝昏。我行惊惧伏草莽，举国大笑为愚人。何来年少金陵子，肯道相思满人耳。三年觅我二樵间，一夕逢君五羊市。倾山倒海见胸臆，白日照耀肝肠里。羁贫无酒留君欢，对坐江楼饥不起。是时积雨江上晴，丹枫乱落寒蝉鸣。长风驾浪作丘壑，蜃楼海市相峥嵘。赵佗朽骨为黄土，陆贾诗书亦何补。朝台空有汉家名，浩叹今人不如古。今人古人间容发，举足之分邈燕越。眼前得丧等烟云，身后是非悬日月。怪君茂龄怀抱奇，严君风义兼能诗。曾窥一二每心折，安得天马无龙驹。荒城气黑落日短，强为吾子停斯须。如君意气复何道，所愿故心终不移。淋漓慷慨。

端州悦江楼

牂牁之江千里来，羚羊峡口一线开。长波鼓荡气不泄，沙边吼怒成风雷。五月六月西潦至，端州古城昼常闭。即今水落洲渚高，急流尚作奔扬势。谁飞杰构临江限，下有孤石名崧台。崇基峥嵘山岳立，古榕诘屈蛟螭回。百道文窗浮木末，四楼角立何轩豁。曲阁周流复道长，高廊回注空阶阔。犹忆登楼发尚髫，楼前亲见海龙朝。万乘旌旗屯北郭，千官车马聚寒潮。二十年来重系舸，泪滴阑干独愁我。白云飞尽苍梧深，满目寒山日西堕。

归　舟

水气动群木，虚楼飞叶声。风灯无定照，峡月不终明。托宿维舟夜，临泷未济情。寸心平自若，应任险中行。似少陵秦州诗。

叶世颖重之中湘茅屋行后有寄

楚国木叶下，故人行有霜。离忧在湘水，古色满衡阳。几日歇兰棹，此时开草堂。山川教儿子，指点洞庭傍。沅芷湘兰，无此惆怅。

雨后怀屈子

风雨怀人坐，无灯亦到明。流萤分夜色，疏竹聚秋声。别酒尚余醉，春花今不荣。终知吾与子，白发路傍生。

送马仲融之粤西

天际百重滩，滩边万仞山。山风吹落叶，只在客船间。多难晦冥日，少年离别颜。倚闾方白发，莫不看刀环。海雪、华夫之高格。

江　上

青山此川上，终古见如新。可叹浮生者，蹉跎即老人。暮云高不动，白鸟立无邻。独往秋光里，双桡与病身。

秋晚杂兴

冷榻眠无次，闲阶立不归。池花向影落，沙鸟带声飞。水畔为渔父，城东即布衣。平生随分得，未觉此心非。三、四名句。

边　草

勿论荣与悴，今古恨无穷。雪散烧痕上，青归战血中。天长垂大漠，地远后东风。独有明妃冢，年年似汉宫。沈确士云："第四语惊人。"

秋　戍

汉皇犹自将，率土敢言劳。共命惟良马，余生托宝刀。侵霜秋柝冷，占气夜天高。未见功成日，还家已二毛。高、岑逸响。

送梁器圃归顺德

汀洲初雁飞，送客钓鱼矶。故里我曾梦，深秋君独归。荻花迎棹起，枫叶到城稀。为问先人宅，门前柳几围。

次凤阳逢中秋

未到问沽酒，早投城北闉。莫令亡国月，得照渡江人。世薄功名士，秋销战伐尘。余生付樽杓，留醉上车轮。

冬　草

无论南与北，一种白连门。岂不怨迟暮，曾承天地恩。远风疏劲叶，春色聚寒根。独立观元化，悠悠何所言。

送涤上人

涤公到城久，忽忆丘中琴。积雪回孤棹，寒湘共此心。独归红树外，相待碧云深。借问茅庵路，衡山在隔林。

赠赵意子

抛却儒冠学论兵，田园荒尽不思耕。终年避地青鞋破，一夜忧时白发生。松柏本来多直性，英雄何必在成名！怜君困甚还兼病，父执相逢泪满缨。

怀梁药亭

昨闻归棹越黄河，又问维扬渡口过。三月烟花虽寂寞，六朝秋草更如何。高堂待进斑衣舞，下里犹思白雪歌。一第蹉跎何足叹，贵人传者古无多。结二句为千古文人不遇者吐气。

同诸子再泛甘溪

停舟昨夜荫枫林，不道江天便有阴。落木寒皋前路在，断桥流水此时深。逢山每作终身计，见雁重惊万里心。暂抱衾裯就渔父，月明同听榜歌音。峥泓萧瑟，如鼓丘中之琴。

咸阳怀古

关门一夜柳条春，金古芒芒草色新。龙虎片云终王汉，诗书余火竟烧秦。瑶池西望犹通鸟，渭水东流不待人。最是五陵游侠客，年年磨剑候风尘。

蜀中怀古

子规啼罢客天涯，蜀道如天古所嗟。诸葛威灵存八阵，汉朝终始在三巴。通牛峡路连云栈，如马瞿塘走浪花。拟酹昔贤鱼水地，海棠开遍酒人家。沈确士云："汉高以蜀王，后主以蜀亡。明眼人可以论古。"

邺中怀古

山河百战鼎终分，叹息漳南日暮云。乱世奸雄空复尔，一家辞赋最怜君。铜台未散吹笙伎，石马先传出水文。七十二坟秋草遍，更无人表汉将军。沈确士云："表扬才华，褫夺奸魄，最为定论。"

隋宫怀古

谷洛连淮日夜流，渚荷宫树不曾秋。十年士女河边骨，一笑君王镜里头。月下虹蜺生水殿，天中丝管在迷楼。繁华往事邗沟外，风起杨花无那愁。元孝咏古诗，最得"巧不伤雅"之意。

送姜山上人游西岳

送师西去重低徊，曾上衡山绝顶来。夏帝碑芜虫篆遍，楚天峰断雁行回。灯前鬼芋穿沙出，霁后僧门凿雪开。正是到时二三月，上方明月下方雷。沈确士云："奇景，得奇语写出。"

秋日西郊宴集同岑梵则张穆之陈乔生王说作高望公庞祖如梁药亭屈泰士时屈子归自塞上

黍苗无际雁高飞，对酒心知此日稀。珠海寺边游子合，玉门关外故人归。半生岁月看流水，百战山河见落晖。欲洒新亭数行泪，南朝风景已全非。绝唱。

虎丘题壁

虎迹苍茫霸业沉，古时山色尚阴阴。半楼月影千家笛，万里天涯一夜砧。南国干戈征士泪，西风刀剪美人心。市中亦有吹篪客，乞食吴门秋又深。沈确士云："极熟题，须一洗窠臼，此为得之。"

新塘早春怀蔡艮若何不偕

春云漠漠虎头东，几日移居杏再红。三径草生残雨后，数家门掩落花中。乡山久别吟兼梦，水驿多情浪与风。有约扁舟未能去，幽期空负钓鱼翁。

江上别卢非玉

重逢又是异乡行，一月孤帆共北征。江上路分彭蠡泽，雪中人向岳阳城。停舟此地丹枫色，买醉当垆玉笛声。别后想君歌舞夜，姑苏南望倍含情。

将发汉口毛子霞在武昌不得更别舟中夜坐作诗寄之

沧波芳草暮生烟，东望离心倍黯然。短棹拟过黄鹄渡，轻装催上白门船。遥从江汉分流地，坐到星河欲晓天。明日五更应已远，故人残月正高眠。

送魏和公归宁都

隔年相见即依依，知尔全家住翠微。穷海访人兵后去，孤身携剑雪中归。滩平横浦寒流浅，枫照凌江晚叶稀。贫贱别离那可道，寸心齐与片帆飞。

岁暮登黄鹤楼

郊原草树正凋零，历历高楼见渺冥。鄂渚地形浮浪动，汉阳山色渡江青。昔人去路空云水，粤客归心向洞庭。莫怨鹤飞终不返，世间无处托仙翎。

发舟寄湛用喈钟裴仙湛天石

扶胥古渡水凄凄，雨后移舟望转迷。八口寄居秋草外，一身为客楚云西。家无兄弟依朋友，地夹河山畏鼓鼙。知己片言应不负，乱离儿女藉提携。沈确士云："如面诉友朋，宛转关生，情文兼至。"

九日登镇海楼

清尊须醉曲栏前，高阁临秋一浩然。五岭北来峰在地，九州南尽水浮天。将开菊蕊黄如酒，欲到松风响似泉。白首重阳唯有笑，未堪怀古问山川。三、四有拔山扛鼎之力。

过六贞女墓　小序

顺德龙津李氏，处女也。丙辰春，粤东大乱，有强暴谋胁致之。六女惧不免，夜以酒相酹，一夕同赴水死。比晓出之，明妆俨然，臂约红罗，两两相结，其家合而葬之龟山之阴。当事者立石，表之曰："六贞女墓。"

昆冈生玉总无瑕，列女贞魂是一家。一夕便成千古事，孤坟空与后人嗟。乘鸾合上三珠树，化雪应为六出花。处子立名青史少，曹娥江水在天涯。

明妃怨

生死归殊俗，君王命妾来。莫令青冢草，生近李陵台。沈确士云："韵语中明是非，定赏罚，居然史笔。"

夷齐庙

清风千载又谁加，古庙荒坛落槿花。欲荐春薇无处采，西山元已属周家。

读秦纪

谤声易弭怨难除，秦法虽严亦甚疏。夜半桥边呼孺子，人间犹有未烧书。神似玉溪断句。

送屈子

万里还家着彩衣，三春惆怅别慈闱。期君得似衔芦雁，半岁南飞半北飞。

明三十家诗选

二集

卷一上

贝　琼　五十二首

琼，字廷琚，一名阙，字廷臣，崇德人。性坦率，笃志好学。张士诚屡辟不就。洪武初，聘修《元史》，既成，受赐归。六年，以儒士举除国子助教。与张美和、聂铉齐名，时称“成均三助”。廷琚尝慨古乐不作，为《大韶赋》以见志。宋濂为司业，建议立四学，并祀舜、禹、汤、文为先圣。太祖既绌其说，廷琚复为释奠解驳之。识者多是廷琚议。九年，改官中都国子监，教勋臣子弟。十一年，致仕，卒。所著有《清江诗集》十卷，《文集》三十一卷。

朱锡鬯曰：“廷琚从学于杨廉夫，其言曰：‘立言不在崭绝刻峭，而平衍为可观；不在荒唐险怪，而丰腴为可乐。’盖学于杨而不阿所好者也。其诗爽豁类汪朝宗，雄整似刘伯温，风华亚高季迪，清空近袁景文，明丽若孙仲衍，圆秀胜林子羽，朗净过张来仪，足以领袖一时。此非乡曲之私，天下之公言也！”又曰：“元姚文公燧为承旨时，尝宴集玉堂，声妓毕奏。有真真者，操闽音，询之，乃真西山苗裔也。父司管库，负县官钱，鬻之以偿，遂流于娼家。公愍之，白于执政，落其籍，以妻翰林属官王棣，赀装皆出于公。棣后官至翰林待制。廷琚作《真真曲》，纪其事，盛传于时。”

汪端论曰：“清江五古温雅，七古清新。五律沉警者，宗法工部。七律工丽者，方驾道园。在明初诸家中，品居文成、青丘之下，余子之上。而谈艺家罕道及之。余选明诗二集，以清江为冠，亦阐幽之意也。〇清江以《真真曲》得名，然其诗繁缛，殊欠剪裁，故不录。孙仲衍《骊山老妓行》亦然。〇王凤洲《艺苑卮言》搜罗宏富，而持论党同伐异，颇伤偏驳。尊何、李如泰山北斗，于明初诸人剪抑太过，实为乖谬。盖元、明之交，风气淳朴，诸文士皆笃学好修、敦厚恬澹，以干名为耻。当元季乱离，类多屏处林泉，觞咏自适。虽亦有‘四杰’‘十子’‘五先生’诸称，大抵皆他人品题，未尝动以坛坫主盟自命，朝而标榜，夕而排击，如正、嘉间之恶习也。及明祖开基，忌才特甚，始则搜剔岩穴，务无遗材。后乃文字祸兴，诛夷相踵。其仅免者，焚砚晦迹，惟恐人知，奚暇计身后名哉？然开国之初，文运蔚盛，且无门户之见，故诸作者得自抒怀抱，各擅所长，莫不功力深纯，风格隽朗。虽不以诗名者，单章片语，亦复琅琅可诵。惜其遗集，多湮晦不彰。后之操月旦者，若空同、沧溟，刚愎自用，目光如豆，无足深责。独凤洲名位兼重，才识极高，于书无所不览，正宜表扬前哲，阐发幽光，而乃嫉其才藻之清新，欺其声华之销歇，于文成、青丘尚多不满，余子可知。其评语不曰‘沿习元季余风’，则曰‘格姑左次不论’。不知元季诗如云林冲澹，海巢悲壮，玉笥奇峭，梧溪沉郁，皆独秀不群。较描头画角者，奚啻径庭，而况明初诸人耶！且凤洲所谓‘格’者，不过拾曹、刘之唾，餔李、杜之糟。如伶人着面具，五色炫烂，疑鬼疑神，以震骇天下。殊不知毛嫱、西施，天然国色，自有真面目也。呜呼！诸人生构法网之罗织，死受艺苑之讥弹。文人不幸至此极矣！虽凤洲晚岁悔心渐萌，自谓‘少年盛气之论，不足为凭’，然亦未暇改正。王渔洋、沈归愚诸公，复循声附和，导流扬波，孰谓非凤洲之作俑哉！余选清江以下诸家诗，因详论之。古人可作，来者难诬。亦以为后之意气罩人、媚显凌幽者戒也！”

杂　诗

薛公未罢相，宾客竞相倾。一朝偶失意，门无珠履声。贵贱已如此，何论死与生？秋燕辞空室，春蝶抱留英。盈虚信物理，聚散亦人情。达士甘寂寞，力耕谢华缨。道尊岂恋禄，心远孰希名。腐鼠非吾饵，朱凤以时鸣。悠然动遐想，五鼎益为轻。

郊　居

直木恶为输，疲马思卷旆。匡时既非才，处约斯寡悔。采诗鉴兴亡，读易明进退。永怀嵇阮放，甘与沮溺对。

春日宴沧洲　并序

岁在著雍涒滩，春三月一日，筠谷高士合宾客序兄弟饮于沧洲一曲。平池涌翠，高阁延青，圆景中天，繁阴四合，微飙远激，幽芳袭人，清醥在壶，嘉肴既旅。惩蟋蟀之刺俭，美伐木之求友。终宴忘疲，迁坐复酌。鸣葭间发，协朱凤之相和；舞袖双回，翩惊鸿之欲举。呜呼！兰亭金谷，会岂能常；沧海流沙，兵犹未息。悲神仙之无验，宜旷达以为高。用缀新篇，以纪雅集。

天阔无留云，山明洗新黛。过从属休暇，置酒沧洲会。柔荑绿堪藉，杂英红尚在。累觞既不辞，秉烛还相对。清弹促哀响，秘舞呈修态。兰亭今已矣，金谷徒增慨。大化会有终，四时宁复贷。厌厌夜无归，从人讥倒载。

早　春

山寒花尚迟，雪霁江已绿。怀新感游子，阼节喧众族。且同尊俎欢，幸免章绶束。更拟登前峰，青郊可游目。

拟东野

破屋夜通月，霜气刀棱棱。病骨不受寒，卒岁仍无缯。残灯吐复翳，僵卧如冻蝇。事业惭蒸沙，文章空镂冰。已失国士意，颇为少年陵。长歌独怀慨，坐候东方升。

四月十日儿子翱翮来凤阳留一月遣归因令早营草堂殳山下为止息之所云

老病不得归，独处常戚戚。二子江南来，眼暗初未识。生常戒垂堂，肌肉如雪白。一月长途间，海风吹尽黑。买酒为相劳，问答向中夕。迢迢汉阳簿，春来断消息。阿宣在母傍，颇知工翰墨。艰难且拨弃，顿使沉忧释。所愧无定居，百岁半为客。经营须及早，尚爱龙湫僻。况近读书台，云销四山碧。泉深出丹砂，地冷多琥珀。既非匡世资，庶遂陶阮逸。良辰戒僮仆，匆匆又南北。五月方郁蒸，日气成霞赤。出入非所宜，川陆慎所历。惜别岂无泪，向汝难再滴。秋江有鲈鱼，当挂吴淞席。

答　客

窃禄非本性，适彼南山阿。藜藿日不充，慷慨独商歌。有客向我言，与世同其波。商君震七国，季子倾三河。区区守章句，白首成蹉跎。念之为三叹，所乐良已多。潜鱼骇钓饵，飞鸟愁网罗。结驷非不荣，违己当如何。

梦游秦望山歌送客归越中

秦望何崔嵬，削如青莲开。下临七十二湖之浩荡，上接三十六洞之萦回。梦中夜渡浙江水，轻如鹤背乘风来。欲求轩辕上天处，白云尚锁烧丹台。徒知有弱水，安可睹蓬莱？但闻松声万壑兮，夹飞湍之喧豗。赤日惨淡而无色，复殷殷之雄雷。逾千盘兮历百折，香炉玉笥左右列。山中二女问何迟，桃花落尽燕支雪。金鸡三叫失所在，惟想参差白银之观阙。龙绡寄别泪，三载犹未灭。有美一人兮佩珊珊，昨游吴门复东还。余愿从而上下兮，叫安期于云间。回首隔千里，可望不可攀。凌虚缥缈，笔有仙气。

次韵铁崖先生醉歌

先生爱酒称酒仙，清者为圣浊为贤。清江三月百花合，江头日坐流萍船。左携张好右李娟，紫檀双凤鹍鸡弦。倾家买酒且为乐，老妇勿忧无酒钱。白日西没天东旋，秋霜入镜何当玄。蓬莱有路不可到，祖龙已腐三重泉。何如快饮三万日，酒楼即起糟丘边。愿持北斗挹东海，月落枕股楼头眠。

团扇词

团扇何皎洁，误方雪与月。雪当有时污，月亦有时缺。妾恨似天长，君恩成雨绝。昨夜秋风长信来，星河已见西南回。妾有新词讵堪写，夜扑流萤玉阶下。温雅得风人之旨。

穆陵行　并序

至元中，西僧杨琏真伽利宋诸陵宝玉，因倡妖言惑主，尽发殡宫之在会稽者，断理宗顶骨为饮器。琏败，归内府，九十年矣。洪武二年正月，诏宣国公求之，得于僧汝讷所，乃命葬金陵聚宝山，立石以表之。余感而赋诗。

六陵草没迷东西，冬青花落陵上泥。黑龙断首作饮器，风雨空山魂夜啼。当时直恐金棺腐，凿石通泉下深固。一声白雁渡江来，宝气竟逐妖僧去。金屋犹思宫女侍，玉衣无复祠官护。可怜持比月氏王，宁饲乌鸢与狐兔。真人欻见起江东，铁马九月逾崆峒。百年枯骨却南返，雨花台下开幽宫。流萤夜飞石虎殿，江头白塔今不见。人间万事安可知，杜宇声中泪如霰。

己酉清明

白纻衣鲜紫骝马，清明酌酒梨花下。马蹄一去不复来，梨花又见清明开。城南城北多新墓，日落啼鸦满高树。有酒谁浇千岁魂，子孙尽发濠州住。主人更劝金叵罗，阿蛮起舞玲珑歌，生前不饮君如何？

余避地千金圩屡游殳史两山酒酣兴发赋诗一首惜山中无赏音者空桑亦同于瓦器耳姑录以自娱云

神人夜割蓬莱股，苍然尚作青狮舞。殳基得道此飞腾，烟火千家自成坞。前年盗起官军下，存者如星才四五。我来欲置读书床，出入未愁穿猛虎。山寒月黑无人声，夹道长松作风雨。佩环何日归公主，泉下铜棺闷千古。石仆麒麟罢官守，林宿鸱鸮闻鬼语。苦耽胜概惜残年，共说当时悲老父。锦绣池台已零落，田翁八十锄新土。伤哉土俗尊巫觋，伏腊荒祠沸箫鼓。祠旁凿井深不枯，云气随龙有时吐。试上崔嵬望沃洲，直将培塿齐天姥。春前野桃浑欲放，雪尽黄精亦堪煮。兴来起挟李长庚，重载琵琶双玉女。

郭忠恕出峡图

巫峡何危哉，夹拱如龙门。禹治九州不到此，峡口水作雷霆奔。问汝江中人，几日三巴去。峨嵋五月销古雪，滟滪堆深虎须怒。巫峡之险安可攀，胡为吴樯楚柁日日来往于其间！高堂中有如花颜，银屏翠箔青春闲。涉此万里道，经年犹未还。黄金不买死，直欲高南山。汝舟非龙汝非虎，鼋鼍出没馋蛟舞。前者已脱后者号，江神无情天又雨。石巉岩兮利刃攒，一叶宛转行千盘。睹此魂魄悸，岂待杜鹃夜叫猿声酸。安得凿之尽平土，万古不识风波苦。音节古健。

送迮士霖归天台

赤城云气神仙家，千树万树蟠桃花。十二楼台起花外，石门水长通胡麻。当时刘郎亦草草，出山却忆山中好。莫信丹丘日月长，玉人已共桃花老。山空水流云自飞，刘郎看花须早归。

题董源寒林重汀图

天下画师无董源，学者纷纷工水石。云山万里出巴陵，白首淮南见真迹。乱石平坡净无土，松根裂石蟠龙虎。偃盖千年饱雪霜，深林六月藏风雨。江上村虚何处入，浮空远黛蛾眉湿。渔人日暮各已归，小舟如凫落潮急。我昔西清尝看画，南唐此本千金价。坐移绝境在云间，月出霜猿啼后夜。薄游未挂吴淞帆，令我一夕思江南。安得买田筑室幽绝境，开窗日日分晴岚。澄怀居士曰："神似少陵。"

雁声楼辞　并序

会稽马本道之金陵也，题其所寓之楼曰"雁声楼"，求余赋之。夫雁，秋而南，春而北，亦若客焉。明月之夜，霜气横空，四野寂寥，划闻其声，固足以感人者。况在江湖数千里外，进无所资，退无所适，又当何如耶？然必处于厄者，能闻之。彼富贵之家，二八列侍歌吹，间作鸾鹄啸而莺燕啼，恶知怆然于雁来之顷也？余因为之辞，未能写其清亮哀怨之意，姑以泄其旅愤云。

二月寒门雁北飞，八月寒门雁南渡。小楼闻雁却思乡，为客年年在中路。雁啼何呖呖，野阔声更哀。秋风起阊阖，吹过洞庭来。洞庭月出三湘雪，犹诉当时古离别。湘灵抱瑟为写之，二十五弦弹欲绝。楼头中夜起彷徨，芙蓉叶红新著霜。天边有弟消息断，雁去雁来知几行。五侯置酒花满堂，嬴女玉笙吹凤凰。不是关山万里客，那识此声能断肠。澄怀居士曰："凄清嘹呖，纸上如闻雁声。"

临平道中

落日临平路，连山尽向南。水声黄鹤寺，云气白龙潭。丧乱今谁在，幽期昔屡探。湖边楼阁废，高柳与天参。清江五律，起调最工。

魏塘夜泊

风帆如健马，一日过嘉兴。水鸟时相唤，秋蚊尚可憎。照人明月近，接地白河澄。耿耿浑无寐，中宵对玉绳。

龙泓洞

远通罗刹国，近接梵王台。海客然犀入，山人采乳回。林间无日月，地底有风雷。闻道蜿蜒去，寒潮自往来。

理公岩

山僧住上方，高处更苍苍。不雨云烟湿，长春草木香。削成看小朵，幽绝拟空桑。谩识跏趺处，白猿今已亡。

呼猿洞

白猿呼不至，洞口白云重。涧落经霜果，崖留挂月松。相传来万里，独啸应千峰。碧玉环犹在，何人识旧踪。三诗奇峭，似贾长江。

晚　眺

极目三边静，伤心万室空。断山明落日，飞藿卷回风。汉节无归使，夷歌有野童。烟尘几时息，归钓古城东。

题盛子昭画

石转交流水，山浮欲动云。名园郑谷迥，绝境辋川分。老树龙初化，仙人鹤不群。已临吴道子，不数李将军。

秋泾雨后

地蟠吴会尽，天与海门通。雨洗秦山碧，霜侵越树红。居人分绝岛，飞鸟度寒空。极目情何限，翻如入剡中。

二月十三日初度

知非吾已晚，白首尚他乡。不入广文馆，宁要太守章。宽忧应有物，却老信无方。谩忆儿童岁，斑衣父母傍。

夜　坐

大野喧豺虎，深林集羽毛。天空云气尽，夜久月轮高。士卒悲秦戍，儿童唱董逃。此时空感慨，漂泊叹吾曹。苍浑一气，逼似少陵。

亭林漫兴

绕屋尽流水，通人无石桥。地偏冬不雪，江阔夜还潮。但喜逢迎简，宁辞跋涉遥。丛篁与古木，风叶更萧萧。

怀语溪旧业

不到溪南宅，桃花又一春。长贫疑造化，已老厌风尘。直道难容世，虚名只误人。扁舟即归去，吾岂恋秋莼。

暮　春

四海尚风飙，千门转寂寥。传闻收土地，思见复征徭。节士心肝在，将军髀肉消。何时听野老，鼓腹颂唐尧。

次韵杨德中见寄

五月大江满，白波如白云。看山重约客，载酒试从君。竹所宜频扫，桃源或未闻。龙蛇今已远，麋鹿任为群。

送吴鼎文同知赴安州

别驾安州去，青天蜀道危。近辞丹凤阙，远过碧鸡祠。暮雨归神女，春风怨子规。宦游多好思，重和杜陵诗。

送愚上人归越中并简奎方舟长老　在京作。

天界归来亦已迟，庭松此日定回枝。山中结社无灵运，海上留衣有退之。鹤去云霄随锡杖，龙收风雨入军持。西湖若见方舟老，为说三年梦里诗。

送王克让员外赴陕西

貂裘万里独冲寒，旧是含香汉署官。白雪作花人面落，青山如凤马头看。关中相国资王猛，海内苍生望谢安。应念东南有遗佚，采芝深谷尚盘桓。典丽似李东川。

寄内弟陆熙之

我别御儿溪上宅，月当二十四回新。如何故国尚戎马，即恐比邻非昔人。箫鼓谁家犹作社，楼台废苑不成春。夜寒忆尔无由见，怅望黄姑析木津。句法流转。

即　事

少海旌旗落照中，沙陀兵马雁门雄。朝宗久废诸侯礼，翊戴方尊节度功。今日岂宜求骑劫，当年应失倚全忠。丹书铁券存终始，万古山河带砺同。此诗似为扩廓帖木儿作。“骑劫”“全忠”，指貊高、关保等。

经故内

山中玉殿尽苍苔，天子蒙尘岂复回。地脉不从沧海断，潮声犹上浙江来。百年禁树知谁惜，三月宫花尚自开。此日登临解题赋，白头庾信不胜哀。哀艳不减宋文恪《过故宫》之作。

钱塘秋夕

残蜡无光小院幽，梧桐一树更萧飕。西陵风雨来清夜，南国山河入素秋。鸡唱四邻呼客梦，雁回千里带边愁。可怜季子貂裘敝，迟暮何为赋远游。

雨中书怀

汉苑秦宫迹已陈，金沙一簇为谁新。山河有恨空怀古，风雨无情只送春。南国鹧鸪愁北客，东家蝴蝶过西邻。尊前莫唱升平曲，白发秋娘也自颦。

读胡笳曲

卜年已到甲辰终，休倚山河百二雄。八骏何劳巡海上，一龙今见起江东。专门学士空谈道，仗钺将军竞策功。忍听胡笳旧时曲，此身飘泊叹秋蓬。

春　思

两河兵合尽红巾，岂有桃源可避秦。马上短衣多楚客，城中高髻半淮人。荷翻太液非前日，花落蕃禧又暮春。莫上高楼望西北，哀笳声里正风尘。凄婉之中，复饶秀润。

蜀山图

连峰接岫写秦州，雨洗蛾眉积翠浮。石出剑门皆北向，水通盐泽自西流。松头几片秋云湿，鸟背千盘细路幽。策马匆匆度关客，何如渔父一扁舟。又，《观海诗》云“石壁三更看日上，星槎八月到天回”，亦壮阔。

送莫彦英赴宾州上林丞

十月西征天气寒，两江今日静波澜。蛮夷万里皆唐制，齐鲁诸生尽汉官。榕叶似云垂满户，荔支经雨喜登盘。柳州刺史文章妙，公退从容好细看。

送杨九思赴广西都尉经历

邛笮康居路尽通，西南开镇两江雄。汉家大将推杨仆，蛮府参军见郝隆。象迹满山云气白，鸡声千户日车红。明珠薏苡无人辨，行李归来莫厌穷。沈确士云：“即‘此乡多宝玉，慎勿厌清贫’意，工于脱化。”

送詹同文承旨还乡

奉天殿下亲承诏，老著黄冠出紫薇。万里云霄双鹤去时内苑纵二鹤，九江风浪一帆归。春前载酒黄泥坂，月下吹箫赤壁矶。文采昭回看帝制，山中草木尽光辉。

次韵方文敏秋兴

一自龙飞濠泗间，橐驼牛马走阗颜。已来肃慎通沧海，更却呼韩闭玉关。使者旌旗分道出，将军部曲凯歌还。白头野老知何事，紫气常瞻万岁山。

送马伯温之广西

楼船椎鼓发江中，昨夜樯乌喜北风。可惜春归还送客，何知别后已成翁。浮天雪浪三湘阔，到海云山百粤通。有子汉阳专簿领，一缄千里托飞鸿。

殳山隐居夏日

病客从教懒出村，两山一月雨昏昏。野花作雪都辞树，溪水如云忽到门。无复元戎喧鼓吹，试从田父牧鸡豚。来青处士时相过，犹是平原旧子孙。三、四晚唐风韵。

送朱质夫赴宁远知县

万里番禺自汉通，乘槎有客气如虹。地分铜柱风烟外，山涌琼台雪浪中。帝子旌旗何处问，黎人衣服与时同。兴来好和苏公语，又度西南月半弓。

二月一日病中口号

新年犹苦病相侵，华发萧萧自满簪。五柳先生莲社约，四明狂客镜湖心。满城风雨花时过，曲水东西草色深。今日两峰茆屋下，故人携酒一开襟。

寄陈性天

泛扫天坛事老君，即从年少悟元文。青童汲井朝分乳，玉女裁衣夕染云。水上赤鱼还可驾，山头白鹤自成群。遥知客去能长啸，月冷天空半岭闻。

东村漫兴

溪畔秋风老拒霜，居人星散似淮乡。谁家十五琵琶女，就客能弹陌上桑。写乱后景象。若不用力，而婉恻动人。

［附录］

刘永之　十四首

永之，字仲修，清江人。父应奇，知归州。仲修少随父宦游，治《春秋》学，能文词，家富于赀。元末，四方兵起，日与郡人杨伯谦、梁孟敬、彭声之辈讲论风雅，当世宗之。洪武初，征至金陵，入礼局。宋濂称其“词翰双绝”。仲修竟以耳疾辞归。嗣子奉，坐事死，县官籍其家。仲修亦徙东莱，至桃源，病卒。仲修好书甚笃，篆、楷、行、草皆有法，因自号“山阴道士”。所著有《山阴集》五卷。

梁孟敬曰：“仲修遗词发咏，迮金琢璧，巨篇短章，矩度悉合。”

敖子发曰：“山阴翁诗，诸体皆工，而七言绝句尤佳，不徒深入简斋门户，亦可与晚唐诸贤白战于变风境上而莫雌雄者。”

朱锡鬯曰：“仲修集中《与梁孟敬论〈春秋〉书》谓：‘胡氏之《春秋》，非经之本旨，自为一书可尔。使圣人者，若后之法吏，深文而巧诋，蔑乎宽厚之意。此其失，非细故也。’其识出汪环谷、赵东山诸君之上。其诗务去陈言，取材新颖，颇近姚少监、郑都官。”

汪端论曰：“仲修诗，猗猗明润，楚楚清发。绝句如羚羊挂角，无迹可求，堪与松雪、连镳、云林接轸。铁门诸子，罕此雅音。”

舟中怀友

浮云无定姿，青阳易消索。渡口人独归，雨中花尽落。风急贾船稀，春寒客衣薄。所念同心友，天涯尚漂泊。

沙际水痕交，细草蒙茸长。春江下连雁，夜雨同孤舫。佳期违宿诺，欢笑怀前赏。余烬落寒灯，卧闻渔版响。

山涧读易轩

环环碧涧连，靡靡苍山属。初日照林端，春禽鸣布谷。松深有去云，苔静无来躅。独把一编书，时向窗间读。

刘宗海为余作清江春雨碧嶂秋风二图赋此赠之

刘君早年喜山水，得意往往图樵渔。西昌城南一相见，贻我素缣双画图。图中似是清江曲，春雨苍茫汀树绿。烟中仿佛辨飞帆，水际依微见茆屋。渔郎系船江石上，一夜矶头水新长。孤村日暮烟火微，渡口归人暝犹往。碧嶂层峦翠转奇，岚光秀色含朝晖。风林落叶洒青壁，云壑流泉生翠微。我昔结庐此山里，每爱秋岚净如洗。经年奔走厌风尘，偶看新图心独喜。凭君添我小纶巾，明当归扫山中云。他日君来一相访，松根为子开柴门。

送吴德基

春江望不极，芳草绿江浔。千里长沙道，孤帆去客心。县城依水国，吏语带蛮音。到日应无事，华亭自鼓琴。

溪山渔艇图

夕阳延暮景，秋色远冥冥。流水双溪绿，寒山九叠青。石楼依古木，草径接遥汀。钓叟长年在，何人问客星？

畦乐园

郭南抱瓮者，久与世情疏。砌长龙须草，林开燕尾渠。辘轳花下转，莴苣雨中锄。蔗熟能相寄，酬君薤叶书。

题邹惟中西楼

西楼远对鼎山斜，野客来寻驾鹿车。竹屿暝烟浮翠黛，石田秋雨润银沙。清尊未酌心先醉，往事重论鬓欲华。肯借溪南三亩宅，从君学种邵平瓜。

同声之宿蕙櫋斋临别赋简

故人共宿幽斋小，扁竹花开映紫蒲。采阁暝传浮水箭，金城朝建相风乌。朱丝镂管书苔纸，银簟秋衾梦橘湖。明日棹船金水去，烦君临别赠文无。顾星五云："丽而不缛，由其骨高。'文无''当归'，草也用得韵。"

北涧夏日

酒倾兰勺石泉香，衣剪荷盘露气凉。谁料十年江海兴，闭门疏雨对横塘。

题画鹰

犹记鸣鞘出霸陵，新丰市北醉呼鹰。于今豪气都消尽，闲看新图剔雁灯。

题彭子弘渔钓图

彭郎矶畔小茆堂，露满秋林木叶黄。石渚水生鱼欲上，一江风雨夜鸣榔。冷隽。

偶　成

乌丝细写蚕头篆，白纻新裁燕尾衫。雨过西轩苔色净，涧中云影似江帆。

送　人

金凤洲头倒玉壶，铜塘浦口送飞舻。他时若记分携处，花满春城闻鹧鸪。

甘　瑾 二十首

瑾，字彦初，临川人。元末，张承旨翥侨居云锦山中，与彦初及张可立、甘克敬往还酬和，翥尝评“彦初诗，如美女簪花；可立诗，如贞妇守节”，时称“临川诗派”。彦初洪武时为严州府同知或云官翰林待制。

汪端论曰：“彦初专工律体，辛酸婉丽，饶故国旧君之思，殊近玉溪、江东风格。惜其始终无考，遗集罕传。兹于诸选本中，采之吉光片羽，弥足珍重！”

题何梅阁山居

迹不到城市，逢人无厚颜。一瓢风外树，双屐雨中山。流水春喧碓，归云暮掩关。忧时心未已，只益鬓毛斑。

题高伯昌远游卷

九月朔方城，河流已沍凝。毡车驰犯雪，乳碗饮兼冰。汗血宛西马，奇毛代北鹰。良材资国用，翘首即飞腾。

题张氏竹园别业

避难疏狂客，长贫少定居。采芝空有曲，种树岂无书。拟制东山屐，看驰下泽车。肯容疏懒迹，来与狎樵渔。

秋闺怨

惆怅下帘钩，庭空月影流。锦衾成独旦，罗扇觉先秋。火爇薰笼暖，泉寒汲绠修。只怜云际雁，传得玉关愁。澄怀曰：“初唐高唱。”

赠人戍襄阳

汉水荒城外，频年汗马场。舟车通馈饷，部曲杂耕桑。幕府文书暇，烽楼警逻长。山公有爱将，日醉习池旁。讥武备废弛也。

读靖康遗事

杜鹃啼老洛城东，烽火郊畿纵犬戎。庙略合收淝水捷，虏盟谁定渭桥功。铜驼故陌迷芳草，黄屋惊尘卷朔风。一自鼎湖龙去后，小臣何地泣遗弓。

读史有感　二首

二龙怅望杳东游，弓剑苍茫满地愁。青草空遗双冢月，彩云已散六宫秋。长江落日忠臣恨，易水寒风壮士羞。楚汉兴亡俱一梦，当时何用割鸿沟。

汴流西绕汉时宫，陵树萧萧易朔风。金碗不冰银雁去，铜仙无露玉盘空。御沟流水人间碧，禁苑蟠桃海上红。却忆晋家南渡客，清谈不记误和戎。

题余忠宣公请援兵书卷后

大将分符自朔庭，出师江汉肃南征。贺兰不救睢阳厄，无忌难收邺下兵。唇齿百年谁复恤，简书千里漫多情。西风一剑英雄泪，已逐寒江日夜声。

寄马彦会

百战孤城血未干，故人书札报平安。秋风代马思燕草，夜月湘歌怨澧兰。万里江湖仍旅食，百年天地自儒冠。山阴更有诛茅处，仗剑休辞行路难。

寄张可立

旅泊他乡有岁年，南塘水竹卜居偏。得钱日闭君平肆，载酒秋寻贺监船。葭苇近通门底巷，荆榛遥对郭西田。东归亦有莼鲈兴，矫首沧浪若个边。

题洞泉观

流水横桥小洞门，乱来遗迹暗消魂。剑沉旧井龙湫废，碑断阴崖鹤家存。落日樵苏归古道，西风禾黍入孤村。扶桑海水今清浅，应待麻姑为细论。

西　师

中兴实藉群公力，反正终归万姓心。雾雨铜标蛮徼阔，山河铁券汉恩深。明珠翡翠殊方入，天马蒲萄远使临。北极即瞻佳丽气，南云足听凯歌音。

春日登高有怀

风景苍茫大野阴，怀乡倦客此登临。十年鱼雁将家远，三月莺花溅泪深。天落湖山云水散，地连闽粤瘴烟侵。躬耕却忆穷庐叟，梁甫栖栖日暮吟。

清　明

轻寒天气半晴时，陇麦畦桑绿渐肥。谁与试烟传蜡烛，且谋沽酒典春衣。晚风门巷桐花落，新水池塘燕子飞。吟罢不堪搔短发，杜鹃只解促春归。

雨中书怀

南窗坐掩读残书，落尽梨花雨点疏。短梦或因中酒后，轻寒已过禁烟余。芹香堕几初归燕，泉脉通池欲上鱼。搔首故人怀别久，欲凭尺素问何如。

读余廷心传

海风吹浪集楼船，百战疲兵仅数千。但许有身堪报国，岂知无力可回天。幽燕北望王师远，江汉南来地势偏。天堑已空豪杰没，朔云边雪事茫然。

次张文学韵寄凃贡士

画角城头曲未终，十年哀怨万方同。黍离正恨伤周切，章甫翻怜适越穷。黄叶空山僧舍雨，沧浪衰鬓钓丝风。闲愁欲遣三千斛，浊酒宁辞一百筒。

长沙夹夜泊

漠漠蒹葭断渚连，烽亭亭鼓报更传。回风吹树缆初系，斜月照篷人未眠。雁足寄书怀岁晏，蟹螯新酒及霜前。苍茫远浦寒灯外，尚有渔郎夜扣舷。

登拟岘台

高台俯仰大江驰，南尽瓯闽树影微。白草秋烟遗战骨，青天寒照落人衣。襄阳耆旧心如昨，华表仙翁事已非。东望故园三百里，不堪搔首片云飞。俯仰兴怀。所谓“诗到乱离工”也！

卷一下

张以宁 六十一首

以宁，字志道，古田人，家翠屏山下，自号“翠屏山人”。元泰定中，举进士，历官郡邑。世乱，留滞江淮间。顺帝征为国子助教，累至翰林学士承旨。明师取元都，例徙南京召对，称旨，复授侍读学士。洪武二年，奉旨使安南，封其主陈日煃为国王，御制诗一章赐之。甫抵境而日煃卒。国人乞以印诏授其世子。志道不听，留居洱江。上谕世子，告哀于朝，且请袭爵。既得命，俟后使者至，然后入境将事。事竣，教世子服三年丧，命其国人效中国行顿首稽首礼。太祖闻而嘉之，赐玺书，比诸陆贾、马援，再赐御制诗八章。及还，道卒。志道为人廉洁，不营财产，奉使往还，襆被外，无他物。少有俊才，博闻强记，擅名于时。本以《春秋》登第，故所学尤专《春秋》，多所自得，撰有《春秋尊王发微》八卷，《春王正月考》一卷，《辨疑》一卷。其诗文有《翠屏集》四卷。宋濂极推重其文，为作序。

陈廷器曰：“学士诗，沉郁雄健者，可追汉魏；清婉俊逸者，足配盛唐。”

徐子元曰：“志道高雅俊逸，超绝畦畛，翠屏千仞，可望不可跻。”

汪端论曰：“志道格兼唐宋，诸体皆清刚隽上，一洗元季纤缛之习。后来闽派如林子羽等，俱不逮也。惜其身受顺帝知遇，自外吏擢居侍从。元社既屋，则为黄殷士、伯颜子中之捐躯完节可也。为杨廉夫、张光弼之辞爵隐居亦可也。皆不出此，而以衰暮余年，臣事二姓，其出处不能不与危太朴素同讥。然太朴以自称老臣见薄，卒至贬死和州，而志道奉使南荒，不辱君命，'覆身有黔娄之被，垂橐无陆贾之金'用志道自挽诗中语，则其清节足嘉，而陨身远道，颇备哀荣，遭际视太朴亦幸矣。至其晚岁诸诗，自恨为名高所累，濡忍不死，《蓼莪》《麦秀》凄怆萦怀，则其心迹较太朴为可谅，亦犹国朝娄东之于虞山也。"

峨眉亭

碧酒双银瓶，独酌峨眉亭。不见谪仙人，但见三山青。秋色淮上来，苍然满云汀。欲将五十弦，弹与蛟龙听。沈确士云："何减太白！"

题　画

山雨瀑如雪，林寒松未花。遥看飞阁起，知有梵王家。一僧归去晚，云湿满袈裟。

崖断石林合，风高云叶飘。人归雨脚外，高阁望中遥。应是天台路，幽期在石桥。

寒月白千峰，林深路绝踪。遥知僧定起，疏响在高松。亦欲剡溪去，其如山水重。

送重峰阮子敬南还

君家重峰下，我家大溪头。君家门前水，我家门前流。我行久别家，思忆故乡水。何况故乡人，相见六千里。十年在扬州，五年在京城。不见故乡人，见君难为情。见君情尚尔，别君奈何许。送君遽不堪，忆君良独苦。君归过溪上，为问水中鱼。别时鱼尾赤，别后今何如。沈确士云："情致缠绵，神似《饮马长城窟》诗。"

题石仲铭所藏渊明归隐图

昔无刘豫州，隆中老诸葛。所以陶彭泽，归兴不可遏。凌敲宴功臣，旌旗蔽轇輵。一壶从杖藜，独视天壤阔。风吹黄金花，南山在我闼。萧条蓬门秋，稚子候明发。岂知英雄人，有志不得豁。高咏荆轲篇，飒然动毛发。澄怀曰："别有怀抱。"

游句容同林景和县尹子尚规登僧伽塔赋

嵯峨崇明塔，拔地一千丈。我攀青云梯，倏到飞鸟上。微风韵金铎，初日丽银榜。维时十月交，叶脱天宇旷。群山东南奔，平川叠波浪。云间三茅峰，圜立俨相向。碧瓦浮鳞鳞，兹邑亦云壮。鸡鸣四关开，攘攘异得丧。塔中宴坐仙，怜汝在尘坱。古时登临人，今者亦何往。俯观世蜉蝣，仰叹彼龙象。乃知昆仑颠，可以小穹壤。同游皆隽英，超遥寄心赏。霜飙天际来，毛发飒森爽。太白去千年，吾何独惆怅。

夜饮醉归赠王伯纯是日王得容程子初同饮

岁云暮矣客不乐，青雨亭前玩孤鹤。城头愔愔云下垂，竹外骚骚雪微作。亭中王郎风格奇，爱竹爱雪仍爱诗。开尊酒好客更好，坐中王程俱白眉。红炉照阁生春雾，诗思腾腾天外去。玉姬舞倦回风来，吹倒三山见琼树。马蹄蹴响客归时，留我更尽金屈卮。尘空只觉乾坤白，饮醉那知宾主谁。坐闻一声两声折，携灯起看竹上雪。瑶华翠色森陆离，人影灯光共清绝。却归觅纸醉自题，乌啼古寺风凄凄。明年此夜知何处，兴发还应访剡溪。澄怀曰："冷艳。"

赠黄山如晦上人

朗公相见广陵春，自言家世黄山人。老夫畴昔黄山客，江海见之情转亲。坡陀石上层波雪，遍海莲峰白于月。新诗句句斗清妍，高咏长风动疏樾。清晨言别索题诗，我衰诗减黄山时。春潮日夕海门去，为报山中耆旧知。

题马致远清溪晓渡图

今晨高卧不出户，岁晏黄尘九逵雾。美人远别索题诗，眼明见此清溪之晓渡。溪旁秀林昨夜雨，落花一寸无行路。歌阑桃叶人断肠，艇子招招过溪去。红日青霞半晦明，白云碧嶂相吞吐。诗成君别我亦归，此景宛是经行处。我呼九曲峰前船，君帆正渡潇湘渚。雁去冥冥黄叶村，猿啼历历斜阳树。是时美人不相见，我思美人美无度。美人之材济时具，我老但有沧洲趣。他日开图思我时，溪上春深采芳杜。

秋江渔父图

江风摇柳云冥冥，小艚钓归潮满汀。卖鱼得钱共秋酌，白酒船头青瓦瓶。樵青劝酒渔童舞，击瓯唱歌无曲谱。船前野鸭莫惊飞，我有竹弓不射汝。落落有逸致。

闽关水吟

闽关之水来陇头，排山下与闽溪流。闽溪送客东南走，直到嵩溪始分手。客居溪上云几重，乌啼月出门前松。天风吹云数千里，飘飖直度长江水。清淮浩荡连黄河，碧树满地黄云多。梦中长记关山路，陇水潺湲似人语。觉来有书不得将，海潮不上嵩溪阳。平原春晚生芳草，杜鹃声里令人老。行人归来动十年，潺湲陇水声依然。安得湘弦写呜咽，弹作相思寄明月。

题进士卜友曾瘦马图

卜侯喜我诗，袖出瘦马图。前有杜陵瘦马行，令我阁笔久嗟吁。忆昔马齿未长日，金羁躞蹀鸣天衢。逐景虞泉日未晡，羲和顿辔喘不苏。石根一蹶亦常事，谁遣逸足轻夷途。霜风大泽百草枯，饮龁不饱长毛疏。相者举肥汝苦瘠，委弃乃在城东隅。病颡有时磨古树，翻蹄无力衮平芜。当年笑杀紫燕愚，中路清涕流盐车。嗟哉此马世罕有，驽骀多肉空敷腴。骨格棱层神观在，颇类山泽之仙癯。解剑赎汝归，伯乐今岂无。浴之万里流，秣以百束刍。苜蓿花白春云铺，气全或比新生驹。持之西献穆天子，尚与八骏争先驱。此等题最易落套。以翻案法写之，便不觉衰飒。

题绿绕青来卷

炎歊一月诗久废，忽惊山水堕我前。一湾瑶环绿宛转，两叶娥黛青连娟。青来绿绕各自媚，使我当暑神翛然。云是仲德隐君之栖居，乃在螺女江上城东偏。南阳使君喜此卷，银钩玉唾相新鲜。我闻李愿盘古，王维辋川，伊人胸中潇洒自岩壑，所以山水有意为人妍！我友李景阳，邀我题诗篇。好山好水人更好，想是三神岛屿巢神仙。我游金焦望远海，一别九仙今十年。白蘋鹭下动明月，碧萝猿挂啼苍烟。更待凉风荡余热，即下嵩江觅钓船。

答豫章刘文若进士见赠并谢苏昌龄征君

昨日出城风日暄，今日雨声早闭门。阴晴百岁手翻覆，长歌君诗击我尊。昔年之春上京国，晓趋阊阖观朝元。搏桑出日丽黄道，析木聚星环紫垣。冯侯作歌君属和，我起凿节清心魂。五年相望不相见，万事别来难具论。鬓边青丝已霜色，衣上红尘唯酒痕。琼花开时广陵市，岂意共君同笑言。眉山座上烂漫酌，三人欢好如弟昆。纵谈夙昔若梦寐，仰视明月低昆仑。起携数友逐清赏，杂遝鞍马城西村。江流地上白浩浩，山落烟际青浑浑。醉怀磊魂倾欲尽，世虑皎洁醒终存。睹君佳儿宛在侧，杂佩婉娈纫芳荪。老亲稚子隔天末，安得不使心忧烦。感君相宽佩君语，期君去我高飞骞。饥鸿嗷嗷纷在野，我曹一饮皆君恩。此身倘未溘朝露，誓将毫末酬乾坤。澄怀曰："志道七古，骨力遒健，才气排宕，发源杜陵，出入遗山、道园之间，可以独张一军。"

题张起原舟中看山图

张侯往年官衡州，州之名山无与俦。蓉旌羽节降白日，紫盖石廪腾清秋。侯也爱山得山趣，似是昔时王子猷。每怜马上看草草，不得独往探奇幽。兹辰归来好风色，熨平翠縠铺湘流。中流容与沙棠舟，舟中傲睨紫绮裘。青山喜人不肯走，一一自献当船头。掀髯转盼领其妙，谁与知者双蜚鸥。明霞返照俨不动，白云翠烟相与浮。独不见巴船捩柂水如箭，盘涡毂转令人愁。好山纵有岂暇赏，急电一瞬过双眸。古来会心亦良少，千年几见斜川游。绝怜诗句余秀色，我起高咏心悠悠。朱郎落笔宛飞动，毋乃亲见此景不。嗟侯之意我亦有，艇子况系溪南洲。秋山石上芝草长，我独胡为此淹留。

题苏昌龄画

徐君远从西江来，亲为苏子作松石。松三千年铁作肤，石亦苍寒太古色。几枝老木相因依，气格不敢与之敌。洲有摇摇者舟子，短棹沧江荡晴碧。着子啸歌于其中，仰观青天岸白帻。是时东山月始出，无边露气连赤壁。潜蛟出舞巢鹘翔，江妃色动三太息。眼中之人有太白，风云变态俱无迹。前辈风流今复闻，人间绝景岂易得？徐君更为添野夫，共泛灵槎卧吹笛。

题扬子第八港韩氏十景卷

白霅赵子诗句好，三年不见心懆懆。清晨小卷到我前，万里江天净如扫。扬州城高云气秋，八公骑鹤时下游。焦山丹井夜光歇，钟声晓入江南洲。埋轮人去英雄泣，至今忠愤春潮急。枉渚维舟竟日横，行人唤渡移时立。丝丝垂柳郁金黄，渺渺流辉组练长。残阳欲没明月出，神山二点青螺光。港口归帆如鸟翥，雪暗江村不知处。浦寒蓑白一渔归，沙净江清群雁聚。金山山前扬子津，舟中来往逐风尘。江灵绝景闷之久，持似潇洒江居人。草堂无赀发欲白，我与赵子俱为客。起来书罢十景图，目送飞沤下江碧。

宿筹岭

昔者屯兵盛，瓯闽此地分。清时无寇盗，比屋乐耕耘。涧响不知雨，山高都是云。明朝见亲舍，一笑慰辛勤。

舒啸轩

幽居苍竹林，长啸白云岑。自吐虹蜺气，人闻鸾凤音。野烟乔木晚，江雨落花深。亦有东皋兴，何当一抱琴。

江　干

江干望不极，楼阁影缤纷。水气多为雨，人烟远是云。予生何濩落，客路转辛勤。杨柳牵愁思，和春上翠裙。

题山水图

山水坐来见，翛然无俗氛。碧岩虚夜月，江树静秋云。帆影烟中度，猿声雨后闻。自怜归未许，遥忆武夷君。

泊湖头水长

客路春将晚，征帆日又曛。深山昨夜雨，流水满溪云。渡黑渔舟集，村空戍鼓闻。故园频梦去，植杖已堪耘。

题听鹤亭

仙鹤在尘世，长鸣思远空。有人秋水上，倚杖月明中。玉树三更露，银河万里风。徘徊意无极，迟尔出樊笼。格意俱高。

泊戚家堰遇风夜雷雨

高浪出鱼龙，舟师急卷篷。雷声过云雨，月晕断河风。野阔人家外，涛喧客枕中。坐来搔短发，惆怅大江东。

舟中听雨

今夜初听雨，江南杜若青。功名何卤莽，兄弟总凋零。远梦愁胡蝶，深情愧鹡鸰。抚孤终有意，身世尚流萍。

安南即景

龙水南边去，行穿万竹林。羊肠山险尽，蜗角地蟠深。铜柱千年恨，星槎万里心。朝来晴好景，绿树响春禽。

长芦渡江往金陵

春日三竿上翠屏，晓风五两下芦汀。水兼天去无边白，山过江来不断青。沙嘴潮回平雁迹，海门雨至带龙腥。后庭无复当年曲，睡起渔歌倚棹听。

严子陵钓台

故人已乘赤龙去，君独羊裘钓月明。鲁国高名悬宇宙，汉家小吏待公卿。天回御榻星辰动，人去空台山水清。我欲长竿数千尺，坐来东海看潮生。沈确士云："明人咏严陵者，以此章为最。"

送僧游杭

铜驼夜泣苔花冷，银雁秋飞宝气消。曾共残僧披旧迹，尚怜故老话前朝。衲随猿挂云生树，杯趁鸥还月上潮。师去新诗如见寄，白沙翠篆赤阑桥。悲壮秀琢，兼擅其胜。

高　邮

长陂云气满淮东，下隐蛟龙万仞宫。湖岸楼台连海上，水田粳稻似吴中。古藤酒醒春风在，甓社珠寒夜月空。四海升平须进酒，卖鱼柳畔见南翁。

寄广西参政刘允中

重臣授钺殿南邦，五月旌旗过上江。青带碧簪环画省，绿沉金锁护油幢。峒丁万笠春耕野，海估千帆晓渡泷。铜柱崖前相忆处，尺书难寄鲤鱼双。

钱塘怀古

荷花桂子不胜悲，江介繁华异昔时。天目山来孤凤歇，海门潮去六龙移。贾充误世终无策，庾信哀时尚有词。莫向中原夸绝景，西湖遗恨似西施。澄怀曰:“贾充指贾似道。庾信指汪水云等。”

过辛稼轩神道吊以诗

长啸秋云白日阴,太行天党气萧森。英雄已尽中原泪,臣主终无北渡心。岁晚阴符仙蠹化,夜寒雄剑老龙吟。青山万折东流去,春暮鹃啼宰树林。稼轩奇士,此诗能表其志节。

送帖佥宪赴北山

大宁城郭枕江雄,前代豪华在眼中。山外貔貅闲夜月,海东鹰隼待秋风。天围松岭云垂幕,霜下金源水若空。益访民风上天子,勿忘家世是元功。瑰丽。

题观弈图

松风冉冉羽衣轻,石上谈棋笑语清。樵客岂知人世换,山童遥指海尘生。碧桃落尽又春去,白鹤归来空月明。一着山中犹未了,人间流落不胜情。

秋登九江庙晚眺

黄花开后叶初霜,紫蟹肥时酒满缸。羁旅已知浮世淡,登临未觉壮心降。天垂去鸟低平楚,水学惊蛇到大江。目极孤云乡思乱,烟波空想白鸥双。

夜泊独柳次韵王尹子

霁月中天见绛河,黄流满地漾金波。荒陂野火兼渔火,短棹吴歌杂楚歌。去雁已连家信杳,闲鸥岂识客愁多。江南二月花如海,独负归期奈尔何。

常山县

喜近闽山南去路，楼台两岸水迢迢。不知晓店三竿日，犹梦春江半夜潮。吏少县庭常阒寂，戍还驿舍尚萧条。平安写就无人寄，家在溪南第一桥。

答张约中见问

哀迟久让祖生鞭，寂寞犹存郑老毡。金马隐来人岂识，木鸡老去我方全。坐移棠树庭前日，梦到榴花洞里天。多谢故人劳远问，滥竽博士又三年。

腊月梦还家侍亲

喜著莱衣侍越吟，觉来犹未脱朝簪。五更霜月到家梦，十载风尘为客心。山远秭归啼更苦，海干精卫恨犹深。几时万斛潺湲泪，尽洒坟前柏树林。

感　怀

雪落西楼虎满村，鬓髭变白赤心存。徙薪肯信当时策，负米徒伤此日魂。啼老杜鹃山月苦，归迟辽鹤海云昏。早知只学东方朔，避世长依金马门。苍凉悃款。读者可以悲其志矣！

桃园春晓图

溪上桃花无数开，花间春水绿于苔。不因渔艇寻源入，争识仙家避世来。翠雨流云连玉洞，丹霞抱日护瑶台。幔亭亦有虹桥约，问我京华几日回。与《观弈图》作皆宛转清便，有流风回雪之致。

过吴江有怀

三高堂下绿蘋风，十载维舟两鬓蓬。范蠡无书留越绝，张翰有梦到吴中。云开笠泽浮珠阙，月出长桥动彩虹。忽忆故人心断绝，五羊南去少飞鸿。

封川县次韵典簿牛士良

记取今年重九日，封川水驿挂帆过。秋风岭外黄花少，暮雨尊前白发多。起接野僧谈梵典，卧听溪子和蛮歌。少游款段成何事，至竟男儿是伏波。

情事未申视息宇内劬劳之旦哀痛倍深悲歌以继恸哭所谓情见乎辞云尔呈阎初阳天使牛士良典簿

一身绝域已凄然，三处离居更可怜。中岁恨孤蓬矢志，暮龄忍诵蓼莪篇。愁深鸢堕蛮溪外，梦断鹃啼宰树边。悔不阿奴长在侧，尽情家祭过年年。

渡　江

几载途中月，窥愁酒半酣。送人杨柳色，今日是江南。

题青山白云图

仙馆白云封，青山第几重。道人时化鹤，巢向最高松。

长爱青山好，行行入翠微。今朝山顶上，下看白云飞。

题月落潮生图

参横天末树阴收，风响芦根海气浮。人语渐闻灯渐近，谁家江上早归舟。

过桐庐

江边三月草凄凄，绿树苍烟望欲迷。细雨孤帆春睡起，青山两岸画眉啼。

有　感

马首桓州又懿州，朔风秋冷黑貂裘。可怜吹得头如雪，更上安南万里舟。

泊沽头

楚客归心河水流，三更月晕长年愁。沙河雨涨催开闸，半夜橹声无数舟。

感　怀

早逐浮荣老未归，便归故国已全非。人生只合藏名姓，白首青山一布衣。感慨深远，妙在自然。

玉山县店题壁

淮水风高雁影微，澄江潮细鲤鱼稀。客愁正怯天涯雨，花落青林闻秭归。

浙江亭沙涨十里

重到钱塘异昔时，潮头东击远洲移。人间莫住三千岁，沧海桑田几许悲。

遇故人胡居敬临江府送至新淦

共酌檐花细雨前，凄然重见此江边。停舟莫怪难为别，能几人生二十年。

翠竹苍松映白沙，清江西畔是君家。明年归路重相问，分食东陵五色瓜。

东　昌

丽日初抽宿麦芽，暖风吹草绿平沙。江南老却春多少，二月东昌见杏花。

题小景

雀啅平田秋稻花，晚风吹柳一行斜。渔舟细雨独归去，白石沧江何处家。

题江神庙壁

碧瓦红棂翠浪间，江风缥缈动烟鬟。神鸡不逐云中去，啼杀清秋月满山。

［附录］

刘　崧　二十六首

崧，字子高，江西泰和人。洪武三年，举经明行修，授兵部职方司郎中，奉命征粮镇江。镇江多勋臣，田租赋为民累。子高力请，得少减。迁北平按察副使，轻刑省事，招集流亡，民咸复业。立文文山祠于学宫之侧，勒石学门，示府县勿以徭役累诸生。尝请减僻地驿马，以益宛平。帝可其奏，谓侍臣曰："驿传劳逸不均久矣。崧能言之，牧民者不当如是耶？"寻为胡惟庸所恶，谪输作京师，后放还。十三年，惟庸诛，征拜礼部侍郎，擢吏部尚书。雷震谨身殿，帝谕群臣陈得失，子高以"修德行仁"对，寻致仕。明年，召为国子司业。未几，卒于官。子高幼博学，天性廉慎。家素贫，兄弟三人共居一茆屋，有田五十亩，及贵，无所增益。居官未尝以家累，自随之。任北平，携一僮往，至则遣还。晡时吏退，独处一室，孤灯读书，往往达旦。尤嗜为诗，日赋一章。豫章人宗之为"西江派"云。有《槎翁集》十卷，又有《北平八府志》《北平事迹》。

王元美曰："刘子高如雨中素馨，虽复嫣然，不作寒梅老树风骨。"

顾文玉曰："子高虚澹，不堕习气。"

朱锡鬯曰："子高句锼字琢，颇具苦心。惜其体弱，局于方程，不能展拓。于唐近'大历十子'，于宋类'永嘉四灵'，于元最肖萨天锡。"

虞山曰："国初诗派，西江则刘槎翁，闽中则张翠屏。槎翁以雅正标宗，翠屏以雄丽树帜。"

汪端论曰："子高诗，妍静疏爽，如新篁摇风、幽花浥露，又如空山听雨、曲涧鸣泉。盖取材中唐、南宋，而不流于佻浅，洵一时雅宗也！"

姑苏曲

姑苏城头乌夜啼，姑苏台上风凄凄。芙蓉露冷秋香死，美人夜泣双蛾低。铜龙咽寒更漏促，手拨繁弦转红玉。鸳鸯飞去屧廊空，犹唱吴宫旧时曲。凄艳似温飞卿。

东方行

东方闪闪啼早鸦，美人愁眠隔窗纱。桐华树下人来往，银床辘轳梦中响。

游三华山

龙门两山负，一水下回绕。苍峡忽中开，飞桥出林杪。盘盘石磴引，幂幂松林窅。危阑正西挂，层阁复东缭。树暗尽含云，花明忽闻鸟。悬崖傍架栈，凿石潜通窔。早闻三仙人，栖化迹已杳。常疑云月上，颜色觌清皎。丹井旧时深，朝真乱来少。荒坛翳霜蒹，虚馆闷丛篆。怀贤慨重憩，振翼思远矫。佳境能娱人，何因致清醥。

送楼征士叔真归金华

祖帐出都门，鸦啼掖垣曙。春从天上归，人望山中去。离亭烟柳变，极浦风帆暮。亦欲把萝衣，空伤别璠树。

题余仲扬山水图为余自安赋

金华山人余仲扬，笔墨萧疏开老苍。昨看新图湖上宅，烟雾白日生高堂。层峰上蟠石皓皓，绝岛下瞰江茫茫。长松并立各千丈，间以灌木相低昂。松下上人坐碧草，秋影忽落衣巾凉。囊琴未发弦未奏，已觉山水声洋洋。赤城霞气通雁荡，巫峡雨色来潇湘。谁能千里坐致此，欲往久叹河无梁。风尘涨天蔽吴楚，六年怅望神惨伤。玄猿苦啼岩北树，白雁不到江南乡。赭山焚林绝人迹，如此山水非寻常。此图本为自安写，亦感同姓悲殊方。幽轩素壁泉声动，对此令我心为狂。何由扪萝逐麋鹿，振衣直上云中冈。登临一写漂泊恨，长啸清风生八荒。

题溪山春晓图寄赠萧翀

土山戴石石角倾，偃树杂出如幢旌。青天微茫晓色动，雨气合沓千峰晴。野桥西边有村路，之子鸣鞘踏云去。重岩花发似闻香，隔水莺啼不知处。东南连年飞战尘，如此山水何清新。石田到处长荆棘，岂有荷耒春耕人。我昨西游登武姥，手抉云霞望仙府。把酒忽逢东海生，醉卧溪南紫萝雨。紫萝阴阴覆岩扉，十日寻幽行未归。云峰流泉半空落，六月飞雪沾人衣。拂衣归隐知何日，却对画图心若失。不闻流水渡溪还，时见浮云向山出。怀哉桃花修竹林，江海秋高烟雾深。岂无耕钓在田野，谁识悠悠沮溺心。

题曾郁文所藏山水小景

隔溪望见林间屋，沙溆阴阴俯群木。溪流合处一桥孤，春雨来时万山绿。江南此景真可怜，米家笔意谁能传。却忆故庐珠浦上，短篱长系钓鱼船。

清明对酒

榆火报清明，云天霁色生。菱花愁夜雨，桑叶爱春晴。燕说兴亡恨，蛙占水旱声。可能忘世虑，呼酒听流莺。

舟夜次查口柬萧鹏举

扁舟沿绿屿，双橹折苍波。秋气水边早，月明江上多。鱼龙今夜冷，鸿雁几时过。去住关幽兴，攲眠听棹歌。

玉华山

翠巘千峰合，丹崖一径通。楼台上云气，草木动天风。野旷行人外，江平落雁中。伤心俯城郭，烟雨正冥濛。

寄范实夫

细雨柴门生远愁，向来诗帖若为酬。林花落处频中酒，海燕飞时独倚楼。北郭晚晴山更远，南塘春尽水争流。可能相别还相忆，莫遣杨花笑白头。

寄万德躬

日暮山风吹女萝，故人舟楫定如何。吕仙祠下寒砧急，帝子阁前秋水多。闽海烽尘鸣戍鼓，江湖烟雨暗渔蓑。何时醉把黄花酒，听尔南征长短歌。格调宏朗。

云亭萧氏园池次韵

竹里雏莺尽日啼，高梧凉覆小池西。麝香眠处残花落，蛱蝶飞时碧草齐。二水风回湘佩合，三山云压楚鬟低。冰盘宴客清阴里，石上诗成拂藓题。

访王子让大村幽居借书戏题壁间

村前流水碧回环，村后荒城隐可攀。当户雨苔双石古，隔江烟柳数峰闲。杖藜麦陇秋霜后，尊酒茆堂夕照间。闻有异书人少见，柴门客去又长关。

峭壁兰

岩石下阴阴，猗兰绿如剪。花发人不知，秋香入苔藓。幽绝秀绝。

月夜舟行

远林烟羃羃，宿草露涓涓。沙渚鹭初起，渔舟人未眠。

青山白云图

石林烟雾冷冥冥，一舸西风过洞庭。日暮白云飞去后，江南无数乱峰青。澄怀云："子高七绝，宋人中最近姜白石。"

石塘山家

陇麦高低径路斜，小池杨柳带人家。东菑午饷柴门静，一犬篱根卧落花。

题江景画

涧边白石明于雪，林下清风冷似秋。落雁圆沙江路转，短篷烟雨忆曾游。

题曾同可画水

轻涛暗浪互奔驱，极浦苍烟澹有无。欲采白蘋愁日暮，一帆秋雨过南湖。

松云轩

何处飞来野鹤群，踏翻松顶翠纷纷。清阴不动凉如水，自扫绿苔眠白云。

君子堂夜起

风乱残灯自掩扉，夜寒游子叹无衣。池南落尽芙蓉叶，满地月明霜正飞。

步　月

乘凉步月过西邻，草露霏微湿葛巾。一径竹阴无犬吠，飞萤来往暗随人。静境。

书所见

桥跨平湖一镜开，群鸥欲下正徘徊。萧萧芦苇层冰上，犹有樵人踏雪来。

窥　圃

园瓜寒蔓早离披，山药秋藤已倒垂。小雨暗沾花下径，闲云深护竹间池。

题三冈寺

石桥流水带人家，紫殿春阴阁岸沙。啼鸟数声山雨歇，门前落尽白桐花。

郭　奎 十一首

奎，字子章，巢县人。尝从余忠宣公阙学治经，忠宣亟称之。世乱，飘零江湖间。太祖为吴国公，子章来归，从事幕府。皇侄朱文正开大都督府于南昌，命子章参其军事。乙巳岁，文正得罪，子章坐诛。有《望云集》五卷。

王元美曰："参军帅幕风流，词藻清丽。究其品格，在张、徐之次。"

朱锡鬯曰："参谋诗格清刚，句无浮响，颇近汪忠勤。"

乌夜啼

石头城上乌，遥夜鸣相呼。紫清道士有两树，乌啼不离树高处。千声哑哑复万声，中堂酒阑梦未成。呼童把烛起开户，照树惟恐邻人惊。庭前再拜为尔说，我家旧住长淮北。慈亲已老返哺违，零落犹为异乡客。严霜满天江月辉，东方未白群星稀。明朝日出当早飞，莫使涕泪沾裳衣。沉着悱恻。

送孙良玉还同安

送君江上去，山路雨初晴。落日平淮树，春潮带皖城。酒因今日醉，人是故乡情。莫说王孙怨，芳洲碧草生。

岁暮

寒月出在户，江城雁独飞。愁人不能寐，乡泪忽沾衣。丘陇十年别，星霜两鬓稀。为言丛桂老，岁暮憺忘归。

琴溪

吾慕琴高子，当年此隐栖。松云生峭壁，山雪涨回溪。古迹行人识，新春好鸟啼。学仙诚有道，安得谢轮蹄。

秋兴

月下清砧响夜阑，征人不寐忆长安。雾迷南国游魂泣，草没中原战骨寒。直望明河临象阙，谁沾零露捧金盘。十年关塞无家别，仗策犹悲行路难。

西岩访旧

鵯鸠声中宿雨晴，白云闲傍马头生。东邻茅屋新烟起，南涧石桥春水平。野老见多还问姓，山花开尽不知名。故人宅近青松下，未到柴门已出迎。

腊　日

腊日三年为异客，今年霜雪未全饶。风尘暗满淮南路，雾雨寒生江上潮。乡梦有时逢骨肉，此身何处托渔樵。共来吴楚交兵地，烽火依稀似六朝。

山中喜晴

山中十日苦风雪，雾雨作寒才放晴。千涧水从松杪落，半空云逐马头行。居人向暖分茶树，啼鸟知春唤客名。不惜看花兼问酒，东风归路布袍轻。

宿　雨

宿雨萧萧悴客心，高窗连日滞秋阴。一枝未遂鹪鹩托，四壁应愁蟋蟀吟。家在淮南青桂老，门临湖水白蘋深。鲤鱼风起香粳熟，钓艇谁撑近竹林。

卧　病

多病文园渴未消，自从人日遇花朝。不知杨柳将春色，绿到淮南第几桥。

寄刘彦基

九月征人未授衣，年年书到故园稀。无情恨杀湘天雁，不带平安一字飞。

刘　炳　十一首

炳，字彦昺，鄱阳人，倜傥知兵。元末兵乱，与弟煜结里闬相保。

寇至，辄却走。依余忠宣于安庆，以其孤军不振，辞归。洪武初，献书言事，授中书典签，出为大都督府掌记，除东阿知县。阅两考，引疾归。久之，卒。有诗集五卷。杨维桢为评点，极推重之。

宋景濂曰："彦昺工力既深，摹拟辄似，如璞玉辉春，玭珠浴月。"

危太朴曰："彦昺驰骋戎马，决胜筹帷，有古烈士风，故其诗悲壮沉郁。"

汪端论曰："子章、彦昺诗，摛藻风华，写怀凄郁，脱去凡近，古意独存。虽未足八面应敌，亦坛坫之偏裨也！"

秋夜词

银床露滴梧桐叶，紫殿香销水沉屑。玉箫吹罢晚妆残，半卷珠帘拜新月。

春夕直左掖怀周侍御

晚雨池上晴，逶迤澹将夕。金茎华月生，绮树流云湿。窗虚漏声永，幔卷炉烟袭。忆我同袍人，何由共瑶席。杨廉夫云："仿韦。"

左掖门朝退呈吴待制诸公

谬忝金闺籍，联班趋晚朝。逶迤西上门，窈窕长安桥。残雪带远树，夕阳明山椒。不有同袍者，畴能慰寂寥。

游丹青阁

桥南杨柳绿成行，出郭寻僧到上方。城拱烟霞开锦绣，山围松竹奏笙簧。半帘晚翠涵溪阁，一枕秋云护石床。安得远公同净业，白莲池上挹天香。

寄许永明公冕昆季得夫先生

少年曾共请长缨，云压旄头剑气腥。诸葛有心扶汉室，包胥无泪哭秦庭。九鳌夜徙龙沙黑，八骏秋迷鸟道青。一别关河俱白首，断肠烟树满遥汀。

燕城怀古

广寒宫殿玉为楼，万岁鳌峰压九州。番国胡僧青鼠帽，天魔宫女彩龙舟。钩陈苍阙山南拱，太液红桥海北流。惟有泸沟旧时月，年年鸿雁不胜秋。

题苏子卿像

穹庐十九年，坐卧持汉节。归来两鬓斑，疑带天山雪。

闻鲁志敏讣音

故国犹传箭，中原未解戎。遥闻故人死，双泪落秋风。

同周伯宁连榻剧谈悲歌有感

醉来拔剑斫珊瑚，回首侯门是畏途。夜半闻鸡眠不得，草堂秋雨读阴符。澄怀云："悲壮。"

泊瓜洲怀旧寄顾利宾王又新

潮声月色满江船，回首春风十六年。忆得石桥杨柳巷，珠帘银烛听歌眠。

东湖忆旧

萧家巷口花如雾，红粉阑干酒旆斜。记得少年曾系马，如今无树可栖鸦。

卷二上

杨　基　九十四首

基，字孟载，其先蜀之嘉州人。大父官江左，生于吴中，家天平山南赤城之下。幼颖敏绝人，九岁背诵六经。著书十余万言，名《论鉴》。试仪曹，不利。会天下乱，归隐赤山，与高季迪诸人相倡和。至正末，客张士诚参军饶介所。太祖下苏州，以饶氏客安置临濠，徙河南。洪武二年，放归。寻起知荥阳县，谪居钟离。用荐为江西行省幕官，坐省臣得罪，落职居句曲山中。复起，奉使湖南，召还，授兵部员外，出为山西按察使。后被谗夺职，供役，卒于工所。孟载少负诗名。会稽杨廉夫来吴，孟载于座上赋《铁笛歌》，即效“铁崖体”。廉夫惊喜，与俱东，谓从游者曰：“吾在吴又得一铁，优于老铁矣！”殁后，诗多散失。吴人张习访求、编次，得十二卷，名《眉庵集》。

江东之曰：“孟载诗，秾丽蔚健，大有唐人风味。”

张企翱曰：“国初以高、杨、张、徐比唐之四杰，故老言不惟文才之似，而其攸终亦不相远。眉庵、盈川，令终如一。太史之毙，同乎宾王。幼文虽不溺海，仅全腰领，而非首丘。司丞投龙江，又与照邻无异。噫，亦异矣！”

顾玄言曰：“廉访才长逸宕，思多隽永。”

朱锡鬯曰：“孟载五古，足与季迪方驾。”

沈确士曰：“孟载七言短古，原本李颀、常建，清逸可喜。”

汪端论曰："孟载五古，具韦、柳之冲逸，韩、苏之峭拔。近体皆秀藻清润、风度翛然，其绝人处尤在才锋英锐，神致俊爽，了无晦涩填砌之病。求之弘、正、嘉、隆间，此才正未易得也！特其少为铁崖所赏，《无题》《香奁》诸诗颇沿其派，是以王凤洲诮其'情至之语，风雅扫地'，王敬美诋为'草昧之雄，不中与季迪作仆'，朱竹垞又摘其七律似词语者至数十联，后人遂目为王百谷、王次回之流，不复跻诸作者。兹选严汰其纤艳之作，以见孟载自有真诗。论古者，不宜以耳代目也！"

感　怀

璞玉宜深藏，白雪乃寡和。和寡非所悲，衔玉徒取祸。奈何刖足者，抱璞不知过。进非烈士忠，退耻愚夫懦。佣舂匪利直，贩鬻欲自涴。山中一尺雪，且复掩扉卧。

清霜凋百草，亦令脆者坚。士不遇患难，智虑何由全。玄德髀肉生，重耳十九年。一为三国雄，一为五霸贤。苟不辨菽麦，何足揽大权。至今巴蜀人，叹息后主禅。

邓禹南阳来，仗策归光武。孔明卧隆中，不即事先主。英雄各有见，何必问出处。孙曹与更始，未可同日语。向非昭烈贤，三顾犹未许。君子当识时，守身如处女。

一女不得织，三人叹无衣。一夫不暇耕，八口皆啼饥。饥寒迫于身，谁能不为非。西伯善养老，仁人为己归。霜寒草木落，禽鸟相背飞。民心亦何求，在于得所依。此理勿暂失，君子慎其微。

鹊巢知避岁，终为鸠所居。巧者劳不足，拙者安有余。溪翁夜结网，山人朝煮鱼。隆准入关中，不读半卷书。当时微张韩，乃与胜广俱。大拙乃至巧，巧者复何如。

骅骝日千里，亦在御者功。向无造父能，乃与凡马同。韩彭要驾材，驱策遇沛公。增本渥洼儿，意不与项通。岂独知马难，所贵御马工。驾御苟失宜，鲜不败乃翁。萧萧帐下骓，千驷何足雄。

鞲鹰敛六翮，栖息如鸙鹩。秋风飒然至，耸目思凌霄。英雄在承平，白首为渔樵。匪无抟击能，不与狐兔遭。长星亘东南，壮士拭宝刀。落落丈夫志，悠悠儿女曹。

善斗须扼吭，善战须搏膺。楚不都关中，卒为汉所倾。洛阳非用武，况乃居彭城。曹公失荆州，致使吴蜀争。五马渡江南，神州终不平。元师破襄阳，宋社忽已更。制胜在得势，勿云险可轻。澄怀曰："诸咏不必规仿子昂《感遇》、太白古风，而议论精警，独开生面，可以觇作者抱负。"

陈　平

陈平素无行，终为汉相国。阴谋固可鄙，奇计凡六出。后来诸吕难，卒赖陆贾力。岂缘富且贵，临事意反诎。智者犹若斯，请为愚者说。名言至理。

叔孙通

礼乐治化本，百年然后兴。奈何叔孙通，绵蕞为可行。布衣起山东，五载帝业成。疮痍有未起，讵可谓治平。当时定朝仪，事正击柱争。遂令后贤王，礼乐终不明。汉道止于斯，俗儒良可轻。

秋夜言怀

鲜鲜篱边菊，摵摵庭下蕙。蕙气日已销，黄花自妍丽。复恐清商激，幽芳亦凋瘁。褰衣步广除，露白月在地。鹊飞林影空，虫语墙阴细。昔贤悲丝染，往圣叹川逝。少壮不我留，临风发长喟。

送陈资深归广

丈夫轻别离，投老欲入广。奈何干戈际，万里涉沆漭。兹城颇阜庶，有女供奉养。世乱得粗安，胡劳问乡鄙。君言苦无家，一夕魂九往。乡书昨日至，捧读屡泚颡。四丧寄浅土，未得掩诸圹。虽云弊庐在，谁复修祀享。感兹归意迫，无力犹勉强。齿发固已衰，尚足婴扰攘。敢忘乡土情，偷安恋兹壤。吾闻重感激，惜别复加赏。天寒霜露繁，摵摵枯叶响。水宿慎蛟螭，山行避魍魉。田园虽荒芜，果实罗栗橡。邻居喜均还，相邀具醅盎。酒薄不得醉，且复歌慨慷。人生还乡乐，无物堪比仿。喜极继以悲，欢戚同反掌。番思苏台月，照女夜绩纺。此时父子情，两地同惝恍。安得混车书，妻孥共罗幌。兹事竟难期，泪眼一凄怆。我家嘉陵江，踪迹久飘荡。亦欲问前途，逡巡觅西瀼。

平平叙去，委婉真朴处，正自难到。

登灵岩和韵周左承伯温饶大参介之

单舻集群英，席窄坐每盍。烟横半掩寺，木落全见塔。斜流出渠分，曲径转溪合。村妆妍丑并，野话悲笑杂。童操吴音闻，僧作梵偈答。霜苔滑难跻，露棘朽易拉。磴纡蚁缘树，扉敞蜗启阖。娱宾列五豆，礼佛过三匝。晴崖暝忧雨，秋洞寒疑腊。窗攀盗果猿，檐入避鹳鸽。掬池萍沾袖，憩石藓污衲。琴忘荒台弄，屧响回廊踏。值险虑思筇，得奇即倾榼。感深怒须磔，愁极衰鬓飒。华年倏川驶，雅量浩海纳。

啸歌激欹歔，雄辨肆交沓。禅寂虚无量，道祖清静盖。喧嚣蜗触蛮，变幻雀化蛤。狂游类饮酎，薄宦避嚼蜡。终当谢尘鞅，扫屋分坐榻。奇峭，非深于昌黎者不能。

雨中效韦体寄道衍

丛林翳重冈，迢递僧居独。凭轩一怅望，春雨蘼芜绿。泉香花落涧，窗暝松围屋。忆尔讽经余，袈裟坐深竹。

初夏过宁真道院

偶来高树下，独坐青苔石。涧雨落余霏，衣裳淡生碧。道因微物悟，理向玄言析。习静自无营，何妨处嚣寂。

湘　女

湘水绿弥弥，湘山碧峨峨。空明影上下，但觉鱼鸟多。我方驻轻桡，听彼湘女歌。湘女佩幽兰，徐行拂青莎。春风吹衣裾，芳香动微波。淑质自妍丽，不待绮与罗。真修慎所适，窈窕山之阿。盈盈青楼妇，日暮将如何？澄怀曰："孟载诗有豪气，有秀骨，有本色，不是一味秾丽，所以异于女郎诗。"

赠毛生

丈夫遇知己，胜如得美官。栖栖无聊中，握手意便欢。古来豪杰人，所就非一端。狂言与危行，初若不可干。从容两阵间，一语九庙安。狐貉不外饰，而足御大寒。嗟嗟陇西李，愿识荆州韩。似少含蓄，而英爽可喜。

吴宫遗迹八咏　录三

沧浪波

入苑绿泱泱，縠纹融暖光。东风吹白浪，照见赤龙堂。龙堂负贝阙，阴火春波热。鲛人卖鬌绡，夜夜唱明月。

长洲春

縠波流暖云，花光艳绿蘋。津头洗红女，蝴蝶上罗裙。罗裙秋水上，明珰摇白桨。飞下双鸳鸯，溘溘潮水响。

梧宫夜

桐阶白露下，湿萤光炯炯。铜盘烧蜡黄，秋衾梦魂冷。粉泪铅华滴，云鬓新蝉整。何处玉銮声，芙蓉笑孤影。三诗奇丽，似长吉。

雨中期袁宰不至

晨兴罢巾栉，抚卷对秋渚。幽人期不来，值此潇湘雨。呼童扫庭芜，落叶深几许。更采石田芝，空斋迟君煮。

寄内婉素

天寒思故衣，家贫思良妻。所以孟德耀，举案与眉齐。忆汝事我初，高楼映深闺。珠钿照罗绮，簪佩摇玉犀。梳掠不待晓，妆成听鸣鸡。中吴昔丧乱，廿口各东西。有母不得将，独汝与提携。我复窜远方，送我当路啼。纷纷道上人，无不为惨凄。今年我还家，赤手无所赍。汝亦遇多难，典卖罄珥笄。朝炊粥一盂，暮食盐与齑。堂有九十姑，时复羞豚蹄。膏沐弗暇泽，发落瘦且黧。别来复秋深，露下百草凄。破碎要补缀，甘旨需酱醯。安贫兼养老，此事汝素稽。作诗远相寄，新月当窗低。

舟中有感

水性日就下，大江日东驰。不知舟行远，但觉青山移。我方念俦侣，手反坐拄颐。天风吹衣裳，明月来相随。乘流非不住，逝者乃如斯。滔滔适意中，忽然令人悲。壮岁难再得，修名安可期。

送方以亨还吴兴

草有不可偃，木有不可雕。人心非秋蓬，安得随风飘。怜君玉雪姿，明月当清宵。葳蕤紫荆花，辉映非一朝。嗈嗈寒江雁，去去谁能招。

贤女失之陋，壮夫失之贫。相逢无所遗，慷慨不得伸。临歧歌短章，所道皆苦辛。淮阴未去楚，江总复仕陈。聊沽客中酒，用酌还乡人。

古劲磊落。谁谓孟载诗气格卑耶？

发南浦

开船别西山，迤逦向南浦。帆轻去自速，初不用篙橹。苍苍烟中树，橐橐响斤斧。一女沙上汲，众渔洲畔语。我行岁云晏，况复远俦侣。回首北归鸿，翩翩下寒渚。

过小孤

大孤俯如盘，小孤俨而立。群山如从使，左右相拱揖。孤根屹撑拄，万窍争喷噏。浏浏阴风旋，惨惨元气湿。江流亘其下，震怒莫敢汲。洑为盘涡深，驰作奔马急。跻攀或失手，一驶不可及。我来值秋晚，木落众鸟集。勿爨夜船犀，鲛人抱珠泣。

望南岳

我从匡庐来，但觉诸山低。嵯峨望衡岳，云霄与之齐。下有赤蛇蛰，上有朱雀栖。仰瞻祝融拔，俯揖紫盖迷。五岭皆培塿，三江为涔蹄。巍然南服尊，嵩霍相提携。封秩崇君称，诸神咸朝跻。丹书篆宝册，万古封金泥。百王重祀典，赤缫藉玉圭。自非精灵通，牲帛劳焚赍。余方向远道，无由陟层梯。苍苍烟霞中，喔喔闻天鸡。缅思昌黎伯，恭默开云霓。灵贶自昭格，诚敬良可稽。斯人久云没，感念徒含凄。
典重与题相称。

湘江道中怀王常宗

暮江散微雨，风定波自碧。一鹭立不飞，双鸥似相识。余烟菱女唱，新月渔郎笛。此处忽怀人，相思杳何极。

远浦归帆

轻帆挂春风，倒映湘江绿。天低浦溆远，归向谁家宿。遥指落花西，黄陵庙前屋。

洞庭秋月

湘水秋更清，湘月秋更白。光辉一相荡，水月不辨色。何处洞箫声，巴陵夜归客。

夜过市汉驿有怀幕中诸友

驿楼枕回洲，湍汉声活活。霜芦花犹繁，烟柳叶渐脱。月出皋雁鸣，孤榜寒江阔。何处寄相思，浮云楚天末。

废宅行

弓刀挂墙旗拂瓦，行人过门须下马。日暮将军纵酒归，白棒横街人乱打。朱门一闭春草积，官印斜封泥涴壁。守卒收虾屋后池，邻翁晒麦阶前石。帘幕当年尽绮罗，网丝颠倒腐萤多。杏梁风雨丹青湿，时有野鸠来做窠。楼台易成还易废，前年犹是桑麻地。

闻邻船吹笛

江空月寒露华白，何人船头夜吹笛。参差楚调转吴音，定是江南远行客。江南万里不归家，笛里分明说鬓华。已分折残堤上柳，莫教吹落陇头花。

登岳阳楼望君山

洞庭无烟晚风定，春水平铺如练净。君山一点望中青，湘女梳头对明镜。镜里芙蓉夜不收，水光山色两悠悠。直教流下春江去，消得巴陵万古愁。

长江万里图

我家岷山更西住，正见岷江发源处。三巴春霁雪初消，百折千回向东去。江水东流万里长，人今漂泊尚他乡。烟波草色时牵恨，风雨猿声欲断肠。连上二章，用笔清倩，不著点尘。

梦绿轩 并序

余与徐君幼文同谪钟离，结屋四楹，幼文居东楹，余居西楹。又尝赋诗，有“梦里绿阴幽草”之句，盖深有意于故园也，因题其室曰“梦绿”。

蜀山江头万章木，细草幽泉荫修竹。五月六月山雨晴，空翠纷纷满衣绿。杖藜或来阴下行，云影不断凉风生。青连翠结欲无路，仿佛上有黄鹂鸣。去年吴城正酣战，却倚危楼望葱蒨。今年放逐到长淮，万绿时于梦中见。梦中见绿觉始知，索我亦赋梦绿诗。逢人说梦子堪笑，替人作梦余何痴。南风划然吹梦破，树头不知微雨过。从今寤寐两俱忘，静与白云相对坐。

皂角滩

烟萝㲪毹树蒙松，夏绿更换春花红。千山万山何所听，鹧鸪杜宇啼春风。穹崖斓斒高百尺,快剑无痕镵翠碧。宝气朝凝五色霞,丹光夜烛三分日。我从章江出彭蠡,巴陵长沙洞庭尾。看遍衡庐两岸山,行尽潇湘一江水。轻舠短楫辞零陵,似与乱石争功能。牛刀惯熟中肯綮,郢斧神捷回锋棱。男儿性命固可惜,底事矜夸向群石。鸥边短草一枝筇,牛背斜阳数声笛。似放翁《入蜀纪行》诗。

食烧笋题陈惟寅竹间

春雷一声万簪玉,参差乱迸莓苔绿。斸来扫叶当径烧,何异燃萁煮秋菽。登盘查牙玉版肥,焦尾碎剥苍龙皮。开樽好侑新酿熟,醉写林间烧笋诗。风趣殊近坡公。

清溪渔隐

清溪秋来水如练,历历鱼虾皆可见。绿蓑酒醒雁初飞,风急芦花吹满面。溪南一带是青山,逢着垂杨便可湾。谩道白鸥闲似我,渔舟更比白鸥闲。

湘中见春雁

蘼芜叶长春簇簇,双雁忘机相对浴。东风何事不飞归,应念江南芳草绿。燕山密雪正茫茫,况有桃花水满塘。毕竟不如归去好,楚云湘雨是他乡。

湘中题画

湘中澄澄汉江绿,芷叶兰花映斑竹。一声欸乃雁双飞,数点青山净如玉。苍梧南望是荆州,楚语吴云恨未休。无梦可听湘女瑟,有人方倚仲宣楼。

夏夜有怀

重露澄秋色，轻风生夜凉。碧看湖草乱，红爱渚莲香。有弟徒相忆，何人不异乡。悲笳在城上，双泪落衣裳。

秋斋杂赋

刘表知先主，怀王识沛公。未闻收夏口，先已入关中。今古车书异，兴衰历数同。方惊鸡作凤，当信鹫非鸿。

今日长洲苑，秋风列羽旗。不图新约法，复见旧威仪。鼓舞儿童乐，歌谣父老悲。烟埃方衮衮，禾黍正离离。

叹息冯唐老，吁嗟李广贤。穷通元有命，生死讵非天。鼓角西风里，江湖短发前。南飞有鸿雁，一字若为传。

晚树霜犹碧，秋花雨未黄。戎衣轻绣锦，旅食尚糟糠。驿路千山隔，河流一苇航。毋忧兵不战，已定法三章。

逻卒去不返，行人愁未回。正须犀作甲，毋用玉为杯。清泪寻常落，丹心早晚灰。交仍期管鲍，书或似邹枚。诸咏得杜一鳞片甲。

偶　题

身懒交游绝，时危感慨新。清江催短鬓，芳草怨归人。花落纵横雨，莺啼淡荡春。欲摇舟楫去，波浪没平津。

送王仲容之官上海

薄宦依东海，孤城隔戍烟。花疏寒食后，人远暮帆前。深巷编蒲履，斜岗种木棉。毋烦厌荒寂，微禄有畬田。

方氏园居

由来种瓜地，随处即青门。习俗羞营利，甘贫耻受恩。挂蓑秋树湿，濯足晚溪浑。欲访龆年友，漂零只自存。

江村杂兴

陋巷泥三尺，无人访隐沦。窗鸣风减睡，炊断雨添贫。野路花迎客，江桥柳送人。暂须依薄俗，憩此窜余身。

送句曲刘少府回扬州

家具一车轻，囊书与短檠。吏多难别意，人有去官情。帆影江沉寺，箫声月到城。竹西寻旧业，烟雨绿芜生。

立夏前一日有赋

渐老绿阴天，无家怯杜鹃。东风有今夜，芳草又明年。蚕熟新丝后，茶香煮酒前。都将南浦恨，聊寄北窗眠。巧而不纤。

岳阳楼

春色醉巴陵，阑干落洞庭。水吞三楚白，山接九疑青。空阔鱼龙气，婵娟帝子灵。何人夜吹笛，风急雨冥冥。沈确士云："应推'五言射雕手'！起、结尤入神境。"

入永州

石气阴才雾，岚霏暖欲霞。憩床腥畏虎，饮涧毒防蛇。红叶秋崖树，青萝晚洞花。江山盘屈外，遥认两三家。

零　陵

古瓦笼山葛，荒碑仆石楠。江晴初涨雨，城午未销岚。瓮富鲭羞鹿，杯浑酒饷蚺。邦人尽麻枲，终岁不知蚕。二诗善言风土。

湘中杂言

鄂渚云归后，巴山雨过时。鹃啼湘女庙，花落楚王祠。家远身如梦，愁多鬓易丝。聊将身暂泊，沙嘴看鸬鹚。

城近江临郭，沙虚月在川。柳宜春雪后，花怯晚风前。野爨三家市，乡音几处船。坐听矶下水，清夜响湘弦。

指点鸥飞处，人间是岳州。湘潭山乱出，江汉水争流。深竹新祠宇，飞花旧酒楼。平生巴楚梦，明日洞庭游。

溪山小隐　澄怀曰：“此诗或作高季迪，误。”

何处溪山隐，衡门对野桥。晚风携鹤子，春雨种鱼苗。小径斜通竹，疏篱曲护蕉。人生闲自足，不用楚辞招。

晚过秋浦

斜日雨晴天，江村正可怜。碧云初见雁，红树尚闻蝉。一望皆秋色，千山各暮烟。自惭簪组累，羞近钓鱼船。

湘中作

鸥聚江初静，鸦啼树已昏。碧湘悲帝子，芳草怨王孙。帆影烟中浦，渔灯雪后村。匆匆万里客，极目正销魂。

寓江宁村居

醉舞狂歌四十年，老来参得小乘禅。东风未湿墙腰雪，细雨微添石眼泉。无数白鸥闲似我，一江春水碧于天。莫言笠泽非彭泽，定拟金川是辋川。

春日白门写怀用高季迪韵

远归偏惜窜余身，多难番为异姓亲。前度刘郎非故物，当时燕子总西邻。家贫母老难为客，酒薄愁深不醉人。走向津头看春色，绿波芳草却伤神。

寄张学录孟兼揭应奉孟同二文学

何用聪明万卷书，自须卑陋一廛居。草于闲处生偏密，花到春深看渐疏。绿水满渠浇药后，青山无数卷帘初。相过莫道柴门窄，细柳高槐可荫车。

送魏万之安西　澄怀曰："此诗或作林子羽，误。"

梁苑微霜木叶红，行人此日发关东。客中怨别看长剑，马上惊心见断蓬。云散岳莲开太华，月寒郊树隐新丰。穷秋亦有临边使，待尔题诗寄塞鸿。卓然唐音。

省垣对雨有怀方员外

煮得新醅滟滟红，省垣谁与晚樽同。人当暂别情偏恶，诗到无聊语更工。江浦荷花双鹭雨，驿亭杨柳一蝉风。论文若过虞杨地，应对清江忆范公。镂刻处，不入小家。

舟中闻邻船吴歌有怀幼文来仪

轻帆短楫溯烟波，叠渚回舟奈远何。一路诗从愁里得，二分春在客中过。江通汉水晴偏绿，山入湘云晚更多。何处思君肠欲断，楚妃祠下听吴歌。风度如落花依草。

途次感秋

袅袅西风吹逝波，冥冥灏气逼星河。宣王石鼓青苔涩，武帝金盘白露多。八阵云开屯虎豹，三江潮落见鼋鼍。沅湘一带皆秋草，欲采芙蓉奈晚何。结二句，含思深婉，得柳州之神，百读不厌。

答李仲宏写怀次韵

春来渡口足风波，独立船头舞短蓑。高柳忽惊啼鸟变，故园应是落花多。寻人不敢门题凤，爱客都将字换鹅。只有屋西山数叠，也应怜我醉时歌。

春暮有感

春色鲜明不称贫，越罗川锦照乌巾。斜阳芳草迟迟晚，流水桃花去去春。万里归心鸥送客，片时闲梦鸟催人。五湖风雨烟波阔，便著青蓑采白蘋。

郡斋养疴

小轩新沐喜神清，短帻单衣觉渐轻。松下琴书晴亦润，竹西窗户晚犹明。愁来对酒心先醉，病后看花意懒行。却忆故山深处立，绿萝千树叫流莺。

赤山书事寄谢隐君子兰

曾向溪南看艺麻，竹杠兜子一肩斜。秧苗尚短仍含谷，荷叶才高已上花。蚕屋柘烟朝焙茧，鹊炉沉火昼薰茶。而今风雨成抛绝，卧听西园两部蛙。

白云深处为天平圭上人赋

上人卓锡乱云中，缥缈莲花第几峰。行尽崎岖方见塔，望迷楼阁但闻钟。四山晓气层层雨，一径秋阴曲曲松。几度相寻问童子，水流花落竟无踪。

客中寒食有感

客里萧条百尺天，衡阳城下柳阴船。野棠又湿初晴雨，芳草仍含已禁烟。车马看花悲昔梦，绮罗传烛待明年。三吴八桂东西路，万里空山哭杜鹃。

桂林即兴

江为池堑石为城，南去苍梧两日程。碧殿尚存虞帝像，青山不废伏波名。兰根出土长斜挂，榕树成门却倒生。时有苗人与猺女，负薪输布事科征。

春　暮

辛夷如雪照庭柯，老去愁惊日易过。芳草渐于歌馆密，落花偏向舞筵多。故人别后皆黄土，南浦春来又绿波。便欲移家句曲住，采芝种玉此山阿。

赠张梦辰

手持三尺青琅轩，鼓枻来往临风湍。放歌吴淞江月白，濯足洞庭秋水寒。黄金何用铸范蠡，紫莼自可供张翰。扁舟吾欲拂衣去，晚汀共语收渔竿。拗体，颇峭健，存备一格。

寄杨铁崖

不见云间杨铁史，僚中七客近如何。老来诗句疏狂甚，乱后文章感慨多。长笛参差吹海风，小璚杨柳舞天魔。春明且尽嬉游乐，莫解梁鸿五噫歌。

浦口逢春忆金陵旧游

春冰销尽草生齐，细雨香融紫陌泥。花里小楼双燕入，柳边深巷一莺啼。坐临南浦弹流水，步逐东风唱大堤。还忆当年看花伴，锦衣骢马白门西。此种诗，清绮有致，自是佳句。竹垞概以“《浣溪沙》中语”目之，非定论也！

陌上桑

青青陌上桑，叶叶带春雨。已有催丝人，咄咄桑下语。与聂夷中“六月禾未秀，官家已修仓”同慨。

长沙杂咏

湘人爱楼居，斜枕湘江起。楼下倚阑人，簪花照春水。

花深暝烟重，格格啼山鹧。桡响一灯来，人归碧湘夜。

感　春

梦里绿阴幽草，画中春水人家。何处江南风景，莺啼小雨飞花。清丽。

遇史克敬询故园

三年身不到姑苏，见说城边柳半枯。纵有萧萧几枝在，也应啼杀树头乌。轻秀之词，饶有情韵。

赠京妓宜时秀

欲唱清歌却掩襟，晚风亭子落花深。坐中年少休轻听，此曲先皇有赐金。

鲤鱼山阻风天甚寒雨皆成霰

江南天气太无凭，草色烟光暖欲蒸。向晚鲤鱼风乍急，尽吹小雨作春冰。

望武昌

吹面风来杜若香，离离烟柳拂鸥长。人家鹦鹉洲边住，一向开门对汉阳。

春风吹雨湿衣裾，绿水红妆画不如。却是汉阳川上女，过江来买武昌鱼。二诗明丽，如披着色山水。

吴中行乐词

单罗小扇夹纱衣，冠子梳头插翠薇。知是范家园里醉，无人不戴杏花归。想见承平风景。

天平山中 余家赤山，相去不五里许。

细雨茸茸湿楝花，南风树树熟枇杷。徐行不记山深浅，一路莺啼送到家。

江西省看花次韵

生色屏风一面开，轻罗团扇合欢裁。深深院落青青柳，纵是无花也看来。

故山春日

千花万萼委尘埃，只有荼蘼独自开。应是邻家更零落，过墙蝴蝶又飞来。

[附录]

张　羽 二十七首

羽，字来仪，后以字行，更字附凤，浔阳人。从父宦游江浙，兵阻不得归，因侨武林。游吴后，喜吴兴山水，与徐贲约卜居，家于菁山。元末，为安定书院山长。洪武初，征授太常司丞，兼翰林院，同掌文渊阁事。十六年，太祖自述滁阳王事实，命来仪撰庙碑，当时以大制作推任如此。十八年，坐事，窜岭南，未半道，召还，自知不免，投龙江死，年五十三，归葬九里冈。金华童冀铭其墓。来仪善为文，学欧阳子，缜密宛转，虽前辈自谓不及，尤长于诗，作画师小米。所著有《静居集》四卷。成化中，吴人张习刻之。

程孟阳曰："来仪五言古诗，学杜、学韦，各有神理，非苟然者。乐府歌行，材力驰骋，音节谐畅，不袭宋、元格调。近体清圆浑脱，不事雕缋，全是唐音。”

澄怀居士《〈七姬权厝志〉论》曰：“尝观古之史氏所载，贞妃烈妇能识节义、决死生而不顾者，恒旷世而一见。今乃于一家一日而得七人焉，可谓奇矣！此明浔阳张来仪《七姬权厝志》之所由作也。而后之成败论人者，因贬淮张，遂贬元绍，而并七姬死事之烈。张来仪诸公表章之美，亦多深文刻核，没其苦心。噫，可慨已！

余考淮张，奋身轻侠，雄视东南，旋降元，授太尉，岁输粮于大都，屡拜元帝。龙衣、御酒之赐，不可谓非元臣也。以无远略，卒为明俘。然其息民、保境、爱士、重贤，虽不受罗致者，亦曾未戮辱之。其度，过明祖远甚。及其亡也，老妪犹呼为‘张王’，则其遗泽在人，实不异晋之张轨、五代之钱镠。而被执不屈以死，又与陈友定比烈，是已不得以‘乘时窃据者’拟之矣！

且夫明祖，起自草泽，与元为敌。潘元绍为淮张之爱婿，实为元之陪臣，义固不当帝，明也。当吴城围急失利，归呼七姬，而语以受国重寄，义不顾家，何其壮也！七姬即相继引决。既以自明其志，又以激元绍之必死，可云烈矣！而论者以元绍降附明祖，为弗克践言。然考《明史》，元绍兄元明降明，仕为行省平章，又署云南布政司事，而不言元绍之仕明，则元绍之未臣于明可知。又考杨廉夫诗注曰：‘伪吴驸马潘某，国亡伏诛台城。’廉夫，同时人，所记当不误。夫于明为‘伏诛’，即于元为‘殉国’。且考《明兴杂记》，徐达破平江，明祖令械元绍等至金陵。士诚对明祖语简傲，李善长痛詈之。元绍有愠色。明祖谓：‘逆党终难制，杀而枭首。’又《伪吴杂录》，元帅命元绍劝士诚降，乃密语士诚‘暂忍数日’，从者泄其语，因以诈降被杀。是其处污积虑，冀得一当大事去矣。人之云‘亡七姬既殉主于前，而元绍终殉国于后’，曾何尝以‘后死’负七姬哉？

若夫七姬之死谓出于元绍逼迫，论者多引杨升庵跋语为证。而升庵则专引高季迪诗词为证。夫季迪当日不应淮张之聘，元绍为张氏亲臣，自与气类不同。故于七姬殉节事，惟寓凭吊，而不详始末。此由心薄元绍，然亦未尝言其逼迫也。矧季迪天性贞介，不妄涉笔。观其于淮张败后，仅有《吴城感旧》一诗，比以赵佗、刘表，亦颇如其分量。非若杨廉夫，当淮张盛时，有《上张太尉》诸诗，及其败后，乃称'伪吴'及'铁篙子'而贬之。即季迪与廉夫素称不合，而全集中亦无一字及之，则其生平笔墨矜重可知。使七姬是时果因逼迫而死，其事既不足传，季迪又何屑为诗词以悼之耶？尝观成化间张习《题季迪诗后》，亦言七姬相继请自经，并不言潘之逼迫。又曰，高因近事，虽书之，而不及其贞烈。此真得季迪心事者。升庵之论，自矜创获，不特诬七姬、亦且诬季迪矣！

或以杨廉夫《金盘美人诗》言元绍酗酒嗜杀，升庵或因是疑之。然石崇斩行酒美人，酷暴几无人理，其后绿珠卒效死金谷，岂亦崇驱迫之耶？矧《隆平记事》载，士诚女隆安公主，于城破时，自刭于盘门薪桥。吴民怜之。且见元绍为厉，因立庙丽娃乡，祀为土神，称驸马府，庙中仅塑公主象。言张不言潘者，以明初魏观事，惧塑元绍象，干禁也。一门节烈，互相辉映。刘夫人齐云一炬，流芬千古。人不以张氏不终而薄之，又岂可以元绍不终而辗转轻议七姬哉！

尤可怪者，顾云美诸人，妄拾文衡山余论，以张来仪、宋仲温、卢公武为七姬撰文、书、篆，称为'仲昭残客'。不知淮张当日开宾贤馆，以致天下豪杰，故海内文章技能之士如陈基、张宪辈悉仕于吴。之三子者，果令臣于淮张，亦如韦庄之于蜀、罗隐之于吴越而已。然考《明史·宋克传》曰：'张士诚欲罗致之，不就。'宋公如此，则张、卢二公可知。又，明祖平吴，凡张氏客，如杨孟载辈，皆谪徙临濠，独三人不与。则三人既非张氏客，其不为潘氏客，更可知已。况衡山跋中亦曰：'宾贤盛时，三公与杨廉夫、高季迪俱号高迈，不为所屈。'由此观之，衡山当日自以曾拒宁藩之聘，书此以寄怀抱，讵可以‘俯首执笔’四字，即用为罗织经耶？

又考吴宽《平吴录》，最为直笔。淮张遗事，尤不少假借，独于七姬死事则大书曰：‘张来仪为志，以表其烈。’假令当日果有渔聚雉经之事，则录中于元绍岂无贬辞？而来仪亦必早胜谀墓之谤，又何表烈之足称哉！

至云美以‘三公久处，围城不去’为非，不知仲温、公武皆苏产，来仪亦久寓于吴。且其时与淮张逐鹿走者，越则有方国珍，闽则有陈友定，楚则有陈友谅，广则有何真，蜀则有明玉珍，金陵则有明祖。沧海横流，去将安适？但令不为所浼，即处危地，亦何害耶？或又引王元美称‘升庵跋语为汉廷老吏’，以实杨识之不谬。然元美亦尝谓升庵：‘工于证经，而疏于解经；详于稗史，而略于正史；详于时事，而不得诗旨。求之宇宙之外，而失之耳目之前。’此真元美持平之论。而升庵所言，多违公是，亦于此可见矣。

吴中贝宝严居士，渊雅嗜古，搜得此志原本，重付钩拓。陆明经准博采旧闻，思以定此事是非，惜世多震于杨说，卒无有相与论定者。夫淮张以天日不照，不幸而国亡身戮。元绍出处材智，初何减于梅殷、李坚辈？徒以时势迁革，而礼贤下士之美，亦多湮讳不传。至七姬以弱女子同时舍生取义，自可与日月争光。又得张、宋诸公词翰以表彰之，盖棺论定，而后似可无异词矣！乃不幸遭沧桑之变于生前，更不幸觏雌黄之口于身后。文人轻薄，实可寒心。信如所言，此志既非佳传，而居士与此片石共语又何足为嘉话乎？

余爰取淮张已事论之，淮张之是非既定，则元绍之是非亦定，而七姬之是非自更无不定。此即张来仪诸公当日表彰贞烈之微意也。虽使升庵诸君复起，不易吾言矣。”

汪端论曰：“来仪诗，高雅不及青丘，俊爽不及孟载，而覃思冶炼，佩实衔华，自是诗人之诗。竹垞盛推其歌行‘第畅连而少顿挫，未若近体清遒澹逸，有不尽之味’。○澄怀居士《〈七姬权厝志〉论》一首，于来仪诸公出处，实能阐幽纠谬，爰录篇首，亦‘知人论世’之意也。”

月夜舟行入金山　在吴中。

夙志羡山水，尘萦久未遑。名峰久在望，兹辰一来翔。扬舲入南渚，夕气倏苍苍。纡直水无极，沿洄路更长。皓月悬高天，广川散飞霜。夜寒人语清，烟扉绕回塘。归樵递谷响，惊鸟动林光。爱此尘境远，敢畏露沾裳。

楚江清远图

猿啼楚山晚，云生冒洲渚。返照入澄江，风吹半峰雨。中有远行舟，悠悠待徒侣。

金川门

两山夹沧江，拍浮若无根。利石侔剑戟，风涛相吐吞。维天设巨险，为今国东门。试将一卒守，坚若万马屯。我来犯清晓，天空霜露繁。列宿森在列，北斗峭可援。江光合海气，溟涬神攸存。俯视不敢唾，中有蛟龙蟠。浮图者谁子，高居凌风旛。下见渡口人，扰扰蜂蚁喧。愧彼超世士，去去将何言。

题　画

寒烟引轻素，斜日在高峰。但听猿鸟响，更无尘土踪。山僧暝投寺，远树来清钟。

山中送陈惟寅

春山有佳趣，累日同游寓。我为采薪客，君先拂衣去。竹翠落闲阶，禽声出高树。空馆愁独归，依然携手处。

余将军篆书拓本歌　即忠襄公阙也。

余将军，守舒州。舒州之城大如砺，长江西来绕城流。贼船如云压城破，将军提剑城头坐。剑未动，敌已奔，鲸鲵蔽江江为浑。孤军六年二百战，王师不来城自存。无兵犹足战，无食安可支？岂无爱妾与爱马，杀之不解壮士饥。力尽矢竭将奚为，仓皇龉舌骂不已。义士千人同日死，只今还有尽忠池，碧血清泠化为水。将军持节东州时，作此篆书形崛奇。妙墨已随神物化，好事当时临得之。虽非其真意独在，垂金屈玉蟠蛟螭。我拜重是忠臣迹，秦相虽古其人非。呜呼！将军此书配者谁，请君摹取浯溪石上中兴碑。

画云山歌

我昔曾游庐岳顶，欲上青天凌倒景。山中白云如白衣，片片飞落春风影。云晶晶兮花冥冥，万壑尽送洪涛声。恍然坐我沧海上，金银楼观空中明。上清真人笑迎客，夜然桂枝煮白石。手持凤管叫云开，虎咆龙吟山月白。明发邀我升东峰，导以绛节双青童。天鸡先鸣海出日，赤气照耀金芙蓉。屏风九叠花茸茸，雾阁云窗千万重。胡不置我丘壑中，一朝垂翅投樊笼。空留万片云，挂在清溪千丈之寒松。愁来弄翰北窗里，貌得云山偶相似。遂令残梦逐秋风，一夜孤飞渡江水。梦亦不可到，图亦不可传，不如早赋归来篇。仙之人兮待我还，安能龌龊尘土间？坐令白云摧绝无所归，青山笑我凋朱颜。程孟阳云：“跌宕超忽，规模太白。”

送刘仲鼎归杭州

欲别又牵衣，伤心故旧稀。自怜为客久，不忍送君归。远岫明残雪，空江淡落晖。东风重回首，一雁背人飞。

赠僧还日本

杖锡去随缘，乡山在日边。遍参东土法，顿悟上乘禅。咒水龙归钵，翻经浪避船。本来无去住，相别与潸然。

寄王止仲高季迪

只恨孤城未解围，围开番遣别相知。夕阳江上匆匆酒，细雨灯前草草诗。有梦直从花落后，无书空过雁来时。郭西古寺题名处，今日重游却共谁。

重过蜀山徐幼文隐居

怜君旧隐此林间，一去神京未得还。独客重来多白发，故人不见只青山。岸前古树曾维艇，雪后高斋几扣关。何日能除簪绂系，暮年相约共投闲。

金华道中送郑郦文东归

柳絮飞飞共语离，尊前会面定何时。交情冷淡孤衷在，世味辛酸两鬓知。春水乱滩船下疾，晓风残月酒醒迟。湖边鸥鹭休相笑，破箧无钱只有诗。三、四真婉。

扬州道中

马头津口足风波，岁晏遥乘一传过。南渡客来多汉语，下江船去半吴歌。芜城总入新编户，瓜步斜连古漕河。何处吹箫明月夜，野田茅屋晓烟多。

过西崦

白日都消笔砚间，偶因行药到松关。秋声不尽萧萧叶，夕景无多淡淡山。蛩响寒斋僧自定，苔荒深院客常闲。已知身世俱成幻，莫叹西风鬓易斑。

晓过淮阴

军城铁锁晓开关，使节星驰未敢闲。淮水东流应到海，瓜洲北去少逢山。行人欲断寒烟外，远烧时明乱苇间。却忆帝京风物盛，礼成须及上春还。

送莲社陆道师归镜湖别业

一锡横飞下镜湖，头颅老去世缘疏。庭栽竹少堪容鹤，池种莲多不碍鱼。满室香云经尽后，半窗明月定回初。陶潜懒入东林社，是处青山可结庐。丁卯、渭南之间。

闽中春暮

吴山入梦驿程赊，身逐孤帆客海涯。九十日春多是雨，三千里路未还家。桄榔土润蛮烟合，杨柳江深瘴雾遮。倚遍阑干正愁绝，杜鹃啼过木兰花。

唐叔良溪居

高斋每到思无穷，门巷玲珑野望通。片雨隔村犹夕照，疏林映水已秋风。药囊诗卷闲行后，香篆灯光静坐中。为问只今江海上，如君无事几人同。

岁暮山居

寂寂闲居隐翠微，萧萧修竹护柴扉。叶声乱响莓苔屐，云气时生薜荔衣。雪满石床门闭早，草侵棋局客来稀。岁寒正好看书卷，不用登高怨落晖。

山　中

独坐涧边石，林空秋意长。夜深山月白，松露滴衣凉。

赵仲穆画兰

芳草碧萋萋，思君澧水西。盈盈叶上露，似欲向人啼。

听老者理琵琶

老来弦索久相违，心事虽存指力微。莫更重弹白翎雀，如今座上北人稀。

赠琴士

有客夜半来山中，横琴坐石弹松风。松风曲罢抱琴去，落月一声天外鸿。

题陶靖节像

五儿长大翟卿贤，彭泽归来只醉眠。篱下黄花门外柳，风光不似义熙前。含思凄婉。

寄天目山雍长老

天目之山青岧峣，道人缚屋青山椒。白云出山不归去，春风吹老黄精苗。

燕山春暮

金水桥边蜀鸟啼，玉泉山下柳花飞。江南江北三千里，愁绝春归客未归。宋辕文云："中、晚佳境。"

取胜亭感旧

绿雨微消紫陌尘，湖光冷落似无春。朱门记得曾游地，杨柳青青不见人。

徐　贲　十四首

贲，字幼文。其先蜀人，由毗陵徙居吴，家城北齐门外。工诗，善画山水。元末，为淮张客。未几，避去，之吴兴，隐居蜀山吴平。谪徙临濠，寻放还。洪武七年，被荐至京。九年，遣廉访晋冀。及还，检其橐，惟纪行诗数首。太祖悦，授给事中，改监察御史，巡按广东。又改刑部主事，迁广西参政。以政绩卓异，擢河南左布政使。大军征洮岷，道其境，坐犒劳不时，下狱死。有《北郭集》六卷，亦张习所编刻。

王元美曰："方伯体裁精密，情喻幽深，颇似钱、郎。"

朱锡鬯曰："吕志学《题幼文所画山水图》谓'肆笔遒丽，清润而带书法'，于诗亦然。才气方之高、杨、张三君，稍为未逮。然诗法砉然，森有纪律。长篇险韵，极其熨帖，颇有类皮、陆者。"又曰："张来仪，先从吴移居戴山一云菁山，以诗招幼文，云：'吴兴好山水，子我盍迁居。绕郭群峰列，回波一镜如。蚕余即宜稼，樵罢亦堪渔。结屋云林下，残年共读书。'幼文乃移居蜀山，两山盖相望也。"

汪端论曰："幼文气格近弱，在四杰中为最下。然才调娴雅，绝无俗韵，如王谢子弟，虽复不端正者，亦奕奕有一种风气。若《采薖》诸诗，以铺叙骋长，不足取也。"

吴越两山亭

长江接海门，一水限吴越。两山郁相对，峰峦各罗列。劲势争吐吞，蒸岚互出没。尹君好游观，结亭山水窟。阑干出层巅，细路萦百折。崩石络垂萝，老树著栖鹘。平生登临兴，尽为山水发。不知尝胆人，此地几征伐。至今两山云，来往似奔突。嗟余客江海，所历多奇绝。何当上斯亭，长歌吊遗烈。

过荷叶浦

粼粼水溶春，淡淡烟销午。不见唱歌人，空来荷叶浦。无处寄相思，停舟采芳杜。朱笠亭云："结二句，倒出之味便长。"

中秋饮王扩相川别业

风高海云收，月出天宇空。今日寒暑均，适与诸君共。欢深坐忘永，契合饮更痛。露萤寒不飞，水鸟夜停哢。山精各潜匿，银蟾忽飞动。亭亭广寒桂，不知何年种。我欲问嫦娥，素鸾无由控。佳节屡变更，壮心久悾恫。人生非仙骨，有乐当自纵。惜无桓伊笛，为尔作三弄。

晋冀纪行　录一

前登盘子城，山隘势欲逼。路回土峭绝，傍夹千仞壁。石状如矩斫，巨细总方直。无泉土脉死，草木尽改色。高巅有保障，重门闭重棘。阴惨行人险，恶意叵易测。信知狐鼠辈，得在此中匿。我生好壮观，努力更攀陟。立久日将晡，浮云渺乡国。

柳短短送陈舜道

柳短短，春江满。兰渚雪融香，东风酿春暖。山长水更遥，浩荡木兰桡。兰桡向何处？送君南昌去，离愁落日烟中树。

送曾伯滋赴西河将幕

上将初分阃，儒官解习兵。风旗春猎野，雪帐夜归营。洮水从岷下，祁山入陇平。知公能载笔，草檄报边声。

送朱知事

惆怅官亭酒，如何送客频。水烟渔市晚，花气野桥春。小骑行沙健，轻衫映柳新。尊前莫催别，明日异乡人。

兵后过皋亭山

皋亭西去远，一过一凄然。雁宿芦中月，人归草际烟。渔家多近水，戎垒半侵田。尚喜余民在，停舟问昔年。

送潘士谦归庐州省亲

微名虽不偶，且得奉慈亲。为客逢多难，还乡有几人。凫鹥江郭雨，桑枣楚郊春。此去寻闾里，俱非旧识邻。沉痛。

次高季迪留别韵

柴门村径带溪桥，来往因君岂惮遥。浅水不波仍漾漾，疏林无雨自萧萧。樯留夕照人将别，江作新寒酒易消。明日秋风重怅望，还将离思托归潮。似季迪第二等诗。

送张山人还天平

几欲求田负旧盟，羡君西崦草堂成。每缘种橘多开地，独为修琴始到城。黄叶已先霜降落，白云长在雨余生。龙门林屋无多远，此去寻幽莫计程。

送吕庸南

雪色上征衣，云沙雁欲飞。去家千万里，只解送人归。

青青水中蒲

青青水中蒲，织作团团扇。不肯赠傍人，自掩春风面。

送沈德虔

江声千里万里，客路长亭短亭。后夜相思何处，芦花明月沙汀。

胡 奎 七首

奎，字虚白，海宁人。元末，尝游贡师泰之门，又与高季迪友善。明初，以儒学荐官宁王府教授。有《斗南老人诗集》六卷。

朱锡鬯曰："虚白泊舟鄱阳望湖亭，见石刻东坡'黑云翻墨未遮山'绝句，次韵和之，书于壁间。俄见一叟来诵其诗，曰：'子非斗南老人耶？'乃为长揖。回顾不知所之。因以'斗南老人'自号。高青丘赠诗所云'簸弄明月琵琶洲'者是已。"

汪端论曰："虚白诗神韵清澈，有金膏水碧之致。竹垞谓其'格调太熟，若古人集中已有者'，贬之未免太过。"

秋　夕

月出万井秋，商声在高树。风条络纬鸣，露叶流萤度。天河一杯水，流向西南去。坐念素心人，佳期渺何处。

梦游庐山

我有紫霞想，梦游匡庐峰。仙人凌绝顶，手弄金芙蓉。芙蓉亭亭九天上，叠嶂崩腾涌波浪。五色云中白鹿鸣，三更海底金鸡唱。悬崖瀑布从天来，匹练倒界青天开。高人自是陆修静，邀我石磴行莓苔。九江秀色可揽结，欲跨长鲸捉明月。望断蓬莱青鸟书，琪花落尽无人折。飞身上挹香炉烟，坐卧九叠屏风前。翻然拜手招五老，一笑仿佛三千年。松风泠泠吹梦觉，鹤背高寒露华落。早知此境隔尘凡，只合栖神向丘壑。何人写此江上山，云山与我心俱闲。明当会碾飙轮去，长谢时人竟不还。

送徐千户之甘州

春寒初试越罗袍，不惜千金买宝刀。马援橐中无薏苡，张骞槎上有葡萄。昆仑西去黄河远，函谷东来紫气高。何事相逢又相别，陇云边月夜劳劳。李沧溟辈，有此高调，无此流畅。

吴江竹枝词

青裙女儿双髻螺，唱出吴宫子夜歌。酒醒月明眠不得，秋风吹起太湖波。清脆。是竹枝体。

望湖亭次东坡韵

鸥外清波雁外山，望湖亭下系归船。夜深起坐占风信，人在珠宫月在天。

挽张光弼

二仙坊里张员外，头白相逢只论诗。今日过门人不见，小楼春雨燕归迟。

芦雁图

草草书空不作行，相呼相唤过衡阳。芦花月冷应无梦，啄尽寒沙一夜霜。四句分咏“飞”“鸣”“宿”“食”而浑成无迹，由其笔妙。

王　蒙 七首

蒙，字叔明，吴兴人，赵子昂外孙也。工画山水人物，为文不尚矩度，顷刻数千言。元末官理问。遇乱，隐居黄鹤山，自号“黄鹤山樵”。洪武初，荐授泰安知州。后太祖大治胡党，或告叔明尝于惟庸第饮茶看画，被逮，论死，卒于狱。陶九成为诗悼之。澄怀居士按：世传叔明以宫词得妻，不知乃王旬事，故不载。

朱锡鬯曰：“倪元镇诗画最自矜重，不轻许人，独《题叔明画》云：‘笔精墨妙王右军，澄怀卧游宗少文。叔明绝力能扛鼎，五百年来无此君！’其诚服若此。高青丘云：‘叔明为赵文敏外孙，而其画法自立门户，别有一种姿态。与文敏无一笔相似。其笔格不下文敏，宜矣！’盖文敏书、画、诗皆尚工致，而叔明意在活脱，所写溪山林木，或有柯无叶，画家谓之不了树。惟诗亦然，往往不费推敲，而有自然之致。乃知善得师者，不在循行矩步也！”

暮宿田家作 澄怀居士曰：“此诗或作蓝静之，误。”

木落天正寒，山空日将暮。荒林倦鸟归，乱水行人渡。穷年滞草莽，短褐被霜露。晚宿依田家，主人情亦故。汲水泉满涧，烧竹烟在户。钟残溪上村，月照阶前树。浊酒初泼醅，嘉蔬亦时具。且慰饥渴怀，况谙村野趣。老翁八十余，有子没征戍。粳稻岁莫收，官司日加赋。我愿息兵戈，海宇重农务。愧乏经济才，徒然守章句。

题　画

虎斗龙争万事休，五湖明月一扁舟。绿蓑衣上雪飕飕，雪月光中垂钓钩。钓得鲈鱼春酒熟，一缕青烟燃楚竹。篷窗晓对洞庭山，七十二峰青似玉。

重过玉山主人书画舫

乱后重登旧草堂，主人延客晚樽凉。风摇竹影书签乱，花落池波砚水香。离别顿惊年岁改，梦魂愁杀路途长。欲知阮籍何由哭，四海兵戈两鬓霜。流转警动。

闲　适

绿杨堪系五湖舟，袖拂东风上小楼。晴树远浮青嶂出，春江晓带白云流。古今我爱陶元亮，乡里人称马少游。不负平生一杯酒，相逢花下醉时休。明秀。

客中感怀

十年踪迹厌红尘，功业无成白发新。梦里不知家在远，觉来惟有影随身。夕阳衰草梁园暮，细雨闲花楚水春。马足经行今几度，溪山应笑未归人。

过苏州

山围平野绿烟中，江苇萧萧两岸风。谁种阖闾城外柳，年年飞絮入吴宫。以风度胜。

陈惟允荆溪图

太湖西畔树离离，故国溪山入梦思。辽鹤未归人世换，岁时谁祭斩蛟祠。

卷二下

袁　凯　三十三首

凯，字景文，华亭人。父介，元末为府掾，能诗。景文洪武三年举于乡，寻荐授御史。时诸武臣恃功骄恣，得罪者渐众。景文疏言，诸将习兵事，恐未悉君臣礼，请于都督府，延通经学古之士，令诸武臣赴都堂听讲，庶得保族全身之道。帝嘉纳之。敕台省延名士直午门，为诸将说书。后帝尝欲戮一人，太子请释之。帝召景文问曰："朕与太子孰是？"景文顿首曰："陛下法之正，东宫心之慈。"帝怒，以为持两端，下之狱。景文三日不食。帝遣人劝之，食已而宥之。每临朝，辄指之曰："是持两端者！"景文一日趋朝，诡得风疾，仆不起。帝曰："凯风疾，当不仁。"命以木钻钻之，忍死不为动，得放归田里。居家以铁索锁项，自毁形骸。帝每念之，遣使者即其家，起为本郡儒学教授。景文瞠目视使者，歌《月儿高》一曲。使者还奏，帝遂置之。永乐初，卒。

景文负权谲，有才辨，雅善谈谐，卒以自免于祸。晚年自号"海叟"。尝背戴乌巾，倒骑黑牛，游行九峰间。好事者至绘为图。其诗旧有祥泽张氏刻，乃景文自定，岁久，散佚。天顺中，朱应祥、张璞所校选者，名《在野集》，多以己意更窜字句，皆未善。正德间，陆深得旧刻残本，与李献吉、何仲默更相删定，刊为《瓦缶集》《既晦集》。国朝康熙末，上海曹炳曾合诸本，正其谬误，重刻之，名《海叟集》，凡四卷。

陆子渊曰："元至正末，杨廉夫尝与客共赋《白燕诗》。琴川时大本有'珠帘十二中间卷，玉剪一双高下飞'之句，杨极称之。时景文在座，意若不满，因赋一首。杨大惊赏，手书数纸，尽散座客，由是有盛名，人呼为'袁白燕'。"

俞汝成曰："读海叟诗，知为先几恬澹之士。"

蒋仲舒曰："景文诗，如儿鹰试风，虽未长成，已自纵快。"

程孟阳曰："海叟气骨高妙，绝去雕饰，天容道貌，即之泠然。"

宋辕文曰："景文诗，秀不及季迪，健不及伯温，而体格庄雅，时见逸思，故独为仲默所推许。"

朱锡鬯曰："王常宗斥杨铁崖为'文妖'，惟诗亦然。虽才情横逸，而习气太深。沿其派者，高则温岐、李贺，下或杂以宋词、元曲。独海叟纯以'清空'之调行之，洵不易得。然合诸体观之，则不及伯温、季迪尚远。何仲默推为'明初诗人之冠'，非笃论也！"又曰："海叟居松江府治东门外。崇祯末，单猬庵恂即其址构白燕庵，李舍人待问书联于柱云'春风燕子依然人，大海鳗鱼不可寻'。相传孝陵有言'东海走却大鳗鱼，何处寻得'，为海叟而发也。"

汪端论曰："海叟五古，具体汉、魏，殊乏警策。七古法少陵，摹写乱离，一往易尽，无纵横开合之笔。近体则更颓唐衰飒，曾不足当少陵下驷。如此学杜，恐不免村夫子之诮。仲默喜其持论与己相符，且利其才弱易制，遂欲跻诸文成、青丘之上。此如虞山之誉松圆，重敌以自重也。松江何元朗辈，齐人知有管晏，复相与附和其说。数百年间，黑白混淆，无复公论。噫，可慨已！然海叟天才本自秀洁，短古及律诗佳者，和平典雅中时出俊语，颇类大历十子绝句，不着议论，余韵悠然，有朱弦疏越之致。其诗品，位置于贝、张、孙、林间，亦无愧色！特崇之者太过，无以服人。兹选斥其所短而录其所长，不敢如渔洋之于西涯，竹垞之于沧溟，因誉者过当，遂毛举其疵，以为一无可取，致乖忠厚之旨，且贻诗家门户之祸于无穷也！”

杨白花

杨白花，飞入深宫里，宛转帘栊间。谁能复禁尔？胡为高飞渡江水？江水在天涯，杨花去不归。安得杨花作杨树，种向深宫飞不去。陈卧子云：“感慨深长。”

游子吟

游子行万里，母心亦如之。陆行有虎豹，水行有蛟螭。盗贼陵寡弱，风露乘寒饥。谁云高堂安，中有万险危。寄言里中子，亲在勿远离。澄怀云：“字字从至性流出，足以嗣响东野。”

书北山精舍壁

夙昔慕幽旷，中年值奔走。及兹始知返，顾已成皓首。兹为山水选，风气固深厚。崒嵂皆巉崿，绵邈尽林薮。清泉泻幽磴，白云被层阜。既多缁素流，况有耕钓叟。初心已云协，雅言得兼受。始来疏梅堕，复此山樱剖。庶几去日迟，谁谓行当久。挥手谢朋侣，吾将寄衰朽。陈卧子云：“清整之作，其源出于王粲。”

淮安道中

花明野馆静，树暗流莺语。行云千里来，凌乱伤心绪。伤心复何事，家在江南渚。日暮莫回头，脉脉天涯雨。

池　上

秋池行乐去，池树色已暝。露下夕衣凉，月上风帘静。饥禽堕疏竹，鸣蛩出深井。夜久人事息，萧然诸念屏。

古 意 此诗海叟自喻也。

文皇好直言，容受无留停。郑公在当时，颇得谏诤名。一称田舍翁，千载伤我情。婴鳞固为难，回天亦非轻。先人有薄田，归与长沮耕。

送李高士归荆州

南京高宴罢，西土遂言归。江路犹残雨，荆门正落晖。蓬生仲蔚宅，秋入老莱衣。明日思君处，萧条鸿雁飞。

马氏西园宴别吴进士善卿

竹阴连水屋，荷气集池台。南国佳人去，西园高宴开。好风因树起，新月渡河来。别后江潭上，离肠日九回。

客中除夜

今夕为何夕，他乡说故乡。看人儿女大，为客岁年长。戎马无休歇，关山正渺茫。一杯柏叶酒，未敌泪千行。三、四真至。

思归兼简严八

天高风正急，鸿雁傍人飞。江外无来使，淮南尽捣衣。悲歌聊当泣，远道亦同归。为报严夫子，沧洲与愿违。

怀王道士

宣城王道士，爱著芰荷衣。一自清江别，三年白雁飞。酒徒随处有，沽客向来稀。最忆青城夜，狂歌不肯归。

送任李二高士归越

老去任公子,重来李少君。仙凡初不远,江海自离群。水绕吴宫树,山连禹穴云。汀州有长笛,日暮不堪闻。

远　客

野客频经雨,深林独闭门。故人俱落魄,稚子共朝昏。城郭无归路,江湖有断魂。夜寒灯焰短,呜咽对残尊。

春　园

春园江上水,江雾日昏昏。沙暖常垂钓,花深不闭门。家童锄陇麦,野客共盘飧。衰老仍耽酒,经年懒出村。

村居怀京下一二友生

罢职非能吏,归田即老农。有诗聊度日,无字可书空。白发将谁念,黄粱且自舂。故人能问信,家在五湖东。此诗用洪武正韵。

出三江口有怀钱野人衮

处处无归路,悠悠且逝波。渚花风外少,江树雨中多。吹笛蛟龙听,开窗鹳鹤过。高人著书手,头白共蹉跎。

闻　笛

花发吴淞江上村,隔花吹笛正黄昏。风尘远道归何日,灯火高楼合断魂。夜静几家无别泪,雨声终日过闲门。天边杨柳今无数,短叶长条非故园。

寓　斋

草阁闲庭春水边，雨蒲风柳自纷然。邻翁对客还争席，水鸟依人欲上船。西北朝廷无使节，东南城郭有烽烟。老夫避地非游说，正少苏家二顷田。

登虎溪阁

秋深时节雨霏霏，独坐江楼看雁飞。烟火数家山郭晚，帆樯几处野航归。谋生计画人皆笑，投老乡关事已非。闻道淮南新易将，江湖此日欲沾衣。得杜陵之貌。

白燕和杨铁崖先生韵

故国飘零事已非，旧时王谢见应稀。月明湘水初无影，雪满梁园尚未归。柳絮池塘香入梦，梨花庭院冷侵衣。赵家姊妹多相忌，莫向昭阳殿里飞。澄怀云："中二联刻画工丽，起、结亦有寄托，自胜大本原唱。空同谓此诗最下最传，非也。"

寄田官马录判

马卿离别又三秋，行李萧条古蓟州。粳稻熟时多有赐，蒲萄醉后欲无愁。春风白雁云边去，落日黄河天际流。囊里新诗三百首，还能远寄海东头。

京师得家书

江水三千里，家书十五行。行行无别语，只道早还乡。沈确士云："天籁。"

新　月

既从碧云上，复傍绮窗移。愿得长如此，教人学画眉。

题吴宫衰柳图

远岸依依落日明，吴王醉处少人行。多情独有垂杨树，犹送深宫夜雨声。

淮东逢张十二信

少年追逐共西东，吴迈文章马亮弓。一自干戈零落尽，白头淮海独相逢。程孟阳云："似乎率易，然是老杜法脉。"李舒章云："似子美存没口号。"

扬州逢李十二衍

与子相逢俱少年，东吴城郭酒如川。如今白发知多少，风雨扬州共被眠。

寄三江王六秀才

沧洲荷屋晚秋时，橘柚青黄满户垂。安得扁舟趁潮去，醉看江雨散轻丝。

重过黄渡有感

马家宅畔无乔木，徐氏门前芳草多。留得白头渔父在，年年长笛送沧波。

石头城晚望

落日依依下石头，乱云东望是苏州。人间何似归心切，独有春江不断流。

淮西夜坐

萧萧风雨满关河，酒尽西楼听雁过。莫怪行人头白尽，异乡秋色不胜多。吴明卿云:“悲惋欲涕。”

李陵泣别图

上林木落雁南飞,万里萧条使节归。犹有交情两行泪,西风吹上汉臣衣。李时远云:“镕词铸意,妙绝无比。”沈确士云:“词婉意严。‘汉臣’二字,春秋之笔。”

过浔阳

夜泊浔阳江上沙,扁舟何处载琵琶。西风不管水流去,依旧满汀开荻花。

诸故人携酒苏台饯别醉归海上赋寄

吴王洲上百花开,花下人人劝酒杯。醉卧春江三百里,不知月过海门来。

[附录]

管　讷 十四首

讷,字时敏,华亭人,九岁能诗。及长,师杨廉夫,友袁景文。洪武九年,征拜楚王府纪善。之国后,升左长史,事王二十五年,乞致仕,归。王请命于朝,留居本国,禄之终身,殁葬黄屯山。初,从楚昭王破铜鼓蛮,诸将欲殄其余党。时敏固争之,得免。王曰:“管长史一言活数万人,必有后。”已而生子,名延枝,王育之宫中,长为府纪善,亦能诗。时敏所著,有《蚓窍集》十卷,丁孝子鹤年为序而评之,又有《秋香百咏》《还乡纪行》等集。

丁鹤年曰:“时敏诗,气象雄浑,襟怀旷达,用事亲切,措辞醇雅。

黄文献公谓：'文章莫难于诗，诗莫难于近体。'时敏体制严整，间出新语，亦复清俊，非所云'难'者与？"

朱锡鬯曰："时敏诗，春容疏越，岂出景文之下？而说诗家入选寥寥。卧子、舒章生长五茸，知有袁而不知有管，竟置不录。径寸之珠，讵可遗哉？"

汪端论曰："时敏诗，绪密思深，铲除纤弱，虽近晚唐，在云间诗人中，亦海叟羽翼也。"

和陆伴读阎过梅根

江行惬素怀，遐览匪游冶。开篷望九华，隐隐白云下。素波明远川，青天入平野。烟树澹欲无，风泉断还泻。因知渼陂舟，差胜习池马。斯游乐未央，我辈胡为者。

晓　起

空馆晓晴初，官清远尘俗。怡然对简编，庶矣忘荣辱。遥峰拥归云，高城澹微旭。落尽冬青花，江南雨新足。

从征古州蛮回途纪驿

怡　溶

王程不敢缓，四日下辰阳。古木将军庙，春波使者航。城依山势险，江纳雨声长。莫上观澜阁，伤心在异乡。

石头口

曹公兵败处，今识在嘉鱼。赤壁三分后，乌林百战余。桥浮春渡阔，舟泊夜江虚。千古英雄事，悲凉太史书。

鱼　山

桃花江上驿，春水卖新鱼。满尺银堪比，千鳞锦不如。因歌悲客里，每食感王余。江海亲朋少，谁传一纸书。三诗写景使事，寓感皆臻其妙。

铜爵妓

铜爵高台上，西陵远树边。君恩徒自重，妾貌竟谁怜。羞掩歌时扇，愁登舞后筵。惟余漳浦月，三五夜空圆。温厚不让谢玄晖作。

送泸州判官

新除贰守向泸川，西上长江万里船。行李莫辞为客远，判花政喜得君贤。官盐岁汲千家井，火米时收五月田。缓带从容有佳兴，寄诗细写薛涛笺。

寒　食

三月东风大放颠，今年为客倍凄然。杏花时节偏听雨，寒食人家不禁烟。千里故乡愁共远，一春白日梦相牵。天涯草色青青处，只忆千山墓下田。

题王秉正云林清隐

青林白谷水云乡，隐者深居一草堂。百道松泉当户落，四时花雨入帘香。门前车马红尘远，座上琴书白日长。满目故家风景在，不须重画辋川庄。

题董时贡所藏山水

公馆多清暇，林泉惬所探。人家如谷口，风景似江南。断径荒深藓，崩崖老巨楠。鲸波通海去，鸟道与云参。江艇维晨渚，岩扉掩暮岚。雨田收赤黍，霜圃摘黄柑。未筑清风屋，先寻白石庵。醉来休荷锸，老去愿投簪。许我闲身在，从渠俗虑眈。偶然忘世累，聊谢望云惭。

赠　别

草色青青汉水新，异乡听雨怕逢春。客怀最是今年恶，频向东风送故人。

题　画

柴门春尽动鸥波，树色山光雨后多。老去无官长自在，醉眠江阁听渔歌。

群峰竞秀绕侬家，流水当门石径斜。闭户不知春已去，白云满地落松花。

即　事

小晏初阑罢玉笙，东风庭院好春情。流莺啼过楼东去，一树梨花正晚晴。朱笠亭云："妙在不尽。"

卷三上

孙　蕡　四十首

蕡，字仲衍，广东南海人，性警敏。于书无所不窥，诗文援笔立就。负节概，不妄交游。元末与王佐、黄哲、李德、赵介结诗社于南园，以延名士，时称“五先生”。何真保有南海，甚礼遇之。明初，征南将军廖永忠兵至，真乞仲衍作书归附，不戮一人，而南海帖然，仲衍之力也。洪武三年，领乡荐，寻授工部织染局使，迁虹县主簿。当兵燹后，仲衍劳徕安辑，民复业者甚众。年余，召为翰林典籍，与修《洪武正韵》。九年，遣监祀四川。复外补平原主簿，坐累逮系，输左校使，筑京师城垣，讴吟为粤声，督工者以奏太祖。召见，命诵所歌诗，皆忠爱语，乃释之，放还乡。十五年，起为苏州府经历。复坐累，谪戍辽东。二十六年，帝诛凉国公蓝玉，穷治其党。有只字往来者，皆坐罪。仲衍尝为玉题一画，遂论死。或谓：“当上书自明。”仲衍不答，赋一诗，从容就刑。时门人新会黎贞，亦戍辽东，为收葬之。仲衍所著有《通鉴前编纲目》《孝经集善》《理学训蒙》《和陶集》等书，多佚，不传。其诗文为黎贞所编次，凡九卷。仲衍尝读书罗浮洞之西庵，因以名其集云。

黄才伯曰：“仲衍诗，初若不经意，而气象雄浑，兴喻深远，骎骎乎盛唐之风。”

徐子元曰：“仲衍诗，清圆流丽，如明珠走盘，不能自定。”

李时远曰:“仲衍豪迈玮丽,足追作者,其七言古体,不让唐人。”

胡元瑞曰:“国初,‘吴诗派’昉高季迪,‘越诗派’昉刘伯温,‘闽诗派’昉林子羽,‘粤诗派’昉孙仲衍,‘江右诗派’昉刘子高。五家才力,咸足雄据一方,先驱当代!”

朱锡鬯曰:“明初‘南园五先生’,仲衍才调,杰出四人。五古远师汉、魏,近体亦不失唐音。歌行尤琳琅可诵,微嫌繁缛耳。集句亦工,如‘鹤群长绕三珠树,花气浑如百和香’‘秋水为神玉为骨,芙蓉如面柳如眉’‘绕篱野菜飞黄蝶,糁径杨花铺白毡’‘三湘愁鬓逢秋色,半壁残灯照病容’‘去日渐多来日少,别时容易见时难’‘天若有情天亦老,月如无痕月长圆’‘舞低杨柳楼心月,香湿梨花梦里云’,可称巧合。”

白纻四时词　录一

馆娃宫畔风萧萧,芙蓉陨香杨柳凋。银河影淡乌鹊桥,荧荧双星丽碧霄。美人微醉脸红潮,筵前举袖吹玉箫。齐歌白纻斗娇娆,越罗楚练风飘飘。此时奉君情欲绝,铜龙夜深宫水咽,银床低转梧桐月。

织妇词

吴中白苎白如霜,春风入衣兰麝香。二月城南桑叶绿,新蚕初出微于粟。采桑日晏携筐归,夜半悬灯待蚕熟。缲成素丝经上机,两日一匹犹苦迟。织成裁衣与郎着,妾宁辛苦教郎乐。家中贫富谁得知,郎无衣着他人嗤。似王仲初。

休洗红

休洗红,洗红颜色落。莫思君,思君怀抱恶。君恩原不浅,妾命由来薄。君如白日不回光,妾有芳情向谁托。休洗红,洗红生寂寞。梁崇一云:"只伤命薄,乃深于怨者。"

梁父吟

江水何深深,青枫映云林。衡门一杯酒,抱膝梁父吟。君不见夷吾奋袂投南冠,故人荐引登君门。扬眉吐论下荆楚,九合冠裳朝至尊。又不见乐生徒走从西来,燕昭一拥帚,调笑黄金台。辕门一日建旌节,七十齐城生暮埃。古来英俊人,所遇皆有立。袖有骊龙珠,能令鬼神泣。而我独何为,幽宫冻蛟蛰。荒萝绕屋秋雨凉,山鬼吹灯冷光湿。几欲乘云朝太清,芙蓉缥缈白玉京。天田角井散飞雾,阿香布鼓琅珰鸣。星辰可望不可即,手把琅玕空复情。为臣自古良独难,我更怀之摧肺肝。田强古冶三猛士,昔者虎视青齐间。误罹相国二桃计,恨血今为春草斑。白头勋旧且如此,何况新知无觍颜。梁父吟,声正苦。日落未落天星黄,西园灌木秋楚楚。青青千里草如雾,兀兀当涂高踞虎。长陵百尺空嵯峨,夜半啼鹃泣风雨。世无女娲五色石,天柱欲倩何人补?荆州水碧岷峨青,思美王孙渺何许。梁父吟,声苦伤。歌阑玉壶缺,白发千丈长。起坐击长剑,仰天悲流光。西归白日为谁晚,东流之水何泱泱。青冥黄鹄倘垂翅,我亦凌风随尔翔。澄怀按:此诗似感李善长赐死之事,观"白头勋旧"句可见。

牧羊词

陇羊尾簁簁,山虎毛离离。愿得山虎死,陇羊长自肥。似刘文成小乐府。

长门怨

妾昔昭阳初入时,横云学得内家眉。风鬟雾鬓在君侧,长得君王不自持。侍宴前楹春烂漫,承欢别殿夜逶迤。西凉弦索龙香拨,北苑蒲萄金屈卮。一从宠薄恩光歇,长门永巷宣呼绝。斗帐香销豆蔻垂，舞裙宽褪丁香结。熏笼夕倚琐窗雨，罗袜秋寒玉阶月。凄迷梦醒心似灰，零乱忧来涕如雪。横塘浦口大江边，女伴年年忆采莲。双飞翡翠浑疑画，并蒂芙蓉不羡仙。入箧空悲纨扇咏，下堂长赋绿衣篇。君恩若许重相见，缺月清光应再圆。神似初唐。

拟　古

岐路一尊酒，送君今远行。交持未及竟，丝管激哀声。冉冉岁华暮，悠悠云气征。驰车戒往路，恻恻伤我情。我情默已伤，欢爱不可忘。昔为春花妍，今为秋草芳。秋草芳有时，夫君见无期。独宿坐长夜，泪落如绠縻。白日傥回照，孤怀君所知。梁崇一云："不作绝望语，用意温厚。"

南园有佳人，窈窕桃李颜。容华一何丽，顾盼生光妍。进退礼自防，秉德幽且闲。良媒候嘉意，君子希令言。鸿雁念俦侣，雎鸠鸣河间。盛年若流水，隐处独长叹。

罗浮歌寄洛阳李长史仲修

亭亭西樵峰，宛在南海湄。日华丽仙掌，影漾金银池。我昔扁舟纵长往，凌风浩荡烟霞想。幽寻更欲探神奇，复向罗浮事仙赏。仙家三十六洞天，罗浮敻与沧洲连。丹霞射影四山静，群真环珮来翩翩。蕊珠之峰数千丈，君时与我缘萝上。水帘直下飞晴虹，万壑天风度流响。山中刘郎司玉台，仙书授我琅函开。心如明月炯虚照，身与浮云同去来。此时会合那能再，尘土分飞忽三载。我行奏赋登金门，君亦乘轺度淮海。淮海迢迢烟树深，相思岁晚结愁心。晴天万里碧云远，何由一寄还山吟。山中洞房春寂寂，山中之人长叹息。松花酒熟人不归，瑶草东风几回碧。太白风格。

题苏名远画竹

苏郎写竹如写帖，珊瑚为枝篆籀叶。寒梢不及三尺长，远势直与青冥接。青冥不辨西与东，云光竹色俱空濛。飞廉排山振鸑鷟，霹雳迸火惊蛟龙。搜奇不独竹色老，竹傍有石应更好。想其落笔当酒酣，人间屏幛愁绝倒。近时吴兴赵子昂，最能写竹穷青苍。苏郎晚出继芳躅，湖海二妙相辉光。十年不到潇湘浦，环佩空怀玉箫女。相期共泛书画船，浓墨凄迷扫烟雨。

送翰林典籍张敏行之官西上

敦煌城下沙如雪，敦煌城头无六月。关西劲卒筑防秋，捷书夜半飞龙楼。九重下诏征貔虎，推毂上将开都府。黄旗卷日大军行，旄头化石夜有声。敦煌迢迢五千里，十月即渡黄河水。上将翩翩才且雄，平戎不数贰师功。叱咤犹在轮台北，匹马已入渠黎国。左较偏裨晚射雕，倚鞍醉索单于朝。西山黑风吹堕瓦，霜角吹秋塞垣下。太平今见远宣威，君往从戎几日归。幕下文儒兼解武，词林从此有光辉。周青士云："嘉州遗韵。"

武昌别鲁侍仪舍人文濬

啧啧复啧啧，人生交契真罕得。我居翰苑君仪曹，几载相逢不相识。君名早已播南衢，出入金门早奏书。不谓同乘建业水，还来共食武昌鱼。武昌鱼肥春酒好，竟日流连得倾倒。黄鹤楼头叶乱飞，金沙洲上秋将老。狂歌谑浪清致同，看君更有古人风。才如关西杨伯起，气似城东陈孟公。相亲未几还分手，可怜新知乐未久。君随征雁入巴陵，我挂云帆溯川口。归期去去各凄然，今夕星河共一天。秋晚还期来促膝，与君同赋远游篇。

广州歌

广南富庶天下闻，四时风气长如春。长城百雉白云里，城下一带春江水。少年行乐过狭斜，城南南畔最繁华。朱楼十里映杨柳，帘栊上下开户牖。闽姬越女颜如花，蛮歌野曲声咿哑。嵯峨大舶映云日，贾客千家万家室。春风列屋艳神仙，夜月满江闻管弦。良辰吉日天气好，翡翠明珠照烟岛。乱鸣鼍鼓竞龙舟，争赌金钗斗百草。游冶留连望所归，千门灯火烂相辉。游人过处锦成阵，公子醉时花满堤。扶留叶青蚬灰白，盘饤槟榔邀上客。丹荔枇杷火齐山，素馨茉莉天香国。别来风物不堪论，寥落秋花对酒樽。回首旧游歌舞地，西风牧笛怨黄昏。梁崇一云："'四时风气长如春'，写岭南风土，一语已足。"

湖州乐

湖州溪水穿城郭，傍水人家起楼阁。春风垂柳绿轩窗，细雨飞花湿帘幕。四月五月南风来，当门处处荷芰开。吴姬画舫小于斛，荡桨出城沿月回。菰蒲浪深迷白纻，有时隔花闻笑语。鲤鱼风起燕飞斜，菱歌声入鸳鸯渚。似萨雁门。

云南乐

成都贾客向人语，黎州多风杂多雨。雪山万古长不消，山下四时风气暑。竹林西畔是云南，不论冬夏披毡衫。蛮官见客花布袄，村妇背盐青竹篮。绳桥跨涧石巉巉，部落马蹄皆灌铁。引筒贯索通客行，插木入崖防栈绝。郫筒酒熟蛮人歌，太平今喜无兵戈。悬车不戍相公岭，卖马安行大渡河。牛缨换货跻邛笮，路出彭门缘剑阁。火井秋篁截洞箫，几腔吹作云南乐。

送高文质游杭州

君昔从戎佐南伯，归朝名在骁骑籍。有儿戳枪能跨马，请官得应长番役。繁华三月帝皇州，驰道千花过枣骝。豪侠应怜白日晚，狭斜还作少年游。玉瓶一双和酒络，九陌三衢纵欢谑。白雪猧儿翠毯鲜，石榴裙子春纱薄。今晨告我武林行，一束图书画舸轻。宾客追随白下里，莺花明媚石头城。苏堤雨余春水长，三高祠下闻渔榜。冷泉濯足乘风归，野寺听猿共僧往。可怜云水空西湖，画船迩来一只无。沉酣久矣厌流俗，清冷正可娱潜夫。武陵旧日豪华国，一一烦君吊遗迹。明朝白马拥波涛，前代铜驼卧荆棘。铜驼翁仲事应非，惟有孤山似去时。君行若过逋仙墓，折取梅花一两枝。结处见"繁华不如冷澹"之意，微妙可思。

送何都阃济南省亲至京还广

伊昔关河事征战，君家严君拥方面。君拜元戎领大藩，虎旗耀日光于电。北山之北南河南，鲸波虎垒相巉岩。辕门上日开将阃，白马朱缨银作衔。军中呼卢日向午，锦筵置酒夜击鼓。龙潭降卒解西歌，翁源女儿学东语。有时俘贼珠海头，海门六月如九秋。牙旗挥天虎豹怒，霹雳迸火鱼龙愁。银汉淋漓洗穹昊，严亲入觐承恩早。角巾还第谁最高，君与君家兄弟好。朅来宁亲东入齐，归舟一系蒋陵西。莺花烂漫春如海，歌舞流连醉似泥。蟾溪高彬故部曲，开宴斗门桥下屋。宣州梨子鹅儿黄，吴姬指纤白如玉。酒酣耳热悲故乡，孙蒉在座情更伤。关河北去五千里，目断南天如许长。秦淮水生风似雨，十幅蒲帆醉中举。龙湾江口辞故人，小孤洲北失前侣。知君第宅绕西湖，门对罗浮列画图。梅花白白想犹昨，卢橘青青今有无。三郎今年三十几，平生与蒉最知己。明岁春还若寄书，玉堂华馆西清里。

次武昌　澄怀按：此诗或作陈白沙，误。

大风吹船如马走，船头水声作牛吼。挂帆初发岳阳矶，转柁俄湾武昌口。武昌城头黄鹤楼，飞檐远映鹦鹉洲。汉阳树白烟景湿，行人如鸥沙际立。江南风土寒气迟，居人九月着絺衣。酒旗临江开竹屋，当炉小姬能楚曲。蜻蜓船尾旋回风，今夕停船酒家宿。

题钱叔昂潇湘图

远山如游龙，近石如踞虎。秋阴迢迢树楚楚，乃是洞庭潇湘之极浦。西来白波浮太虚，鬼物似与空濛俱。潭深蜃气结楼阁，鲛人踏浪随游鱼。织绡更泣明月珠，缀成悬珰素裙襦。九疑并迎翠华辇，绛节影低群真趋。须臾长风起木末，高林侧亚叶乱脱。浮云散尽天宇豁，云水遥连带青阔。苍松翠竹黯未分，残霞断霭余斜抹。钱郎毛骨清，画此兼众妙。恍疑一叶寒流中，雨后开篷展清眺。日落君山吹凤箫，水云相间作箫韶。荒祠二女应魂断，试把芙蓉天外招。

捕鱼图

小孤洲前春水绿，泛湖小舟如小屋。白头渔父不解愁，往来捕鱼湖水头。得鱼换米纳官税，妻孥衣食长优游。大儿十三学网罟，小女七岁能摇橹。江口赛神夜吹角，村边卖鱼朝打鼓。雨来维梢依古岸，风起鸣榔入长浦。荻芽短短桃花飞，鳜鱼上水鲥鱼肥。鲙鱼烧笋醉明月，蛮歌唱和声咿咿。明月在天光在水，但愿年年只如此。无风无浪常安眠，湖中有鱼鱼得钱。

往平原别高彬

银壶绿酒沾春宴，环珮朝回奉天殿。平生不作儿女悲，独向高彬泪如霰。高彬昔年桑梓雄，好贤乃有古人风。东林诗社静来结，北海酒樽长不空。朅来弓剑已萧索，短发如丝犹好客。塞上葡萄火齐红，宣州梨子鹅儿白。沉绵不独重相知，文采今还胜昔时。小楼焚香每读易，净几把笔常题诗。今晨我作平原别，高彬不意情欲绝。芙蓉香冷不堪赠，杨柳枝黄未宜折。龙湾江口石城头，一幅蒲帆万里秋。暮云红树傥相忆，应有音书慰别愁。

次归州

归州城门半天里，白云晚向城下起。市廛架屋依岩峦，妇女提罂汲江水。巴山雪消江水长，城中夜闻滩濑响。客船树杪钩石棱，渔父云端晒罾网。家家芜田山下犁，倒枯大树烧作坭。居人养犬获山鹿，稚子缚柴圈野鸡。楚王台高对赤甲，四时猛气长飒飒。柁工鸣板避漩涡，橹声摇上黄牛峡。梁崇一云："逼真老杜。"

下瞿塘

我从前月来西州，锦官城下十日留。回船正值重九节，巫山巫峡风飕飕。人言滟滪大于马，瞿塘此时不可下。公家王事有程期，敢惮微躯作人鲊。人鲊瓮头翻白波，怒流触石为漩涡。柁工敲板助船客，破浪一撇如飞梭。滩声橹声历乱聒，紧摇手滑橹易脱。沿洄划转如旋风，半侧船头水花没。船头半没船尾高，水花作雨飞鬓毛。争牵百丈上崖谷，舟子快捷如猿猱。停船把酒聊自劳，因笑吾生真草草。吟诗未解追谪仙，万里经行蜀中道。巴东东下想安流，便指归州向峡州。船到岳阳应渐稳，洞庭霜降水如油。梁崇一云："描写下瞿塘之险，笔无遗力。"

罗　浮

四百峰峦列海图，飞云绝顶敞玄都。丹砂五色时光焰，紫翠中天半有无。观里松株皆住鹤，山中竹叶尽成符。铁桥归去寻清赏，沉醉仙人白玉壶。

江　上

江上青枫初着花，客帆和月宿蒹葭。过云疏雨数千点，临水小村三四家。风起渔船依钓石，潮回归雁认平沙。秋怀已向南天尽，又是沧洲阅岁华。

怀四川

草堂烟树入青霄，汉殿荒台秀黍苗。宇宙诗名今尚在，风云霸气未全销。寒星夜落支机石，锦水春明驷马桥。载酒清游成昨梦，西风蓬鬓影萧萧。

至储潭庙留题

五老峰微楚路分，赣滩犹礼洞庭君。行空铁马寒嘶雾，带月苍龙夜吼云。璚珮倩谁招帝女，桂浆聊复奠灵氛。清吟寄远成孤绝，思入沧江白雁群。

怀白云山房

家住沧洲洲上山，数椽茅屋白云间。天晴叠嶂开金碧，雨过清泉响珮环。野兴别来长寂寞，故人谁与共跻攀。洞门猿鹤应相忆，何事先生久未还。三四不须刻琢，自然华爽。

思家古河

古河烟草暗南天，此去乡园路几千。燕子来时春寂寂，海棠开后雨绵绵。沧江水绕吟诗社，绿渚花明载酒船。更忆故人王给事，愁来书破薛涛笺。

寄王彦举

绿杨阴下玉骢嘶，丝络银瓶带酒携。梦入南园听夜雨，不知身在蒋陵西。澄怀云："仲衍七绝，明秀在骨，清脆在声，最得唐人三昧。"

秋闺思

凉夜箫声处处过，玉楼高起逼天河。西风瘦尽梧桐叶，添得西窗月影多。

关门书所见

隐隐旌旗飐落晖，方山遥望锦城围。平芜一带香尘合，知是诸王射猎归。

龙江夜泊

蒋山山头秋月明，龙江江上暮潮生。行人又是金陵客，卧听西风鼓角声。

王孙图

东风驰道直如弦，琪树春阴护马鞯。从幸少年初赐锦，数声啼鸟落花前。

四皓图

只合餐芝老万山，谁教鹤发动龙颜。蛾眉对酒歌鸿鹄，怨入商林紫翠间。

出　蜀

白帝秋高木叶黄，蜀中长是雨浪浪。瞿塘水落漩涡小，一路看山到岳阳。

松

双松如盖倚云长，曾忆匡山问草堂。拂石坐来龙影湿，半陂春雨茯苓香。

山居寄静上人

远公莲社久相招，老大无心到石桥。遥想东林山月出，白猿啼处树萧萧。

过扬州

江上垂杨覆白蘋，隋宫芳草学罗裙。珠帘十里今何在，一带寒城锁暮云。

访某驸马不遇题壁

踏青都尉未还家，贵主传宣坐赐茶。十二阑干春似海，隔窗闲杀碧桃花。

［**附录**］

李　德　九首

德，字仲修，番禺人。博览群籍，尤邃于经学。洪武初，以明经荐授洛阳长史。继迁济南、西安二郡幕官，并能其职。政暇，遍览帝王遗墟。尝著论，谓："西安、南阳皆天下大形胜所在，建不拔之基，当择而都之，江东非其匹也。"士林韪其识。以年老乞改汉阳教谕。当兵后，黉舍久废，生徒咸不知向学。仲修尽心训迪，文教渐兴。秩满，改广西义宁知县。久之，解官归，卒。仲修初好为诗，晚究洛、闽之学，谓"诚意为古圣哲心要"。故岭南称理学，必曰李仲修云。所著有《易庵集》，多散佚，不传。嘉靖中，闽人陈暹，搜访残稿，合孙蕡、王佐、黄哲、赵介诗刻之，即世所传《南园五先生集》也，共四卷。

朱锡鬯曰："长史诗，好效长吉。孙仲衍尝戏之曰：'子诚混元皇帝孙也。'然其诗恬澹，实与长吉相远。"

亭亭水上蕖

亭亭水上蕖，皎皎沼中藕。花落子亦成，色衰心不朽。中藏千万丝，处污恒自守。不学杨白花，随风入窗牖。梁崇一云："乐府遗响。"

种　麻

种麻满东园，种花亦盈亩。麻生但芃芃，花发映户牖。容华能几时，零落他人手。岂如为絺绤，与君同永久。

柳塘书舍图

远山出白云，近水明秋色。烟波漫浩浩，日暮归舟急。隐约丛薄间，茅茨倚苍石。中有柳塘翁，相看似相识。

栖云庵

石室凝紫烟，空洞悬石乳。阴崖含风泉，终日洒飞雨。临流结精舍，六月不知暑。道人养清虚，适与高僧处。诸幻既远离，白云日相与。何当谢时人，来作尘外侣。

送友归真定

君自邯郸来，复向邯郸去。邯郸月色好，夜照江南树。太行多峻坂，中有羊肠路。往来不惮劳，知君为亲故。

秋　情

蜡炬摇红纱隙冻，沉香帐底鸳鸯梦。芙蓉波冷薄霜凝，一夜离鸾忆单凤。梧桐金井曙啼鸦，梦郎封侯归妾家，开门自扫枇杷花。温、李合作。

立秋日登汉阳朝宗楼怀乡中诸友

湖山兴不浅，而我亦淹留。得罪缘微禄，怀君属早秋。澹云乡树远，孤月旅情幽。借问衡阳雁，何时到广州。

寄冯朝泰

金陵昔会面，一别杳无音。故国秋云合，大江春水深。宦情同契阔，老景各侵寻。纵有衡阳雁，何由写宿心。梁崇一云："三四写景，而情自见。"

寄妻弟郑子玉

年年留滞汉江头，华发萧萧不奈秋。梦断乡关犹是客，望穷烟水更登楼。西风鸿雁来芳信，南纪亲朋忆旧游。闻道菊松无恙在，可能归去觅菟裘。

黄　哲　四首

哲，字庸之，番禺人。少孤贫，刻苦为学，尝借人《文选》，手抄之，沉玩究竟，遂能作诗。性好山水，结庐蒲涧，栖息其间，往来罗浮、峡山、南华诸名胜，后出游吴、楚、燕、齐，止于秦淮。太祖驻师金陵，建吴国，有荐庸之才者，拜翰林待制，入书阁，侍太子读书。寻兼典签，帝赋诗，多命赓和。洪武初，奉使青、徐，寻出知东阿县。吏胥初以儒士易之，庸之剖决如流，案无留牍，且不事苛察，民乐其宽。值旱，诣洪范池祠，祷词旨哀恻，即得甘雨，民喜曰："此黄公雨也。"狼溪有怪物，能为幻，窃人啖之。庸之为文祷于天，俄雷雨大作，一青蛟毙水上。邑人讶，以为通神。时经毛贵乱后，民多流徙他处，闻庸之善政，皆复业。四年，擢东平府通判。是岁，黄河决梁山，中书省发民疏浚。庸之董东平之役，经画有方，民不告劳。事竣，上疏陈时务数十事，忤旨，放归。八年，召回山东，以他事诖误，竟坐诛，时人莫不冤之。庸之始北上时，倚篷听雪，诧曰："天下奇音，莫是过也！"归构一轩，名"听雪篷"，故所著曰《雪篷集》。

朱锡鬯曰："庸之五古源本六代，七言亦具体唐音。品当在仲衍之下，彦举之上。"

汪端论曰："仲修、庸之诗，皆苍秀有古格，惜所传不多耳。"

过梁昭明太子墓

帝子降南浦，飘摇苍桂阴。神飙回震阙，元迹闷坤岑。凤陵辉璞蕴，龙沼媚珠沉。文藻绚华黻，芳芬扬素襟。遗编轶正雅，旷代驰徽音。玉马风云变，金凫岁月深。霜兰秋被坂，烟萝夕翳林。采蘋思永荐，捐玦遂幽寻。灵修忽尔逝，岁宴劳予心。辽东鹤驭远，缑岭鸾笙吟。眇眇因怀昔，营营徒慨今。瑶华竟衰歇，惆怅雍门琴。黄才伯云："混《选》诗中，不可甲乙。"

醉歌行为邝复初雄飞昆仲赋

昨日风雨中，我来自西山。不知春早暮，花落长林间。林间幽人心事闲，相逢一笑开云关。问我别来春几度，五见飞花满行路。黄橙丹荔绕池栽，清水离离照芳树。登高酌我黄金罍，倾情写意无嫌猜。携觞复就花下饮，鸟啄余花铺绿苔。我惜落花君莫扫，乘兴即来坐芳草。江山如此多阅人，与君相期恨不早。君家伯仲多材雄，白眉更是人中龙。东山还着谢公屐，百世行藏安得同？尔曹曾辞鹤书召，余亦蹉跎走荒峤。华发盈簪已自惭，乌巾折角从人笑。悠悠行路心，惟君可知音。南冠发楚奏，拂拭瑶华琴。商声凄凄夜沉沉，酒酣风悲月出林。终然苦调不可听，为君更赋还山吟。他年访我桃花洞，洞口花残春正深。梁崇一云："神致淋漓。"

乌栖曲

九月过姑苏，江头霜草枯。北风吹叶尽，愁杀夜栖乌。栖乌月明里，霜重惊还起。无处托安巢，哑哑渡江水。江波浅复深，东去无还心。白苎吴宫曲，能成哀怨音。只言欢乐长相保，青春几时秋又老。可怜西子断肠花，不及虞姬美人草。舞罢垂杨金缕衣，椒房绛烛明星稀。越骑争驰海山动，吴歌尚绕梁尘飞。梁尘飞飞白苎哀，乌啼夜半阊门开。鸱夷浮江麋鹿来，明月犹照姑苏台。

送刘仁仲昆季还浙东

沉忧自多绪，复此送归人。昨夜淮南雨，不知芳树春。竭来持别酒，相与慰兹晨。日暮行舻渺，东南弥越津。

邱　濬　十一首

濬，字仲深，琼山人。七岁能诗，读书过目成诵。举乡试第一，景泰甲戌成进士，改庶吉士，授编修，历官国子祭酒。时经生文尚险怪，仲深主南畿乡试，分考会试，皆痛抑之。及是课国学生，尤谆切告诫，返文体于正。寻进礼部侍郎，掌祭酒事，以真西山《大学衍义》于"治国平天下"条目未具，乃博采群书补之。孝宗嗣位，表上其书。帝称善，命所司刊行。特进礼部尚书，掌詹事府事。弘治四年，加太子太保，兼文渊阁大学士，参预机务，年七十一矣。明年，上疏陈时政得失，言极切直，帝纳之。六年，以目疾，免朝参。仲深在位，尝以宽大启上心，忠厚变士习。然性褊急多忤，与吏部尚书王恕素不相得。恕考察天下庶官，奏罢二千余人。仲深奏，非贪暴、有显迹者勿斥，留九十人。恕争之，不得，求去，后竟为太医院判刘文泰讦罢。人疑疏稿出仲深手，以是公论不满之。八年，卒，赠太傅，谥"文庄"。仲深廉介自持，所居邸第，极湫隘，四十年不易。博极群书，尤熟国家掌故，所著诗文甚富。门人蒋冕刻其文曰《琼台类稿》，凡五十二卷，诗曰《吟稿》，凡十二卷。嘉靖中，郑廷鹄选刻十二卷，名《会稿》。天启初，仲深裔孙尔谷合诸稿，遴为二十四卷，名《重编会稿》，行世。又有《家礼仪节》《世史正纲》《平定交南录》等书。

程克勤曰："公诗如仙翁剑客，随口所出，皆足惊人。虽雅俗正变，体裁不一，而格律精严，不失矩度。"

朱锡鬯曰："文庄于诗不事锻炼，而矩度自合。其与友人论诗绝句云：'吐语操持不用奇，风行水上茧抽丝。眼前景物口头语，便是诗家绝妙辞。'其言未尝不是。第恐学者因之，流于率易，堕入定山一派也！"

汪端论曰："文庄诗，别出机杼，语羞雷同。其学问淹通，雍容台阁，亦有明文人之达者。而褊心自用，多所排诋，是以不得与李长沙比肩。且其论古，好翻成案，如绝元不与正统，讥许衡不当仕元，均属矫枉过正，流入僻谬。最甚者，贬岳忠武而誉秦桧，是谓好恶拂人之性。虽兔园陋儒闻之，莫不裂眦掩耳，岂特贻诮有识哉！"

古　意

千金买宝刀，百金买角觿。宝刀头有环，角觿能解丝。殷勤寄远人，用以慰所思。所思不见察，幽独甘自怡。

采莲曲

莲花红，莲叶碧。红似妾容妆，碧如妾裙色。轻红易落碧易衰，情人道来竟不来。停桡转棹日过午，藕丝断尽莲心苦。梁崇一云："君臣之间，功名之际，有不得志欲言难言者。古人每托为夫妇离别思忆之情，以写其意，读者勿作艳情丽语忽过！"

捣衣曲

凉飙透窗纱，萧萧弄秋色。妾在江南尚不堪，况君远在阴山北。风吹妾身寒，妾念君衣单。起来捣衣明月下，宁辞膂力摧心肝。

夜坐和曲江感遇诗韵

深源无浅流，高树无卑枝。人生天地间，奋发须有为。不见东注波，逝者恒如斯。心中苟自尽，意外非所知。嗟尔亡羊者，纷纷多路岐。梁崇一云："达天安命，可想见邱公生平学力。"

拟　古

依依重依依，不忍生别离。别离已可悲，况值秋风时。柳衰不堪折，情苦不堪说。愿妾为小星，君身化明月。明月贴天飞，小星恒相随。月出星随出，月归星亦归。莫学秋胡妻，相逢不相识。生者固可惭，死者亦何益。梁崇一云："音情俱到。"

秋　怀

草木忽变衰，凄然感我心。鸟飞日向暮，岂不怀故林。阅人日以多，涉世日以深。高官世所慕，直道古所钦。青青海中山，遥遥山上岑。行行即可到，决意须在今。有山不归去，何劳忆山吟。

题李将军春游细柳图

日华淡淡云阴薄，兵卫森森拥铃阁。旌旗不动柳风轻，剑戟无声花雨落。将军新试越罗衣，两袖春风拂地垂。阅遍三军超距乐，晚凉乘兴咏歌归。梁崇一云："警炼流逸。"

寄题金山寺

岷江万里下，梵刹半空开。吴树风吹断，淮山水荡回。潮声杂钟磬，波影动楼台。千载张公子，题诗会再来。

金陵即事

六朝宫阙久蒿莱，紫盖黄旗帝运开。鸡鹊漏传云外观，凤凰箫奏月中台。千山峰势连吴远，万里江流自蜀来。此日金陵非昔比，兰成词赋莫兴哀。

客中对月

万里思归客，伤心对月华。愿随今夜影，回照故园花。

古　意

独守空闺不自怜，怜君岁晚尚防边。秋来莫作还家梦，妾貌于今异少年。

卷三下

林　鸿　五十四首

鸿，字子羽，福清人，博学能强记。洪武初，以人才荐授将乐县训导。居七年，擢拜礼部精膳司员外郎。太祖临轩，试《龙池春晓》《孤雁》二诗，称旨，一日名动京师。时治尚操切，子羽性脱落，不善仕。年未四十，自免归，益肆力于诗，久之，卒。其论诗大指，谓："汉、魏气骨虽雄，而菁华不足。晋祖玄虚，宋尚条畅，齐梁以下，但务春华少秋实，惟唐作者可谓大成。然贞观尚沿故习，神龙渐变常调，开元、天宝间声律大备，学者当以是为楷式。"与郑定、王褒、唐泰、高棅、王恭、陈亮、王偁及子羽弟子黄玄、周玄称"十才子"。闽人言诗者，皆宗子羽之说。所著有《鸣盛集》四卷，又名《膳部稿》。

胡元瑞曰："子羽诸体皆工，五言尤胜，置唐钱、刘间，不复辨别。七言如'珠林霁雪明山殿，玉涧飞流带苑墙'，气色高华，风骨遒爽。"

蒋仲舒曰："子羽命才充裕，标格华秀。虽以'堤柳宫花'之句得名，他作实多胜者。"

顾玄言曰："林员外才情藻丽，如游鱼潜水，翔鸢薄天，高下各适其性。"

沈确士曰："子羽宗法唐人，绳趋尺步，论者以唐临晋帖少之，然终是正派。"

汪端论曰："仲衍、子羽诗，皆以盛唐为轨。仲衍以才情胜，子羽以风格胜。拟之司空《诗品》：仲衍如月明华屋，画桥碧阴；子羽如明漪见底，奇花初胎。虽无巨刃摩天、鲸鱼掣海之概，然春容大雅，视率易粗犷、貌为杜韩者，有上下床之分矣！迨至隆、万、启、祯剽窃盛行、旁流杂出之时，粤则有区海目、邝湛若、陈元孝、屈华夫等，闽则有徐惟和、兴公、曹石仓、谢在杭等，皆卓然名家，可谓永嘉之末复闻正始之音。朱竹垞言：'明诗凡数变，独粤、闽风气始终不易，则二人开创之功不可没也！'〇小说家载仲衍游罗浮，夜经朝云墓，徘徊凭吊，明日见僧寺廊壁有集句诗十首，后书《罗浮王仙姑月夜有感而作》。又梦一女子自称苏长公妾朝云，歌集古十五绝句云云。按：其诗今载仲衍集中。盖其游戏之笔，亦文人习气未除也。若子羽与张红桥倡和诸诗，事既涉于轻薄，诗皆浅俗，不似出子羽手。凡此种，有累诗品，不止白璧微瑕。而世之小有才者，每艳称之，可谓无识。"

无诸钓龙台怀古

无诸昔建国，赤土疏王封。筑台青冥上，垂钓沧江龙。乘龙去不返，千载如飞蓬。只今荒台上，寂历多遗踪。我有太古怀，来吟江上峰。天青海气灭，地古寒烟浓。潭水绿万丈，秋岑碧千重。登临未能已，落日催孤钟。

饮　酒

儒生好奇古，出口谈唐虞。倘生羲皇前，所谈竟何如。古人既已死，古道存遗书。一语不能践，万卷徒空虚。我愿但饮酒，不复知其余。君看醉乡人，乃在天地初。旷达不让陶公。

金鸡岩僧室

远公青莲宇，百尺构云阙。一径入松萝，山泉濯苔发。石房弹玉琴，清响在林樾。夜来沧海寒，梦绕波上月。微吟白云篇，高兴了未辍。不能悟声闻，安在离言说。沈确士云："'夜来'十字，得常建神理。"

游芙蓉峰

密竹不知路，渡溪微有踪。悬知石上约，定向松间逢。物候变黄鸟，菖蒲花蒙茸。相望不可接，袅袅霜天钟。

终南积翠

终南太古色，积翠无冬春。阳崖俯荆楚，阴壑开函秦。碧树晓未分，苍苍散参辰。下蟠蛰水龙，上有避世人。有时浮爽气，拄笏可揽结。安得构精庐，谈经对松雪。

留别诸子

秋堂阒虚寒，晚竹引深翠。暝然孤灯坐，兴与一壶对。天冷霜满襟，露饮月窥醉。曲尽别意深，相看发长喟。

精岩寺

香刹象天界，名僧辞世氛。一峰独凌削，众壑相氤氲。作礼向金仙，宴林投鹤群。于时春向暮，林亭蔼余曛。苍然草木气，尽湿西江云。登阁见千里，眇怀沧海渍。山钟忽播荡，应此悟音闻。又有句云"檄雨古潭暝，礼星寒殿开""一鸟镜天净，万花潭雨香"，皆不减王、韦。

道中偶咏

林馆夕暂休，星驾晓仍发。沉沉树若烟，浩浩溪如雪。白首倦长途，青山笑予拙。

送吴士显

吴生跌荡人，脱略当世事。欲识平生心，悠悠江海是。布衣何飘飘，孤剑千里至。斗酒未及欢，看云起归思。长风吹古城，寒日下秋水。分手从此辞，车尘望中起。

同郑二宣江上泛舟

载酒入江色，酒多江复长。酣来散予缨，濯向春流香。东壁过疏雨，西崦残夕阳。猿禽相啸叫，云水共清苍。夕景更泛览，客程殊未央。鱼风苇上起，蚌月波中光。尝以事泮涣，永期名迹忘。乘槎予岂必，聊复咏沧浪。精炼似大谢。

斋中晓起

飕飕城鸦散，鼕鼕戍鼓绝。空庭寂无人，衣上有残月。爽气山前来，吾襟抱冰雪。

感　秋

抚剑中夜起，气候何凄清。天高白露下，北斗当前楹。嗷嗷双飞鸿，随阳亦宵征。微禽尔何知，寒暑婴其情。始知玩物化，中复念吾生。三十志有立，一经尚无成。缅怀古哲人，信与大运并。道在无终始，时来暂衰荣。感叹不能寐，延首东方明。

秋江独钓图

清飙晚溜溜，白水明濯濯。投竿坐独钓，风叶衣上落。吾心与天游，宁知取鱼乐。

梦清泠台寄冶城旧游

群山际海上，道山独苍苍。上有清泠台，碧萝蟠石床。伊昔盛冠盖，琴樽此徜徉。暮色海天冷，秋声松涧凉。今来阻登临，独有梦飞扬。题寄同心侣，愿因南雁翔。

访陆隐君不遇

结屋依两崖，疑是秦人家。不见山中人，风落青松花。扫石调素弦，寻泉饭胡麻。愿因玉麒麟，缄书投紫霞。

石竹山紫云洞

群峰际东海，一峰凌紫云。昔人炼丹处，石室莓苔纹。飘飘龙虎车，即此上丹阙。惟留白鹤影，宛在青松月。下有静者庐，其人颇淳庞。一水落天镜，万花明石窗。药食有时暇，还来叩岩关。心与鱼鸟乐，身随天地闲。伊予困流俗，十载未应还。长歌赋招隐，梦绕天涯山。

题徐贲湘潭离思图

荆南不堪别，孤棹向何处？人分鸿雁秋，树带潇湘雨。离思亘重襟，登高但凝伫。

江阁秋云图

山容初敛夕，云气已归壑。何以散冲襟，孤琴坐江阁。美人期不来，天寒枫叶落。

登清泠台

吟秋宿绀月，际晓登清泠。挥手援碧萝，腾身栖翠屏。长风吹雨来，不见群山青。鸟度白云湿，龙归沧海腥。真僧此岩栖，观空静襟灵。竹坞见曝衣，花台闻演经。沃以甘露言，迷途醉而醒。愿言割兹爱，永也投禅扃。

镡上送僧归衡山

上人孤闲似云鹤，十五出家住衡岳。说法能超最上乘，持心不受群疑缚。世上谁知来去踪，南窥太华北游嵩。衲经雁荡千峰雪，定入峨嵋半夜钟。于今戒腊青松古，犹泛慈航到东土。杨柳舟中九曲云，笋皮笠上三山雨。昨夜归心绕楚天，西风杖锡又茫然。化龙潭畔清秋别，回雁峰头旧日禅。

出塞曲

十五蓟门行，能探彍骑情。潜兵秋度碛，牧马夜归营。苦雾沉旗影，飞霜湿鼓声。昨来承密诏，东筑受降城。

题福山寺陈铉读书堂

穷经不出户，一室古珠宫。灯影秋云里，书声晚磬中。开窗明竹雪，散帙落松风。料得无人到，焚香对远公。语带烟霞。

留别蔡秀才原

别离无远近，暂去亦伤神。正是千山雪，谁悲独往人。江空螺女夜，花暗冶城春。不见同游侣，酣歌泪满巾。情思绵邈。

江上寄巴东故人

我忆巴东客，长为江上吟。楚云将夜梦，湘月寄愁心。落日青枫树，秋风白帝砧。遥传一纸泪，读罢想沾襟。

宿云门寺

龙宫临水国，鸟道入烟萝。海旷知天尽，山空见月多。鹤归僧自老，松偃客重过。便欲依禅寂，尘缨可奈何。超脱。

送周生往雷州

宁亲归未得，念子复南征。风雨孤舟别，沧波几日程。絓帆辞海国，吹笛上边城。旅馆知相忆，新秋有雁声。

秋日同韩玄登凌霄台

故人多逸兴，携手上高台。赋为闲居作，怀因远眺开。秋阴将日去，雁影带寒来。归路瞻衡宇，松门掩绿苔。

早秋寄林八先辈

泽国风雨后，贫居离索情。乱蛩鸣曙井，一叶下秋城。薤簟邀凉早，荷衣却暑轻。清泠台畔路，携手几时行。

送高郎中使北

汉使临边日，天骄已请和。看花辞紫陌，犯雪渡交河。水草留行帐，云沙想玉珂。从来清漠北，娄敬策居多。沈确士云："风刺得唐人体。"

赠　僧

朝衡暮复嵩，那识白云踪。度碛逢驯象，浮河亢毒龙。衲经何限雪，山过几多峰。年老无筋力，方怀故院松。似张水部。

西峰寺

西峰云外寺，鸟道薜萝蟠。水接花源远，山藏古殿寒。石床闲听雨，野佩或纫兰。莫怪栖迟久,南宫已结冠。

宿洽公房

一入维摩室,逢人宿鹤群。鸟惊春嶂月,花卧夜溪云。漱齿发清讽,焚香了梵文。泠然钟磬动,应得悟音闻。

留别陈令大有

相知嗟久别,相见复离群。别路随秋雨,回车入暮云。枫林千叶落,河水数支分。若见空梁月,含情定忆君。

送卞从事之河南

翩翩玉面骢,去去逐秋蓬。见雁辞闽海,看山到洛中。营门闲步月,宾馆静吟风。共说归来日,篱花已满丛。

游方广岩

玄岩太古色,恍若入鸿濛。一径攀跻尽,诸天杳霭中。云归山殿冷,月出水帘空。境静离言说,泠泠松桂风。清迥。

送陈炼师归龙虎山

鹤书归未久,秋思梦瑶峰。海上看山别,人间何处逢。烟萝深见月,洞府暗藏龙。辟谷方无术,凭师问赤松。

送友人

高丘晴见海,送别一登临。落日扁舟去,秋风万里心。江枫寒堕叶,山店静闻砧。行矣无余物,随君有鹤琴。

留别周彦

心知三十年，此去重潸然。绁席趋京阙，看云别海天。溪桥寒吐月，驿树晚藏烟。仁者多言贶，希君白雪篇。

为释东旭咏白莲

澹月瑶池夜，微风太华阴。翠翻擎露盖，玉冷坠波簪。一洗有为法，应同不染心。谁能招惠远，结社向东林。取题之神。

呈浦舍人

无诸台下乍秋风，客舍逢君兴不穷。性僻共耽诗句险，愁多却仗酒杯空。平芜一骑经吴苑，凉雨孤舟梦晋宫。明日又从江上别，曲阑愁倚送飞鸿。

海口道上怀郑二宣

露下菰蒲有雁声，晓骖初发宿寒轻。新知乍别孤吟倦，旧国重来百感生。黄叶闭门逢野寺，白波侵郭见江城。家林暂别堪惆怅，翻忆浮丘海上行。

将归冶城留别陈八炫林六敏

南宫归后岁蹉跎，此日逢君奈别何。野馆解鞍行客饭，寒山对酒故人歌。蒹葭水国孤鸿度，橘柚霜林匹马过。为报已无轩冕梦，清泠台下卧烟萝。

忆龙门高逸人

浮亭露饮玉樽空，千里心期此夕同。海路想经春草绿，越吟愁对夜灯红。他山花发啼莺后，别浦帆归细雨中。圣代只今无隐逸，不应多病卧孤蓬。朱笠亭云：“缠绵曲至，一往情深。”

岀江兰若送浦舍人归晋阳

离亭征骑晓骈骈，正值关河朔雁飞。白发相看闽海别，青山遥送晋陵归。江城雨外莲峰出，野寺霜前柿叶稀。自愧忘情非上知，临歧唯有一沾衣。

秋江离思图

粤城衰柳拂金堤，雨里秋襟惜解携。客散江亭闻断雁，酒醒沙馆候鸣鸡。枫桥夜冷吴讴起，笠泽天寒楚望迷。天路云山从此别，一封愁札为君题。

送林一归山中

楝花雨里醉逢迎，南国看山又送行。求侣暗惊春草色，还家愁逐暮江声。残阳向野闻边笛，远树登楼见海城。谁念长沙迁谪久，懒从季主问君平。

寄逸人高漫士

独倚城南百丈阑，粤乡秋思浩漫漫。平台树色催残照，近郭砧声报早寒。云物正当摇落后，关河终念别离难。龙门别墅今宵月，谁与相同把酒看？

秋日游东苑应制

长乐钟鸣玉殿开，千官步辇出蓬莱。已教旭日催龙驭，更借春流泛羽杯。堤柳欲眠莺唤起，宫花乍落燕衔来。宸游好把箫韶奏，京国于今有凤台。澄怀云：“五、六一字百媚。应制有此，宜孝陵赏之。”

送朗上人归匡庐

浮杯渡海寄行踪，归去匡庐若个峰。月满空山行迹遍，心通万法看经慵。萝深自识云中寺，秋晚遥寻涧底钟。共有东林莲社约，寒流石上几时逢。

归冶城辱群公追饯至江亭

梅风初熟布帆归，相送劳君到翠微。远树啼莺留客醉，高林深竹见僧稀。江心绝岛晴浮出，雨外孤云湿倦飞。浦溆白鸥如有待，想应知我拂朝衣。

怀友人陈三源

浮云聚散几悲欢，久客怀归忆万安。门对西山朝气爽，城临东海暮潮寒。身随断雁兼秋远，梦入疏砧向夜阑。为问松萝旧游处，别来花月共谁看。

王屋山天坛

名岳推王屋，孤标跨杳冥。深窥砥柱黑，高并太行青。分野连三晋，风云集百灵。鹤归松已偃，龙去水犹腥。灶隐烧丹火，龛余炼髓经。羽人金磬动，应此礼寒星。

挽理上人

只履归何处，怀师泪满襟。浮云生灭性，明月去来心。阅世真如梦，安禅不废吟。留衣分法侣，写偈别朋簪。雨藓侵行迹，风泉想梵音。一灯寒竹暝，双树落花深。塔闭虫粘户，巢空鹤避林。历峰山下路，从此罢登临。

流沙江夜泛

登舻日向夕，出浦云已平。月黑渡江处，北风芦苇鸣。

[附录]

高　棅 五首

棅，字彦恢，仕籍名廷礼，自号漫士，长乐人。少与林鸿、王恭等为诗友，书得汉隶笔法，画师米南宫。尝选唐诗，论之分正始、正宗、大家、名家、羽翼、接武、正变、余响、旁流，凡九品。其宗旨，则归于开元、天宝之间。为《唐诗品汇》九十卷，《唐诗拾遗》十卷。终明之世，馆阁宗之。永乐初，以布衣召为翰林待诏，迁典籍，卒于官，年七十四。所著有《啸台集》二十卷，《木天清气集》十四卷。

朱锡鬯曰："彦恢拟唐，如薛稷、钟绍京之'双钩'，终下真迹一等。五古若'夜色不映水，微风忽吹裳''衔杯双树间，百里见海色''飞雨一峰来，微云度疏竹'，不失唐人遗韵。"

王贻上曰："宋、元论唐诗，不甚分初、盛、中、晚。故《三体》《鼓吹》等集，率详中、晚，而略初、盛，揽之愦愦。杨仲弘《唐音》始稍区别，有正音，有余响，然犹未畅其说。迨高廷礼《品汇》出，而所谓正始至旁流，皆井然矣。独七言古诗以李太白为正宗，杜子美为大家，王摩诘、高达夫、李东川为名家，则非是。三家者，皆当为正宗，李、杜均之为大家，岑嘉州而下为名家，则确然不可易矣！"

九月八日郭南山亭宴集

海国霜气凉，秋声落遥野。乾坤肃以清，收纳属多暇。出郭寻幽期，同人命轩驾。载酒入翠微，凭高憩层榭。苍山横黄云，大江天同泻。

飞雨霞际晴，夕阳雁边下。江山满陈迹，今古成代谢。高兴殊未平，临风独悲咤。沈确士云：“‘飞雨’十字，写晚景如画。”

水竹居

清溪入云木，隐处林塘深。微月到流水，泠泠竹间琴。虚声起遥听，天影澄远心。余亦鸾鹤侣，将期此投簪。

鼓山寺送友分赋得临沧亭

岁崱海上秀，中峰开禅宫。飞亭挂空翠，直上临方蓬。溟涨在几席，天光映帘栊。目极万里外，但见青濛濛。曙色从东来，晃然灵境空。登临岂不伟，别意嗟无穷。

赋得罗浮霜月怀郑逸人

海国梅始白，飞霜动鸣钟。寒空一片月，挂在罗浮峰。夜色不映水，清光与之同。百里皆瑶华，千林闷幽风。萧条岩际叶，嘹唳云间鸿。远客起遥念，沧波思千重。梦回明镜没，寂历闻幽蛩。

峤屿春潮

瀛洲见海色，潮来如风雨。初日照寒涛，春声在孤屿。飞帆落镜中，望入桃花去。彦恢诸体，摹唐太甚，生气索然，惟五古差为清拔，录数首足见其概。

王　恭　十七首

恭，字安中，闽县人。少游江海间，中年归隐七岩山凡二十年，自号“皆山樵者”，王偁为作传。永乐四年，以儒士荐，待诏翰林，年六十余矣。与修《永乐大典》，书成，授翰林典籍。未几，投牒归。所著有《白云樵唱》二卷、《草泽狂歌》五卷，而《凤台清啸》不传。

林衡者曰："皆山诗，有大历十子遗音。"

朱锡鬯曰："安中整练，不及子羽，而风华跌宕，多缥缈之音，固似胜之。"

沈确士曰："安中《白雁诗》'夜月芦花看不定，夕阳枫叶见初飞'，极不即不离之妙，惜全首不称。"

舟次镡津

木落川气凉，鸿飞水容夕。微灯射远沙，夜榜邻幽石。月色栖处寒，霜花坐来白。遥见九华山，苍苍但萝薜。似王少伯。

梅城小景

沧江湛回流，荒城出花屿。海色明远洲，岚光过新雨。渔家孤笛秋，烟火疏林暮。漠漠天际帆，苍苍鸟边树。若人静者流，持竿得真趣。取乐非取鱼，日落忘归去。

闻笛歌送人之塞上

横笛对离亭，扁舟越江口。月下何人最断肠，天涯怨别惊杨柳。此夜愁心独对君，明朝怅别又离群。单于城上吹羌管，知尔相思不忍闻。

书江山别意图送羽人还神乐观

羽人何处去，归事玉宸君。飞珮花间别，横箫鹤上闻。过关闽树断，挂席楚江分。想到斋宫夕，圆丘候五云。

江楼闻笛

纤月挂风林，晴楼覆夕阴。谁家吹凤管，永夜作龙吟。杨柳边头恨，梅花曲里心。天明汉江上，惟见水云深。

客中见新燕

可怜江上燕，几日到乌衣。欲向谁家去，多应旧主非。落花深巷小，乔木画梁稀。自笑天涯别，秋风想未归。

送别林彦时之建上

黄叶纷纷秋满天，故人今夜惜离筵。他乡见月长为客，别路逢霜半在船。剑浦绿芜连晚烧，幔亭疏树带寒烟。明朝碧水丹山下，知尔相思若个边。

行次海上

晓风吹酒动离颜，别路萧萧草树间。积水乱流疑梦渚，一峰中断似君山。鸡鸣海曙寒潮小，雁引秋声落叶闲。行李飘飘何处往，暮云飞鸟倦知还。

留别杨二高隐客三山

别情羁思共何如，迢递乡山梦有余。仙井碧泉思旧业，客庭芳草对离居。关河夜笛鸿飞外，海国春帆雪霁初。愧我萍踪无住着，知君终食故乡鱼。浏亮有远致。

古　镜

宝镜何年铸，龙纹积暗尘。非关磨洗倦，恐照白头人。

村　居

草径茆扉带软沙，隔林鸡犬几人家。青山尽日垂帘坐，落尽棕榈一树花。

春　雁

东风一夜到衡阳，楚水燕山万里长。莫怪春来便归去，江南虽好是他乡。

老　马

百战沙场老此身，长楸宫草几回春。只今弃掷寒郊路，犹自悲鸣恋主人。

山楼对酒

楼前积水映苍苔，卷幔孤云落酒杯。更尽一樽秋雨外，故山曾有几人回。

陶渊明像

束带何须见督邮，宁辞五斗便归休。秋风几度黄花酒，醉看飞鸿过石头。不著议论，高于众作。

闻子规

枝上声声怨落晖，居人闻此亦沾衣。啼时莫近湘山路，更有长沙客未归。

海上别林崇高

海上新晴野水春，烟村花鸟送行尘。十年客路堪惆怅，况复今朝别故人。

王　偁　九首

偁，字孟扬，其先东阿人。父翰，至正末为潮州总管，元亡流寓闽中，太祖欲起之，遂自引决。孟扬方九岁，其母手疏先人之迹及古今豪杰大略教之，又学于父友吴海。洪武庚午，举于乡，乞归养母。母没，庐墓六年。永乐初，用荐授翰林检讨，与修大典。英国公张辅攻交阯，奉命参军，事还，守故官。孟扬学博才雄，意气不可一世，最为解缙所重。缙得罪，坐党，下狱死。所著有《虚舟集》五卷。

顾元言曰："孟扬典雅清拔，绰有天宝俊声。"

蒋仲舒曰："虚舟诗，句从新铸，材自故来。"

穆敬甫曰："王诗从容典丽，得风人体裁。"

朱锡鬯曰："孟扬才名与解大绅相伍，其获罪亦同。然诗格华整，远胜学士。闻当日有明诗选本，惜无从见之。"

汪端论曰："彦恢、安中、孟扬，矩矱唐贤，吐属婉秀，皆子羽流派。综而论之，安中最优，孟扬为次，彦恢语多肤廓，不免作蜂腰矣。"

车遥遥

车轮何遥遥，西上长安道。不见车上人，空悲道旁草。君行日已远，恩爱难自保。忧来当如何，一夕梦颠倒。岂无中山酒，一浣我怀抱。但恐三春花，颜色不再好。车声何辚辚，风吹马蹄尘。愿为马蹄尘，飞逐君车轮。温厚和平，可以怨矣。

入西山访张隐士

两崖喷飞瀑，结屋烟萝里。山人不冠屦，客至同隐几。独鹤海上归，孤云涧中起。净扫白石床，风来堕松子。

龙寺寒泉

灵源泌寒泉，乃在翠微顶。中有修鳞蟠，白日烟雨暝。山僧习止观，木客照孤影。余亦洗心人，坐来白云冷。

寻小雄仙岩二龙潭值风雨归草堂作

昔人洗玉髓，幽洞驱龙耕。丹成辍瑶耒，成此秋水泓。飞崖夹两镜，洞见云霞生。百鬼不敢啼，雌雄常夜鸣。有时湍濑寒，几曲流璚英。清秋堕蟾影，白日闻雷声。偶兹访灵奇，扫石窥清泠。洗心盟鸥鹭，濯发解冠缨。长风动悬萝，飒爽毛骨惊。飞雨洒然至，万壑秋冥冥。归途松桂影，了了心目醒。到家兴未已，石室披丹经。

送僧归越中

锡挑龙河云，衣带越溪雨。说法方西来，随缘复东去。松枝偃故房，柏子落庭树。从此上方遥，人间但凝伫。

苍梧道中

驱车九疑道，独鸟东南飞。看山不觉远，秋云生我衣。深谷走群籁，半岑明夕晖。中林有兰茝，薄暮空芳菲。

杨秀才幽居

杨子幽居处，闲窗面远空。水喧明镜里，云落画屏中。卷幔留山月，挥弦送晚鸿。何人问奇字，载酒野桥东。

宿巴陵闻笛

玉笛飘残月下声，空江秋入思冥冥。怪来杨柳移关塞，可是梅花落洞庭。半夜旅魂随调切，谁家少妇倚楼听。晓来更觅龙吟处，一点君山水面青。

米元章山水

海岳庵前觅旧踪，苍茫云树米南宫。别来几片青山影，都付寒鸥一笛风。

蓝　仁 十二首

仁，字静之，崇安人。元末杜清碧，本隐居武夷，崇尚古学。静之与其弟智，俱往师之。授以四明任松卿诗法，遂谢科举，一意为诗。明初，内附随例徙濠。未几，放归，以寿终。有《蓝山集》六卷。

蒋师文曰："静之昆仲切磨，埙篪迭奏，和平雅澹，辞意融怡，语不雕镂，气无脂粉，出乎性情之正，而有太平之风。"

蒋仲舒曰："二蓝功力相敌，已入作者之室。"

朱锡鬯曰："二蓝体格，专法盛唐，间入中晚，盖'十子'之先。闽中诗派，实其昆友倡之。蓝涧仕而蓝山隐，然其《述怀诗》云'何事渔矶弃，空烦鹊印随'，又有《甲寅仲冬摄官》诗，则蓝山亦不终于山林者也。"

宿橘山田家怀友

苍峰落日微，白鹤秋风远。客路入疏钟，田家背山坂。孤烟桑柘寒，归鸟茅茨晚。欲觅紫芝翁，山深白云满。

暮归山中

暮归山已昏，濯足月在涧。衡门栖鹊定，暗树流萤乱。妻孥候我至，明灯共蔬饭。伫立松桂凉，疏星隔河汉。

正月十四日西山感兴

久旷山水游，今晨愿无违。松林收残雨，郊园澹朝晖。憩涧弄清泚，缘冈陟翠微。池鱼暖始游，岩花寒尚稀。幽人坐空堂，深竹对荆扉。山中闻犬吠，谷口见樵归。心赏适有契，仙游讵能希。赖此一樽酒，暂然息尘机。古来朝市间，荣华多是非。所以首阳士，白首甘采薇。

静之五古，清真幽远，深得右丞家法。

西山暮归

凉叶堕微风，秋山正萧爽。天寒独鸟归，日夕百虫响。偶从桂树招，遂有桃源想。石径阒无人，山猿自来往。

拟贫士

蓬门有一士，被褐恒苦饥。朝饮南涧流，暮食西山芝。虽有二顷园，芜秽亦不治。妻子共寂寞，弹琴咏书诗。荒林积雪深，古屋炊烟迟。高卧自有适，何必他人知。

宿田家望武夷山

仙崖蓄灵异，怪石盘空曲。一水隔花村，千峰入茅屋。金芝暖逾秀，瑶草寒更绿。云中武夷仙，一一颜如玉。白马去不归，玄猿叫相逐。昔陪丹丘侣，酣歌紫霞谷。鸡鸣洞天晓，落月在林木。空瞻仙子高，旧梦那可续。荒林激悲风，日落对樵牧。伫立望归云，解衣田舍宿。

写　怀

门户艰难久，田园寂寞多。有儿长远出，无酒可高歌。晚景依松菊，秋风袭芰荷。平生耕学志，到此两蹉跎。

九日怀弟

滁山昨夜有书回，苜蓿连云手自栽。楚客久知怀璧罪，不疑虚受盗金猜。百年光景成孤注，九日凄凉对一杯。独有梦魂难间隔，月明应傍故乡来。

寄林信夫

一官江北佐鸣弦，消息时因过客传。不信阮生悲失路，自甘陶令赋归田。榕窗茶熟烟生屋，荔浦帆归月在船。忆昔过门惭二仲，苍苍风景旧山川。

九日西庄怀弟明之

衰年无力远登临，短杖扶持叩竹扃。雨过林间双涧碧，云消天际一峰青。黄花寂寞憎诗瘦，白发凄凉畏酒醒。独把茱萸思骨肉，雁声孤起夕阳汀。

经故居

世事浮云变换多，归耕仍觅旧烟蓑。城边老屋他人住，溪上荒园此日过。社燕已非寻主入，林莺还是为谁歌。角巾喜有邻翁在，闲与庭前抚树柯。

南　村

乱来村野几家全，近长丁男亦戍边。办得军装牛已卖，门前荒草是官田。乱离在目，诵之凄然。

蓝　智 二十九首

智，字明之一作性之，与兄仁并学行高峻，元末隐居。洪武初，荐授广西按察佥事，著廉声。有《蓝涧集》六卷。

朱锡鬯曰："二蓝出处不同。《蓝山》《蓝涧》二集，选家互有参错，今依明初雕本刊正。"

汪端论曰："静之昆季诗，和粹冲逸，既正体裁，复灭蹊径，较彦恢诸人，似为过之。明之五律老成镕炼，卓然长城，殆骎骎欲度哲兄前矣。"

晓　起

鸡鸣庭树寒，白露满秋草。候虫悲夜长，愁人起常早。出门衣裳单，怅望千里道。归来守衡茆，藜藿犹可饱。

雨中柬王幼度

客子清晨卧江阁，老树闭门风雨恶。渔舟满眼乱波涛，杀气冥冥塞寥廓。地炉火冷席无毡，短衣百结双履穿。寒食清明不归去，故山松柏空云烟。先生适自江东至，行李兼旬共留滞。登楼王粲谩多才，献策刘蒉甘下第。三鳣聊尔拥皋比，一鹗未负风云期。青春白日麟凤远，长林丰草豺狼饥。十年烽火暗南极，戎马纷纷未休息。朝廷耆旧困草莱，乡里儿童夸膂力。我今旅食向孤城，君亦胡为念远行。人生只在意气合，世乱未觉文章轻。野人岂知天下事，杜宇夜啼花满地。狂如贾谊惟痛哭，贫似扬雄空识字。昨夜封书与雁归，妻孥应怪苦回迟。丈夫磊落志千载，一日穷途何足悲。

雨中同孟原佥宪登嘉鱼亭

高阁流莺外，荒城驻马前。江寒三月雨，春老百蛮天。折柳悲横笛，飞花落钓船。乾坤总羁旅，把酒意茫然。

时　事

太府城隍废，疲民井邑空。舞干非舜日，斩木有秦风。烽火苍茫外，江山感慨中。悲歌看古剑，激烈想英雄。学杜之作。

徐雪舟为画蓝涧草堂图

碧草连书屋，苍山对画图。鹤巢秋树小，渔艇夕阳孤。野色晴初远，溪云淡欲无。浮槎倚盘石，把钓任潜夫。

闻蓝山兄寓滁州

番水初传信，滁山想定居。秋吟兼蟋蟀，晚饭得鲈鱼。落月沧江阔，凉风白发疏。兵戈关塞隔，不敢问何如。

山中漫题

读书期有用，闭户耻无能。落叶空山雨，疏钟独夜灯。人称樗里子，住近石门僧。静坐观诗妙，须参最上乘。

雪中送舒文质归广信

积雪千峰迥，空林一鸟飞。客愁南浦树，乡梦北山薇。风雨荒茆屋，兵戈老布衣。饥寒兼盗贼，出处寸心违。

怀川晚立

清川绕县衙，小立共汀沙。暝色催归鸟，春愁对落花。江湖频恋阙，风雨更思家。出处成何事，惟添两鬓华。三、四琢句深秀，兴象绝佳。

柳城道中作

霜气晚凄凄,荒冈恐路迷。孤云桂岭北,落日柳城西。地暖蛇虫出,林眠鸟雀栖。蛮乡经战伐,问俗愧遗黎。

晚立怀友

野旷行人绝,林空坠叶闻。客愁当落日,诗思入寒云。草暗防蛇毒,山昏过虎群。梅花万里道,岁晚正思君。清苍以骨胜。

过云洞岭

路出千林迥,山连五岭遥。石崖悬度栈,野树卧通桥。涧饮犹防蛊,畬耕尽属猺。夕阳驱瘦马,鬓影漫萧萧。三、四如画。

雨　中

黯黯云垂野,潇潇雨满林。晚山归鸟尽,秋草闭门深。落叶萧条树,空城断续砧。烦忧兼独立,谁识此时心。

晓发江上

官船催晓发,浦鸟黯惊飞。残月低清渚,疏钟隔翠微。晨光初辨树,秋色已生衣。万里惭张翰,鲈鱼未得归。

出云藤驿

又出云藤峡,扁舟更向东。地蒸秋有瘴,江阔夜多风。旅梦惊啼狖,乡心托断鸿。天涯看月色,不与故园同。

宿阳朔山寺

晚景孤村僻,松门试一登。秋山黄叶雨,古寺白头僧。坏壁穿新竹,空床覆旧藤。宦情与禅意，寂寞共寒灯。

来宾县晓发

宦游同逆旅，侵晓逐征途。空馆残灯小，长江落月孤。邻鸡催去马，城柝起栖乌。物色兼人事，匆匆岁欲徂。

登凤林寺

楼凭青嶂迥，人到上方稀。古寺愁春雨，疏钟送落晖。云林孤迹远，法界一尘微。坐久松风动，飞花落客衣。

忆西山草堂

山接蓝田近，泉分橘井清。诛茆成小隐，炼药问长生。一径看松入，千峰共鹤行。谁言江海上，岁晚恋虚名。五、六可入《主客图》。

过太平州作

带雨辞京口，观风出广西。江吞淮树小，城压楚云低。湖冷三秋雁，山寒半夜鸡。宦情兼旅思，远愧鹿门妻。

柳城县

青山入县庭，小邑但荒城。竹覆茆茨冷，江涵石壁清。草虫当户堕，水鸟上阶行。问俗知无事，松风一舸轻。写景自然。

江上别故人

天涯芳草色，对酒惜余春。此日沧江别，东风白发新。落花晴傍马，幽鸟冷窥人。勉矣持风纪，驱车莫厌频。

赠隐者

风云蛇阵将,山水鹿门居。报国曾留剑,归田始读书。雁秋湖水落,蝉露柳条疏。别梦关山远,松窗夜月虚。

顺昌道中

蓐食鸣鸡晓,空山啼鸟春。远钟何处寺,残月独行人。书剑嗟黄发,江湖起战尘。南游未得意,北望正伤神。

柳州道中

穷荒持宪节,侵晓策征骖。落月千峰外,清霜五岭南。草寒初息瘴,林曙欲浮岚。巡历知无补,艰难颇自谙。

经郭先生平川旧居

皓首明时衹布衣,孤坟宿草又斜晖。尘埃几杖遗书尽,风雨园林旧业非。九曲月明猿自吊,三山秋老鹤空归。多情惟有门前水,春色年年上钓矶。五、六,亦凄怨,亦超旷。

宿开建江上怀闽中故人

东风袅袅泛鸥波,倚棹汀洲近薜萝。江上流莺疏雨歇,天涯芳草落花多。暮云尚隔苍梧野,秋兴空怀白苎歌。离别不堪频怅望,美人南国意如何。

封阳驿

官船早发渡头沙,回首东风日又斜。千里云山横桂岭,一江春水涨桃花。荒村鸡犬临欹岸,细雨凫鹭傍钓槎。南望苍梧天万里,风韶何处吊重华。

怀山中

久别山中鸾鹤群，清斋自礼武夷君。沧江明月扁舟夜，浑似松窗卧白云。古艳。

浦　源 八首

源，字长源，无锡人。洪武中，官晋府引礼舍人。闻闽中林鸿老于诗学，雅慕之，以收买书籍至闽，造门谒鸿。鸿不见，使门人周玄、黄玄请诵所作，至“云边路绕巴山色，树里河流汉水声”，二玄惊叹曰“吾家诗也”。鸿出见之，相得甚欢，避所居舍之，日与为诗，由是长源名籍甚。后舟经淮河，堕水死，年三十六。有诗集十卷，今不尽传。

沈子山曰：“舍人诗，如舞草从风，偏反有致。”

朱锡鬯曰：“长源居九龙山中，筑‘听松轩’，凌彦翀为作记。其诗如‘衣上暮寒吴苑雨，马头秋色晋陵山’‘今夜风传何处笛，他乡月照故园衣’‘暮雨灯明湖上塔，秋风砧响郭西家’‘杏花寒食春江店，榕叶熏风瘴海船’‘寒厅掩雪晨衙散，暮郭连山夜烧明’‘雨中黄叶孤村路，湖上青山远寺钟’‘春潮渡口停官舫，夜雨山头见驿灯’‘虚窗叶响风惊雨，远浦潮来水接云’，均有风致，匪仅‘云边树里’一联而已。亦善画山水竹石，师倪云林。程原道诗所云：‘云林弟子，浦长源也。’”

汪端论曰：“长源诗，秀句络绎，韵远情深，而起、结往往不振。此盖专工造句，未暇谋篇，亦才力有所偏注也。后人可方之者，其程孟阳乎！”

送人之荆门

长江风飏布帆轻，西入荆门感客情。三国已亡遗旧垒，几家犹在住荒城。云边路绕巴山色，树里河流汉水声。此去郢中应有赋，千秋白雪待君赓。

送贾文学入京

春城送别已斜阳，花发官亭酒正香。远骑青山江上路，新莺细柳禁中墙。疏星北阙趋朝早，澹月南宫听漏长。谁道贾生年最少，独能陈策辅君王。

林子羽浮亭夜饮

都亭分袂惜蹉跎，此夕相逢奈若何。细雨疏灯闻落叶，断云高树见明河。客踪迢递天边雁，归梦微茫海上波。鞍马朝来又成别，且倾尊酒一狂歌。三、四幽秀绝伦，抵得一篇《秋声赋》。

送王子归山中

阖闾城外敛余晖，水国苍茫夕鸟飞。远火山中人未宿，孤舟江上客初归。高林果熟经新雨，疏柳春深映旧扉。遥想到家无一事，闲看儿女笑牵衣。

送友人还乡

都门杨柳拂离筵，归路青山水国连。三月春阴垂细雨，几家寒食起新烟。听莺谷口停征盖，立马江头问渡船。此去故园应酒熟，杏花开遍草堂前。

送荆南师户侯移镇公安

悠悠旌旆碧云端，远去孤城入乱山。淮月上楼人奏角，海天低树雁临关。几家白发遗民在，千里青丝猎骑还。旧镇荆南多胜概，别来惟见画图间。

送包鹤洲归湖上

西风江上赋归休，听雨那堪夜泊舟。官路暝烟迷驿舍，郡城寒火出更楼。到家正及湖田熟，在客先惊馆树秋。还忆故人相别处，短亭孤棹共悠悠。

并州寒食

梦入故园千里远，觉来寒食在并州。垂杨不是相思树，那得花开便白头。新颖。

卷四上

李　昱 三十四首

昱，字宗表，钱塘人。少从永嘉郑僖学。僖奇其才，以女妻之。又受诗法于李孝光。见世乱，不仕，结草阁，居北关门外，自号“识字耕夫”。后避兵金华。洪武初，荐授国子助教。未几，以病乞归，卒。有《草阁集》十卷。子辕，字公载，亦能诗。

徐大章曰：“宗表诗，缘情指事，机动籁鸣，无穷搜苦索之态，而语皆天然，不烦雕刻。”

朱伯清曰：“草阁诗，精熟清新，气雄而词畅，一出李、杜二公机轴。”

朱锡鬯曰：“草阁得诗法于李季和。然季和犹为廉夫熏染。草阁歌行则一气孤行，独开生面，正如淮阴之师，多多益善，囊沙拔帜，辟易万人。当时‘四杰’‘十友’‘二肃’‘二玄’各有标榜，如此逸气高格，顾诗家月旦不及焉。信夫知音者之难也！”

汪端论曰：“草阁诗，源于杜陵七古，力劲神完，纵横如意，有骏马下坡之势。虽似失之太直，不如少陵波澜起伏，而苍浑朴老，真气流行，断非生吞活剥之比。明代吾杭诗人，以此为冠冕可也！”

古　诗

李杜日已远，畴能振风雅。淫哇既纷靡，视古气益下。雷鸣喧瓦缶，遂谓黄钟哑。鱼目轻夜光，驽骀鄙宛马。独立天地间，长怀何由写。白雪非不弹，举俗知音寡。草阁诗品，于此可见。

泊兰江

我舟泊兰江，江水净如练。孤云尘外飞，归鸟镜中见。回环城数里，杂遝山百转。何年徐偃王，于此建古殿。阴廊断人迹，败壁留蜗篆。题诗感古昔，荒哉瑶池宴。

题画鹭

何人水墨开毫素，白日晴窗起烟雾。强将醉眼窥微茫，乃见江南九秋鹭。两只长鸣一只飞，两只共啄菰米肥。其余四只梦洲渚，黄芦白苇相因依。我家曾住苕川上，绿蓑披雨听渔唱。西塞山边今有无，桃花流水应新涨。别来几载栖林峦，身欲奋飞无羽翰。卷图高咏风漠漠，忆尔矶头青钓竿。叙次明洁，老笔横秋。

胡将军歌

胡将军，邦之良，武之豪。身长八尺面如铁，敌人见之凛凛生寒毛。忆昨辛卯岁，九州沸鲸涛。苍生日涂炭，呼天雨泣何嗷嗷。吴王气宇真天人，手提三尺秋水之豪曹。貔貅万灶会滁上，左右环列俱贤髦。将军谒辕门，开口谈六韬。为王之爪牙，出入行阵躬韃櫜。疾如风雨飞千艘。王命胡将军，鳌弧鳌弧尔所操。义声西来动白日，电光闪烁摇旌旄。金陵宣城不日得，徽州严郡随风逃。洞兵三万余，刃鞘弓藏弢。牙旗却指金华城，父老争先持酒羔。喉衿闽楚信州地，将军又为殚力营城壕。乃从元戎上台鼎，横金拖紫独立青云高。将军未下车，民庶忧叨叨。将军既下车，所犯无秋毫。健儿不敢忤民意，酷吏不敢搜民膏。男儿务农耕，妇女勤蚕缫。将军为之垣墉使生厚，民适自乐将军劳。兜鍪貂蝉本无异，拟变方召为夔皋。呜呼壬寅春二月，肘腋祸所遭。三军尽踯躅，万姓皆号啕。朝廷闻之为叹惜，遣中使，降丹诏，遂有光禄大夫越国之崇褒。有庙有庙依岩嶅，春秋二时祀太牢。吹笙鼓瑟兼伐鼛，玉杯春酒酾蒲萄。画梁文栱倍辉赫，焚香仿佛来焄蒿。英姿飒爽毛发竖，阴风吹动团花袍。殿前近侍扪锦绦，壁上先驱出宝刀。出师或衔枚，班师或鸣鼗。将军虽死有余乐，魂魄上与星辰遨。有子有子如将军，志欲与国除腥臊。邻敌侵我疆，勇捷如飞猱。奋身与之战，以一当百战已鏖。将军阴兵实助之，似闻人马声嘈嘈。敌惊灵火遍原野，如中羽镞相呼号。我来祠下谒遗像，秋林叶落风萧骚。雄文大字纪颠末，翠珉已戴黄金鳌。呜呼胡将军，生为名臣死庙食，劝忠之作吾其叨。澄怀按：胡将军，名大海，字通甫。从明祖起滁阳，克定宁国、徽州、建德、婺州、诸暨、处州、广信等处。元至正壬寅，镇金华，为降人蒋英、刘震、李福所害。明赠"越国公"，谥"武庄"。公善用兵，每自诵曰："吾武人，不知书，惟知三事：不杀人、不掠妇女、不焚庐舍而已。"以是远近争先迎附。及死，闻者无不流涕。所至，访求豪隽，金华四先生其所荐也。草阁此作，雄奇生动，可敌西涯《花将军诗》。

秋宵七恨　并序

荀卿《赋篇》于知、云、蚕、箴之辞，始隐而终露，又叠以应之。予尝爱其异，偶值秋宵不堪旅，次韵成七恨，以为一代之新体云。

青蘋叶底声蓬蓬，当年曾号襄王雄。秋高八月势转急，忽来吹我茆屋东。今我夜坐难秉烛，使我发白成老翁，吁嗟恨尔之秋风风。

六月一滴不沾土，连夜淋漓独何苦。红蕉碧梧语叶上，黄茆屋漏那能补。鸡鸣嘐嘐天欲曙，况乃萧条在羁旅，吁嗟恨尔之秋雨雨。

嫦娥窃药奔蟾窟，老兔千年捣何物。玉镜初从海上来，冰轮又向云间没。借问胡为有圆缺，不与愁人照离别，吁嗟恨尔之秋月月。

西风古城夜向深，满空白月光沉沉。罗帏美人劳寸心，双杵忽传空外音。寒衣不来道路远，丁东落耳愁难禁，吁嗟恨尔之秋砧砧。

伶伦截竹才过尺，一吹能裂苍崖石。况复声闻折杨柳，对此令人多感激。中宵无人万籁静，天上残星犹历历，吁嗟恨尔之秋笛笛。

疾雷鸣夏风鸣冬，秋来鸣者难为容。露寒九月入床下，啾啾唧唧群相从。十回归梦九回断，起坐积愤填心胸，吁嗟恨尔之秋蛩蛩。

洞庭波寒秋影乱，几回相失声相唤。草木黄落始来宾，颇似人生系微宦。数年寄书长不达，应负冥冥在霄汉，吁嗟恨尔之秋雁雁。诸咏胎源少陵《同谷七歌》。

王子约双钩竹歌

王君金华人，画竹夸当代。此竹乃是钩勒之所为，座上千人万人爱。爱君为人清拔俗，兴来踏遍筼筜谷。笼籦桃枝纷入眼，篻簹笆篻常经目。往年曾见吴门道士张溪云，归晚轩中事幽独。有时不作山水图，戏拈银毫画此竹。王生笔法乃过之，比似张生更神速。王君写竹能写形，脱略粉墨辞丹青。或如金错刀，或如铁钩锁。或如银幡宝胜之飘飖，或如金节羽衣之婀娜。或如白凤尾，或若苍龙鬃。天机逞其妙，形状何瑰奇。唐时亦有萧协律，所至清风起萧瑟。眼昏手颤艺转工，一十五茎称绝笔。宋时亦有文湖州，画竹人推第一流。能令万箨起崖谷，出墙之梢为最优。东坡作竹短而瘠，别试茏葱在林僻。玉堂多暇图一枝，复有小坡能画石。前元作者李仲宾，琅玕卓立无纤尘。蓟丘家世不易得，父子相传俱绝伦。吴兴学士赵公子，飞白之石谁能比。水晶宫中春日长，移得蓝枝落窗几。后来又有柯丹丘，大叶长梢动冕旒。天颜有喜频赐予，晚节衰飒江湖秋。诸公画竹工画影，隔帘仿佛潇湘景。我欲鼓柁游潇湘，碧云万顷浮天光。美人娟娟隔秋水，欲来不来空断肠。我欲乘风发清啸，扁舟直过湘妃庙。中流鼓瑟声铿锵，和取湖南竹枝调。何如曩昔行李游京都，故人为我共作翠竹红梅图。原父写梅君画竹，价重已压青珊瑚。挂在成均之左庑，交游轩冕观如堵。天上归来十二年，柴扉草阁荒山田。此君风节还依然，王君王君听我语。我歌长歌君起舞，花溪水接双溪长。与君百里遥相望，不如坐君西郊之草堂。歙坑旧砚椭而苍，鹅溪素练雪色光。风晴老嫩任君写，无使古人专擅场。放笔为直干，淋漓满志，草阁长歌，皆当作如是观。

踏车行

南岸北岸声咿哑，东邻西邻踏水车。车轮风生雷转轴，平地雪寒生浪花。借问老农何太苦，低头欲语还咨嗟。前月有雨田未耘，非其种者纷如麻。县吏捉人应差役，令严岂得营私家。况当今日滴雨无，陂塘之水争喧哗。虽如抱瓮沃焦釜，蹄涔岂足供泥沙。语罢踏车车转急，田水何如汗流湿。老妻贷谷犹未归，力疾无奈吞声泣。逼似香山乐府。

青山白云图

若有若无青山之嶙峋，欲断不断白云之氤氲。往往何人得此意，高公彦敬下笔艺绝伦。我歌紫芝白云里，白云却向青山起。裁云为我衣，推山作我几。松花酿酒三千石，醉后高歌歌未已。歌罢仰天笑，此乐人中仙。心摇赤城霞，目断苍梧烟。左执容成袂，右拍洪崖肩。

五云之佩何翩翩，乘风欲往蓬莱巅。蓬莱巅，渺何处？金银楼台隔烟雾。青鸟衔书海上来，千岁胡麻欲成树。怅不往兮心茫茫，云浩浩兮山苍苍。人间亦自有真乐，还君之图兮赠君青山白云作。

处女吟

深闺有处女，盈盈好颜色。施朱太赤施粉白，画工如山貌不得。年逾三十未适人，蹇修塞门守愈真。清晨去采山上柏，愿以苦节终吾身。东风吹绿阶前草，蝴蝶双飞一何早。长门白日落花多，人生只似花开好。东家小姑嫁大官，锦靴笑坐黄金鞍。一朝失宠如敝屣，镜中孤影愁离鸾。西邻小妹嫁豪贾，聘与黄金贱如土。失身乃在江海间，梦魂长怨风波苦。何似深闺处女吟，许身真比双南金。寄声小妹小姑道，适人容易红颜老。草阁当元季，潜晦不仕，此诗盖寓志也！

题烟波叠嶂图

忆昨扁舟上南斗，顺风看山如马走。前山在眼后山失，紫翠缤纷落吾手。当年见山如画图，画图得似当年无。临轩把玩笑绝倒，蚤觉诗思生江湖。江风萧萧烟水暮，尽是渔翁钓鱼处。安得身轻如白鸥，江上飞来又飞去。朱笠亭云："妙在不泛写山水，都从'烟波叠嶂'四字生情。"

送顾仲明之常熟教授

自从吴中识君面，江海相违复相见。交情不下十年余，岁月匆匆若流电。尚忆清风入咏楼，与君饮酒楼上头。酒酣借箸为考击，狂歌落日惊沙鸥。闻道兰亭看修竹，官冷三年食无肉。褐袍才染柳汁青，又载琴书问常熟。此州吴公之故乡，弦歌仿佛声洋洋。孔门政事出文学，坐令州牧成龚黄。朝来河雨添春水，吴船催发吴歌起。酌君别酒情未已，我亦衢州戒行李。人生离合真可怜，临行把袂心茫然。相期出处各努力，浙水东西谩相忆。诗近平易，而句法叙次实出少陵。

匡山行为章三益作

仙人休吹紫鸾笙，听我一曲匡山行。青莲居士读书处，至今石室丹霞明。龙泉西南百余里，四面峥嵘翠峰起。先生结庵当画图，正与匡山景相似。屋前屋后皆种松，坐看百尺苍精龙。苔皮深含霜雪古，铁干返走风云从。一亭下浸苍波冷，缥缈烟云成万顷。中有神鱼长比人，翠鬐翻动玻璃影。一亭上与浮云齐，赤阑干外青天低。分明投壶笑玉女，仿佛出海闻金鸡。东南一亭隐林樾，地位清高隔炎热。人间赤日如火流，疏篁琅玕自苍雪。最其秀者环中庭，周遭万朵芙蓉青。朝来爽气落吾袂，萝风吹日天冥冥。鹤怨猿惊归未得，绣衣今作山林客。故山回首五情摇，归梦时时到寒碧。自古山林钟鼎同，先生况有前贤风。少待功成拂衣去，入门依旧山花红。

嘲鸠三五七言

双鹁鸠，毛斑斑。阴雨逐妇去，晴天呼妇还。嗟哉尔妇良不易，爱憎只在须臾间。言近旨远，工于讽刺。

题五马图

开元四十万匹马，谁是超然出群者。曹韩笔力非不工，须信真龙最难写。真龙只有拳毛騧，太宗骑此开唐家。雄姿猛气世无敌，当时识者久叹嗟。吴兴公子画五匹，满眼风云起萧瑟。一匹玉花啮且骄，一匹飞黄甚飘逸。驳文殊者一匹雄，一匹紫电奔长虹。中央正立一匹胡青骢，遂令四马皆下风。想见承华春苜蓿，此马由来字天育。殷红盘袍帽纹縠，奚官杖策来监牧。花萼楼前春日迟，五王宴罢何逶迤。乃知画师用心苦，俟我落笔题新诗。

鸿门舞剑歌

鸿门大将夸重瞳，虎视六合无英雄。当时灞上隆准公，低眉俯首趍下风。青蛇光寒射尊俎，酒酣拔剑为谁舞。一舞范增身若云，再舞张良面如土。神锋慓魄可奈何，唤取楚人歌汉歌。当筵对舞张羽翼，红烟紫电光相摩。须臾舞罢沐猴悦，亚父翻成背流血。玉玦不灵玉斗裂，楚汉雌雄从此决。

煮豆酌白酒歌

煮豆酌白酒，豆肥酒气温。相对二三子，其乐难具论。君不见晓来雨过东家村，丛丛豆荚生篱根。阿翁提篮跣双足，采摘采摘呼诸孙。归来笑指老瓦盆，酒波犹带新糟浑。田家酒具如窪樽，一碗入口春无痕。两碗三碗鲸涛奔，四碗五碗和江吞。须臾饮至百十碗，眼花耳热低乾坤。忆昨豺虎如云屯，旌旗满目烟尘昏。杀人如麻血成海，十室九家无一存。大臣自合死社稷，况叨厚禄承君恩。近闻省府日筵宴，椎牛宰马齐昆仑。吾徒布衣在草野，忧心恻恻怀至尊。鸣呼萧艾满城邑，馨香不数兰与荪。呼童煮豆复进酒，呼儿为我关柴门。

题胡济源听泉楼

冷泉亭子深且幽，我昔杖履曾追游。山中正当朝雨霁，坐听泉水涓涓流。初如松风洒万壑，忽如仙珮锵鸣璆。又如蛟龙起潭窟，霹雳闪电摧林丘。黄猿抱子挂秋影，良久不下声啾啾。是时同行四五人，相对毛发寒飕飗。乃知福地难久住，却载酒壶登彩舟。故乡一别几十载，江湖浪迹如沙鸥。风尘澒洞箭满眼，欲归洗耳嗟何由。

飞来山色入我梦，碧松丹桂枝相樛。每逢泉石必宿留，题诗感慨无时休。胡君亦是听泉者，胸次磊落非常俦。何当暇日登君楼，与君作记楼上头。

次何赞府游寿山诗韵

我昔手持绿玉杖，遍观寿山寺外崒嵂之奇峰。天风吹我衣，云气荡我胸。峰形峙为五，烟霞有路遥相通。横秋双涧桥，影枕寒潭空。上有欲落不落之怪石，下有半枯半活之欹松。一峰凌紫霄，曙色何曈昽。金鸡唤起海底日，绝顶尚有苍凉踪。一峰翠氤氲，恍如武林之景迷西东。山泉春雨余，流出桃花红。左右一峰若覆釜，气蒸云梦秀所钟。西看瀑布吼飞雪，乃有一峰迥出倒挂虹影于晴穹。一峰后顾复何似，赑屃俨若蟠蛟龙。输青献翠千万状，并视培塿夸豪雄。香炉紫烟远莫致，庐山谩诧金芙蓉。尚忆当年紫阳翁，二三贤俊题名同。嗟余寥落生苦晚，不得亲陪杖履游其中。兜率台高花雨濛，金仙趺坐青莲宫。何当复约哦松公，灵岩石室幽绝处，笑挥白玉麈尾尽日相过从。

题严子陵钓台

汉祖龙飞日，先生钓泽中。布衣曾友道，台鼎不偿功。七里滩头月，一丝江上风。古今评论者，只作隐沦同。寓意高远，可与唐权文公作并美。

旅中秋怀

高秋云冷雁南飞，游子天涯尚未归。风雨黄花佳节近，江湖白发故人稀。蓬莱献赋才名拙，盘谷读书心事违。正是客愁眠不得，谁家彻夜捣寒衣。

赠朱原达

江海相违二十年，今晨相见一欣然。已同葛亮吟梁甫，况有侯芭识太玄。深谷鸟啼云似水，远林花落雨如烟。酒酣不省他乡客，尚忆西湖小画船。

送戚县尉之会稽

越州船样小如梭，妇女牵船唱越歌。秦望山宜篷底看，贺家湖向镜中过。青袍作尉登临遍，彩笔题诗感慨多。况是右军遗迹在，未须射鸭且笼鹅。

萧　何

刀笔区区起沛丰，经纶事业尽关中。抚民为有三章法，转漕能先百战功。汉祖难忘上林苑，韩侯谁使未央宫。可怜一代兴王略，只与当时主吏同。令汉家功臣第一人何处生活?

送永嘉葛令归燕

人人尽说丹砂令，三载容成德化宽。但识弦歌能变俗，岂因松菊便辞官。扁舟落日孤城远，二月黄河春水寒。从此去天才尺五，故乡风物是长安。

夜回三界

芜尽田园事远行，微躯辛苦为苍生。雨寒但觉篮舆重，月黑全凭火炬明。路转松林多虎迹，夜投茆屋少鸡声。五更又过清风岭，官事匆匆敢计程。五、六写尽荒僻景象。

吕思纯见访赠诗用答其意

梅雨三日溪水深，一舸来访见幽心。洗杯行酒月在地，开户读书风满林。子才可陈贾谊策，我醉但鼓陶潜琴。空山茅屋少供给，持此以报双南金。疏爽。

除夕有感

家人草草具杯盘，爆竹声中笑语欢。衣上忽看慈母线，泪痕如雨落更阑。

春日杂兴

鹧鸪春雨过东风，晴日桃花岸岸红。行到小桥闻犬吠，人家都在柳阴中。

［附录］

凌云翰　六首

云翰，字彦翀，钱塘人。洪武初，除成都府学教授。以乏贡举，谪南荒，卒，归葬西湖。有《柘轩集》。

陈光世曰：“柘轩诗体悉备，庄敬而不亵，和乐而不淫。虽无刻苦丽密之功，而平易典则，发乎情之自然，有足观者。”

朱锡鬯曰：“彦翀学于陈众仲，故其诗华而不靡，驰骋而不离乎轨。五言如《陪祭作》，七言如《鬼猎图》，才情奔放，不可羁勒。直可搴郁离之旗，摩青丘之垒。集中与张行中论诗云：‘艰深文浅近，臭腐化神奇。每到真成趣，由来不费辞。’其自得之深矣！”

赵大年芦雁图

平林带烟波渺渺，风低葭菼秋声小。望中疑是彭蠡湖，十百为群尽阳鸟。楚天未雪无雨霜，南来岂必谋稻粱。哀音若诉云路迥，老翅不厌关河长。汀州水落成平陆，散乱凫鹥聚沙曲。低飞不肯伴寒鸦，犹绕荒村破茅屋。屋中有客挥五弦，从之不得心茫然。何人图画能著此，赵氏丹青称大年。徽庙元年颁凤历，此图正是当时迹。便从宣和到靖康，艮岳禽声起秋夕。古往今来几盛衰，摩挲老眼竟成悲。良工心苦人莫识，似写周宣鸿雁诗。

关山雪霁图

前峰后峰雪模糊，东村西村春有无。快雪时晴入佳想，况复见此关山图。关山迢递相联属，玉洁珠光眩人目。扶桑飞上金毕逋，暗水流澌度空谷。野桥行过路三叉，青旗插檐沽酒家。骑驴倦客得少憩，怅望远道还咨嗟。诗翁好事长起早，天寒只恐梅花老。柴门时有故人来，阶下白云须净扫。此图一日落尘寰，笔法依稀荆与关。人生远游固云乐，何似在家长看山。我本识字耕夫耳，占祥便作丰年喜。田园归隐会有时，麦饭饱餐茆屋底。

陈居中进马图

明王慎德蛮夷宾，尺天寸地皆王臣。远人重译贡龙马，流沙万里来麒麟。金丸声动拂郎国，宝剑气接明河津。不知何年离榆塞，但见此日朝枫宸。毛弱生来玉琢鼻，钱骢隐起花攒鳞。最后赭白信无敌，如此丹青疑有神。腾骧欲飞使者喜，控制不得奚奴嗔。我闻陈阅善匠意，无乃韩幹为前身。按之图中得所似，惜哉世上遗其真。骊黄牝牡不易索，九方皋后知何人。

曾瑞卿山水图

山关迢递野桥斜，策杖幽寻岂惮赊。路转峰回连佛寺，鸡鸣犬吠隔人家。白云作雨多于絮，红叶惊风少似花。不是褐夫能貌得，空令泉石老烟霞。

次徐总制韵

燕子来时花满城，海棠丝雨半笼晴。行人最爱西湖水，流入官河也自清。

刘文质松溪小像

为听松风直过溪，长琴分与小童携。白云不隔天台路，千树桃花一鸟啼。

李延兴 八首

延兴，字继本，东安人，占籍北平。至正丁酉进士，授太常奉礼，兼翰林简讨。遭乱，弃官隐居。洪武中，属典邑校。有《一山集》。

朱锡鬯曰："一山，北方之学者。其诗文颇拔俗，长歌尤擅场。"

汪端论曰："柘轩、一山两家诗，长篇巨制，横放奔腾，排奡有余，逸宕不足。盖究心韩、苏未甚，纡意李、杜者。然才力宏肆，如渥洼生驹，未免蹄啮。而雄骏之气，终异于果下骝也。○《柘轩陪祭作》《鬼猎图》二篇，众推名作，然铺叙平实，绝少生气。一山《石鼓歌》《松雪画马》诸篇，亦伤冗杂，皆非正声，故不入选。"

题壁间杂画

山中之人气奕奕，爱画云山与水石。远山近山恣一挥，顷刻生绡数十尺。今代只数高尚书，妙处不减米家笔。后之善画者为谁，青山白云久萧瑟。忽惊座上烟蔼生，漠漠平林翠如织。平生梦想不可到，乃在君家雪色壁。花发深林破晓红，水合长天荡晴碧。芦边雁影落回汀，沙上渔蓑晒斜日。白发苍颜四老人，棋罢松间坐争席。笋皮笠子大如伞，归去不愁山雨湿。炉经九转炼丹成，杖挂百钱酤酒吃。眼看此景不可亲，况复憧憧事尘役。会须结屋山之阿，更求好田水之侧。野人生理日有余，耕归牛角悬书帙。茅檐夜火促寒机，古甸秋风收晚栗。安车若便下丘樊，为劝先生不可出。

双鹤吟

若有太古之仙，乃在瀛洲之上，方壶之间。门前双鹤不知几岁月，雪飞风舞迴隔青云端。天空月白双影静，玉笙合奏瑶台寒。石坛暝踏松子落，林蹊晴啄苔花残。仙翁手执相鹤经一卷，逸思泛若孤云间。兴来引双鹤，笑入三茅山。三茅山中瑶草碧，九皋雨散春烟湿。鹤飞乱点层峰青，彩凤苍鸾往往与相识。价重不减双南金，质莹不弱双白璧。不慕懿公之华轩，不逐王乔之飞舄。不巢西湖处士之孤山，不憩黄州谪仙之赤壁。栖紫霞，护丹室，六翮凌层曝朝日。友茅君，呼木客，尽日听琴香案侧。山中之人问讯时，相过蝉联飞绕羊公石。鹤之逝，风翩翩，遥空云落秋无边。鹤之返，山娟娟，红尘不到芸窗前。恍如元方季方在颖谷，倏如陆机陆云来洛川。灿如同颖之禾敷秀唐叔壤，宛如王雎之鸟著美周南篇。薛公之鹤何其夥，赵抃之鹤何其偏。异哉两仙骨，不偏不夥全其天。问鹤往时托巢在何许，邈在辽海之东华表柱。问仙豢鹤到今凡几春，前五百年尝与令威一相遇。鹤飞来，向何所？不渡海之涯，不涉江之浦，直欲飞近天上神仙之官府。天门寥阔不可通，谁到十二璚楼最高处。邓林之广岂无一枝之可栖，何为乎涉云霄，冒风雨？春去秋来恣轩翥，仙亦竟不留，鹤亦更不驻。仙耶，鹤耶，笑我蹩躠于风尘，相随直上青云去。

早过五门

霜白掖楼晓，寒鸦城上啼。微云阊阖外，斜月建章西。忧国心常切，成功计转迷。十年京阙下，贫病尚羁栖。

丙申岁咏怀

白首殊方客，奔驰戎马间。时危忧母老，岁晚寄书还。冻雪连荒野，寒云出乱山。苍茫西日外，痛哭倚柴关。

妻子何时见，凄凉病转侵。虚传千里信，已负百年心。茅屋飞霜满，空阶落叶深。白头吟正苦，回首泪沾襟。

读贾谊王粲传

白发悲王粲，青春羡贾生。万言辞慷慨，一赋气峥嵘。吊屈心犹壮，依刘恨未平。怀贤坐长夜，耿耿若为情。

别易水诸公

一家远隔万重山，古道人稀独自还。夜月屡倾燕市酒，春风又度雁门关。晴天雨散千峰外，野屋云生半席间。兄弟何时重会面，灯前相对话时艰。

挽张及民

寂寞城南一亩宫，百年遗响寄孤桐。巢由杖屦云山外，陶阮生涯酒榼中。祠壁鬼灯然夜雨，墓门衰草起秋风。招魂不隔卢沟水，泪洒霜林万叶红。

卷四下

程本立 三十六首

本立，字原道，崇德人，先儒伊川之后。少有大志，读书不事章句。洪武中，以孝行旌表。太祖谓之曰："学者争务科举，以穷经为名，而无实学。子质近厚，当志圣贤之学。"公益奋励。闻金华朱克修得朱子之传于许谦，往从之学。寻举明经秀才，除秦王府引礼舍人。母忧去官，服除，补周府礼官。二十年，进长史，从王入觐，坐累谪云南马龙他郎甸长官司吏目。土酋施可伐煽百夷为乱，公单骑入其巢，谕以祸福，诸酋咸附。未几，复变。西平侯沐英、布政使张纨知公才，属行县典兵事，且抚且御。自楚雄、姚安抵大理、永昌、鹤庆、丽江，山行野宿，往来绥辑。凡九年，民夷安业。建文初，征入翰林，预修《太祖实录》，迁右佥都御史，以介直闻。坐失陪祀，出为江西副使。未行，闻燕王兵入，自缢于应天府学。国朝乾隆中，通谥"节愍"。有《巽隐集》四卷。

朱锡鬯曰："建文诸臣，文莫过方正，学诗莫过程巽隐。正学之文，取法昌黎，下亦不失为苏子瞻。巽隐之诗，刻意杜陵，下亦不失为陈简斋也！"

汪端论曰："节愍为贝清江弟子。其诗才力，足相伯仲。滇中诸作，尤奇警独造，不特大节卓然也。归愚《别裁集》仅录二首，忽略之咎，安所辞哉！"

惜日短同鲍仲孚作

我志在千古，此生无百年。百年亦苦短，白日如奔川。光阴旦复旦，把镜心茫然。历看古贤杰，勋业照简编。安能不努力，坐待雪满颠。羲和驾六龙，为我迟迟鞭。

出蓼子峪

群山入巩洛，渴骥奔黄河。行人山之下，窄径缘坡陀。单车不方轨，峭壁临盘涡。上有虎豹嗥，下有饥蛟鼍。垂堂夙所戒，叱驭今重过。微忠效驱驰，神物烦㧑诃。

赠吏隐

我志本伊傅，我学非申韩。胡为宦簿书，得匪负衣冠。圣哲动以时，否泰识其端。卷舒则在我，何适非所安。冉冉雁鹜趋，蚴蚴龙蛇蟠。旷心遗困辱，沉迹远疑患。关门古有令，封疆亦有官。公庭有执籥，涧阿有考槃。请渠勿投笔，努力以加餐。

出洛阳城

挽辀上天津，伊阙当我前。连峰左右起，奔走相后先。古来五岳内，嵩高极中天。仪刑正四表，襟带流三川。河山固王室，岂直金城坚。汉业此中兴，周都竟东迁。壮游快一览，遗迹悲千年。颓垣旧谁筑，野蔓凄朝烟。

题竹石小画

玉堂仙人松雪公，写竹正似石室翁。云林道人虽后出，往往落笔生秋风。吴人好书仍好画，百年遗墨千金价。比来何处得此图，松雪云林此其亚。娟娟嫩玉才数茎，烟梢雨叶纵复横。洞庭寒骨沉水底，铁索下取蛟龙争。却忆江南旧池馆，笔床棋局何萧散。一行作吏事便废，十年不归梦欲断。松雪子孙今几人，云林弟子谁逼真？得归故乡倘相觅，竹枝挂我头上巾。

题李典仪云东卷

母老今犹健，儿行久不归。一官淹白日，万里梦斑衣。越郡东溟阔，秦关西日微。只将双泪眼，日日看云飞。澄怀云："如读《陈情表》。"

许　州

丘园莽萧瑟，客子暮徘徊。山自钧州起，河从郑邑来。衣冠余古墓，歌舞只荒台。野哭谁家妇，秋声助尔哀。

观梅分韵

只道花如雪，何知鬓亦丝。客中今日腊，眼底去年枝。地暖春归早，江寒月出迟。诗情似何逊，惆怅立多时。

送景德辉教授归越中　澄怀按：此诗或作宋景濂送许时用诗，误。

斗酒都门别，孤帆水驿飞。青云诸老尽，白发几人归。风雨鱼羹饭，烟霞鹤氅衣。溪山无限意，余亦梦柴扉。三、四含蓄感慨。

晚至晋宁州

落日孤城小，轻烟一水斜。青山蒙氏睑，绿树僰人家。绝塞无来雁，荒亭有噪鸦。多情此州尹，劝酒说京华。

建炎古槐

千尺高槐旧相门，传闻南渡此移根。心经百岁风霜苦，身受三朝雨露恩。破穴中宵经电火，繁阴六月似云屯。池台锦绣知何在，幸尔青青尚独存。

为况伯章司税题鹤湖草堂卷

飞尘不到鹤湖边，隐者堂成似列仙。弱水蓬莱三万里，人民城郭一千年。煮茶风雪烟浮树，载酒空明月满船。此趣直忘身与鹤，扬州何意问腰缠。

高邮夜泊

城头月色见觚棱，城下官河夜欲冰。返照疏林皆野烧，残星别浦是船灯。腐儒食禄曾无补，倦客思家已不胜。春雨五湖烟水阔，荷蓑归去下鱼罾。巽隐襟抱高澹，故诗中多见思归之意。

送安处善税使之官青州

置酒直倾囊底钱，都门醉别意茫然。人生白发屐几緉，子去青州路一千。鸦背夕阳江雨外，马头秋色岱云边。大梁东接齐封近，书信频烦使者传。

为黄伯昂题君山别业画卷

画图林壑起云烟，使者高怀寄静便。背郭真成浣花屋，看山如坐洞庭船。柴门黄叶邻僧扫，石径苍苔野鹿眠。如此故巢劳远忆，只应头白是归年。

入益门

蜀关秦岭路初分，叠嶂层崖日易曛。飞栈下临千尺涧，行人上出半山云。高堂烟雾曾贪画，险道风湍却厌闻。万里敢辞筋力尽，捐躯未足报吾君。

嵩盟九日次井泉百户韵

天涯九日一登楼，应被黄花笑白头。脱帽不妨同醉倒，拂衣安得便归休。山盘晴谷深藏寺，水缩寒溪浅露洲。上马荒城向昏黑，莫教鼓角起边愁。

晚至安宁

连然驿路马曾谙，落日行人思不堪。地极九州铜柱北，山盘六诏铁桥南。汤池水底皆阴火，盐井烟中半夕岚。回首蓬莱天万里，忍教尘鬓白毵毵。奇作。

自姚安出普淜

层关飞鞚出寒云，万木归鸦乱夕曛。山自蜻蛉川口合，路从鹦鹉岭西分。道傍筑室新成市，塞上屯田久驻军。远客谁无乡土念，悲笳吹动不堪闻。

过赵州

青山环抱水争流，行尽云州入赵州。四野耕耘多乐岁，诸蕃斥堠不防秋。过桥花竹前村近，入谷松萝小寺幽。妻子谁能免相忆，他乡虽好莫淹留。

邓川州驿

平冈走马神摩洞，荒驿闻鸡邓赕川。丹壑泄云朝翳日，玉泉阴火夜生烟。一年残历愁来检，万里新诗老去编。山水不殊人事异，中原归计正茫然。

留洱西驿因过三塔寺

眼中城郭与山川，坐我江南罨画船。云气半峰飞白雪，水光一镜落青天。野墙棕树人家住，官路梅花驿使传。最是禅房听梵呗，此心能洗百忧煎。

鹤庆驿会吴人冯广文闽人林税使

马蹄蹴遍阴崖雪，直向居庸塞外行。日落忽闻牛背笛，川平始见鹤州城。秋风千里莼丝滑，暑雨三山荔子生。迁客相逢话乡土，天涯何限未归情。

出龙尾关之永昌

崎岖万里入遐陬，尚觉山川是壮游。倒海鲸波奔石马，极天鸟道凿金牛。昔人于此成三窟，老我而今隘九州。生入玉门班定远，未归能不悔封侯。

陪临安府官僚游龙潭

临安山水似江南，天气况当三月三。往往挥毫逢鹤野，行行骑马过龙潭。载歌白雪谁能和，试饮清泉亦不贪。记取人家画阑曲，桃花一树倚春酣。

题王理问宜休亭画卷

老来多病懒衣冠，结得闲亭日倚阑。岂为好名聊傲世，正缘知止欲辞官。三更海气云霞赤，六月树声风雨寒。归到闽中旧台观，不须山水画图看。

送刘教授致仕归金华

六十看山眼未昏，草堂归去卧烟村。朝廷已许乞骸骨，衣食未须忧子孙。上马天风吹席帽，落帆江月到柴门。美芹炙背区区意，他日难忘献至尊。

和贝惟学登小孤山

西来风浪涌金山，人在鸿蒙沆漭间。大地小孤天柱石，长江第一海门关。鲛人夜泣珠成泪，龙女晴梳翠作鬟。欲问灵巫报神语，我行何日定东还。

双　燕

不归山上宅，烟柳暗春郊。多愧双飞燕，年年觅旧巢。

宿晋宁

汉妇良家子，从军岁月多。生来小儿女，唱得僰人歌。凄婉。

舟中杂兴

十日舟行不见山，沙河多似蔡河湾。舟人忽报安丰近，指点数峰烟雨间。

题画送人归越中

十年归梦落沧波，一日飞帆渡浙河。指点南山最青处，故巢依旧白云多。

扬　州

扬州城下是官河，春雨春风自绿波。欲问繁华旧时事，太平遗老已无多。

城门疏柳噪寒鸦，柳外青旗是酒家。无复春风旧桃李，行人不必问琼花。

华阴驻马桥

绝谷层关路屈盘，斜冈侧嶂石巑岏。今朝驻马桥头立，华岳三峰正面看。

题山水小画

太湖三万六千顷，七十二峰湖上山。草阁酒醒风雨过，棹歌声在水云间。

[附录]

郭　登 九首

登，字元登，武定侯英孙也，七岁能诗文。及长，博闻强记，善议论，好谈兵。洪熙时，授勋卫。正统五年从王骥征麓川，七年从沐斌征腾冲，功皆最。十四年，土木之变，以都督佥事守大同。也先拥帝北去，经城下，谋遣壮士劫营迎驾，不果。景帝监国，进都督同知，充总兵官。也先犯京师，将率所部入援。先驰蜡书奏，奏至，敌已退。帝优诏褒答，进右都督。元登计京兵新集，不可轻用，上用兵方略十余事。景泰元年，侦知寇骑数千，自顺圣川入营沙窝，率兵大破之，斩获甚众。边将自土木败后，畏缩无敢与寇战。元登以八百人破敌数千骑，军气为之一振。以功封"定襄伯"。其后，也先数入寇，元登辄击却之，敌气慑，卒归。上皇二年，以疾召，还。初，英宗过大同，遣人谓元登曰："朕与登有姻，何拒朕若是？"元登奏曰："臣奉命守城，不知其他。"英宗衔之。及复辟，以事谪戍甘肃。宪宗即位，诏复伯爵。成化八年卒，赠侯，谥"忠武"。元登事母至孝，居丧秉礼。为将，兼智勇，纪律严明，料敌制胜，动合机宜。其诗尝自编定，而先之以父钰、兄武之作，凡二十二卷，名《联珠集》，又有《春秋左传直解》。

朱锡鬯曰："定襄力扞牧圉，功存社稷。《联珠》一集，继父兄掉鞅诗坛，西涯以为'明初武臣之冠'。岂惟武臣，即一时台阁诸公，孰出其右？锡山俞汝成，乃谓'可式后之为勋卫者'，是瞽者之言也。"

汪端论曰："定襄诗，气韵沉雄，格调遒上。当风雅衰时，得此可谓空谷足音，匪仅为兜鍪生色也。竹垞盛推其《山王》《楸树》《咏枭》诸篇。然《山王》诗尚不失文昌仲初家法；《楸树》则纵笔挥洒，漫无指归；《咏枭》尤堕卢仝、马异恶习，故均舍之。定襄擅长，固不在是矣。"

题蒋廷晖小景

我家南山下，柴门别经久。不知今春来，新添几株柳？清江闲钓竹，鸥鹭还来否？对此忽相思，长歌独搔首。

送岳季方还京

登高楼，望明月，明月秋来几圆缺？多情只照绮罗筵，莫照天涯远行客。天涯行客离乡久，见月思乡搔白首。年年长自送行人，折尽边城路傍柳。东望秦川一雁飞，可怜同住不同归。身留塞北空弹铗，梦绕江南未拂衣。君归复喜登台阁，风裁棱棱尚如昨。但令四海歌升平，我在甘州贫亦乐。甘州城西黑水流，甘州城北黄云愁。玉关人老貂裘敝，苦忆平生马少游。

哀征人

天迷离，水呜咽。战马无声宝刀折，冤鬼凄酸啼夜月。青磷荧荧明又灭，照见征夫战时血。

自公安至云南辰沅道中谒山王祠

山王庙在山深处，乌鸦乱啼乌柏树。神威狰狞怖杀人，朱吻长牙眉倒竖。红绡抹头袍袖结，手挼黄蛇啗其舌。短碑不题神姓名，芜词漫书唐岁月。阴风飒飒吹灵旗，夜闻甲马空中嘶。老巫开门马无迹，但见狐鸣鬼啸鸺鹠啼。山前居民种禾黍，岁岁祈晴复祈雨。神灵不灵谁得知，老巫分明作神语。往来行人多再拜，炉中无香畏神怪。唱歌打鼓焚纸钱，苍鹅白羊朝暮赛。还把残余抛野草，神意欢欣乌亦饱。老巫丁宁客无虑，万水千山放心去。

过安南卫

绝顶见孤城，征骖向晓行。鸟啼多异响，花发不知名。石涧闲云碓，山田趁火耕。愁闻耆老说，三月未曾晴。

保定途中偶成

白璧何从摘旧瑕，才开罗网向天涯。寒窗儿女灯前泪，客路风霜梦里家。岂有酖人羊叔子，可怜忧国贾长沙。独醒空和骚人咏，满耳斜阳噪晚鸦。

甘州即事

黑河如带向西来，河上边城自汉开。山近四时常见雪，地寒终岁不闻雷。牦牛互市番氓出，宛马临关汉使回。东望玉京将万里，云霄何处是蓬莱？

送牟秉常之甘州

谁折梅花寄陇头，夕阳低处是甘州。秦关蜀道还家梦，白草黄云出塞愁。江上秋生张翰棹，月中人倚仲宣楼。壮怀且赋从军乐，定远曾封万里侯。

入缅征寇早发金沙江

征帆如箭鼓声齐，舟渡金沙更向西。石栈夜添蛮雨滑，晓江晴压瘴烟低。水边乌鬼迎人起，竹里青猿对客啼。又隔滇阳几千里，桐华榕叶晚凄凄。

刘　绩　七首

绩，字孟熙，山阴人，贡性之之甥。深于经学，教授乡里，不干仕进。家贫，转徙无常地，所至，署“卖文榜”于门，有所得，辄市酒乐宾客，缘手而尽。尝有客至，呼茗，久不出，怪之。其妻方拾破纸，以代爇薪，一笑而已。家有西江草堂，人称“西江先生”。所著有《嵩阳集》，又有《三礼图》《六乐图》《春秋左传类解》《霏雪录》诸书。

顾玄言曰：“孟熙，山阴名家，属兴豪华，才思雄健。”

题西陵送别图送姚进士

悠悠复悠悠，风吹江上舟。今朝天色好，送客西陵头。西陵在何许，幂䍥春郊树。搔首望行人，迢迢上京路。京路一千程，官梅照眼明。春风浓似酒，难浣别离情。别离余几日，伫得君消息。折取杏园花，慰我长相忆。相忆梦相仍，高楼只自登。春潮知我意，日夜向西陵。

送友人

芳草绿尚浅，故园春未残。平生为客惯，今日别君难。短棹吴歈曲，哀丝楚女弹。江花正满眼，且莫下长干。

送王内敬重戍辽海

别泪不可忍，杯行到手空。风尘重作客，寒暑易成翁。曙色连关树，秋声起塞鸿。天涯见亲友，还与故园同。

结客行

结客千金尽，酬恩一剑存。羞为狗盗伍，不傍孟尝门。豪语。

征夫词

征夫语征妇，死生不可知。欲慰泉下魂，但视褓中儿。

征妇词

征妇语征夫，有身当殉国。君为塞下土，妾作山头石。短章沉痛，抵得少陵《新婚别》《兵车行》诸咏。

自题诗本

幼小工刺绣，极知针线难。只缘花样古，不耐俗人看。

卷五上

边　贡 六十九首

贡，字廷实，历城人。弱冠举弘治丙辰进士，授太常博士，擢兵科给事中。孝宗崩，疏劾中官张瑜、太医刘文泰、高廷和用药之谬，又劾中官苗逵、保国公朱晖、都御史史琳用兵之失。出为卫辉知府，改荆州，历陕西一云山西河南提学副史。嘉靖初，召拜南京太常卿，提督四夷馆，擢南京户部尚书。廷实少有盛名，谙吏事，所交悉海内才俊。久事南都，优闲无事，游览江山，挥毫浮白，夜以继日。汪鋐为掌宪，忌其名，论去之。家居，耽玩典籍，搜访金石古文甚富。一夕毁于火，大恸曰："嗟乎，甚于丧我也！"遂发病，卒，年五十七。所著有《华泉集》十四卷。国初济南王贻上选刻四卷。

朱中立曰："华泉诗，虽不逮李、何，然平淡和粹。孝庙以前，海岳之才，无其伦比。"

何元朗曰："华泉兴象飘逸，语亦清圆。"

陈卧子曰："廷实粗率未除，然时见精诣，五言尤称长城，声价在昌谷之下、君采之上。"

宋辕文曰："尚书才情甚富，故能于沉稳处见其流丽。"

朱锡鬯曰："华泉长于绝句，昔宋吴江令张达明尝与客论诗，曰：'诗莫难于绝句，尤莫难于五言。欲其章短而意长，辞约而理尽。'华泉庶足当之。"

王贻上曰:“弘正四杰,惟何氏之后最大,李氏次之。徐氏有子伯虬称诗吴中,名载岳岱,今雨瑶华。而华泉仲子习字仲学者,食贫授徒以老,有《睡足轩诗》一卷,‘薄暑不成雨,夕阳开晚晴’‘野风欲落帽,林雨忽沾衣’,其佳句也。”

沈确士曰:“华泉边幅稍狭,而风人遗韵,故自不乏。李、何、边、徐并名,有以也。”

汪端论曰:“华泉古诗,朴实有余,风华不足。近体秀整婉约,有盛唐遗韵,足以肩随仲默,弟畜子循。王弇州言‘尝见空同与袁永之手书,以内弟左国玑贰于己,极排诋之,且云此人尚尔,何况边、李’,边即指华泉。是华泉晚年亦与空同不协。宜其诗绝无齐豫、伧父习气。而虞山乃摈之,与王敬夫、康德涵同列,兰艾不分,未免方隅之见矣!”

送王内史敬夫归省

归骖慕乡土,欲止不可能。朝发华阴祠,日夕过灞陵。风林散轻雨,山店明春灯。忽忆旧时路,别来如更增。蟏蛸缀檐牙,游子行到家。邻里登墙头,顾望纷且哗。堂前列车马,堂上生光华。何以为亲寿,宫衣明绣花。草堂近终南,采兰日往来。兄弟各相勉,行歌咏南陔。亲心日以悦,亲颜日以开。闲时语家庆,笑指庭中槐。春潭水烟青,春岸杏花赤。宛转沙上经,依依记行迹。濯缨清浅流,还坐旧苔石。鸥鹭了不惊,遥应识归客。春分酒初熟,香满青门店。匹马随双童,穿林复经堑。夜窗清梦里,花笔生彩焰。好是南山灵,相寻索诗欠。我思何所在,乃在樊川沚。斜月照虚梁,微风动芳芷。悠悠抱沉念,脉脉感前喜。尺练难重持,春冰限双鲤。君陂水多鱼,我湖山有鹊。一飞与一潜,各自相娱乐。同游京辇下,十载镇如昨。昨夜问君行,朝来宦情薄。君才比天马,高躅不可蹈。我心实亡羊,多岐赖君导。

关山一为别，轮轸何时到。感激木瓜篇，琼琚愧相报。枕书卧南窗，月黑灯不明。遥夜无近梦，深交有遐情。鸣琴写幽怀，调苦弦亦清。曲罢不成寝，高林啼曙莺。秣马西送君，行行古城阴。长亭短亭路，千里万里心。春绿变山草，连连冈与岑。归林渺烟光，仿佛闻车音。

音节缠绵，神理殊近乐府。

分韵再送文熙

夜久河汉横，春堂别灯黯。风凄鸟初动，露重花犹敛。明发不在兹，重关为谁掩。

入锥石口

西登锥石口，鸟道不盈尺。连山树如绣，云中日将夕。不闻樵采音，但见虎行迹。

赠尚子

意气凭凌一当百，关西儒生五陵客。少年学书复学剑，老大蹉跎双鬓白。门下诸生半赐麻，闺中小妇犹炊麦。布衣东来谒天子，春日醉卧长安陌。陌头花絮夕纷纷，琼阁如天隔紫云。浩歌翩然却归去，眼底谁是平原君。

运夫谣送方文玉督运

运船户，来何暮。江上旱风多，春涛不可渡。运船户，来何暮。里河有闸外有滩，断篙折缆腰环环。夜防虫鼠日防漏，粮册分明算升斗。官家但恨仓廪贫，不知淮南人食人。官家但知征戍苦，力尽谁怜运船户。运船户，尔勿哀，司农使者天边来。善于用短。

九　日

白日寒城暮，清秋画角哀。地偏妨采菊，乡远怕登台。鸿雁天边去，风云塞上来。故交零落尽，卮酒向谁开。

西陵访王给事汝温不遇

狂夫多野性，春到每思家。却访山中客，还逢水际花。薄云阴古殿，鸣鸟聚连沙。迤逦回溪晚，西陵月正斜。

下　陵

露行逾十里，夜黑四岩阴。不辨云霞色，惟闻钟磬音。堑鸦翻列火，山鬼啸空林。欲下西陵路，前沟水正深。

窈窕山径僻，喧喧徒御归。马逢危石住，灯入古林稀。树密全妨盖，云寒半湿衣。红门知不远，秋角听依微。

九月望日同大阳有台二使君泛湖出郭

野眺邻幽旷，移舟出水关。上卿双盖迴，渔父一蓑闲。坠叶纷飘座，回汀曲抱山。芳尊对摇落，不醉可须还。

村　舍

村舍孤烟起，山中朝雨寒。丁夫荷锄去，稚子出门看。早稼登场圃，秋瓜蔓井阑。居然羡闲逸，趋府欲辞官。神到辋川。

泛　湖

此日秋风起，移舟向浦烟。客心随地远，人语隔花传。古寺疏林外，孤亭落照前。十年尘土梦，回首一茫然。

山　行

两山开一径，杳杳入云烟。仄磴樵人下，危峰野衲禅。断鸿愁返照，归马识斜川。井邑干戈后，凋零异昔年。

与平崖林豸史泛湖北抵华不注山夜从陆归

黄昏过别业，却见旧山僧。客驾聊云息，乡愁转更增。水光浮夜月，林影散秋灯。隔苑闻寒犬，高轩醉懒乘。

寄华山人

山人归薜萝，迢递两年过。道远情无那，秋来兴若何。隰霜收早稻，江日曝寒蓑。不见云中鹄，空传招隐歌。

寄陈石峰中丞

一别梁园雨，五看秋草疏。君为乌府客，我向白门居。发短风尘里，心长老病余。江流日东下，何处觅双鱼。

出郭将访希准郡伯惧暮而返却寄

驾言江口出，却至水西还。远道空回首，重门欲上关。断云低白雁，斜日近青山。欲采瑶华赠，仙舟不可攀。

用前韵写怀

欲逃中夏暑，暂止上江船。夜卧对松月，晓行披水烟。佳期渺天末，良觌阻尊前。相问各华发，遥悲青镜年。

再次前韵赠载卿

宾堂瞰水浒，沙柳系行船。袅袅绿萝月，冥冥芳浦烟。乡关百里外，世事一尊前。记取相逢地，清河旅食年。

旅寓清源有怀故乡亲友次张西峰韵

雨过双松午，云阴覆阁长。柳蜩迎日嘒，芹燕落泥香。碧水通官舍，青山接故乡。怀人不可见，归思转苍茫。

送都玄敬

驱马别君处，秋阴当暮生。林柯无静叶，江雁有归声。绿水阊门道，青山建业城。未能同理楫，延伫独含情。情在景中。

赠　别

早叶乍辞林，晚蝉初罢吟。入秋乡国梦，垂老故人心。道在宁须禄，官清尚有琴。城隅分手处，惆怅水云深。

次韵留别张西盘

满酌岂辞醉，未行先忆君。山城稀见菊，关树不开云。地入河源渺，天连塞日曛。那堪北来雁，偏向别时闻。沉厚。

送杨伯玉子南归

孤舟风雨凉，江客下江乡。岁月愁边晚，烟霞梦里长。钓溪明藓石，书架拂芸香。霜落南垓冷，何人共采芳。

赵丽卿豸史座留别

听雨罢弹棋，苍茫生远思。遥应白门柳，飘荡绿烟丝。旅迹江花笑，归心海燕知。倚酣方恋别，休诵渭城诗。

幽　寂

幽寂卧蓬户，凄凉怀旧吟。莺啼非故国，草色乱春心。落日黄云暮，阴风碧海深。嗷嗷北来雁，二月有归音。

元日次滦江中丞韵

伏枕惊看岁又新，卧听街市响蹄轮。樽无白酒元因病，屋有青山不当贫。向晚云霞偏弄色，得时梅柳故争春。闭门可是甘肥遁，懒效东西南北人。第四语佳。五、六似刺当时奔竞者，玩结句可见。

春日王监察天宇过访留酌

豸冠春访薜萝衣，晴日池台燕子飞。心为感时偏耿耿，话因谈旧转依依。闲过别院题青竹，却望南山指翠微。欲问野夫栖隐处，九槐溪上一柴扉。

除夕述怀奉次类庵宗伯之韵

薄暮融风起冻霞，五更晴霭丽年华。空香袅篆炉存火，苑色回青柳放芽。辞谷早莺同命侣，过江春雁各思家。物情人事端居外，颇念吾生亦有涯。五、六得比兴之旨。

寄华文远

江空月白秋千里，不见山人跨鹤来。梅树长怀陇头信，菊花虚负掌中杯。清川碧石三吴道，老雁长云九日台。却对晓星伤落落，客边怀抱几时开。清骨棱棱，丽而不腻。

坐上次韵赠朱叔之

暂维沙舸憩兰皋，为访金陵旧吏曹。南雁独冲淮甸雪，北风遥送海门涛。尊开子夜情俱洽，赋入阳春调转高。起舞对君还照影，笑看吾鬓已刁骚。

答滦江王大理再用前韵

棘台春静日端居，藻思玄情入太初。茂叔故应留径草，公仪安用拔园蔬。极知台鼎身须到，岂独边关事可书。江口暮潮天际月，试从消长看盈虚。

用韵赠五松月

忆昔荆南远卜居，相逢曾及雁来初。山堂习隐秋看桂，郡阁留欢夜剪蔬。天末往来千里道，箧中悲喜十年书。怀君只似江城月，长愿清光照紫虚。华泉七律，清婉秀逸，兼青丘、大复之长，余子莫能及也！

寄嘉定章太守

六千里外关山道，十二年中风雨愁。书信不随湖雁过，梦魂空绕蜀江流。纤纤冻柳含烟袅，苒苒春云向日浮。多病有怀贪远望，强扶藜杖一登楼。

七夕有怀

欲问南塘早暮潮，柳烟芦月望迢遥。矶头锦鲤真难掣，天外冥鸿可易招。菡萏出波还并蒂，女牛经岁亦成桥。怀人已恨蓬山远，何处凉风引玉箫。神韵妍雅，绝似玉溪。

次韵殷石溪迁居

溪翁小隐城隅地，窈窕松窗对竹林。习静不知红日晚，避名真似碧山深。临池野鹤陪孤立，破雪江花笑苦吟。从此凤凰台畔路，杖藜应许数相寻。

鉴湖欲并贺知章，洛社何如司马光。耆旧即今新续传，达人随处可为乡。沙溪绿蕙牵风细，水榭青萝映月长。更喜郁林洲畔石，岁寒相对倚冰霜。

刘子希尹王子孟宣许携家酝相过草堂薄暮不至次杜子登高韵以嘲

落日孤城秋可哀，碧溪萦带紫山回。安随土俗登高去，岂得邻翁送酒来。丛菊破霜开小苑，片云将雨过层台。藤萝石上娟娟月，谁共黄昏坐一杯。落落远俗。

闻台峰舟过清源不遂瞻奉短诗寄怀

隔岁关河音信迟，美人千里惜分岐。伯华实愧祁奚举，仲父虚承鲍叔知。春到水亭花发处，月明山馆雁来时。孤帆迤逦青骢远，西望长吟有所思。

新庄道中即事次章柳庵郡守韵

步随芳草惬寻幽，踏遍山亭与寺楼。情入暮春多感慨，地过名士亦风流。川长渐觉三花远，雨足因占二麦收。南望岳峰苍翠里，到时深恐白云留。结语妙有含蓄。

送陈静斋南归

泛梗流萍少定踪，此归何地卜相逢。客帆未挂三江月，乡梦先过五老峰。山水久应怀六一，庙堂终拟召夔龙。极知离合关交谊，莫怪临岐别思浓。

筐山道中留别亲故

发春移舸入冬还，北阙南都去住间。归梦不离官寺月，赏心犹恋故乡山。深怜老病元相倚，可道淹留且自闲。扶醉别君西郭路，共看华发感朱颜。

送赵主簿兼柬同年吕稽勋仲仁

梁溪渺渺锡山苍，南去天涯客路长。霜下海门潮渐落，雨深江甸橘初黄。城池旧识延陵郡，风俗犹传太伯乡。欲见吏曹凭寄语，一年秋色负重阳。熨贴而有风度。

齐河馆中阻雨与二三君子宿别

暧暧青灯夜向深，卧听檐雨话乡音。水荒田野犹征粟，寒入关山未捣砧。江海十年离别梦，道途千里去留心。月明且向孤城立，拟看长风破积阴。凄惋而不迫促。

次韵赠别罗子文同年

白马青衫杏苑东，醉游曾记往年同。不愁花尽三春雨，长恨蓬飘万里风。短札几回传岭外，片帆何日到闽中。南楼素月怀人处，夜夜凭阑向远空。

次韵送都玄敬

古驿征韬画舫灯，客途风景向秋澄。帻边凉月经淮甸，枕上微钟过广陵。草满台城山寂寂，雨晴江寺塔层层。十年旧迹空回首，几度追陪梦里登。

水关东北泛舟晚造希尹别业

隐隐轻雷动水西，水东残日抱晴霓。女墙倒飐红旗影，农屋斜连绿稻畦。张相池台烟漠漠，闵公祠墓草凄凄。回舟不尽登临感，却棹凉风过别溪。写景清峭，恰极自然。

同滦江定斋茂卿登明远楼

群公豪爽过陈登，醉卧高楼第一层。海岳共回千里眺，乾坤遥入四阑凭。城悬暮景初闻雁，寺出寒山不见僧。恍惚洞仙骑羽鹤，紫箫吹断绿云凝。

宴郑氏园亭

触热遥遥一驻骖，望中烟火傍山岚。春回花径残红少，雨过林亭远翠涵。此日图书还客底，故人尊俎又城南。冰壶凉簟留连地，时听黄鹂声两三。

再至居庸

山云冉冉石垂垂，公暇焚香晚对宜。窥牖乱峰青似戟，穴城孤涧白于丝。人家高下缘蹊见，风气寒暄入塞知。凭语抱关休偃仰，云中日夜羽书驰。

题陈氏水阁

吟倚高楼傍槛西，碧窗回览夕阳低。雪消芳渚鸥争泛，春到垂杨鸟自啼。商舸近桥帆影乱，女墙如带草痕齐。停杯不尽兴亡感，六代豪华水一溪。佳景佳句。

自潼口入襄阳道中值雨复霁

遥遥村舍起孤烟，暧暧斜光落暮川。行处只疑身入画，别来应有梦相牵。沙边古柳双栖鹭，石上轻蓑一钓船。趋府不愁江路黑，碧山萝月已娟娟。

归　寺

荒荒野径苍苔滑，浅浅僧房白竹斜。昼坐不知谁是主，暮归聊以此为家。几声画角吹山雨，十里朱门锁苑花。行止也知无定著，寒云枯木楚天涯。调法流转。

九　日

庭喧儿稚亦堪怡，况值黄花烂熳期。池上晚罾收冻蟹，枕边秋扇罢戎葵。山亭月白眠长少，水榭风清坐屡移。昨夜有人东国去，已教先办买山资。新倩。

谒文山祠

丞相英灵迥未消，绛帷灯火飒寒飙。黄冠日月胡云断，碧血山河龙驭遥。花外子规燕市月，水边精卫浙江潮。祠堂亦有西湖树，不遣南枝向北朝。沈确士云："后半神到。吊信国诗，此为第一。"

送曹水部

天涯离袂惜秋分，客枕无端别梦勤。尊酒一宵同听雨，扁舟何处独看云。莺花日远旗亭树，鱼菜春香水国芹。南北相望四千里，出门回首是思君。

送于利

一别春城雨，两回秋月圆。灯前不尽醉，书札但空传。

离肠似连环，宛转不可绝。相送淮水秋，相思燕地雪。

送冯侍御允中还郴

骢马逝骎骎，苍林荫长陌。怜君楚云外，独作秋江客。

杂　画

日出打鱼去，日斜沽酒还。渔翁家不远，只隔岸西山。

闭门听春雨，开门寡行旅。借问桥上翁，河水深几许？

鸟啼青石冈，日照红泥坂。杳杳云外钟，山僧独归晚。

题子立扇头

江静无飞鸟，亭空有落花。主人何所在，沽酒向渔家。

西　园

朝看长白山，暮看长白山。山色有朝暮，吾心常自闲。

冬至上陵

苍苍土门口，日出逢樵叟。问尔何事来，山中苦无酒。

重赠吴国宾

汉江明月照归人，万里秋风一叶身。休把客衣轻浣濯，此中犹有帝京尘。沈确士云：“婉而挚。视素衣化为缁，用意各别。”

嫦　娥　自注：时外舅胡观察谢政家居，寄此通慰。

月宫秋冷桂团团，岁岁花开只自攀。共在人间说天上，不知天上忆人间。

岘　山

大树萧萧白日寒，羊公祠下独凭栏。寻常一种青山石，长使行人洒泪看。

寄楚中友人

客来君寄一双鱼，客去还君一纸书。欲买扁舟向东下，洞庭春浪近何如？

[附录]

顾　璘　九首

璘，字华玉。先世吴县人，徙南京。举弘治丙辰进士，授广平知县，擢南京户部主事，晋郎中。正德四年，出为开封知府，数与镇守太监廖堂、王宏忤，谪全州知州，迁台州知府。历浙江左布政使、山西湖广巡抚、右副都御史，所至有声。迁吏部右侍郎，改工部。董显陵工毕，迁南京刑部尚书，罢归。华玉少负才名，与刘麟、徐祯卿号“江东三才”，又与陈沂、王韦称“金陵三俊”。尝撰《国宝新编》，录李、何以下十五人，各系以赞，时以为允。虚己好士，如恐不及。在浙，慕孙太初不可得见，幅巾道衣，放舟湖上，月下见小舟泊断桥下，一僧、一鹤、一童子煮茗，笑曰：“此必太初也！”移舟就之，遂往还无间。巡抚湖广时，爱王稚钦才，欲见之，稚钦不可。华玉侦其狎游时，疾掩之，稚钦避不得，遂定交。既归，构“息园”，治幸舍数十间，以待四方之客。客至如归，命觞染翰，留连浃岁，无倦色，声誉籍甚。年七十余，卒。所著有《浮湘集》四卷，《山中集》四卷，《凭几集》五卷、《续集》二卷，《息园存稿》诗十四卷、文九卷。

穆敬甫曰：“顾公吴中才子，有知人鉴为当时风雅主盟，诗亦奇古不俗。”

虞山曰：“华玉诗，矩矱唐人，才情烂然，格不必尽古，而以风调胜。”

懊恼曲

小时闻长沙，说在天尽处。人言见郎船，已过长沙去。朱笠亭云：“长沙远，妙说在前，下作不尽语，意味无穷。”

度枫木岭

初指山拂天，飞鸟不可度。艰苦蹑危磴，即是我行路。百折频攀援，十步九回顾。高林忽在下，衣襟带云雾。倒景犹照人，平地黯将暮。东北望故乡，江流莽倾注。长风万里来，独立难久伫。朱笠亭云：“极宕逸作态，飘飘如带云气。”

宫　怨

翠靥金蝉入内家，拟将新宠属铅华。君王自信图中貌，静女虚迎梦里车。帐殿秋寒生角枕，屧廊空响应琵琶。含情独倚朱阑暮，满院微风动落花。

汉皇宫殿月明时，曾侍宸游百子池。舞马登床春进酒，盘龙衔烛夜观棋。御前却辇言无忌，众里当熊死不辞。旧恨飘零同落叶，春风空绕万年枝。工丽之中，复饶温厚。追步唐贤名作。

病中忆陈鲁南王钦佩

空斋高卧动经旬，远梦天涯忆故人。典礼尚闻刘向起，草玄犹奈子云贫。江楼积雨鸣长夜，山郭余花堕晚春。人世几何将白发，年年离恨独伤神。

寄许州七弟瑮

千官扈从羡能文，谪牧新声天下闻。落魄吾家苏季子，风流南郡小冯君。鱼龙路怯黄河险，鸿雁声愁碧海分。莫上吹台瞻越峤，五湖回首隔重云。

庚辰元日

诸侯玉帛会长安，天子南巡历壮观。共想正元趋紫殿，翻劳边将从金鞍。沧江饮马波先静，黄竹回銮雪未干。北极巍巍天咫尺，五云长护凤楼寒。沈确士云："应是宁庶人已擒，而武宗犹巡游不返，故有此作。"

登清凉寺后西塞山亭

晚上高亭对落晖，万山寒翠湿秋衣。江流一道杯中泻，云树千门鸟外微。古寺频来僧尽老，重阳欲近蟹争肥。霜枫恶作萧条色，故弄残红绕客飞。

寄和赵户曹叔鸣西寺游瞩

水香花气凤楼西，宿雨初晴御苑泥。万柳晓笼萧寺暗，五云春压汉宫低。行经绣陌啼莺满，回望苍郊远树齐。独念江南愁病客，竹窗斜月卧闻鸡。

王廷相　七首

廷相，字子衡，仪封人。弘治壬戌进士，选庶吉士，授兵科给事中。正德初，为刘瑾所嫉，谪亳州判官，量移高淳知县。召拜监察御史，疏言："盗贼四起，将帅未能平，由将权轻不能御敌、兵械疏不能扼险也。盗贼所至，乡民奉牛酒，甚者为效力。盗有生杀权，而将帅反无之，故兵不用命。宜假便宜，退却者必斩。河南地平旷，贼易奔。山西地险阻，亦纵深入。将帅罪也。若陈兵黄河之津，使不得西，分扼井陉天井，使不得东，而主将以大兵蹙之，则贼进退皆穷，可不战禽矣。"帝切责总督，诸臣悉从其议。寻出按陕西，裁抑镇守中官廖堂，被诬，下诏狱，谪赣榆丞，屡迁山东副使。嘉靖二年，举治行卓异，再迁山东右布政使。以右副都御史巡抚四川，讨平芒部贼沙保。入为兵部侍郎、左都御史，进兵部尚书，提督团营，仍掌院事，加太子太保。雷震奉先殿，子衡上疏言："人事修，而后天道顺；大臣法，而后小臣廉。今廉隅不立，贿赂盛行。先朝犹暮夜之私，今则白日之攫。大臣污，则小臣悉效；京官贪，则外官无畏。臣职宪纪，不能绝其弊，乞先罢斥。"用以刺尚书严嵩、张瓒等。帝但谕留而已。后以郭勋事有连，被劾，罢归，卒，年七十余。隆庆初，复官，谥"肃敏”。所著有《家藏》《内台》二集，共五十四卷，又有《昏礼图》《乡射礼图注》《丧礼论》《丧礼备纂》诸书。

朱锡鬯曰：“浚川诗格，诸体稍粗，惟五言绝句，颇有摩诘风致，下亦不失为裴十秀才、崔五员外。”又曰：“浚川序空同子诗，称其‘掩蔽前贤，命令当世，秦汉以来罕见其俦’。然空同名成之后，目空四海，观《送昌谷之湖湘诗》，述一代人文之盛，有云‘是时少年谁最文？太常边丞何舍人’。三子而外，并不及浚川只字也。郑继之未尝谋面，乃有句云：‘海内谈诗王子衡，春风坐遍鲁诸生。’宜浚川见之，有知己之感，于继之身后，赋《少谷子歌》，焚其稿于燕，望闽再拜，歌云：‘彼时才杰游帝傍，信阳之何棠陵方。大梁翩翩李川甫，吏部薛生尤擅场。’于空同亦未齿及，不无憾焉矣。他日作《遣兴》十首，其一云：‘昔吟吴下徐昌谷，幻出斯文百代先。’其二云：‘康子文章迥绝尘。’其三云：‘逸气谁当郑善夫。’其五云：‘大复天才冠两都。’其六云：‘后来谁擅六朝奇，君采分明别缀词。’其七云：‘散逸长年何粹夫。’独于空同则云：‘疏越朱弦大雅沉，始知清庙有遗音。峡江迫厄湍澜出，可是空同太剧心。’殆有微词焉。信乎恩怨之难忘也！”

赭袍将军谣

万寿山前擂大鼓，赭袍将军号威武，三边健儿猛如虎。左提戈，右张弩，外庭言之赭袍怒。牙旗闪闪军门开，紫茸罩甲如云排。大同来，宣府来。沈确士云：“即空同《内教场歌》意。”

秋日巴中旅行

巴东秋气早，行客已凄凄。江险深三峡，云寒暗五溪。中原无雁至，异国足猿啼。况近乌蛮塞，连年尚鼓鼙。

春草谣

塘上草离离，照妾春罗衣。待君君不来，满庭萤火飞。

初见白发

日日风尘色，劳劳簿领身。不知清镜里，已作二毛人。

宫　怨

夜辇昭阳月，春筵上苑花。不成供奉日，枉自学琵琶。

秦川杂兴

古陵在蒿下，啼乌在蒿上。陵中人不闻，行客自惆怅。沈确士云："可当《蒿里歌》，故作旷达，语倍凄惋。"

阆中歌

天阔浮烟迴，沙平落照低。春江同在眼，只觉异巴西。

公　鼐　九首

鼐，字孝与，蒙阴人。好学能文，磊落有器识。举万历辛丑进士，改庶吉士，授编修，屡迁左谕德，为东宫讲官，进左庶子，乞归。光宗立，召拜祭酒。天启初，进詹事，乃上疏曰："近闻南北臣僚，论先帝升遐一事，迹涉怪异，语多隐藏。恐因委巷之讹传，流为湘山之稗说，臣窃痛焉。皇祖在昔，原无立爱之心，只因大典迟回，于是缴还。册立之后，有三王并封之事，忧危竑议，之后有国本攸关之事。追庞刘之邪谋，张差之梃击，而逆乱极矣！臣尝备员宫僚，目睹狂谋孔炽。以归向东宫者，为小人；不向东宫者，为君子。尽除朝士之清流，阴剪元良之羽翼。批根引蔓，干纪乱常，至今追想，犹为寒心。夫臣子爱君，存其真，不存其伪。今《实录》纂修在即，请将光宗事迹，别为一录。凡一月间，明纶善政，固大书特书。其有闻见异词，及宫闱委曲之妙用，皆直笔指陈，勒成信史。臣虽不肖，窃敢任之。”疏入，不许。又以纪元甫及半载，言官获谴者至十余人。上疏切谏，忤旨，谯责，寻迁礼部侍郎，协理詹事府，充《实录》副总裁。见魏忠贤乱政，引疾归。初，廷议起用李三才，未决，孝与言：“今封疆倚重者，多远道未至。三才家近，辇毂可朝发夕至也。”侍郎邹元标趣使尽言，以言路相持而止。后御史叶有声追论孝与与三才为姻，徇私妄荐，遂落职闲住，未几，卒。崇祯初，复官，谥“文介”。所著有《问次斋集》三十卷。

王贻上曰：“文介诗文淹雅，不减唐人风致，绝句尤工。”

李渭清曰：“文介诗，篇篇温栗，句句清脆。”

朱锡鬯曰：“言诗于万历，则三齐之彦，吾必以公文介为巨擘焉！即其论诗大旨云：‘《风》《雅》之后有乐府，犹唐诗之后有词、曲。声听之变，有所必趋；情词之迁，有所必至。古乐之不可复久矣！后人之不能汉、魏，犹汉、魏之不能《风》《雅》，势使然也。如汉《朱鹭》《翁离》之作，魏、晋诸臣拟之，以鸣其一代之事，易名别调，当极其长，岂以古今同异为病哉！后世文士，如李太白则沿其目而革其词，杜子美、白乐天则创为意而不袭其目。皆卓然作者，后世有述焉。近乃有拟古乐府者，遂颛以拟名，其说但取汉、魏所传之词句模而字合之，中间岂无陶阴之误、夏五之脱？悉所不较，或假借以附益，或因文而增损，踊躇床屋之下，探胠縢箧之间，乃艺林之根蠹，学人之路阱矣！以此语于作者之门，不亦恧乎？夫才有长短，学有通塞。取古今之人一一强同，则千里之谬，不同秋毫，肖貌之形，难为觌面。

若曰“乐府则乐府矣”，尽人而能为乐府也。若曰“必此为古乐府”，使与古人同曹而并奏之，其何以自容哉？李于鳞曰：“拟议，以成其变化。”噫！拟议将以成其变化也，不能变化而拟议奚取焉？’又云：‘律诗出于古诗而难于古诗，七言后于五言而难于五言，故七律于诸体中最不易工。古今长技，惟杜氏耳。杜氏之长，惟《秋兴》《怀古》《诸将》数篇而已。近世拟作甚多，大率浅率牵合，观者厌焉。’又《赠邢子愿长歌》云：‘为君历代选宗工，前称弘正后嘉隆。北地雄浑真大雅，步趋尽出少陵下。信阳俊逸诚天然，边幅姿态未全捐。济南匠心奇且丽，藻缋无乃伤辞意。武昌才力谢诸君，节制之师独出群。东吴囊括靡不有，利钝未能免人口。大抵明兴只数家，瑜者从来不掩瑕。余子纷纷未易说，拟议原非吾所悦。丈夫树立自有真，何为效彼西家颦。’盖力攻摹拟之非也。”

汪端论曰：“东桥、浚川、文介诗，均能自出新意，不逐时趋。东桥之七律，浚川之五绝，文介之七绝，尤多佳境。至东桥、浚川为空同挚友，文介乃历下乡人。而东桥撰《国宝新编》于空同颇寓不满，浚川则始合终离，文介针砭历下之病，与于文定并称卓识。今录三公诗，附录华泉后，以见士贵特立，而不在依傍门户也！”

咏　古

齐纠亡公子，乃有从死臣。田横五百士，临难皆殒身。西京万亿众，符命争美新。古来称得士，惟在意气真。推心置人腹，豚鱼亦相亲。

古人获我心，善达穷通理。安危虑所居，屈伸贵自已。已贵可复贱，中立常不倚。衰至易生骄，腊毒恒在美。薛公仅遗荣，疏傅庶知止。寥廓睎冥鸿，矰缴安可拟。

梁台遇雨

不见梁台月，孤亭暮雨昏。感时思艮岳，怀古问夷门。苑竹龙钟发，宫槐兔目存。星轺疏应接，白鸟对开樽。浑雅。

诸　将

上谷渔阳拱帝京，相连河外受降城。一从塞马来南牧，遂使王师罢北征。绝徼尚传青海箭，中原新动绿林兵。主忧正值宵衣日，谁向天山答太平。

南竺寺

晚霞挂重塔，微月碧殿空。林壑松桧响，十里闻秋风。

习家池

岘首岧峣汉水长，习家烟树野亭荒。羊公流涕山公醉，并枕残碑卧夕阳。妙在不下断语。

别邢子愿

南浦分携暮雨微，平林望断送将归。新诗一一题团扇，陇首秋云片片飞。王贻上云："不减唐人风致。"

济南晤李季重

一望并州雁影沉，三年幽梦峼湖阴。历城四面寒泉水，堪照青陵台下心。四句中，皆用地名。源出太白《峨嵋山月歌》。

西郊金主钓台

花石遗纲陷战图，蓟门衰草钓台孤。不知艮岳宫前叟，得见南军入蔡无?

卷五下

皇甫汸 四十四首

汸，字子循，长洲人，七岁能诗。举嘉靖己丑进士，官工部主事，历郎中，名动公卿，颇沾沾自喜。用是外谪为黄州推官，屡迁南京稽勋郎中，再贬开州同知，量移处州府同知，升云南按察佥事，以大计免官，年八十而卒。子循与兄冲、涍、弟濂并博学工诗，时称“四皇甫”。所著有《司勋集》六十卷，又有《百泉子绪论》《解颐新语》。

穆敬甫曰：“皇甫伯仲，以诗为业，各臻妙境，而司勋尤为白眉。”

胡元瑞曰：“子循五言，清空潇洒，色相尽空，虽格本中唐，而神韵过之。”

冯元成曰：“皇甫百泉与王弇州名相埒，时人谓‘百泉如齐鲁，变可至道；弇州如秦楚，强遂称王’，最为确论！”

沈确士曰：“吴中诗品，自高季迪、徐昌谷后，应推四皇甫，以造诣古澹，无一点秾纤之习。时‘二黄’‘三张’，空存名目耳。”又曰：“子循五古出入二谢，五律亦在钱、刘之间，与兄子安可云敌手。”

汪端论曰：“子循诗，虽取法选体、中唐，瓣香实在迪功。故与黄勉之为中表而不师献吉，与王元美相倡酬而无取于鳞，澹雅矜炼，自成一家。当时论者曰：‘吴诗清浅靡弱，不以二李剂之，何以诗哉！’是盲人之言也。”

奉答子安兄

江郭改故阴，家园蔼新霁。柔条始发林，芳草渐纡砌。潘居信为闲，杨亭况重闭。曰余忝明时，与子承嘉惠。分省各有愆，佐郡惭所莅。暂就北山招，转惬东田税。情忘桃李言，迹岂匏瓜系。感遇兴长谣，来章缅幽契。

仲秋之月诸昆燕私风月虽佳云雨或间五首

奉义游京邑，数载违亲宴。迢迢明月光，照我越江汉。何如故乡夜，及此清秋玩。镜彩揽未盈，璧景委才半。桂树敷丹英，华萼纷相焕。虽谢西园悰，庶附南枝翰。十三夜。

良辰信具美，清夜永为欢。明月已几望，华彩流云端。广庭置芳座，高会列盘餐。但云杯行缓，不惜露下寒。情来感今易，迹往恋昔难。一闻关山曲，犹似别长安。十四夜。

敦赏每卜夜，行乐聊及时。秉烛且不寐，待月岂云罢。鳞鳞玉叶薄，皦皦金波迟。高台临窈窕，回塘生涟漪。载歌蟋蟀唱，复咏鹡鸰诗。清辉一以鉴，素心同所期。十五夜。

嘉月有余照，欢晤无限情。宠弟载旨酒，要我坐华楹。蓂齐荚复委，桂满轮乍倾。忽忽愁霖至，浏浏悲风鸣。圆缺递相运，明晦焉足惊。太康靖往训，知止崇令名。十六夜。

肃肃敛朝云，娟娟收夕雾。江上珠始来，天际镜方露。列宿齐掩缛，凝霜共呈素。嘉肴尚堪荐，美酒犹足具。良友且无归，剧饮酬兹遇。

所愿扬末光，何辞照迟暮。十七夜。

冬日往虞山作

故乡谁不怀，名山矧余慕。一为尘迹牵，遂阔赏心晤。偶值芳岁阑，遥泛沧洲趣。澄江带余霞，丹壑收残雾。严霜委野草，寒飙振皋树。指途寻旧踪，流盼成新寓。鱼乐愧渊沉，鸿冥羡云骛。归来徒是今，履往怅非素。

从军行寄赠杨用修

鸿运纂丕基，龙飞起潜邸。圣孝亶渊衷，徽猷迈前轨。聚讼纷盈庭，批鳞抗群议。徒逞折角雄，犹取越樽忌。在宥蒙至仁，承嘉远投裔。稽首金马门，伤心碧鸡戍。幕府雅好贤，辟君掌书记。三纪逾瓜期，数口尚匏系。朅来秉宪章，欲往问奇字。为赋从军行，聊展怀人思。

思文际圣君，稽古萃群辟。子云侍承明，胡为去荒域。被命事犀渠，差胜下蚕室。愤志酬八书，荣名重三策。丁年子卿嗟，皓首仲升泣。看鸢穷瘴烟，放鸡定何日。业既违操觚，勋还期裹革。五月行渡泸，千里望巴国。泸水向东流，巴云忽西匿。相思持寸心，愿附双飞翼。

送陆宜甫还洞庭

烈士睎康衢，逸人缅幽壑。矫翼鲜宁栖，潜鳞有深托。陆君箕颍流，雅志甘场藿。被褐自行吟，持经事耕作。别来岁屡遒，念往迹犹邈。避乱辞东山，韬光翳南郭。聿暮促归心，申章叙离索。雪积湖上居，云停林间阁。挂席回青阳，援琴迟芳酌。愿保黄发期，无渝素心诺。

熟精选体，乃有此作。

送陆给事灿谪都匀驿

国论何年定，乡心此夕摇。雁飞天畔驿，龙隐日南桥。谪宦恩非薄，之夷路讵遥。谁怜梁傅泪，曾洒汉文朝。

腊月十五夜

坐惜青天月，能余此度圆。乍来梅蕊下，犹满桂丛前。江浦潮难落，关山思可怜。催人三五夜，含照入新年。

秋　日

关山回素节，水月湛清虚。暑气销兰酌，凉飔袭桂裾。露疑仙掌后，叶似洞庭初。愿得逢南雁，他乡一寓书。

虞山遇陆一宜俯吴二子新同泛因登绝顶作

共惬山中想，俱来水上逢。寻溪迷万转，攀壑隐千重。云气流岩竹，泉声落涧松。穷探不惜暝，还陟最高峰。

咏虞山倒影

今夜看山色，翻从一水中。溪岚乘月吐，岩翠合云空。波净明葭菼，沙寒落雁鸿。临杯挹仙桧，星影乱芳丛。摹写空灵，化工之笔。

冬夜对月

木落但疏林，萧然月色深。无愁蟾兔缺，只惜岁华侵。霜露流寒影，关山恋故阴。汉家新罢战，万里照归心。

熊叔抑同唐应德入四明吊陈约之怃然作诗

怜君提宝剑，东去觅徐君。可惜看花伴，翻同落叶分。泪倾鄞海月，心断剡溪云。箧内收遗草，传来不可闻。

寄王稺钦

一自楚乡别，再逢吴苑春。风尘愁作吏，江汉远怀人。驿路梅花发，祠堂柳色新。将从渔父问，湘水隔迷津。

昆山道中清明

芳辰郊外度，烟火晓来微。萝磴通樵径，花洲出钓矶。且因乘月往，更得咏风归。莫恋明时去，空惭吏隐非。

朱大理邀游大石

振策凌霄上，留筵拂石开。峰悬疑削出，崖断似飞来。云气晴交雨，涛声昼引雷。危梁倘可度，扶醉隔溪回。

十月十五夜月

清汉月仍满，空山岁欲阑。入林无叶碍，映水觉池寒。远道心千里，高楼思万端。谁能三五夜，长及盛年看。三、四写月之神，谢希逸亦未曾道。

酬子安迫岁将事行役书情

闻君歌赴洛，而我叹游秦。一出江湖远，频惊岁月新。闲云归后意，芳草客中春。不及稽生懒，长辞当路人。

舟中对月书情

不识别家久，但看明月晖。关山一以鉴，驿路远相违。影落吴云尽，凉生楚树微。天边有乌鹊，思与共南飞。

初入京

子牟怀魏阙，张敞恋都门。窜逐一何久，交游半不存。云山到如梦，桃李对无言。谁识伤弓者，明珠欲报恩。

赠高邮守陈光哲

王祥佩刀日，谢朓下车辰。坐见望舒改，行歌沂海春。淹留倚淮树，迟暮对江蘋。宣室多祠事，犹怜未召人。

道中忆陆子宜俯

良友一相失，殊方谁见求。湖云归去夜，坛月别来秋。梦里青山路，吟边芳草洲。何由迟欢晤，天外是南楼。

秋日思牛首诸山因寄海天上人

坐忆空山路，青林去不遥。斋关闭秋雨，寒磬落江潮。雅自依龙藏，凭谁问虎桥。尘心报支遁，何日晤言消。

秋日怀王维桢

京国岁华晚，江城风雨秋。疏声兼叶度，寒色带云流。羁宦潘生省，怀人谢监楼。如何潮落尽，犹未下仙舟。

送沈二游越中

携琴谢氛俗，抗策访名山。世事兴亡后，秋心词赋间。石潭沿月弄，天目倚云攀。别有观涛兴，枚生定未还。雅人深致。

荆州咏云梦泽送子约

七泽疏云梦，三湘汇洞庭。路随芳草绿，窗入远峰青。神馆朝蒸雾，仙槎夜犯星。悬知赐田者，词赋拟骚经。典丽。

诸君乘月携酒见过迟谢山人不至席上作

芳树长安道，春宵动旅愁。一尊良宴会，四海尽交游。玉漏寒频度，金河静不流。清辉怜谢监，何事隔南楼？

寄子约弟

两地承严窜，同时罢省郎。因书问舟楫，何日下沅湘。客梦频栖月，征途欲戒霜。平生题赋意，那得倦游梁。高格。

石　门

洞门纡径引，飞瀑半空闻。挂壁常看雪，开窗但弄云。帆轻过鸟疾，衣冷落花纷。何事淹归驭，清晖恋谢君。

九日寄子约　时海寇甫戢，闻河中盗起。

漫有登高处，兼当望远何。对花惊白发，见雁忆黄河。乱后书来少，霜前木落多。不堪羁宦日，同是阻干戈。神骨俱王。

七月六日张幼于馆燕别将赴豫章

祖席叨君燕，萧斋与客过。旱云凉思少，江月旅情多。著作惭金马，迟回恋薜萝。欲知临别恨，来日视星河。

袁州九日

信美登高日，宜春有旧台。花非吴地发，雁是楚天来。郭外千家尽，窗中万壑开。此乡多旨酒，聊覆使君杯。

与郑司士夜话

故国经年别，他乡会面难。人疑天外至，花似梦中看。山瘴侵毡湿，江流绕舍寒。不知台省客，谁念一儒官。

三衢道中

山居无别业，民俗半为农。树杪开山阁，溪湾置水舂。采薪朝候艇，乞火夜闻钟。岁晏收卢橘，犹堪比户封。

由罨画溪登玉阳山院

溪水镜中渡，风帆画里看。潭犹名玉女，地即访铜官。向夕山常雨，先秋树已寒。洞霄供奉日，归隐圣恩宽。隽永。

广寒宫登眺 即辽后洗妆处。

宝阁凌霄建，珠窗映日开。月临疑桂宇，露洒即铜台。山悉图峤入，池犹象汉回。倚妆花屡发，窥舞鸟能来。倾国元因色，劳民岂但财。地随胡运改，栋与美人僱。殷监良非远，秦宫亦可哀。圣朝留故迹，皇览实休哉。

赠胡开府

平戎今代推司马，屡奏飞书达汉家。雪后三军蒙挟纩，月明千里听吹笳。周瑜旌节屯江左，王濬楼船出海涯。闻道西湖罢歌舞，春来依旧见繁华。

寄刘谏议畿

经年尺素未曾题，长夏郊居懒自宜。北虏尘飞榆塞日，西京灰满柏梁时。中朝望属阳司谏，左掖吟怜杜拾遗。定有封章回圣主，莫须焚草避人知。得赠人以言之旨。

送淳甫之南都

怜君避难频为客，非是干时谒贵公。百亩已荒吴苑上，全家犹寄冶城中。莺啼驿路关春意，帆落津亭候晓风。年少相看头易白，无言江夏是黄童。

对月答子浚见怀诸弟之作

南北何如汉二京，迢迢吴越两乡情。谢家楼上清秋月，分作关山几处明。

[**附录**]

皇甫涍　十八首

涍，字子安，汸仲兄也，少有文名。举嘉靖壬辰进士，授工部主事，历仪制员外郎、主客郎中。在仪制时，夏言为尚书，请建储，表凡十上，皆子安起草，故深知其才。比简宫僚，言首推子安，遂补右春坊司直兼翰林检讨。言者论子安改官有私，谪广平通判，量移南京刑部主事，进员外郎，迁浙江按察佥事。甫三月，大计以南曹事论罢。邑邑，发疾，卒，年四十九。子安深静寡言，自负高峻，居官砥廉隅，然颇操切，多忤物，故宦屡踬不达。所著有《少元集》三十六卷，又有《续高士传》。

皇甫子循曰："仲兄诗，错综魏晋，而托宿于唐英，特工五言，而七言近体薄不经想。"

王元美曰："子安如露盘玉屑，清雅绝人。"

钱仲思曰:“余少以父执侍司直兄弟,闻其论五言诗以‘猿啼洞庭树,人在木兰舟’为妙境。自‘七子’之派盛行,知此者鲜矣!”

朱锡鬯曰:“子安逸藻风飞,清文绮合。视子循工力悉敌,铢两未分。宜子浚之难为兄,而子约之难为弟也!”

汪端论曰:“子安诗,萧疏古澹,谡谡如松下风。才气少逊子循,而格韵固未多让。若子浚、子约诗,摹古不化,远出兄弟之下,兹集故不入选。”

发郡城之天台道中述所见寄诸友人

夕梦曾城阿,晓行沧波上。萦溪复含流,连岑时隐嶂。风湍信千转,云峰非一状。锦缋纷迎玩,氛氲忽弥望。兰泉芬可掬,苔壁险难傍。思偕同心侣,携手追禽向。

自溪口归

朝来醉别酒,溪上孤舟还。遥村转江路,落日迷松关。平波望烟树,百里苍茫间。坐爱丘中事,春云留碧山。

茅　山

杳霭登春山,嵯峨入云岭。征奇不觉远,发兴日初永。石丛孤亭秀,花覆仙灶冷。长揖山阿人,坐使尘虑屏。

将命巡轺徙倚署阁

弥辰倦纷牍,徂春怅无乐。庶以散予襟,独此稽山阁。霞蔚见层峦,花深隐群壑。本自沧悔人,悔吝滋縻爵。旋里东江轺,徘徊眷林薄。俄顷恻幽衷,遇物悲离索。且凭浮云征,聊希至人托。

秋日杂诗

凉风吹嘉树，万物遗光泽。严气乘运流，华月归如客。凝霜无停艳，违寒有来翮。叹彼往化驶，感此沦岁迫。修虑时多怀，滞念谁与释。固穷见天道，委顺自夷怿。齐物游恬漠，高翔出形役。

西湖歌寄方思道

西湖窈窕三十里，柳丝含烟拂湖水。青山荡漾春风来，苏公堤边花正开。玉缸春酒映江碧，几醉江边柳花白。城头日出照高楼，银筝翠管喧行舟。吴姬如花卷绡幕，山水倒入金屏流。朝来复脱千金骏，更有床头紫绮裘。人生行乐莫顾惜，落日松风吹古丘。我忆京华旧游地，渔浦东看动愁思。醉里空歌镜湖月，梦中尚识孤山寺。信安使君还梦溪，应对花卮惜解携。白沙翠竹无人问，湖上孤吟闻马嘶。遒丽跌宕，入嘉州之室。

雪山歌寄彭太保

雪山嵯峨控西极，寒井阴光混开辟。千秋鸟道无阳春，北风惨澹吹峨岷。羽书宵过褒斜道，火入灵关彻昏晓。愁云百里填城河，帐中银烛然盘陀。将军狐裘细马驮，弹筝伐鼓金叵罗。指麾羽扇白玉珂，背河一战收蓬婆。铭功刻石报天子，麒麟阁上事已多。忆昔中原全盛日，八方无虞醴泉出。龙举空悲剑舄藏，海南漠北俱萧瑟。君王垂衣念西土，钱塘老子不足数。彭公大梁伫献捷，已见彤弓出天府。持节心知主恩重，入关更识王臣苦。文武吉甫非公谁，临洮健儿勇如虎。骥子朝披玉垒云，鱼文夜湿金堤雨。阆中一月见节制，烹羊宰牛酌清酤。狼籍衣冠颂破竹，马前父老称安堵。园陵佳气春氤氲，锦官城中日鼓舞。当时匹马更朝天，又逐轻车过酒泉。

勋名岂数七十战，边卒至今高枕眠。归来谒帝承明殿，世事那知一朝变。功成下吏古所悲，浮云蔽日今曾见。天下惊闻柏梁火，匣内空留尚方剑。壮士长歌梁父吟，孤臣独泣瑶池宴。莲峰落月照黄河，榆谷飞尘暗兰县。武穆祠西秀水流，一望江山泪如霰。沈确士云："功臣下吏，今古同悲。改弦变调，如宫声之换羽也！"

灵　峰

灵峰望缥缈，疑是接曾城。梯绕丹霞入，人攀碧树行。洞门山日落，石室海云生。何事吟招隐，空令猿夜惊。

早秋杨村旅次怀伯氏季氏

满川风露急，凉度海门初。蓟叶先秋下，江星永夜疏。客心凭北极，乡路忆南徐。塞雁何时至，平原有素书。

宴流杯亭送欧阳大参赴蜀

流杯亭上酌，修竹乱溪纹。瞑树烟常合，春山雨不分。别情依去鸟，客路入重云。怀旧仍伤远，劳歌夜独闻。

由桐柏岭趋璚台游眺

桐观临云壑，遥从此路回。石门藹天阙，借问几时开。鹤羽下清汉，仙踪空碧苔。山人仍自去，日暮岭猿哀。

致道观溪口

宿处玄林静，钟声清夜初。星河山峤满，云雾洞门虚。竹下邀中散，松前问隐居。溪阴是天路，独往意何如。

春朝对雨怀省中旧游

山城看雨色,画省忆兰芳。春日京华远,江天离思长。疏花开独树,新水乱寒塘。游子今何去,闻莺只自伤。

灵岩溪口招范子不至

倚棹待幽客,萧萧风满林。遥知云尽处,犹隔洞门阴。岸静渚花落,溪闲山鸟吟。真成独往趣,自入武林深。

自一云至天平登白云泉亭晚兴

钟声缅回策,秀色余西岑。微径不知处,白云长自深。松堂散花雨,溪牖摇峰阴。独夜泉亭月,寥寥期此心。常建、刘昚虚之间。

舟　夜

帆飞川路永,烟雾杳空冥。蓼积寒江渚,枫凋古驿亭。日沉昏溜影,云起乱峰形。入夜看牛斗,安知有客星。

自遂河登舟杂兴

敛衽辞阙路,徙乐望川涯。水练开烟素,苔衣结浦华。云行低合柳,江浅细澄沙。何必穷源使,言乘银汉槎。刻琢。

淮　阳

海畔淮阳郡,风烟奈此何。客心自容与,湖上几经过。驿岸丹枫少,人家绿树多。云帆朝见市,津火夜闻歌。城郭连鸿雁,江山映绮罗。寒朝正相待,归兴满沧波。

吴鼎芳 三十二首

鼎芳，字凝父，吴县人，世居西洞庭山。性耿介，不事干谒，与范汭最契。为诗萧闲简远，有出尘之致。中岁有悟，遂弃家为僧，名大香，居乌程之霞幕山。有《披襟唱和集》。

韩子蘧曰："东生苕产而侨寓吴门，凝父吴人而栖禅苕上。东生好浮大白，高谈雄辩，凝父恬澹寡言。其踪迹虽殊，而论诗相若。"

虞山曰："凝父与葛震甫称诗于两洞庭，皆能祓除俗调，自竖眉目。震甫晚年，自信不笃，颇折入于钟、谭。而凝父亭亭落落，迥然尘壒之外。震甫自负才大，以为入佛入魔，无所不可，竟不免堕修罗藕丝中。凝父修声闻辟支果，虽复根器小劣，后五百年终不落野狐外道也！"

灵峰山房夜起

寥寥青莲宇，出步夜方永。蝉鸣四山秋，鹿饮一潭静。圆月当碧空，孤塔立无影。花落树犹香，竹深涧亦冷。烟光散如水，明星上高岭。

斋　雨

细雨散清晓，坐深移午时。开帘东风入，香动梅花枝。独酌亦成醉，不然无所为。

柳浪溪

山青秋雨后，人坐秋风里。平沙下鸥鹭，簌簌动芦苇。夜半明月光，渔舟弄空水。

钓鱼湾

家住此湾中，不出此湾里。长日坐鱼矶，闲心澹无己。白云起前山，悠悠亦来此。搔首对斜阳，纶竿久不理。

虎山庵答蒋十

偶坐已夕照，徘徊夜复深。西岑见新月，堕露闻松林。觉有幽人来，隔窗动微吟。

严明甫园中

为园刚一亩，生事已云足。日午闻鸡声，炊烟起茆屋。石色秀可餐，林香暖盈掬。相见无寒暄，惟言酒新漉。

宿江上

山色下空江，江光动舴艋。霜枫红不尽，已入暮秋景。来雁忽有声，归云渐无影。醉卧芦花中，月高梦魂冷。

寺　夜

林坳动萧摵，橡叶走檐际。柴门夜忘关，山风自开闭。邑邑如有怀，遥遥转无寐。佛灯清可依，城柝冷相递。斜月光近床，严霜白满地。

作者五言，孤清自喜。于郊寒岛瘦外，别树一帜。

天台山中

白云伴衾宿，开户云飞去。出户寻白云，苍崖湿芒屦。峰头异域僧，洞口先朝树。涧水带余花，流来不知处。

归湖上

西风吹箬笠，无恙旧江天。白鸟飞破水，青山移近船。晚晴枫叶外，秋冷荻花边。泊处堪遥指，柴门生野烟。

饭石峰晚步

白鸟不飞处，云光和水凝。自吟松下路，遥见寺中灯。夕爽山无雨，春寒涧有冰。隔花相问讯，月照荷锄僧。有山泉极品之味。

寄赵凡夫

十里寒山路，香风正采茶。偶随樵客去，一到隐君家。细雨生清月，闲心托片霞。别来湖水阔，秋色上蘋花。清气袭人。

泛石湖同箓园居士

放棹秋光远，残阳湖水西。树团渔户小，山截寺门低。野渡一僧立，汀花数鸟啼。且沽桥外酒，同宿越来溪。

沈端伯陆仲飞携酒过碧云庵

秋色前山好，双扉尽日开。卧云禅侣寂，看竹酒人来。空响生黄叶，清阴覆碧苔。城中同是月，不及此迟回。

西湖夜泛

疏雨洗空翠，来看湖上山。断桥芳草外，小艇白鸥间。月在美人远，春忙流水闲。西陵犹唤酒，灯影出花关。天然澹秀。

夜到渔家

渔家近秋水，水上槿扉开。地寂月初到，溪寒潮不来。村沽惟白杜，野坐只青苔。为说芙蓉好，明朝未可回。

雪中过弥勒寺

雪中寻寺远，先得一僧逢。无数梅花里，亭亭出古松。湿烟穿破壁，野水寂寒春。不待前山去，风林报晚钟。

西湖晓起

残钟湖上月，杳杳落层岑。晓色散为水，秋声聚作林。闲来曾不惯，幽处每相寻。从桂南山下，晴香一径深。

和靖祠前晚坐

山翠出林杪，祠前芳杜洲。孤烟生后暝，双鸟去边秋。灯影参差水，歌声远近舟。梅花无复主，曾有暗香浮。

秋夜同朱十四怀令弟十六

秋色带檐楹，空山薜荔情。为欢翻忆别，因弟转怜兄。雨叶晴犹湿，霜阶水共明。经年书一纸，曾到石头城。

破山寺

巉岏随石转，迤逦踏花行。古壁龙蛇气，空岩风雨声。佛香清渡水，鸟路白过城。绝顶遥观海，苍茫晓雾生。

夜宿三山寺望茗上怀吴允兆

只此堪乘兴，秋风一放船。天清皆在水，树冷不生烟。静后转忘寐，望穷殊可怜。书来同所愿，池内有青莲。

寄怀王元直

月照蘋花冷，秦淮荡酒船。还家同一日，为别易三年。海树含青雨，江鸿带白烟。西风又飘泊，衰草自生怜。

柴　门

柴门凉气入，风动白纶巾。秋色孤云外，斜光映水滨。贫惟甘薄命，病亦任闲身。累月尊中禁，还来载酒人。

雨渡横泾怀孙惟化

东风作冷石湖船，节届清明倍可怜。一日客程偏遇雨，几家茆屋不生烟。野田水绿迷杨柳，古庙花深出杜鹃。寂寞横塘人去后，吴姬歌舞自年年。

挽黄伯传

清霜怨入百花洲，衰草斜阳送白头。咫尺有家归不得，一抔无土葬何由。飘零旧酒南湖月，检点来书下驿秋。多谢春风江国燕，相逢犹是话穷愁。

柳陈父墓

古道盘回向远岑，荒坟凄楚带长林。浮云已断还家梦，衰草空余住世心。海色隔城邀暮晷，江声挟雨送秋阴。青莲后事何堪问，几处骚坛泪满襟。

哭吴健父

寒日沉沉下远村，空堂寂寂闭黄昏。文章命薄谁知己，山水情多即故园。一壑荒烟收病骨，三更冷雨送愁魂。伤心莫问王孙草，几日春风绿烧痕。凄绝。

宿虎跑寺

湿烟郁结乱山横，敲断钟声火自明。野寺冰霜经晚岁，石林风雨坐残更。十年一梦浮云冷，四海孤身落叶轻。愿得皈依清净海，莲花香里证无生。诗思高寒，所以皈佛。

松　下

松根酒一瓶，月下人独坐。月落酒瓶空，自枕松根卧。天籁。

月　夜

昨夜因看月，清光动旅思。今宵宜早睡，莫待月明时。

寄　情

残山如黛月痕斜，子夜青鞋踏浅沙。十里红桥东畔路，梅花多处是君家。

范　汭　十五首

汭，字东生，乌程人。幼警敏，博学，善谈论，岳岳不为人下，数困长吏。尽破其家，徙居吴门，凿池种竹，攻苦读书。为诗不趋时，好宗法唐人，引洞庭吴鼎芳为同调。贫甚，出游闽、滇，无所遇而归。辑《全唐诗》千余卷，未竟。病卒，年四十四。鼎芳手定其诗四卷，为之序。

吴凝父曰："东生苦吟，收视反听，驰情结思，不傍古，不缘今，一字未安，寸心几呕，盖神于法者。"

朱锡鬯曰："东生诗才娴雅，如灵犀结佩，可以辟尘。方之孟阳、允兆诸君，觉尤腾拔。"

虞山曰："东生与吴凝父，刻意宗唐，清词丽句，苦吟精思，务尽刊甘醲肥厚、献酬傭偟之词。视余子，蔑如也。自王、李之派盛行海内，几于糜烂。相去四十年，而能始兴。公起闽，孟阳起休宁，东生起莒，凝父起吴，希风抗志，在大历、元和之间，清新安雅，彬彬相命，进而之古有其端矣。钟、谭崛起，鬼怪公行，滔滔江河，流而不返，识者有深恫焉！”

汪端论曰：“凝父、东生诗思清迴，如朗玉孤桐，自中天律，上法王、孟、韦、柳，下亦不失为南宋四灵。虞山录明季山人诗，于石瀣仲、吴允兆、吴非熊辈，称誉多过其实，惟二君，无愧色焉！”

琴川夜泊怀孙齐之

野宿次凫鹥，青青荻笋齐。潮痕随月落，山势压城低。残梦风前柝，归心曙后鸡。还知高隐处，只隔水东西。

赠杨孝父

清时有隐者，自汲还自耘。翳然茅屋上，一片尧时云。

晓　发

春水动微茫，帆前即异乡。鸡声残月堕，人语隔寒塘。

响屧廊

越艳迹如扫，年年烧痕绿。归僧踏岭云，枯叶声相触。秾艳题作枯寂语，更见超悟。

游弁山

一峰际苍苍，遐瞩了无碍。湖色上人颜，崖阴落鸟背。

送彦平游岭南

九月罗浮道，无衣亦不寒。奇峰三十二，直作夏云看。

松陵舟中迟友人

几家闲夜停机杼，支枕篷窗风许许。吹尽蘋香不见人，绕塘寒月鸡鹋语。幽秀。

荆　溪

乱水声中系艇斜，月寒沽酒扣谁家。仙源咫尺不知处，红叶吹来如落花。笔下亦有仙气。

遇俞献父

与汝垂髫共里闾，别来不省六年余。情知一见又成别，犹胜逢人数寄书。

泖上送吴凝父

林皋叶脱风凄凄，远峰森立寒云齐。满船离思半江月，未到五更鸡乱啼。

暮春闲居

舍南舍北雨声催，款款闲鸥逐队来。欲买鱼虾唤江艇，楝花临水筚门开。

滇中词

鸳鸯浦绿水如苔，镜里人家向背开。五月爨僮劙雪去，三冬僰女担花来。奇峭。国朝诗中，徐芬若往往有此。

岘山晚归

近嶂远空同蔚蓝，画船不系酒微酣。疏疏灯影出林际，隐隐人声在水南。

春日讯吴允兆

远树微波黯不分，阖闾城畔寄孤云。春来尽有还乡梦，除却青山便是君。

板桥曲

板桥断后无复春，蒲荒柳秃波粼粼。依稀一片昔时月，来照鸳鸯不照人。

卷六上

高叔嗣　四十首

叔嗣，字子业，祥符人。年十六，作《申情赋》几万言，由是知名。十八领乡荐，举嘉靖癸未进士，授工部主事，改吏部，历稽勋郎中。性孤淡，屡忤时宰意，出为山西左参政，断疑狱十二事，人称为神。迁湖广按察使，卒于官，年三十七。所著有《苏门集》八卷。

王元美曰："子业如高山鼓琴，沉思忽往，木叶尽脱，石气自青；又如卫洗马言愁，憔悴婉笃，令人心折。"又曰："子业空谷之幽兰，崇庭之鼎彝也。"又曰："刻羽雕叶，舍陈而新。吾推子业，然不能讳其促。"

胡元瑞曰："子业视李、何后出，而其五言之工，不欲作今人一字。在唐不减张曲江、韦苏州矣！"又曰："弘、正五言律，如薛君采之温雅，高子业之精深，置之唐人，毫无愧色！然二君俱不能为七言律，高盖气局所限，薛由工力未加。"

黄清甫曰："高诗绰有意见，不假缘饰，吐言成章，诵之若落落直致，而中自丰腴。"

陈卧子曰："子业沉婉隽永，多独至之言，读之如食谏果，味不骤得。"又曰："子业词存清旷，意成凄楚。"

李舒章曰："子业如疏林清磬，听者振衣。"

朱锡鬯曰："嘉靖初，后生英俊，稍稍厌弃李、何。子业以吏部郎谢病归。时空同居开封,辞必摹古。子业自序《读书园稿》,谓:'本非所长,而强力摹之,度必取讪于众。'其立意固殊。读其诗,如食哀家梨止渴,虽爽而不伐性。如以水精盐进酒,虽薄亦能醉人。李中麓《六十子诗》有云:'苏门能入室,何李只升堂。'其倾倒如此。"

汪端论曰:"正、嘉以后,诗家言志赠答之作,大略叫呶矜厉,'黄金''白雪''吾辈''中原',至今为人口实。独子业多忧生见道之言,清而不弱,质而能妍,婉恻悲凉,恬吟密咏,可谓中立不倚者矣。王渔洋论诗绝句云:'中州何李并登坛,弘治文流竞比肩。讵识苏门高吏部,啸台鸾凤独遒然。'洵不为虚美也!"

再调考功作

引疾三上书,微愿不克谐。徙官复在兹,心迹一何乖。轩裳日待旦,阊阖凌云排。入属金马籍,出与群龙偕。积贱讵有基,履荣诚无阶。但惜平生节,逾久浸沉埋。既妨来者途,谁明去矣怀。鸟迷思故林,水落存旧涯。惟当寻素业,归卧守荆柴。沈确士云:"谨微葆真,不躁进,不妨贤,卓然想其风概。"

岁暮作

旦夕兹岁改,萧条旅思多。云物媚晴宇,气候属妍和。峥嵘新阳至,故景实蹉跎。感时岂不怀,二纪倏焉过。栖身惭择木,望道叹伐柯。如匏吾自系,匪玉孰为磨。有发日就长,心短独如何。但云毕夙志,唯力岂知他。

古　歌

荆和当路泣,良璞为谁明。茫然大楚国,白日失兼城。燕石十袭重,鱼目一笑轻。古来共感叹,今予益吞声。

病起偶题

空垒晨起坐，欢游罢不适。微雨东方来，阴霭倏终夕。久卧不知春，茫然怨行役。故园芳草色，惆怅今如积。寄托幽远。

简袁永之狱中

本同江海人，俱为轩冕误。子抱无妄忧，余有多言惧。昔来始青阳，今此已白露。岂乏速进阶，苟得非余慕。罪至欲何言，直以愚慵故。众女竞中闺，独退反成怒。追诵古时人，蒙冤谁能诉。皇心肯照微，与子齐归路。“众女”二语，会得一部《离骚》宗旨。

送别永之

怜君方迁戍，况我婴愁疾。一别若流云，相从竟何日。平生托交游，弱冠弄篇帙。书愿藏名山，功期铭石室。安知事不就，跌宕情如一。已矣复谁陈，今亦返蓬荜。

元日同谷子延赋

雄都盛宾客，车马争驰骛。芳辰启初年，宴饮多所务。不知灌园身，何为迷方误。郊馆抗空壑，山扉启峻路。良朋生平欢，就我今朝步。城因并舍登，径为穿林度。微阴原上明，片日云中露。青霞照深池，白雪停幽树。共贪岁欲新，不厌日旋暮。农田方在兹，君岂数能顾。

叙　怀

生长夷门郭，往来莘野路。家贫无良谋，躬耕有远慕。始穷百王略，遂觉生民故。曰余本空疏，当年恣高步。庆彼鸣鹤期，忝此飞龙顾。亦知敝帚材，早享千金误。日月不我留，抚心惭往素。

移树道上

春园就芜秽，杂树生蒙密。不知雨露功，长养何多术。婆娑使人怜，斩伐终余恤。乘时聊徙植，于以托吾室。交生两相当，列映直如一。转令门巷新，遂放鸡豚出。修修原上风，团团村边日。纷吾本蹇劣，兼尔抱忧疾。敢学成都桑，而谋荆州橘。愿及垂阴成，初志傥此毕。生趣盎然，物我一体。似此怀抱，何让陶公？

答谷司仆见问

幸自返中园，非关逃微禄。方因疾病余，黾勉供樵牧。春至东郊田，夏来北林木。时从远原上，日纵平郊目。野老逢与言，道书闲能读。何为共世人，无事相追逐。劳君问出处，日暮掩茅屋。结二语与右丞"君问穷通理，渔歌入浦深"同妙。

与客集和氏园

惟君游每接，自余居多暇。留连上客筵，款曲中园驾。赋诗芳草侧，举爵茂阴下。放心安知忧，携手不能罢。日气澹将夕，云影垂方夏。为农信可欢，世自薄躬稼。

叙 怀

伊昔迨弱冠，奋足参贤豪。衣褐出下国，脱挽造中朝。圣朝开九五，河清在一朝。升龙假元渊，鸣凤托芳条。五从宰府辟，连荷公叔招。名过有瑕颣，道在无矜骄。犹全不肖躯，解冕未逍遥。沈确士云："说理不腐，善学大谢。"

晓出前林

理栉听鸣禽，搴帷望朝旭。快然登前林，烟芳纷满瞩。春晴带余阴，夜雨生新绿。道胜绝纷华，情惬关幽独。在天羡白云，凌风慕黄鹄。赏心久已违，感此劳中曲。

酬左舜齐林中冬夕见寄

霜叶落渐空，暝鸟飞俱罢。出门岁已阑，倚树人方暇。映月眺烟郊，了了见茅舍。下有饭牛朋，商歌满初夜。

携手自京都，归心乃畴昔。岂不恋明恩，久持金门戟。今日故园身，残岁空堂夕。含情亦何言，尘未挂东壁。妙在淡然，不著痕迹。

初去都夜

泛舟当日落，解佩及春归。病比相如是，情方叔夜非。暖云蒸海气，残月吐洲晖。今夕孤怀客，谁云伴少微。清炼。

安肃县寺病居汉阳董元亮见过时奉使还阙

门前易水路，下马汉阳人。野寺天晴雪，他乡日暮春。相逢一尊酒，久别满衣尘。不惮王程急，应怜伏枕身。

寓居慈仁寺游览

终日仙宫掩，青松绕殿遮。到来长春草，行坐落天花。阁上王城尽，门前官路斜。微身随处是，何敢叹无家。

毗卢阁同伍畴中诸公西望

客来常一上，对此西山平。向夕檐楹立，凭空阁道行。杨花飞暮野，雨色动春城。却恋同携手，都忘羁旅情。

与邹生游香山宿僧房

遽愁春草歇，驱马春山中。夜宿禅关下，时将心赏同。风生近谷满，月照前湖空。终愧渊明辈，元言对远公。

春夕同李考功道旧

下马春庭夕，明灯夜雨深。人多新岁感，日有故园心。磨灭名题柱，凄凉赋卖金。十年同省旧，谁念各如今。

赋得峄山碑送李明府

秦皇千载后，峄岭尚遗碑。断石青山路，孤城沧海湄。萧条余霸气，磨灭想雄辞。君到鸣琴暇，应多吊古思。

雨后有怀子延

骤雨新秋晚，微晴墟落间。悠然抱藜杖，率尔倚柴关。空壑才容水，流云故满山。遥知城市里，应羡此身闲。

送别萧司勋

柴门夜语罢，惆怅出前林。晓日孤村映，秋风落木深。别来生白发，归去换愁心。还复茅檐下，朝朝鸟雀吟。

西园再酬子延

茅屋还相见，冬郊那可闻。荒城连冻浦，落照与寒云。远树行时倚，归途到处分。留君终日语，犹自日思君。

分水岭晚行

客兴日无奈，兵荒岁屡加。少年曾许国，多难更移家。远水通春骑，孤城起暮笳。凭高一回首，何处是京华？

由关子岭发兵入绵上

儒衣曾事主，羽檄且征军。敢奋一朝画，而邀百战勋。深山连古木，落日断黄云。愁思荒村夕，诛求不忍闻。

寒食定兴雪中

二月莺花少，千家雨雪霏。可怜值寒食，犹未换春衣。积水生空雾，高城背落晖。忍看杨柳色，从此去王畿。

晚趋忻口

云峰聊极目，立马独愁心。岂直关山远，其如雨雪深。笳声先入夜，边气迥生阴。畴昔长征意，蹉跎力不禁。

沁州张源铺

去国三年意，还家此日心。天寒客路永，日暮众山深。沙塞人偏老，风霜马不禁。如何更万里，投迹楚江阴。

许州城南道行酬左君舜齐招隐之句

微阳稍晴曙，新雨被山川。芳树交生道，春流灌注田。耦耕本夙志，驱役乃兹牵。未觉江湖远，投身窃自怜。

吕潭境

连山望不极，况复楚云长。万树含春色，孤村带夕阳。解鞍当古戍，投袂及空堂。去国日方远，怀君意敢忘。

九月十日晚登城楼同川甫

暝色起郊关，层城烟雾间。千家响砧杵，四顾满云山。片月增愁思，凉风减病颜。登高情未已，还共此追攀。

得张子家书

晚日照余晴，荒亭暗复明。归云度深树，飞雨过高城。蹇劣惭当代，栖迟笑此生。空持一书札，怀袖故人情。

井陉道中

晓霜涂屋重，寒日出林微。改辙辞边徼，登车望帝畿。深山藏驿道，巨壑断村扉。欲问前征侣，迷津何处归。

送别德兆武选放归

燕郊秋已甚，木叶乱纷纷。失路还为客，他乡独送君。罢归时共惜，弃置古常闻。莫作空山卧，令人望白云。

秋日寄友

空林一叶落，茅屋几家秋。对酒凉风至，开帘古树幽。相看还自笑，欲去为谁留。正此夷门下，休猜是姓侯。

中秋同栗梦吉饮

罢酒俱不乐，开帘望北轩。寒星出户少，秋露堕衣繁。散步怜新咏，平居想故园。空庭今夜月，客思岂堪言。

东原晚望答李鸿渐

东原晚望草烟齐，久卧无心出路迷。闲立秋风看木落，独行斜阳听乌啼。一官已谢於陵后，百亩才开莘野西。此地故交应念我，逢人昨有数行题。

至苏门山

空山暑气少，临水夏云多。照影人将老，愁心在夕波。

[附录]

薛　蕙 七首

蕙，字君采，亳州人。正德甲戌进士，授刑部主事。谏武宗南巡，受杖，夺俸，旋引疾归。起故官，改吏部，历考功郎中。嘉靖初，大礼议起，君采援据经传，撰《为人后解》《为人后辨》及《辨张璁桂萼所论七事》，合数万言，上于朝。帝怒，逮下诏狱，寻得贳，复职给事中。陈洸补外中道上书议礼，得召见，尽击异议者。时亳州知州颜木坐罪，洸诬君采与木同年，相关通疑，有奸利。诏解，任听勘，君采遂南归。既而事白，屡荐不出。十八年，诏选宫僚，拟以春坊司直召用。帝犹以前憾故，报罢。寻卒，年五十三。君采持己峻洁，晚岁屏居西原，著书乐道，人称"西原先生"。有《西原集》十卷，又有《日录老子集解》。

唐应德曰："薛诗，从瞿老书来，得虚静语。"

顾玄言曰："考功诗，譬之马饰金鞍，连翩躞蹀，稳步康庄，了无踢踏之迹。"

黄清甫曰："君采吐辞秀润，布意密致，而调合作者，名篇实多。其《咏怀》则取法于嗣宗，《杂诗》则准的于景阳，《游仙》则规摹于景纯。虽不逼似，庶几太康之音。"

汪端论曰："君采诗，专工拟议，庄雅不佻，微嫌蹊径太甚，未足与迪功、子业分道扬镳。历来选家推崇过当。今以列诸附庸，似非屈抑。至其大礼诸议，正而近迂，可行于士庶，而不可加于万乘。意议又出杨介夫诸人下，触永陵之怒，宜哉！”

效阮公咏怀

飘风振玄幕，若木零朱华。六龙匿西山，濛汜扬其波。翩翩市中子，于心太回衺。不见憔悴色，但闻慷慨歌。卑危诚未远，祸乱岂在多。人人恤其私，安能尚顾他。已矣勿重陈，嗟予可奈何？

生才良不幸，处世诚独难。扬蛾兴妒阶，怀璧贾罪端。灵均既见放，韩非亦自残。奉身失所从，慷慨使我叹。

日　暮

日暮坐东轩，怅望西山曲。白云蔼蔼至，雨我窗前竹。兹晨惮隆暑，披衣废朝沐。徙倚乘夕凉，清风散炎燠。大象斡流行，变化一何速。日新谅无取，年长止多辱。古人善补过，嗟尔当自勖。

杂　诗

富贵使心惑，嗜欲致行妨。宴安损性灵，美疢生膏肓。吾观古来士，高躅互相望。首路或暂同，中道多苍黄。班生嗣前烈，马融遁远方。藉梁奄为累，附窦终自戕。通人识尚尔，咄咄可悲伤。沈确士云：“文人末路，污行戕生，皆富贵之念中之也！班固、马融，朗然前鉴，犹有借学术以附权门者。”

月夜坐忆

明月三五时，流光千里外。虚馆风泠泠，寒墀霜霭霭。不见南楼客，徒忆西园盖。欢酒无盈觞，忧襟有余带。沉吟静夜思，缅邈佳人会。

陈卧子云："俊雅。"

昭王台

燕昭无故国，蓟野有空台。寂寞黄金气，凄凉沧海隈。儒生终报主，乱世始怜才。回首征途上，年年此地来。第六语沉痛。

草　堂

萧萧寒雨对高秋，寂寂空床拥敝裘。归去钓天频有梦，挽回沧海独无谋。平生颇诧任公子，末路方思马少游。珍重故人招隐意，草堂南郭可淹留。

华　察　十四首

察，字子潜，号鸿山，无锡人。嘉靖丙戌进士，选庶吉士。与陆粲、袁帙、屠应埈同馆，并有才名。柄政者嫉之，改户部主事，历兵部郎中，再改翰林修撰，迁侍读学士，掌南院。罢归里居，与施渐、王懋明、姚咨相唱和，人称"锡山四友"。有《岩居稿》八卷。

王元美曰："学士诗，如磐石疏林，清溪短棹，虽在秋冬之际，不废枫橘。"

龚明治曰："韩子云：'和平之音淡薄，愁思之音窈渺。'鸿山操和平之音，而得窈渺之趣，可谓兼才。"

蒋仲舒曰："学士刊洗浮靡，独秀本色，诚陶、韦之妙境也！惜才具稍乏，短于七言。"

陈卧子曰："子潜清俭，似茆茨下人。"

李舒章曰："子潜如坐禅空山，微闻钟磬。"

汪端论曰："子潜诗，风怀澄澹，自是韦、柳门庭中人。惜神味差薄，变化亦少，譬如琉璃水精，表里莹净，温润之色，终逊琳琅也。”

晚至湖上

山中读书罢，来憩澄湖滨。绿阴暗溪路，草堂静无尘。平生沧洲意，烟波梦垂纶。石梁度落景，花渚藏余春。闲情狎鱼鸟，悠然适吾真。云天澹晴霁，空水明衣巾。未遂乘桴愿，徒怀江海人。

游善卷碧仙岩

落日下空门，斋钟出林莽。偶兹叩精庐，再宿翠微上。旧游不知处，但见松杉长。岩虚露气清，坐觉心魂爽。月白山窗高，夜静风泉响。遂令寤寐中，超然脱尘网。云壑永栖迟，愿言税归鞅。

寄蒋子云

我家大江南，君家大江北。平生弄篇章，白首不相识。曩闻大雅音，因窥作者阈。一从罢官归，垄上亲稼穑。口诵南华经，意象欣自得。有时江月来，照见天地色。神交入梦寐，道远安可即。雁去为寄书，殷勤问眠食。

和仪初移家湖上之作

城邑岂不美，生事在田庐。移家就所安，正当长夏初。垄上刈旧麦，园中灌新蔬。宁恤四体勤，将期方寸舒。入门谢邻里，幸托仁者居。湖光近林牖，水月澹清虚。因适鱼鸟性，遂于尘迹疏。开轩聊种竹，闭户兼著书。岂羡衣食饶，但喜岁月储。达人能固穷，朝夕恒宴如。愿言日相过，多闻时起予。

秋日观稼楼晓望

日出天气清，山中怅幽独。登高一眺望，风物凄以肃。流水映郊扉，炊烟散林屋。秋原一何旷，薄阴翳丛竹。时闻鸟雀喧，因念禾黍熟。悠悠沮溺心，千载犹在目。

五月望夜与诸君山中再酌

仲夏苦昼永，薰风起将夕。圆景海上来，照此山中客。坐令微暑消，兼使众累释。兴至时命觞，露下复移席。因耽水竹居，遂同鱼鸟迹。盘迹岂忘返，玩物聊取适。台空人影疏，夜静潭气白。参差树杪峰，历历辨咫尺。超然悟真境，万物一虚寂。澹然无尘。

过烟水庄

垂杨荫平田，湖畔多菑畬。茫茫烟水中，结茆成隐居。闲门闭白日，密竹临清渠。行随溪上云，倦枕床头书。客至时命酒，兴来兼捕鱼。愿言托幽迹，卒岁同樵蔬。

秋夜送户部家叔登黄阜

离亭对衰柳，落日送行客。秋声在孤屿，兴来恣探陟。台殿澄夕阴，明灯照禅室。夜静山月高，潭虚映空色。水镜清道心，超然垢氛涤。浮云亦何意，聚散随所适。风叶逐归篷，霜空起寒笛。起、结超妙。

惠山寺与子羽话别

看山不觉暝，月出禅林幽。夜静见空色，身闲忘去留。疏钟隔云度，残叶映泉流。此地欲为别，诸天生暮愁。

夜宿田舍

郊居观获罢，暝色满荆扉。岁事山田薄，人家茆屋稀。荒原寒照敛，独树暮禽归。夜静然灯坐，疏窗黄叶飞。

重过任大理别墅

溪南读书处，秋晚数经过。寒照隐城树，苍烟深壁萝。窗明山翠近，地静叶声多。丛桂空岩暮，徒怀招隐歌。

吕禹城见过

直道多见黜，故人俱罢官。偶来栖隐处，一尽平生欢。日暮鸟飞疾，雪晴山气寒。相过宁厌数，岁晚论交难。

夜访金秀才

独夜山阴客，停桡江月斜。溪深闻犬吠，叶尽见人家。荒径存生事，寒灯映鬓华。坐看霜气白，宿雁满平沙。

答李仁甫寄点苍山石

故人消息阻河关，万里题缄泪欲潸。云寄远心将片石，月随清梦到苍山。诗成却笑穷逾拙，身退犹怜老未闲。怅望昆明池草色，春风南雁几时还？

施　渐 六首

渐，字子羽，无锡人。幼从从父之官平乐，《纪行》诗有云“巴云青洞庭，郢水寒梦泽”，又有“千里月明来楚峡，五更猿断忆巴城。桃花浪阔三江水，杨柳丝长百尺楼”之句，邵文庄宝激赏之。及长，以诸生岁贡，授海盐县丞。寻罢去，归老蠡川田舍。平生安贫乐志，与华子潜最善。有《武陵集》。

王元美曰：“子羽如寒鸦数点，流水孤村。”

俞汝成曰："子羽趣味悠深，声调雅隽，在韦、柳、钱、郎间。"

晨起行园治蔬

处疴情方愆，览籍亦棼结。止迹丘樊间，喜与荷锄列。晨星沐未遑，周葺幸余力。夙英始敛华，密露若莹雪。螽趯感离歌，鹍鸣及豳月。萋萋瓜畔空，厌厌豆畦歇。观化有消虚，征情既伸屈。庶几东陵隐，岂伊公仪哲。永此藿食资，耕凿藏吾劣。

答王仲山见访溪上田居

同归五湖住，一水见君家。渔父迷初路，居人认落花。御贫多种菽，为圃却宜瓜。共是裘羊侣，往来忘岁华。

扬州道中送李司训还金陵因赴任河内

初见即如故，爱君无世情。官惟旧经术，家只一蓬衡。乡树千重雨，江门几日程。还过大梁市，试为访侯嬴。

春日过长荡湖野望

不因修禊过春山，谁得澄湖一望闲。顿觉尘心空水上，偶逢渔父语沙间。几多沃野桑麻蔽，半是荒畬雁鹜还。日夕微茫僧问渡，双峰寂历掩禅关。

自述寄王驾部

始知蓬藋蔽门深，岂是幽居避物心。旧业尽荒秋雨里，一身闲卧碧溪阴。园空三径人稀到，名在诸生老半侵。几度忆君相共语，高山无伴只囊琴。

晚　步

枫林摇落后，怅望秋天空。向晚寻归径，村村夕照中。于不著力处见高致。

归子慕 十二首

子慕，字季思，昆山人，震川先生有光少子。幼有俊才，好读书，以诗文自喜，不屑屑为经生言。万历辛卯举于乡，再试不第，遂不复上公车。筑室昆之江村，名陶庵，与无锡高忠宪公攀龙、嘉善吴志远讲性命之学。年四十四而卒。人称“清远先生”。崇祯中有诏，搜访遗逸，广厉风节，御史祁公彪佳以季思应诏，追赠翰林待诏。有《陶庵集》四卷。

沈山子曰：“古今效陶而肖者，王、韦之外，不得不推季思。”

朱锡鬯曰：“季思善病，再试南宫，归而屏迹乡里。所居陶庵，插槿为墙，缚茆作屋，小如蜗壳、瓠子，养疴其中。迭相往还讲学者，高存之、吴子往，主客从容，晏坐默识，凝然不语。一有所得，辄怡悦相告。存之称其有‘绝人之慧，绝人之识，绝人之趣’，又言‘季思出诸口者，不漫作无味语；笔诸书者，不漫作无味辞；措诸躬者，不漫作无味事’，倾倒可云至矣！季思虽病，犹授生徒。友人劝其辍讲，报之书云：‘生徒固无累于我，岂惟无累，且以为乐。清昼饭余，沧江日落，或童或冠，油油与偕，共坐槐阴，闲谈啜茗，临江藉草，以观云物。风帆往来于目，农歌不辍于耳，亦可云至乐矣！’君子谓其乐天知命焉。其诗学陶公，而得其神髓，诵之，令人增‘陋巷’‘箪瓢’之乐！”

沈确士曰：“季思生平，与高忠宪公敦道义交，诗品亦略相似，所云同心之言也。”

丙申六月过吴子往荻秋庵

萧瑟湖上庐，六月如清秋。凉雨过柴门，绿杨风飕飕。水滨一稚子，洋洋何所求。终日无一鱼，持竿钓不休。问之向我笑，使我心忘忧。

沈确士云："澹然无意，太羹、元酒之遗。"

岁暮别诸生

恻恻不可道，临歧但依依。常恐语言多，貌胜中情微。感兹寒色厉，北风吹尔衣。岁暮家室好，各各念尔归。群居虽云乐，人情理难违。所患不同心，不患相见稀。尼父重久要，如醴久已非。勖哉仪先民，雅道庶可几。沈确士云："人人胸臆中语，便是至情。"

馆城北

妻孥昔居城，我淹江上庐。妻孥来江上，我去城北居。城北何所事，二生喜从余。既爱童子真，且得人事疏。长夏北窗竹，风吹几上书。坐看墙外帆，树中去徐徐。中情苟无系，触物皆有余。今兹对佳节，秋风秋月初。香稻感我鼻，归食江上鱼。小女解思父，一见当何如。

沈确士云："诸咏有'物我同得'之趣。觉'月到天心，风来水面'，终是有心作理语。"

城北初夏

三见草木荣，栖栖犹未旋。偶与城市远，因耽此地偏。独馆背清池，一无俗士牵。晨兴读书罢，日午蛙声喧。出门见新秧，微绿映远田。久晴初得雨，稚子亦欣然。田父说岁占，今兹定有年。物情既如此，予乐复何言！

庚子正月吴子往见过同访高存之于漆湖

令节思故人，流光惧蹉跎。心在桑隰篇，三复当如何。忽闻叩门声，良友远见过。携吾访同志，诘朝鼓轻艖。情殷无遥路，信宿逾关河。依然漆湖上，春山渺晴波。主人愉愉如，兼以风日和。风和卷帘坐，开樽鸟来歌。忘饮饮更适，不觉芳颜酡。阶前山茶花，落英何其多。澄怀云："一味恬淡，卓不可及。子业之忧，季思之乐，皆诗中君子也。"

杂　诗

日出群动作，智计千万端。用此徒为劳，不用不自安。所繇在有身，坐令思虑殚。所以古贤达，与物同一观。俯仰任所之，宇宙何其宽。

壬寅正月西村筑室成

经始逼岁除，春肇室云考。结构称心为，弥拙亦弥好。村树既罗列，溪流复萦抱。北牖移修篁，南圃艺药草。室中图与书，闲暇可探讨。农人理耰锄，念此岁供早。顾我长负疴，不耕惭亦饱。

寄姚孟长

道同不用结，气同不用求。神在未交先，彼此潜相投。感君嘐嘐志，高广正无俦。慷慨灯前言，奚止情绸缪。男子患无志，有志良难酬。怀居易随俗，安乐生烦忧。可怜早春役，烟雨维扬舟。不知何所牵，行止不自由。殷勤孟秋约，期届无淹留。"怀居"二语，可作箴铭。

夏日闲居

闲居不胜娱，何妨抱微疾。长以无事心，当彼摄生术。白日一何长，临窗坐扪虱。饭余弄清琴，卧起展残帙。孤云御微风，翩翩独高出。

对　客

嘿然对客坐，竟坐无一语。亦欲通殷勤，寻思了无取。好言不关情，谅非君所与。坦怀两相忘，何害吾与汝。达人之言。

移　居

冉冉岁云暮，寒风动林於。言辞东村宅，去适西村庐。岂无旧巢恋，欢与吾仲俱。西村况不远，相去一里余。回瞻竹树间，炊烟出前厨。吾病四十衰，厌厌日不如。忧患易反本，戚戚念友于。安得我叔氏，亦复来此居。遥望城中山，引领空嗟吁。

闲居寄沈伯和博士

蹇劣仍负痾，分定无越想。柴门槿叶疏，卧看人来往。江南寒信迟，十月气和朗。一夜好雨过，阶前菜甲长。念我远行人，中心怅养养。盘餐有余滋，高驾何时往。

李流芳　二十首

流芳，字长蘅，嘉定人。万历丙午举于乡，再上公车不第。天启中，闻魏忠贤乱政，遂绝意进取。长蘅为人孝友诚信，好游山水。诗学白、苏，画师吴仲圭，书法规模东坡。所居檀园，有花竹亭沼之胜，与唐时升、娄坚、程嘉燧常共觞咏其中，人称“嘉定四先生”。崇祯初，卒。有《檀园集》。

朱云子曰：“长蘅五古，温厚深婉，为体中独绝。律诗时率尔耳。或问余：‘子于五古颇去平调，而长蘅不尚奇险，何收之多也？’余谓：‘嘉、隆间，五古正恨其通套无痛痒，如一副应酬贽礼，牙笏绣袍，璀璨满前，自可假借，不必己出，人亦不堪领受。又如楚、蜀旧俗，以木鱼漆鸭宴客，不若菘韭之适口。恶其伪也，恶其袭也。岂恨其平哉？诗到真处必平，平到极处即奇。长蘅之平，正使好奇者无从入手，此正奇之至也！’”

过皋亭龙居湾宿永庆禅院同诸上人步月

归装出西湖，间道向黄鹤。屡愆桐坞期，偶遂龙居诺。轻舟凌晨风，遥山满晴郭。丹林尚可数，寒条纷无托。披松指微径，听水扪暗壑。新构争远势，平台揽摇落。霜余山容浅，天清海气薄。暂歇尘劳心，始知寂灭乐。

每多方外游，见僧即如故。灯明一龛下，夜长惬深晤。不知山月上，千林已流素。出门寻旧溪，爱踏松影路。气和空宇澄，寒魄如春露。幽泉洗我心，微钟杳然度。学陶、韦而化。

南　归

我年未四十，已怀退隐图。俯仰又十年，何为尚踌躇。经过怯往迹，魂魄识畏途。去来廿年间，道里三万余。车装敝屡更，何况此微躯。所以不自决，岂徒为饥驱。富贵亦复佳，岁月待我乎。婚嫁幸已毕，余口亦易糊。故山皋亭下，桃李满村墟。深坞秀泉石，近筑静者庐。新梢想出篱，疏泉行绕渠。双髻指天目，一勺见西湖。言之病已苏，况当长久居。息黥补吾劓，造物岂区区。朱云子云：“‘富贵亦复佳，岁月待我乎’，较乐天‘欲留年少待富贵，富贵不来年少去’二语，婉折多少！”

北地行欲尽，始觉春萌芽。村柳色已新，蔼蔼烟中斜。渡河指齐郊，河边见归槎。淮徐行在眼，吴会亦匪赊。道路空苦辛，分定勿复嗟。生不爱京华，不如早还家。还家春已暮，及见桃梨花。

日暮雪色深，旷野绝行踪。御者惑四方，东西视天风。忽然见新月，冉冉来云中。雪亦能照夜，得月光始通。度彼九曲坂，赖此两素容。不知城郭近，杳杳闻微钟。我从天末来，已觉下界空。

吾爱陶彭泽，出处皆草草。动必求其全，俗人自缠扰。吾尔廿年交，知子如余少。爱子无俗情，俗情亦自好。口常说隐沦，身复恋温饱。蹉跎两不遂，此意各能了。兹游计百日，日日同倾倒。鼙鼓声震天，风涛势翻岛。寝食间谈谐，赖以忘病恼。不知分手路，只此阊门道。经过虽有期，别怀自悄悄。子归及桃花，六桥踏清晓。别业在龙泓，泉石真可老。我归百无欢，烧笋听春鸟。秋风从子游，松阁为我扫。此首吴门别子将作。

伯兄性寡营，生理日萧条。两弟皆食贫，汲汲度昏朝。为农力不任，课儿亦无聊。余润或望余，自顾无脂膏。今当遂长往，念此中心焦。勉谢诸兄弟，此非人力邀。吾宗自薄祜，先达皆早凋。从兄及仲氏，当年踵登朝。至今同籍人，秉枢冠百僚。逝者倘可留，翩然亦云霄。大命既有制，电露安可饕。我虽老风尘，寿命较已牢。与其夭斧斤，宁以樗散逃。伤彼泉下人，悯我道路劳。兄弟更相慰，烹蔬倾浊醪。婆娑阿母傍，此乐何陶陶。富贵有此否，何乃为我骄。天伦岂世情，菀枯同所遭。但当崇令德，慎勿望门高。安孟公云："长蘅非强作高尚，实心好隐，故诗语皆从肺腑中流出。"

访秦心卿溪上懒园不遇有作

溪上好园亭，君家闻最胜。经过已廿年，今始识三径。翳然林木间，爱此飞阁映。位置不在多，贵与风物称。主人意疏豁，事事得真性。我来不相值，维舟柳边暝。见戴自无须，悠然发孤咏。"位置"二语，非雅人不能道。

白门七夕

旧日维舟处，悬情独柳条。秋风又京国，客思正江潮。长路有时到，欢期难再邀。徘徊望牛女，愁绝向中宵。

黄河夜泊

明月黄河夜，寒沙似战场。奔流聒地响，平野到天荒。吴会书难达，燕台路正长。男儿久为客，不辨是他乡。二首工于发端。

清河道中柬宋上木

漠漠黄河岸，荒荒落日风。乡关雁影外，客路水声中。吾道只如此，心期偶得同。寂寥佳节近，忍负菊花丛。

檀园和伯兄韵

翠竹参差带晚沙，一帘新月半栏花。风回水叶翻翻白，雨压檐枝恰恰斜。宅比柴桑多种柳，门通苕霅可浮家。客来随分能供具，扫箨煨铛与试茶。

西湖有长年每以小舸载余往来湖中临行乞画戏题

常在西泠烟水边，爱呼小艇破湖天。今朝画出西泠路，乞与长年作酒钱。殊有天趣。〇澄怀按：此诗或作杨龙友，误。

初宿法相梦与云栖先师剧谈

一到山房梦亦清，空林残月话分明。晓钟未动窗棂白，听得风敲橡子声。

雨中看梅西碛即事

湖畔泥深屐齿稀，春萝寂寂亚山扉。人来犬吠梅花下，坐久经声出翠微。

滟滟湖光澹澹山，密云疏雨梅花斑。扁舟欲向花源去，遥指人家杨柳湾。

村园门巷逐花低，藤蔓桑条咫尺迷。花底泉声认归路，沿流直到石桥西。

送汪伯昭游白门因忆旧游

鸡笼山阁旧居停，曲槛回廊几度经。最是城阴秋望好，覆舟遥接蒋山青。

鼓楼冈下路高低，处处萝墙映竹畦。记得清凉留宿夜，香灯贝叶雨窗西。

题画赠人

梧桐树下见秋还，风叶穿篱满地斑。折得黄花杯在手，不知世上几人闲。作者七绝，疏逸多姿，颇近宋人。

钱澄之 九首

澄之，字饮光，桐城人。有《藏山阁集》。

朱锡鬯曰："饮光禁罔潜踪，麻鞋间道，或出或处，或语或默。诗屡变而不穷，要其流派，深得香山、剑南之神髓，而融会之。昔贤评陶元亮诗云：'心存忠义，地处闲逸，情真、景真、事真、意真。'饮光诗，庶几近之！"

沈确士曰："饮光自抒情性，无意工诗。五言似陶公，亦在神理，不在字句，与高忠宪、归待诏，所谓异曲同工者也！"

汪端论曰："季思、长蘅、饮光诗，其源并出于陶公。栖衡饮泌，知命乐天，人品襟抱，本皆绝俗，故语不求工而自无不工。此五言正宗也。岂钩章棘句、貌为古奥者所能企及哉！"

效渊明饮酒诗

寄生大块中，何者为我故。譬如逆旅物，暂有安足据。在世虽百年，毕竟舍之去。临去岂不恋，恋亦不得住。所以达观人，澹然随所遇。委顺生死间，不厌亦不慕。日饮一杯酒，可以全此趣。

田园杂诗

夙昔慕躬耕，所乐山泽居。忧患驱我远，常恐此志虚。十载一言归，旧宅已焚如。嗟我昆与弟，茅茨倚废墟。徘徊靡所栖，还结田中庐。结庐虽不广，床席容有余。床上何所有，一二古人书。荧荧陂上麦，青青畦间蔬。日入开我卷，日出把我锄。

仲春遘时雨，既雨旋亦晴。百草吐生意，众鸟喧新声。纷纷群动出，各各有其营。孰是形骸具，而怀安居情。老农悯我拙，解軶为我耕。教以驾驭法，使我牛肯行。置酒谢老农，愿言俟秋成。

一春勤稼穑，草木荒东园。今晨始芟刈，逝将除其根。良苗常恐短，恶草常苦繁。腰斧伐荆棘，用以卫篱藩。荆棘伤我手，淋漓手中痕。

手伤不足道，篱弱何以存。家人挈酒至，满斟在瓦盆。劝我饮一醉，颓然卧前轩。前轩无人来，春风开我门。

鸡鸣识夜旦，鸟鸣识天时。东皋人语语，我起毋乃迟。揽衣出门早，且复驱其儿。黄犊初教成，我锄子则犁。犁锄岂不苦，衣食道在兹。道旁一老父，颦蹙前致辞。言儿筋力薄，稼穑非所宜。诗书世所轻，犹是祖父遗。如何舍素业，自甘辛苦为。多谢老父意，此意君未知。呼儿且饭牛，吾去烧东菑。沈确士云："若一说明，索然无味。"

春天不久晴，衣垢及时浣。身上何所着，帀襦及骭短。家人念我寒，一杯为斟满。酒满不可多，农事不可缓。奋身田野间，襟带忽以散。乃知四体勤，无衣亦自暖。君看狐貉温，转使腰肢懒。

人生会有尽，行止非自由。止亦不可趣，行亦不可留。如何柴桑叟，汲汲为此忧。终年痛饮酒，冀以忘其愁。吾身听物化，化及事则休。当其未化时，焉能弃所谋。有子亦须教，有田亦望收。天心与人事，何息不周流。我不离世间，而愿与天游。安能外亲戚，视之同聚沤。乃知黄老书，不如孔与周。沈确士云："末章将伦常日用、存顺没宁，和盘托出，可以想其品概矣。"

雪朝偶成

林雀不闻哗，竹窗旋已曙。揽衣启柴门，蔼蔼见积素。孤烟弱不高，野田微有路。土畦高下白，皓若宿群鹭。寒花裹不舒，麦色萎以布。何处一声喧，惊此山鸟去。写雪景入神。

金陵即事

秋山无树故峻嶒，几度支筇未忍登。荒路行愁逢匹马，旧交老渐变高僧。钟楼自吼南朝寺，佛塔还然半夜灯。莫向雨花台北望，寒云黯淡是钟陵。

张纲孙 四首

纲孙，字祖望，一名丹，字秦亭，钱塘人。与陆圻、毛先舒、柴绍炳、吴百朋、陈廷会、孙治、丁澎、沈谦虞、黄昊齐名，称“西陵十子”。有《从野堂集》。

毛驰黄曰：“祖望诗，悲凉沉远，矫然不群。”

叶圣野曰：“秦亭诗，轮囷结轖，怨诽不乱，有小雅之遗。”

朱锡鬯曰：“秦亭论诗谓：‘少陵七律，能用比兴。他人虽极工，不过赋尔。’以是人皆赏其七律，然不若五古之波澜老成也。其《南北旅行》诸篇，尤为奇崛，方之西陵诸子，逸伦绝群。”

《今世说》曰：“祖望性恬淡，不乐交游，好为诗、古文、词。喜山水，深溪邃谷，不避险阻，每得意，长啸而返。”

白竹村

路盘白竹村，崎岖探穷谷。居人八九家，林杪构破屋。下惟四柱立，亭亭不附木。仰视如鸟巢，夕暝梯云宿。已防虎豹害，复惧麋鹿触。我行多彷徨，不敢歧路哭。从者勿苦饥，餐松毛羽足。沈确士云：“写竹屋，荒陋如见。”

小中坞

不觉虎穴过，税驾中坞里。山楼阁溪上，朝夕得所倚。古树行蚁赤，寒藤聚花紫。攀崖啸风前，寻流行涧底。松杪驻移云，竹箨落坏几。潭影布游鱼，水气迷香芷。野猿探蜂窠，溪樵抱麋子。弱萝扶欹木，崩穴藏窜雉。直谐宿昔心，避世自此始。

涿州城

晓霜不在地，微白生牛背。遥望涿鹿城，巕然沙碛内。控緤走其下，壁立皆土块。此地古范阳，甲兵天下最。侧耳闻啼饥，伤心自我辈。野狼遇人嗥，苍鹰攫雉碎。生涯底如此，浩叹兹行迈。沈确士云："天下之险，可使有饥民耶？谁谓山野人不留心经国！"

晏　城

小小古晏城，西对华不注。昔之晋郤克，逐马匝此处。我行实已懒，解鞍歇薄暮。鸥枭啸其群，老乌守枯树。不见古人迹，断碑委樵路。手摸苔藓痕，字句读未误。平仲之采地，缅然起思慕。奈何千载后，芜没如野戍。相望有远山，恐是齐朝附。

卷六下

区大相 四十一首

大相，字用孺，广东高明人。性至孝，尚风节，为文有奇气，援笔数千言。万历己丑成进士，选庶吉士，授翰林检讨，与修国史。历赞善中允，掌制诰，居词垣十五年。先后柄政者，皆赏其文。辄引避，一无所与，自给谏，调南太仆寺丞。二年，移疾归里居。八年，卒。初，前后七子称诗，号翰林为“馆阁体”。用孺始力袪浮靡，还之风雅。有《海目集》二十七卷。

陈集生曰：“诗自三唐以来，所号为大家、正宗者，几何人、几何篇也！如先生之心手相应、音节和谐者，盖亦寡矣。”

朱锡鬯曰：“海目持律既严，铸词必炼。其五言近体，上自初唐四杰，下至大历十子，无所不仿，亦无所不合。岭南山川之秀，钟此国琛，非特白金、水银、丹砂、石英已也。”又曰：“海目五律，如钝钩初出，拂钟无声，切玉如泥；又如铙吹平江，秋空清响。”又曰：“弇州标榜前后五子而外，广为四十子，若似乎此外无遗贤矣。说诗者遇隆、万朝士，或置不观，直以公安、竟陵继七子之派，不知隆庆诸臣已力挽叫嚣之习，归于平澹。而定陵初年，人皆修词琢句，出入风雅之林。若吾乡李先生伯远，若下郑先生允升，吴中归先生季思，岭南区先生用孺，尤为杰出。而闽中徐惟和兄弟、曹能始、谢在杭诸君，均不为楚咻所夺。未见万历初之不及嘉靖季也！学者取诸家诗读之，庶几论世有权衡矣。”

汪瑞论曰：“海目诗，思深而不苦，律细而不狭，气壮而不厉，调高而不浮。乐府蕴藉，五言高秀。掩欧、梁之前轨，开陈、屈之先声。诚‘岭南风雅领袖’也！”

古有所思

我所思兮大海南，何以致之紫云缄，青瑶为字金作函。波涛万里不可涉，白日忽破扶桑岚。我欲乘龙，龙不可骖。我欲附青鸟，青鸟不可衔。将泪滴海水，为我流入明珠潭。我既无羽翼，君亦一去无消息。从今勿复思，相思何终极。堂前琼树枝，把君旧颜色。携酒高堂复几时，君在天南我天北。

淮浦吟　阻风待舟于淮上作。

幸免黄河险，复阻清淮流。南风十日发，不见北来舟。

晨起望佳人，日入未遑息。白云苍梧间，是我心所忆。

虽有纨与绮，不如故时絺。虽有新相知，不如故所思。

征夫念闺人，非为颜色好。游子恋故乡，非关万里道。梁崇一云：“须于无字句处，寻绎其精义所在。”

樊城乐

夙昔逢欢时，相见何草草。女萝附槿花，如何得终老。

月夜花下小酌和友人

碧空散微云，孤月照远客。以君衣上光，鉴我花间席。倾壶逐夜凉，隔林望归翮。槭槭叶堕阶,凄凄风入隙。清光正娱人,徘徊恋终夕。

初归故园

祇役在淮都,事已返旧疆。旧疆八千里,乡路杳何长。清晨至里门,车徒不敢张。邻里闻我来,老稚走相望。亲族闻我来,牛酒各自将。劳慰未云毕,仓卒叙炎凉。问我何官爵,谬登著作郎。问我何职业,石渠典秘藏。问我何所就,低首不能昂。去家事明主,遭世本虞唐。出入金闺里,昕夕铜龙傍。优游文墨职,咫尺独靡遑。兹辰承嘉命,持节还故乡。故乡多密亲,谁存复谁亡。存者咸会斯,亡已归山冈。寄言宦游者,故乡安可忘。

别汪和叔之塞上

花前各尽觞,游子赋河梁。我望南枝返,君同北雁翔。笳声咽陇底,海色愁渔阳。未共酬恩去,相思塞草长。

入罗滂水

井邑新安集,闾阎杂汉猺。火耕春伐木,山猎夜归樵。潮响蛮溪合,林光瘴峒消。直须勤抚字,慎勿困征徭。

客中九日

细雨黄花节,秋风竹叶杯。异乡谁送酒,何处更登台。木落江云暮,天寒塞雁来。惟怜三径在,归去剪蒿莱。

九日偕馆中诸友集天宁寺

帝京重九日,朋旧共开尊。地远城西寺,台高蓟北门。云光移塔影,山势断河源。忽睹南征雁,令余思故园。

早春长安道上

双阙丽朝霞，千门竞岁华。苑云微带雪，宫柳半藏鸦。结驷过平乐，扬鞭赴狭斜。春风才几日，先发上林花。清丽似初唐。

家人初至京置酒亭中对雪作

庭霰今朝集，家筵此日开。不知燕地雪，犹讶故园梅。玉袖承花出，珠帘卷絮回。瑶华虽可赠，留赏上春来。沈确士云："中允，海南人。海南无雪，故颔联特妙。颈联亦秀艳，'香雾云鬟'，同一笔墨。"

戏马台

芒砀吞大泽，台上起悲风。汉世人心属，君王马步工。孤城苍树断，野戍暮烟空。独有彭门会，高秋怀宋公。梁崇一云："语带讽刺。"

同人载酒圣安山房言别

怅然此握手，共把青松枝。雁度斜阳里，蝉嘶落叶时。浮云增暮色，古木澹秋姿。迹与僧无住，何方是别离。

送胡孟弢之沅江

浮湘明日事，江畔暮行吟。易动骚人怨，难为国士心。秋风吹芷岸，落日满枫林。知有还家梦，浔阳九派深。

送薛行人持诏南楚便归岭外

边事劳行役，秋冬两戒辀。方回辽左使，复作楚南游。雪树江关驿，云帆海国楼。仍闻下诏日，父老共销忧。五、六襄阳风格。

送张仆卿还桂林

还朝能几日，去国逼残年。别路春前酒，离亭雪后天。衡阳随去雁，湘浦问归船。未是投闲日，东山卧莫坚。

登来青轩

层轩翠微里，宸翰此高题。仰见星辰列，平看云雾低。路盘陵树北，山拥帝城西。万乘来游地，应无七圣迷。

昌平道中

山家未夕昏，半已掩柴门。车马争途疾，牛羊下坂喧。春阴入陵树，雨色过湖村。谁道相如病，犹堪守汉园。

朝陵遇雨

言避崤陵雨，翻行大壑云。微风清树气，积润洗山文。银海春波阔，龙池细涧分。九陵松柏路，香霭日氤氲。沈、宋佳制。

送游宗谦出塞

嗟君垂老日，策马蓟门东。易酒颜犹壮，燕歌气尚雄。敝裘经积雪，颓鬓逐秋蓬。寄谢行间客，无轻塞上翁。

送何仪部稚孝谪桂林

长沙非不远，南去更萧森。谪宦楚山尽，独行湘水深。乡书同雁少，官舍共猿吟。今夜怀人梦，随君到桂林。

出钱塘览古作

驻马钱塘路，逢人说胜游。湖光吴苑晓，山色宋陵秋。岩桂密连寺，渚花高映楼。伤心六桥月，不照汴河洲。梁崇一云："苍秀。"

晚霁玉峡驿望玉笥山

峡束江流窄，山攲堞影低。玉梁沉宿雾，金涧落晴霓。水鸟窥鱼下，林猿摘果啼。灵峰不可到，矫首问丹梯。

谒张文献祠

一代孤忠在，千秋大雅存。诗才推正始，相业忆开元。曝日陈金鉴，蒙尘想剑门。更吟羽扇赋，摇夺不堪论。包括曲江全传，可称史笔。

秋日还山

村边黄叶路，溪上白云岑。草屋山家浅，松门野寺深。群鱼依密藻，独鹤返高林。若问还山事，多应负此心。梁崇一云："上六句写景，末二句写情，格法又别。"

浮丘洞中宴

洞府游仙入，楼台望气通。焚香来桂女，行酒命芝童。鹤舞春池月，莺啼碧树风。何当倚长袖，共挹浮丘公。明秀近太白。

晚发三水溯北江

行客才经宿，离愁已不堪。邮亭数长短，江路背西南。里树春烟断，山城夕照含。何时已行役，归结桂松庵。

于曲江逢高正甫奉使南还

相逢一杯酒，与子暂绸缪。以我北来信，附君南下舟。乡心沧海上，客泪曲江头。为问乘槎使，何时到广州。

中秋望月简董玄宰太史

月满层城上，秋分御苑中。玉楼寒自迥，珠箔照还空。望美今宵隔，含情几处同。此时折桂客，或在明光宫。

夜　坐

夜坐不觉久，庭乌栖复啼。灯前下黄叶，井上鸣莎鸡。漏静风声细，帷空月影低。城南有思妇，幽梦越辽西。

寒　日

霜林无一叶，寒日复多风。硕果犹存否，危巢本易空。诛求三户尽，杼轴万方同。白石南山曲，悲歌夜未终。少陵。

大科峰是西樵绝顶

登高四望开，绝顶出瑶台。远岫一方缺，长江数道来。云间下鸾鹤，天上扫莓苔。高揖烟霞外，三山何处哉。

崖门吊古

遗恨前朝事，吾来问水滨。乾坤存一旅，社稷有三臣。惨澹勤王志，间关护主身。至今崖畔石，风雨洗凝尘。梁崇一云："不过作感伤语，更高。"

南行感怀

闻道貂珰辈，由来为扫除。先朝烦镇守，重任典方舆。贡采山川竭，征输井邑虚。明明皇祖训，宫府意何如？沈确士云："时矿税之使，纷纷四出。至寺人职扫除者，列坐督抚之上。小民穷瘁，几于赋苕华歌苌楚矣。诗中念祖训，正以慨时事之非。"

阊门寓目

蓼花风起渚莲飘，处处菱歌送晚桡。吴苑几年无霸气，胥门终古有归潮。枫林竹岸斜连郭，水寺溪村尽带桥。独有馆娃宫外柳，年年烟雨锁长条。

出均州赴太和行驰道上

百里天街石路平，游人指点近瑶京。芳林隔水闻花气，虚谷含风有鸟声。衣上岚光千片落，帷前山色数峰晴。逢迎道左多真侣，未入云门思已清。

端溪杂咏

夕阳下前山，山光落溪水。欸乃时一闻，只在山光里。

望七星岩

仙山对城郭，累累七星石。中有太古文，世人了不识。

［附录］

郑明选　六首

明选，字允升，归安人。万历己丑进士，除安仁知县，擢南京刑科给事中。有《鸣缶集》。

朱平涵曰："先生诗不施铅粉，不事雕琢，一禀于雅，澹然成趣。"

朱锡鬯曰："先生五言、近体全学高达夫语，不求工而句锤字炼，卓然名家！"

感 怀

黄虞世已远，大道渐陵迟。十室八九空，奸邪乃猖披。法令日以繁，盗贼日以滋。宣尼相鲁国，道路不拾遗。君子正其本，礼义将自治。莫以鞭与辔，能使疲马驰。莫以刑与戮，能使风俗移。长吏苟有阙，三尺将安施。以操切为治者，不可不诵此诗。

十五夜写怀

明月孤悬夜，空斋独坐人。地平连海岳，天阔散星辰。禄米悲亲没，柴门忆弟贫。吾生无限事，况感百年身。

与杨叔纯

许子南昌去，王孙嵊县游。旧交如雨散，春水满城流。不见江边阁，徒怀雪里舟。故乡惟汝在，莫惜屡相求。

恭闻册立皇太子喜而赋诗

少海初流润，前星已丽空。九重原独断，四皓本无功。鹤驭丹霄上，龙楼紫禁东。君王有金鉴，早晚赐春宫。沈确士云："神庙为郑妃故，屡欲建立福王，迫于公议而止。作者归美'九重独断'，立言之体，故应温厚也。"

望钟山

钟山望不极，终日紫氤氲。宿雪双峰出，春沙八水分。龙蟠思霸主，鹤怨想征君。缥缈园陵外，松楸起白云。

朝天宫登白鹤楼

紫府深通径，丹梯半入云。楼飞三百尺，门锁五千文。郭外吴山尽，窗中楚树分。游仙今夜梦，亲谒武夷君。

卷七上

徐　熥　四十六首

熥，字惟和，闽县人。父𣝗，以易学名家，仕永宁令。惟和领万历戊子乡荐，数上公车，不第，与弟𤊹刻意吟咏，年三十九而卒。有《幔亭集》十五卷，又选闽中诸先辈诗，名《晋安风雅》。

谢在杭曰："吾郡中诗，似当以惟和为冠。其才情声调，足以伯仲高季迪。所微憾者，古体不及耳。"

张幼于曰："惟和调匪偏长，体必兼善，力追古则，尽涤时趋。"

朱锡鬯曰："惟和力以唐人为圭臬，七绝原本王江宁，声调谐畅。情至之语，诵之荡气回肠。"

沈确士曰："惟和近体，宗法唐人，当诗道冗杂时，遇之如沙砾中得简珠也！七绝尤胜，在李庶子、郑都官之间。"

铜爵妓

铜台遗令在，玉座主恩非。旧曲流哀管，余香散舞衣。缌帷空寂寞，罗绮失光辉。日日西陵望，君王归不归？忠爱之语，胜于讥刺。

集郑氏乌石别墅

虽是居城市，却无城市喧。僧归残雨寺，樵度隔云村。花落鸟声寂，草多萤火繁。斜阳人散后，留鹤守柴门。大历风调。

春夜同钱叔达陈惟秦斋中雨坐

高斋开乱竹，孤烛坐潺湲。世味随年减，浮生到夜闲。交应同白水，居未卜青山。坐惜连床雨，相看似梦间。三、四真至可味。

送林兆纶游武夷

飘飘鸾鹤群，去谒武夷君。溪曲斜流月，峰多乱占云。石床深草色，玉简翳苔文。半夜天坛上，一声清磬闻。

度何岭忆家

乡泪正纷纷，猿声日暮闻。孤峰遥耸翠，怪石自成文。忆弟吟春草，思亲望白云。投繻向关吏，何意学终军。

乱后经电白县有怀故园

一夜欃枪落，东南乍息兵。黄云依旧垒，白骨委孤城。八口蛮烟路，千家野哭声。故园残月影，偏向马头明。苍劲有骨。

岁暮怀郑六初

忽忽岁云暮，天涯客未还。梦回瓜步月，人隔秣陵关。驿路梅花瘦，空斋竹影闲。何时理归棹，相对说青山。

樵川道中

停舟当薄暮，古寺报昏钟。茅店斜临水，柴门半倚松。烟萝催暝色，霜叶老秋容。片月飞清影，寒山翠几重。

送陈可栋还松溪

相见复离群，一杯歌送君。轻红辞荔火，寒翠梦松云。树影缘山转，溪流向县分。蝉声修竹里，明日不同闻。

送张孺愿之漳南

离亭柳正长，匹马向临漳。别路闻莺语，遥空起蜃光。飓风吹海暗，蛮雨洗天凉。去去频沽酒，兹行是瘴乡。

晚至石竹山

寻真当薄暮，暝色满松关。绝壁猿声断，遥空鹤影还。云边芳草路，花外夕阳山。渐觉仙都近，钟闻翠霭间。

西湖立春

春柳未成阴，春风到武林。暖回邹子律，病作越人吟。儿女他乡泪，莺花故国心。西湖有狂客，相对酒杯深。

旅次石头岸

石头城下水微茫，回首乡关驿路长。瓜步烟波连断霭，秦淮云树隔斜阳。秋高落木见村舍，夜静寒潮到女墙。客里愁心已如此，一闻南雁更凄凉。第六语用刘宾客诗意，妙于运化。

金陵故宫

先朝遗殿闭尘埃，零落空劳过客哀。五夜铜壶干罢滴，六宫金锁涩难开。翠华逝后全无迹，罗绮焚余尚有灰。弓剑尽埋烟雨冷，椒房一半上莓苔。此咏逊国时事。

访梅禹金秦淮客舍

舟过长干问客星，风流不用叹飘零。一秋桃叶居淮水时同小姬，十月梅花梦敬亭。游遍南朝故宫地,缗残西竺净名经。赠君欲折藏鸦柳,满目长堤何处青。三、四秀婉。

金陵怀古

白门京阙旧山川,朱雀乌衣夕照边。百代荒陵崩夜雨,六朝遗殿锁秋烟。胭脂岁久销宫井,苔藓春深绣御筵。往事凄凉无限泪,伤心最是建文年。

武夷溪口送惟起弟

青山游侣散纷纷,况复临歧远送君。两地雁鸿难顾影,一时鸾鹤总离群。人从杜若洲边去,路在桃花洞口分。明发登高各惆怅,鹅溪斜日幔亭云。

陈价夫归自崖州谈粤中山水因怀旧游

朱门弹铗动经年,醉向黎姬酒肆眠。笑语自存豪士气,衣裳犹带岛夷烟。波罗老去甘于蜜,蒌叶开时小似钱。十载游踪俱是梦,不堪重听旧山川。

送人还九江

送君西去路漫漫,二月东风拂玉鞍。彭蠡惊涛云外听,匡庐飞瀑月中看。天涯草色今犹短,驿路杨花尚未残。不用临歧倍惆怅,一尊还共醉长安。

送李太守擢宪滇南

昆明池水静无波,拥传新从僰道过。开府定能宽汉法,采诗曾不废夷歌。趁墟滇客龙名市,纳款蛮王象渡河。他日勒功留片碣,点苍如黛石嵯峨。

送林叔度游支提寺

何年踪迹别壶公，岁晚看山过霍童。客路杖藜残雪里，人家鸡犬乱云中。钟闻下界诸天近，寺隐深林一径通。遥想空门多胜事，半龛明月几僧同。

得李伯实书知其移家金陵却寄

天涯久别正销魂，忽尔开缄见泪痕。东粤梅花留去客，南朝芳草待王孙。春风八口依京国，夜月千山梦故园。往事伤心君莫问，台城烟柳易黄昏。

送陆纂父山人还洞庭别业

他乡相见又离群，满目西风落叶闻。二水空洲孤棹远，三吴秋色一江分。白衣出郭金陵雨，绿酒看山震泽云。从此游踪各南北，月明无处不思君。

送张叔弢令罗浮

琼海曾传博望槎，惠阳为政又携家。琴床半落姑仙雪，印匣全封葛令砂。输税山农冠箬叶，趁墟蛮女卖梅花。官闲好作罗浮长，四百峰中早放衙。新颖。

送　僧

春风初动雪初晴，锡杖今朝出化城。万里云天孤鹤影，满堤烟树乱莺声。禅心客路随流水，古院荒山闭月明。自是空门无定迹，河桥此别漫关情。

邀诸故人雨中集万岁寺即席送徐仲和归钱塘

共酌清尊送客还，晚风吹雨暗禅关。绿波春草长途别，白社莲花半日闲。家近雷峰烟外塔，梦回天竺月中山。净瓶分得杨枝赠，垂柳临歧不用攀。

送人游吴楚

津亭烟柳绿垂丝，万里关山匹马迟。去国正当春尽后，登楼多在日斜时。楚江草长悲鹦鹉，吴苑花深走鹿麋。话别何须共惆怅，秋风摇落是归期。安雅合节，无七子浮响。

寄夏元成

故人别后忽经年，闻道衡门尚草玄。隋苑花明高士宅，广陵涛满孝廉船。一双屐齿春云外，两地离心夕照边。夜夜江南梦江北，芜城风雨柳塘烟。

葛震甫招游雨花台

高台千尺俯烟霞，却望当年旧帝家。百雉都城仍踞虎，六朝宫树半栖鸦。云边淮水连天远，林际钟山带郭斜。独有空门不销歇，至今犹落讲坛花。

宿接笋峰道院

绝壁悬崖入杳冥，丹房长借白云扃。地分六曲成三岛，台耸千层礼七星。暮霭晴飞岩瀑翠，秋烟寒隐石灯青。一声独鹤醒残梦，卧听黄庭半部经。

送张孺愿还四明

津亭歌罢酒杯空，目极遥天送断鸿。马上夕阳孤店柳，渡头残月半林枫。瘴云漠漠辞闽北，乡树重重辨甬东。此日莼鲈归计得，思家张翰怯秋风。

沙口夜泊

薄暮停桡水一湾，沽来村酒破愁颜。戍楼画角吹霜落，别浦渔舟棹月还。几点昏鸦归木杪，数家寒火出林间。漫言潘岳年犹少，憔悴西风鬓易斑。

送王玉生

作客生涯薄，依人去住难。春光无限好，空向异乡看。黯然不尽。

漂母祠

落落千金报，悠悠国士心。从今惭漂母，不敢过淮阴。

客中寒食

去岁燕山道，今年剑水滨。如何两寒食，俱作异乡人。

长门怨

芳草何时辇路通，长门花鸟自春风。只缘薄命难承宠，岂是相如赋未工。

芋江驿楼送友人之白下

春风吹柳万条斜，极目金陵隔暮霞。不必相思当后夜，片帆开处即天涯。情文兼至，沁人心脾。

逢李大

偶向新丰市里过，故人尊酒共悲歌。十年别泪知多少，不道相逢泪更多。

元夕怀李伯贤

往事伤心倍可怜，故人今夜渺云天。灯光月色秋千影，已隔春风二十年。

邮亭残花

征途微雨动春寒，片片飞花马上残。试问亭前来往客，几人花在故园看。沈确士云："惟和绝句，词不必丽，意不必深，而宛转关生，觉一种至情余于意言之外。"

彭城夜泊书事

十年此地几经过，数点渔灯起棹歌。今夜月明闻鼓角，隔江帆影战船多。

御儿舟中别朗公

月下谈深睡已迟，满身凉露夜何其。鸡声未断钟声起，又是江头欲别时。

客中赠别

吴姬把酒唱离歌，一片愁心奈别何。莫怪相看频下泪，江南春色已无多。

村中晚步

青山回合抱清溪，村径阴阴鸟自啼。落尽疏林秋色晚，水流枫叶过桥西。

寄　弟

春风送客翻愁客，客路逢春不当春。寄语莺声休便老，天涯犹有未归人。似昌谷。

宫　词

长信宫中玉漏微，绿杨枝上乳莺飞。忽闻银钥开金锁，残月楼头照舞衣。

徐　𤊹 三十六首

𤊹，初字惟起，更字兴公。博学工诗，善草隶书。万历中，与兄熥及曹能始狎，主闽中词盟，后进皆称“兴公诗派”。所居鳌峰麓，客从竹间入，环堵萧然，聚书至数万卷，以布衣终。有《鳌峰集》二十六卷，又有《笔精》《榕阴新检》《闽书记》诸书。子延寿，亦能诗。

朱锡鬯曰：“严仪卿论诗谓：‘诗有别才，非关学也。’其言似是而非。不学墙面，安能作诗？自公安、竟陵派行，空疏者得以藉口。果尔，则少陵何苦读书破万卷乎？兴公藏书甚富，近已散佚。余尝见其遗籍，大半点墨施铅，或题其端，或跋其尾，好学若是。故其诗典雅清稳，屏去粗浮浅俚之习。与兄惟和，足称二难。以此知兴观群怨，必学者而后工。今有称诗者，问以七略、四部，茫然如堕云雾，顾好坐坛坫说诗，其亦不自量矣！”

汪端论曰："幔亭、鳌峰昆季诗，并以青丘为矩矱。其古诗固不能逮，近体风度清新，神骨隽异，颇造其域。而一气浑成处，亦相去尚远，不免有桓宣武王似刘司空之恨。此盖才力所限，非二子之过也。然当雾霾充塞时，独能不师伪体、远溯正宗，可谓卓识绝人、超然尘外者矣！"

栖云寺

出自东郊门，萝径转幽邃。刹影入层云，鸡声落空翠。钟响答松涛，炉烟和花气。斜日下遥岑，残僧独归寺。

投宿山家

清流抱孤村，秋意澹林木。水急冲板桥，山空响飞瀑。残叶涧边黄，危峰天际绿。日落何处归，人烟在修竹。

寓建阳福山寺

磴路层层入，招提夹两山。柏侵阴殿绿，苔绣古墙斑。细雨虫声碎，微风蝶影闲。五更钟韵杳，乡梦屡催还。

送林叔度之甬东

春深柳可攀，送客出乡关。不洒故人泪，恐伤游子颜。潮声两浙水，云影四明山。莫谓风尘隔，相思魂梦间。

送僧归日东

故国沧溟远，乡心岛屿孤。缁衣晒若木，白足踏寒芦。海蜃嘘香火，骊龙觊念珠。朝朝持诵处，初日照跏趺。

喜曹能始到家

廷尉官曹冷，三年寄秣陵。过家才问寝，开社急邀朋。巷选穷中住，山寻僻处登。维桑坛坫在，雅道赖君兴。言外想见能始清节。

宿幼孺招隐楼

林壑郁重重，危阑俯万松。乱花穿暗水，疏竹漏晴峰。远火缘溪棹，斜阳过岭钟。招携出萝径，踏破白云踪。

送人戍边

天涯秋气深，行子别家林。客泪月中笛，边愁马上砧。风沙连朔漠，鼙鼓散穷阴。后夜相思处，空闻塞雁音。

送人之燕

燕国八千里，送君离恨增。短衣粘雪片，孤棹触冰棱。夜锁沙河栅，寒光土屋灯。故园稀钓侣，秋浦挂鱼罾。

宿邓汝高翠微山房

精庐遥结翠微间，借得云窗一夕闲。流水断桥通古路，斜阳残磬下空山。犬声似豹闻茆舍，萤火随人入竹关。桑柘满村堪寄隐，与君吟卧却忘还。

旅次石头岸

缥缈孤城见石头，长淮云水自悠悠。孤村柳色连荒驿，两岸芦花隐钓舟。残月微钟京口夜，澹烟疏雨秣陵秋。客中不尽怀乡感，南雁一声双泪流。绝妙好词。

送林吾宗之金陵

青丝游骑踏春芜，二月王孙入旧都。柳色东风村店路，杏花微雨酒家垆。断桥野草寻朱雀，古碣荒苔辨赤乌。载得红妆歌子夜，寒潮双桨莫愁湖。五、六冷隽。

过林逸人故居

魂堕穷泉乍白头，方山寒雨杜鹃愁。花飞古路松枝老，叶满闲庭荔子秋。鹤梦不归江上榻，虫丝空网月边楼。哭君剩有千行泪，濑水无情日夜流。

送伯孺

千里西吴一骑轻，君行应是我归程。孤身漂泊辞知己，八口饥寒仗友生。绕涧松篁天竺路，满湖菱芡下菰城。旅游到处羞贫贱，好向人前讳姓名。中二联绝似青丘，结语近弱，所以不及。

送俞本之游楚

寒皋木落水连天，云际孤城望汉川。隔岸数声湘女瑟，中流千里鄂君船。鹧鸪夜叫黄陵月，猿狖秋啼赤壁烟。挟得离骚经一卷，行吟长对楚江边。

溪南访郑翰卿话旧

寻君迢递歇羸骖，小阁疏窗对夕岚。寄寓俗尘甘庑下，卜居名胜爱溪南。廿年旧事秋风泪，一片新愁夜雨谈。相顾头颅俱渐老，灯前悲喜总难堪。

过荆屿访族兄文统逸人村居

踪迹经年懒入城，满村麻苎绿阴晴。蝶寻野菜飞无力，蚕饱柔桑啮有声。半榻暮云推枕卧，一犁春雨挟书耕。清高学得南州隐，不忝吾宗孺子名。放翁合作。

会稽怀古

独上高城问废兴，万家鳞次暮烟凝。断碑碧藓曹娥庙，古木苍山夏禹陵。剡雪霏微回客棹，樵风来往送渔灯。越王霸业长销歇，极目荒台感慨增。

送康元龙之灵武

贺兰山下战尘收，君去征途正值秋。落日故关秦上郡，断烟残垒汉灵州。羌儿射猎经河北，壮士吹笳怨陇头。城窟莫教频饮马，水声呜咽动乡愁。

黄河官路黑山程，羌笛横吹汉月明。漠北烽烟三里雾，陇西鼙鼓十年兵。燕鸿度塞寒无影，代马行沙暗有声。后夜思君劳远梦，朔风吹过白登城。澄怀云："二诗高亮警健，无一懈句，最近茂秦，王、李不能也。"

巢云院

石势参差若累成，夕阳斜映海波平。苔封古路花深合，树隐悬崖叶倒生。入院乱穿云影去，上山遥逐涧声行。巢居高士知何代，千古无人记姓名。写景幽峭，可入画本。

樵夫祠

十万王师尽倒戈，秣陵非复汉山河。一时总逐新缨冕，何处能容旧斧柯。莫考姓名垂竹帛，空留灵爽在烟萝。荒祠近对秦淮水，谁与招魂赋九歌。

送沈广文擢德清令

新悬墨绶谢青毡，仙令栽花向霅川。处处劝耕黄稻雨，村村收茧绿桑烟。官清但饮双溪水，吏散闲寻半月泉。莫恋弹琴宽赋税，司农方急水衡钱。

闲　居

竹满檐楹草满除，青山应属野人居。未春预借看花骑，欲雨先征种树书。石鼎香酣吟懒后，瓦铛茶熟梦回初。半生消受清闲福，一任人嗔礼法疏。

晓渡彭蠡

彭蠡秋高水接天，征帆一片去茫然。芦飞楚岸千重雪，树拥康山几点烟。报曙野鸡残月后，失群寒雁晓霜前。客行不耐风波恶，魂断渔歌到枕边。

别谢在杭次韵

频年作客若为情，两度题诗送我行。暮雨魂销江雁影，西风肠断峡猿声。穷秋野柝云边驿，午夜清砧水畔城。从此相过踪迹少，积芳亭上月空明。

图南王孙移家西山赋赠

从来生长在朱门，今日移家入远村。晴放好山当屋角，暗通流水过篱根。应门但委栖松鹤，摘果频劳挂树猿。只为欲成鸿宝诀，故寻幽僻避尘喧。

送康季鹰之秣陵兼寄诸旧游

金陵京阙帝王州，走马怜君是胜游。花底箫声歌妓舫，柳边旗影酒家楼。黄龙细辨前朝碣，白鹭遥寻隔水洲。旧事关情浑似梦，西风残月石城秋。

送商孟和应试留都

新柳如丝拂地齐，送君遥向石城西。春明草色迷牛首，秋老槐花上马蹄。二月烟波移舴艋，六朝钟磬认招提。读书借得凭虚阁，古埭霜寒听晓鸡。

二月晦日同人集玄旷山房分韵

春草芊芊绿未芟，别开芳墅隔尘凡。小楼斜倚将枯树，绝磴傍通欲断岩。寒信催花三月近，夕阳流影半峰衔。携来茗碗堪供客，新启旗枪白绢缄。

寄王百谷

吴门别后渺天涯，千里传书客路赊。何日庵前谈半偈，一瓶秋水白莲花。

宫人斜

空山冥漠夜沉沉，多少芳魂不可寻。莫怨埋香在黄土，长门更比墓门深。朱笠亭云："沉痛之至，妙作慰语。"

寄惟和兄书

年荒八口苦饥寒，门户支持事事难。药债未还官税迫，封题空自报平安。真至语,自不觉其浅。

松雪画马

宋室王孙粉墨工,银鞍玉勒貌花骢。天闲十二真龙种,空自骄嘶向北风。讽谕深永。

桃　源

种得桃花洞里居,子孙相约事耕锄。采芝笑杀庞眉叟,轻出商山翼汉储。

过弋阳

颇忆文房旧日题,余干水落弋阳溪。平沙渺渺孤城在,朝暮犹闻山鸟啼。

送友人之安南

落花飞絮委东流,春去行人不可留。却恨春风已归去,岂能吹梦到交州。从太白"杨花落尽子规啼"作脱胎,佳在翻用其意。

[**附录**]

谢肇淛　十五首

肇淛,字在杭,福建长乐人。举万历壬辰进士,除湖州推官,迁南京刑部主事,调兵部,转工部郎中。视河张秋,作《北河记略》,详载河流源委及历代治河利病。升云南参政,历广西按察使,至左布政使。有《小草堂》集五十八卷,又有《史镌》《百粤风土记》《支提山志》《彭山志》《文海披沙》《五杂组》《麈余》《小草斋诗话》《八闽鹾政志》诸书。

王百谷曰："在杭诗，寄兴微而缀词雅，取调古而命意新，秀若可餐，沃其堪挹，穆如温如，以雅以南。"

陆无从曰："在杭诗，冲融婉至，深于性情。"

朱锡鬯曰："在杭格不耸高，而诗律极细，其持论亦平。《漫与》诗云：'徐陈里闬久相亲，钟李湖湘非吾邻。丸泥久已封函谷，怕见江东一片尘。'是时竟陵派已盛行，而在杭能距之。又云：'石仓衣钵自韦陶，吴越从风赤帜高。若问老夫成底事，雪山银海泻秋涛。'此则在杭自任匪浅矣！"

汪端论曰："明初，'闽中十才子'专学盛唐。万历间，徐幔亭昆季、曹石仓及在杭诸人，则兼法钱、刘、元、白并洪武诸家。虽前后宗尚，微有不同，要皆精研格律，无忝正声。在杭诗清圆俊朗，远胜王百谷。而虞山深诋闽派'庸熟''蹈袭''如出一手'，又谓在杭'风调谐合，得之百谷为多'。其月旦颠倒如此，绛云一炬，岂非天哉！"

雨霁寄陈隐君

新晴动花气，鸟啼漳水春。出门见芳草，忽忆山中人。种药斸云母，煮石炊松薪。甲子谁能识，空山无四邻。左司。

望点苍山

点苍十九峰，一一芙蓉青。绵亘百余里，疑张云母屏。鸟道当太白，铁壁排高冥。白云绕其腹，玉带横万钉。一峰一溪流，奔卸如建瓴。散入市廛间，家家鸣琮琤。远近注畛隰，禾黍藉生成。阴崖四五月，积雪辉广庭。阳光照不到，力与造化争。北麓产文石，玉质声珑玲。浓澹合图画，苍素何分明。追琢岂天巧，酝酿诚地灵。冯河不可极，乘龙犹潜腥。林峦非一状，兰若棼连甍。相对不数武，空翠盈窗棂。

奇境趣自合，绝域心所轻。悠然独长啸，忘此支离形。“阴崖”四语，逼似大苏。

偕李元祉水部游蜀山

一水划为山，两湖东西汇。漕渠贯其中，盈盈若衣带。西湖渐成陆，东湖淼无届。千顷碧琉璃，风云互变态。中流一卷石，突起砥溯湃。金镜浮芙蓉，银盘捧螺黛。荒祠久零落，花幡皆破败。鸡栅倚龟趺，燕泥凝佛背。开尊面南山，云水澹相对。渔艇散复集，鸣榔出深濑。蒲荇交乱流，帆樯绕天外。涛惊山影摇，波漾日光碎。恍如金焦间，疑在蓬壶内。凭虚倏往还，已隔人天界。浮云何时闲，胜游与居会。回首空烟波，疏钟隐林霭。奇峭。

秋日邀龙君御同钟伯敬林茂之赋诗君御将赴湟中

营道寡高操，大音谢俗机。谁云京洛尘，而能缁素衣。前踪既云远，后会安可希。斗酒自斟酌，蟹螯秋正肥。南陆有残暑，西山无留晖。不知松际月，已挂花间扉。杂坐忘罄折，绪谈闻芳菲。君今赴河湟，戎马生郊畿。红颜谁见赏，青云愿多违。旧欢意未浃，新离泪仍挥。余亦倦游者，因之歌式微。

题吴兴海天阁在道场山

飞阁接天都，珠宫控太湖。山光围百雉，野色入三吴。木落禽声尽，云崩塔势孤。东南多王气，回首起栖乌。徐兴公云：“第六语为时人传诵。”

送徐兴公还家

枫落空江生冻烟，西风羸马不胜鞭。冰消浙水知家近，春到闽山在客先。斜日雁边看故国，孤帆雪里过残年。怜余久负寒鸥约，魂梦从君碧海天。新隽。

寄吴中友人

曾从紫气识龙文，忽见新诗过所闻。老去自惭牛马走，书来犹问鹿麋群。春城树色连吴苑，夜雨鸿声叫海云。荔子轻红榕叶绿，相期同拜武夷君。

十月吴江舟中晚望

年年改岁长为客，无奈愁心付酒缸。寒雁背风归越渚，孤帆带雨下吴江。黄知雨后柑三寸，白起沙边鹭一双。日落洞庭天似水，青山无数入船窗。

送孙子长之浒墅

度支使者榷吴关，饱看姑苏郭外山。税减任教商舶过，吏稀长对戟门闲。湾中销夏留僧住，桥上行春载鹤还。西望吴兴衣带水，旧时玉笋已成班。属对巧隽。

春　怨

长信多春草，愁中次第生。君王行不到，渐与玉阶平。

秋　怨

明月怜团扇，西风怯绮罗。低垂云母帐，不忍见银河。似崔国辅小诗。

钱塘逢康元龙

黄梅细雨暗江关，我入西吴君欲还。马上相逢须尽醉，明朝知隔几重山。

春日溯汶河作

东风残雪系兰桡，满目山川对寂寥。记得门前春水满，美人蕉压赤阑桥。

庐江道中见风沙

四野黄尘欲暮天，行人驻马泪潸然。自从归去江南路，不见风沙已一年。

淮上送友

轻黄柳色绿烟含，欲折行人自不堪。两岸梨花寒食雨，孤舟今夜泊淮南。

林　章 十四首

章，字初文，福清人。幼警敏，负奇气，善属文。嘉靖末，倭寇犯闽，初文年十三，上书督府，求自试行间。万历癸酉举于乡，累上公车不第。走塞上，从戚继光游，座上作《滦阳宴别序》，酒未三巡，诗序并就。戚持千金为寿，缘手散去。挈家寓金陵，愤南曹曲法断狱，奋臂直之，坐系狱，三年始出。会有海警，两抗疏陈用兵之策，又请停止矿税。帝颇感动，下内阁票拟举行。沈一贯承中人指，阁其事，密揭，请逮治下狱，暴卒。有《林孝廉集》。二子君迁、古度，皆能诗。

曹能始曰："初文诗，如'千山风雨里，一任子规啼''晓烟长带雨，夜月忽啼鸦''客情似春草，无处不堪生'，皆绝酸楚。"

周元亮曰："初文才情凄婉。"

汪端论曰："初文诗，陶冶未精，时露粗率。然在闽派中，能以偏师制胜，颇觉卓荦有奇气。唯以激昂自负，罔识藏器待时，见嫉壬人，卒填牢户，惜哉！”

白云观秋夜

俯仰成何事，浮沉寄此身。无家逢寺好，多病见僧亲。夜久霜欺客，庭空月碍人。西风数相过，不扫化衣尘。生新而不堕钟、谭习气。

舟中别张仲豫

昨日淮南客，今朝江上还。离亭一杯酒，去棹万重山。云树故人意，风尘游子颜。未知携手处，莫惜暂追攀。

浔阳江楼

楚天愁思入秋多，落日危楼奈客何。九派江声都带雨，二孤山色半含波。霜前薜荔犹堪采，露下蒹葭不可歌。曾到汉阳峰顶望，十年踪迹片鸿过。

吴门秋日送族人南还

百花洲畔木兰船，杯酒西风思黯然。客似长卿游已倦，人如小谢别堪怜。江城暮色初回月，野树秋声尽入蝉。明日姑苏台上望，片帆落处是南天。

潜山送友还闽

草草相逢楚泽西，红亭绿酒又分携。人生底事怜鸡肋，客路长教怨马蹄。舒子州前柽叶暗，越王城里荔枝齐。十年归梦如流水，一夜随君下建溪。

宫　怨

永巷春三月，寒鸦时一听。不知杨柳色，门外可曾青？

寄　情

侬生不如柳，君情那似春。春风与柳树，年年是故人。子夜遗音。

秋　思

秋月何娟娟，一轮冰镜冷。人心照不见，照见人孤影。

送　别

相送到江干，凄其风又雨。泪下沾君衣，看君不能语。

渡　江

不待东风不待潮，渡江十里九停桡。不知今夜秦淮水，送到扬州第几桥？澄怀云："神来之作。梅禹金极称之。"

杨柳枝词

杨柳青青灞水滨，春来日日送行人。东风不与长为主，送尽行人却送春。中有所刺。

宫　词

一入长门十二秋，自怜颜色未曾愁。朝朝流水宫前过，不肯题诗叶上头。自占身分。

题画羊

三百群中步独先，高鸣时向白云天。曾从北海风霜里，伴过苏卿十九年。澄怀云:"此初文八岁时作。其师曰:'是子他日必忠而苦节者也!'后果然。"

元　旦

千官春珮拥朝班,万国欢声动圣颜。独有缧臣无祝处,隔墙遥拜孝陵山。

谢三秀　十七首

三秀,字君采,贵竹人。万历间学官。有《雪鸿集》。

李本宁曰:"君采诗,触境生情,缘情体物。格整而不滞,气雄而不亢,旨深而不晦,致清而不薄,辞丽而不浮。此治世遗音也!"

朱锡鬯曰:"君采诗,甚清稳。由其生于天末,习染全无。此黔人之轶伦超群者。"

汪端论曰:"明代黔中,以诗名者绝少。亦由其地遐僻,无人选录。君采诗意妍雅,足与在杭颉颃。故以附于闽派,可谓孤芳独秀矣!"

晚泛萧湖寻宋人虞仲房石壁

川光郁初霁,野航恰受客。天空断雁哀,水落寒沙积。绝峡响飞泉,飘飖匹练白。凉叶不禁霜,枫林还槭槭。辍棹湖之阴,突兀见瑶碧。恍疑太始雪,拔地起百尺。登眺极人目,了了晰阡陌。胡为水穷处,乃有此奇石。昔闻避地者,于焉卜其宅。爱兹云木秀,重以岩潭僻。靡旦匪兰桡,或时仍柘屐。遗咏蚀苔纹,风流已陈迹。高躅杳难攀,我来徒惋惜。商飙增暮寒,旨酒若为适。兴尽鼓柁归,沧浪黯将夕。

游雁山夜宿湖雾人家

晨披温峤岑,夕息湖雾里。寒月随潮来,潮平月如砥。野烧晰回阡,墟烟浮近市。客子解征衫，徒御辍行轨。素壁耿残灯，不眠中夜起。延眺极巑岏，芙蓉宛相似。去矣石门潭，幽寻从此始。“寒月”二语，眼前妙境，不假雕饰。

焦溪雨渡

远岸平芜绿，寒流似若耶。雨深人唤渡，春老客思家。野葛牵青蔓，溪藤落紫花。浮名是何物，漂泊又天涯。

答赠崔公超

慷慨说从军，将邀塞上勋。少年频结客，末路始逢君。才美游梁赋，名高谕蜀文。剑歌当此别，易水涨秋云。伉健。

晚宿积翠阁

佛火照松坛，山深襆被寒。草虫喧夜枕，林果荐秋盘。旷望情弥适，幽栖梦亦安。新霜太无赖，木叶已微丹。

洞庭夜泊石门对月

平湖涵霁景，凉月漾晴晖。树极长天尽，云归别岛微。灯前秋社燕，梦里故山薇。谁念沧洲客，飘零未授衣。

西庵径中万竹翛然喜而赋此

负杖入深竹，一盘仍一盘。邻僧分路去，野客到门看。不雨夜尤绿，无风亦已寒。素琴多远思，宜对此君弹。

辰阳晚泊

春流似建瓴，春色晚冥冥。溪菜盘餐滑，江鱼匕箸腥。月来沙渐白，烟敛树犹青。渔父方舟处，闻歌愧独醒。

秋日同友人挐舟至惠众寺看竹作

川路忽行尽，榜船秋树根。断烟生绝壑，残日下空村。荡近多逢雁，峰高独听猿。杖藜因看竹，夜叩老僧门。

兰溪舟中卧病

细雨平芜绿，空江春较迟。孤舟人卧处，二月燕来时。病骨黄花瘦，愁心明月知。悠悠湖上约，又负采芳期。

游韬光庵小憩餐霞阁

阁敞层阴磴道斜，芒鞋步步入青霞。山中雨散仍飞瀑，林下春归尚落花。招隐旧闻丛桂赋，采真今到赤松家。石泉槐火闲相称，坐对风炉自煮茶。三、四秀色天然，如空翠欲滴，炼句神品。

留别开府青螺郭公

客情秋色共苍苍，耐可离筵菊正黄。为访杜蘅先过楚，敢云辞赋重游梁。孤猿夜啸千峰月，匹马寒嘶万里霜。前路总令知己在，怜才谁似郭汾阳。

澧兰道中

敝裘萧瑟剑装轻，一望平芜怆客情。杨柳津亭聊驻马，梨花村馆渐闻莺。家家换火榆烟湿，处处收茶谷雨晴。江国采芳三月路，春江如练绕春城。写景明丽。

送陈孝先东归

壮图容易与心违，握手离亭泪自挥。鸟外诸峰乘雨出，马前残叶带霜飞。三年作客空谈铗，九月还家正授衣。世路茫茫谁国士，君归吾亦问渔矶。

憩桃花源赋留亭子上

迢迢梯路接仙源，峭壁飞萝翠可扪。树里人家非避世，眼前鸡犬尚成村。花随流水春无迹，月到空山夜有痕。安得结茅歌小隐，自锄黄独住云根。

夜宿西村人家

西村襆被酒初香，寒逼莎鸡渐入床。深巷犬声如豹吠，空田鹤影似人长。山楼笛起家家月，野浦砧残夜夜霜。垂老生涯耕稼在，衡茆吾拟托柴桑。

赠周允庆山人 君年七十工绘事。

山翁垂老醉为乡，日扫藤花卧石床。两鬓镜中窥素雪，千峰灯下染元霜。评诗僧去蒲团冷，看画人来茗汁香。自说径松皆手种，茯苓如股兔丝长。

居　节 九首

节，字士贞，吴县人。少从文衡山游，学其书画。家故隶织局，织监孙隆闻其名，召见，士贞不肯往。孙怒，坐以逋帑拘系。破家，僦居半塘，数椽萧然。所与游多山人、衲子，性落落寡谐。每过辰未，举火吟啸自若。年六十，以穷死。有《牧豖集》。

朱锡鬯曰："商谷绳削斤斤，不失晚唐家数。"

晚　坐

鸦背夕阳尽，柴门暮色初。山寒渐风露，人语半樵渔。落叶闻砧急，芦花映月疏。年年楚江上，不见雁将书。

春　寒

重楼燕子隔天涯，五柳阴疏未聚鸦。十日春寒淹雨雪，几番风信到梨花。横塘水长听莺处，小巷泥深卖酒家。多少朱门咽弦管，沉香火底按琵琶。似韦端己。

谷日感怀

谷日条风喜及晴，东皋南陇已春生。少从剑客游三辅，老傍田家卜五行。衣食有端终岁计，江山信美故园情。蹉跎十亩桑阴地，惭愧花林鸟劝耕。三、四跌宕。

暮归书事

竹溪萝径自幽清，片片山衣细霭生。薄暮园庐半烟火，高原禾黍正秋晴。遥看绿酒悬帘卖，未办青钱挂杖行。新月柴门牛背笛，澹云红树总诗情。

对　雪

老树荒村鸟雀稀，隔溪茆屋午烟微。黄云压地门深闭，积雪满山樵未归。一树梅花闲觅句，十年湖海叹无衣。钓鱼却忆披蓑客，小艇寒江兴不违。

壬午元旦

钟鼓高城送腊徂，云霞曙色上桃符。日随岁月开三始，春与莺花到五湖。借宅南山非捷径，对人故态是狂奴。依然旧识东风面，柳眼青青向酒垆。兀傲自喜。

秋　日

槿花委露渚莲愁，无复红妆荡小舟。浓澹云山堪入画，萧闲门径自宜秋。当时载酒人如鹤，昨夜吹箫月满楼。鸿雁欲来江欲冷，白蘋风起思悠悠。

重题自画小景赠戴子文去画时四十年矣

点染青山四十年，寸缣不改旧风烟。散人漫窃江湖号，未买松江一钓船。又有句云"一饱年来非易得，五湖无地可躬耕"，苦节而贞，作者有焉。

雪中送元缙

金昌西望即天涯，寒满扁舟去路赊。瓜步沙头莫回首，一江风雪似杨花。

卷七下

曹学佺 三十五首

学佺，字能始，侯官人。弱冠举万历乙未进士，除户部主事，移南大理寺副，转南户部郎中，出为四川右参政，转浙江按察使。天启二年，降调广西参议。初，梃击狱兴，刘廷元等主“疯颠”，公著《野史纪略》，直书事本末。至六年秋，公迁陕西副使，未行，廷元希魏忠贤指劾公著书诽谤，遂除名为民，毁其镂板。大吏揣公必得重祸，羁留以待。已知忠贤无意杀之，乃得释归。崇祯中，起广西副使，力辞不就。家居二十年，著书甚富。尝谓：“二氏有藏，吾儒何独无?”欲修儒藏，与之鼎立。采撷四库书，因类分辑。十余年，功未及竣，而明亡。唐王立于闽中，起授太常卿，迁礼部侍郎，兼侍讲学士，进尚书，加太子太保。及王师下闽，入山中，自经而卒，年七十有四。乾隆中，通谥“忠节”。所著有《石仓诗文集》一百卷，又有《周易可说》七卷，《书传会衷》十卷，《诗经质疑》六卷，《春秋阐义》十二卷，《春秋义略》三卷，《一统名胜志》一百九十八卷，《蜀中人物记》六卷，《蜀汉地理补》二卷，《蜀郡县古今通释》四卷，《蜀中风土记》四卷，《方物记》十二卷，《蜀中诗话》八卷，《蜀画苑》四卷，《蜀中高僧记》十卷，《十二代诗选》八百八十八卷古诗十三卷，唐诗一百十卷，宋诗一百七卷，元诗五十卷，明诗一集八十六卷、二集一百四十卷、三集一百卷、四集一百三十二卷、五集五十卷、六集一百卷。

叶进卿曰："能始刻意《三百篇》，取材汉、魏，下及王、韦。其旨沉以深，其节纡以婉，其辞清泠而旷绝。其初为众所哗，久而世称之。"

周方叔曰："能始力追正始，响逸开元，正如皎月素波，清辉自别。"

朱郁仪曰："能始天才典赡，研讨精深，轩轾三唐，吐纳魏、晋，貌境必似，造语斯真，气峭以洁而操调极平，意锻以炼而摛词若朴，兴会所至，神情独往。"

朱锡鬯曰："能始与公安、竟陵往还唱和，而能皭然不滓，尤人所难。"

王贻上曰："明万历中年以后，迄启、祯间，无诗。惟侯官曹能始先生诗得六代、三唐作者之格。一时名士如徐桂、吴兆、林古度皆附之。能始官四川参政，与监司谒抚按，必于馆中别设一几，隶人置书几上，对众一揖，即就几披阅，不交一言。其孤亢如此。晚年大节如江万里，尤不可及！"又曰："陈大樽《明诗选》，于弘、正间，持择甚精，嘉靖以来，便稍皮相。至拟早朝应制之体，阑入未免可厌。万历以下，如曹能始等，不愧作者，概置之郐下无讥之列，此则大误。"

汪端论曰："忠节诗，秀骨清声，霞标玉映，其辞丽以则，其思深以远，才气少让陈忠裕，而温婉过之。两公皆以风雅主盟，成仁殉国，坛坫为之有光。而虞山初与两公皆友善，声望相埒。其选明诗，于忠裕则摈置不录，于忠节则大有微词。此犹留梦炎谗文文山、胡光大诋方正学，相形见绌，心窃病之。卒之盖棺论定，著作荡为烟埃，姓氏污人齿颊，复何面目见两公于地下哉！忠裕诗已购得全集，忠节集遍访未获。姑就各选本采辑，异日得窥全豹，当补录之。○闽中诗人，与忠节同时者，如郑翰卿、康元龙、陈伯孺、幼孺、邓汝、高商、孟和、陈磐生等，皆负盛名，然其诗粗有才情，颇伤平熟，不足骖乘也。○澄怀居士按：明人操选政者，如顾元言之《国雅》、李时远之《诗统》、黄泰泉之《明音类选》、徐子元之《明代风雅》、俞汝成之《盛明百家诗》、卢纯学之《明诗正声》，卷帙繁富，皆不免是丹非素、荣古虐今之病。若李于鳞《今诗删》之狭、华闻修《明诗选》之冗、钟伯敬《明诗归》之陋，尤为笑资。惟忠节《十二代诗选》所录明诗最夥，阐幽发隐，不遗余力，存心极厚，持论必公，俾一代文献得有指归，断简零编不致陵隳。功出竹垞之上，毋论归愚诸人。近有诮其“务博欠精”者，亦可谓不乐成人之美矣！”

林守易以新舫载余同游鼓山

木兰舟既成，图书载亦备。匪资登山兴，畴信涉川利。渚花垂岸荣，沙鸟近湾戏。浪汹峡门束，帆侧岩影坠。密林屡移村，疏钟遥傍寺。微月出浦口，澹然见游思。

峡口逢陈幼孺

出门识别苦，登车愁路长。峡口断地脉，南北遥相望。仆夫停其绥，川广限无梁。仰见浮云驰，鸿雁同翱翔。方舟未云涉，瞩险先彷徨。道逢相识人，乃为心所当。上言长相思，下言适何方。屏营周路侧，原野何茫茫。安得盈觞酒，与子同酌尝。大义亮金石，俯仰郁中肠。吾欲展此曲，列坐无高倡。执手惜欲别，险阻谁相将。此水浅且涸，离忧方可量。命不与愿俱，悲为参与商。羡彼云中鹄，比翼归故乡。

镕铸建安，通篇沉著。

泰昌皇帝挽歌

龙驭升遐日，封章满御床。施行犹令旨，德意自先皇。沛若江河决，俄然石火光。更闻哀诏到，能不泪沾裳。按：先皇，谓神宗。

劝进笺三上，腾欢遍九垓。逐臣皆召用，中使尽收回。货贱昭先俭，心劳集相才。大工须计日，久矣柏梁灾。

九转神丹秘，三旬帝业终。春秋书法谨，中外揣摩穷。雨泣将填巷，攀髯或堕弓。由来戮方士，岂但为无功？此首专指“红丸”事。〇澄怀按：光宗在东宫，久处危疑。即位之初，励精图治，少假以年，足为守成令主。不幸崩于宵小之阴谋，继以天启，童昏太阿，倒授逆奄，巧借“三案”荼毒正人。此天之不祚明室也。公诗可谓“诗史”。

木　渎

指点十三桥，迎船半柳条。夕阳湖正满，春草岸俱遥。琢砚开山市，为园灌药苗。卖饧时节近，处处有吹箫。忠节警句，又有“明月自佳色，秋钟多远声”，程孟阳赏之，“疏篱豆花雨，远水荻芦烟。忽弄月中笛，欲开江上船”，王渔洋赏之，惜未见全篇。

游杨氏园

苔深知石古，竹长见墙低。积翠沉波底，斜阳到岸西。搜花成小泛，摘叶任分题。何日渔樵老，能容此地栖。

舟泊大湘

停棹投渔火，人烟自一区。远峰衔月浅，隔水度萤孤。夕露无声堕，寒猿有泪呼。临流归梦促，安得涉江湖。

夜登石钟山

湖口行人旷，山门入寺幽。钟鸣片石夜，月满九江秋。洞里悬渔网，岩前过客舟。醉歌仍未已，清露湿沧洲。

送郑知事之蜀

暂尔归仍去，征衣未拂尘。蚕丛行候火，猿峡过沾巾。禄薄奴从懒，官闲吏苦贫。西风吹短鬓，又逐岁华新。冷官清况，真写得出。

别喻宣仲

思乡情有极，送子意无涯。明月看时别，清霜梦后知。江空茅舍静，秋半柳条衰。九派何须问，居然怨两岐。

双　流

万里桥方度，双流径已存。薄寒成翠色，疏雨点黄昏。竹柏密他树，水云平过村。群乌栖欲尽，才到县西门。五、六承三、四来。

夜泊彭山江口

锦城平日暖，旅泊始知寒。犍蜀中分地，岷峨相向看。冈连三女冢，水疾二郎滩。芦苇风吹急，萧萧汉将坛。自注：岑彭遇害此地，有彭亡之称。

送戚山人之内黄兼简邓远游明府

三月莺声别故山，萋萋芳草照离颜。春光白下无多日，夜月黄河第几湾。置驿正当宾客盛，弄琴遥识使君闲。闺中易作刀头梦，珍重休过博望关。三、四绝唱。

湖间即事

仙源迢递杳无涯，拂树齐开十月花。半壁莓苔千古色，一川鸡犬几人家。珠帘暮挂峰头雨，玉箸晴餐洞口霞。世路不堪回首望，成田沧海日将斜。

寄关中张太守

关西遥望路漫漫，泰华峰阴日夜寒。长乐故宫秦辇绝，未央前殿汉钟残。月明渭水浮三辅，花发骊山绣七盘。京兆风流谁不羡，时从闺阁画眉看。俊语亮节，最近信阳。

武　夷

丹丘遗蜕不知年，方外寻真思渺然。仙橘堂空棋撤局，御茶园废灶无烟。峰头乱插虹桥板，渡口难移架壑船。忽听玉笙声缥缈，步虚已近大罗天。中二联，切"武夷"，字字典雅。

八月朔日王元直招集南楼送陈汝朔之东粤王玉生之清漳沈从先还姑苏徐兴公之建溪陈维寻之聊城符之才之广陵予返白下

西风萧瑟动离颜，一树衰杨不剩攀。秋老几人犹白社，月明无主自青山。征途南北高楼外，客泪纵横杯酒间。此别纷纷难聚首，天涯那许梦魂闲。清空一气。

大田驿访陈伯孺时伯孺客越未归

斜阳系马访幽栖，古驿门前渡小溪。鬼火渐明青嶂里，人烟犹隔翠微西。凉生远树鸣蝉断，秋老平沙落雁低。何事王孙归未得，松云萝月思凄凄。

金陵怀古和汪仲嘉

吴

江东列郡领丹阳，鼎足三分此一方。总为石头成虎踞，不知巫峡下龙骧。云生寝庙千秋闷,月照篱门几夜长。年少风流能顾曲,行人犹自说周郎。

晋

一从荆棘叹铜驼,五马为龙世所歌。晋室山河遗略尽,洛中人物过江多。杨花寂寂新宫出,燕子依依旧宅过。欲向登临感陈迹,至今天阙尚嵯峨。

齐

钟阜霜飙馆已倾,至今哀壑起秋声。针楼银汉含情语,画屧金莲逐步生。日落卢龙迷古戍,天寒白马走空城。不堪重理玄晖咏,极目澄江似练平。

陈

齐云宫观景阳楼,尽入隋家作蒋州。下若溪寒明月夜,后庭花落隔江秋。疏钟梦断犹疑响,红泪看余独不流。何事高情江仆射,摄山泉石恣淹留。四诗风华典丽,品居金荃、玉溪之间。

别吴子修

执手依然此路岐,劝余行役不须悲。况当白下闲官日,尽是清樽对客时。回首故山俱惜别,出门新月便相思。片鸿不断能来往,还为题书寄所知。情味深婉,低徊不尽。

初四日携具西园候夏彝仲令君因谈时事有感

新潮何日发吴航,屡听车音到画廊。阶下瑞蓂重对叶,座间仙令有余香。借箸无策匡时短,秉烛行游觉夜长。湖海尚存交谊在,嘤鸣端不负春阳。

枫　亭

长亭山势倚岧峣,半壁斜阳散采樵。野烧轻阴遥渡水,海门喧市乍归潮。芦花古戍生残角，木叶西风过断桥。回首不堪仙路杳，马头尘梦又今宵。

癸未上巳李子素直社城楼即事

豫章诸郡彻哀笳，闽海犹然天一涯。三月风光临上巳，两京消息隔中华。登楼预想鱼丽阵，入幕谁为燕子家。世味不知如此恶，且将清况试新茶。忧时悯乱，而不涉亢厉之音，此诗品也。

挽周先生明府

白马驱驰楚国阴，西州消息半浮沉。中山箧满皆飞语，流水弦孤孰赏音。邻笛一声闻雁落，墓门千古听猿吟。余生不尽酬知己，宁但吴钩挂隔林。

送李元白擢淮扬运长

东南财赋困征求，转运今须第一流。际海金钱输九塞，隔江歌吹是扬州。春风芍药堂前宴，夜月琼花观里游。旧治如皋行部处，冰弦犹自韵高秋。

雄　县

燕南赵北易西京，此地犹传避世名。河向瓦桥关外转，楼闻鼓角地中鸣。雄山警跸留行殿，亚谷降王有故城。幸沐圣明无外化，宋辽何事日寻盟。

松　梯

身入苍翠中，落日无人影。步步踏松根，不觉到前岭。

板　桥

两岸人家映柳条，玄晖遗迹草萧萧。曾为一夜青山客，未得无情过板桥。悠然神远。

皖口阻风

风声不定在何边，起视长堤树影偏。客恨不如风里树，一枝吹落向南天。

留别金陵

寒月娟娟影已低，霜风四起夕凄凄。乌生两翼不飞去，只在白门城上啼。

送邓汝高之京

问君此去欲何之，江北江南各一涯。南北即从今日别，销魂不在渡江时。

[**附录**]

程嘉燧　二十四首

嘉燧，字孟阳，休宁人，侨居嘉定。少学制科，不就，遂刻意为歌诗，善画山水，晓音律，恬澹自喜，不事奔竞。与通州顾养谦善，友人劝诣之，乃渡江，寓古寺，与酒人欢饮三日夜，赋《咏古诗》五章，不见养谦而返。崇祯中，客游常熟，阅十年，返休宁，卒，年七十九。有《浪淘集》。

王贻上曰："明末七律有两派，一为陈大樽，一为程孟阳。大樽远师东川、右丞，近学大复。孟阳学刘文房、韩君平，又时时染指放翁。此其大略也。"又曰:"孟阳七律,清辞丽句,神韵独绝,七绝出入梦得、义山、牧之之间,不名一家,时诣妙境。"

汪端论曰:"虞山之选明诗,逞其私臆,淆乱是非。阳崇阴挤、复摭邪说以污蔑之者,刘文成、高青丘也。置不留目、无所短长者,贝清江、杨孟载诸人也。浮慕其名、尊之失当者,袁海叟、李西涯、徐昌谷也。有可訾之道而排击不中窾要者,李空同、李沧溟、王凤洲也。不应贬而贬之者,何大复、边华泉也。无足称而称之者,沈嘉则、王百谷、王承父也。巨擘哲匠、遗弃不录者,区海目、陈忠裕、邝湛若诸公也。元恶憸夫、曲护其短者,姚广孝、严嵩、沈一贯、阮大铖等也。其他伐异党同,纰缪百出。惟推重孟阳一事,则竟未可厚非。何则?观孟阳近体,秀逸流亮,宗范随州、丁卯,固不失为名家,而狷介自守,亦不失为吴仲圭、吾子行一流人。虞山以其诗与已同调,力相称引,实鉴于王、李之摈茂秦,故结契布衣以徼时誉,非孟阳有意依附也。且虞山诗选,告成在孟阳既殁之后,谥为'诗老',所以慰其地下,亦未尝挟孟阳以抗李、何、王、李也。朱竹垞谓'孟阳格调卑卑,才庸气弱',邵子湘摘其累句诃为'秽亵俚俗',沈归愚谓其'纤词浮语,仅比于陈仲醇',是皆因虞山毁誉失实,迁怒孟阳,过事丑诋。今录其诗,爰为湔雪,以见论诗如论史,贵存公是。若必连类讥讪,惩羹吹齑,是徒取快一时,何以昭信于千古哉!"

暮春送别溪父

归人随暮潮,离忧自可识。衣上嵺城酒,帆底吴山色。渺然烟波际,回首平生忆。严江月圆时,峡峭风潭黑。知君梦里魂,犹甘水乡食。

富阳桐庐道中早春即目寄吴中朋旧

暮倚城楼江日曛,晓过山县市烟分。回峰冻雨皆成雪,出雾危峦半是云。沙际年光催鸟哢,冰间寒溜动鸥群。吴江越峤千余里,春赏何由早寄闻。

因舍弟归柬山中亲知

故人相望渺天涯,久客伤心忆岁华。城上雪声游子屐,县南风色酒人家。邮筒近隔钱塘路,归缆遥牵歙浦沙。乡国清明正愁绝,凭将双泪湿梨花。

岁暮怀孙履和李茂修

故人不见岁将穷,临别风烟在眼中。岳院夜眠春涧雨,浦楼寒醉雪山风。溪南邮使明朝发,江北来帆二月通。廿载东桥歌酒伴,他乡残腊梦应同。三、四与“呼吸湖光饮山渌”同妙。

寄庄将军

僧榻书廊卧夕曛,兴来吟啸每过君。梅残烛烬疏窗雨,雪沍香浓小阁云。茶作松风先破睡,墨添山气待微醺。自从一别莲花府,月下笳箫忆共闻。

莺脰湖道中值雨

江南四月楝花风,绿雨生寒水气通。吴苑歌残春寂寂,严滩帆远碧濛濛。经时浪迹摊书外,尽日风烟泼墨中。莫忆乡园苦回首,江湖随地足渔翁。

李洋河舟中

半是春还半是秋,不成估舶不成游。幸无冰雪伤离思,且有云山遮客愁。远雁如尘飞水面,乱帆疑叶下吴头。明年更鼓湘江柁,老泪凭添万里流。

送曹丈江行之六合

对客看云忆故丘，怜君何事到沧洲。还家明月飞乌鹊，背海轻帆羡白鸥。瓜步江空微有树，秣陵天远不宜秋。贫交此别难为赠，欲借残樽比石尤。五、六神韵澹远，在笔墨之外。

春尽感怀

一年春尽送春时，万事伤心独咏诗。梦里楚江昏似墨，画中湖雨白于丝。空烦儿女啼书札，应有亲朋覆酒卮。明日夏云徒极目，断魂摇曳各天涯。

重赴六合道中旅怀

真州晓雨送征帆，忆昨寒星舞客骖。三月莺花离海曲，孤舟风日望江南。水乡味远闲偏思，歧路悲深久渐堪。几杖柴门相待否，归心芳草自能谙。

同闻师鲍溪父登北高峰宿绝顶僧舍

双峰径转石林苍，携客扪萝宿上方。涧饮断虹明积翠，湖飞片雨乱斜阳。东来岛屿吞江郭，西去云山指故乡。夜久禅心同寂历，松风诸岭一何长。三、四秀炼。五、六阔大。自是名作。

雨中晚发临安双溪道中作

回首青山入半城，碧潭时傍碧峦萦。烟中小市开晴翠，树杪重泉带雨声。饮马苕溪逢涨发，问人天目指云生。试观万壑千岩里，何似山阴道上行。

病中送履和兼怀李茂修

江枫落后见君迟，欲雪前林又别时。多病酒杯难共醉，独行归路更相思。家人望远愁腰带，旧侣逢春问鬓丝。身世飘蓬何日定，楚云淮水各凄其。

阊门访旧作

怅望吴阊百里余，故园兄弟日应疏。多年华发丝相似，三月春愁水不如。歌扇旧分桃叶渡，钓船今傍藕花居。扫眉才子何由见，一问桥边女校书。娟娟楚楚，不堕纤腻，岂王次回诸人所能？

雨中同茂初闲孟过子薪村居

朝寒霢霢荡舟行，渚柳江花白浪生。客到杯香怜阁小，兴移墨漫爱窗明。檐前树缺春山出，桥外天低野寺平。共道主人能下榻，不愁风雨断柴荆。

忆金陵杂题画扇

最忆西风长板桥，笛床禅阁雨潇潇。只今画里犹知处，一抹寒烟似六朝。

青门杨柳白门乌，秋雨秋阴旧酒垆。何处蘼芜最相忆，缫丝风雨暗西湖。

腊下风光旅客颜，奇情孤绝未能还。携钱日向旗亭醉，醉看长江雪后山。三诗清疏凄艳，有吹竹弹丝之音，渔洋最赏心者。

挽等慈上人

山郭拏舟夜别师，竹房松阁总幽期。影堂月落泉呜咽，无复疏帘看弈棋。

登　楼

少小听歌怕唱愁，一声楚尾与吴头。如今身在伤心地，但见春光莫上楼。澄怀云："辄唤'奈何'。"

灵隐雨后作

雨濯松萝泛早凉，竹声寂历涧声长。林烟未散远峰出，手卷残经看夕阳。

许儆韦自白下寄丙午所画秦淮秋雨图索题

六年光景未题诗，画得如尘似梦时。断雨湿云休细看，看来容易鬓成丝。

东庵夜归

烟萝一径入僧寮，谁冒寒风共寂寥。柏子满庭铺柳叶，月明人影在空条。

舟中书所见

水榭风帆隐画楼，微明远岸浊河流。也知一望堪肠断，暮雨无人在上头。

王　翃 二十七首

翃，字介人，嘉兴人，居梅里，与周筼、李绳远、朱彝尊诸人相倡和，以布衣终。著作甚多，遇盗，弃于水。族弟庭掇拾残稿，刻之名《二槐草存》。

朱锡鬯曰："介人初擅词曲，后研声诗，志取多师，不遗伪体。其论诗于合处见离，离处求合。启、祯之间，大雅不作，毅然以起衰自命，而知者寥寥，惟平湖陆职方嗣端心赏之。尝访君于长水，值君洗砚河头，挟之登舟，家人不知也，遍游苕霅乃返。既而入越，谒陈推官卧子。方置酒送客，君诗有'前路夕阳外，行人春草中'之句。卧子击节曰'此今之高三十五也'，为序其诗。遭乱，所居不戒于火，惟余小屋二间，一供妇爨，一吟咏其中。有故人官府寮者造之，不见，寻卒于京口。五言如'江湖长至日，风雪上方山''驿路通秦远，峰阴入晋多''桄榔千树雨，瘴雾百蛮天''文章身后事，丘陇梦中山''枫林依水尽，云物近秋多''江山雄白下，人物近黄初''山雪行人少，江梅腊月多''白社违人日，元关闭子云''江山开一望，吴越在孤舟'，七言如'夜月旌旗五马渡，秋风草木八公山''周道秋风行黍稷，汉宫春雨长蒲桃''西蜀谕通司马檄，中山谤满乐羊书''秦塞忽惊三月火，汉家空待贰师功'，铸语高华，此方虚谷所云'律髓'是也！"

汪端论曰："介人诗，敛才就范，因意遣词，冲澹处似襄阳，深婉处似龙标，沉挚处亦似少陵。禾中诗人，自清江、巽隐以后，竹垞以前，此其卓然成家者也！"

长干曲

扬帆下长江，日落秋云起。夜半闻乡音，知是长干里。

江皋曲

为爱新妆好，东皋出采蘋。春江千里碧，解佩不逢人。朱笠亭云："伤'无知己'也。"

登　台

日暮登台，秋风雁来。慨然念远，离居置怀。踌躇千里，静言劳思。爰有旨酒，斟之酌之。拔剑高歌，哀音孔多。沉吟忽断，中心奈何。繁星告夕，薄寒求衣。明月不堕，轻霜自飞。稽山之东，大海处之。众水所归，曾不盈而。逶迤今古，山川屡更。呜呼往者，实多于生。清婉折宕，绝似魏文。

寄沈十二

横山生白云，郁郁半空起。知君住其下，独宿白云里。冬月静岩扉，寒泉涤心耳。嗟余役风尘，引领望之子。王贻上云："到格。"

宿董氏宛委山房

中夜虎渡水，溪树风初生。飒飒吹哀湍，众山皆有声。深庭久无月，黯然三四星。忧人独求醉，释此离居情。

清凉山寺

苍山树如盖，乘高御清凉。地远暑亦寒，江色明虚廊。层崖仰万象，古寺崇榱梁。白云照岩穴，有若日月光。极视但长啸，凌风思翱翔。

北归后得友人书感赋

长夏风日炎，南归且散发。每怀故人好，索居又弥月。书来道相思，殷忧喜初豁。对使询近事，一一言婉切。别后盗贼多，入徐恣冲突。州民百余里，大半遭惨杀。仓卒闻此言，心胆几若割。向使久羁旅，焉能至今活。生还有余幸，悲歌守饥渴。纵使委沟壑，亦已欣后没。干戈满天地，原野厌膏血。裁诗雪涕泪，痛定转呜咽。朱笠亭云：“如读老杜《羌村》《述怀》《彭衙行》诸作。”

游弢光

西山郁奇姿，兹峰实为最。孤高生虚无，时与云雨会。密竹青连阴，白日半成晦。泠泠多涧泉，清响落山背。曾闻住高僧，卓锡自何代。至今松林中，飘风堕残呗。我来值秋初，炎暑犹未退。回盘到诸天，崱屴慎所戒。归途已苍茫，想像白云外。

十七夜期青士不至

一夕复一夕，有月谁同看。光迟影犹满，风露流微寒。乌鹊屡惊飞，想见林栖难。迢迢彻深漏，念尔增长叹。

顾山人贻画赋赠

东风吹花隐蜡屐，卧起初闻叩门急。手持一卷花外来，宿昔知名武林客。君之手腕益有神，耕烟注墨生空云。萧疏几笔起纤末，俄顷忽见山嶙峋。圆峰皴石石苔古，垒石城峦介平楚。叶重霜流远势寒，沿溪茅屋深宜补。君家虎头不可得，阿瑛以后君无敌。萧斋风日正佳时，画里看山几重色。朱笠亭云：“‘萧疏’六句，深得画理，从来题画诗未曾及此。”

送客还山右

春草太行山，行人一骑还。夕阳前路远，离梦索居闲。风举今谁匹，鸿归不可攀。所悲流水意，千里送潺湲。

村　居

独树寒烟外，孤村流水间。偶随花草去，远逐渔樵还。川暝罢垂钓，日斜长掩关。何年事高隐，归卧鹿门山。

江亭遇旧

老畏干戈满，愁闻羽檄频。莺花射堂夕，风雪故园春。泉下悲先帝，人间识旧臣。空将垂白泪，呜咽对沾巾。连下二篇，皆学杜。

荒　原

荒原秋草积，缓步独行歌。野水同天尽，寒烟入树多。此生嗟老大，满眼又干戈。北望烽尘合，惊闻旅雁过。

客　感

千里江南客，深冬未授衣。愁将双鬓改，寒共一灯微。去国轻生死，依人略是非。乡园更摇落，何处可言归。朱笠亭云："五、六见阅历苦心。"

杂　感

菰矢彤弓宠锡颁，北门锁钥动江关。武侯师出名尤正，太傅功成鬓未斑。夜月旌旗五马渡，秋风草木八公山。金汤万里生民寄，麟阁期登指顾间。澄怀按：此首似咏史阁部。

长城万里羡当年，楚泽军威盖世传。三月晴风高战鼓，九江春水下楼船。韩彭心事应难论，李郭功名不易全。漫道勤王师独正，江南处处起烽烟。澄怀按：此首似指左良玉。

淮海聊宁燕雀居，风高鼓角建牙初。寒凌画戟秋阴重，云压孤城夕照虚。西蜀谕通司马檄，中山谤满乐羊书。将军面矢谁堪敌，樽俎论功计已疏。朱笠亭云："隶事运意，似义山风骨，自杜陵来。"

乱后得张子书

沁园秋草旧回车，惜别西湖叹索居。万里山河经百战，十年重到故人书。悲凉深厚，在唐人绝句中亦是上驷。

杨柳枝词

春寒残雨日潇潇，一曲骊歌上灞桥。想到啼乌今夜宿，不教攀折最长条。语近情遥，得诗家三昧。

客中九日

细雨成阴近夕阳，湖边飞阁照寒塘。黄花应笑关山客，每岁登高在异乡。沈山子云："不失唐音。"

会稽竹枝词

秋风秋雨正凄凄，荷叶荷花香满溪。越女荡舟愁日暮，歌声尽在若耶西。

漂母祠

一饭当年报所知，王孙今日更何之。平生自叹无知己，千里来寻漂母祠。

秋　怨

芙蓉花落水无香，南国秋来夜有霜。边月只将离梦远，相思河外是西凉。龙标。

金陵怀古

钟山云气绕飞龙，空外参差紫阁重。想见当时残月下，宫人初听景阳钟。

烟草萋萋野色新，晚来驱马见行人。不知何处含章殿，满地梅花雪外春。

寒江秋水静无尘，栖隐当年有二伦。为问山中明月夜，草堂猿鹤怨何人。掩抑流丽，可匹元遗山《过故宫》诸作。

卷八上

邝　露　三十八首

露，字湛若。初生，甘露降于庭，因名。南海人，诸生。永明王立，授中书舍人。广州城破，遇害。有《海雪集》。子鸿，亦能诗，同殉节死。

朱锡鬯曰："湛若工诸体书，学使者试士，以恭、宽、信、敏、惠发题。湛若制义五比，用大小篆、八分、行、草书于卷，学使者大怪之，然不罪也。居恒以才略自命，见海内多事，因学骑射，跨马出门，冲县令行幰。令怒，申文学使者除其名，将加以桎梏，因亡命之广西。遍寻鬼门铜柱旧迹，游于岑、蓝、胡、侯、槃五姓土司，为猺女执兵符者云亸娘书记。归撰《赤雅》三卷，纪其山川、风土、仪物及女君天姬队歌舞战阵之制。家多蓄古奇器、图书，尤耽于琴。有古琴二：一曰'南风'，宋理宗宫中物；一曰'绿绮台'，唐武德年制，明康陵御前所弹也。出入必与二琴俱。广州城破，湛若抱琴死。'绿绮台'为老兵所得，以鬻于市，归善叶锦衣解百金赎归，至今存其家。诗集，手书开雕，极精楷，予尝见。其骈体文亦佳。"

沈山子曰："湛若诗，镂金叶玉，以雕琢为工，其不经意处，时臻大雅。"

屈华夫曰："湛若好大言，以写其牢骚不平之志，或时清谈缓态，效东晋人。风旨所至，辄倾一座。至为诗，则忧天悯人，主文谲谏，虽《小雅》之怨诽、《离骚》之忠爱，无以尚之。”

王贻上曰：“邝湛若，南海狂生也。常敝衣趿履，行歌道上，旁若无人。其诗多在潇湘、洞庭之间。广州破，抱所宝古琴而死。余为赋《抱琴歌》。又论诗绝句云：‘海雪畸人死抱琴，朱弦疏越有遗音。九疑泪竹娥皇庙，字字离骚屈宋心。’亦谓湛若也。”

沈确士曰：“湛若诗，原本楚骚，五言尤胜。”又曰：“五律佳处全在气韵，不求工于语言、对偶之间。”

鲍以文曰：“先生少尝师事阮大铖。崇祯间，曾为阮序《咏怀堂诗》。洎阮罗织东林，乃贻书绝交，侃侃千言，可与侯氏《壮悔堂集》中一书并传。予友曾于金陵市上见之，惜乎不获附《赤雅》以行也。”

汪端论曰：“湛若诗，清旷超妙，如月冷江空，孤鹤夜警，又如藐姑仙子，餐霞饮露，不染人间烟火。华夫、元孝而外，一时罕俪。至其负奇忤俗，谈兵铜柱之乡，草檄珠衣之幕，《赤雅》一编，环观异藻，为世所艳称。而致命遂志，凛然烈士之风，又不徒以词采重矣！”

叠彩山

日高山气晶，月出山更明。县峰银汉水，匿景金鏞城。灵洞出霄半，飒爽凉风生。吹我薄天游，飘飘凌太清。冥搜混沌窍，流观蟾鹤铭。芳草有远志，达人无近情。谁能恋乡曲，一举超蓬瀛。

寒食吟

去年寒食日南天，今年寒食石城边。一年相去九千里，明年况复在燕然。只留四百峰头月，夜夜猿啼蕙帐前。

虞山谒舜祠

荒服垂衣日，三苗格命年。鸟耘千亩藉，龙御九疑烟。蒲坂征云外，苍梧落照边。何人抚瑶瑟，离恨隔湘川。

采石怀袁宏李白

牛渚青天月，长县供奉祠。如何今夕酒，不共昔人持。高咏那能旦，登舟安所之。溯洄殊未已，言折楚江蓠。亦有“搔首问青天”意。

登九子

朝参九华雪，暮宿九华钟。言寻金舍利，行傍玉夫容。雨脚移春殿，云衣挂乱峰。悠然秋浦月，来对海门松。高秀。

西湖上春

行逢新岁月，骄马踏城桥。旭日催蘅带，春人艳柳条。香车流水击，仙袂逐风飘。小凤衔花去，空伤云汉遥。

洞庭酒楼

落日洞庭霞，霞边卖酒家。晚虹桥外市，秋水月中槎。江白鱼吹浪，滩黄雁踏沙。相将楚渔父，招手入芦花。梁崇一云：“如画。”

浮　湘

潇湘闻鼓瑟，竹上泪痕青。归雁将何托，先花入窅冥。白云开一面，南岳露真形。不断游仙梦，依稀帝子灵。

洞　庭

人归洞庭水，心远百蛮天。虹饮吴山雨，蝉嘶楚岫烟。挂帆明月树，沽酒白云船。来雁纷南向，衡阳何处边。字字旷逸。

道明水望三十六峰

崇山道明水，皦皦石潭清。上有木龙树，葳蕤闻风声。开琴待明月，月向清溪生。三十六峰里，群仙抗手迎。不拘格律，神韵自高。

巴陵琴酌送羽人游青城

弹琴劝君酒，君去少知音。此曲岂不古，拨弦人尽今。夜移衡汉浅，月落洞庭深。少别成千岁，依然此夕心。

蒋陵送孙枝游华岳

相逢彭蠡月，相失蒋陵钟。自别东林社，君言西蹑雍。金天开太华，玉井见芙蓉。余亦汎沧海，南山归祝融。逸气凌云，入青莲之室。

山中送人归途已长触物有叹

劳劳为客倦，日日送人归。芳草雨中碧，杨花愁处飞。农夫戒春及，老少咸相依。谁能去乡井，终负越山薇。

皖城谒石巢先生

披衣皖城口，言就皖城坳。辟世归愚谷，移山到石巢。鹤林松露滴，渔浦荻花交。庑下闻清啸，长谣赋乐郊。

杏花堰访紫落隐居

枫林二月雪，雪霁问君家。玉笈芝房气，铜陵杏堰花。更清鼍出瀑，笙迴鹤梯霞。不注丹台箓，吾生信有涯。造语精绮。

逢郢客问浈阳土风

关门逢郢客，立马问浈阳。水碓舂鱼骨，山瘿养蜜房。柑黄秋买蚁，莎白夜归羊。是事皆殊胜，为君说瘴乡。

人日登粤王台

登台试人日，此日谓宜人。日照高台色，台非故苑春。青山白云路，绿水流花津。醉欲呼鸾去，遥遥芳杜邻。

踏青词

文虹经绮陌，夕日贯阳林。灼灼怀春女，翩翩咏子襟。人归芳草暮，莺语落花深。往日成都客，蛛丝萦绿琴。

别楚艳秦嫣

路斜山峭峭，钟断水悠悠。草绿斑骓怨，花飞红粉愁。如何云梦月，不共汉江流。又送王孙去，淮南桂树秋。

九边诗寄从兄湛之塞垣　录五

边　笛

吹笛上高城，城秋月正明。羌儿双泪下，汉塞一龙鸣。沙柳愁中折，梅花梦里惊。徘徊三五弄，肠断忆南征。

边　雁

候雁发金河，纷纷带雪过。阵连关月小，声断塞风多。高举愁粱稻，低飞怯网罗。羽毛非敢惜，书札奈君何。

边　风

地角寒初敛，天高云乍飞。大旗危欲折，孤将定何依。送雁侵关月，惊霜点铁衣。可能吹妾梦，一为达金微。梁崇一云："高浑。"

边　草

王孙去不返，马足共车轮。万里连天色，终年出塞人。几经青海雪，不见玉关春。独夜寒塘梦，相思愁白蘋。

边　尘

紫塞三关隔，黄尘八面通。胡笳吹不起，汉月照还空。迨遝仍随马，萧条暗逐风。将军休拂拭，留点战袍红。五诗慷慨悲歌，唾壶欲缺，似高、岑集中合作。

君山吊二妃

眇眇愁予地，芙蓉北渚期。媵鱼分楚珮，荐竹礼湘篱。宝瑟婕娟泪，云旗窈窕思。客从虞庙至，会遣二灵知。

浮湘礼三闾墓田寻贾生故宅

浮湘孤月下灵渠，牢落残魂伴索居。庚子日斜闻野鸟，端阳沙漉见江鱼。天高未敢重相问，年少何劳更上书。此去樊城望京国，定从王粲赋归欤。五、六借屈、贾自抒抱负，跌宕入神。

黄鹤楼

汉阳芳树古今情，逐客南浮雁北征。天尽水连巴子国，月明人在武昌城。白云依旧过全楚，黄鹄何年控太清。日暮数峰青似染，九疑无恙隔湘英。

莫邪关楚望

九疑如黛楚天分，水绿三湘雁倒闻。春晓玉台开岳雪，月明银殿郁卿云。翠华想像湘君竹，龙御迢遥帝子坟。何处匏笙将凤曲，至今犹似咏南薰。自注：银殿山，千峰造天，上出云气，状若宫室。下多巢民，卉衣木食，吹匏笙，自言帝虞之裔。

莫愁湖赠刘瞻甫

憔悴行吟落照时，莫愁湖上与君期。五噫一赋梅花国，三黜重逢柳士师。吴苑旧游淹越鸟，楚裳今雨裛江离。姑苏烟月长相待，萎绝芙蓉白露滋。三、四巧对。

后归兴诗

南北神州竟陆沉，六龙潜幸楚江阴。三河十上频炊玉，四壁无归尚典琴。踏海肯容高士节，望乡终轸越人吟。台关倘拟封泥事，回首梅花塞草深。

送兴化赵使君奏绩神都

杨花初扑越溪船，莺啭南州雁北迁。緐露书成去淮海，凌云赋就入幽燕。行春草绿中牟雉，流水风清单父弦。莫学杨庄诵绵竹，雕虫空负子云玄。

立夏谢元邱招游石涧寺与陈孟长醒宸二山人琴酌

翠屏千嶂湿寒萝，曲涧盘云待客过。紫竹僧扉清夏腊，绿天人语近秋河。厨邀曳鹭浮香积，钵引吟龙入笑歌。无限琴心寄流水，好凭诸谢觅羊何。

过冯槐门语旧

先朝遗事老冯唐，白发移家寄上方。看竹每过留客井，种松偏近读书床。鼎湖云去金瓯缺，瑶砌秋归玉树伤。今雨昔监俱是梦，几宵禅月照空廊。

孤愤篇

谁握兵符驻六军，桥山龙去诀浮云。鲁连一笑无秦帝，燕鼎重归有乐君。南蔡真人初建极，玉门飞将歘空群。闻鸡试问烹雌妇，十载牛衣望紫氛。

吴楚倦游

隋宫访古惟衰柳，楚泽伤秋况落英。痛哭嗣宗千日醉，乱离王粲十年情。目穷沙界参龙象，手挽银河洗甲兵。五见梅花归未得，故园频有蟪蛄声。

梦罗浮

仙驭迢迢驾六龙，鲁阳无力返高舂。愁余白发三千丈，归卧朱陵四百峰。谷暝未生中宿月，日斜惟听上方钟。岁寒兰芷纷消歇，葛令坛西一树松。

赤婴母

冶服微言宫里稀，金栊芗篆隐朱扉。摛文绝代还憎命，弱羽三年不假飞。陇首秋云淹远梦，芳洲春草吊斜晖。谁裁半幅江郎锦，会向华清换雪衣。梁崇一曰："湛若此题，诗凡十首，盛传于时，然大都以词胜。此首浑写大意，笔力高绝。"

忆花田旧游

芙蓉叶烂不还乡，五月元岩尚怯霜。梦入花田看越女，手擎丹荔倚斜阳。

［附录］

黎遂球　九首

遂球，字美周，番禺人。天启丁卯举于乡。崇祯末，授兵部职方司主事。乙酉，督师广东，兵援赣州，城破，巷战死。乾隆中，通谥“烈愍”。有诗集十卷，文二十一卷，又有《周易爻物当名》。

徐巨源曰：“美周诗，如春风骀荡，夏云崔嵬，如坐百花，杂听箫韶，美人剑客，翾动左右。”

朱锡鬯曰：“宋季，吴月泉主社，赋《春日田园杂兴》，罗公福擅场，得罗一、缣七，笔五十矢、墨五笏。元季，饶介之主席，赋《醉樵歌》，张仲简擅场，得黄金一饼。崇祯初，郑进士超宗未第时主会，赋《黄牡丹》诗者百人，美周居第一，时号‘黄牡丹状元’。三事本太平佳话，而皆出于百六之秋。公福肥遁，仲简遂初，美周则授命虔州。三君子各自靖，尤为美谈。美周诗不为格律所缚，大都以才胜，徐巨源谓‘太白以后一人’，未免过实矣！”

陈伯玑曰：“美周近体，稍伤艳丽。乐府、拟古，高于今人。”

梁崇一曰：“美周临危时，赋诗有云：‘壮士血如漆，气热烧九边。大地吹黄沙，白骨为尘烟。鬼伯舐复厌，心苦肉不甜。’一时将士闻之，皆为饮泣，视死如归。美周之忠烈感人如此！”又曰：“美周《黄牡丹诗》十首与邝湛若《赤婴母》一时并得盛名，然非集中上乘也。”

幼妇篇

幼妇皎然，年当艳时。灼灼桃华，含吐春姿。于归老夫，命为雄雌。
情乃不属，义安可离。不如齐女，迟归愆期。啧啧来卿，报仇名垂。
木兰从军，身等男儿。缇萦感慨，为帝者师。束发事夫，更欲何为。
日当窗牖，扎扎鸣机。织成大布，以御寒威。非无刺绣，绵组光辉。

色既匪尚，幽嘿自持。淑慎终老，何求人知。

拟古少年从军

左手敛垂发，右手拍长剑。行行已万里，马力直于箭。追得负心人，抉骨独留面。携将报所知，当夜重开宴。众客轻后生，酒至坐疲厌。不语疾驰出，复向沙场战。

古侠士磨剑歌

十年磨一剑，绣血看成字。字似仇人名，难堪醉时视。旧仇剑边鬼，新仇眼中泪。倚啸复悲歌，啮断长虹气。不得语公孙，阿世斯其志。梁崇一云："奇气逼人。"

花下歌

生平不事求神仙，愿上东海求仙船。童男童女各三千，教之歌舞及管弦。逍遥行乐二十年，遂令婚配同力田。可得万人驰九边，大雪国耻铭燕然。老夫须眉图凌烟，结屋花国临酒泉。名儒侠客列四筵，等闲赋诗人争传，乞得一字十万钱。吴念中云："奇情胜气，得未曾有。每诵一语，当浮一大白赏之。"

彭　湖　即鄱阳湖。

彭湖新水盛，一半楚天浮。远火兼星动，飞帆入树收。雁回风色暗，人语浪声流。独有庐峰坐，依稀对十洲。梁崇一云："炼句炼字，居然盛唐。"

西湖纪咏和阳羡谢山人韵　西湖旧名明盛湖，西曰里湖，东曰外湖。

轻风吹水荡平栏，日午渔钩未上竿。几处洗妆流粉腻，里湖波暖外湖寒。

西山杂咏

都门西出马蹄骄，望望山光路不遥。尽是内人香火寺，月明湖上听笙箫。

半陟高丘望帝乡，分明凤舞与龙翔。朝来隐听春雷起，却是操兵内教场。

山　中

寂寂春眠野梦多，酒醒那识夜如何。山中惯不闻鸡犬，只是天明鸟便歌。

罗宾王 七首

宾王，字季作，番禺人。万历乙卯举人。官南昌郡丞，乞归。丙戌，大兵入广州，系置于狱，寻释之。有《散木堂集》《狱中草》。

朱锡鬯曰："季作罢官，归筑哭斯堂于里门，或怪其诞，然居恒慷慨，好谈天下事。及献身犴狱，不少挫。诗歌多愤懑之词。亦奇士也。"

辛巳三月寇陷襄阳杀襄藩逾旬破洛阳福藩死之两部居民屠戮不可胜纪

文士侈言兵，希取印如斗。积误非一朝，寇至如拉朽。召募烦中枢，司农劳税亩。竭粟养骄兵，渐积成敝笱。卒尔襄阳城，藩封失其守。城陷鼓声死，日落大旗走。曾闻赐尚方，三载专征久。勉死谢三军，徒为军国丑。嗟彼泄泄人，处堂不思咎。悲忧草野人，抱膝徒白首。

梁崇一云："明季兵备日弛，读此为之扼腕。"

九月初九父子同日下狱十一夜传有令勒余自裁守牢者将余严禁待命篝灯草嘱并封所著古书付儿续一律

传是将军令，重牢击柝频。暂时犹父子，今夜尽君臣。待命听残漏，封书谢古人。离魂将有去，珍重莫迷津。梁崇一云："声泪俱下。"

春日送友人入虔州

旅雁归不尽，春风朝又过。东郊一以别，青草更如何。客舍吹榆火，征衣换越罗。关河莫回首，杨柳暮烟多。梁崇一云："初唐人手笔。"

冬日送卢山人入桐庐访孙明府

河梁此为别，风雪入年残。况问彭郎渡，还归严子滩。青山空向老，江水至今寒。寄语桐庐宰，穷交自古难。

寄怀黄逢永久客吴越

江南三月时，花发满棠梨。故国开将遍，游人多未知。云山何处尽，岁月自迁移。莫遣春风里，年年马首吹。

李定夫下宪狱寄之

自分难逃网，闻君复禁门。千金何用侠，七尺且酬恩。末世亲知薄，时难友谊存。诘朝谁后死，先为一招魂。

哭黄湘卿诸义士

一笑辕门日又昏，英雄能有几人存。谁云市井多亡赖，自昔屠沽肯报恩。藏血有时终化碧，漆身何处认归魂。余生漫后须臾死，泣向西风孰可论。梁崇一云："第六语新。"

卷八下

夏完淳 四十六首

完淳，字存古，华亭人，考功忠节公允彝子。生有异禀，五岁通五经，九岁善词赋、古文，为邑诸生。师事陈忠裕公子龙，公深器之。崇祯甲申，存古年十四，与杜登春等数人称“江左少年”，上书缙绅四十家，乞举义勤王。及京师陷，存古又草檄讨从贼诸臣，时人壮其忠义。乙酉，王师下松江，考功殉节。存古从陈公起兵太湖，遵父遗命，尽以家产饷军。陈公战败，存古走吴日生易军，为参谋。后日生军溃，死。存古伯父之旭复以陈公事有连，自经文庙。存古屏处草野，益不自聊，尝慨两都继覆，拟庾子山作《大哀赋》，文采宏逸。唐王称号，谥考功“文忠”，遥授存古中书舍人。存古草表谢恩，畀谢尧文上之。尧文道为逻卒所获。搜得表文及同事者名籍。巡抚土国宝按籍而求，凡三吴名士数十人无得免者，逮存古赴金陵。存古慨然曰：“天下岂有畏人避祸夏存古哉！我得归骨于高皇帝孝陵，千载亡恨！”在途吟咏不绝。既至就鞫，经略某欲生之，存古不屈，遂与刘进士曙就义西市，顺治丁亥九月也，年十七。同郡杜登春、沈羽霄，共敛存古尸，归葬曹滨考功墓侧。乾隆中，通谥“节愍”。妻钱夫人，遗腹得男而殇，遂为尼。考功竟无后。存古所著有《玉樊堂集》《内史集》《南冠草》。嘉庆丁卯，郡人庄师洛、何其伟等编辑付梓，凡十卷，《补遗》二卷，王少司寇昶序之。又有《代乳集》，存古九岁时作，及《续幸存录》八卷内分《南都大略》一卷,《杂志》二卷,《考功行状》一卷,《死节考》一卷,见自序,今多散佚。

钟广汉曰:“陈大樽选明诗,存古年才十余耳。而宋辕文援其论诗,以作序,此时已许其作后进领袖矣!迨十五从军,十七授命,磨盾草檄,不异老生宿儒。信异禀也!”

李辰山曰:“夏存古十余岁时,陈卧子至其家,父使存古出拜。案头有《世说》,卧子阅之,问存古曰:‘诸葛靓逃于厕中,终不见晋世祖,而嵇绍竟死荡阴之役,何以忠孝殊途?’存古对曰:‘此时当计出处,苟忆顾日影而弹琴,自当与诸葛为侣。’卧子叹曰:‘君言先得吾心者!’”

沈确士曰:“存古生为才人,死为鬼雄,汪踦不足多也。诗亦高古罕匹。”

澄怀居士《夏内史诗》曰:“汉纪表终军,鲁史传汪踦。弱龄赴大义,成败非所知。桓桓夏节愍,生遘阳九期。磨盾誓猿鹤,横剑轻熊罴。草檄厉士气,破产充军赀。天心厌胜国,遑许一木支。升阶陨罗罦,胜兆遭幽羁。日生首授命,文麓同舆尸。考功约黄门,先后沉江濂。衔冤啸精卫,披发从湘累。四海无尺土,九鼎悬一丝。西山有薇蕨,不救志士饥。天荒复地老,恸哭将安之。唐王继鲁藩,遥荫忠臣儿。拜爵殊羽林,清望属紫薇。一官何足重,故国心不移。表称臣完淳,窃附勤王师。腾踔愿有济,刀锯安敢辞。表成谨封缮,转畀尧文赍。逻卒获以告,刑讯陈其私。望门泣张俭,复壁藏赵岐。按籍识姓氏,被逮经丛祠。九高幸相遘,被服如沙弥。暂时谢桎梏,附书报双慈。慈亲寄空门,漂泊愁无依。生母托异姓,菽水将谁资。门祚久衰薄,同气无埙篪。赖有女兄弟,端藉相扶持。善保双玉体,无烦念孤羁。新妇现有娠,未能辨雄雌。生男自可喜,生女慎勿悲。立后苟不肖,何如不立为。淳身君所用,淳身父所遗。还以殉君父,大节良不亏。武功洵大器，家事劳勾稽。年年寒食节，清酒酹一卮。俾免若敖痛，此外无他思。人生孰无死，每患不得时。今既得死所，赴难焉敢迟。完山有弱羽，飘泊罹虞机。不如屋上乌，反哺无相违。不如逵间鸿，王国成羽仪。但如子规鸟，泣血中林啼。一书寄夫人，义重非情痴。回忆结褵夕，花烛联旌旗。三月遘大变，外室成孤栖。肯以盛衰故，交谪腾中闺。贤孝媲德曜，和淑侪班姬。霜飙厉贞木，比翼长分飞。茕茕二九年，坐见成孤嫠。双亲叹白发，一女才孩提。养育职綦重，生是死则非。所悲负郭田，芜没成蒿藜。急难谁解慰，离乱谁提携。劝生复何赖，感此心魂凄。生平为他人，筹画无所疑。独于夫人事，生死两不宜。方寸一以乱，不忍重致词。惟听自裁断，反袂长欷歔。从此卜归梦，远在天一涯。钟山何高高，江水何弥弥。孝陵宛在目，云树迷参差。趋承绝剑珮，清泪沾裳衣。不图垂死日，反得瞻皇畿。待鞫故珰第，囚首趋崇墀。经略谓年少，焉解扬戈戣。果能达顺逆，来者犹可追。懔懔中书君，壮气凌虹霓。但恨赍志殁，遑惜前程迷。回首语妇翁，慎勿陈哀祈。冏卿职当死，畏葸将贻讥。数语愧反侧，颜色增忸怩。纪年逮丁亥，尺一颁彤闱。九月十九日，急景藏晨曦。狱吏加锒铛，传呼出圜扉。道闻鸣钲声，壮士持交铍。同归有公旦，蛩駏相追随。碧血誓不化，白刃甘如饴。麻衣从故君，植立森枯榴。风云为憀栗，日月为憯凄。求仁而得仁，含笑无凄其。徒令旁观人，泪下如绠縻。良朋赖杜沈，雪涕收遗尸。归榇先茔旁，筑冢高崔巍。冢边何所植，夭矫青松枝。惜无大手笔，濡墨题丰碑。季世昧大义，侈口相瑕疵。动谓一青衿，名器关甚微。见危即授命，于国曾何裨。岂知毓至性，全受求全归。髫龄具卓识，论古昭端倪。逋逃侣诸葛，重惜弹琴嵇。出处商尽善，要在明伦彝。胆气凌顺平，眉宇秀紫芝。白虹继前烈，黄鹄悲慈帏。世父负奇气，遘乱潜披缁。城东结茆庵，其名曰竹篱。终殉圣贤域，旷代高风希。女兄炳幽贞，苦志追磨笄。楚娶泣湘芷，鲁女悲园葵。忠孝我家事，此语良不欺。三年颜氏乌，半夜刘琨鸡。宇宙浩然气，久已铭心脾。此岂疆死流，所得矜瑰奇。堂堂钱尚书，东林扬芳徽。垂老甘毁节，不畏千秋嗤。浮名尔何物，坐令天性漓。当时辱赠言，自负冰鉴姿。遑意论定后，史册惭须眉。士生各有志，爵禄何尊卑。芳轨嗣袁勖，演洁其庶几。终输内史集，彪炳千珠玑。大哀自有赋，南冠自有诗。刘赉发悲愤，正则怀履綦。惟悲幸存录，续著无留贻。更有代乳集，蜡凤殊儿嬉。篇帙付蟫蠹，冥漠腾光辉。侍宦经云间，刺促骖归骓。崇茔迟修谒，式毂心神驰。平生慕忠孝，瓣香乃在兹。掩卷发三叹，愿世长雍熙。”

汪端论曰：“节愍诗，源出黄门，天姿特秀，古体窥汉魏、初唐堂奥，五七言律高华沉郁，兼擅其长。少假以年，足与梅村、华夫齐驱抗手，何仅高视七子？若其运丁百六，绮岁完忠，其人其文，古今鲜匹！则澄怀诗洋洋数千言抒发尽之，余不必更赘一词矣！”

送　别

马秣车已脂，借问君何之。青青山阴柳，是君下马时。我有双玉环，宛润好颜色。佩君衷里衣，明我长相忆。置酒临江皋，赠君以敝裘。敝裘不为薄，愿君思同仇。日落星争光，行人不知处。前山马首回，掩涕独归去。

望家园作

流观穷四野，草木荡绿滋。漠漠昆山阳，浮云来间之。一苇不可杭，白云空相思。落霞依故山，落叶依故枝。无知尚思归，何以慰有知。

秋　怀

凉风何瑟瑟，吹我游子颜。历历江上林，流蝉鸣其间。浮云西南征，一去何时还。驾舟凌洪波，杖策穷崇山。君子不遑息，小人豫以闲。感激在沟壑，敢怨徒旅艰。中夜起百忧，劳人独长叹。

新月鉴我帷，颓阳入人衣。夕霞自相逐，暮禽参差归。芙蓉舒芳渠，仿佛含绿滋。盛时不及采，秋霜来悴之。荣名固有期，恨非少壮时。独行道路长，远行恒苦饥。言登西山趾，餐彼蕨与薇。魏禹平云："存古《秋怀》诸作，非谢非韩，游衍自得。"

精　卫

北风荡天地，有鸟鸣空林。志长羽翼短，衔石随浮沉。崇山日以高，沧海日以深。愧非补天匹，延颈振哀音。辛苦徒自力，慷慨谁为心。滔滔东逝波，劳劳成古今。沈确士云："此渊明《咏荆轲》作也。"

细林野哭　此诗吊陈大樽也。

细林山上夜乌啼，细林山下秋草齐。有客扁舟不系缆，乘风直下松江西。却忆当年细林客，孟公四海文章伯。昔日曾来访白云，落叶满山寻不得。始知孟公湖海人，荒台古月水粼粼。相逢对哭天下事，酒酣睥睨意气亲。去岁平陵鼓声死，与公同渡吴江水。今年梦断九峰云，旌旗犹映暮山紫。潇洒秦庭泪已挥，仿佛聊城矢更飞。黄鹄欲举六翮折，茫茫四海将安归？天地跼蹐日月促，气如长虹葬鱼腹。肠断当年国士恩，翦纸招魂为公哭。烈皇乘云御六龙，攀髯控驭先文忠。君臣地下会相见，泪洒阊阖生悲风。我欲归来振羽翼，谁知一举入罗弋。家世堪怜赵氏孤，到今竟作田横客。呜呼抚膺一声江云开，身在罗网且莫哀。公乎公乎为我筑室傍夜台，霜寒月苦行当来。

吴江野哭 此诗吊吴日生也。

江南三月莺花娇，东风系缆垂虹桥。美人意气埋尘雾，门前枯柳风萧萧。有客扁舟泪成血，三千珠履音尘绝。晓气平连震泽云，春风吹落吴江月。平陵一曲声杳然，灵旗惨淡归荒烟。茫茫沧海填精卫，寂寂空山哭杜鹃。梦中细语曾闻得，苍黄不辨公颜色。江上非无吊屈人，座中犹是悲田客。感激当年授命时，哭公清夜畏人知。空闻蔡女犹堪赎，便作侯芭不敢辞。相将洒泪衔黄土，筑公虚冢青松路。年年同祭伍胥祠，人人不上要离墓。二诗羽声慷慨，读之生气凛然！

与昭南女弟谈怀荆隐女兄

不堪春色尽，卜宅到江潭。空谷传三隐余号小隐，昭南号兰隐，名闺美二南荆隐字美南。占风知少女，斗草佩宜男。遥忆大姑处，天花动草庵。按：荆隐，名淑吉，高行，亦能诗。

晚眺有忆

不系扁舟久，登临泪满缨。暮云山外断，春水月中平。蔓草云间戍，轻烟海上城。佳期空冉冉，迟暮若为情。

对月忆南行者

自拜南州使，清光几度看。沧州天际晚，芳草月中寒。属国思归汉，嫖姚拟筑坛。不知江上雁，何日到长安。

送友北行

故国江上在，孤臣意若何。沧江惊白发，芳草渡黄河。汝自怀裘马，余还恨斧柯。高皇丰沛地，愁绝大风歌。

归途夜泊

谷水重游地，悠悠独此心。落星依古戍，斜月半幽林。客散夷门市，愁深泽畔吟。夜阑人语静，倚槛露沾襟。

旅夜闻雁

旅馆孤灯夜，愁吟步玉墀。秋风人去后，烟水雁来时。暮岭归云断，寒沙落月迟。平生湖海意，三绕向南枝。

宝带桥

连天芳草青，极浦独扬舲。归雁舟前落，愁人梦里听。花光明晓雾，波影乱春星。欲访灵威穴，孤帆入洞庭。清炼。

应　天

吴楚茫茫尽，神灵日暮趋。大江春水阔，京口夜云虚。芳草三山根，斜阳六代余。孝陵回首处，惨淡斗牛墟。

西　安

无恨章台柳，行人几度攀。秦城空四塞，汉殿锁三关。荒草龙蛇囿，浮云虎豹闲。雁飞银海泻，千古恨骊山。

开　封

豫州千里国，京阙万年宫。北洛周谟重，东都汉赋雄。梁园秋竹雨，漳水夜台风。歌舞西陵歇，黄河落照中。

太　原

高接天关险，恒山入晋难。黄云知塞近，白草入春寒。龙首河三折，羊肠路九盘。长垣欣不落，宝剑为谁弹。四诗气局高浑，追踪盛唐。

从陈铁符年丈游细林山馆

载酒扁舟疾，春风不满帆。酒家藏夏馥，汉腊问陈咸。浩劫桐君箓，明星玉女函。登高湖海尽，愁绝倚松杉。

秋夜感怀

登楼迷北望，沙草没寒汀。月涌长江白，云连大海青。征鸿非故国，横笛起新亭。无限悲歌意，茫茫帝子灵。

拜辞家恭人

孤儿哭无泪，山鬼日为邻。古道麻衣客，空堂白发亲。循陔犹有梦，负米竟谁人。忠孝家门事，何须问此身！

被羁待鞫在皇城故内珰宅

孤臣魂已断，况复见长安。歌舞愁云散，池台落日寒。重来中贵宅，空挂侍臣冠。一片银铛影，还同剑佩看。

御用监被鞫拜瞻孝陵恭纪

城上钟山色，松杉落翠微。朝光群鸟散，暝色二龙飞。璧月沉银海，金风翦玉衣。孤臣瞻拜近，泉路奉恩辉。澄怀云："诸咏悲凉激烈而得性情之正，文信国后所仅见也！"

武塘元日和篆鸿

故乡东望远，客里度新年。雾隐江花发，烟深戍柳眠。青楼空十二，白发竟三千。汉国河山在，春风若个边。

哭吴都督 志葵。

感交悲故吏，绕指痛孤臣。有客留沧海，无人哭寿春。王孙城下饭，公子属车尘。知己今谁报，高歌泣鬼神。

宝带桥晚泊

宝带桥边泊，狂歌问酒家。吴江天入水，震泽晚生霞。细缆迎风急，轻帆带雨斜。苍茫不可接，何处拂灵槎。

春　兴

上苑东风试早莺，故宫依旧百花明。江帆入镜移瓜步，代马如云走石城。金鼓平陵怜翟义，旌旗沧海葬田横。伤心中夜看牛斗，醉把吴钩万里行。

谷口桃花何处繁，武陵犹有避秦源。江头采葛供勾践，堂下幽兰祭屈原。春梦却随千里雁，夜愁不断万山猿。今年寒食昌平路，蔓草东风十四园。

万顷沧江未卜居，风尘生计问樵渔。锦帆寂寞吴趋曲，石室凄凉越绝书。回首故乡春梦里，伤心荒草夕阳余。南朝钟磬三千界，一带苍烟散紫虚。

自怜十载误儒冠，独钓沧波行路难。雨后新花宜夜醉，月中宝剑试春寒。临江烟树分吴壤，隔岸旌旗拥汉官。闻道扶桑天子气，何人不向五云看。

河山风景泪堪挥，江上伤心对夕晖。蜀道尽悲诸葛死，汉家犹望少卿归。五湖义士莲花剑，七郡良家柳叶衣。结客少年情不浅，平林裘马放春围。

片帆春色满江湖，震泽神灵动有无。晓气横开连百粤，晴光迥落见三吴。飘零烟雨招渔父，踯躅风尘问酒徒。知尔中宵沉醉后，清霜长啸拂伊吾。自注：此首兼寄钱漱广。〇澄怀云："六诗调高骨秀，语丽情悲，宪章少陵，凌跨义山、致尧。"

梦怀长公郭侍郎五竺崔舍人

乾坤戎马倚吴钩，犹忆当年太姥游。梦里云霞双凤阙，醒来烟水一渔舟。穷途知己谁青眼，岐路伤心已白头。遥想天南新侍从，茫茫沧海动新愁。

忆侯几道云俱兄弟 按：几道名元演，云俱名元洁，俱通政峒曾子，同父殉节。

春城烟雾晓阴阴，俯仰斜阳吊古今。万里河山犹故国，九京风雨自同心。欲知真主观司隶，未见孤儿属羽林。鹤唳华亭人没后，河桥一曲泪沾襟。

简顾伟南

楚客天涯久不归，平津东阁有光晖。紫鲈乡味思张翰，黄耳家邮问陆机。三省衣冠新墨敕，百花烟水旧柴扉。梦魂夜夜兰亭月，惊起扁舟泪满衣。

江　城

江城五月动哀笳，一片烽尘到海涯。沙漠未消前帐雪，景阳先发后庭花。征帆夜雨难归国，宝剑寒霜已破家。遥望黄龙愁故主，李陵碑上暮云斜。

赠旧阃李忆兰

无定河边起暮笳，受降城外逐轻车。射雕云度金微落，回雁风高玉帐斜。老去吹寒秦觱篥，归来弹彻汉琵琶。当筵忽话辽阳事，猎猎霜飞两鬓华。

夏日幽居

愁绝关山独枕戈，乱离生计托烟波。云车无路通阊阖，土室何心咏蓼莪。走马空城云里出，啼莺深树雨中多。不堪极目风尘际，山鬼微寒吊女萝。哀艳。

同友人过东道院

一片江声入晚笳，军中高宴逐轻车。幸陪紫塞将军座，来访黄庭道士家。玉洞花明秋不夜，锦屏云起暮为霞。此身竟逐征蓬去，欲叩天门路已遐。

除夕追和侯广成先生韵

山河风景忆前年，泪尽鲛人百斛泉。凤辇已空当日恨，鹿门深愧古人贤。江湖潮信潜归越，秦晋风云半入燕。恍对九京如可作，国仇家难问苍天。

感旧步仲芳先生韵

旧都风物暗凋残，东海孤臣泪未阑。睥睨浮云三殿晓，罘罳落月九天寒。宫花寂寂啼黄鸟，御柳深深隐画栏。裘马京华零落尽，铁冠高卧有谁弹。

寒食杂作同钱二不识赋

亲朋乱后几人存，湖海交情酒后论。今古文章多薄命，江关词赋半招魂。王孙一饭谁知己，漂母千金敢报恩。曾作信陵珠履客，几回恸哭大梁门。凄惋。

感　旧

芦荻临风故垒残，飘零湖海又春阑。子胥江上吹箫苦，如意堂前击筑寒。云净平沙连碧浦，楼空斜月上朱栏。孟尝宾客随烟草，更向谁门倚铗弹。天然秀雅。

题昆山水月殿

鹫岭岧峣谷水阴，昆山迢递快登临。始知灵运寻山意，犹是昙摩泛海心。古寺松声清磬远，寒潭雁影碧云深。青丝夭棘风流在，如见当年祇树林。

由丹阳入京

万里山河拱旧京，楚囚西去泪如倾。斜风衰柳丹阳郭，细雨孤帆白下城。残梦忽惊三殿报，新愁翻觉一身轻。从军未遂平生志，遗恨千秋愧请缨。

咏　史

英雄草泽气成云，烈士遗风耻二君。堪笑士衡归洛后，何颜更作辩亡文。

[附录]

魏学洢　七首

学洢，字子敬，嘉善人，赠太常卿“忠节公”大中子。为诸生，好学工文，有至性。天启五年，忠节死珰祸。哀毁而卒，乡人私谥“孝烈先生”。有《茆檐集》八卷。

朱锡鬯曰：“魏忠节公被逮日，天大雷电。子敬徒跣攀号，请随行。公谓曰：‘覆巢岂有完卵？父子俱死，无益也。’子敬乃微服缇骑后，探起居。抵国门，逻卒四布，乃变姓名，匿都市，营救不可得。公既毙狱，扶榇归，朝夕躄踊，未尝一入寝室。泪尽唇焦，家人捧水浆以进，却之曰：‘吾父诏狱中，孰夜半而进之浆者？’病且革，进以药，则又却之曰：‘吾父诏狱中，孰诊视而进之药者？’历数旬，而哀毁死矣。思陵即阼，朝士上闻于朝，以是海内称为孝子。大学士同里钱公士升序其集云：‘子敬之志，父存则不独死，父死则不独生。是诚孝子之知己矣！’当甲子秋，忠节掌吏垣，以激浊扬清为己任。天下仰望太平，子敬独私忧之，叹曰：‘无根之草，其能久乎？物不可以终通，天殆蕴隆正人之毒而速之戚也！’未期而祸作，人服其识。”

汪端论曰：“子敬不以诗名，然其诗情兼雅怨，气骨清苍，非至性过人不能道，只字亟宜表而出之。其年辈，前于节愍，而忠孝心迹，殊途同归。故以附于节愍后。”

长水怨

妾家住长水，长水东西流。青青湖畔柳，迢迢湖上楼。十三学钗书，十四工箜篌。十五临窗绣，精妙世无俦。翩翩少年子，窈窕行相求。借问楼上女，可似罗敷不。里妪前致辞，愿君且淹留。美人好颜色，终日楼上头。兼之临窗绣，精妙世无俦。君子谬垂盼，闻言中心喜。

语我长者行，同声谓应尔。郎君美风度，玉树蒹葭倚。十九渡长江，声名若江水。好花不独荣，天生合连理。行行随君去，默默思故里。牵帷几回唤，低眉羞欲死。临镜贴花钿，可怜体无比。纱窗春日午，脉脉情何已。忆我在家时，拈香绣大士。金刀剪素绫，莹莹白于纸。刺成莲花叶，仿佛香风吹。香风吹入梦，梦到莲花池。绣痕细难识，但觉生蛾眉。静玩坐逾久，忽忽心自疑。似曾亲见佛，不知身是谁。绫额尚余尺，皑皑冰雪姿。淡濡碧玉毫，邀郎为题诗。郎书拟右军，妾心亦委婉。针锋与笔意，曲折随郎转。绣罢持似君，秀色堪舒卷。顾我每微笑，妾颜先自靦。落地为女子，可怜侧室难。陡然一回想，心事惨不欢。虽复蒙君怜，鲛绡恒不干。大妇贵家女，妾身臧获看。上堂伺音声，下堂候颜色。含羞入空房，恻恻潜相忆。虽然潜相忆，无用长太息。诚得君子欢，不怨长离隔。大妇奄逝世，一家身独当。漂荡若浮萍，随君流四方。南都复北都，终岁长道旁。黄金散欲尽，不思归故乡。壮志在四海，妾心暗悲伤。君怯不胜衣，年来益憔悴。十日九卧病，奄奄滞旅次。妾首如飞蓬，并日忘食事。上无姑嫜亲，下无得力婢。旋出又旋入，常恐呼不至。忧劳填胸臆，刺刺肝肠碎。岁月渐消耗，妾身亦不支。带围日趋缓，空复存腰肢。事君垂十载，不一生男儿。羞佩宜男草，怅然心中悲。君尝两畜婢，中道旋弃之。妾身非不容，君自轻别离。暮春三月尽，束装谋南归。买舟仅如叶，帷幕不得施。长夜泊丰草，巨蚊攒冰肌。生小长闺阁，辛苦实难为。入秋弛行李，僦人楼上居。小姑家海滨，闻之亦来依。虽非久居计，气息聊得舒。良人忽生心，娶妇支门闾。随珠饰翠帏，黄金饰绮疏。红罗复斗帐，宝马七香车。今日媒妁来，东邻有美姝。明日媒妁来，西家有西施。妾身匪木石，焉得不孤凄。对镜影如削，安敢生言辞。礼数任颉颃，难比先娘时。新人入门来，灼灼艳威仪。二九颇不足，二八颇有余。女伴觑鸾帏，啧啧相嗟咨。君心爱幸绝，迥与旧人殊。

非必颜色殊，新旧自相渝。新人哭亦妍，旧人笑不如。孤房过慰藉，眄睐聊斯须。情知心不存，词说空尔为。新昏浃旬日，忽作南都游。俗语莫空房，挽衣不能留。新人暂归宁，登车去由由。妾身姊为母，同君亦登舟。耳络双明月，堕髻垂金鋈。飘飖荡湘裙，色如安石榴。轻盈作纤步，翩若云端游。邻女相拥簇，朱颜自生羞。十年方得归，一喜还一愁。顾君色凄惨，何用心恸恸。莫非眷新昏，怀此离索忧。千唤不一答，默默自低头。舟行到长水，妾自还家里。亲戚往邀君，君固不肯起。诘朝云解维，舟中须盘桓。勿用再往返，各使中心安。恐君途上寒，幅巾裁合欢。恐君途上饥，烘栗盈朱盘。木落霜露急，勿使衣裳单。千语嘱奚儿，劝君幸加餐。平明奚儿至，颜色骤惊颤。向前往叩问，泪流先被面。郎君乞致辞，此生勿相见。十年恩爱深，谢卿重依恋。奈卿久专妒，会见中情变。不如痛割绝，免使肠轮转。妾身得闻之，狂顿摧心肝。天乎我何辜，天乎真无端。虽在梦魂中，不料遭弃捐。恨无晨风翼，迅驶追君船。泪珠千万斛，那得飞君前。牵衣一恸哭，身死妾亦甘。纵然被驱遣，曷不先一言。一去永决绝，何处鸣烦冤。自从入君门，历今垂十年。虽彼鸡与犬，亦当念周旋。如何铁石人，一绝弗复怜。椎胸胸血呕，委身赴清水。骨肉痛如割，黾勉相救止。姊恩父母深，我生不如死。尚冀南都还，重来过吾里。性行吾熟知，兹望殆已矣。昔年别两妾，我泪挥不止。谁料行及身，苦境苦如此。呜呼仓浪天，兹恨何日已。新人入我门，绣帷长日垂。依稀睹容貌，犹未通言词。临行详睇视，恰在登车时。蚤知生死隔，挥泪一致辞。念与小姑别，泪落如连珠。妾初进门来，小姑九岁余。探怀索果饵，发乱呼我梳。今来已成妇，骨肉情依依。长别不一语，肠断当何如。我有两丫鬟，事我五六年。大者发覆额，小者亦比肩。晨兴听呼唤，夜深候我眠。而今永隔别，涕泗纷潺湲。平时解思我，料尔当亦然。掩泪入房来，窗前见针帖。残丝与剩线，寸寸皆依血。

向日入君目，从今长断绝。委婉随郎心，郎心太曲折。忽见大士像，不觉泪滂沱。稽首乞慈悲，妾身竟如何。今生无罪过，宿生愆怨多。安得转君心，春风被女萝。君心终不回，不如赴长河。稽首乞慈悲，再拜涕涟洏。不望重聚首，但愿相见时。雨落不上天，一见知何期。妇人失夫心，百念无可为。但愿新人欢，为君生男儿。更念孱弱身，疾苦不相离。旧人识君性，新人安得知。十年守穷贱，心事多苦悲。愿君振高翮，及时凌风飞。妾身长已矣，相见知何期。一字一呜咽，行道皆酸凄。朱近修云："源出《孔雀东南飞》作，而不尽规抚字句，才气无前。"

拟　古

游思随飘风，远历杜陵道。道旁合欢花，悉成断肠草。红颜不堪驻，妾愁君亦老。为乐逮良辰，归来何不早。人生数离别，百年非寿考。扰忙风尘中，荣名讵为宝。温厚蕴藉，汉魏遗音。

所思不可见，弹古相思曲。曲中竟何言，理短情自促。野卉非不香，采之徒踯躅。今日白头吟，昨日黄金屋。

读　史

鲁仲连

鄙夫宁一身，身外匪所计。有如魏帝秦，何与鲁连事。先生独倜傥，慷慨决大义。白日走秦兵，诚哉天下士。

荆　轲

萧萧易水波，日晏客未至。十三死灰儿，勉强共大计。坐中击筑人，何不克秦使。田光死也饯，於期死也贽。空死一无酬，烈士丧英气。愿逐酒人游，哭尽不平事。

诸葛亮

受托诚不易，知人良独难。南阳比子房，谁为鄚与韩。将相兼簿书，心中多苦酸。十出九空归，一身亦凋残。为君歌梁父，中夜发长叹。

九日同严知章澹如兄弟游茶磨山

我来松陵寻好友，到门恰值九月九。主人大笑携上船，船头载花腹载酒。舟子劝上姑苏台，众客首肯我独否。青山宜作生面观，耳目熟烂妍亦丑。但问谁家富修竹，我船便缆堤上柳。布帆直指吴山陲，起览奇迹竟何有。洞庭缥缈波云沉，仿佛顽沙卧千亩。细雨斜侵湿布袍，放船倒出莲花溇。上方树杪插浮图，石湖湖光照户牖。隔林前度茶磨山，共约听歌到申酉。骤观山石势颇仄，愁无平壤安杯瓿。斯须箫管咽流云，画船别驻清溪口。芦花枫叶舞凉风，岂必美人垂素手。同来伴侣大叫绝，私喜兹棹良不苟。寒蒲缚蟹一十辈，乌巾注酒七八斗。酒酣不厌觞令酷，众人或辞我辄受。推窗更问曀与晴，皎月若出当坐守。朱笠亭云："中间写寻胜一段，淋漓尽致，姑苏洞庭，一齐抹倒，胆识横绝。"

刘孔和　六首

孔和，字节之，山东长山人，大学士鸿训子。少倜傥，好谈兵，慕陈亮、辛弃疾之为人，文章豪迈，诗尤奇恣。崇祯甲申三月，起兵长白山中，率众南下。忤刘泽清，被害，年三十一。有《日损堂诗集》《练要堂文集》。

王贻上曰："刘节之、王遵坦二人，皆负气跅弛，相交善。王居桑谷，刘居长白，并有林泉之美。崇祯间，见天下将乱，散财结客。甲申岁，节之杀闯贼伪令，率精骑万人，南赴金陵，至淮阴，以兵属刘泽清。泽清与节之素交好，时为藩镇，贵重无比。然好为诗，一日大会宾客，广坐朗吟，众交口誉之。节之仰视，独无语。强问之，曰：'公，诚名将才。然此事，定复不急。'泽清怒罢酒，宾佐皆惶惧失次。节之傲然而出。泽清益怒，遣壮士追及舟中，拉杀之。一军大哗散归。已而，金陵以为副总兵官，则节之死数日矣。尝有赠王诗云：'都无杀者黄江夏，岂有食之严郑公。'后竟死泽清手，与黄祖事绝类云。"又曰："节之诗雄迈豪放，有东坡、放翁之风，一代奇才也！"

杂 讽

少陵诗竭情，右军书趁媚。譬如今雅琴，乃是古郑卫。轩燧久不作，纷纷弄文篲。此语固颇高，何以处衰季。多巧伤元化，伪古愈堪畏。强拟皇娥篇，勦取岣嵝字。不如求真至，辛澹皆可味。王贻上云："旨哉言乎！"

与邱将军话旧兼为手谈 按：邱，名磊，有才名，积功至总兵，后亦为泽清所害。

伏生之里大将出，生来所志唯马革。幕中已多指视功，疆场血战不胜笔。堪嗟再谒典连敖，不知三世还执戟。别君十载一瞬间，历尽锋镝与梏桎。背贵那可入韩罪，睛白聊足嘲吴刻。多君谈笑贯索中，坐待明光销蠹蚀。昨闻广武拜军师，圣主怀邦丈人吉。如今驱战真市人，聒聒怒蛙谁与轼。愿君横臂障东海，莫教乡梓生荆棘。安有健妇把犁锄，但见春林巢小鸱。从来攘外必内安，隐忧不在河北贼。夜凉浮白戒谈事，更向局中问劫急。已知文祎能辨贼，不待当场辨白黑。赞君敛手推棋枰，论兵艾艾终羞吃。灭敌料应如覆局，沙场不使还一匹。君功自得勒燕然，我诗空须锦罽织。节之慷慨从军，所志未遂，卒死悍镇之手。读此，想见其忠愤激发、目空一切。

凡剑行

凡剑断牛不断鼠，何况吴江三尺水。虎豹惊啼狐狸笑，光慑人间儿女子。赤堇不开欧冶去，十年精铁夸儇傀。白日焰焰吹晶光，玉石金镡修饰美。漫理几经鹂鹈淬，双腊犹疑湛清泚。何须蜚景与挥精，能陪老侠峰涛里。于今匣底罹蛛丝，空思一抉浮云起。老侠拭之发长涕，心伤微弱如吾尔。力所难制神为徒，嗟尔凡剑英锋止。泰山不见雷不闻，一发掩眸豆充耳。羿能射日不射月，古来壮气消床笫。猿公之竹曹之蔗，怪尔依然草木比。夜深灯暗鸣吾屋，不复飞腾愿终伏。凄凄何必动星文，蚀尽土花秋雨绿。

读史仲彬逊国致身录感赋

明初杀运烈不除，越三十载还相屠。以仁守之真不足，虽有节士谋多疏。哀哉中山诚意辈已尽，大计环顾徒嗟吁。圣祖信数不建辅，使作皇觉之裔余。鬼门一出四十载，归来老佛惟雪颅。窜身万里伏滇国，泰伯不得终封吴。殁葬西山一笏地，岂有方遂之疑乎？当时二十有二人，左右食屦相携扶。未必才智似狐赵，不可及者武子愚。一百余年士最盛，摧伤太过今如无。千秋直史不可灭，帝在均房应屡书。澄怀按：《致身录》之伪，竹垞、稼堂诸公辩之甚力，然革除一案，千古公愤。节之此诗，词严格正，可与汪于鼎《铁券叹建文钟歌》并传，故属允庄录之。

过访幼量书圃

阶前修竹绿成林，侍子清朝拊素琴。听尽明光三十段，碧池凉雨一时深。

题赵吴兴画

秋宫肃肃古衣裳，静女无愁黛亦苍。不点疏萤和月色，绢头已作百年凉。

吴　骐 二十三首

骐，字日千，华亭人。幼有神童之目，读书过目成诵。为诸生，以诗文受知于陈忠裕、夏忠节两公。家故贫，事亲至孝。乙酉，松城兵燹，父遇兵，伤左臂，创甚。遂弃诸生，杜门奉侍。亲丧，哀毁呕血。时人贤之。明亡，绝意进取，屏迹荒僻，不求人知，自号“九峰遗黎”。间作诗文，辄弃去。兵后，困顿不一。尝遇盗者再，身堕水者三，火焚庐者再。隆冬恒御单袷，志不少衰。康熙中，同里某分修《明史》，日千贻之书，略曰：“知执事撰先朝《景帝本纪》，伏惟景帝，功在社稷，而当时《实录》取媚英庙，遂于景帝极其訾詈。夫景帝虽藩支，然以高帝视之，此安我宗庙者也！若以景帝比宋太宗，则事势难易悬殊然。而徐正远戍于铁岭，青宫迥异于德昭。景帝之远胜于宋太宗明矣！宋儒尚不贬太宗，则景帝岂可轻议乎？仰惟濬发幽光，不胜翘企。”又，“先朝乡先达张慎斋，名祚，以侍御外转广西佥宪，佐韩襄毅，转饷尽瘁。襄毅果于杀戮，而慎斋多方营解，全活甚众。今纵不得立传，或于《襄毅传》中略附数语，幸为留意。”“督师袁崇焕坐叛逆，受极刑。当时不知其说所从来，后读《范文肃公行状》，始知崇焕之死乃文肃之反间也。陈平之勋，已彰于六出；亚父之枉，宜白于九京。”“相国钱机山，以《逆案》一书成于其手，奸党衔之刺骨，坐与崇焕同叛，拟大辟。思陵云：‘谓龙锡为叛，必不其然。’思陵之明，不可没也！”凡数百余言，其表扬潜德如此。卒年七十六，康熙乙亥也。其诗名《颛颔集》，皆出友人所甄录。

朱锡鬯曰：“日千诗，力崇正始，沉厚不佻。”

汪端论曰：“日千诗，于苍凉古直之中，极沉郁顿挫之致。盖亲炙大樽而不尽。沿其泒者，同郡李雯、宋徵舆辈。名居其上，才调出处均逊之矣。”

送别陈皇士王双白施又王

西风吹孤雁，嗷嗷多哀音。张灯对离觞，愁思故难任。与君虽异县，缠绵结中心。愿采芙蓉花，为君制衣襟。愿琢荆山玉，为君备华簪。愿折若木枝，为君斫鸣琴。微诚苦未致，骊驹何骎骎。疏星灿河汉，残月下北林。携手立斯须，厚意比兼金。相思各自喻，沧海未云深。哲人重名节，岁寒心所钦。高义良不渝，在远匪难谌。

戽水歌

东南风急大麦枯，秧田夜夜鸣蝈蛄。邻农相约共戽水，未及四鼓来喧呼。河港浅隘潮信小，待得天晓水已无。披衣蹑屩急趋出，咿哑远近闻辘轳。明星满天争唱歌，脚跟腾踏忘勤劬。东方渐动日欲出，白榆树上啼慈乌。归来饥倦汗濡缕，瓦壶麦粥甜如乳。扫场晒麦日欲午，旋割芦芽喂童牯。木棉衣衫着不得，无钱买葛空叹息。神似张、王乐府。

赠林曰武

曾侍梁王宴，遨游已倦归。暮年词赋少，薄产豆苗稀。世俗轻黄发，知交念布衣。横云山下路，朝夕看云飞。

挽吕臞仙母吴氏　户部绳如先生女也，甲申闻变，自缢死。

早岁失君子，冰霜三十年。寒灯背风雨，尘土满钗钿。九庙今安在，余生敢自怜。殷勤嘱陶侃，努力向幽燕。

社稷有今日，诸公将谓何。自惭弱女子，无力障狂波。窀穸归何恨，衣冠事尚多。淮南四大帅，几日渡黄河。奇女子，得奇作传之。

中　秋

四序平分日，清秋独可伤。万方多难后，永夜共相望。积水生寒露，空天炫海光。故都诸父老，应照鬓如霜。

春　感

自有东风动暮寒，更无迟日到栏干。震雷朔雪相兼至，岸柳江梅次第残。恸哭虚传河右表，讴吟犹望鄗南坛。山川风景今何似，独上高楼极目看。

汉皇陵寝钟山上，珪瓒年年事祝釐。永夜群灵朝虎帐，有时阴晦见龙旗。青铜溜雨千章木，碧瓦含风百尺基。七载不窥松柏路，梦中瞻拜重凄其。

寒食东风草树稠，富林夙昔想同游。衔杯昼永花临户，论易宵分月上楼。四海无人藏复壁，千秋遗恨托江流。生刍麦饭俱寥寂，落日荒原哭太邱。此诗亦悼陈忠裕作。

元卿削迹滞天涯，卉物伤心改岁华。城下钓竿谁进食，市中胡饼久无家。蛟龙水阔魂难度，鸿雁春归信转赊。生死交情如隔世，不胜清泪洒残花。

鹿门草堂宴集分咏

汉　高

武媪垆头酒未阑，醉中斜戴竹皮冠。秦皇东望惊云气，神母西来哭夜寒。万里冥鸿怀绮夏，一时烹狗负彭韩。未央上寿真无赖，脱得杯羹且尽欢。

汉昭烈

名儒卢郑久周旋，正值黄星受命年。蛇剑已移三统历，蚕丛还辟半隅天。金瓯付托耕莘佐，玉几弥留顾命篇。一代英雄生死际，铜台遗令最堪怜。沈确士云："足令老瞒愧死！"

唐文皇

风云惨澹群龙斗，年少真人起晋阳。屈指生擒数天子，挥毫闲写十三行。星移太白回宸极，日照高昌散雪霜。天宝倦勤惭祖烈，却怜花萼独辉煌。三诗予夺森严，不爽铢黍，可称"汉廷老吏"。

寄怀金天石

故人落莫依江海，远赋新诗慰寂寥。天下几人能隐遁，汉家九鼎赖渔樵。烟疏桧柏停春雨，水黑蛟龙起暮潮。忆尔临风空伫立，绿杨飞絮满河桥。三、四自负不浅！

中　秋

丛桂秋风冷洞房，徘徊纨扇揽流光。纬珠半卷飞乌鹊，横玉哀音绕凤凰。江水青枫堪极目，离宫白露已沾裳。昔年明月曾如此，歌舞回怜夜未央。

感怀时事寄计子山陆孝曾

十月寒风急，浮云暗大荒。客行愁道路，时事虑萧墙。蓟北非吾土，秦中亦异乡。空忧天欲坠，未见日重光。庙略惭灵武，军声谢朔方。元臣夸定策，列帅许勤王。好爵娱姻娅，官评视篚筐。帘编青鸟骨，玉斫辟邪香。冠盖晨先集，笙歌夜未央。冰蚕裁宝帐，堕马斗新妆。

营窟谋初遂，凭城气转扬。荆牛烹可待，国狗噬何狂。铁券封苏峻，丹书锡董昌。年年竭东杼，夜夜出南塘。敌忾皆鼷鼠，端居即虎狼。至尊容桀骜，群丑益鸱张。百里无烟火，千家绝稻粱。军行咸拥妇，鬼哭暗闻殇。朽索饥难驭，开笼饱欲飏。先须忧辇毂，莫道划清漳。每作蚍虫斗，深虞鹬蚌亡。内睽戎伏莽，外侮剥侵床。剧盗锋稍远，函关势尚强。雾迷黄帝阵，彗集紫薇房。庸蜀称艰险，江山近毁伤。仓皇逃吏卒，笑语下荆襄。造次分旄节，安危作栋梁。诸公咸倚重，我意独彷徨。厚宠虽三锡，雄图愧一匡。籓篱殊未固，肘腋况难防。邯败惟降楚，温强且叛唐。养蛇将螫手，管库遂探囊。反覆前堪鉴，陵夷后必殃。终当迷白日，何不戒清霜。下士栖蓬室，无因叫帝阊。诗题蕉叶遍，风到葛衣凉。浊酒漓难醉，悲歌激不妨。愁来寻梦寐，乱后废文章。天路何修阻，洪流正渺茫。私心图国是，未敢告明堂。同社多英俊，居贫更慨慷。计倪胸府库，陆贾笔琳琅。野鹤栖无地，潜龙郁有芒。华阴终拂拭，霄汉自飞翔。壮志清河洛，交情重太行。风涛为砥柱，冰雪见松篁。纵使三灵改，无移百炼钢。累朝皆重士，努力报高皇。沈确士云：“此亦留都实录也。暗主无愁，群奸障蔽，强藩跋扈，生民涂炭。作者痛哭言之，激于板荡之意矣！”

题画兰

幽兰虽芬芳，灵均自憔悴。三户寂无人，托根在何地。即郑所南写兰去土意。

茂　陵

茂陵枯柏自巑岏，露重珠襦马上寒。独与铜人相对哭，凄凉残月下金盘。

宫人斜

镜面桐花杂翠绯，步摇零落散珠玑。红衫化尽双蝴蝶，自采梧桐制舞衣。哀感顽艳。不数鲍家之唱。

少年行

下马同倾酒一樽，侍儿匕首划蒸豘。生平不著黄金甲，醉袒貂裘数箭痕。

红玉鞍桥碧玉骢，乐游原上柳丝风。诏求季布今何处，只在三千奴仆中。

赵子昂画马为宋绳谟题

远涉流沙入汉宫，长鸣阊阖喷凉风。王孙本是天闲种，却入蒲梢外厩中。

书李舒章诗后

胡笳曲就声多怨，破镜诗成意自惭。庾信文章真健笔，可怜江北望江南。沈确士云："惜其清才，哀其遭遇，言下无限低徊。"